全新譯校 經典新版世界名著 17

Le Comte de Monte-Cristo

# 基督山恩仇記

〈中〉

〔法〕大仲馬 著
赫易、王琦 譯

# 經典新版　世界名著

閱讀經典名著確實是不一樣的宴饗。人們對於經典名著，不會只說「我讀過」，而是說「我又讀了」。事實上，我每次去讀它，都會讀出新的東西，新的精神。

——當代義大利名作家、後設小說大師卡爾維諾（Italo Calvino）

真正的光明，絕不是永遠沒有黑暗的時候，只是永不被黑暗掩沒罷了。真正的英雄，絕不是永遠沒有卑下的情欲，只是永不被卑下的情欲所征服罷了。閱讀經典名著，永遠可以使人自我昇華，不陷於猥瑣。

——法國名作家、諾貝爾文學獎得主羅曼羅蘭（Romain Rolland）

閱讀文學經典、世界名著，能夠滋潤現代人的心靈，使人對世事、愛情與人性重新有一番體悟。

——美國現代名作家、諾貝爾文學獎得主海明威（Ernest Hemingway）

台灣曾出版的世界名著與文學經典可謂汗牛充棟，然而，細察譯文品質與內容，大多是三十至五十年代大陸譯者的手筆，其行文用語的方式與風格，早已與當代讀者的閱讀習慣、閱讀趣味脫節，以致不再能喚起讀者的關注。這一套「經典新版　世界名著」是全新譯本，行文清晰、流暢、優雅，用語力求充分符合當代人的品味。故而，是「後真相時代」中尋求心靈滋養者最適切的選擇。

# 目錄
Contents

# 目錄

Contents

chapter 37

# 聖・西伯斯坦的地下墓穴

也許弗蘭士一生中從未像現在這樣，感受到從歡樂到憂傷如此鮮明的對比和如此迅速的轉變。羅馬彷彿被一個夜叉施魔法吹了一口氣似的，倏忽間就變成了一個巨大的墳場。偏偏時逢月缺，月亮要到晚上十一點鐘才升起來，這就使夜色更加濃重了。因此，年輕人穿過的街道黑得伸手不見五指。幸而路途很短，十分鐘後，他的馬車，或者更確切地說，伯爵的馬車就駛到倫敦旅館的大門口了。

晚餐已準備好了。由於阿爾培說過他可能不會馬上回來，於是弗蘭士也不等他，獨自坐到餐桌前。

派里尼老闆習慣於看他倆一起進餐，便詢問阿爾培缺席的原因。弗蘭士只是簡單地回答說，阿爾培在頭兩天晚上受到邀請，現在赴宴會去了。長生燭的突然熄滅，取代光明的黑暗，和那喧囂過後的沉寂，這一切都在弗蘭士的腦海裡留下了某種憂慮，不免心生不安。旅館主人殷勤有加，幾次進來問他有何需要，但整個晚餐，他都沉默不語。

弗蘭士決定儘量等到阿爾培回來後再動身。因此他吩咐在十一點鐘備好馬車，並請派里尼老闆在阿爾培回到旅館後及時通知他，到了十一點鐘，阿爾培還沒有回來。弗蘭士穿戴完畢，通知他的旅館主人，他要在勃拉西諾公爵府上過夜。

勃拉西諾公爵府是羅馬最富有魅力的府邸之一。

他的夫人是哥倫納斯家族最後一支的繼承人之一，招待客人禮數周到。因此，他家舉辦的晚宴甚至受到整個歐洲的推崇。

弗蘭士和阿爾培來到羅馬時帶著引見信，拜訪過公爵，所以一見到弗蘭士公爵問的第一個問題就是他的旅伴去哪兒了。

弗蘭士回答他說，在蠟燭熄滅的當兒，他走開了，到了馬西羅街就不見了。

「這麼說他尚未回旅館了？」公爵問道。

「我等到現在。」弗蘭士答道。

「您知道他到哪兒去了嗎？」

「不，不太清楚，不過，我想是幽會去了。」

「天哪！」公爵說道，「這麼樣的日子，或者說的準確些，這樣的夜晚，深夜出門卻遲遲不歸真是令人擔心啊！我說的對嗎，伯爵夫人？」

這最後幾句話是對G伯爵夫人說的，後者剛剛進門，此刻正挽著公爵的弟弟——托洛尼亞先生的胳膊走過來。

「相反，我覺得這是個迷人的夜晚，」伯爵夫人答道，「在這裡的人都只會抱怨一件事情——恨夜晚消逝得過快。」

「所以說嘛，」公爵微笑著接口說道，「我不是說這兒的人。他們不會遇到什麼危險，除了看到您這樣漂亮，男人會愛上您。而這裡的女士們也只會遇到一個危險，就是看見您如此美麗會嫉妒成疾。

我是指在羅馬的大街小巷裡行走的人。」

「呃！善良的上帝啊！」伯爵夫人問道，「這個時刻，假如不是參加舞會，誰還會在羅馬的街上亂闖呢？」

「我們的朋友阿爾培•馬瑟夫，伯爵夫人，」弗蘭士說道，「我離開他時大約在晚上七點鐘，去追一個陌生女人了，後來我一直沒再見到他。」

「什麼！您還不知道他在哪兒嗎？」

「一點兒都不知道。」

「他帶武器了嗎？」

「他穿著小丑服裝。」

「您本不該放他走的，」公爵對弗蘭士說道，「您比他對羅馬瞭解得多啊。」

「要他不去，就等於要拉住今天賽馬奪標的那匹三號馬，」弗蘭士答道，「您看他會出事嗎？」

「誰知道！今晚天色陰沉，而瑪西羅街離狄伯門又那麼近。」

弗蘭士發覺公爵和公爵夫人的想法與自己的擔心不謀而合，感到自己的血管中湧過一陣寒戰。

「因此我預先告訴旅館了，我今天將榮幸在您的府上度過一夜，公爵先生，」弗蘭士說道，「他一回旅店，就要來通知我。」

「瞧，」公爵說道，「我想，現在我的一個僕人就是找您來了。」

公爵沒有猜錯，看見弗蘭士那個僕人走過來。

「閣下，」他說道，「倫敦旅館的老闆讓我轉告您，有一個人帶著馬瑟夫子爵的一封信在旅館等您。」

「帶著子爵的一封信！」弗蘭士驚呼道。

「是的。」

「這個人是誰？」

「我不知道。」

「為什麼他不到這裡來親手把信交給我呢？」

「送信的什麼也沒說。」

「送信人在哪兒啊？」

「他看見我走進舞會大廳來向您通報，便立即走了。」

「哦！我的上帝！」伯爵夫人對弗蘭士說道，「趕快去吧，可憐的年輕人，或許他出了什麼事。」

「我這就去，」弗蘭士說道。

「您還回來把消息告訴我們嗎？」伯爵夫人問道。

「如果事情不那麼嚴重的話，我會回來的，要不然，我擔保不了我會怎麼行事。」

「不管怎麼說，要謹慎小心啊。」伯爵夫人說道。「哦！請放心吧。」

弗蘭士拿起帽子，匆匆忙忙地走了。他已經把馬車打發走，吩咐兩點來接他。幸而勃拉西諾府邸一頭靠著噶路街，另一頭毗連聖‧阿彼得廣場，離倫敦旅館頂多只有十分鐘的路程。

當弗蘭士走近旅館時，他看見一個人站在大街中央，他肯定，這就是阿爾培的送信人。這個人也裹了一件寬大的披風。弗蘭士向他走去，大大出乎他意料的是，這個人先向他開口。

「閣下要找我嗎？」他說著往後退了一步，彷彿在嚴陣以待。

「把馬瑟夫子爵的一封信帶來給我的就是你嗎？」弗蘭士問道。

「閣下是住在派里尼的旅館裡嗎？」

「是的。」

「閣下是子爵的旅伴嗎？」

「不錯。」

「閣下的尊姓大名？」

「弗蘭士・伊辟楠男爵。」

「那麼這封信就是交給閣下您的了。」

「需要回覆嗎？」弗蘭士從他手中接過信時問道。

「要的，至少您的朋友希望如此。」

「那麼上樓進我的房間吧，我寫回信給您。」

「我寧願在這裡等著閣下。」送信人笑著說道。

「為什麼呢？」

「閣下讀完信後便知道了。」

「那麼我還能到這裡來見到你嗎？」

「是的。」

弗蘭士回到旅館，在樓梯上遇見派里尼老闆。

「怎麼說？」他向弗蘭士問道。

「什麼怎麼說？」弗蘭士反問道。

「您見到您的朋友派來見您的那個人了嗎？」他向弗蘭士問道。

「是的，我看見他了，」弗蘭士答道，「他交給我這封信。請在我房間點上蠟燭吧。」

旅館主人吩咐僕人先帶一支蠟燭去點上。年輕人發覺派里尼老闆神色慌張，就更想看阿爾培的信。蠟燭點燃後，他就靠近去，展開信箋。信是阿爾培的手跡，並且有他的簽名。弗蘭士重讀了兩遍，他遠遠沒有料到信的內容。

信的全文如下：

我親愛的朋友，收到此信，煩勞你在書桌的抽屜裡找到我的皮夾子，拿出信用證，如數目不夠，把你的也加上。立即到托洛尼亞那兒，立刻向他提四千畢阿士特，將款交與來人。我急於要這筆錢，不能遲延。

閑言少敘，我信賴您，正如您將來可以信賴我那樣。

附筆——我現在相信義大利有強盜。

——你的朋友

阿爾培・馬瑟夫

在這幾行字的下首，有幾行陌生人的字跡，是用義大利文寫的：

那四千畢阿士特假如在早晨六點鐘不到我的手裡，阿爾培・馬瑟夫子爵在七點鐘就無法保命了。

——羅傑・范巴

弗蘭士見到第二個簽名後才恍然大悟，他終於明白為什麼送信人不願意上樓到他的房間來了。對送信人來說，街道更能確保他的安全。阿爾培已落到著名的強盜頭子的手裡了，他還一直拒絕相信有這麼一個人呢。

再沒時間可浪費了。他奔向書桌，打開那個抽屜，找到皮夾，在裡面翻出信用證，票面上總共有六千，但在這六千皮畢阿士特中，阿爾培已用掉了三千。

至於弗蘭士，他沒有任何信用證，由於他常住佛羅倫斯，來羅馬僅僅度七八天假，所以他隨身只帶了百來個路易，現在至多也只剩下五十個了。

弗蘭士和阿爾培兩個人的錢加起來尚需七八百個畢阿士特才能湊足所要款數。誠然，在這樣的情況下，弗蘭士可以指望托洛尼亞先生會慷慨解囊，這倒是真的。

就在他準備火速返回勃拉西諾府邸去時，突然，他的腦子一動，閃出一個念頭。

他想到了基督山伯爵。正當弗蘭士要吩咐僕人把派里尼老闆招來時，這當兒，他看到老闆本人出現在門口。

「親愛的派里尼先生，」他急匆匆地對他說道，「您認為伯爵現在在他的房間裡嗎？」

「在的，閣下，他剛剛回來。」

「他還沒上床吧？」

「我想還沒。」

「那麼請你去敲門，代我問一下能否接待我。」

派里尼老闆急急忙忙地照吩咐去做了。五分鐘後，他回來了。

「伯爵等著閣下。」他說道。

弗蘭士穿過樓梯平台，一個僕人把他帶進去見伯爵。伯爵待在一間小書房裡，房間四周圍了一圈沙發，弗蘭士從沒進去過。伯爵向他迎來。

「啊！是什麼風把你在這個時候吹到我這來，」他對他說道，「是來同我共進晚餐的吧？那你就太客氣啦。」

「不是的，我來是同您談一件很嚴重的事情的。」

「一件嚴重的事情！」用他一向空智的目光凝視著弗蘭士，說道，「什麼事情啊？」

「就我們倆嗎？」

伯爵走到門口，又折了回來。

「絕對只有我們兩個人。」他說道。

弗蘭士把阿爾培的信交給他。

「請看吧。」他對他說道。

伯爵看完了信。

「啊！啊！」他輕呼道。

「您看到附言了嗎？」

「是的，」他說道，「我看得很清楚：那四千畢阿士特假如在早晨六點鐘不到我的手裡，阿爾培‧馬瑟夫子爵在七點鐘就無法得命了。——羅傑‧范巴」

「您對此怎麼看呢？」弗蘭士問道。

「你有他所索要的款數嗎？」

「有一些，還差八百個畢阿士特。」

伯爵走到寫字台前，打開抽屜，裡面裝滿金幣。

「我希望你別瞧不起我，去向別人借錢而不向我借。」

「您看，我直接來找您了。」弗蘭士說道。

「為此我很感謝你，請拿吧。」

說著，他示意弗蘭士在抽屜裡隨意拿。

「有必要把這筆錢送到羅傑・范巴那裡嗎？」這回年輕人目光炯炯地注視著伯爵問道。

「當然啦！」他說道，「你自己去決定吧，附言寫得明白無誤。」

「我想，假如您肯勞神，說不定您會想出一個更好的辦法，把這場交易簡單化。」弗蘭士說道。

「怎麼會呢？」伯爵驚奇地問道。

「假如我們一同到羅傑・范巴那兒去，我深信他不會拒絕您給阿爾培自由的。」

「我憑什麼去指使一個強盜呢？」

「您不是剛剛幫了他一個永生難忘的大忙嗎？」

「什麼忙啊？」

「您不是剛剛救了佩皮諾一命嗎？」

「啊！啊！誰告訴你的？」

「別管是誰，我知道事情的真相。」

伯爵皺著眉頭沉默了一會兒。

「那麼假如我去找范巴，您陪同我去嗎？」

「只要您不討厭我的陪伴。」

「好吧，就這麼定了。今天的夜色柔美，能在羅馬郊外散一次步對我們來說也不錯。」

「需要帶上武器嗎？」

「拿武器幹什麼？」

「要帶錢嗎？」

「不用了。送便箋來的人在哪兒？」

「在街上。」

「他在等回覆嗎？」

「是的。」

「我們該弄清上哪裡去，我去叫他來。」

「不行的，他不願意上樓。」

「也許不願上您房間，但到我的房間，他是不會為難的。」

伯爵走到書房窗口前，書房面朝大街。怪聲怪調地吹了一聲口哨。穿披風的人就離開牆根，走到了街道中央。

「上來！」伯爵叫道，用命令僕人的口氣。

送信人毫不遲疑，甚至還表現出唯恐不及的樣子。他走上四級台階，進入旅館。五分鐘後，他來到書房門口。

「哦！是你，佩皮諾！」伯爵說道。

但佩皮諾一聲不吭，他只是跪下來，抓起伯爵的手，在上面吻了幾下。

「啊！啊！」伯爵說道，「你還沒忘記我救過你的命啊！這可不同尋常，這件事至今已過去一個星期了。」

「不，大人，我一輩子也忘不了的。」佩皮諾感激涕零地說道。

「一輩子，太長啦！不管怎麼說，但你畢竟這樣認為的。起來，回答問題吧。」

佩皮諾不安地向弗蘭士看了一眼。

「哦！在這位閣下面前，你說話不必顧慮，」伯爵說道，「他是我的一個朋友。」

「您允許我對您以朋友相稱吧，」他轉向弗蘭士用法語說道，「要想獲得這個人的信任，這是必需的。」

「當著我的面，盡說無防，」弗蘭士接口道，「我是伯爵的朋友。」

「好極啦，」佩皮諾這才轉向伯爵說道，「大人問什麼，我就答什麼。」

「阿爾培子爵怎麼會落入羅傑手中的？」

「大人，法國人的馬車與德麗莎乘的那輛相遇了好幾次。」

「是首領的情人嗎？」

「是的。法國人向她調情，德麗莎也飛過去幾個眼色跟他鬧著玩，法國人把一束束鮮花扔給她，她也回敬了。這樣做不用說是得到頭兒的同意的，他也待在同一輛馬車裡。」

「什麼！」弗蘭士叫出了聲，「羅傑・范巴當時在羅馬農婦的馬車裡？」

「就是他化裝成車夫駕車的。」佩皮諾答道。

「後來呢？」伯爵問道。

「嗨！後來，法國人脫下他的假面具，德麗莎經頭兒的同意，也脫下假面具，法國人要求約會，德麗莎同意見面了。不過，如約等在聖賈科莫教堂台階上的不是德麗莎，而是俾波。」

「什麼！」弗蘭士又打斷說，「搶走他蠟燭的那個農婦……」

「是個十五歲的男孩，」佩皮諾答道，「不過您的朋友這次上當也算不上丟面子，俾波騙過不少人呢，這沒什麼。」

「那麼俾波領他出城了是嗎？」伯爵問道。

「一點兒不錯。一輛馬車在馬西羅街的街口等候。俾波登上去，並請法國人跟他走，法國人不等別人請第二遍，也上了車，而且還殷勤地讓俾波坐在右邊，自己在他旁邊坐下。這時，俾波對他說，他將要把他帶到離羅馬一里地的一幢別墅去。法國人向俾波保證，就是到天涯海角他也會隨俾波同去。車子經過立庇得街出聖・保羅門。在鄉村行駛了二百來步遠。由於法國人變得實在過於輕浮，俾波不得不用一支手槍頂住了他的喉嚨，車夫立即勒住馬，掏出槍來。與此同時，隱藏在阿爾摩河邊上的四個自己人也衝向馬車門。那個法國人想反抗，聽說他差點把俾波掐得背過氣去，不過面對五個持槍的人他也毫無辦法，只得投降了。他們把他拖下馬車，沿著小河邊把他帶到德麗莎和羅傑那裡，他們正在聖・西伯斯坦的陵墓等著他。」

「好吧！」伯爵轉向弗蘭士說道，「不過，我覺得這個故事倒也扣人心弦。您說呢，您是行家啊？」

「我說我覺得這個故事很有趣，」弗蘭士答道，「如果不是可憐的阿爾培，而是別的人做故事的主角的話。」

「事實是，」伯爵說道，「如果您沒找到我，這次風流豔遇就要讓您的朋友破費不少了。不過您放心，他只是虛驚一場。」

「那麼我們還是去找他吧？」弗蘭士問道。

「當然囉！尤其待在一個風景非常秀美的地方。你熟悉聖‧西伯斯坦的陵墓嗎？」

「不，我從未去過，不過我已經想好總有一天要去的。」

「好吧，這是個現成的機會，機不可失呀？您的馬車在下面嗎？」

「沒有。」

「沒關係，無論白天還是夜間，他們總會給我準備一輛套上馬的車子。」

「套好的馬車？」

「是的，我常常會心血來潮。應該告訴你，有時我剛起身，或是吃過午飯，或是在深夜，我突然想到一個地方去，我就動身了。」

伯爵拉了一下鈴，他的貼身僕人走進來。

「叫人把車子從車庫裡拉出來，」他說道，「把袋裡的手槍拿掉，不必叫醒車夫，由哈里駕車就行。」

不一會兒，傳來了馬車駛到門口的車輪聲。

伯爵掏出懷錶。

「十二點半，」他說道，「我們即使五點鐘從這裡出發，也能及時趕到，不過時間一拖你那旅伴一夜可要徹夜難眠了，所以最好還是快點兒趕去把他從他那些不受教義約束的人手中解救出來。你仍然決心陪同我去嗎？」

「更堅決了。」

「行！那麼走吧。」

弗蘭士和伯爵走出來，後面跟著佩皮諾。

在大門口他們看見了馬車。阿里坐在趕車的位置上。弗蘭士認出他就是基督山山洞裡的那個啞奴。

弗蘭士和伯爵登上馬車，這是一輛雙座四輪轎式馬車。佩皮諾上前坐在阿里身旁，馬車急駛而去。阿里已事先得到指令，他驅車經高碌街橫穿過凡西諾廣場，穿到聖・格黎高里街，直達聖・西伯斯坦門。

到了那裡，守城門的兵士糾纏了一陣，但基督山伯爵出示了羅馬總督簽署的特准證，憑此可以不分晝夜隨時出城，所以鐵格子的城門閘吊了上去，守城的兵士得到一個路易的酬勞，馬車通過城門。

馬車現在所經的路就是古代的阿匹愛氏大道，兩旁都是墳墓。月亮現在已開始升起來了，在月光之下，弗蘭士好像時時看到一個哨兵從廢墟中鑽出來，但佩皮諾和哨兵交換了一個暗號，哨兵隨即縮回到黑暗中，消失不見了。快要到卡拉卡拉競技場的時候，馬車停住了，佩皮諾下來打開車門，伯爵和弗蘭士跳下車來。

「再走十分鐘，」伯爵對他的陪同說，「我們就到了。」

說完，他把佩皮諾拉到一邊，低聲給佩皮諾一個吩咐，佩皮諾帶上從馬車後箱裡取出的火把，上路了。

又是五分鐘過去了，在這期間，弗蘭士看見這個牧羊人鑽進一條羊腸小徑，在羅馬平原上的一塊坑坑窪窪的地面上行走，消失在宛如巨獅豎起的鬃毛一樣的，高高的紅草中間。

「現在，」伯爵說道，「我們跟他走吧。」

弗蘭士和伯爵也走上了那條羊腸小徑，走了百來步，通過一道斜坡，小徑把他們帶到一個小山谷的盡頭。

過了不久，他們就發現有兩個人在暗處交談。

「我們該繼續向前走嗎？」弗蘭士問伯爵道，「還是在這兒等著呢？」

「向前走吧，佩皮諾大概告訴哨兵，我們來了。」

果真，這兩個人中有一個就是佩皮諾，另一個是放哨的強盜。

弗蘭士和伯爵走上前去，強盜躬身致意。「大人，」佩皮諾對伯爵說道，「請跟我走，地下墓穴的入口離這裡不遠。」

「好吧，」伯爵說道，「你走在前面。」

果然，在一簇簇荊棘叢後面的一片亂石堆之間，露出一個洞口，只能容下一個人通過。

佩皮諾第一個鑽進洞裡，不過他剛走了幾步，地下通道便豁然開朗。這時，他停了下來，點燃火把，回過頭來看看他們是否還跟在後面。

伯爵先鑽進這像通風口一樣的入口，弗蘭士緊隨其後。

地道呈緩坡往下延伸，越往下走，坡道就越寬，然而，弗蘭士和伯爵仍然不得不彎著腰前進，剛好容下他們兩個並排行走。他們就這樣又走了一百五十步，聽見一聲高喊「是誰」，便收住了腳步。

同時，他們在黑暗中看到火把的光照得短槍槍口閃閃發光。

「朋友！」佩皮諾說道。

說著，他一個人向前走去，低聲向第二個哨兵說了幾句。後者像先前那個一樣躬身致敬，示意夜訪者可以繼續前進。

那個哨兵的後面是一道台階，一共有二十級的台階。弗蘭士和伯爵拾級而下，發覺他們已站在一個墳場的交叉路口。五條路像星光一樣鋪向遠方，牆壁上挖有棺材形的壁龕，表示他們終於來到了陵墓內部。

有一處凹進去的地方非常深，看不見裡面有任何光線。

伯爵把手放在弗蘭士的肩上。

「您想看看熟睡中的強盜大本營嗎？」他對他說道。

「那還用說。」弗蘭士答道。

「好吧！跟我來……佩皮諾，把火把滅掉。」

佩皮諾滅掉火把，於是弗蘭士和伯爵置身於一片黑暗之中。

不過，在他們前面五十來步遠處，沿著牆壁，依然跳動著一絲紅光，在佩皮諾熄滅火把之後，光線顯得更加明亮了。

他們悄然無聲地繼續往前走，伯爵帶著弗蘭士，彷彿他具有能在暗中看見東西的特異功能。隨著弗蘭士走近給他們指出方向的光源，他本人也漸漸能看清前面的路了。

有三座連環的拱廊出現在他們面前，中間那一座就成了出入的門戶。

這三座拱廊一面通到伯爵和弗蘭士來時的那條地道，一面通到一間四方形的大房間，房間的四壁佈滿了我們以前所說過的那種同樣的壁龕。

在這個房間的中央，有四塊大石頭，以前被當做祭壇，石頭上面的十字架仍然清晰可見。

廊柱腳下放著一盞燈，搖曳的燈光透著青白色，照出眼前這一幕奇特的場面，黑影下的兩位來客將這一切看在眼裡。

房間裡坐著一個人，用手肘靠著廊柱，正在看書，他的背向著拱廊，來客通過拱門，望著他。這個人就是隊裡的首領羅傑・范巴。

在他的四周，可以看到二十多個強盜，都裹在他們的披風裡，有的躺在地上，有的用背靠著這墓穴四周的石凳。人人的短槍都放在觸手可及的地方。

在最深處隱隱約約可以看見一個哨兵默不作聲，像一個幽靈似的，在一個洞口前面踱來踱去，正是因為那個地方更加黑暗，所以才能判斷出那裡有一個洞口。

當伯爵認為弗蘭士已欣賞完這幅美妙生動的圖畫後，他就把手指放在嘴唇上警告他不要出聲，然後走下從通道到地下墓穴的三階石階，從中間的那座拱門進入房間，向范巴走過去。後者看書看得如此專注，竟然沒有聽到他的腳步聲。

「誰？」哨兵叫喊道，看到燈光下有一個暗影在首領的身後逐漸增大，哨兵警覺起來。

范巴聽見這聲喊叫，迅速站起來，同時從腰帶上抽出一把手槍。

一剎那，所有強盜都跳了起來，二十支馬槍槍口一致對準伯爵。

「哦！」伯爵鎮定地說，臉上的肌肉沒有一絲顫動，「哦！親愛的范巴，我覺得你接待一個朋友排場也太大了點兒啦！」

「放下武器！」首領喊道，做了一個命令式的手勢，他用另一隻手恭恭敬敬地脫下帽子。

接著，他轉身面向那個控制全域的不尋常的人物。

「對不起，伯爵先生，」他對他說道，「我遠遠沒有料到有幸接待您來訪，所以沒有認出您來。」

「看來你很健忘，范巴，」伯爵說道，「你不僅記不住人的模樣，也記不住向他們許下的諾言。」

「我忘記了對您的諾言嗎，伯爵先生？」強盜說道，他的模樣像是犯了過錯，急於彌補似的。

「我們不是說定了嘛，」伯爵說道，「不僅對我本人，即便對我的朋友，對你都是神聖不可侵犯的嗎？」

「我在哪兒違反約定啦，大人？」

「你今晚劫走了阿爾培・馬瑟夫子爵，並把他綁架到這裡來了。嗯？」伯爵繼續說道，他的音調讓弗蘭士聽了直打哆嗦，「這個年輕人就是我的一位朋友，他與我同住在一家旅館裡，那個年輕人一個星期以來坐著我的馬車在科爾索街轉圈。但是，我再重複一遍，你卻劫走他，並把他轉移到這兒，還有，」伯爵從他的口袋裡掏出一封信補充道，「你向他要贖金，好像他是一個毫不相干的人似的。」

「為什麼你們不把這件事告訴我呢，你們？」首領轉向他手下的人說道，在他的逼視下，手下人紛紛後退，「為什麼你們要讓我對伯爵先生這樣的人食言呢？伯爵還掌握著我們的生死令。我以基督的鮮血發誓！假如我相信你們之中的某個人早就知道那個年輕人就是這位大人的朋友的話，我早就親手崩了他的腦袋。」

「看見了吧！」伯爵轉身向弗蘭士說道，「我早就對您說了，這裡面有點兒誤會。」

「您不是一個人來的嗎？」范巴不安地問道。

「我與這封信的收信人一起來的，我想向他證明羅傑・范巴是一個說話算數的人。來吧，閣下，」他對弗蘭士說道，「他就是羅傑・范巴，他要親口對你說，為自己犯下的過錯向您道歉。」

弗蘭士走上前去，首領向他迎上幾步。

「歡迎您來我們這裡，閣下，」他對弗蘭士說，「伯爵剛才那番話和我的回答，您都聽見了吧，我想再補充一句，我不願為了我給您的朋友定下的四千畢阿士特的贖金而發生這種事情。」

「可是，」弗蘭士不安地向四周掃視了一圈說道，「子爵在哪兒呢？我沒看見他啊。」

「我希望他沒有出事。」伯爵皺著眉頭問道。

「肉票在那裡，」范巴用手指著有強盜在前面獨步放哨的一個凹處說道，「我去親自告訴他，他自由了。」

首領向那個被他指定作為阿爾培臨時牢房的凹處走去，弗蘭士和伯爵跟在他的後面。

「肉票在幹什麼？」范巴向哨兵問道。

「天哪，頭兒，」那人答道，「我一無所知。一個多小時了，我聽不到他的動靜。」

「來吧，大人！」范巴說道。

伯爵和弗蘭士爬了七八個梯級，首領頭子始終走在前面，他抽出門閂，推開一扇門。

於是，在一盞跟照亮地下墓穴的燈相同的燈光下，只見阿爾培裹著從一個強盜那裡借來的一件披風，躺在一個角落裡呼呼大睡。

「哦！」伯爵帶著他那特有的微笑說道，「這對一個在早上七點鐘就要被槍決的人來說可不壞呀。」

范巴懷著某種讚賞望著熟睡的阿爾培，可以看出他對他的勇氣非常欣賞。

「您說得對，伯爵先生，」他說道，「這個人應該是您的一個朋友。」

然後他走近阿爾培，拍了拍他的肩膀。

「閣下，」他說道，「請您醒醒好嗎？」

阿爾培伸了伸胳膊，揉了揉眼皮，睜開雙眼。

「啊！啊！」他說道，「是您啊，頭兒！天哪，您本該讓我睡覺，我正在做一個美夢，我夢見在托洛尼亞府邸與G伯爵夫人跳極樂舞呢！」

他掏出懷錶，他留下了錶，要知道是什麼時間。

「清晨一點半！」他說道，「活見鬼！為什麼您在這時候叫醒我呢？」

「為了來告訴您，您自由了，閣下。」

「親愛的，」阿爾培落拓不羈地接著說道，「以後請您記住拿破崙一世說的這句名言：『有壞消息再來叫醒我。』假如您讓我一直睡下去，我就可以跳完極樂舞了，我一生都會對您感激不盡的……那麼，有人付清我的贖金了？」

「沒有，閣下。」

「哦！那我怎麼會獲得自由呢？」

「有一個我無法拒絕他的人前來把您要回去。」

「到這裡來了嗎？」

「到這裡來了。」

「啊，當真，這個人可真是個好心人哪！」

阿爾培環顧四周，看見了弗蘭士。

「什麼，」他對他說道，「是你啊，親愛的弗蘭士，你對我居然忠誠到這個地步嗎？」

「不，不是我，」弗蘭士說道，「是我們的鄰居基督山伯爵先生。」

「啊，當真！伯爵先生，」阿爾培一面整理領帶和袖口，一面高高興興地說道，「您真是一個難得的大好人，我希望您知道我永遠對您感激不盡。首先為借車一事；其次又為這件事情！」說完，他向伯爵伸出手去，伯爵在把他的手伸出來的時候，全身打了一個寒戰，但還是向他伸出了手。

那個強盜目瞪口呆地看著這一場面，顯然，他已經看慣了他的俘虜在他面前瑟瑟發抖的樣子，眼下這個人卻能保持住喜歡嘲諷的本性。

弗蘭士呢，他看見阿爾培即使在一個強盜頭子面前，也沒有失去法國人的氣概，感到十分自豪。

「親愛的阿爾培，」弗蘭士對他說道，「假如你加快速度，我們還有時間在托洛尼亞府上共度良宵的，你還可以跳完那曲打斷了的極樂舞。這樣，你就不再怨恨羅傑先生了，在這件事情中，他一直是很有風度的。」

「啊！一點兒不錯，」他說道，「你言之有理，我們可以在兩點鐘到達那裡。羅傑先生，」阿爾培繼續說道，「還要履行別的手續才能向閣下告別嗎？」

「什麼手續也沒有，先生，」強盜答道，「您像空氣一樣來去自由。」

「這樣的話，祝您生活幸福愉快！走吧，先生們，走吧！」

阿爾培領頭，弗蘭士和伯爵跟在後面，拾級而下，穿過大方廳，所有的強盜都拿著帽子站在一旁。

「佩皮諾，」強盜說道，「把火把給我。」

「哦！你要幹什麼？」伯爵問道。

「我要親自送你們出去，」強盜說道，「以表對閣下的敬意。」說著，他從那個牧羊人手中接過燃燒的火把，走在客人前面，不是像僕人那樣，要完成一件卑下的事，而是像國王那樣，給大使們當前導。

走到門口，他躬身致敬。

「現在，伯爵先生，」他說道，「我再次向您表示歉意，我希望這次的不快您不要記掛於心。」

「不會的，親愛的范巴，」伯爵說道，「再說，您已經殷勤周到地補回您的過失了，我們幾乎要感謝您犯了這樣的錯誤呢。」

「先生們！」首領轉身對兩個年輕人接著說道，「也許我的提議並不使你們感興趣，如果你們想再次拜訪我，則不論什麼時候，不論我在哪兒，你們總是受歡迎的。」

弗蘭士和阿爾培鞠了一躬。伯爵最先出門，阿爾培隨後，弗蘭士走在最後。

「閣下有什麼事情要問我嗎？」范巴笑著問道。

「是的，不瞞您說，」弗蘭士答道，「我們進來時，您那麼專心地在讀書，我很想知道您在讀什麼大作？」

「愷撒的《高盧戰記》，」強盜說道，「這是我特別愛讀的書。」

「怎麼樣！您不走嗎？」阿爾培問道。

「走，」弗蘭士答道，「我來了！」

他立即也走出通氣口。

他們在平原上走了幾步。

「啊！對不起！」阿爾培回過身子說道，「借個火好嗎，首領？」

說著，他借著范巴的火把點著了雪茄煙。

「現在，伯爵先生，」他說道，「盡可能快走吧！我非常想去勃拉西諾公爵府上度過我這一夜呢。」

他們又登上在原地等著的馬車，伯爵向阿里說了一句阿拉伯語，馬兒風馳電掣般地飛奔起來。

當兩位朋友回到舞廳時，阿爾培的錶針正指向兩點。

他們的歸來引起一陣騷動。

由於他們一起進來，大家對阿爾培的種種不安頓時煙消雲散了。

「夫人，」馬瑟夫子爵邊走向伯爵夫人身邊說道，「昨天，蒙你垂愛，答應與我跳一曲極樂舞。我來得有點兒遲了，現在想請您兌現這個誘人的諾言，但我的朋友在這裡，您對他的誠實是十分瞭解的，他能向您證實，過錯不在於我。」

由於這時音樂奏出了華爾滋的前奏曲，阿爾培挽住伯爵夫人的纖腰，同她一起消失在那群旋轉著的人潮之中。

這時，弗蘭士仍在思索著一件事，就是剛才基督山伯爵勉勉強強把手伸給阿爾培時，為什麼全身都在莫名其妙地顫抖著。

# chapter 38 約會

翌日，阿爾培剛起床，他說的第一句話便是建議弗蘭士去拜訪伯爵。昨夜他已經感謝過伯爵，然而他明白，像伯爵所幫的這種忙，是值得再去感謝第二遍的。

弗蘭士覺得伯爵似乎對他有一種無形的吸引力，其間還夾雜著一種恐懼心理，所以他不想讓阿爾培獨自去伯爵那邊，於是便陪他去了。兩個人被領到客廳裡，五分鐘後，伯爵走了進來。

「伯爵先生，」阿爾培迎向他說道，「允許我再次向您表達我昨晚所說的那蒼白無力的謝意，並保證：我永遠不會忘記您施與我們的種種恩情。您的大恩我必將銘刻在心，可以說您也賜予了我新生。」

「親愛的鄰居，」伯爵笑著答道，「你未免過於誇大我對您的恩情了。我只是為你省下區區兩萬法郎的旅遊支出而已。這根本不值得一提的。您瞧，」他補充說道，「我應該向您的勇氣致敬，您昨天臨危不亂的安閒態度實在可敬。」

「有什麼辦法呢，伯爵，」阿爾培說道，「我這樣設想：我跟人尋釁吵鬧了一場。隨之而來的是決鬥，我要向強盜們證明一件事：雖然在這個世界上任何人都可能陷入棘手的困境，但卻只有法蘭西民族能夠帶著微笑面對猙獰的死神。不管怎麼說，您對我仍然恩重如山，我此次來的目的是想問問您，不論我本人、我的朋友，還是我認識的人，能不能在某些方面為您效勞。我的父親，馬瑟夫伯爵祖籍是西班牙人，他在法國和西班牙享有崇高的地位，我還有那些所有愛我的人都會竭盡全力為您效勞的。」

「好啊！」伯爵說道，「不瞞您說，馬瑟夫先生，我一直等待著您的好意，並且我真心實意地接受了。我早已決定，請求您幫我一個大忙。」

「幫什麼忙啊？」

「我從未到過巴黎！我也不熟悉巴黎……」

「當真？」阿爾培大聲說道，「您沒見過巴黎，竟能生活到如今？真是太難以想像！」

「然而事實如此。我同您一樣感到，不去見識一下這座世界名城是行不通的。不僅如此，假如我認識的某個人能把我引薦給與我毫無關係的社交界的話，或許我已經作過這次必不可少的旅行了。」

「啊！引見像您這樣一個人！」阿爾培大聲說道。

「您真是太好了。但我覺得自己除了能和阿葛陀先生或羅斯希爾德先生這些百萬富翁一爭高下以外，再無可取之處，而且我不會到巴黎去做投機生意，就為此，所以我遲遲未能成行。現在您的好意讓我下了決心，你瞧，親愛的馬瑟夫先生，你已經作出許諾（伯爵說這句話時露出一個奇特的微笑），當我去法國時，你許諾將為我打開社交界的大門，我對那裡可是像印第安人和印度支那人那樣一無所知啊！」

「啊！這件事，伯爵先生，我可以處理得很好，而且非常樂意為您效勞！」阿爾培答道，「更為湊巧的是（親愛的弗蘭士，請別笑話我），我今晨收到一封信，要我回到巴黎，事關我的婚姻大事，女方是名門閨秀，她們是巴黎上流社會的名流。」

「是聯姻嗎？」弗蘭士笑著問道。

「啊！我的上帝啊，是的！所以說，當您再度回到巴黎看見我時，會看到我不再為所欲為，或許是一家之主了。這很符合我嚴肅的天性，不是嗎？無論如何，伯爵，我再向您重複一遍，我與我的家人願為您赴湯蹈火。」

「我接受了，」伯爵說道，「因為我可以向您發誓說，我只缺少這麼一個機會去實現我醞釀已久的計畫啦。」

弗蘭士毫不懷疑，這些計畫就是他與伯爵在基督山岩洞裡談論的話題中透露的那些想法，因此在他說這番話時，他仔細地觀察他，試圖從他的臉上的變化找出他去巴黎的真正目的。但是他難以看透此人的內心活動，尤其當伯爵用微笑來掩飾的時候。

「可是，說說看吧，伯爵，」阿爾培接著說道，他為自己能引見像基督山伯爵這樣的人而竊竊自喜，「您去巴黎的計畫，是不是生活中我們常常在頭腦中建起的空中樓閣，如同建築在沙灘上的房屋，風一吹就會把它刮跑呢？」

「不會的，我以名譽擔保，」伯爵說道，「我想去巴黎，我必須去。」

「什麼時候？」

「您自己什麼時候回巴黎呢？」

「我嗎？」阿爾培說道，「啊！我的上帝！再過半個月，至多三個星期，這段時間夠我趕回去的了。」

「好吧！」伯爵說道，「我給您三個月的時間，你瞧，我給您的時間夠寬的了。」

「那麼再過三個月您就上我家來了？」阿爾培興奮得大聲說道。

「您想定個約定，哪一天和時間都講好嗎？」伯爵說道，「我得預先告訴您，我可是非常準時的啊。」

「講好哪一天和時間，」阿爾培說道，「這正合我意！」

「好吧，就這麼說定了。」他把手伸向一本掛在一面鏡子旁的日曆說道，「今天是二月二十一日（他掏出懷錶），上午十點半。您願意在今年五月二十一日上午十點半等我嗎？」

「太好啦！」阿爾培說道，「我準備早飯。」

「您住在哪兒？」

「海爾達路二十七號。」

「您單身住在家裡，我不會給您添麻煩吧？」

「我住在我父親的府邸裡，但卻是在院裡深處與其他建築完全隔開的一座樓。」

「行。」

於是伯爵拿出記事本，寫上：海爾達路二十七號，五月二十一日上午十點半鐘。

「現在，」伯爵重新把記事本放回口袋說道，「請放心吧，你的掛鐘的指針也不會比我更準確。」

「我在動身之前還會見到您嗎？」阿爾培問道。

「看情況吧，您何時動身呢？」

「我明天傍晚五點走。」

「這麼說，我就必須跟您道別了。我要到那不勒斯去一趟，要到星期六晚上或是星期天上午才能回來。那麼您呢，」伯爵向弗蘭士問道，「您也走嗎，男爵先生？」

「是的。」

「去法國？」

「不，去威尼斯。我還要在義大利待上一兩年。」

「那麼我們不能在巴黎見面了嗎？」

「我怕是沒有這份榮幸了。」

「好啦，先生們，一路順風！」伯爵向這兩位朋友說道，並向他倆分別伸出一隻手去。

這是弗蘭士第一次接觸到這個人的手，他不由得打了一個寒戰，因為那雙手像死人的手一樣冰冷。

「最後再說一遍，」阿爾培說道，「就這麼定了，以名譽擔保，是嗎？海爾達路二十七號，五月二十一日上午十點半？」

「五月二十一日上午十點半，海爾達路二十七號。」伯爵又重複了一遍。

於是兩個年輕人向伯爵鞠躬，走了出去。

「你究竟怎麼啦？」阿爾培回到住所對弗蘭士說道，「你看來似乎心事重重的樣子。」

「嗯，」弗蘭士說道，「我向您坦白我的想法，伯爵是個身分不明的人，看著他同你在巴黎定下約定，這真讓我不安。」

「約會……不安！天哪！難道你瘋了嗎，親愛的弗蘭士？」阿爾培大聲說道。

「有什麼辦法，」弗蘭士說道，「瘋了也好，沒瘋也好，反正這是我的真實感受。」

「聽著，」阿爾培接著說道，「我很高興能有這個機會和你談談，我一直感到你對伯爵顯然懷有戒備，而我卻相反，認為他對我們總是有求必應的。你有什麼特別的事情要防他嗎？」

「也許。」

「來到這之前，你曾經在哪兒見過他了嗎？」

「一點兒不錯。」

「在哪兒？」

「你能保證不向他人洩露我告訴你的每一句話嗎？」

「我答應你。」

「以人格擔保？」

「以人格擔保。」

「那就好，那麼請聽下去吧。」

於是，弗蘭士向阿爾培敘述了他去基督山島的經歷，他怎樣在那裡見到了一船的走私販子，又在這群人中發現了兩個科西嘉強盜。他著重說到了伯爵在他那只有在《一千零一夜》童話中才有的岩洞裡所給予他的種種神仙般的款待。他向他談到了晚餐、印度大麻、雕像、現實與夢幻，怎樣在他醒來時，作為這一切回憶的憑證卻消失得無影無蹤，只剩下那艘遊艇，在海天相接的地平線上揚帆駛向韋基奧港。

接著，他又說到他來到羅馬後，在鬥獸場的那一晚，他偷偷聽到的伯爵與范巴的談話，這場談話與佩皮諾有關，談話間，伯爵承諾會設法取得對強盜的赦免令，他忠誠地兌現了自己的承諾，讀者對此已經了然於心。

最後，他談到了上一個夜晚的遭遇，以及他還缺少六七百畢阿士特才能湊足數目的困境，談到了後來他又是如何想到去向伯爵借錢的，結果是這樣的想法使事情有了令人滿意的結局。

阿爾培全神貫注地聽著弗蘭士講述。

「那又怎樣！」當弗蘭士說完後，阿爾培說道，「在所有事情中，你發現有什麼事應該受到批評嗎？伯爵喜歡旅行，因為有錢，所以自己買了一條船。你到樸次茅斯或索斯安普敦瞧瞧去吧，你會看到港口內停滿遊艇，都屬於富有的英國人，他們也有同樣的愛好。而為了在他旅行的途中有一個安息的地方，為了逃避那種毒害我們的可怕的飯菜——我吃了四個月，你吃了四年，為了不睡在這種叫人睡不著覺的、蹩腳透頂的床上——他在基督山安排了一個住處。然後，當他把地方安排好以後，他又怕托斯卡納政府會把他趕走，使他蒙受損失，所以他買了那個島，並使用了島的名字。親愛的，仔細回憶一下，請告訴我，我們認識的人中，不是也有用地名或產業的名字，而那些地方或產業，他們生平從來不曾擁有過的嗎？」

「可是，」弗蘭士對阿爾培說道，「他的船員卻與科西嘉的強盜混在一起，這正常嗎！」

「喔！那有什麼可以大驚小怪的呢？你不是比別人更清楚，科西嘉的強盜並不是流氓或賊，而純粹是為報家仇而被迫東躲西藏，離鄉背井的人。和他們交朋友並不算是一種恥辱。至於我，我可以毫無顧忌地說，假如我一旦去訪問科西嘉，就會在拜訪總督或縣長以前，先去拜訪拜訪哥倫白的強盜，如果能夠找到他們的話，我覺得他們很可愛。」

「不過范巴和他的一幫人，」弗蘭士接著說道，「這些人是明火執仗的小偷，我希望你不會否認這一點吧？這樣的暴徒竟然也心甘情願地聽命於伯爵，你又怎麼解釋呢？」

「我要說，親愛的，從我的經歷來看，我是多虧他的影響力才保住了一條命的，我沒有資格來追究指責他的影響力。所以，我不僅不會像你那樣，把這件事情作為他的主要罪狀，我還要請你能讓我原諒他，因為即使不說他救了我的命——也許這樣說就誇大其詞——至少他讓我節省了四千畢阿士特，按我們的錢算相當於兩萬四千利弗爾，我在法國肯定沒有這麼高的定價。這就證明，」阿爾培笑著補充道，「任何預言家都不會被本國的人稱頌。」

「嗯！再談得具體點兒吧，伯爵是哪個國家人呢？他的母語是什麼？靠什麼為生？他的巨大財富從何而來？他的後期生活的基調是沉悶憂鬱、憤世嫉俗的，那麼，他那神秘莫測、不為人知的前半生到底是怎樣的？要是我處在你的地位，我倒想摸清情況。」

「親愛的弗蘭士，」阿爾培接著說道，「當你收到我的信後，你看出我們需要伯爵的影響力，你會對他說：阿爾培・馬瑟夫，我的朋友，正遇到危險，請幫我一下，讓他脫險！是不是這樣的？」

「是的。」

「那麼，他是否問過你：阿爾培・馬瑟夫是怎樣的人？他的名字從哪兒來的？他的財富從哪兒來的？他以何為生？他是哪個國家人？他出生在哪裡？他問過你這些嗎，說啊？」

「沒有，我承認。」

「他來了，如此而已。他把我從范巴的手上救了出來，在范巴那裡，雖然如你說的，我顯得滿不在乎的樣子，其實，我承認，我是出盡了洋相。好了！親愛的，他為我幫了一個大忙，回過頭來他請我為他做一件我們每天都在為途經巴黎的任何一個俄國或是義大利親王做的事情，就是說把他介紹到上流社會，而你卻要我拒絕為他做這件事？行啦，你簡直是瘋啦！」

應該說，這一次不同往常，這回理由全在阿爾培這一邊了。

「說到底，」弗蘭士歎口氣接著說道，「你怎麼高興就怎麼做吧，親愛的子爵，因為你的話似是而非。不過，無論怎麼說，伯爵終究是個怪人。」

「基督山伯爵是一個博愛主義者，他沒有告訴你，他到巴黎是什麼目的。他訪問巴黎的動機無疑是要去爭取蒙松獎章。如果他只需我這一票，就可以獲得這個獎，說不定這個邪惡的先生具有這樣的影響力，能輕鬆得到這個獎，那麼，我會投他一票，而且會盡力保證他有這個影響力。到此為止吧，弗蘭士，別再說下去了，我們進餐去吧，然後再最後遊覽一回聖彼得大教堂。」

按照阿爾培說的，他倆去吃飯、參觀了。次日，在午後五點鐘光景，兩個年輕人分手了，阿爾培・馬瑟夫回巴黎；弗蘭士・伊辟楠到威尼斯去度半個月的假。

上車之前，阿爾培還在擔心他的客人會忘記約定，於是特地交給旅館侍者一張名片，讓他轉交給基督山伯爵，在名片上「阿爾培・馬瑟夫子爵」這行字的下首，他還用鉛筆注上：

五月二十一日上午十點半鐘
海爾達路二十七號

# chapter 39 賓客

阿爾培・馬瑟夫在羅馬與基督山伯爵約定在海爾達路的府邸裡相會，五月二十一日上午，府邸裡一切都已準備就緒，以便年輕人能夠實現自己的諾言。

阿爾培・馬瑟夫所住的那一座樓房位於一個大庭院的一角，正面對著一幢附屬建築，那是僕人們的住所。那座樓房只有兩扇窗向街，三扇窗朝著前庭，背後的兩扇窗朝著花園。

在前庭和花園之間，聳立著馬瑟夫伯爵夫婦的豪華住宅，屬於當時流行的宮廷式建築風格，雖然富麗堂皇卻難掩低俗的趣味。

在這幢住宅的正門和街道之間隔著一堵高高的圍牆，牆頭上每隔一段便擺著一盤開滿鮮花的花盆，中央開著一扇鍍金的大鐵門，用作馬車進出的大門。門房左邊有一扇小門，那是供僕人或步行出入的主人用的。

從選擇這座樓房歸阿爾培居住這一點上，就可以體會到做母親的良苦用心和她的體貼入微，可以看出她既不願意離開她的兒子，可是也明白他十分需要擁有自己的自由空間；同時，我們必須承認，從中也可以看出這個年輕人聰明的、利己的心思，他已習慣了富家子弟的這種無拘無束的散漫生活，就像籠中鳥嚮往的生活那樣。

透過臨街的兩扇窗，阿爾培・馬瑟夫可以觀察到街道上的一切情況。觀看街景對年輕人來說是必不可少的，年輕人總是想看到世界在視野中的變化，哪怕只是街道這樣狹小的天地！要是恰巧出現了一件值得更仔細考察的事物，阿爾培・馬瑟夫就會從一扇小門裡出去，繼續他的研究工作。那扇小門和門房左近的那扇門相同，是值得詳細描寫一番的。

它是一個小入口，門上積滿灰塵，像是自從房屋建成以來，從來不曾用過似的，但是鎖和鉸鏈都仔細上過油，表明它有著不為人知的用途。這扇門嘲笑著門房，因為門房雖然小心警戒，而對它卻疏於防範。開門的方法，就像《一千零一夜》中阿里巴巴使用的口訣一樣，似乎只要高喊一聲「芝麻開門」，或者用世界上最甜美的聲音說出一個咒語，抑或是用白皙的纖指輕輕一觸，這扇門就會打開。

這扇門和一條長廊的盡頭相通，長廊也就是候見室，盡頭右邊通向朝著院子的餐廳。灌木和爬牆類植物遮住了這兩個房間的窗口，從花園或前庭無法看清房間裡的情形，只有好奇的眼睛有意窺視才看得見。

二樓有兩個房間同一樓一模一樣，只是在候見室那個地方又多出了一間，這三個房間分別用作客廳，密室，寢室。

樓下的客廳只不過是給吸煙者使用的阿爾及爾式的房間。

樓上的那間密室和寢室之間有一扇暗門相通，暗門就在樓梯口，可見採取了一切小心措施。

在這一層樓上面，是一間寬敞的藝術工作室，由於拆除了隔牆和板壁，房間的空間更大了，這幢樓名流雲集，在這裡藝術家和花花公子們激烈爭論各展才能。這兒擺放著阿爾培一時興起陸續收集得來的成績——號角、低音四弦琴、大大小小的笛子——一整套管弦樂隊的樂器，因為阿爾培並非出於愛好，而只是對音樂一時入迷；還有畫架、調色板、畫筆、鉛筆——因為對音樂的一時癡迷又讓位於對繪畫不切實際的追求；還有襯胸軟墊，拳擊用的手套，闊劍和練習鬥劍用的木棍。因為，以當時時髦青年為榜樣，阿爾培・馬瑟夫除了音樂和繪畫以外，還以更加堅韌的精神來學習三樣技術，以完成一個花花公子的教育，那三樣技術就是劍術、拳擊和棍法；他在這個房間裡先後接待了格里塞、考克和卻爾斯・勒布歇。

在這個派特殊用場的房間裡，還有別的傢俱，其中包括法蘭西一世時期的舊櫃，裡面裝滿了中國和日本的花瓶、盧加或羅比亞的陶器、巴立賽的餐碟；還有一些古代扶手椅，大概是亨利四世或薩立公爵，路易十三或紅衣主教黎希留曾坐過的，因為有兩三張圈椅上，雕刻著一面盾牌，盾牌是淡青色的，上面雕出百合花紋的法國國徽，很容易看出是出自羅浮宮，或者至少出自某位王公的古堡儲藏室。在這些黯黑陰沉的椅子上，凌亂不堪地堆著豔麗的華服，是在波斯的日光底下染成或由加爾各答和昌德納戈爾的女人親手織成的。這些衣服放在那裡派上什麼用場，無人知曉。它們在等待分派用途，以便造福人們的眼睛，但究竟做什麼用，連它們的主人也還不知道。它們擺在那裡，用絲綢的華美和金絲的光芒裝飾著房間。

房間中央，有一架花梨木的鋼琴，體積雖小，但在它那狹隘而響亮的胸膛裡，卻包含著整個管弦樂隊，吟唱出貝多芬、韋伯、莫札特、海頓、葛立戴和普波拉的傑作。

在牆上、門上、天花板上，掛著寶劍、匕首、馬來人的短劍、長錘、戰斧、鍍金嵌銀的盔甲，枯萎的植物標本，礦石標本，和肚子裡塞滿草、展開火紅的翅膀欲飛、嘴巴永不閉攏的鳥，保持著一動不動的飛翔狀態。

毫無疑問，這是阿爾培鍾愛的房間。

不過，約定的那天，略加梳洗打扮的年輕人，把他的總部設在底樓的小客廳。房間中央有一張桌子，四周是一圈寬大奢華的靠背長椅，桌子上放著各種著名的煙草，馬里蘭的、波多黎各的、拉塔基亞的，總之，從彼得斯堡的黃煙草到賽奈的黑煙草一應俱全，都裝在荷蘭人最喜歡的那種表面有碎裂紋的瓦罐裡。在這些瓦罐旁邊，擺了一排香木盒子，按品質和大小，依次排列著蒲魯斯雪茄、古巴雪茄、哈瓦那雪茄和馬尼拉雪茄。在一隻敞開著的碗櫃裡，放著一套德國煙筒，有的是旱煙筒，煙嘴是鑲珊瑚的琥珀製的；有的是水煙筒，配著很長的皮管子，吸煙者可隨意選用。阿爾培親自張羅著，或者不如說有意製造凌亂，用完現代風味的早餐、飲過咖啡之後，客人們便開始吞雲吐霧，並欣賞著變幻莫測的煙霧冕冕升上天花板。

十點差一刻時，貼身侍僕走了進來。他是一個十五歲的青年侍者，只會說英語，名叫約翰，阿爾培只有他一個僕人。當然啦，在平時，府邸的廚師也同時為他服務，遇上重大的日子，伯爵的武裝侍從也同樣供他差遣。

貼身男僕的法國名叫傑曼，他得到年輕主人的絕對信任，此時，他把手裡拿著的一摞報紙放在桌上，並把一疊信交給阿爾培。

阿爾培漫不經心地瞥了一眼這疊信件，挑出其中兩封字跡秀麗，灑過香水的拆開，仔仔細細地讀了起來。

「這兩封信是怎麼來的？」他問道。

「一封是郵差送來的，另一封是鄧格拉司夫人的貼身女僕送來的。」

「轉告鄧格拉司夫人，我接受她在自己的包廂裡為我留著的座位……請等一等，還有，白天你到露茜家去一趟，你告訴她，既然她邀請我，我聽完戲之後，就會到她那兒去吃晚餐。給她帶六瓶酒去，要品種不同的——賽普勒斯酒，白葡萄酒，馬拉加酒，再帶一樽奧斯坦德牡蠣去。牡蠣要到鮑賴爾的店裡去買，特別告訴他是我要的。」

「先生幾點用餐？」

「現在幾點了？」

「十點差一刻。」

「嗯！請在十點半鐘備餐。狄佈雷興許要去部裡……再說……（阿爾培看了看他的記事本）我與伯爵約定的時間快到了，五月二十一日上午十點半。儘管我對他的承諾還有懷疑，但我要做到準時。哦，對了，你知道伯爵夫人起身了嗎？」

「假如子爵先生願意，我去問問。」

「好的……你向她要一箱開胃酒來，我的那箱已經不全了，你告訴她，我有幸三點左右到她房裡，請她允許我為她引見一個人。」

僕人走了出去，阿爾培靠在沙發上，撕開兩三份報紙的封套，流覽劇院廣告。當他看到上演歌劇而不是芭蕾時，就扮了一個鬼臉。然後他想在化妝品商店的廣告欄中尋找一種別人向他推薦的保養牙齒的軟糖式藥劑，他將巴黎最受歡迎的三份報紙一一丟開，打了一個長長的哈欠，自言自語地說道：

「說實在的，這些報紙越來越沒意思了。」

這時，一輛輕便馬車停在門口，不一會兒，貼身侍僕走進來通報呂西安·狄佈雷先生到。來者身材高大，有著一頭金髮，臉色蒼白，眼珠呈灰色，目光中透著自信，薄嘴唇緊緊地抿著，這個青年穿著一件藍色的上裝，上裝上釘著雕刻得很美麗的金紐扣，脖子上圍著一條白圍巾，胸前用一條絲帶掛著一隻玳瑁邊的單眼鏡。他進來時臉上不帶一絲微笑，沉默不語，神情嚴肅。

「早安，呂西安……早安！」阿爾培說道，「啊！你準時得讓我害怕哩，親愛的！我說什麼來著？準時！我本來以為您最後一個到，卻在十點差五分就到了，而約定的見面時間卻是十點半鐘！這真是奇蹟。難道內閣倒台了嗎？」

「不，我最最親愛的人，」年輕人把自己埋進沙發裡說道，「放心吧，我們的政府雖然處於風雨飄搖中，但絕不會倒台。我已經開始在想，也許我們將會終身任職了，而且半島事件也鞏固了我們的地位。」

「啊！是的，一點兒也不錯，你們驅逐了西班牙的國王啊。」

「不是的，最親愛的，別把兩者混淆了。我們從法國邊界的另一邊把他接了過來，在布日給他帝王般的禮遇。」

「在布日？」

「是的，他沒什麼可抱怨的，真見鬼！布日是國王查理七世的首都，怎麼啦？你還不知道？從昨天起整個巴黎都知道啦，而在前天，交易所已走漏了風聲，因為鄧格拉司先生（我不知道這個人是通過什麼管道與我們同時得知這個消息的）做了多頭，淨賺一百萬。」

「那麼你呢，似乎又多了一條新綬帶，因為我看見你掛勳章的小鏈條上又多了一條藍條帶？」

「哦！他們給我頒發了查理三世勳章。」狄佈雷心不在焉地答道。

「行啦，別裝作不在乎的樣子啦，你就承認你收到這件東西挺高興的吧。」

「確實如此，就像服裝的配飾一樣，在一件扣上紐扣的黑色上裝上多一枚勳章挺合適，相當高雅。」

「呃，」馬瑟夫面露微笑說道，「你看上去像加勒親王或立斯達德大公了。」

「因此您這麼早就見到我，親愛的。」

「就因為你獲得查理三世勳章，你想把這個好消息告訴我嗎？」

「不是，因為我整夜都在寫信，寫了二十五封外交急報。回到家已經天亮，我本想睡覺，可是頭疼難忍，我只好起床騎了一小時的馬。跑到布洛涅大道，疲倦和饑餓同時向我襲來——這兩個敵人通常很少一起發起攻擊，可是卻聯合起來反對我，簡直像是卡羅斯跟共和派訂了聯盟似的。這時我才想到今天上午你要請客，我就來了。我餓壞了，拿吃的來吧；我悶悶不樂，讓我高興一下吧。」

「作為東道主，這是我的責任，親愛的朋友。」阿爾培邊拉鈴招呼貼身侍僕，邊說道，而呂西安用嵌著綠松石的金柄手杖頭去翻動攤開的報紙。「傑曼，拿一杯葡萄酒和一點兒餅乾來。在此之前，親愛的呂西安，你先抽雪茄，這當然是走私貨，嘗一嘗吧，並且請你的部長賣一些給我們，而不要硬逼著老百姓買那種核桃葉子來抽。」

「呸！我才不在意呢。只要是政府運來的東西，你就不喜歡，就反感。再說，這與內政部無關，而與財政部有關。請你去找荷曼先生，他是間接稅那一科，在第一弄二十六號。」

「說真的，」阿爾培說道，「你交遊之廣使我吃驚。嗨，還是先抽一支雪茄吧！」

「啊！親愛的子爵，」呂西安就著鍍金蠟燭盤上燃燒著的一根玫瑰色蠟燭點燃了一支馬尼拉雪茄煙，仰面躺坐在沙發椅上說道，「啊！親愛的子爵，你無所事事多幸福！說實在的，你真是身在福中不知福啊！」

「假如你一件事也不幹，那該怎麼辦呢，我親愛的王國保護者？」馬瑟夫用略帶譏諷的口吻接著說道，「那可怎麼得了呀？嘿！一位部長的私人秘書，要在歐洲的縱橫捭闔中插上一腳，同時又不忘參與巴黎的陰謀；要保護國王，再加上保護王后的美差；既要在各黨派之間周旋，又要操縱選舉。用您的筆和快報在辦公室所立下的功勞，比拿破崙在他的戰場上用他的劍所取得的累累戰功更加卓著。在您的俸祿之外，每年還有兩萬五千利弗爾的收入，有一匹夏多・勒諾出四百路易而你還不肯賣的馬，有一個永遠不使你失望的裁縫、歌劇院、賽馬總公、雜耍劇場，您在這些場所找不到消遣嗎？我來使你高興。」

「怎麼個散心法？」

「給您介紹一個新交。」

「男人還是女人？」

「男人。」

「哦！我已經認識不少男人啦！」

「但像我對您提起的這種男人，您一個也不認識。」

「他從哪兒來？從世界的盡頭嗎？」

「或許更遠。」

「真見鬼！我希望我們的早餐不是他送來的。」

「不會的，請放心，我們的早餐在我母親的廚房裡做著呢。你當真餓了？」

「是的，不管說出來多麼丟臉，我還是得老實承認。我昨天在維爾福先生家用的晚餐。你注意到了嗎，我親愛的朋友，凡是司法界人士家裡的菜餚都糟透了，彷彿他們不忍心暴殄天物似的？」

「啊！當然啦！跟大臣府上的美味佳餚相比，別人的飯菜都會相形見絀。」

「是啊，不過至少我們不會請時髦人物來吃飯。除了那些與我們持相同觀點，特別是投我們票的少數幾個鄉巴佬兒，我們不得不請上餐桌以外，請您相信，我們像防鼠疫那樣，避免在家裡宴客。」

「那麼，親愛的，再喝一杯葡萄酒，吃一塊餅乾吧。」

「很樂意，你的西班牙葡萄酒味道不錯。你瞧，我們完全有理由征服這個國家。」

「對，可是卡羅斯怎麼辦？」

「啊哈！卡羅斯會喝到波爾多葡萄酒的，再過十年，我們讓他的兒子跟小女王結婚。」

「如果屆時你還在部裡的話，你就會得『金羊毛勳章』了。」

「我想，阿爾培，難道今天早上你採取了某種飲食法，想用煙草來餵飽我們，是嗎？」

「噫！您要承認，這是最好的開胃品。哦，你聽，我聽出波香在前廳說話的聲音了，你們又要辯論了，這樣你就不那麼著急了。」

「辯論什麼？」

「報紙唄。」

「哦！親愛的朋友，」呂西安極度不屑地說道，「難道我讀過報紙嗎？」

「這就多了一條理由，你們會辯論得更加激烈的。」

「波香先生到！」貼身侍僕稟報說。

「請進，請進！可怕的筆桿子！」阿爾培邊起身迎向年輕人邊說道，「瞧，這個狄佈雷先生不看你的文章，卻憎恨你，至少他是這麼說的。」

「他言之有理，」波香說，「我也一樣，我還不知道他在幹什麼就批評他了。你好，三等榮譽勳位的獲得者。」

「啊！看來你已經事先知道了。」部長秘書答道，微笑著同新聞記者握手致意。

「當然啦！」波香接口說道。

「外界又在風傳什麼啦？」

「您指哪種『界』？在一八三八年這個好年景，我們有許多『界』。」

「呃！在政治評論界，你是其中的一個佼佼者。」

「人家說這件事很公平，還說你要是撒下了太多紅花的種子，你一定會收穫到幾朵藍色的花。」指事與願違。

「行啦，行啦，不壞嘛，」呂西安說道，「你為什麼不能成為我們的一員呢，親愛的波香？像你這樣有才華，三四年內你就可以平步青雲。」

「所以說嘛，我如要聽從你的勸告只有一個條件，這就是一屆內閣要確保執政半年。眼下，親愛的阿爾培，我得讓可憐的呂西安有個喘息的機會，我只想說一句話，我們吃早飯還是吃午飯？我還要到眾議院去，你瞧，幹我們這一行的，並不是一切都能隨心所欲的。」

「待會兒就吃早飯，還要等兩個人，他們一到我們就入席。」

「你等兩位什麼樣的人來吃早餐啊？」波香問道。

「一個貴族和一個外交官。」阿爾培接著說道。

「那麼我們得花上近兩個小時等紳士，再多花上兩個多小時等外交家了。我回頭來吃飯後點心。請為我留一點兒草莓、咖啡和雪茄煙。我到眾議院去吃一塊牛排就行了。」

「別折騰了，波香，因為不管這個貴族是蒙特馬倫賽，那個外交家是梅特涅，我們也會在十點半鐘準時開飯。在此之前，您暫且像狄佈雷那樣，嘗嘗我的葡萄酒和餅乾吧。」

「行了，就這樣吧，我等著。今天上午我必須鬆弛一下緊繃的神經。」

「哦，你倒像狄佈雷一樣了。我覺得，內閣愁眉緊鎖時，反對派應該喜上眉梢才是。」

「啊，你不知道我受到了什麼樣的威脅。今天早晨我得到眾議院去聽鄧格拉司先生的一篇演說。晚上要在他妻子那裡聽一個法國貴族院議員的悲劇。見鬼，這種君主立憲政府！正如他們所說的，既然我們有權選擇，我們怎麼會選擇這個政府呢？」

「我明白了，你需要準備好發笑了。」

「別指責鄧格拉司先生的演講，」狄佈雷說道，「他投你們的票，也是反對黨一員嘛。」

「一點兒不錯。但壞也壞在這一點上！所以說我專等你們送他到盧森堡公園演講，我可以無所顧忌地嘲笑他。」

「親愛的，」阿爾培對波香說道，「很清楚，西班牙事件已經落下了帷幕，因為今天早上你的火氣挺大的。你得記住，巴黎風傳說我要與歐琴妮•鄧格拉司小姐的婚事。因此，當著我的面你貶低這個人的雄辯，會使我於心不安，因為那人說不定某一天會對我說：『子爵先生，你知道，我給了我女兒兩百萬嫁資。』」

「算了吧！」波香說道，「這門婚事絕對行不通。國王封他為一個男爵，也賜給他議員的頭銜，但無法封他為貴族，而馬瑟夫伯爵卻有著地方的貴族派頭，絕不會為了這可憐的兩百萬，同意門不當戶不對的婚事。馬瑟夫子爵只能娶一位侯爵小姐。」

「兩百萬！這可不壞嘛。」馬瑟夫接著說道。

「這筆錢足在林蔭大道上蓋一個戲院，或是從植物園到拉比鋪一條鐵路。」

「隨他去說吧，馬瑟夫，」狄佈雷沒精打采地說道，「你只管結婚。你相當於娶了一隻錢袋，但那有什麼關係？最好在這只錢袋子上少一個紋章，在數字後面多一個零。在你的紋章上有七隻雌鶫，你給妻子三隻，你還有四隻，那比基斯先生已經多一隻了。而基斯先生的表兄是德國皇帝，他自己也幾乎做了法國的國王。」

「真的，我想你說得對，呂西安。」阿爾培心不在焉地答道。

「可以肯定！再說，凡是百萬富翁都是私生貴族，換句話說，他們也能高貴得起來。」

「噓！別再這樣說了，狄佈雷，」波香笑著接口說道，「因為夏多・勒諾來了，為了治好你這種愛發奇談怪論的嗜好，他會用祖先勒諾・蒙脫邦的劍刺穿你的胸膛的。」

「那樣就會玷污了他的身分啦，因為我很卑賤，非常卑賤。」

「哦！」波香大聲說道，「現在部裡的大人物唱起貝朗瑞的詩歌來了，天啊！我們到底怎麼了！天哪！」

「夏多・勒諾先生到！瑪西米蘭・摩賴爾先生到！」貼身侍僕叫道，稟告另有兩位來賓來了。

「那麼人到齊了！」波香說道，「我們可以吃早飯了，因為如果不是我聽錯的話，你就要等兩位了，阿爾培？」

「摩賴爾！」阿爾培驚訝地自言自語，「摩賴爾！怎麼回事？」

不過還未等他說完，夏多・勒諾先生已經握住了阿爾培的一隻手。他是一個三十歲的英俊青年，從頭到腳散發出紳士氣息——那就是說，此人有古契一樣的身材，有蒙德瑪一樣的智慧。

「親愛的，」他說道，「請允許我向你介紹北非騎兵軍團上尉瑪西米蘭・摩賴爾先生，他是我的朋友，還是我的救命恩人。另外，他才華橫溢。請向我的英雄致意吧，子爵。」

他閃到一邊，亮出了一位天庭飽滿，目光炯炯，髯鬚烏黑，身材高大的青年。這位青年，我們的讀者已經在馬賽見過，當時戲劇化的情景必定會留下深刻的印象。一套華麗的軍服，集法國與東方的特點於一身，充分展現了他寬闊的胸膛和健美的身材，胸前佩戴著榮譽勳位的十字勳章，這位青年軍官彬彬有禮，從容優雅地向大家鞠了一躬。

「先生，」阿爾培殷勤地說道，「夏多・勒諾男爵先生早就對我說過，能與你相識會給我帶來多大的快樂。您是他的朋友，也就是我們的朋友。」

「很好，」夏多・勒諾說道，「親愛的子爵，希望在必要的時候，他能為你出一份力，就像他已經為我做的那樣。」

「他究竟為您出了什麼力？」阿爾培問道。

「啊！」摩賴爾說道，「簡直不值一提，先生言過其實了。」

「什麼，」夏多・勒諾說道，「還說簡直不值一提哪！難道生命也不值一提嗎……說真的，您這樣說也太豁達了，親愛的摩賴爾先生……對您來說，也許可以理解，因為您每天都置生死於度外，但我只偶然遇到一次危險……」

「聽你們的話有一點非常明確，男爵，這就是摩賴爾上尉先生救過你的命。」

「啊！我的上帝，是的，千真萬確。」夏多・勒諾接口說道。

「在什麼情況下？」波香問道。

「波香，我的朋友，你會看見我真的要餓死了，」狄佈雷說道，「別轉到講故事上去了。」

「喔！可是，」波香說道，「我並不會耽誤大家就餐的，夏多・勒諾會在餐桌上對我們講述的。」

「先生們，」馬瑟夫說道，「現在才十點一刻，請注意這一點，我們正等著最後一位來賓。」

「啊！不錯，一位外交官。」狄佈雷接著說道。

「我也不知道他究竟是不是，我所知的是，我如果有求於他，他一定會完成得令我非常滿意。所以假如我是國王，我就會立刻封他最高的爵位，把我所有的勳章都賜給他，假如我辦得到的話，連金羊毛勳章和茄泰勳章都給他。」

「嗨，既然還上不了餐桌，」狄佈雷說道，「請像剛才那樣倒給我一杯葡萄酒，請接著講吧，男爵。」

「你們知道，我曾冒出個念頭要到非洲去。」

「這是你的祖先為你制定好的人生道路。親愛的夏多・勒諾。」馬瑟夫殷勤地答道。

「是的，可是我懷疑你此行是否如他們想的那樣是為了去拯救基督的墓地。」

「你說得對，波香，」年輕的貴族說道，「舞槍弄劍這只不過是我的一時愛好而已。自從那次我選來勸架的兩個陪證人唆使我打傷了我最要好的一位朋友的肩膀以後，我就放棄再和人決鬥的念頭了。我指的是那個可憐的弗蘭士・伊辟楠，你們都認識他。」

「啊，對了！真的，」狄佈雷說道，「當時你們決鬥了……為了什麼？」

「我還記得就見鬼了！」夏多・勒諾說道，「有一件事我記得十分清楚——就是因為不甘心我的天才被埋沒，我很想對阿拉伯人試試別人剛送給我的新手槍。結果我乘船到奧蘭，又從那兒到君士坦丁堡，一到那兒，碰巧趕上解圍。我就跟著眾人一同撤退。整整四十八小時，白天在冷雨中奔波，夜晚在風雪中露宿，但第三天早晨，我那匹馬凍死了。可憐的畜生！住慣了馬廄那溫暖的安樂窩，這匹馬只不過剛剛踏上征程，就在阿拉伯地區十度的寒冷中一命嗚呼了。」

「就因為這樣，你才想到要買我那匹英國馬嗎？」狄佈雷說道，「你認為這匹馬能比你的阿拉伯種馬更加耐寒吧？」

「你錯了，因為我發誓再也不會踏上非洲的土地了。」

「你嚇壞了嗎？」波香問道。

「確實，我承認，」夏多・勒諾答道，「還有更重要的原因呢！我的馬死了，我就只好徒步撤退。六個阿拉伯人飛馳而來，要砍掉我的頭。我用我的雙筒長槍打死了兩個，兩手槍又打倒兩個，彈無虛發，但是我的子彈已經用光。而他們卻還剩兩個人。接著一個揪住我的頭髮（所以我現在的頭髮剪得這樣短，因為誰都不知道將來又會發生什麼事），另外那個把土耳其長劍架在我的脖子上，正在這時候，坐在你們面前的這位先生向他們突襲，用手槍打死了揪住我頭髮的那個，一刀劈開了那個準備割開我喉嚨的人的腦袋。他那一天本來是打算要救一個人的命的，而碰巧是我趕上了。等我發了財，一定要向克拉格曼或瑪羅乞蒂去定造一尊幸運之神的像。」

「是的，」摩賴爾帶笑說，「那天是九月五日。那是一個紀念日，家父曾在那天有如神助地保全了性命。因此，在那一天我一定竭盡全力，用行動來紀念這一天……」

「英雄的行為是嗎？」夏多・勒諾插話說道，「總之，我被選上了，但還不至於此。他把我從刀刃下救出來之後，還把我從嚴寒中救出來了，不僅如同聖馬丁做的那樣，與我分享他的大氅，而且是全部都給了我。然後又使我不再忍受饑餓的折磨，你們猜他和我分享的是什麼？」

「一塊菲力克斯餡餅？」波香問道。

「不是的，是他的馬，我們每人津津有味地吃了一大塊，不容易啊。」

「因為馬肉嗎？」馬瑟夫笑著問道。

「不，因為他作了如此的犧牲，」夏多・勒諾答道，「請問問狄佈雷，他是否能為一個陌生人犧牲他那匹英國良種馬？」

「為一個素不相識的人是不肯的，」狄佈雷說道，「為一個朋友，也許行。」

「我那時就猜到你會成為我的朋友的，男爵先生，」摩賴爾說道，「此外，我已經有幸對你說過了，不管是不是英雄主義，也不管是不是獻身精神，這一天，我要向厄運獻上一份禮物，以報答以往幸運之神施與我們的恩澤。」

「摩賴爾先生沒有講到的那個故事肯定是十分精彩動人的，當你與他進一步交往之後，有一天他會給你們敘述這個神奇的故事，」夏多・勒諾繼續說道，「今天，還是先餵飽肚子，而不急於餵飽腦子吧。你幾時吃早飯啊，阿爾培？」

「十點半。」

「十點半整嗎？」狄佈雷掏出懷錶問道。

「啊！你們給我五分鐘的寬限吧，」馬瑟夫說道，「因為我也在等一位救命恩人哪。」

「誰的救命恩人？」

「當然是我的！」馬瑟夫答道，「難道你們認為我就不能像其他人那樣得救嗎，而且只有阿拉伯人會砍頭嗎？我們的早餐是一頓充滿博愛精神的會餐，至少我希望，在我們餐桌上就座的有兩位仁慈的大恩人。」

「那我們怎麼辦啊？」狄佈雷說道，「我們的蒙松獎章卻只有一個啊？」

「呃！就頒發給一個無所作為的人！」波香說道，「通常，法蘭西學院為了擺脫窘境就是採用這個辦法的。」

「他來自什麼地方？」狄佈雷問道，「請原諒我的固執，我知道，你已經回答過這個問題了，可是太籠統，請允許我問第二遍。」

「說實在的，」阿爾培說道，「我一無所知。三個月前我邀請他的時候，他在羅馬，自此以後，誰能說出他的行蹤呢！」

「你認為他能準時到嗎？」狄佈雷問道。

「我認為他無所不能。」馬瑟夫答道。

「請注意，加上五分鐘的寬限，我們至多也只等十分鐘了。」

「好吧！我就利用這點兒時間來說說我們這位來賓吧。」

「對不起，」波香說道，「在你給我們講的故事裡，有沒有寫專欄文章的素材？」

「是的，當然，」馬瑟夫說道，「甚至可以寫一篇扣人心弦的文章。」

「那麼就說吧，因為看來我反正去不成眾議院了，我要對我的損失做些補償。」

「今年狂歡節我在羅馬。」

「我們都知道。」波香說道。

「對，但你們不知道的是，我被強盜綁架過。」

「根本就沒有強盜啊。」狄佈雷說道。

「錯了，確實有，甚至是可怕的，就是說令人敬佩的強盜，因為我覺得他們講義氣得令人害怕。」

「嗨，親愛的阿爾培，」狄佈雷說道，「你就承認你的廚師趕不及了，牡蠣還沒從奧斯坦德或馬雷納運到，因此你就以曼特農夫人為榜樣，想用一篇故事來代替一桌酒席。說吧，親愛的，我們是好朋友，能原諒你的，並且願意聽你講，不管您的故事多麼荒誕無稽，我們都會聽完的。」

「我嘛，我得告訴你，儘管它聽來確實是相當荒唐，但從頭到尾都是真的。強盜把我綁走，把我帶到一個陰森恐怖的地方，人稱聖・西伯斯坦的陵墓。」

「我知道那地方，」夏多・勒諾說道，「我差一點兒在那裡染上寒熱病。」

「唉，我比你更糟，」馬瑟夫說道，「我真的染上了。強盜對我說，我成了肉票，必須付出贖金，一點兒小意思，也就四千個羅馬埃居，即兩萬六千個利弗爾。不巧得很，我只剩下一千五，因為我的旅行快結束了，錢也快花光了。於是我寫信給弗蘭士。當然！弗蘭士瞭解這個過程，你們可以問問他，我是否有半句謊言。我寫信給弗蘭士，如果早晨六點一刻他不帶上四千個埃居來贖我，我就要去見真福的聖徒和光榮的殉道者，成為他們中間的一員了。羅傑・范巴先生——這是強盜首領的名字——是說話算數的，請你們相信。」

「那麼弗蘭士帶上四千埃居來了嗎？」夏多・勒諾問道，「活見鬼！一個人的名字要是叫作弗蘭士・伊辟楠或阿爾培・馬瑟夫，四千埃居是絕不會難倒他們的。」

「沒有，他只是帶著這位客人來了，我說的就是他，並且希望把他介紹給你們。」

「啊哈！難道這位先生是個殺死卡科斯的赫克里斯和解救安特洛墨達的珀修斯嗎？」

「不是的，此人幾乎與我一般高。」

「全副武裝嗎？」

「他身上甚至沒帶一根織毛衣的針。」

「那麼他談到贖金了嗎？」

「他在那位首領耳邊說了兩句話，我就自由了。」

「他們甚至因抓走了你而向你道歉吧？」波香說道。

「真是！」馬瑟夫說道。

「啊！那麼此人是再世的阿利奧斯多了？」

「不是的，他只是叫基督山伯爵。」

「根本沒有什麼基督山伯爵。」狄佈雷說道。

「我也有同感，」夏多・勒諾自以為對歐洲貴族譜系瞭若指掌，顯得胸有成竹地補充說道，「有誰知道什麼地方有一個基督山伯爵嗎？」

「也許他是從聖地來的吧，」波香說道，「他的一個祖先也許曾統治過髑髏地，就如蒙爾特瑪律人佔領過死海那樣。」

「對不起，」瑪西米蘭說道，「我想我會為你們解開疑惑，先生們。基督山是一個小島，我曾常常聽到家父手下的老水手們談起——是地中海中央一粒沙，宇宙間的一粒原子。」

「說得對極了，先生，」阿爾培說道，「不錯，我說的那個人就是這顆沙粒、這個原子的主人和國王。他從托斯卡納的某個地方買來這伯爵稱號。」

「他很有錢嗎，你的伯爵？」

「我相信確實如此。」

「那麼大概一眼就能看得出來了，是嗎？」

「這你就上當了，狄佈雷。」

「我不明白你的意思。」

「你看過《一千零一夜》嗎？」

「當然啦，問得多妙！」

「那好！假如你在《一千零一夜》裡所看到的人物，要是他們的麥子不是紅寶石或金剛鑽，你知道他們是窮是富？他們看起來像窮苦的漁夫，但突然間，他們給你打開一個神秘的洞窟，你看到的寶庫能買下印度。」

「後來怎樣啊？」

「後來嘛，那個基督山伯爵在那裡就是這樣的漁夫。他甚至從中取了一個名字，叫水手辛巴德，擁有一個堆滿金子的山洞。」

「那麼你看見過那個山洞了，馬瑟夫？」波香問道。

「不，不是我，而是弗蘭士。噓！在他面前一個字也不許提。弗蘭士是被蒙上眼睛走進山洞的，有啞奴和女人服侍他，和她們相比，看來那個埃及王后也只不過是一個稍有姿色的輕浮女人。只是他對於女人那一點不能十分確定，因為她們是等他吃過一點兒大麻精以後才進來的，所以他可能把幾尊雕塑像當做女人了。」

在場的年輕人都盯著馬瑟夫看，臉上的表情似乎在說：「哦！親愛的，你瘋了嗎，還是你在嘲笑我們？」

「確實如此，」摩賴爾若有所思地說道，「我曾聽過一個名叫庇尼龍的老水手也說起過一些事情與馬瑟夫先生說的類似。」

「啊！」阿爾培叫喊道，「幸虧摩賴爾先生能為我說幾句話，真是太走運啦！他為這個不解之謎提供了一條線索，這該使你們不快了，是嗎？」

「對不起，我的朋友，」狄佈雷說道，「你給我們講述的事情也太離奇了。」

「當然囉！那是因為你們的大使和你們的領事從未向你們說起過啊！他們沒有時間呀，他們的時間都用在折磨四處遊歷的同胞身上了。」

「啊！你生氣了，開始對我們可憐的使節橫加非議了。呃！上帝啊！你要他們如何保護你呢？眾議院天天削減他們的薪水，現在他們已經無薪可領了。你想當大使嗎，阿爾培？我設法任命你為君士坦丁堡的大使。」

「不必了！我只要一偏袒穆罕默德・哈利，蘇丹就會送我上絞架，叫我的秘書勒死我。」

「你也看出來啦？」狄佈雷說道。

「是的，不過這並不妨礙我那基督山伯爵的存在。」

「當然啦，什麼人都存在，真是奇蹟！」

「毫無疑問，人人存在，但方式不同。並非所有的人都擁有黑奴、豪華的地下宮殿、精良的武器、每匹值六千法郎的成群的良種馬，以及希臘情婦啊！」

「你看見她了，那個希臘情婦？」

「是的，我見過她也聽過她的聲音。我是在劇院看見她的。一天，我在伯爵家用早餐又聽見她拉琴的聲音。」

「你的那個奇人也食人間煙火嗎？」

「是的！他即便吃，也吃得極少，簡直不能算是吃。」

「你看，這是一個吸血鬼。」

「你愛怎麼笑話都行。G伯爵夫人也是這麼說的，你知道的，她認識羅思文勳爵。」

「啊！太妙啦！」波香說道，「對於一個不是新聞記者的人來說，他就是《立憲報》上形容的那條著名海蛇的孿生兄弟了。一個吸血鬼，妙極了！」

「眼睛呈淺褐色，瞳孔能隨意收縮或放大，」狄佈雷說道，「而且面部輪廓清晰，額頭飽滿，臉色慘白，鬍鬚漆黑，牙齒白而尖利，彬彬有禮，無可挑剔。」

「正是這樣，呂西安，」馬瑟夫說道，「你的描述絲毫不差。是的，機敏有禮，反應迅捷。這個人常常使我不寒而慄。有一天，我們一起去看刑，我覺得我就要昏過去了，可看他還是那麼冷漠無情，聽到他無動於衷地介紹世界上各種刑罰時，比看到劊子手行刑和聽到犯人喊叫更毛骨悚然。」

「他沒有帶你到鬥獸場廢墟去吸你一口血嗎，馬瑟夫？」波香問道。

「或者在搭救你之後，有沒有讓你在一張火紅的羊皮紙上簽字，讓你的靈魂做交易，像以掃出賣他的長子繼承權一樣？」

「嘲笑吧，盡情地嘲笑吧，先生們！」馬瑟夫說道，他有點兒被激怒了，「你們這些漂漂亮亮的巴黎人，習慣在林蔭大道享清福，在布洛涅森林漫步。我看到你們，又想起這個人的時候，我覺得我們與他好像不是屬於同一個祖先似的。」

「我以此為榮！」波香說道。

「不管怎麼說，」夏多・勒諾補充說道，「你的基督山伯爵除了跟義大利強盜有點交情以外，也算是個高雅的人。」

「哼！根本就沒有什麼義大利強盜！」狄佈雷說道。

「也沒有吸血鬼！」波香補充道。

「也沒有基督山伯爵此人，」狄佈雷接著說道，「聽哪，阿爾培，十點半敲響了。」

「你得承認這只是你夢中的幻影，去用早餐吧。」波香說道。

然而，掛鐘的餘音未絕，傑曼便進來通報說：

「基督山伯爵大人到！」

所有在場的人都不由得驚跳起來，這說明馬瑟夫的敘述早已經使他們的神經不自覺地緊張起來。連馬瑟夫本人也不禁突然興奮起來了。

他們剛才沒有聽見街上的馬車聲，候見室的腳步聲，門也是悄然無聲地自動開啟的。

伯爵出現在門口，他的服裝極其簡單，卻很雅致，即使最會講究的花花公子也無法從他這一身打扮找到什麼可挑剔的地方，他身上的每一件東西——帽子、上裝、手套、皮靴——都出自一流的能工巧匠之手。

他看起來只有三十五歲，但使大家驚奇的，是他酷似狄佈雷所畫的那幅畫像。

伯爵面帶微笑走到客廳中央，然後逕直向阿爾培走去，後者也向他迎去，熱情地向他伸出了手。

「『**準時，是國王的禮節**』，我想我們某個君主是說過這樣的話的。」基督山伯爵說道，「但不管旅客們的意願有多強烈，他們卻總是無法守時。所以說，子爵先生，我希望你看在我的良好初衷的份兒上，原諒我比約定時間遲到了兩三秒鐘。五百里路的行程中總會遇到一些麻煩，尤其在法國，看來是禁止對馬車夫動粗的。」

「伯爵先生，」阿爾培答道，「我借用您對我許諾的機會，邀請了幾位朋友，我正在向他們說您就要來訪。現在我有幸為您一一介紹。這幾位是：夏多・勒諾伯爵閣下，他的貴族身分上溯到十二重臣時代，他的遠祖曾出席過圓桌會議；呂西安・狄佈雷先生，內政部長的私人秘書；波香先生，一家報館的編輯，令法國政府畏懼不已的人，他雖然在法國大名鼎鼎，但您在義大利卻不曾聽說過，因為他那份報紙進不了義大利；瑪西米蘭・摩賴爾先生，駐阿爾及利亞的騎兵上尉。」

在此之前，伯爵一直以英國式的冷漠和沉著向那些人彬彬有禮地一一頷首致意，但當他聽到最後一個名字時，不禁向前邁進一步，一抹紅暈掠過他的雙頰，卻轉瞬即逝。

「先生穿著法國新征服者的軍服，」他說道，「這真是一套漂亮的軍服。」

誰也難以說出此刻是什麼樣的感情使伯爵的聲音顫抖得如此厲害，同時也使他那原本沉靜明澈的雙眼不自覺地發出燦爛光芒，他對這種情感毫不掩飾。

「您從未見過我們的非洲部隊吧，先生？」阿爾培問道。

「從來沒有。」伯爵答道，他又完全變得瀟灑自如了。

「啊！先生，在這套軍服裡面可跳動著軍人的一顆最勇敢、最高尚的心啊。」

「哦！伯爵先生。」摩賴爾打斷他的話說道。

「讓我來說吧，上尉……」阿爾培接著說道，「我們剛剛聽到了這位先生作出了英雄的壯舉，雖說今天我首次與他見面，我請求他允許我把他作為我的朋友介紹給您。」

當阿爾培說完這幾句話後，大家可以注意到基督山伯爵現出了令人不解的眼神，轉瞬即逝的那抹紅暈和輕跳的眼皮，表明他此時內心的激動。

「啊！這麼說先生有顆高尚的心了，」伯爵說道，「真再好不過啦！」

這聲感歎與其說是回答阿爾培方才說的話，還不如說是他內心感情的抒發，使大家奇怪，尤其使摩賴爾吃了一驚，他愕然地望著基督山伯爵。然而，他說話的聲音又是那麼柔和，甚至可以說又是那麼真切，雖說這聲感歎有點奇怪，但是不會惹人生氣的。

「為什麼他要懷疑這一點呢？」波香對夏多・勒諾說道。

「說實話，」後者答道，他以自己的閱歷和貴族的判斷力已把基督山身上一切能看穿的地方都看穿了，「說實話，阿爾培絲毫沒有欺騙我們，這位伯爵是一個怪人。你怎麼看，摩賴爾？」

「當然啦，」後者說道，「他的目光真摯，語調誠懇，儘管他對我說出古怪的想法，我還是喜歡他。」

「先生們，」阿爾培說道，「傑曼對我說，早餐已準備好了。親愛的伯爵，請允許我為您引路。」

他們默默無言地走入餐室，大家各自入座。

「先生們，」伯爵邊坐下邊說道，「請允許我向大家坦白，這也是對自己可能作出的不當舉動預先表示歉意：我是外國人，而且是生平第一次來到巴黎的外國人。法國人的生活對我來說完全陌生，直到現在，我幾乎仍然過著東方式的生活，跟巴黎的良好傳統格格不入。因此，如果你們發現我身上的土耳其味、那不勒斯味或是阿拉伯味太重的話，我請你們多多包涵。我的話完了，先生們，請便吧。」

「他說得多麼得體！」波香喃喃說道，「他一定是個大人物。」

「在他的本國可算是一個大人物！」狄佈雷也加上一句。

「在世界各地都算是位大人物，狄佈雷先生。」夏多・勒諾說道。

# chapter 40 早餐

讀者記得，伯爵飲食相當節制。阿爾培注意到了這一點，他擔心巴黎的生活從一開始就在吃飯，這最通俗又最不可缺少的方面使這位旅客掃興。

「親愛的伯爵，」他說道，「您看到我憂心重重，我擔心海爾達路的菜餚不像西班牙廣場上的菜餚那麼合您的胃口。我真該先瞭解您的口味，並且讓人為您準備幾樣您愛吃的菜才好。」

「如果您對我的瞭解再多一些，先生，」伯爵微笑著答道，「您就不會對我這樣的客人有什麼顧慮了，這真使我汗顏啊。那不勒斯的通心粉，米蘭的玉米粥，瓦朗斯的大雜燴，君士坦丁堡的抓飯，印度的咖喱飯，中國的燕窩，這些我都先後嘗試過。對於一個像我這樣四海為家的人來說，是絕不會講究烹調的。我什麼都吃，入鄉隨俗，只是我的食量很小。今天，你責怪我吃得很少，其實我今天胃口很好，因為從昨天上午起，我就沒進食了。」

「什麼，從昨天上午起！」賓客們驚呼道，「您已經二十四小時沒有吃東西了嗎？」

「是的，」基督山答道，「我不得不繞道尼姆附近打聽了一點兒消息，耽擱了一點兒時間，一路上沒再停車了。」

「那麼您在馬車裡吃東西了嗎？」馬瑟夫問道。

「沒有，我睡覺了，當我不想消遣，或是餓了又不想吃東西時，我就選擇睡覺。」

「您能控制睡眠嗎，先生？」摩賴爾問道。

「差不多。」

「您有入睡的秘方嗎？」

「萬無一失。」

「我們的非洲部隊常常斷了供給，缺水少糧，這倒是好辦法。」摩賴爾說道。

「是的，」基督山說道，「不幸的是，我的辦法只適用於像我這樣生活方式特殊的人，用於一支需要時卻醒不過來的軍隊就非常危險了。」

「我們能知道是什麼樣的秘方嗎？」狄佈雷問道。

「啊，可以的，」基督山說道，「我從不保密。那是上等鴉片和最好的大麻精的一種混合劑。鴉片是我從中國廣東買來的，為了保證質地純正，大麻精是東方的產品，生長在提格雷和幼發拉底河之間。這兩種成分用相等的分量混合起來，製成丸藥，需要時可以口服。十分鐘後，便起作用了。這一點可問問弗蘭士•伊辟楠男爵閣下，我想他已經嘗過了。」

「對，」馬瑟夫說道，「他曾向我說起過，甚至還留下了相當美好的回憶。」

「但是，」波香說著，作為新聞記者，對任何事都抱著懷疑的態度，「那麼您總是隨身帶上這種藥丸嗎？」

「我總帶在身邊。」基督山答道。

「若向您提出要見識一下這種珍貴的藥丸，您會覺得我很無禮嗎？」波香接著說道，他希望找出陌生人的破綻。

「不，先生。」伯爵答道。

說著，他從口袋裡掏出一隻精美的小盒子，由一整塊碧玉雕成的，並用一隻金螺母鎖住。他旋開蓋子，從裡面倒出一顆淡綠色的小藥丸，大小如同一顆豌豆。這顆藥丸發出一種刺鼻的、沁人心脾的香味。在翡翠瓶裡還有四五顆，它的容量大概可以裝十二顆左右。

翡翠盒在桌上傳了一圈，不過賓客在傳遞時，客人們主要是為了審視這塊出色的碧玉，而不是為了察看或聞一下藥丸。

「是您的藥劑師為您配製這種藥丸的嗎？」波香問道。

「不是的，先生，」基督山說道，「我不會把我真正的享受交由無能的人去調製。我是一個出色的藥物學家，我親自動手做藥丸。」

「這塊翡翠美極了，而且是我見過最大的一塊，雖說我母親也有一些相當精緻的家傳首飾。」夏多・勒諾說道。

「我有三塊類似的，」基督山接著說道，「送給土耳其皇帝一塊，他鑲在了他的佩刀上；另外一塊送給我們的聖父教皇，他拿來和拿破崙皇帝送給他的前任庇護七世的那一塊一同鑲在他的冠冕上，與另一塊類似的碧玉互相襯托；這第三塊我留給自己，我把它鏤空了，雖然減低了它的價值，但更加實用，很合我的心意。」

每個人都驚訝地看著基督山。他說得非常隨意，很明顯，要麼他說的是實話，要不就是他瘋了。然而，他手上的翡翠卻是貨真價實的，於是大家又都自然而然地傾向於第一種假設。

「那麼兩位君王拿什麼回報您如此貴重的禮物呢？」狄佈雷問道。

「土耳其皇帝以一個女人的自由，」伯爵說道，「我們的教皇聖父以一個男人的生命。因此，我在一生中也曾享有過至高無上的權力，彷彿上帝讓我降生到人間，赴通往王位的階梯。」

「您解救的是佩皮諾嗎？」馬瑟夫大聲說道，「您是為他用上特赦令的嗎？」

「可能是吧！」基督山笑著說道。

「伯爵先生，您無法想像聽到您這樣說話，我感到多麼高興！」馬瑟夫說道，「我早已把您介紹給我的這幾位朋友了，說您是《一千零一夜》裡的一位魔法家，中世紀的一個術士，但巴黎人的詭辯本領人盡皆知，假如他們在日常生活中不曾遇到那種情況的話，那他們會把最無可駁斥的事實誤認作狂想。譬如說，騎士俱樂部的一個會員在大街上被攔劫啦；聖・但尼街或聖・日爾曼村有四個人被暗殺啦；寺院大道或九齡路的一家咖啡館裡捉到了十個、十五個或二十個小偷啦；這一類新聞，狄佈雷天天看到，波香天天刊登──可是，他們卻不承認馬里曼叢林、羅馬平原，或邦汀沼澤地帶有強盜出沒。請您當面告訴他們，我的確被強盜綁架過，要不是您挺身而出，我眼下肯定會躺在聖・西伯斯坦地下的陵墓裡，而絕不能再在海爾達路我這間寒舍裡接待他們啦。」

「哎！」基督山說道，「您曾答應過我永遠不再提起這件微不足道的事啊！」

「我可沒答應過呀，伯爵先生！」馬瑟夫大聲說道，「一定是另有其人，您也像搭救我一樣搭救過他，您把他同我混淆了。還是說說吧，我求您了，因為假如您決定談談這次遭遇的話，或許您不僅會讓我重溫我經歷的那些事，而且還會透露許多我所不知道的事情呢。」

「不過我覺得，」伯爵微笑著說道，「您在這件事中扮演著非常重要的角色，因此對所發生的一切你知道的同我一樣多。」

「如果我把自己知道的情況說出來，」馬瑟夫說道，「您是否能答應我也說出我所不知道的所有細節呢？」

「公平合理。」基督山答道。

「好吧！」馬瑟夫接著說道，「即使這樣會打擊我的自尊心。接連三天，我自以為得到了一個蒙面女郎的青睞，在我的眼中，這個女郎就是杜麗亞或包貝一類女人的後裔，而實際上她只是化裝成一個農家女，我說農家女，是為了避免說農婦。我只知道自己像是一個傻瓜，一個大傻瓜，我把一個十五六歲的青年強盜錯當成那個農村女子，他還沒長鬍子，身腰纖細，而正當我想在他的嘴唇上鄭重地吻一下時，他忽然掏出一支手槍抵住我的腦袋，在七八個同夥的幫助下，把我帶到或說得更準確些，是把我拖到聖・西伯斯坦的陵墓裡。

「在那兒，我發現一位受過良好教育的強盜正在那兒閱讀《高盧戰記》，他放下書，對我解釋說，如果第二天早晨六點鐘以前，我不能在他的錢櫃裡裝上四千畢阿士特，第二天六點一刻一到我就活不成了。那封信至今還保留著，因為弗蘭士・伊辟楠還把它收藏起來了，上面既有我的簽名，也有羅傑・范巴先生的批語。如果你們懷疑，我就寫信給弗蘭士，他會加以證明。我所知道的就這些了，但我不知道，伯爵閣下，您究竟怎樣使這些膽大包天的羅馬強盜對您言聽計從呢？我對您說實話，弗蘭士和我，我們都佩服得五體投地。」

「再簡單不過啦，先生，」伯爵答道，「七年前，我認識了大名鼎鼎的范巴，那時他很年輕，還是個牧童，一天，他為我帶路，我就隨手贈給他幾枚金幣，為了不欠我人情，他回贈給我一把由他雕刻刀柄的匕首，您一定在我的武器收藏櫃裡看見過的。這本來應該在我們之間建立某種友誼，可是後來，要麼他忘了交換禮物這件事，要麼他沒認出我，他竟然想綁架我。可是我倒反過來抓住了他，連同他手下的一些人。我完全可以把他送交給羅馬法庭的，他們辦事迅速，甚至會抓緊處理此案免得他活受罪，但我什麼也沒做，我把他和他手下的人都打發回去了。」

「條件是他們不許再作惡，」新聞記者笑著說，「我很高興看到他們嚴格地信守諾言。」

「不是的，先生，」基督山答道，「條件很簡單，要他們永遠尊重我和我的朋友。對於你們這些社會黨人、進步人士、人道主義者，或許很難理解我下面所要說的這一番話，但我從來不考慮別人，我從來不想保護那個不保護我的社會，我甚至可以說，一般而論，它只想來傷害我，所以我對它們並無敬意，對它們也不加褒貶，但結果仍然是社會和我的鄰居負了我。」

「好啊！」夏多・勒諾大聲說道，「您是我遇到的第一位有如此勇氣，能夠這樣理直氣壯，毫不掩飾地宣揚利己主義的人，太妙啦，伯爵先生！」

「至少很坦率，」摩賴爾說道，「但我相信伯爵閣下雖曾一度背離了他這樣大膽宣稱的原則，但他並未因此而感到遺憾。」

「我怎麼違背原則了，先生？」基督山問道，他不時地情不自禁地看著瑪西米蘭，在伯爵明亮和清澈的目光注視下，這勇敢的年輕人已經有兩次害羞地垂下了眼睛。

「不過我覺得，」摩賴爾接著說道，「您救了素不相識的馬瑟夫先生，也就是為您周圍的人及社會作出了貢獻。」

「他給社會帶來了榮耀。」波香一本正經地說道，一口氣把一杯香檳酒喝光了。

「伯爵先生！」馬瑟夫大聲說道，「您這回理虧了，可您是我所知道的最嚴謹的邏輯家啊。您會看到的，剛才大家的討論向您清楚表明，您非但不是個利己主義者，而且相反還是個博愛主義者。啊！伯爵先生，您自稱是東方人，地中海東岸的人、利凡得人、馬來人、印度人、中國人或者野蠻人，您說您的姓是基督山，您的教名是水手辛巴德。然而事實是，自從您來到巴黎的那天起，您就自然地染上我們這些巴黎人的怪癖，這也是我們最大的優點或最大的缺點，就是，故意表白您所沒有的污點，而掩飾了您固有的美德。」

「親愛的子爵，」基督山說道，「我真不知道我所說或所做的哪件事能獲得您和這些先生們如此的褒獎，對我來說，您不是外人，因為我認識您，既然我曾讓給您兩間房間，既然我請您一起吃過早飯，既然我曾把我的一輛馬車借給您使用，既然我們一起在高碌街看見戴面罩的人一一經過，還有，既然我們一起在波波洛廣場的一扇窗口上觀看過行刑，這次行刑給了您強烈的印象，您幾乎嚇暈過去。那麼，我想請問在座的先生們，我能讓我的客人落入這些你們所謂的可怕的強盜之手嗎？況且，您知道，救您的時候，我有點兒私心，那就是某天當我前來遊覽巴黎的時候，可以利用您把我介紹給巴黎的沙龍。以前您可能把這個決心只看成尚不明確的，一時興起的計畫，但眼下，您看到了吧，這已經成了一個確確實實的現實，您一定要照辦，否則會因為食言而受罰。」

「我信守諾言，」馬瑟夫說道，「但我非常擔心您會失望，親愛的伯爵。您已見慣了奇觀異景，也經歷了很多稀奇古怪的事，您對這裡會非常失望的，在我們國家，您根本不會遇到在您的驚險刺激的生活中，使您習以為常的那類插曲，馬特山就是我們的琴博拉索，凡爾靈山就是我們的喜馬拉雅，格勒內爾平原就是我們的戈壁大沙漠，而且他們現在正在那兒挖掘一口噴泉，以便為沙漠裡的旅客提供水源。我們有小偷，甚至很多，雖然倒沒有報上說的那樣多，但這些小偷怕員警甚於怕失主。法國是這樣一個索然無味的國家，巴黎是這樣文明的一個都市，以致在它的八十五省境內——我說八十五，當然是因為我把法國的科西嘉島排除在外——嗯，在這八十五省境內，您不會在哪一座小山上找不到一座急報房，或哪一個岩洞裡找不到一盞警察局安放的煤氣燈。因此，只有一件事我可以為您效勞，親愛的伯爵，而這個忙我倒隨時都能做到的，那就是我可以把您介紹到任何地方，或者由我的朋友為您介紹，這是不用說的。再說，您也無須別人介紹，以您的大名、財產和才智（基督山略帶嘲諷地頷首微笑著），您可以登門自薦，並且到哪兒都會受到歡迎的。因此，事實上，我只能在一件事上有助於您，那就是我過慣了巴黎的生活，對如何過得舒適些積累了一些經驗，對哪些地方賣什麼東西也有些瞭解，這些能使我給您出點兒主意的話，那麼我願意聽憑您的吩咐，為您找一個合適的住所。我不敢向您提出分享我的住處，就像我分享您在羅馬的住處一樣，因為我雖不鼓吹利己主義，但卻是個十足的利己主義者。在我家裡，除我以外，連一個人影也容不下，除非這是一個女人的影子。」

「啊！」伯爵說道，「那是預備金屋藏嬌了。先生，您在羅馬確實和我提起過一門正在醞釀中的婚事，我該向您祝賀喜事即將臨門嗎？」

「婚事一直在計畫之中，伯爵先生。」

「所謂計畫之中，」狄佈雷接著說道，「就是說有可能性。」

「不是的！」馬瑟夫說道，「我的父親很想結這門親事，我希望在不久的將來能把她介紹給您，即使還不能作為我的妻子，至少可以作為未婚妻來介紹，她就是歐琴妮•鄧格拉司小姐。」

「歐琴妮•鄧格拉司！」基督山接口說道，「請等等，她的父親就是鄧格拉司男爵先生嗎？」

「是的，」馬瑟夫答道，「不過是新一代的男爵。」

「哦！那有什麼關係呢？」基督山答道，「如果他為國家出了力，才獲得這種榮譽的話。」

「貢獻很大，」波香說道，「儘管他的心靈屬於自由黨，但他在一八二九年為國王查理十世提供了六百萬借款，所以，國王就封他為男爵，並授予榮譽軍團騎士勳章，所以他並不像人們所認為的那樣，將綬帶掛在背心口袋上，而是赫然醒目地繫在他的外衣紐扣上的。」

「啊！」馬瑟夫笑著說道，「波香呀波香，把這些材料寫進你的雜誌和海報裡去吧，但在我面前要寬容我未來的岳父。」

接著，他又向基督山轉過臉來。

「聽您剛才說他名字時的口氣，似乎您認識男爵？」他問道。

「我不認識他，」基督山漫不經心地回答，「不過也許我很快會認識他的，因為我有倫敦理查・勃龍銀行、維也納阿斯丹・愛斯克裡斯銀行、羅馬湯姆生・弗倫奇銀行的介紹，要在他的銀行裡開一個透支戶頭。」

在說出最後一家公司時，基督山從眼梢角瞟了一下瑪西米蘭・摩賴爾。

假如這個生客料到此話會在瑪西米蘭・摩賴爾身上產生反應的話，那麼他沒有猜錯。瑪西米蘭聞聲一陣哆嗦，彷彿他受到電擊似的。

「湯姆生・弗倫奇銀行，」他說道，「您認識這家公司嗎，先生？」

「這是我在基督之城來往的銀行家，」伯爵平靜地答道，「在與他們的交往上，我能對您有所幫助嗎？」

「哦！伯爵先生，有件事我們至今仍然沒有得出任何結果，或許您可以幫我們一個忙。以前，這家公司曾幫助過我們，可不知為什麼，它總是否認幫過我們忙。」

「聽您的吩咐，先生。」基督山躬身回答。

「呃，」馬瑟夫說道，「真奇怪，我們怎麼把話題扯到鄧格拉司先生身上了呢。剛才我們談到為基督山伯爵找一個合適的住所。看看吧，先生們，我們一起討論一下，想個好主意。我們把這位大巴黎的新貴賓安置在什麼地方呢？」

「日爾曼村，」夏多・勒諾說道，「先生在那裡會找到一座迷人的小公館，一前一後有院子和花園。」

「哼！夏多・勒諾，」狄佈雷說道，「你就知道你那死氣沉沉，令人討厭的日爾曼村。別聽他的，伯爵先生，您就住在安頓大馬路好，那是巴黎真正的中心。」

「歌劇院林蔭大道，」波香說道，「選一幢帶陽台的二層小樓。伯爵先生可以讓人把銀絲錦緞靠墊帶到那裡去，一面吸著土耳其長筒煙斗，或是吞食藥丸，一面看全首都的人在他的眼皮底下經過。」

「您沒有主意嗎，摩賴爾，」夏多・勒諾說道，「您什麼建議也不提？」

「有的，」年輕人微笑著說道，「我恰恰有一個主意，不過剛才已經提了很多出色的建議，我在等伯爵做出選擇。現在，既然他沒有回答，我想可以給他提供一座美輪美奐的小公寓裡的一套房間，那個公寓完全是蓬巴杜夫人式的，是我的妹妹一年前在密斯雷路租下的。」

「您還有一個妹妹嗎？」基督山問道。

「是的，先生，一個極好的妹妹。」

「她結婚了嗎？」

「快九年了。」

「她幸福嗎？」伯爵又問道。

「人間所能享有的幸福，她都得到了，」瑪西米蘭答道，「她嫁給了一個她所愛的人，他在我們家道中落時仍然一片忠心，他的名字叫艾曼紐・赫伯特。」

基督山難以覺察地微笑了一下。

「我休半年假就住在那裡，」瑪西米蘭繼續說道，「我與我的妹夫艾曼紐將聽從伯爵先生吩咐，提供先生所需要的一切情況。」

「請等一等！」阿爾培搶在基督山伯爵回答之前大聲說，「請注意你在幹什麼，摩賴爾先生，你這不就把一個遊人——水手辛巴德幽禁到家庭生活中去了嗎？他是來巴黎觀光的，而你就要把他變成一個養老的人了。」

「啊！才不是呢，」摩賴爾笑著答道，「我的妹妹才廿五歲，我的妹夫三十歲！他們年輕、快活、幸福。再說，伯爵先生就像住在自己家裡，他只要高興，可以下樓去會他的居停主人。」

「謝謝，先生，謝謝，」基督山說道，「假如您願意抬舉我的話，我很高興您能把我介紹給您的妹妹和妹夫。不過，我沒有接受諸位的提議，是因為我已經有了現成的寓所。」

「什麼！」馬瑟夫大聲說道，「您要在旅館下榻？這對您可太不便了。」

「我在羅馬住得不舒服嗎？」基督山問道。

「當然不！」馬瑟夫說道，「在羅馬，您能花五萬畢阿士特讓人去裝飾您的房間，不過我想，您不會準備每天都花上這樣一筆開銷吧。」

「我倒不是為錢才不住旅館的，」基督山答道，「我決意在巴黎買一幢房子，置一份產業，我在等待時機。我早先已經派了我的貼身僕人去辦了，他大概已經買下一座房子，並且派人佈置過了。」

「您是說，您有一個對巴黎熟悉的貼身侍僕！」波香大聲說道。

「他像我一樣第一次來法國，他是黑人，不會說話。」基督山說道。

「這麼說是阿里嗎？」阿爾培在一片驚訝聲中問道。

「是的，先生，就是阿里，他是我的黑奴，我的啞奴，我想，您在羅馬見過他了。」

「當然見過，」馬瑟夫答道，「我記得非常清楚。那麼您怎麼能讓一個黑奴為您在巴黎買房子，又怎麼能讓一個啞巴去佈置房間呢？那個可憐蟲一定會把一切事情辦得一團糟的。」

「您想錯啦，先生，相反，我相信他會按照我的愛好來選擇一切的，因為你也知道，我的喜好跟平常人不一樣。他在一個星期前就到了，已經跑遍了整個城市，憑著一條良種獵狗的靈敏的本能自己去搜索。他知道我的喜好、怪癖和需要，他會按我的心願去料理一切。他知道我在今晨十點鐘到，從九點鐘開始，他就在楓丹白露的木柵城門口等我了。他交給我這張紙，這就是我的新住址。請念一下吧。」

基督山伯爵遞給阿爾培一張紙。

「香榭麗舍大街，三十號，」馬瑟夫念道。

「啊！這真是匪夷所思！」波香情不自禁地說道。

「而且出手闊綽。」夏多・勒諾補充道。

「什麼！您還沒去過您的房子？」狄佈雷問道。

「沒有，」基督山說道，「我已經對你們說過了，我不願意誤時。我在馬車裡換好衣服，在子爵家門口下車。」

年輕人彼此看看，他們不知道基督山是否在裝腔作勢，他的性格雖然怪異，不過從他嘴裡說出來的一切倒都是直截了當的，以至於別人無法設想他在撒謊。再說，他為什麼要撒謊呢？

「這麼說，能為伯爵先生效力的地方不多，而我們也只能力所能及的幫些小忙聊聊自慰了。」波香說道，「我嘛，以我記者的身分，可以為他打開巴黎所有劇院的大門。」

「多謝了，先生，」基督山微笑道，「我的管家已經接到命令，為我在每一家戲院都預定了一個包廂。」

「您的管家也是一個黑奴，一個啞巴嗎？」狄佈雷問道。

「不是的，先生，他確實是你們的同胞了，如果說一個科西嘉人確實是你們的同胞的話。不過，您該認識他的，馬瑟夫先生。」

「要不就是那位誠實的伯都西奧先生吧？他是那麼有能耐，租到了窗口。」

「一點兒不錯，那天我有幸邀請您在我家吃早餐時，您看見過他的。他是一個非常誠實的人，當過兵，也當過走私販子，總之什麼都幹過一點兒。我甚至不否認他同警方有過小麻煩，比如說用刀子捅人之類的事情。」

「您選中這麼一個誠實的世界公民做您的管家嗎，伯爵先生？」狄佈雷說道，「他一年要私吞您多少錢？」

「嗨！說句公道話，」伯爵說道，「我相信不會比別人多，但他正合我意，不知道世上有辦不成的事，所以我留用了他。」

「這麼說，」夏多・勒諾說道，「您有一幢設施齊全的房子了？您在香榭麗舍大街有一座公館，有僕人和管家，現在您只缺一個情婦了。」

阿爾培會心地笑了：他想到了美麗的希臘女人，就是他在愛根狄諾戲院和巴麗戲院伯爵的包廂裡看見的那位。

「我有比情婦更好的東西，」基督山說道，「我有一個女奴。你們可以在歌劇院、滑稽歌舞劇院和雜耍劇院包幾個情婦，那麼，我在君士坦丁堡買了我的女奴。代價雖然大了一些，但有了這層隸屬關係，我就無須擔驚受怕了。」

「可是您忘了，」狄佈雷笑著說，「正如查理國王說的那樣，我們法國人從骨子裡就渴望自由和無拘無束的生活嗎？當您的女奴一踏上法國國土之後，她就獲得自由了。」

「誰會告訴她？」基督山問道。

「天哪！隨便哪個都會。」

「她只會說現代希臘語。」

「那就是另一回事了。」

「我們至少能見見她吧？」波香問道，「此外，您既有了一個啞巴，說不定也有幾個啞巴太監來伺候她吧？」

「喔，沒有，」基督山說道，「我沒有把東方的習俗奉行到那個程度，我身邊的人可以自由地離開我，而當他們離開我時，以後大概就再不該有求於我或有求於其他人了，也許正因為如此，他們不願意離開我。」

這會兒他們早就吃過餐後甜食，抽過雪茄了。

「親愛的，」狄佈雷起身說道，「現在已經兩點半鐘，您的賓客非常可愛，但天下沒有不散的筵席，我得回到部裡去了，我要對大臣提起伯爵，我們一定會知道他是怎樣的一個人。」

「請留神，」馬瑟夫說道，「再聰明的人也做不到的。」

「啊！我們撥給警察局的經費有三百萬，確實，這筆錢總是提前花光，不過也沒關係，總還有那麼五萬法郎可以用於此事的。」

「當你知道他是什麼人的時候，你會告訴我嗎？」

「我答應你。再見，阿爾培。先生們，我聽候你們的吩咐。」

說著，狄佈雷走出去了，他在前廳大聲喊道：

「把馬車駛過來！」

「嗯，」波香對阿爾培說道，「我也不去眾議院了，但我要給讀者提供的勝過鄧格拉司先生的演講。」

「行行好吧，波香，」馬瑟夫說道，「我求您一個字也別發表，請別把我介紹他推薦他的功勞搶掉吧。他不是一個很有意思的人嗎？」

「豈止是有趣，」夏多‧勒諾答道，「他確實是一個我一生中從未見過的怪人。你也走嗎，摩賴爾？」

「等我給伯爵一張名片，他答應我到密斯雷路十四號去做客的。」

「請放心，我不會失約，先生。」伯爵欠身說道。

接著，瑪西米蘭‧摩賴爾與夏多‧勒諾男爵一起出門了，留下基督山單獨與馬瑟夫在一起。

# chapter 41 引薦

當阿爾培與基督山單獨在一起時，他說道：

「伯爵先生，請允許我帶您去參觀一下典型的單身漢房間吧。您在義大利住慣了豪宅，因此您現在可以做一項研究，計算一下巴黎一個住得不算差的年輕人可居住多少平方尺的面積。我們一個個房間看過去吧，順便一路打開窗戶好讓您透透氣。」

基督山已經看到了餐廳和底層客廳，所以阿爾培最先領他到他的工作室去。讀者該記得，這是他鍾愛的房間。

基督山伯爵十分欣賞阿爾培堆在這個房間裡的各種東西：古老的木櫃，日本瓷器，東方織物，威尼斯玻璃器具，世界各地的武器，他對一切都很熟悉，一看就認得它們是哪一個時代的東西，產於哪一個國家和它們的來歷。馬瑟夫原以為自己要為伯爵解說一番，實際上恰巧相反，倒是他在伯爵的指導之下上了一課，豐富了考古學、礦物學和博物學的知識。他們下到二樓，阿爾培領他的貴賓進入客廳。客廳裡掛滿了近代畫家的作品，有杜伯勒畫的風景：長長的蘆葦、挺拔的樹木、嘶叫的母牛和明麗的天空；有德拉克絡畫的阿伯拉豪俠：白色的長袍，閃閃發光的腰帶，戴著鐵套的手臂，互相撕咬的馬兒，而馬上的騎士則揮舞著手中的長槌凶猛地廝殺；有希郎傑的水彩畫，展現了整座巴黎聖母院，筆法雄勁，色彩動人，畫中的景象是詩人無法用文字取代的；有地亞士的油畫，他筆下的花更加迷人，他筆下的太陽更加燦爛；有德康的圖案畫，色彩像薩爾瓦德・羅撒的畫一樣生動，但卻更富於詩意；有吉羅和穆勒的粉筆畫，畫中的孩子有天使的頭顱、貞女的面容；有從杜柴的東方旅行寫生簿上撕下來的速寫，那些速寫都是在一個駱駝的鞍上或一座回教寺院的殿堂下只花幾秒鐘的時間勾成的；最後還有現代藝術的珍品，這些傑作能夠填補那些因年代久遠而早已失傳的古代藝術品的空缺。

阿爾培以為這一次至少他總能向這位奇特的遊客指出幾樣新鮮東西了，但使他大為驚訝的是，伯爵用不著看簽名，有的簽名甚至只是幾個縮寫字母而已，便能立刻說出每件作品的作者名字。顯而易見，他不僅熟悉每一個名字，而且他對這些才華橫溢的畫家和其作品都頗有研究。

他們從客廳走進寢室，這個房間有著樸素而雅致的風格。在一隻鍍金鏤花的鏡框裡，嵌著一幅署名「李奧波・羅勃脫」的人像畫。

基督山被這幅人像畫吸引了，因為他在房間裡迅速向前走了三步，突然停在肖像面前。

畫上是一個青年女子，年約二十五六歲，皮膚褐色，倦怠的眼皮難掩目光中的熱情。她穿著美麗的迦太蘭漁家女的服裝——一件紅黑相間的短衫，頭髮上別著金髮針。她遙望大海，藍色的海天映襯著她曼妙的身姿。

房間裡十分幽暗，所以阿爾培並沒有覺察到伯爵的臉上突然襲來的蒼白，他也沒有注意到伯爵的胸部和肩膀在神經質地顫抖著。

在這沉默的片刻，基督山伯爵專注地凝視著這幅畫。

「你的情人可真漂亮啊，子爵，」基督山以非常平靜的語氣說道，「這套服飾，不用說這套跳舞服裝確實使她更迷人了。」

「啊，先生，」阿爾培說道，「如果您見過這幅肖像旁邊的畫，我就不會原諒您這個誤會。您不認識我的母親，先生，您在鏡框裡看到的就是她。這幅像是在七八年以前畫的。這套服裝，看來，是想像出來的，肖像畫得很逼真，我以為還看到我母親一八三〇年的模樣。伯爵夫人這幅像是在伯爵出門的時候畫的。她無疑是想給他一個驚喜，但是奇怪，這幅肖像使我父親大為不悅，即使這幅畫十分名貴——您已經看到，這是李奧波・羅勃脫的傑作之一——但它的價值仍然不能使我父親克服對它的反感。真的，這話可只是在你我之間說說的，馬瑟夫先生是盧森堡最勤勉的貴族之一，是一位以軍事理論著稱的將軍，但對於藝術來說只是一個一竅不通的門外漢。家母就不同了，她本人就畫得極好，極其欣賞這樣的一件作品，不想完全放棄，所以送給我掛在這兒，這樣可以減少一些馬瑟夫先生的不快。馬瑟夫先生的像是格洛斯畫的，喏，就是這一幅。請原諒我這樣談論我的父母和家庭，但既然您賞臉讓我把您介紹給伯爵，我就把這件事告訴您，免得您對這幅畫有所誤會。另外，這幅肖像有一種不祥的魔力；因為我母親每次到我這裡來都會看這幅肖像，而一看到這幅肖像，她就會潸然淚下。伯爵和伯爵夫人之間一生唯有這一件事不和，他們雖然結婚已有二十多年，卻還是像新婚一樣的甜蜜。」

基督山向阿爾培迅速地瞥了一眼，彷彿要在他的話裡尋找隱蔽的意圖，但顯而易見，年輕人說這些話是脫口而出的，毫無其他用心。

「現在，」阿爾培說道，「您已經看見了我所有的寶貝了。伯爵先生，雖然它們或許毫無價值，但請允許我將它們獻給您，請把這裡當成自己的家吧，並且，為了使您更舒適自在些，還請您屈尊和我去見一下馬瑟夫先生。我曾經在羅馬寫信告訴他，您幫了我大忙，並對他說您已經許諾會光臨寒舍。現在，我可以說，伯爵和伯爵夫人已經焦急地等著向您當面道謝了。我知道，這一切使您不勝其煩，伯爵先生，而家庭生活對水手辛巴德並無多大吸引力，您已經親歷過其他許多大場面了！然而，請接受我給您的建議，將這些禮節上的應酬當做巴黎生活的第一幕吧。」

基督山欠身表示回答。他雖然沒有表示出熱情來，卻也並不勉強地接受了提議，只當是一種社會習俗，任何有身分的人都得盡這樣的義務而已。阿爾培叫來貼身侍僕，吩咐他去通報馬瑟夫先生和夫人，說德・基督山伯爵這就去見他們。

阿爾培同伯爵跟在後面。

走到伯爵的前廳，可以看見在通往客廳的門楣上掛著一個盾形紋章，周圍刻著華麗的圖案，與紋章的裝飾相映生輝，這一點足以證明主人對這個紋章非常看重。

「七隻淺藍色的燕子。這大概是你們家族的紋章，先生？」他問道，「我對紋章稍有瞭解，能略加辨認，但在紋章學方面我卻非常無知——我是一個新封的伯爵，這個封號是在托斯卡納靠了聖愛蒂埃總督的幫忙，政府隨意設的，要不是他們總是對我說，這是旅行的必備之物，我也用不著擔這樣的虛名。但是，一個人出門在外，為了免於海關關員的搜查，馬車門上總是要有點東西的。原諒我向您提出這樣的一個問題。」

「這個問題一點兒都不唐突，先生，」馬瑟夫篤定而坦誠地說道，「您猜得很正確，這是我們的紋章——那是說，是家父這一族的，您現在看到的，緊靠著它的另一個盾形紋章，上面繪有紅色的線條和一座銀色的堡塔，那是家母族中的。從她那一方面說，我是一個西班牙人，但馬瑟夫這一族是法國人，據我所知，甚至是法國南部最古老的家族之一。」

「是的，」基督山接著說道，「這些紋章就可以證明，凡是帶著兵器去參朝聖地的人，幾乎都在他的武器上刻著一個十字架或幾隻候鳥，十字架象徵著他們肩負的光榮使命，候鳥則象徵著心中的信仰為他們插入翅膀，以完成即將開始的遠征。您的祖先曾有人參加過十字軍，而假設是聖路易所發動的那次，也已可上溯至十三世紀，那也算是歷史相當悠久的了。」

「有可能吧，」馬瑟夫說道，「在我父親書房裡有一本族譜，一看就明白了，我以前在上面曾作過批註，這些批註可能對荷齊埃和喬古大有啟發。現在，我已不大過問這些了。不過，我要告訴您，伯爵先生，何況這也是我作為導遊應該說的，那就是在我們的平民政府治理下，人們開始非常關心族譜了。」

「好嘛！這麼說，你們的政府還是另外挑選一些懷舊之物來做徽章的好，而不是我在你們的紀念性建築上注意到的那兩份佈告牌，從文章學的角度來看，它們毫無意義。至於您，子爵，」基督山轉而又對馬瑟夫接著說下去，「您比你們的政府要幸運多了，因為府上的紋章真的非常漂亮，會勾起人們的美好想像。是的，是這麼一回事，您是既有普羅旺斯人，也有西班牙人的血統，如果您給我看的肖像畫跟本人很像，這就說明了，我所欣賞的那種微黑的膚色，正是高貴的迦太蘭人的特徵。」

伯爵這番彬彬有禮的話中暗藏的諷刺意味，只有具有奧狄波斯或斯芬克司的洞察力才能洞悉。馬瑟夫用一個微笑向他道謝，先走進去，給伯爵帶路，推開掛著盾牌的那扇門，這扇門，我們已經說過，是通客廳的。

在客廳最顯眼的地方，又有一幅畫像。畫上是一個男人，年齡在三十五至三十八歲之間，身穿一套將軍的制服，雙肩佩著帶流蘇的肩章──這是高級軍官的標誌；他的脖子上掛著榮譽軍團的綬帶，表明他曾當過司令官；右胸掛著一枚高級軍官榮譽勳章，左胸掛的是一枚查理三世的大十字勳章，這表明畫中人可能參加過希臘戰爭和西班牙戰爭，或曾在那兩國完成過某項外交使命，所以才獲此殊榮。

基督山正在全神貫注地端詳這幅肖像畫，其認真程度不亞於看那另一幅肖像畫。突然，一扇側門打開了，他面對馬瑟夫伯爵本人。

此人約莫有四十至四十五歲光景，但看上去至少有五十歲了。滿頭的白髮理成陸軍式，剪得很短，與他那漆黑的鬍髯和眉毛形成了鮮明而怪異的對照。他身穿便衣，紐孔掛著綬帶，不同顏色的滾帶令人想到他得過各種勳級的勳章。這個人以一種略帶急促卻不失莊嚴的步伐走進房來。基督山眼看著他在向自己走過來而他自己卻沒有邁出一步。簡直可以說，他的腳釘在地板上了，而他的眼睛緊緊地盯著馬瑟夫伯爵的臉。

「父親，」年輕人說道，「我十分榮幸地向您介紹基督山伯爵先生，他是一個慷慨大度的朋友，我是有幸在您所知道的那種危急的情況下遇見他的。」

「先生來我們家做客，非常歡迎，」馬瑟夫伯爵面帶微笑向基督山致意並且說道，「先生為我們家保存了唯一的繼承人，這種恩情值得我們永遠感激。」

馬瑟夫伯爵邊說話邊向基督山指著一張扶手椅，他本人則面對窗戶坐下來。

基督山在馬瑟夫伯爵指定的扶手椅上坐下時，巧妙地將自己隱藏在絲絨大窗簾的陰影中，在那兒，他從伯爵那張勞累憂慮的青白臉上，看到了時間用一條條皺紋寫下了一個人的全部憂患史。

「當子爵派人通報伯爵夫人，說她即將有幸能接待您時，她正在梳妝，」馬瑟夫說道，「她很快就要下樓來了，再過十分鐘，她就可到客廳。」

「我到巴黎來的當天，」基督山說道，「就能結識到一位功績與名望相等，命運之神沒有錯待的人，真是三生有幸啊，但在米提賈平原上，或阿脫拉斯山區裡，是不是還有元帥的職責在等著您去履行呢？」

「哦！」馬瑟夫回答，有點兒臉紅，「我已經退伍了，閣下。我曾在布蒙元帥的部隊中服役，在復辟以後被封為貴族。我本來有希望得到更高的爵位，如果波旁王朝依然執政的話，誰知道會發生什麼事呢？但七月革命的光榮似乎就在於它的忘恩負義，對於那些早在帝國時期之前就開始服役的人，它就是這樣對待的，所以我提出辭職。一個馳騁戰場多年的人，一旦回到客廳裡，簡直連怎樣在光滑的地板上走路都不會了。我收起武裝，投入政界。我致力於實業，我研究各種有用的工藝。在我二十年的從軍生活期間，我常常有這樣的想法，但那時我沒有時間。」

「貴國能夠戰勝其他國家正是因為有了這樣的思想，先生，」基督山答道，「您出生於名門世家，擁有巨大的財產，卻願意從卑微的士兵做起——實屬罕見。而您當上了將軍、法國貴族院議員、榮譽軍團的司令官之後，卻願意再次一切從頭學起，完全不為個人的前途著想，不圖報償，只求有朝一日能有益於您的同胞……啊！先生，真是太值得讚美了，更準確地說，真是太崇高了。」

阿爾培驚奇地看著基督山侃侃而談，他還不曾看見他的思想如此活躍，情緒如此激昂。

「唉！」外國人繼續說，無疑是為了用這番話驅散馬瑟夫額角上剛剛聚起的難以覺察的陰雲，「我們在義大利卻不是這樣的，我們受到嚴格的門第限制，在不同的環境中成長，我們循著上一輩的足跡前進，而常常也同樣的碌碌無為，終此一生。」

「可是先生，」馬瑟夫先生答道，「對於像您這樣功成名就的人來說，義大利並不值得您留戀，而法國也許並不是對所有的人都忘恩負義的。它對待自己的兒女不好，但通常對外國人卻禮遇有加。」

「嗨！父親，」阿爾培微笑著說道，「顯然您太不瞭解基督山伯爵先生啦。他的追求超然物外，他厭棄一切功名，只要有護照上的那個頭銜就行了。」

「對我來說，這是我一生中聽到最公正的評語了。」基督山答道。

「先生選擇了自己的人生之路，」馬瑟夫伯爵歎口氣說道，「您選擇了一條鮮花盛開的道路。」

「完全正確，先生，」基督山微笑著說道，他的笑容，是畫家無法用筆描摹出來的，是心理學家無法分析的。

「我要是不擔心會累著伯爵先生，」將軍說道，他顯然十分欣賞基督山的舉止，「我會把先生帶到眾議院去。今天有次會議，凡是不瞭解我們當今的參議員的人，今天的議程是十分有趣的。」

「假如您能改天再邀請我去的話，我將會十分感激您。不過今天，我已得知，有幸會見到伯爵夫人，而我正期待著這樣的機會呢。」

「啊！我的母親來了！」子爵大聲說道。

基督山急忙回過身來，看見馬瑟夫夫人站在客廳門口，這扇門正對著她的丈夫進入客廳時走的那扇門。當基督山轉過身來的時候，她一動不動，面色蒼白，扶在金漆門框上的手不知什麼原因無力地垂下來。看來她待在那裡已有數秒鐘之久，並且早已聽見了門那邊的來訪者所說的最後幾句話了。

基督山站了起來，向伯爵夫人深深鞠躬致敬，她沉默不語，高貴優雅地也欠身回禮。

「呃，上帝啊！夫人，」伯爵問道，「你怎麼啦？是不是客廳裡溫度太高，讓你感到不適了？」

「您難受嗎？母親？」子爵大聲叫道，衝向美茜蒂絲。

她以微笑對他倆表示感謝。

「沒什麼，」她說道，「沒有這位先生的相救，此時我們只會以淚洗面，悲痛欲絕。初次見到他，我一時心生感慨，閣下，」伯爵夫人以王后般莊重的神態邊走邊繼續說道，「我兒子的生命都是您所賜的，為了這種恩情，我祝福您。現在，我更感謝您給我一個親自向您道謝的機會，使我萬分愉快，像我的祝福一樣，我對您的感激也發自內心。」

伯爵再次躬身致意，但上身比第一次彎得更低，他的臉色比美茜蒂絲更加蒼白。

「夫人，」他說道，「伯爵先生和您過於誇獎這樣一次舉手之勞了。救人一命，使一個父親免於痛苦，使一個母親免於過分悲痛，這並不算是一種功德，而是一次人道的行為。」

聽到這樣溫文爾雅、彬彬有禮的話，馬瑟夫夫人便以深沉的語氣回答道：

「先生，我的兒子真是幸運之極，竟然能遇到像您這樣的朋友。我感謝上帝這樣安排。」

說完，美茜蒂絲帶著無限的感激之情，把她那對美麗的眼睛抬向天空，伯爵發覺她的眼眶裡滾動著兩顆淚珠。

馬瑟夫先生走到她的身邊。

「夫人，」他說道，「我已經向伯爵道過歉，原諒我不得不離開他，我請你再次向他道歉。會議在下午兩點鐘開始，現在已經三點了，我還要發言呢。」

「去吧，先生，我會盡力使我們的客人忘掉您不在場，」伯爵夫人以同樣動情的語調說道，「伯爵先生，」她繼而轉向基督山又說道，「我們會有這樣的榮幸，同您一起度過這美好的一天嗎？」

「謝謝，夫人，您可以看到，請您相信這一點，我對您的盛情已經感激涕零了。可是，我今天早上從我的旅行馬車上下來，就直接到了您的家門口。我在巴黎如何安頓，我還不知道，我住在哪兒，也不大清楚。雖說是小事，但仍令我略感不安。」

「至少下一次您會給我們這種榮幸吧，您能答應我們再來嗎？」伯爵夫人問道。

基督山無言地欠了欠身，不過他的動作可以被看成是應允的表示。

「這樣，我就不留您了，先生，」伯爵夫人說道，「因為我不願使我的感激之情變成失禮或是強求。」

「親愛的伯爵，」阿爾培說道，「假如您願意，我想在巴黎回報您在羅馬對我們的照顧，在您的馬車配備齊全之前，我想把我的雙座馬車送給您用。」

「萬分感謝您的好意，子爵，」基督山說道，「不過我想，伯都西奧先生可能已經有效地利用了我給他的四個半小時，我會在您家門口看到一輛備好的馬車。」

阿爾培已經習慣了伯爵的這種行事方式，他知道伯爵像尼祿一樣，愛做辦不到的事情，因此對他的一切也就見怪不怪了。不過他想親眼看看他的命令執行得如何，因此他把伯爵送到公館門口。

基督山沒有搞錯：他剛剛走到馬瑟夫伯爵的前廳，一個聽差，就是在羅馬向兩個年輕人呈交伯爵名片並通報伯爵來訪的那一個，從列柱下跑出來去叫車，以致那個顯赫的遊客走到石階時，便已經發現馬車在等著他了。

那是一輛高碌式的雙座四輪馬車，巴黎所有的花花公子都認得出這套輓具和馬匹原屬於德拉克，而昨天出一萬八千法郎德拉克還不肯賣。

「先生，」伯爵對阿爾培說道，「我不請您一直送我回家了，因為我現在只能讓您看到我急促佈置起來的住所，您知道，我的辦事效率為大家所公認，所以我要保住這個名聲啊。請給我一天的時間吧，並請允許我屆時正式邀請您。我會更有把握，不致招待不周。」

「假如您要求我寬限一天的話，伯爵先生，我心裡有數，您給我看的就不再是一所房子，而是一座宮殿了。您一定能支配某個精靈為您差遣。」

「當然，您讓人相信這一點好了，」基督山一邊踏上華麗車廂上絲絨鋪墊的踏板，一邊說道，「這會使我得到太太們的好感。」

說著他就跳進了車廂，車門隨即關上了，馬車奔馳起來，車速雖快，但伯爵還是能發覺他離開時，馬瑟夫夫人待著的那個客廳的窗幔微微地抖動了一下。

待阿爾培回到他母親的房裡時，他發現伯爵夫人待在小客廳裡，讓自己靠在一張包著天鵝絨的大沙發裡。整個房間沉浸在一片黑暗之中，只看得見四處擺放著的大瓷花瓶的肚子上或者金漆框架的邊角發出的閃光。

伯爵夫人在自己的頭髮上蒙了一條薄薄的羅紗，如同裹在一圈霧氣之中，阿爾培看不見她的臉龐。不過他覺得她的聲音有些異樣，他覺得她的聲音似乎變了。在花瓶架發出的玫瑰花香和天芥菜花香中間，他可以辨別出一股刺鼻的嗅鹽的氣味，他又注意到伯爵夫人的嗅瓶已從鮫皮盒子裡取出來放在壁架上的一隻鏤花銀盃裡，這引起他的不安。

「您不舒服嗎，母親？」他走進去時高聲說道，「我離開時您感到不舒服嗎？」

「我？啊不，阿爾培，不過，你知道，這些玫瑰花、晚香玉和橙花在回暖時香氣很濃，令人無法適應。」

「這樣吧，母親，」馬瑟夫邊用手拉鈴，邊說道，「把這些花拿到您的前廳去吧。您真的不舒服了，剛才您走進客廳時，您的臉色非常蒼白。」

「你說我的臉色蒼白嗎，阿爾培？」

「這種蒼白對您是常有的事，母親，可是父親和我卻為此而深深不安。」

「你的父親對你說起了嗎？」美茜蒂絲急切地問道。

「沒有，夫人，可是您記得嗎，他向您指出過這一點。」

「我記不起來了。」伯爵夫人說道。

一個僕人走了進來，他是聽見阿爾培的拉鈴聲來的。

「把這些花放到前廳，或是放到盥洗室去，」子爵說道，「伯爵夫人聞了不舒服。」

僕人照辦了。

房間裡沉默了很長時間，一直到花盆全部搬完。

「基督山這個名字是什麼意思呢？」伯爵夫人等到僕人捧著最後一隻花瓶走出去之後問道，「是一個姓呢，一個封地的名字呢，或者僅僅是一個頭銜呢？」

「我想是一個頭銜，母親，僅此而已。伯爵在托斯卡納群島中買下了一個小島，據他上午親口說的，把它作為一個封地。您知道，這種事情佛羅倫斯的聖愛蒂埃、巴馬的聖喬奇・康士但丁，甚至馬爾他的貴族都做過。再說，他絲毫不想當貴族，自稱當上伯爵是個機遇，儘管羅馬的一般輿論都認為，伯爵是個非常高貴的領主。」

「他的談吐舉止極為得體，」伯爵夫人說道，「至少在他在這裡的短暫時間裡，我可以這樣判斷。」

「啊！完美無缺，母親，簡直可以說盡善盡美啊，甚至遠遠勝過了歐洲最值得自豪的三大貴族，英國、西班牙和德國貴族當中我所認識的最有貴族氣派的人也無法和他相比。」

伯爵夫人思索了片刻，猶豫了一會兒，接著說道：

「親愛的阿爾培，我向你提出一個做母親的想知道的問題，你得明白這點，你說你已經到基督山先生的家裡看過了。你已經具有敏銳的洞察力，對人情世故，比同齡人更敏感，那麼你認為伯爵的表裡一致嗎？」

「他表面怎樣？」

「剛才你自己說過，是個高貴的領主。」

「我對您說過，母親，別人是這樣看待他的。」

「但你是怎麼想的呢，阿爾培？」

「我得向您承認，我對他沒有明確的看法，我想他也許是馬爾他人。」

「我沒問你他是哪國人，而是問他是怎麼樣的一個人。」

「啊！說到他的為人，這是另一碼事了。我見過他許多驚人的事情，假如您希望我對您說出我的真實想法，我就會對您說，我樂意把他看做拜倫筆下極富悲劇色彩的人物——是曼弗雷特，是勒拉，是威納，總之，是一個古老的大家庭裡的後裔。他們雖繼承不到父輩的遺產，但是憑著他們冒險的天才和能力發財致富了，於是便無視社會的法律和準則一意孤行起來。」

「你是說……」

「我是說基督山是地中海中央的一個島嶼，無人居住，無人防守，各國的走私販子和海盜常常在此出沒。誰知道幹這種營生的人會不會向這位領主付保護費呢？」

「有可能吧。」伯爵夫人若有所思地說道。

「嗨，管他呢，」年輕人接著說，「是走私販子也罷，不是也罷，母親，既然您親自見過他了，基督山伯爵先生是個風雲人物，他會在巴黎上流社會大受歡迎。您瞧，就在今天上午，他初次踏入社交界，連夏多・勒諾都震驚不已。」

「伯爵有多大了？」美茜蒂絲問道，顯然她對這個問題非常重視。

「有三十五六歲吧，母親。」

「這麼年輕！不可能，」美茜蒂絲說道，既回答了阿爾培說的話，又道出了自己的想法。

「然而，這是真的。他對我說過三四回了，而且當然是沒有經過事先考慮，說某某時候我五歲時如何，六歲時如何，十二歲時又是如何如何，我呢，出於好奇心，很注意這些細節，所以我把這些日期對了一下，從未找到過任何破綻。因此，這個年齡不清不楚的怪人，我敢肯定是三十五歲。再說，您回憶一下，母親，他的目光有多銳利，他的頭髮有多黑，他的額頭雖然蒼白一些，卻毫無皺紋，這個人不僅身強力壯，而且還朝氣蓬勃。」

伯爵夫人垂下了頭，彷彿痛苦形成的巨浪將她壓倒似的。

「那麼這個人對你很友好嗎，阿爾培？」她神經質地戰慄著問。

「我想是的，夫人。」

「而你……你也喜歡他？」

「不管弗蘭士・伊辟楠怎麼說，我還是很喜歡他。夫人，他說這是一個從陰間回來的人。」

伯爵夫人驚恐得顫抖了一下。

「阿爾培，」她用變了調的聲音說，「從前我總是不讓你隨便結交新的朋友。現在你長大成人，能給我出主意了，不過，我還是要說：要謹慎，阿爾培。」

「為了使您的告誡對我切實有用，親愛的母親，還必須讓我知道事先我應該防備什麼。伯爵從來不玩牌，他只喝清水，裡面加一點點白葡萄酒。伯爵顯得這樣有錢，他絕不會伸手向我借錢，而遭人恥笑。那麼，他對我有什麼可怕的地方呢？」

「你說得對，」伯爵夫人說道，「我這種擔心是不應該的，尤其是對一個曾救過你性命的人。你的爸爸怎麼樣接待他的，阿爾培？我們對待伯爵，不只是要做到禮節周到。馬瑟夫先生有的時候心神不定——他擔心著他的正事，或許，他不知不覺——」

「父親是彬彬有禮的，夫人，」阿爾培打斷她的話說道，「我甚至還想說，他聽了伯爵對他說的兩三句恭維話似乎感到特別高興，伯爵的這些話說得恰到好處，彷彿他已認識父親有三十年之久了。每句恭維的話都恰恰搔到爸爸的癢處，」阿爾培笑著補充說道，「所以他們分手時像是一對世上最要好的朋友似的，馬瑟夫先生甚至想把他帶到眾議院去讓他聽自己的演說呢。」

伯爵夫人沒有說話，她陷入沉思凝想中，以致她的眼睛漸漸合上。站在她面前的這個青年溫柔地望著她，比那些做母親的仍然年輕漂亮的孩子所懷的感情更溫柔、更親切。後來，看到她的眼睛已經閉攏，聽到她已發出輕勻的呼吸聲，他相信她已經睡熟，便踮著腳尖離開房間，小心推開房門，讓母親待在房間裡。

「這個怪人，」他搖著頭喃喃地說道，「我早在羅馬就預言過他會在社交界會引起轟動的。我用從未出差錯的溫度計計量出他的效果。他已經引起我母親的注意了，因此他一定非常傑出。」

接著他就下樓向他的馬廄走去，基督山伯爵連想都不想就買下了那些馬和輓具，而在行家的眼中，一下子就把他那幾匹棗紅馬降為二流貨，想到這裡，心裡暗暗有些不滿。

「可以肯定，」他說道，「人與人是不平等的，我一定要請父親在上議院發起這樣的討論。」

# chapter 42 伯都西奧先生

這會兒，伯爵到了自己的住所，他在路上僅用了六分鐘時間。這六分鐘就足以吸引二十個年輕人，他們瞭解這套馬車的價值，知道自己買不起，於是便策馬急趕上來，以便看一眼是哪位富豪出手如此闊綽，肯花一萬法郎買一匹馬。

基督山在城裡的府邸，是阿里看中的，位於香榭麗舍大街右邊的一幢樓，前後有院子和花園。前庭中央栽種了一叢茂密的樹木，恰好遮住了房屋的正面，兩側的小徑如兩條手臂，將這叢樹木摟在懷中，這兩條小徑左右伸出，從鐵柵開始，將馬車引到兩級石階前，門廊的每一級台階上都放著一大瓷盆花。這座房子不和鄰近的房屋相連，除了大門以外，在邦修路還有另外一個進口。

車夫還沒喊門房，大鐵門已經打開，原來他們早已看見了伯爵的馬車，而在巴黎，像在其他地方一樣，他們為侍奉伯爵的速度猶如閃電，車夫驅車進門，繞了半個圈，也不減低車速，車輪還沒有在石子路上停穩，大門已經關上了。

馬車停在石階左邊，兩個人立刻出現在車門口。一個是阿里，臉上掛著發自內心的愉快笑容，基督山只是向他瞥了一眼。

另外那一個恭恭敬敬地鞠了一躬，然後伸手扶伯爵下車。

「謝謝，伯都西奧先生，」伯爵說著，敏捷地跳下三級踏板，「公證人呢？」

「他在小客廳裡，大人。」伯都西奧答道。

「我叫你有了房子的門牌號之後就去找人印名片的，辦了嗎？」

「伯爵先生，已經辦妥了。我去找了王宮市場裡最好的刻工，讓刻字匠在我面前刻字。按照您的吩咐，刻出的第一張名片已立即送交議員鄧格拉司男爵先生處，他住在安頓大馬路七號，其餘的名片放在大人臥室的壁爐上了。」

「好。現在幾點鐘了？」

「四點鐘。」

基督山把他的手套、帽子和手杖交給剛才衝出馬瑟夫的前廳去叫馬車的法國僕人。接著，伯爵走進小客廳，伯都西奧走在前面為他引路。

「這間候見室裡的大理石像太寒酸了，」基督山說，「我相信搬走這些東西用不了多長時間。」

伯都西奧欠了欠身。

正如管家所說的，公證人等候在小客廳裡。

他原是巴黎某個公證所的第二書記，卻故意裝出一個鄉下訴訟師所特有的那種莊嚴的神氣。

「先生就是負責出售那幢我想購置的鄉下別墅的公證人嗎？」基督山問道。

「是的，伯爵先生。」公證人答道。

「出售契約已經準備好了嗎？」

「是的，伯爵先生。」

「你帶來了嗎？」

「這就是了。」

「很好。我買進的這幢房子地點在哪裡？」基督山不經意地問，半對著伯都西奧，半對著公證人。

管家做了一個手勢，意思是說他不知道。

公證人驚訝地看著基督山。

「什麼，」他說道，「伯爵先生不知道自己買下的房子在哪兒嗎？」

「確實不知道。」伯爵說道。

「伯爵先生還沒去看過嗎？」

「見鬼！我怎麼能去看呢？我今天上午從卡迪斯來，我還從未到過巴黎，我甚至是第一次踏上法國的國土。」

「那麼這是另一回事，」公證人答道，「伯爵先生買下的這幢房子在阿都爾村。」

伯都西奧聽到這句話，臉刷地變白了。

「阿都爾村在什麼地方？」基督山問道。

「離這裡沒多遠，伯爵先生，」公證人說道，「在帕西門南面一點兒，環境優美，周圍就是布洛涅森林。」

「這麼近哪！」基督山說道，「並不是在鄉間啊。活見鬼！你怎麼選中巴黎門口的一幢房子，伯都西奧先生？」

「我！」管家以一種異樣的急切表情大聲說道，「伯爵先生肯定不是吩咐我去買這所房子的？請您好好想一想。」

「啊！對了，」基督山說道，「我想起來了！我在報上讀到這條廣告，我被這個騙人的廣告詞吸引了：『鄉間別墅』。」

「還來得及，」管家趕緊說道，「假如大人想讓我到其他地方再找，我會找到更好的，要麼在愛琴，要麼在芳地楠，要麼在比利維。」

「算了，算了，」基督山滿不在乎地說道，「既然我已經選了這所別墅，就把它留下吧。」

「先生說得對，」公證人立即說道，他擔心失去他的傭金，「這處房產很優美，有流水，有樹木，雖然已荒廢了很久，但還是一個很舒適的住處。所以即使不把傢俱算在內，也是划算的，不管傢俱多麼舊，還是有價值的，許多人現在都想搜羅古老的東西。我想伯爵閣下也是有這種嗜好的吧？」

「您說得不錯，」基督山說道，「那些舊傢俱用起來還舒適嗎？」

「啊！先生，豈止舒適，簡直是富麗堂皇啊！」

「哦！那就別錯過這麼個機會了，」基督山說道，「請問合同呢，公證人先生？」

他瞥了一眼賣契上寫明的房屋位置和業主姓名，就迅速簽上了名。

「伯都西奧，」他說道，「請給這位先生五萬五千法郎。」

管家邁著步子不穩地走出去，回來時帶著一捆鈔票。公證人就仔仔細細地數起鈔票來，似乎對於金錢不經過一番合法地查點，他是絕不肯出收條的。

「現在，」伯爵問道，「所有的手續都辦完了嗎？」

「辦齊了，伯爵先生。」

「您有鑰匙嗎？」

「鑰匙在看守房子的守門人手裡，我已吩咐過他讓先生住進去。」

「很好。」

說完，基督山向公證人點了點頭，意思是說：

「我不需要你了，你走吧。」

「不過，」正直的郊區公證人大膽地說，「我覺得伯爵先生大概弄錯了。只要五萬法郎，一切都包括在內了。」

「還有您的傭金呢？」

「一般從這筆錢裡面支付，伯爵先生。」

「您不是從阿都爾村來的嗎？」

「是的，當然。」

「那麼，必須付給您車馬費。」伯爵說道。

然後，他就揮手讓他走了。

公證人後退著離開，頭都快垂到地面了。自從他註冊開業以來，他還是第一次遇見這麼一位主顧。

「送客。」伯爵對伯都西奧說道。

於是管家跟在公證人後面也出去了。

只剩下伯爵一個人的時候，他就從口袋裡掏出一隻帶鎖的記事本，用掛在脖子上的鑰匙打開它，這把鑰匙他從不離身。

他在記事本裡翻了翻，翻到一張寫了幾行字的那一頁，把這幾行字與放在桌上的房契對照了一下，在竭力回想：

「阿都爾村，方丹街二十八號，沒錯，」他說道，「現在，我要怎樣才能從他口中得到真相呢，是借助宗教的力量，還是他心理的恐懼呢？不管怎樣，再過一小時，我就都知道了。伯都西奧！」他大聲喊道，並用一把帶折疊柄的小槌子敲在一隻鈴上，發出銅鑼般的尖銳而悠長的響聲，「伯都西奧！」

管家出現在門口。

「伯都西奧先生，」伯爵說道，「以前你不是對我說過你在法國遊覽過嗎？」

「在法國的某些地方，是的，大人。」

「你也許熟悉巴黎的郊區吧？」

「不熟悉，大人，不熟悉。」管家答道，渾身神經質地顫抖著。基督山對人的各種情緒變化是一個老行家，他有理由把他的顫抖看成是慌張不安的一種表現。

「你從未遊覽過巴黎的市郊，」他說道，「這就麻煩了，因為今天晚上我就想去看看我的新產業，你跟我一起去，一定會給我提供有用的情況。」

「去阿都爾？」伯都西奧大聲說道，他的古銅色的臉幾乎變成鐵青的了，「我，去阿都爾！」

「嗨！我倒要問問你，你去阿都爾又有什麼可大驚小怪的呢？既然我要住在阿都爾，你也必須去那裡，因為你是我的管家。」

伯都西奧在主人的目光逼視下垂下了腦袋，他一動不動，一言不發。

「咦！你這是怎麼啦？你難道還要讓我拉一次鈴，叫人備馬車嗎？」基督山說道，聽其口氣彷彿是路易十四在說那句著名的話：「這下又得叫我耐心等待了！」

伯都西奧從小客廳衝到候見室，用喑啞的嗓音喊道：

「給大人備車！」

基督山寫了兩三封信，正當他封上最後一封信的時候，管家又出現了。

「大人的車已等在門口。」他說道。

「嗯！請拿上你的手套和帽子，」基督山說道。

「我與伯爵先生同去嗎？」伯都西奧大聲問道。

「當然，你必須去吩咐一下，因為我打算在這幢房子裡住下來。」

伯爵的僕人從來沒人敢違背他的命令。因此，管家不再表示異議，尾隨他的主人，後者登上馬車，示意他也上車。管家恭恭敬敬地在車廂前座的軟墊長椅上坐下來。

chapter 43

# 阿都爾別墅

基督山看到，當伯都西奧走下台階時，用科西嘉人的方式畫了一個十字——用大拇指在空中畫了個十字形，他在馬車裡坐定以後，喃喃自語地低聲做了一番簡短的祈禱。這位可敬的管家對伯爵醞釀已久的出門計畫實在是誠惶誠恐，要不是好奇成性的人，誰看了都會可憐他。但看起來伯爵好奇心太大，不肯免掉伯都西奧這次跋涉。

不到二十分鐘，他們就來到阿都爾。一路上管家是越來越煩躁了。當馬車駛進村子時，縮在馬車角落的伯都西奧焦躁不安地觀察著經過的每一幢房子。

「叫車夫停在方丹街二十八號。」伯爵說道，目光無情地盯著他的管家。

伯都西奧的臉上冒出汗水，但他還是服從了命令，將頭探出車外。對馬車夫大聲叫道：

「方丹街二十八號。」

這座二十八號的房子位於村子的盡頭。車子前進時，夜幕已降臨了，或者更確切地說，空中壓來一塊荷電的烏雲，夜色中這一幕極富戲劇性的插曲被包圍在莊嚴肅穆的氛圍中。

馬車停了，聽差急急忙忙跑上前把車門打開。

「咦！」伯爵說道，「你不出去，那你是想留在車子裡嗎？今晚你在想什麼鬼心事？」

伯都西奧慌忙走下車廂，肩膀對著伯爵，伯爵扶著他的肩，一步一步走下馬車的三級踏腳板。

「敲門，」伯爵說道，「說是我來了。」

伯都西奧敲門，門打開了，守門人出現了。

「怎麼回事？」他問道。

「你的新主人來了，夥計。」聽差說道。

說著，他把公證人交出的一張字條遞給守門人。

「那麼，房子賣掉了？」守門人問道，「是這位先生來住嗎？」

「是的，我的朋友，」伯爵說道，「我將盡力使你不去懷念你原來的主人的。」

「哦！先生，」守門人說道，「我對他不會留戀，因為我們很少見到他，五年之前他來過一趟。當然，賣掉一幢對他一無用處的房子做得很對。」

「你原來的主人叫什麼名字啊？」基督山問道。

「聖米蘭侯爵先生。啊！我相信，他絕不會為了錢才賣掉這幢房子的。」

「聖米蘭侯爵！」基督山接著說道，「嗯，這個名字聽來好像有點兒耳熟，」伯爵說道，「聖米蘭侯爵……」

他好像在思索的樣子。

「一位老紳士，」守門人接口說道，「波旁王朝的忠僕，他有一個獨生女，嫁給了維爾福先生，後者先後在尼姆和凡爾賽擔任過檢察官。」

基督山伯爵瞥了伯都西奧一眼，正巧與他的目光相遇。他靠在牆上以免自己跌倒，臉色比牆壁還蒼白。

「他的女兒不是死了嗎？」基督山問道，「我好像聽到過傳聞。」

「是的，先生，那是二十一年前的事了，自那以後，我們見過那位可憐的侯爵還不到三次。」

「謝謝，謝謝，」基督山說道，從管家極度沮喪的面色，他判斷不能將這根弦繃得太緊，否則就有繃斷的危險，「謝謝！請給我一盞燈，夥計。」

「要我陪同先生嗎？」

「不，用不著，伯都西奧可以替我照亮。」

說著，基督山給了門房兩塊金幣，對方恭維再三，感謝不迭。

「啊！先生！」門房在與壁爐遮沿相連的擱板上摸索了一陣，便說道，「我這裡沒有蠟燭。」

「把馬車上的提燈拿一盞下來，伯都西奧，領我去看看房間。」伯爵說道。

管家默默地執行了伯爵的命令，但他提燈的那隻手直打戰，很顯然他為服從這個命令付出了多大的代價。

他們先在樓下看了一遍，地方還算寬敞，接著走上二樓。二樓一共有一間客廳，一間浴室和兩間寢室，從其中一間臥室，可以通到一道螺旋形的樓梯，通向花園。

「哦，這是一座暗梯，」伯爵說道，「這很方便。給我照亮，伯都西奧先生。你走在前面，沿著扶梯往下走。」

「先生，」伯都西奧說道，「扶梯通往花園。」

「請問你是怎麼知道的啊？」

「應該通到那裡。」

「那好，讓我們看看是不是這麼回事吧。」

伯都西奧歎息一聲，走在前面，扶梯果真通向花園。

管家在門口停住腳步。

「走呀，伯都西奧先生！」伯爵說道。

但對方卻呆住了，只是睜大雙眼，現出神志不清的樣子，他神色慌張地環顧四周，像是在尋找某一件可怕的事情的痕跡似的，他似乎用痙攣的雙手竭力推開恐怖的回憶。

「怎麼啦？」伯爵還不甘休。

「不！不！」伯都西奧大聲說，用手按住內牆角，「不，先生，我走不了了，不可能再走了。」

「這是怎麼回事？」基督山以不可抗拒的聲音一字一頓地說道。

「您瞧，先生，」管家大聲說道，「這絕不是平白無故的，在巴黎要買一幢房子，您恰好買在阿都爾，而既買在阿都爾了，又恰巧是方丹街二十八號。噢！我為什麼不把一切先講給您聽呢？那樣您就不會要我來了。我希望您的房子不會是這一幢，啊，好像除了發生過謀殺的這幢房子以外，在阿都爾沒有別的房子了！」

「哦！哦！」基督山陡地收住腳步說道，「你剛才說的是什麼粗話？你們科西嘉人真是鬼東西，老是相信迷信那一套，要麼就神神秘秘的。拿起燈來，我們去看看花園。我希望跟我在一起，你不致害怕。」

伯都西奧拿起提燈，聽從了吩咐。

門一打開，就現出了陰暗的天空，在茫茫雲海中，月亮徒然地抗爭著，它偶爾也會露面，但立刻又被黑壓壓的雲浪所吞沒，消失在黑暗裡。

管家想朝左拐。

「不，先生，」基督山說道，「走小路幹嗎？這是一片悅目的草坪，我們往前走吧。」

伯都西奧擦了擦額上淌下來的汗珠，但還是服從了，不過他卻繼續偏左走。

相反，基督山卻偏右走。來到一叢樹木旁，他止住腳步。

管家再也撐不住了。

「離開這兒，先生！」他大聲喊道，「離開這兒吧，我求求您了，您正好站在這個位置上啦。」

「站在什麼地方？」

「就是他倒下去的位置。」

「親愛的伯都西奧先生，」基督山笑著說道，「打起精神來，我給你打氣，我們現在已不是在薩爾坦或科爾泰了。這不是一片荒地而是一座英國式的花園，我承認這裡疏於維護，但不該因此而詆毀它。」

「先生，別待在那裡！別待在那裡！我求求您了。」

「我想你是瘋了吧，伯都西奧，」伯爵冷冷地說道，「如果真是這樣，先告訴我一聲，那樣我就可以儘早派人把你送進瘋人院，以免出意外。」

「天哪！大人，」伯都西奧搖著腦袋，合起雙手說道，如果不是此刻伯爵的全部心思都放在更重要的事上，而是仔細觀察這個膽小怕事的人的細微反應的話，他看見他這副尊容，一定會笑出來的，「天哪！大人，禍事臨頭了。」

「伯都西奧先生，」伯爵說道，「我很坦然地告訴你，當你裝模作樣，眼神不定，兩手絞在一起的時候，就像是一個鬼神附身的人，而我注意到，心裡藏著一件秘密的人是最難驅逐魔鬼的。我知道你是一個科西嘉人，心情沉重，總是在考慮家族復仇那一套老辦法。在義大利的時候，我可以不聞不問，因為在義大利，那種事情無人看重。但在法國，一般人是無法接受暗殺的。遇到這一類的事情，憲兵要捉拿兇手，法官來判罪，斷頭台為死者伸張正義。」

伯都西奧雙手合十，在這一連串的慌亂動作中，他並沒有鬆開提燈，此時燈光就照在他那張蒼白而扭曲的臉上。

基督山注視著他，就用在羅馬他觀看安德里行刑時同樣的目光。接著，他又說話了，那聲調讓可憐的管家全身再度戰慄不已。

「這麼說，布沙尼神甫欺騙我了，」他說道，「一八二九年，他到法國旅行，讓你帶一封介紹信來見我，在那封介紹信裡，他曾列舉了你所有種種的優點。我要給神甫寫信，我要他為被保護的人的行為負責。而關於這件謀殺案，我很快就會知道真相了。不過我預先告訴你，我住在哪一個國家，就遵奉哪一個國家的法律，我不想為了你的緣故和法國司法機關鬧糾紛。」

「啊！別這樣做，大人，我一直忠心耿耿地侍奉您，是嗎？」伯都西奧絕望地大聲說道，「我一直是個誠實的人，我甚至盡最大努力把事情做好。」

「我不否認，」伯爵接著說道，「可是活見鬼，你為何這樣激動呢？這可不是好兆頭，一個問心無愧的人，他的面孔不會如此慘白，他的雙手不會如此顫抖……」

「可是，伯爵先生，」伯都西奧支支吾吾地說，「您不是親口對我說過，布沙尼神甫先生，他在尼姆的監獄聽過我懺悔，在把我送到您這裡來時，曾預先告訴過您，我曾做過一件到現在都後悔不已的事嗎？」

「是的，但他介紹你時，說你可以成為一個出色的管家，我原以為你只是幹過偷偷摸摸的事而已。」

「啊！伯爵先生！」管家輕蔑地叫出了聲。

「那麼，你既然是一個科西嘉人，可能無法壓抑心中的怒火，而一時衝動把某個人送到了陰曹地府。」

「噯！是的，大人，是的，我的好主人，是這麼回事！」伯都西奧邊大聲說，撲倒在伯爵的腳下，「是呀，一次復仇，我起誓，只是一次復仇。」

「這我懂了，但我不明白為什麼，這幢房子使你如此激動。」

「可是，大人，」伯都西奧接著說道，「這是非常自然的，因為就是在這座房子裡，我才報了仇的。」

「什麼！在我的別墅裡！」

「哦！大人，那時它還不屬您呢，」伯都西奧直爽地說。

「那麼它屬於誰？屬於聖米蘭侯爵先生，我想守門人是這麼對我們說的吧。活見鬼！你有什麼仇要找聖米蘭侯爵來報呢？」

「啊！不是他，大人，是另一個人。」

「這真是古怪的巧合，」基督山若有所思地說道，「你偶然來到這裡，卻毫無準備地走進這幢曾經發生過令你悔恨終生的事情的房子裡。」

「大人，」管家說道，「我相信，這一切之所以發生是命運的安排：第一，您正好在阿都爾買下一座房子，這座房子就是我殺過人的那一座，您到花園裡來經過的那座樓梯正是他所走的那一座，您正好站在他被刺的地方，而兩步路以外，正是他埋葬他孩子的墳墓。這不是偶然的——因為這種情況，簡直就是天意了。」

「好吧，科西嘉先生，我們就算這是天意吧。只要人家高興，我總是什麼都肯同意的，而且，你的頭腦也出了問題。好，想想清楚，把一切都講給我聽吧。」

「我只講過一次，那是對布沙尼神甫說的。這樣的事情，」伯都西奥搖搖頭，繼續說道，「只能在懺悔時才能說出來。」

「這麼說，親愛的伯都西奥，」伯爵說道，「你認為我讓你去見最懺悔的長老才是上策。那麼，你去找一個卡德留派或白納亭派的懺悔師，把你的秘密都講給他聽吧。我呢，我不想客人被這神神鬼鬼的事嚇到，也不願意用晚上怕在花園裡走路的僕人。再有，不瞞你說，我可不喜歡員警來訪，因為在義大利，只要緘口不言，法院就不會找你的麻煩，但在法國，只有先坦白才能脫掉自己的干係。真的！我還以為你是一個科西嘉人，老道的走私販子，處世靈活的管家呢，但我現在看出你原來還會耍別的花樣。你不是我的人了，伯都西奥先生。」

「啊！大人！大人！」管家聽到這個威脅，嚇得喊道，「假如只是為了這個原因我就不能繼續為您效勞，我就把一切都講出來。因為我一離開您，等著我的就是上斷頭台了。」

「那就另當別論了，」基督山說道，「不過假如要撒謊，就考慮一下，那樣的話還是不說為妙。」

「不，先生，我憑我靈魂得救的希望向您起誓，我一定把一切都講給您聽，因為我的秘密布沙尼神甫也只知道一部分，但首先我先求求您，離開這棵梧桐樹。月亮正從雲堆裡鑽出來，而您所站在的那個地點，和您裹住全身的這件披風，太像當年維爾福先生的披風啦……」

「什麼！」基督山大聲說道，「是維爾福先生……」

「大人認識他嗎？」

「當過尼姆的檢察官？」

「是的。」

「是他娶了聖米蘭侯爵的女兒吧？」

「是的。」

「就是在目前司法界大名鼎鼎，以嚴厲、正直、刻板著稱的那個人？」

「哼！先生，」伯都西奧大聲說道，「這個人聲名清廉，無可挑剔……」

「對啊。」

「可他其實是個無恥之徒啊。」

「哦！」基督山說道，「不可能吧。」

「但我對您說的都是實情。」

「啊！真的嗎？」基督山說道，「你有證據嗎？」

「至少我有過。」

「而你把它弄丟了吧，愚笨的傢伙？」

「是的，不過仔細找找，還是能找到的。」

「當真！」伯爵說道，「把這件事講述給我聽吧，伯都西奧先生，因為我真的開始感興趣了哩。」

於是伯爵哼起《呂西亞》的一支小曲，怡然自得地走去坐在一條長凳上。而伯都西奧跟隨在後面，一面回想往事。

伯都西奧振作起精神跟上去站在他的前面。

# chapter 44 為親復仇

「伯爵先生希望我從哪兒開始講起呢？」伯都西奧問道。

「隨你便，」基督山說道，「既然我一無所知。」

「我原以為布沙尼神甫先生已經告訴過大人……」

「是的，說過一點，不過，七八年過去了，我全部忘光啦。」

「那麼我就從頭說起吧，也不必擔心大人聽了會厭倦……」

「說吧，伯都西奧先生，說吧，你的故事可以代替我的晚報。」

「事情要從一八一五年講起。」

「啊！啊！」基督山說，「一八一五年可不是昨天啊。」

「是的，先生。不過，所有的細節依然深深刻在我的腦海中，如同它們是在昨天發生的那樣。我原來有一個哥哥，他為皇帝[1]效勞。他在一個清一色由科西嘉人組成的團隊當上了一名中尉，這個哥哥

1. 指拿破崙。

是我唯一的親人。在我五歲、他十八歲時，我們沒了雙親，他撫養我長大，待我如父。一八一四年，在波旁王朝復辟時，他結婚了。陛下從厄爾巴島返回後，我的哥哥馬上又入了伍，他在滑鐵盧受了點兒輕傷，與部隊一起退到盧瓦爾河的後方。」

「你在給我講百日時期的歷史呢，伯都西奧先生，」伯爵說道，「假如我沒記錯的話，這段歷史已經有記載了。」

「請原諒，大人，但開頭這些細節必不可少，您答應過我會耐心聽下去的。」

「說下去！說下去！我說話是算數的。」

「一天，我們收到一封信。我應該告訴您，我們住在洛格里亞諾這個小村莊裡，就在科西嘉海岬的頭上。這封信是哥哥寫的，他告訴我們說，軍隊已經解散了，他會經夏托魯、克萊蒙費朗、蒲伊和尼姆回來，假如我有錢，他請我托人帶到尼姆我們認識的一個客棧老闆那裡交給他，我跟這個客棧老闆有些來往。」

「是走私的同夥吧。」基督山接著問道。

「呃！上帝啊！伯爵先生，人總得活下去啊。」

「當然啦，繼續往下講吧。」

「我很愛我的哥哥，我剛才已經對您說過了，大人。因此，我決心不托人給他送錢，而是親自帶給他。我手頭上有一千法郎，我留下五百給愛蘇泰，她是我的嫂嫂，我帶走另外五百，動身去尼姆。這件事不難辦，因為我有一條船，正好有一批貨要海運，一切都對我的計畫有利。裝上貨之後，風向轉了，以致我們有四五天不能駛進羅納河。最後，我們終於靠上了岸，我們又逆流駛到阿爾。我在比里加答和布揆爾之間下船，取陸路向尼姆走去。」

「我們談到正題，是嗎？」

「是的，先生。請原諒。不過大人也看得出來，我只講重要的事。正當這個時候，那次著名的法國南部大屠殺發生了。有兩三隊土匪，叫德太龍、杜希鑾和格拉番的，公然殺害一切與拿破崙有染的人。伯爵先生對這些屠殺大概也有所耳聞吧？」

「隱約聽說過，當時我離法國很遠。請繼續說下去吧。」

「我們走進尼姆城的時候，簡直就是踏在血泊裡，每走一步都會遇見屍體，殺人的暴徒燒殺搶掠、肆無忌憚。

「看到那血腥的殺戮，我無法抑制地渾身打戰，並非為自己擔心。我不過是科西嘉一個普通的漁民，我沒什麼可害怕的。相反，那個年頭兒，正是我們這些走私販子最有利的時機。我是替我哥哥擔心，替我那個在皇帝麾下服役過的哥哥擔心。他從盧瓦爾河那邊的軍隊歸來時還穿著軍裝，戴著肩章，我真擔心他的安危。

「於是我趕快去找那個旅店老闆。我的預感沒有錯：我哥哥前一天來到尼姆，就在他要投宿的那家店門口，他被人刺死了。

「我到處打聽殺人兇手的下落，但沒有人敢把他們的姓名告訴我，大家實在是嚇破膽了。於是我想到這個法國司法機關，人們經常對我說起它，說它無所畏懼，於是我就去找檢察官了。」

「這位檢察官叫維爾福嗎？」基督山漫不經心地問道。

「是的，大人，他是從馬賽來的，在那裡任過代理檢察官。他效忠王室，使他得到升遷。據說，他是最早把拿破崙逃離厄爾巴島的消息報告給政府的人之一。」

「這麼說，你去見過他嗎？」基督山接口說道。

「『先生，』我對他說，『我的哥哥昨天在尼姆街頭被人殺死了，我不知道是誰幹的，不過尋找兇手是您的職責。您主宰著這裡的司法機關，應該為那些無法自衛的人伸張正義。』

「『您的哥哥是什麼人啊？』檢察官問道。

「『科西嘉軍團的中尉。』

「『是篡奪者手下的軍人嘍？』

「『法國軍隊的一名戰士。』

「『好嘛！』他說道，『他用劍殺人，因而死於劍下。』

「『您錯了，先生，他是被人用匕首刺死的。』

「『您要我做什麼呢？』」法官問道。

「『我已經對您說過了，我要您給他申冤。』

「『向誰？』

「『向兇手申冤。』

「『難道我認識他們嗎？』

「『派人去偵查呀。』

「『為什麼？你的哥哥和人吵架，是在一場決鬥時被殺的。所有這些老兵總愛動武，皇帝時代，大家容忍他們，但今天不會有人容忍他們，因為我們南方人可不喜歡軍人，也不喜歡這種混亂局面。』

「『先生，』我接著說道，『我不是為自己向您求情。對我而言，我痛哭一場或是為他報仇就行了，但我可憐的哥哥有個妻子。假如以後我也有不測的話，這個可憐的女人就會餓死，因為她僅僅是依靠我哥哥的那點軍餉過活的。請您為她求得一小筆政府撫恤金吧。』

「『每一次革命都會帶來災難，』維爾福先生回答說。『你的哥哥是這次災難裡的犧牲者。這是天禍，政府對他的家庭毫無義務。篡權者的信徒對保王黨人進行過報復，現在已輪到他們當權，你的哥哥在今天是多半會判處死刑的。發生這樣的事是非常自然的，這就是復仇的規律嘛。』

「『什麼!先生，』我大聲說道，『您，一個執法官，竟能對我說出這樣的話!……』

「『我以名譽擔保，凡是科西嘉人都是瘋子，』維爾福先生答道，『你們還在以為你們那個同鄉是皇帝呢。你搞錯年代啦，親愛的，在兩個月前你來告訴我才行得通。今天，已為時過晚，走吧，假如你不走，我就要派人把你趕走了。』

「我打量著他，想看看我再求他一次會不會還有點兒希望。但他是一個鐵石心腸的人，我走近他。

「『好吧!』我壓低聲音對他說，『既然您熟悉科西嘉人，您就應該知道他們言出必行。您認為他們殺了我那擁護拿破崙的哥哥是做了件好事，因為您就是保王黨了。而我呢，我也是拿破崙黨人，我向您鄭重宣佈：我一定要殺死您。從現在起，我向您宣佈我要為親人復仇。所以請您好自為之，儘量保護好自己。因為下一次我們再碰面，那就是您的死期了。』

「說完這句話，趁他驚魂未定，我就打開門，一走了之。」

「啊!啊!」基督山說道，「你看上去很老實，想不到竟幹過這樣的事情，伯都西奧先生，何況還是對一個檢察官!吥!他至少知道為親人復仇這個詞意味著什麼吧?」

「他非常清楚，所以從那時起，他再也不單獨出門了，而且深居簡出，並派人四處搜尋我。幸而我藏得很隱蔽，他一直沒能找到我。於是，他膽戰心驚，嚇得不敢在尼姆再待下去，他要求調任。由於他是一個頗有影響的人，他就被調到凡爾賽任職了。然而，您知道，對一個發誓為親人復仇的科西嘉人來說，是不會受到地域距離的阻礙，不管他的馬車奔馳得有多快，也從沒有超前我半天的路程，儘管我是徒步追蹤他的。

「重要的不在於殺掉他，這點，我有上百次機會可以辦到，而是要殺死他後不被人發現，尤其是不被人抓住。因為自那以後，我不再屬於我自己了，我要保護和養活我的嫂嫂。我跟蹤了維爾福先生三個月，在這三個月中，他每走一步、每出門一次、每一次散步，我的目光始終跟隨著他。我終於發現他經常偷偷摸摸地到阿都爾來了，我仍然在跟蹤他。我看見他走進我們現在待著的這座別墅。不過，他不像一般人那樣從臨街的那扇大門進入的，不管他騎馬還是坐車，他把馬和車留在旅店，自己從您看到的那個小門走進來。」

基督山點頭表示在黑暗中，他確實看見了伯都西奧指出的那個入口。

「我無須再留在凡爾賽了，我留在阿都爾打聽情況。假如我要襲擊他，顯然我該在那兒設下我的陷阱。

「守門人說過了，這座別墅歸維爾福的岳父聖米蘭大人先生所有。聖米蘭先生住在馬賽，因此，這座鄉間別墅對他沒有用處。據說他剛剛把別墅租給一位年輕的寡婦，外人不認識她，只知道她叫男爵夫人。

「一天傍晚，我正從牆外向裡望的時候，我看見一個年輕貌美的女人獨自在花園裡散步，沒有一扇鄰居的窗戶對著這個花園，她不時朝小門那張望，我猜測她是在等候維爾福先生。當她走近了，儘管天色已晚，但仍能夠辨別出她的面貌，我看出她才十八九歲，身材很高，非常漂亮。由於她身穿普通晨衣，又沒什麼擋住腰身，我看出她不久就要做母親了。

「過了一會兒，小門開了，進來了一個男人，年輕女人急忙迎向他。他們互相投入對方的懷抱，親密地接吻，又一同回到屋子裡。

「這個男人就是維爾福，我判斷，他離開時，尤其是假如他在晚上回去的話，應當會獨自穿過花園。」

「那麼，」伯爵問道，「你後來知道這個女人的名字了嗎？」

「不知道，大人，」伯都西奧答道，「您待會兒就會知道，我來不及打聽她的名字。」

「請說下去。」

「這天晚上，」伯都西奧接著說道，「我本來能夠殺死檢察官的，但我還不夠瞭解花園的地形。我恐怕不能立刻殺死他，要是他一喊，我就逃不掉了。我將行動拖到他們下一次約會，為了不漏掉任何機會，我弄到一個小房間，以便隨時監視花園裡的情形。

「三天之後，晚上七點鐘左右，我看見一個僕人騎著馬從別墅裡奔了出來。沿著通往塞夫爾大路的大道奔馳而去。我估計他是要到凡爾賽去。我沒猜錯。三個小時後，那人就風塵僕僕地回來了。他已完成了送信的使命。

「十分鐘後，另一個裹著披風的人徒步走來打開了花園的小門，門在他身後關上了。

「於是我迅速跑下樓。雖說我沒看清維爾福的臉，但我的心在狂跳，認準就是他。我穿過街，爬上牆角上的一塊界石，我前一次也是站在這階石上向花園裡張望的。

「這一回我不光是看了，我從口袋裡抽出短刀，我試了試，刀尖很鋒利，然後我爬過牆頭跳了下去。

「我關心的第一件事是跑到門邊，他剛才把鑰匙留在鎖孔裡，僅僅在門鎖上轉了兩圈。為了小心起見，我又在鎖孔裡轉了兩圈。

「這一邊沒有什麼妨礙我逃走的，於是我開始研究地形。花園呈長方形，中間有一片英國式的細草坪，草坪四角種植了一叢叢樹木，枝繁葉茂，一朵朵秋天的花朵點綴其間。

「維爾福先生要從房子走向小門，或是從小門走向房子，要麼進來，要麼出去，他都必須從一處樹叢旁邊經過。

「那是九月底，狂風肆虐。大片烏雲席捲而來，常常遮住蒼白的月亮。這時，微弱的月光灑在那條通往住宅的石子路，但卻不能穿透那黑壓壓的樹叢，如果有人躲在這茂密的樹叢裡，是絕不會被人發現的。

「我就躲在維爾福必經之路旁邊的一個樹叢裡。我頭頂的樹被風吹得彎了腰，我躲進去時，似乎聽到狂風中夾著一陣陣呻吟聲，但您知道，或說得更正確些，您不知道，伯爵閣下，凡是伺機殺人的人，總是好像聽到空中有低低的哭泣聲。這樣過了兩個鐘頭，在這期間，這種呻吟的聲音又有幾次傳入我的耳朵裡。午夜的鐘聲響了。

「最後一聲鐘聲餘音未絕，四周一片恐怖，我發現我們剛才走下來的那座暗梯的窗口裡透出了一點燈光。

「門打開了，那個裹著披風的人又走了出來。這是可怕的時刻，然而，這一刻我已經等了那麼久，所以我毫不怯懦，我抽出短刀，準備著。

「穿披風的人徑直向我走來，但隨著他走在沒有遮攔的地方，我似乎看見他右手拿著一件武器。我膽怯了，倒不是害怕搏鬥，而是害怕不成功。當他離我只有幾步遠的時候，我發現被我當成武器的那樣東西其實只是一把鏟子。

「我還沒能來得及猜出維爾福先生為什麼手上會拿著一把鏟子時，這時，他在樹叢邊站住了，環顧四周，開始在地上挖起洞來。這時，我才發現他的披風裡藏著什麼東西，為了方便，他把那件東西放在草坪上。

「不瞞您說，我的仇恨裡又摻進了一點兒好奇心，我想看看維爾福在那裡要幹什麼。我紋絲不動，屏住呼吸，靜靜地等待著。

「隨後，我腦際掠過一個想法，當我看見檢察官從披風裡取出的是一隻長兩尺、寬六七寸的小木盒時，這個想法得到了證實。」

「我等他把木盒放進洞穴，再蓋上泥土，接著，他又在這堆新土上踩了幾腳，試圖消滅一切痕跡。這時，我向他猛撲過去，一邊把短刀插進他的胸膛一邊對他說：

『我是琪奧凡尼•伯都西奧，拿你的命抵償我哥哥的命，拿你的財寶給他的寡婦！你看，我的復仇完美得超出了期望！』

「我不知道他有沒有聽清這幾句話，我想是沒有，因為他倒下去的時候沒有喊出聲來。我感到他滾燙的鮮血噴在我的臉上，沾滿了我的雙手，那時我如癡如狂，但這鮮血並沒有使我失去理智，反而使我更加清醒。眨眼工夫我就用鏟子把木盒挖了出來，為了不讓人看到我劫走這只小箱子，我又填好了坑，並把鏟子扔出牆外，衝出門，從外面把門鎖好，並帶走了鑰匙。」

「好！」基督山說道，「依我看，這只是一次搶劫殺人的普通犯罪而已。」

「不，大人，」伯都西奧答道，「以血還血的家族復仇。」

「至少是筆不小的數目吧？」

「裡面不是錢。」

「啊，是的，我想起來了，」基督山說道，「你不是提到一個孩子嗎？」

「一點兒不錯，大人。我奔到河邊，坐在堤岸上，急於想知道木盒子裡的東西，於是我用短刀把鎖撬開。

「在一塊質地上好的紗布裡，包著一個初生的嬰兒。他的臉色發紫，他的雙手發青，看上去他是被纏在脖子上的臍帶勒得背過了氣，但他的身體還沒有冷，所以我有點兒拿不定主意，是否該把他扔到在我腳下奔流的河水中。不出我所料，過了會兒，我覺得他的心臟好像微微地跳動了一下，因為我曾在巴斯蒂亞的一家醫院裡當過助手，於是像醫生那樣為他施救——我把氣吹到他的肺裡，使他的肺部膨脹。一刻鐘以後，我看到他呼吸了，並且聽到一聲微弱的喊叫。

「於是我也叫了一聲，但這是快樂的叫聲。『上帝不會詛咒我了，』我心裡想道，『因為他允許我使一個人恢復生命以換取另一個人被我剝奪的生命！』」

「你怎樣處置這個嬰兒呢？」基督山問道，「對一個需要逃跑的人來說，它絕對是一個累贅。」

「我根本沒想過要收留他，但我知道巴黎有一家醫院會接收這種可憐的孩子。當我經過關卡的時候，我說這個嬰兒是在大路上撿到的，並問了那家醫院的地址。小箱子可以為證，那塊紗布證明他的父母是有錢人，我身上的血可以解釋是從旁人身上得來的，也可以解釋是那孩子身上得來的。

「沒有人對我嚴加盤問，他們把那家醫院指點給我，原來醫院就在恩弗街的盡頭。仔細考慮了一番，我先把那塊布撕成兩片，印在上面的兩個字母中有一個仍然留在包裹孩子的襁褓上，另一個字留在我的手裡，接著我把孩子放在醫院門口，我拉了拉鈴，便飛也似的逃走了。半個月後，我回到羅利亞諾，我對愛蘇泰說：

「『寬心吧，嫂嫂，伊雷斯死了，不過我為他報了仇。』

「於是她讓我對這些話作出解釋，我把全部經過告訴了她。

「『琪奧凡尼，』她說，『你應該把這個孩子帶回來。我們可以代替他所喪失的父母，給他取名叫貝尼台多[2]，上帝看到我們的善行，一定會降福於我們的。』

「我把那一半保留的布片交給她，並且向她保證，等我們的境況寬裕一點兒的時候，就可以去把他要回來。』」

「襁褓上是兩個什麼字母？」基督山問道。

「一個『靄』字和一個『奈』字，上面有一個男爵的花環圖紋。」

「上帝啊！我想你用了家譜學的詞彙，伯都西奧先生！真見鬼！你是在哪裡學的家譜學？」

「在伺候您的時候，伯爵先生，在您身邊什麼都能學到。」

「請說下去，我很想知道兩件事情。」

「什麼事，大人？」

「這個小男孩的下落，你不是對我說他是個男孩嗎，伯都西奧先生？」

「沒有，大人，我不記得說過。」

「啊！我似乎聽說過，要不就是我弄錯了。」

「沒有，您也沒弄錯，因為他確實是個男孩。但大人不是說想知道兩件事，第二件又是什麼呢？」

「第二件是，當你請求要對神甫懺悔，而布沙尼神甫應你的要求到尼姆監獄去看你時，你是如何被定罪的？」

「這件事說起來話就長了，大人。」

「有什麼關係？現在剛到十點鐘，你知道，我此刻不會睡覺，我想，你也不太睏吧。」

2. 義大利文中這個名字的意思是「祝福」。

伯都西奧欠了欠身，繼續講述下去。

「一半是為了儘快忘掉心中不快的往事，一半是為了要供養那可憐的寡婦，我就急忙重操舊業，又做了走私販子，由於動盪之後總是法紀鬆弛，這門營生做起來異常輕鬆。由於在阿維尼翁、尼姆，或烏齊斯騷亂頻繁發生，所以南部沿岸疏於防衛。我們就利用政府給的這個休戰時間，在沿海一帶建立了聯絡網。

「自從我的哥哥在尼姆街頭遇難之後，我再也不想走進這個城市。可是後來，那位和我們有來往的客棧老闆看到我們不再到他那兒去，便主動來找我們，在比里加答到布揆爾的路上開了一個分店，取名叫邦杜加客棧。這樣，在埃格莫特、馬地苟斯和波克一帶，我們就有了十幾個地方可以卸貨，在必要的時候，我們可以在這些村子找到躲避憲兵和海關關員的地方。

「走私這個行當，只要有頭腦，肯出力，是很有利可圖的。至於我，我生活在大山裡，所以我有雙重的理由怕憲兵和海關關員，因為帶到法官面前就要審問，審問就會追究過去的事，而我的過去，可不只是走私雪茄和無照白蘭地那麼簡單，所以我寧死也不願被抓到。

「我做了不少驚人的事，這些事一再地證明，**凡是那些需要當機立斷，果敢執行的計畫，過分地顧慮自身的安危，畏頭畏尾，幾乎就是成功的唯一絆腳石**。確實，一旦對生命無所顧忌，你就不再會與旁人為敵，或說得更正確些，別人再也無法與你匹敵，不論是誰，只要下此決心，便頓時感到力量驟增十倍，眼界也隨之擴展。」

「又談起哲學來了，伯都西奧先生！」伯爵打斷他的話說道，「你這一輩子樣樣都幹過一點兒嗎？」

「啊！請原諒，大人！」

「不用！不用！不過在晚上十點半鐘談哲學未免太晚了點。但我沒有別的意思，因為我覺得你說得準確無誤，甚至一些哲學家都會自歎不如呢。」

「我四處奔忙，收入也隨之越來越大。愛蘇泰是個節儉的女人，我們積攢了一筆小小的家財。一天，我正要動身，她說道：

「『去吧，當你回來時，我會讓你大吃一驚的。』

「我問她什麼事，她什麼也不告訴我，於是我出了門。

「那次旅程花了六個星期，我們在盧卡裝載油，在里窩那裝英國棉花，我們卸貨也沒遇到什麼麻煩，我們賺了一筆，滿心歡喜地回到家。

「我一進家門，就看見愛蘇泰的房間中央有一隻搖籃，跟房間其餘東西相比，可算是奢華的了，搖籃躺著一個七八個月的小娃娃。我快樂地喊了一聲，自從我殺了那檢察官以來，我一直都覺得很欣慰，但只要想起那個被捨棄的孩子，心裡總有點兒不快。不用說，對於暗殺本身，我卻毫不後悔。

「這一切，可憐的愛蘇泰都猜到了。她就利用我出門的時間，帶上那一半襁褓，為了便於查找，她把孩子交到醫院裡去的日期和時間都寫下來，於是動身到巴黎去討回孩子。他們沒有提出異議，就把那嬰兒交給了她。

「啊！我得承認，伯爵先生，當我看見這個可憐的小生命躺在搖籃裡時，我激動得熱淚盈眶。

「『說真的，愛蘇泰，』我大聲說道，『你是一個高尚的女人，上帝會降福給你的。』」

「這一點，」基督山說道，「就沒你的哲學說得那麼準確了，說這是信念倒還可以。」

「天哪！大人，」伯都西奧接著說道，「您說得準確極了。上帝正是用這個孩子來懲罰我。從來沒有哪一個人的邪惡天性這樣早就表露出來的，但不能說他受的教育不好，因為我的嫂子待他如同王子。他是一個可愛的孩子，有一對深藍色的大眼睛，就像中國瓷器那種色彩，和他潔白的膚色非常相稱，只是他的頭髮太淡了一點兒，使他的面貌看來有點古怪，但這使他的目光更加靈活，使他的微笑更狡詐。不幸，這應驗了我們當地的一句諺語，叫做『臉蛋兒長得俊，要麼好上天，要麼壞到底。』這句諺語就是在說貝尼台多，甚至在他小的時候，他已顯露出最惡劣的本質。

「不錯，他母親的溺愛助長了他的惡習，這倒也是真的。這個孩子，我那可憐的嫂嫂肯為他跑一二十里路到鎮上去買最新鮮的果子和最好吃的糖果，但這個孩子卻更喜歡翻過籬笆到鄰居家去偷栗子或在閣樓上偷吃蘋果乾，而不喜歡帕爾瑪的橘子或熱那亞的蜜餞，雖然我的花園裡長的胡桃和蘋果可以隨他吃個夠。

「當貝尼台多大約五六歲的時候，有一天我們的鄰居華西里奧抱怨說他的錢袋裡少了一個路易，按照我們當地的習慣，他的錢袋和首飾都沒有上鎖。因為大人知道，科西嘉是沒有賊的，我們以為他一定數錢數錯了，但他卻堅持說沒錯。那一天，貝尼台多一大早就離開了家，我們非常焦急。後來，我們終於看到他牽著一隻猴子回來了，他說他看到那隻猴子鎖在一株樹腳下，是撿來的。

「這個可惡的孩子總是異想天開，這一個月以來他滿腦子都在想著要得到一隻猴子。一個路過洛格里亞諾的船夫有幾隻猴子，這些猴子的表演逗得他笑得合不攏嘴，所以他才生出了偷錢的可怕念頭。

「『我們樹林裡是不可能撿到鎖在樹上的猴子的，』我說，『老實承認你是怎麼弄來的吧。』

「貝尼台多謊話連篇，而且講得有聲有色，他的話只能說明他富有想像力，卻不能說明他是誠實可信的。我發火了，他卻開始大笑起來。我威脅要打他，他退後了兩步。

「『你不能打我，』他說，『你沒有這個權利，因為你不是我的爸爸。』

「我們不知道這個天大的秘密是誰透露給他的，我們一直非常謹慎地瞞著他。總之，在這一句回答裡，孩子的稟性完全暴露出來了，我幾乎被他嚇倒，我的手垂了下來，沒有去碰那個做壞事的傢伙。那孩子得勝了，而這次勝利使他變得更加驕縱無禮，從這時起，愛蘇泰給他的愛越多，他就越不珍惜這份愛，他揮霍了她所有的積蓄，可是她卻不知道該如何管束他，也沒有勇氣阻止他的放蕩行為。

「當我在洛格里亞諾的時候，事情還有一個限度，但只要我一轉身，貝尼台多就成了一家之主，而一切就無法想像了。當他才十一歲的時候，他所有的同伴都在十八至二十歲的年輕人中挑選，而且選中的都是巴斯蒂亞甚至科西嘉最壞的傢伙，他們已經鬧過不少惡作劇，而且情節惡劣到連司法機關都向我們發出了警告。

「我慌了，因為一經審問，後果不堪設想。我正好要遠離科西嘉島，作一次重要的長途販運，我考慮了很久，決定要貝尼台多陪我去，希望這樣來避免招惹禍事。我期待走私販子艱辛而充實的生活，船上嚴格的紀律能改變他即將墮落的性格。

「我和貝尼台多單獨談話，向他提出隨我出遠門，作出種種最能打動一個十二歲的孩子的許諾。

「他耐心地聽我講，當我講完的時候，他頓時大笑起來。

「『您發瘋了嗎，叔叔（他脾氣好時就是這樣稱呼我的）？您要我放棄眼前的舒適，去過像您那樣辛辛苦苦的生活嗎？您要我夜裡受凍，白天曝曬，不停地東躲西藏，一暴露就吃子彈；這一切不就是為了掙一點點錢！錢嘛，我要多少就有多少，只要我開口，愛蘇泰媽媽就會給。您瞧，要是我接受您的建議，我不就成了大傻瓜啦。』

「他說得這樣厚顏無恥、大言不慚，簡直令我目瞪口呆。貝尼台多又回到他的夥伴中去玩了，我遠遠地看見他把我當成一個呆子指給他們看。」

「可愛的孩子！」基督山喃喃自語道。

「哦！如果我們有血緣關係，」伯都西奧說道，「假如他是我的兒子，或者至少是我的侄子的話，我就會讓他走上正道，因為有了責任就會有力量。但想到要打的這個孩子他的父親死在我手裡，我就下不去手了。我給嫂嫂出些好主意，在我們商量的時候，她總是替那個小壞蛋辯護，但她也承認，她曾丟過好幾次錢，而且數目都相當大。我便向她指點一個地方，用來藏好我們的小金庫。

「我已經下定決心了，貝尼台多在讀書、識字、計算方面很有天賦，因為只要他偶爾肯投入學習中去，他在一天中所學的比旁人一個星期學的還要多。我誠心想把他送到一艘船上去當職員，絕不讓他事先知道我的計畫，在一個早上把他抓住，送到船上，把他推薦給船長以後，他的前途就由他自己去決定。擬定好這個計畫後，我就動身去法國。

「這一次，我們的全部貨物都得在里昂灣裡卸上岸，此時生意變得越來越困難，因為已是一八二九年了。社會秩序已完全重新建立，因此海岸的警戒工作又變得比以前更認真、更嚴格，布揆爾的集市又剛剛起步，所以他們的檢查變得更加嚴格。

「我們的旅程開始的時候很順利。小帆船有兩層艙，我們把走私貨藏在艙底，把船駛進羅納河，停在布揆爾到阿爾之間的一段河面上，和其他幾隻帆船混在一起。到達目的地以後，我們連夜開始卸下違禁商品，憑著和我們有聯絡的幾位客棧老闆的幫助，把貨運進城裡。

「要麼是成功使我們掉以輕心，要麼是我們被人出賣了，這我就不知道了，有一天傍晚，約莫五點鐘的時候，我們的小船員上氣不接下氣地跑來通知我們，說他看見一隊海關關員向我們這個方向走來。使我們擔心的倒不是他們來到附近——因為羅納河沿岸是經常有人巡邏的——而是他們行動起來非常小心，據那孩子說，他們怕被人看到。

「一剎那，我們跳了起來，但太遲了。我們的小帆船明顯就是搜查的目標，我們的船被海關關員團團圍住，而且在他們中間，我還看到有幾個憲兵，雖然我平時很有膽量，這時看見他們的制服，卻嚇得像老鼠見了貓一樣，我跳進貨艙，從一扇舷窗滑到河裡，潛遊起來，隔開很遠才冒上來呼吸，就這樣一直游到羅納河和那條從布揆爾到埃格莫特的運河匯合的轉彎處。

「我現在安全了，因為我可以沿著那個拐角游而且不被人看到，我順利地游到運河，我有意選擇走這條路。我已經告訴過大人，一個尼姆的客棧老闆曾在比里加答到布揆爾的路上開設了一家客棧。」

「是的，」基督山說道，「我記得非常清楚，假如我沒有記錯的話，這個正直的人是你的同夥吧？」

「是這樣的。」伯都西奧答道，「但在七八年前，他把他的產業讓給了馬賽一個原來做裁縫的人，那個裁縫破了產，想換一種職業發財致富。不用說，我們原來與第一個店主打過小小的交道，現在就轉而與第二個店主人繼續保持聯繫了。因此，我打算在這個人那裡安身。」

「此人叫什麼名字？」伯爵問道，他似乎對伯都西奧的敘述開始感興趣了。

「葛司帕・卡德羅斯，他娶了一個卡康托村的女人，我們只知道她用村名起的名字，這是一個可憐的女人。她正發著一種寒熱病，似乎正在慢慢地死去。而她的丈夫，倒是一個年約四十至四十五歲的壯漢，在危急時刻，他不止一次地向我們證明了他的機智和勇敢。」

「你說，」基督山問道，「事情大約發生在……」

「一八二九年，伯爵先生。」

「在哪個月份？」

「六月。」

「月初還是月底？」

「三日傍晚。」

「啊！」基督山叫出了聲，「一八二九年六月三日……嗯，請說下去。」

「因此，我打算就在卡德羅斯那裡避一避。但按習慣，甚至在一般情況下，我們是從來不走朝路的那扇大門的，所以我決定不破壞老規矩，而翻過花園的籬笆，爬行穿過生長不良的橄欖樹和野生的無花果樹樹叢。

「怕卡德羅斯那兒有別人，我就躲進一間小屋裡，我以前常常在那間小屋裡過夜，就像躺在最舒服的床上一樣。它和客棧正屋只隔著一層板壁，板壁上鑿了幾個取光的洞，我們可以從洞裡張望，等候機會讓老闆發現我們就在隔壁。

「我的意思是，假如外面只有卡德羅斯一個人，我就通知他我來了，在他家繼續吃完那一頓剛才被海關關員打斷的晚餐，趁著即將來臨的雷雨，返回羅納河邊，看看小帆船和船員的情況。我走進那間小屋，幸虧我那樣做，因為那時卡德羅斯正巧帶著一個陌生人進來。

「我默不作聲地耐心等待著，並不是想偷聽他們的談話，而是我無事可做，而且，這種事情以前也是常常發生的。

「那個和卡德羅斯一起來的人顯然不是法國南部本地人，這是集市的一個商人，這些商人來到布揆爾的集市出售首飾，那次的集市要連續一個月，有許許多多從歐洲各地遠道而來的商人和顧客，一場集市，每一個珠寶商人常常可以做到十至十五萬法郎的生意。

「卡德羅斯匆匆忙忙地進來。看到廳堂像往常一樣空無一人，只有那隻狗，他就叫起他的老婆來。

「『喂，卡康托人！』他說，『那位可敬的神甫並沒有騙我們，鑽石是真的。』

「傳來一聲快樂的歡呼，隨即樓梯響起腳步聲，由於體力不支又拖著久病不癒的身子，腳步格外沉重。

「『你說什麼?』他的老婆問,臉色白得像死人一樣。

「『我說那粒鑽石是真的,你看這位先生,他是巴黎最富有的珠寶商之一,他肯出五萬法郎向我們買。只是,為了想證實它真是屬於我們的,他要求你給他講講,就像我給他講過的那樣,究竟那粒鑽石是怎樣不可思議地落到我們手裡的。先生,請暫且坐下,天氣悶熱,我去給你倒一杯酒來。』

「那珠寶商仔細察看客棧內部,看出對方顯然是窮人,而這對夫婦卻要賣給他一顆似乎只有王公的珠寶盒裡才有的鑽石。

「『講一講你的故事吧,太太,』他說,無疑地想利用那丈夫離開的時間,免得他會給妻子暗示,看看兩人的說法是否一致。

「『噢!』她答道,『這是天賜的禮物,出乎我的意料!我的丈夫在一八一四或一八一五年的時候有一個好朋友,一個名叫愛德蒙・鄧蒂斯的水手。這個可憐的人,卡德羅斯已經忘記了,但他卻沒有忘記他,死時將您剛才看到的那顆鑽石留給了他。』

「『但他又是怎麼弄到的呢!』那珠寶商問道,『他入獄以前就有那粒鑽石了嗎?』

「『不,先生,在監獄裡,據說他認識一個非常有錢的英國人。當他在監牢裡生病的時候,鄧蒂斯像對待親兄弟似的照看他,那英國人在釋放的時候就把這粒鑽石送給鄧蒂斯,鄧蒂斯沒有他那樣的福氣,死在牢裡,於是這粒鑽石又由他拜託一位好心腸的神甫轉贈給我們,就在今天早晨送到這兒來的。』

「『說得一樣』珠寶商自言自語道:『這個故事最初似乎令人難以置信,但或許倒是真的。我們現在還沒有講定的只是價錢了。』

「『什麼!沒有談妥,』卡德羅斯說道,『我以為你已經同意我要的那個價錢了呢。』

「『我出的價錢,』珠寶商接口道,『是四萬法郎。』

「『四萬法郎！』卡康托女人嚷嚷道，『我們肯定不會出這個價。神甫對我們說這顆鑽石值五萬法郎，還不包括托子。』

「『這個神甫叫什麼名字？』不知疲倦的詰問者問道。

「『布沙尼神甫，』那個女人答道。

「『是個外國人囉？』

「『我想是個義大利人，住在芒都附近。』

「『請把鑽石拿出來，』珠寶商又說道，『讓我再看一次，第一眼往往會估錯。』

「卡德羅斯從他的口袋裡掏出一隻黑色紋皮小匣，打開，把它交給珠寶商。這顆鑽石同一顆小榛子一般大，我到現在對這顆鑽石還歷歷在目，卡康托女人看到它，兩隻眼睛閃出貪婪的光芒。」

「你對這件事怎麼看，隔門竊聽的先生？」基督山問道，「你認為這是一篇動聽的謊話嗎？」

「是的，大人，我不認為卡德羅斯是壞人，我覺得他不會犯罪，連偷竊也不會。」

「這只能證明你心地善良，卻經驗不足，伯都西奧先生。你認不認識他們所說的那個愛德蒙•鄧蒂斯？」

「不認識，大人，在此之前，我從未聽人說起過，後來，我也只是在尼姆的監獄裡看見布沙尼神甫時，聽他說起過一次。」

「好，請說下去。」

「珠寶商從卡德羅斯的手裡拿了戒指，又從自己的口袋裡拿出一把小鋼鉗和一個小小的銅天平，然後扳開夾住鑽石的金鉤，從凹槽裡取出鑽石，仔細地在天平上稱著。

「『我只能出到四萬五千法郎，』他說道，『多一個銅板也不行。再說，鑽石也只值這麼多錢，我身上正好帶著這筆款子。』

「『哦！那沒關係，』卡德羅斯說道，『我與您一起回去拿剩下的五千法郎。』

「『不用了，』珠寶商邊把戒指和鑽石還給卡德羅斯邊說道，『不用了，就值這些錢，而且我後悔出了這麼高的價，因為鑽石裡有一點兒微瑕，我開始沒看出來。但沒關係，我絕不食言，我說了四萬五千法郎，就不再改口啦。』

「『至少您得把鑽石再嵌進戒指裡去啊，』卡康托女人尖刻地說道。

「『一點兒也不錯，』珠寶商說道。

「於是他又把鑽石重新放到底盤上。

「『算了，算了，』卡德羅斯邊把小盒子放進口袋邊說道，『我們賣給另外一個人吧。』

「『行，』珠寶商接著說道，『但別人卻不會像我這樣好說話，別人不會滿足你告訴我的情況。像你這樣的一個人會有這樣的一粒鑽石是會引起懷疑的。他會去告你。你就得去找布沙尼神甫，而把價值兩千路易的鑽石送人的神甫是不多的。司法機關會干預這件事，把你送往監獄，如果你確實是無罪的，過了三四個月放你出來的時候，戒指就會在書記室丟失，或是給你一粒價值三個法郎而不是四萬五千法郎的假鑽石，不錯，它或許值五萬五，但你必須承認，老實說，買這顆鑽石是要冒風險的。』

「卡德羅斯和他的老婆相互用眼光探詢著。

「『不賣，』卡德羅斯說道，『我們不是有錢人，虧不起那五千法郎。』

「『隨你的便吧，親愛的朋友，』珠寶商說道，『正如你所見，我帶來了亮晶晶的金幣哩。』

「說著他從一隻口袋裡拿出一把金幣，故意讓金幣的光芒對著客棧老闆和他妻子看花了的眼睛閃爍，又從另一隻口袋裡拿出一疊鈔票。

「卡德羅斯的腦海裡正在進行著一場殘酷的鬥爭，顯然，他是覺得他在手上翻來轉去的那只軋花革面小首飾盒並不能與引誘他目光的這筆鉅款等值。他轉向他的妻子。

「『你看怎麼樣？』他輕聲問她道。

「『賣了，賣了，』她說道，『如果他不帶著這顆鑽石返回布揆爾，他就會告我們的。正如他說的，誰知道我們還能不能找到布沙尼神甫作證哩。』

「『那麼好吧，』卡德羅斯說道，『給我四萬五千法郎，把鑽石拿走吧，不過我的老婆要一根金項鍊，而我要一對銀扣。』

「珠寶商從口袋裡掏出一隻扁扁的長盒子，裡面放著他們想要的兩件首飾的樣品。

「『聽著，』他說道，『我做買賣是很爽快的，你們就挑吧。』

「妻子挑了一根能值五個路易的金項鍊，丈夫挑了一對能值十五法郎的袖扣。

「『我希望這下你們可以不再抱怨了吧，』珠寶商說道。

「『神甫說過，這顆鑽石值五萬法郎！』卡德羅斯抱怨道。

「『得啦，得啦，給我吧！多難纏的人！』珠寶商說，從他手裡把鑽石硬挖過去，『我給你四萬五千法郎，也就是每年淨得兩千五百利弗爾，就是說是一筆財產，我也想得到這樣一筆財產，瞧你還不滿足。』

「『這四萬五千法郎，』卡德羅斯聲音嘶啞地問道，『嗨，錢在哪兒呢？』

「『都在這裡，』珠寶商說道。

「他數出一萬五千法郎的金幣和三萬法郎的鈔票，放在桌上。

「『等一會兒，讓我去點燈，』卡康托女人說道，『太暗了，會出差錯的。』

「的確，在他們談話的時候，夜已經來了，隨著黑夜的到來，半小時以來眼看要來的雷雨也隨之而來。遠處已可聽到雷聲隆隆，但那珠寶商、卡德羅斯，或是卡康托女人似乎都沒有去注意它，都像是著了魔似的。我呢，看到這堆金幣和這疊鈔票，感到一種古怪的迷惑，真像是在做夢，而像在做夢時常常發生的情形一樣，我覺得自己已被釘在那個地方了。

「卡德羅斯把金幣和現鈔點了又點，然後交給他的妻子，她也數了數。

「這時，珠寶商對著燈光查看鑽石，鑽石放出奪目的異彩，使他忘卻了閃電，閃電預示著雷雨的到來，開始將窗口照得亮閃閃的。

「『怎麼樣！對了嗎？』珠寶商問道。

「『嗯，』卡德羅斯說道，『把皮夾還給他，去找一隻錢袋來，卡康托。』

「卡康托女人走到一隻櫃子前，又返身帶回一隻舊皮夾和一隻錢袋。從裡面抽出幾封油漬漬的信，再把鈔票放進去，還帶回一隻錢袋，錢袋裡原來裝著兩三枚每枚價值六利弗爾的埃居，也許這就是這個寒酸人家的全部家當了。

「『呃，』卡德羅斯說道，『雖說您可能多刮了我們萬把法郎，或許您肯同我們共進晚餐吧？我是誠心誠意的。』

「『多謝了，』珠寶商說道，『天太晚了，我得回博凱爾去，不然，我的妻子會焦急不安的（他掏出懷錶），天哪！』他大聲說道，『快到九點了，我在午夜之前回不到布揆爾了。再見，孩子們，假如像布沙尼那樣的神甫又來找你們，想著我點兒。』

「『再過一個星期您就不在布揆爾了，因為集市下星期就結束了。』卡德羅斯說道。

「『不在了，不過沒關係，您寫信到巴黎皇家市場寶球弄四五號蔣尼斯先生收，如有必要，我會專程趕來的。』

「這時，天上打了一個很響的霹靂，一道耀眼的閃電劃破天空，使燈光黯淡下來。

「『啊唷！』卡德羅斯喊道，『這種天氣你可不能走了吧。』

「『噢，我是不怕雷的！』珠寶商說。

「『那麼有強盜呢，』卡康托女人說，『集市期間，大路一直不太平。』

「『噢，至於強盜，』蔣尼斯說，『我這兒有些東西可以對付他們，』

「他從口袋裡摸出一對上滿子彈的小手槍來。

「『喏，』他說，『這就是兩隻又會叫又會咬的狗，這是對付想奪走您的鑽石的頭兩個盜匪的，卡德羅斯伯伯。』

「卡德羅斯和他的妻子交換了一個深沉的眼色。看來一個可怕的念頭好像同時出現在他們的腦海中。

「『好吧，那麼，祝你一路平安！』卡德羅斯說。

「『謝謝你。』珠寶商回答。

「於是他拿起那條靠在一隻舊碗櫃旁邊的手杖，轉身向外走。他打開門時，一股狂風捲了進來，幾乎把燈吹熄。

「『噢！』他說，『這個天氣真好，而且要在這種天氣下走六里路呢！』

「『別走了吧，』卡德羅斯說，『你可以睡在這兒。』

「『是啊，留下吧，』卡康托女人帶著顫音接著說，『我們會好好地照顧你的。』

「『不，我一定得到布揆爾去過夜。所以我再來說一次，晚安！』

「卡德羅斯慢吞吞地走到門口。

「『分不清天和地了！』珠寶商說，他已到了門外，『我應該向右走還是向左走？』

「『向右走，』卡德羅斯說，『你絕不會走錯，大路兩旁邊都有樹。』

「『好，行啦！』話音幾乎刮到了遠處。

「『把門關上，』卡康托女人說，『打雷時我不喜歡打開門。』

「『尤其是當家裡有錢的時候，呃？』卡德羅斯回答，在鎖孔裡轉了兩圈鑰匙。

「『他回到屋裡，走近櫃子，又取出錢袋和皮夾。夫婦倆開始第三次重新點他們的金幣和鈔票。一絲微弱的燈光照亮了他倆的臉，我一生中從未見過他們臉上所表現出來的那種貪財的神情。尤其是那女人更加醜陋，平日裡寒熱病引起的顫抖更加劇烈了。她蒼白的臉變成土色，兩隻深凹的眼睛在燃燒。

「『為什麼你要邀請他在這裡過夜？』她用沉悶的聲音問道。

「『呃，』卡德羅斯戰慄了一下，答道，『為了……為了他不必再回布揆爾去了。』

「『啊！』女人帶著難以言述的表情說道，『我相信是為了別的原因。』

「『女人！女人啊！』卡德羅斯嚷道，『為什麼你有這樣的念頭，你冒出這種念頭，又為什麼不藏在心裡呢？』

「『不管怎麼樣，』卡康托女人沉默了一會兒說道，『因為你不是一個男子漢。』

「『怎麼回事？』卡德羅斯問道。

「『假如你是一個男子漢，他就出不了這扇門了。』

「『女人！』

「『要不他就到不了布揆爾。』

「『女人！』

「『大路要拐一個彎，他只得沿路走，而沿著運河走，卻有一條近路。』

「『女人啊，你褻瀆上帝了。瞧，你聽……』

「果然，傳來了一聲可怕的雷聲，一道藍色的閃電照亮了整個房間，然後，雷聲漸漸減弱，彷彿不願離開這可詛咒的屋子。

「『耶穌啊！』卡康托女人手畫十字說道。

「就在這時，通常在雷聲滾過時產生的恐怖的寂靜中，有人敲門了。

「卡德羅斯和他的老婆瑟縮發抖，驚恐得面面相覷。

「『是誰？』卡德羅斯站起來大聲問道，站起來把散在桌上的金幣和鈔票攏成一堆，用雙手蓋住。

「『我！』一個聲音說道。

「『誰，您？』

「『天哪！珠寶商蔣尼斯。』

「『啊哈！你剛才說什麼來著，』卡康托女人帶著可怕的微笑說，『還說我冒犯仁慈的上帝哩……現在仁慈的上帝又把他給我們送來了。』

「卡德羅斯臉色蒼白，喘著氣又跌落在椅子上。相反，卡康托女人卻站起來，邁開有力的步伐走去把門打開了。

「『請進吧，親愛的蔣尼斯先生，』她說道。

「『當真，』珠寶商渾身滴著雨水說道，『似乎老天不願意我今晚回到布揆爾去。傻事越早收場越好，親愛的卡德羅斯先生，您剛才邀請我留宿，我現在接受了，我回來就是要在您家過夜。』」

「卡德羅斯吞吞吐吐地說了幾句，抹去了額頭上的汗水。卡康托女人在珠寶商身後又關上門，再把鑰匙在鎖裡擰了兩圈。」

chapter 45

# 血雨

「當珠寶商回到房間裡的時候，他謹慎地環顧四周，但是，沒有什麼令他起疑，即便他心中仍存懷疑，這種懷疑也無法找到存在的依據，或者說是無法證實的。

「卡德羅斯的兩手依舊緊緊地抓著他的金幣和鈔票，而卡康托女人則裝作滿心歡喜的樣子對著客人微笑。

「『啊哈！』珠寶商說，『看來你對收到的錢還不太放心，因為我走了以後你又拿來數過啦。』

「『不、不，』卡德羅斯答道，『但這筆錢絕對是意外之財，我們簡直不敢相信自己也能有這樣的好運，如果不把這些實實在在的金幣擺在眼前，我們會以為自己是在做夢呢。』

「珠寶商微笑了一下。

「『你們家裡還有別的客人嗎？』珠寶商問。

「『沒有，』卡德羅斯回答道，『我們是不住旅客的，這裡離城太近，沒有人會在這住宿的。』

「『那我恐怕會給你們帶來不便了？』

「『使我們不便？親愛的先生，』卡康托女人說，『絕不會的，我向您保證。』

「『那麼把我們安排在哪裡呢？』

「『樓上有房間。』

「『但那不是你們的房間嗎？』

「『放心好了！我們在隔壁房間還有一張床。』

「卡德羅斯驚奇地看著他的妻子。珠寶商哼著小調，把背靠在一堆柴火前烤火，那是卡康托女人剛在壁爐裡點上給客人烤衣服的。

「這時，她又在桌子的一端鋪上了餐巾，將吃剩的晚餐端上來，而且添上了兩三隻新鮮雞蛋。

「卡德羅斯又重新把鈔票裝進皮夾裡，把金幣裝進口袋裡，再把它們鎖在櫃子裡。他在房間裡來回踱步，臉色陰鬱，心事重重，還不時地抬起頭來看一看珠寶商。後者在壁爐前邊烤衣服邊抽煙，身上冒著熱氣，等身體一側的衣服烤乾了，再轉到另一邊。

「『唔，』卡康托女人在桌上放了一瓶葡萄酒說道，『您要想吃飯的話，東西都準備好了。』

「『你呢？』蔣尼斯問道。

「『我嗎，我不吃。』卡德羅斯答道。

「『我們晚飯吃得很晚。』卡康托女人趕緊說道。

「『這麼說就我一個人吃了？』珠寶商問道。

「『我們會侍候您的。』卡康托女人答道，即使對待付錢的客人那種殷勤也是少有的。

「卡德羅斯不時地向她瞥一眼，目光迅如閃電。

「雷雨還在繼續。

「『您聽見了嗎，聽見了嗎？』卡康托女人說道，「您回來就對啦。」

「『不過，』珠寶商說道，『如果我吃過晚飯暴雨停息了，我還是得上路的。』

「『刮的是西北風，』卡德羅斯搖著頭說道，『一般要刮到明天呢。』

「說著他歎了口氣。

「『天哪，』珠寶商坐到餐桌邊接著說道，『出門在外的人算是倒楣了。』

「『對啊，』卡康托女人說道，『他們要過一個難熬的夜晚。』

「珠寶商開始吃飯，卡康托女人繼續像禮數周到的女主人那樣，殷勤地為他服務。平常她是個脾氣古怪而且難以相處的人，現在卻變成了殷勤好客、彬彬有禮的模範主婦了。假如珠寶商以前就認識她的話，這樣的巨變定會令他驚奇，因此甚至還會產生一些疑慮的。至於卡德羅斯，他一言不發，繼續踱步，甚至都遲疑著不敢去正視他的客人。

「晚飯吃完後，卡德羅斯親自去打開屋門。

「『我想風暴要平息了。』蔣尼斯說道。

「但老天似乎特地要與他做對似的，一聲悶雷幾乎要把房子震塌，突然一陣狂風夾著雨點刮了進來，把燈吹滅。

「卡德羅斯又關上門，他的妻子到壁爐裡冒煙的餘燼上點起一支蠟燭。

「『聽著，』她對珠寶商說道，『您大概疲倦了，我已把白床單鋪在床上，上樓去睡吧，睡個好覺。』

「蔣尼斯等了一會兒，想確定狂風暴雨有沒有平息的可能。當他確信雷聲和雨點越來越大時，便向他的兩位主人道聲晚安，走上樓梯。

「他在我頭頂上走過，我聽見每一個梯級在他的腳下咯吱作響。

「卡康托女人以貪婪的目光追隨著他，而卡德羅斯則轉過身子，甚至不朝他的方向看。

「所有這些細節，從那時以來，就揮之不去，但當我目睹這一切的時候，卻對此不以為然，歸根結底，發生的事再自然不過（除了那個鑽石的故事當然有點兒令人無法相信以外）。那時我雖然疲倦，心裡卻很想等暴風雨一停下來就繼續趕路，這場雨會阻止稽查人員的任何行動，於是我打算利用這幾個小時，好好睡一覺，然後等夜深人靜時再離開。

「那珠寶商就住在我的樓上，他的一舉一動我都可以準確地辨別出來。他先盡力佈置了一番，預備舒舒服服地過一夜，不久，我就聽見他的床在他身下吱呀作響。

「我的眼皮不知不覺地沉重起來，濃濃的睡意向我襲來，由於我沒有任何懷疑，絕不想同睡眠對抗。當我最後一次向房間裡張望的時候，卡德羅斯和他的妻子已經坐下來了，前者坐在一張木頭小矮凳上，在鄉下客棧，這種矮凳用來代替椅子。他的背向著我，我無法看到他臉上的表情，即使他面對著我，由於他用雙手捧著頭，我也無法看清他的臉。

「卡康托女人默默地望了他一會兒，眼神中透著鄙視，然後她聳聳肩膀，過去坐在他的對面。

「正當這時，餘火引燃了她忘記拿走的半截乾柴，壁爐裡重新吐出一個火苗，於是一片火光照亮了這個場景和場景中的人。卡康托女人依舊目光灼灼地盯著她的丈夫，由於他仍然保持著原來的姿勢，我看到她朝他伸出一隻枯瘦的手，在他的前額上點了一下。

「卡德羅斯哆嗦了一下。我似乎覺得那女人的嘴唇在動，但是，要麼她說的太輕，要麼睏意使我的感官變得遲鈍。總之，我根本聽不清她到底在說什麼。我如同夢裡看花，我的腦子一片模糊，這是入睡的前奏，我開始進入夢鄉了，我的雙眼終於合上，之後我完全失去了知覺。究竟這種無知無覺的狀態中持續了多久，我自己也不清楚。

「忽然，一聲槍響把我驚醒，緊接著我聽見了淒厲的尖叫聲。房間的地板上響起踉蹌的腳步聲，接著，一樣沉重的東西倒下來，正好落在我的頭頂上方。

「我的神志還沒有完全清醒，就又聽到呻吟和近乎窒息的喊叫聲混雜在一起，好像有人在拚死掙扎。

「最後的那一聲喊叫比之前拖得更長，後來越來越弱，漸漸地變成了呻吟，這聲叫喊使我完全從麻木狀態中清醒。

「我連忙用手臂支起身體，睜開眼睛，卻發現四周漆黑一片，我覺得雨水一定已滲透了樓上房間的地板，因為有一種液體正一滴一滴地落在我的前額上，當我用手去擦的時候，抹到了濕答答黏糊糊的東西。

「在這可怕的嘈雜聲之後，周圍陷入了可怕的沉寂中，後來有一個人在我的頭頂上走動。他的腳步使樓梯咯吱作響。那個人走到樓下的房間裡，走近壁爐前面，點起一支蠟燭。

「那是卡德羅斯，他的臉色蒼白，襯衫被鮮血染紅。

「點亮了燈以後，他又匆忙上樓，我又聽到他急促不安的腳步聲。

「不久，他手裡拿著一隻鮫皮的小盒子下來了，他打開那只盒子，確定鑽石還在裡面，他在幾隻口袋裡摸索半天，猶猶豫豫不知把它藏在哪一隻口袋裡好。然後，像是覺得哪一隻口袋都不夠安全似的，就把它裹在他的紅手帕裡，再把手帕纏在頭上。

「然後他奔向儲藏櫃，抽出他的鈔票和金幣，一包塞進他的褲子口袋裡，一包塞進他的背心口袋裡，匆匆地拿了兩三件內衣打成一個小包袱，衝到門口，消失在黑夜中。於是，我意識到發生了什麼。對剛剛發生的事感到自責，好像這件罪孽是我一手促成似的。我似乎聽見了呻吟聲，我想不幸的珠寶商也許並沒有死，若去救他，我或許還能彌補一下雖然不是我犯下的，卻因我未能及時制止而發生的罪孽，我用力撞向隔開我睡覺的地方和客廳之間的木板，那木板並不結實，一撞它就倒下了，我進入屋裡，拿到蠟燭，馬上衝向樓梯，一具屍體橫在上面，原來是卡康托女人。

「我方才聽到的一槍是射向她的，她的喉管被子彈打穿，除了兩處傷口在汩汩淌血外，她的嘴裡也在冒血。她已經沒救了。我跨過她的身體，走上樓去。

「臥室狼藉一片。傢俱東倒西歪，床單被拖到了地上，肯定是被不幸的珠寶商緊緊抓住的原因，他本人也躺在地上，頭靠著牆，渾身是血。鮮血從他胸口上的三個大口子裡流出來。

「第四個傷口上插著一把廚房用的長刀，只有刀柄露出來。

「我踩到了一把手槍，手槍沒有發射過，彈藥可能受潮了。

「我走近珠寶商，他果然沒有死。他聽到我發出的響聲，特別是聽到木板倒下的聲音，睜開了惶恐的雙眼，艱難地看了我一會兒，嘴唇微動，彷彿想說話，卻咽下最後一口氣。

「這種慘烈的景象使我幾乎失去了理智。一旦無法救人，我就只有一個願望，逃走的願望。我把雙手插進頭髮裡，發出恐怖的咆哮聲，衝下樓梯。

「但在樓下廳堂，已經站著五六個海關人員和兩三名憲兵了，而且都帶著武器。

「他們抓住我，我甚至都不想反抗，我已經神志不清了。我想說話，卻只能發出幾句含含糊糊的喊聲。

「我看見海關人員和憲兵用手指指了指我。我低頭看自己，原來自己滿身是血。我剛才感到從樓梯縫滴到我身上的那陣熱雨，原來是卡康托女人的鮮血。

「我用手指了指我以前躲藏的地方。

「『他想說什麼?』」一個憲兵問。

「一個稅務員走到我所指的那個地方。

「『他的意思是,』他回來的時候說,『他是從這個洞裡鑽進來的。』

「他指著我從那裡鑽出來的洞。

「於是我明白了,他們把我看成兇手。我的聲音和氣力都恢復了。我掙扎著想擺脫那抓住我的兩個人,口裡大喊:

「『不是我!不是我!』

「兩個憲兵用短槍瞄準我。

「『再動一動,』他們說,『就打死你!』

「『你們為什麼要用死來恐嚇我?』我喊道,『我要再對你們說一遍:不是我!』

「『你把你編的小故事帶到尼姆去對法官講吧。現在,先跟我們走,如果我們能給你忠告的話,那就是不要反抗。』

「抵抗,我是想都沒有想到。我已經嚇壞了,他們給我戴上手銬,綁在一匹馬的尾巴上,忍受著這樣的侮辱,我被押到了尼姆。

「根據當時的情況推測,大概是有一個關員一直尾隨著我,他一直到屋子附近才不見了我的蹤影,他想我一定準備在那兒過夜,於是回去報告了同伴,他們到達的時候,恰巧聽到那一聲槍響,而且在犯罪現場抓住了我,所以我立刻懂得,要證明我的無辜是難上加難了。

「因此,我只想做一件事情:我對預審法官的第一個請求,就是請他派人到處尋找一個叫布沙尼的神甫,他曾在凶案發生的前一天早晨到過邦杜加客棧。如果卡德羅斯在編故事,假如在這世界上布沙尼神甫這個人根本不存在，那麼，我就只好認命了，除非能把卡德羅斯捉到，而且能使他認罪。

「這樣過了兩個月——我應該讚美我的法官——他們已到處尋找過，要找到我想見的那個神甫。我已經放棄一切希望。卡德羅斯沒有捉到。我就要在第一次開庭時受審，忽然，在九月八日那天——正巧在事件發生後的三個月零五天——那位我認為已不可能找到的布沙尼神甫，自動地到監牢裡來，說他聽說有個犯人想見他。他說，他在馬賽聽到那件事情，所以趕快來滿足我的心願。

「您可以想像見到他我是多麼的激動，我把目睹的一切告訴他，我提心吊膽地說起鑽石的事，但令我萬分驚訝的是，他竟加以證實，認為一絲不假，而令我同樣驚訝的是，他完全相信我告訴他的事。他的仁慈令我感動不已，而且我發現他對我家鄉的一切風俗習慣都很熟悉，又想到，我唯一犯下的那一件罪惡，也許只有從他這樣仁慈的口中，才能說出對我所犯下的罪行的寬恕，我請求向他懺悔。而就在懺悔的封緘之下，我把阿都爾的事從頭至尾原原本本地講了出來。因為內心有愧而一時衝動做出的事，卻產生了同仔細思考後才做的事一樣的效果。我主動地承認阿都爾暗殺案證明了我這次的確沒有犯罪。當他離開我的時候，他囑咐我不要氣餒，他將盡力向法官證明我是無辜的。

「我很快就感到了這位仁慈的神甫對我的關心，因為監牢漸漸對我放鬆了原本嚴格的看管，他們告訴我，我的審問已經延期，不參加當時舉行的大審，而延遲到下一次巡迴審判時再開庭。

「在此期間，蒼天有眼，卡德羅斯已經捉到了，他們在一個很遠的外國某地發現了他，把他押回到法國，他完全招認，將預謀、尤其教唆他人的罪都推到他妻子的頭上。他被判處終身到奴隸船上去服苦役，而我則立刻釋放。」

「於是，」基督山說道，「你就拿了布沙尼神甫的推薦信到我這兒來了，是這樣嗎？」

「是的，大人，長老非常關心我，對我說：

『你的走私買賣會毀了你的一生，出獄後，就別再幹那一行了。』」

「『可是，我的神甫，』我問他道，『您叫我怎麼生活啊，並且怎麼養活我那可憐的嫂嫂呢？』

「『我有一個悔罪者對我非常尊敬，』他回答我說，『他委託我替他找一個靠得住的僕人，你願意跟他嗎？我可以把你推薦給他。』

「『啊，神甫！』我大聲說道，『您多麼仁慈啊。』

「『不過你能向我起誓，絕不要使我後悔。』

「我伸出手要發誓。

「『不用這樣，』他說道，『我瞭解並且喜歡科西嘉人，這是我的推薦信。』

「說著他寫了幾行字，我把這封信交給了您，大人看了他的信才好心地把我收下為大人效勞的。現在，請大人恕我無禮，您有過什麼要抱怨我的嗎？」

「沒有，」伯爵回答道，「我樂意承認，你是一個好僕人，伯都西奧，不過你並不信任我啊。」

「我？伯爵先生！」

「是的，你。你既然有一位嫂嫂和一個養子，但你怎麼從未對我提起過他們呢？」

「我還得對您講我生平最痛苦的那個階段。您大概想像得到出獄後，我立刻動身去科西嘉島，因為我急於想再見到我那可憐的嫂子並且安慰她，但當我到達洛格里亞諾的時候，我發覺那所房子掛著喪，那場面令人心碎，對於所發生的事鄰居至今記憶猶新，而且還在把它當做話題。我那可憐的嫂嫂遵照我的忠告，拒絕滿足貝尼台多不合理的要求，他無時無刻都想把家裡所有的錢弄到手。有一天早晨，他又向她要錢，並恐嚇她，要是她不把他要的數目給他，就會發生最嚴重的後果，說完，他就走了，一整天不見人影，而愛蘇泰獨自以淚洗面。愛蘇泰真的對他視如己出，像愛自己親生的孩子一樣愛他，想到他的行為，就不禁悲痛欲絕，看到他還不回來，又不免傷心落淚。夜來了，可是，她還是懷著做母親的那種擔心掛念，耐心地等候他回來。

「鐘敲十一點，他帶著兩個朋友回來，就是那些狐朋狗友。當可憐的愛蘇泰站起來要把她的浪子摟在懷裡的時候，他們抓住她，三個人中的一個——或許就是那個小惡魔，我現在想起來還不免膽戰心驚——喊道：

「『我們來給她吃點兒苦頭，一定要逼她供出錢藏在什麼地方。』

「不幸我們的鄰居瓦西里奧又碰巧到巴斯蒂亞去了，只留下他的妻子一人在家，除了她以外，沒有人能看到或聽到我們家發生什麼事情。貝尼台多的那兩個殘忍的同伴捉住可憐的愛蘇泰，愛蘇泰無法相信他會幹出這種罪惡勾當，所以仍以笑臉對待這些不久就要做她的劊子手的人。第三個惡棍堵住門窗，然後回到他無恥的幫兇那兒，三個人合力來堵住愛蘇泰的嘴，因為一看到這樣恐怖的情形，她就驚恐地大叫了起來。完成這些之後，他們就用火盆去烙愛蘇泰的腳，他們打算用火刑，以為這樣就可以逼她招出我們那筆小小的財富究竟藏在什麼地方。我那可憐的嫂嫂在掙扎的時候衣服著了火，他們於是鬆開受拷問的女人，免得自己也被火燒著。愛蘇泰渾身是火，她瘋狂地衝到門口，門已經反扣住了。

「她飛奔到窗口，但窗戶都已經堵住了。於是她的鄰居聽到了可怕的尖叫聲——這是愛蘇泰的呼救聲。後來因為窒息，她的尖叫漸漸消失，喊聲變成了呻吟，第二天早晨，在焦急與驚恐中煎熬了一夜，這時瓦西里奧的妻子才鼓起勇氣冒險出來，找來當地的員警打開了我們家的門，大家看到愛蘇泰燒得慘不忍睹，卻還沒有斷氣。櫥櫃被強行打開，錢財劫掠一空。貝尼台多以後就再也沒有在洛格里亞諾出現過，我也再沒有見到過他，也不曾聽人說起過關於他的任何事情。」

「就在得知這個悲慘的消息之後，」伯都西奧接著說道，「我才找到了大人，並開始為您效勞。我從不向您說起貝尼台多，因為他已經遠走高飛了；我也沒說起過嫂嫂，因為她已離世。」

「那麼你對這件事怎麼想呢？」基督山問道。

「這是對我所犯下的罪行的懲罰。」伯都西奧答道，「啊！維爾福一家，這是個該詛咒的家族！」

「我相信是如此。」伯爵帶著悲涼的聲調輕聲說道。

「現在，」伯都西奧接著說道，「大人或許可以理解，這座我再沒見過的別墅，這個我突然又踏進來的花園，這個我殺了人的地方，會使我忐忑不安，也難怪您剛才想知道原因了。因為，說到底，我不敢肯定在我面前，在我的腳下，維爾福先生是否就躺在他為他的孩子挖掘的墳墓裡。」

「確實，什麼事都可能發生，」基督山從他方才坐的凳子上站起來說道，「甚至，」他又輕聲補充說道，「檢察官根本就沒有死。布沙尼神甫把你派到我這裡來做得對。你也確實應該把你的身世講給我聽，因為我對你沒有惡意。至於貝尼台多，這個罪惡滔天的傢伙，你後來有沒有設法去打聽他的下落，你從來沒有試圖瞭解他的情況嗎？」

「從來沒有，即便我知道他在哪兒，我也絕對不會去找他，而且還會逃得遠遠的，就像逃避惡魔一樣。幸而我也從未聽到有任何人提到過他，我希望他已經死了。」

「別抱這樣的希望，伯都西奧，」伯爵說道，「壞人是不會這樣就死的，因為上帝似乎在庇護他們，好把他們當做復仇的工具。」

「那也好，」伯都西奧說道，「我只求上天不要讓我再見到他。現在，」管家低下頭繼續說道，「您什麼都知道了，伯爵先生，您是我的人間的法官，就像上帝是天堂的法官一樣，您難道不安慰我幾句嗎？」

「我的好朋友，我所能對你說的也和布沙尼神甫能對你說的一樣。你刺殺的那個人，這個維爾福，就他對你的不公，或許還為了他犯下其他罪行，受到懲罰是理所當然的。貝尼台多，假如還活著的話，會在某一件事上變成上天復仇的工具，然後他也要受懲罰。至於你，實際上你只有一點需要受到譴責。你可以自問，當你把那嬰兒從墳墓裡救出來以後，為什麼不把他送還給他的母親。罪孽就在這裡，伯都西奧。」

「是的，先生，這確是罪過，真正的罪過在於我在這件事上是個懦夫。一旦我使孩子活過來，我只該做一件事，正如您所說的，那就是把他送還給他的母親。可是一旦這樣做，就會引起懷疑，受人盤部，甚至惹禍上身。我不願意死，我熱愛生命是為了我的嫂嫂，也是為了那種與生俱來的虛榮心，在復仇之後，我們這些人總是希望自己能平安無事地脫身。還有，貪生怕死的本能使我不願冒險。唉！我不像我那可憐的哥哥那樣勇敢！」

伯都西奧用雙手掩住臉，而基督山則用一種無法用語言表達的深邃目光久久地望著他。

沉默了片刻，這短暫的沉默使此情此景更加莊嚴，尤其是在這樣的時間，這樣的地點。

然後，他用一種平時從未有過的態度，抑鬱地說：「就當這次談話是最後一次講述你的經歷吧，為了將這一切徹底地結束，我可以把布沙尼神甫親口對我說的幾句話複述給你聽：『**一切罪惡只有兩種解藥——時間和沉默**。』伯都西奧先生，現在就讓我一個人在這個花園裡散一會兒步。你是這個舞台上的演員，重又踏上這塊土地一定使你倍受煎熬，但我卻幾乎可以說很高興，覺得這處產業已經物超所值。你知道，伯都西奧先生，樹木之所以惹人喜愛，是因為它們給人們提供了蔭涼，而一片蔭涼之所以令人傾心，則是因為它為人們提供了遐想的空間。我在這兒買了一座花園，原以為買的是四壁圍繞的普通宅院，但那個地方突然卻變成了一個鬼影重重的花園，契約上並沒有提到這些幽靈。我現在就喜歡幽靈，而我從來沒聽說過，死人在六千年之間所造成的傷害會比活人在一天之內造的孽更多。回屋去吧，伯都西奧，睡個安穩覺好了。在你臨終的時候，假如你的懺悔師沒有布沙尼神甫那樣的寬容，要是我還活著，你可以派人來找我，當你的靈魂準備踏上艱難的永生之路時，我會用我的話，來撫慰你的靈魂。」

伯都西奧對伯爵鞠躬致敬，歎了一口氣走了。

只剩下了基督山，他往前走了幾步，喃喃自語道。

「這兒，就在這棵梧桐底下，是那嬰兒的墳墓。那邊，是進入花園的小門。這個角是通臥室的暗梯。我用不著將這些記在我的筆記簿上，因為就在我的眼前，就在我的腳下，就在我的周圍，已有種種活生生的事實給我勾畫出一個完整的畫面。」

伯爵在花園裡轉了最後一圈之後，然後走回馬車旁。伯都西奧看見他帶著若有所思的表情，也登上車，一聲不響地在車夫旁邊坐下來。

馬車又重新駛上回巴黎的路。

當天晚上，基督山回到香榭麗舍大街的府邸後，仔細地查看了一遍整幢住宅，看起來像是對於每一個角落都早就摸熟了似的。儘管他自己走在前面，但沒有一次把門開錯，沒有走錯樓梯或走廊，總是準確無誤地到達他想去的地方。在這次夜間巡察時，阿里始終陪著他。伯爵對房間的佈置和裝修向伯都西奧吩咐了幾句，告訴他哪些地方需要改進，然後，他掏出懷錶，對恭候在一旁的啞奴阿里說：

「現在是十一點半，海蒂快要回來了。你已通知法國女僕了嗎？」

阿里伸出手向留給希臘美人的那個套間指了指，這套房間與其他房間完全隔開，當房門被帷幕遮住的時候，任何人走遍全屋都不會發覺那個地方還有一間客廳和兩個臥室。這時，只見阿里用手指了指那套房間，伸出左手的三個手指，然後又把這隻手墊在頭下，做出睡覺的樣子。

「啊！」基督山已很熟悉這種啞語了，輕喚了一聲，「有三個女僕恭候在臥室裡是嗎？」

「是的。」阿里點頭示意。

「夫人今晚很累了，」基督山繼續說道，「她肯定想早些休息，不要讓那些法國女傭打擾到她，只要向她們的新女主人請安後就可以退出。你也防著一點兒，別讓那些希臘傭人和這幾個法國傭人相互勾結。」

阿里鞠了一躬。

不一會兒，傳來門房的聲音，大鐵門打開，一輛馬車駛上小徑，在台階前停下。伯爵走下去，車門已經打開，他把手伸給一個青年女子。那女子從頭到腳都裹在一件繡金線的綠緞披風裡。

少婦把伯爵的手舉到她的唇邊，恭敬而又充滿愛意地吻了一吻。他們交談了幾句，年輕女子的柔聲細語和伯爵的輕緩莊重完美地融合，那悅耳的語言似乎只有在荷馬神話中的人物口中才能聽到。

那位女子，正是基督山在義大利的伴侶，那可愛的希臘女人。這時，阿里手擎一支紅燭在前面引路，把少婦引到她的套房裡，接著基督山就退出來了，回到自己留用的小樓裡去了。

十二點半，這幢房子裡的所有燈火都熄滅了，也許府邸裡所有的人都已安然入睡了。

chapter 46

# 無限貸款

次日，午後兩點左右，一輛華麗的四輪馬車，由兩匹漂亮的英國馬拉著，停在基督山的府邸門前，這輛馬車的門板上畫著男爵的冠冕。一個人從車門探出頭來，吩咐他的年輕馬夫去問門房，基督度山伯爵是否在府上。此人身著一件藍色上裝，配著藍色絲絨紐扣，一件白色的背心，上面掛著一條粗項鍊，胡桃色的長褲，烏黑的頭髮垂得簡直要蓋住了眉毛，卻無法遮住臉上的皺紋，那一頭烏髮和臉上深深的皺紋極不諧調，看了不免使人懷疑他戴著假髮。這個人顯然已年過五十，卻使人覺得他還沒有超過四十歲。

他一面等候回話，一面觀察這座房子，他仔仔細細地觀察不漏掉一處細節，這種專注的態度近乎無禮，但他所能看到的只是花園和那些穿梭其中的穿制服的僕人而已。這個人的目光敏銳，但眼神中透出的與其說是機智，不如說是狡黠，他的兩片薄唇抿成直線，當閉攏的時候，幾乎完全被壓進了嘴巴裡。此外，突出的顴骨是奸詐萬無一失的標誌，可證明此人的狡詐，他的前額扁平，庸俗的後腦骨大大的超過耳朵，對於一個善於看相的人來說，這副尊榮確實無法令人心生敬意，可是人們卻對他表示尊敬，當然只是為了他那幾匹矯健的駿馬，那在胸襟上佩帶的大鑽石，和那連在上裝紐扣上的紅緞帶。

青年馬夫敲敲守門人的玻璃窗，問道：「基督山伯爵住在這裡嗎？」

「大人是住在這裡，」守門人答道，「不過……」

他用目光詢問阿里。

阿里打了一個否定的手勢。

「不過什麼？」青年馬夫問道。

「不過大人此時不見客。」守門人答道。

「這樣吧，這是我的主人鄧格拉司男爵先生的名片，請您轉呈基督山伯爵先生，並請轉告他，我的主人在去眾議院途中，特意繞道來拜訪他。」

「我不能直接稟報大人，」守門人說道，「貼身僕人可以轉達。」

青年馬夫回到馬車上。

「怎麼樣？」鄧格拉司問道。

小夥子無功而返，不禁有些氣餒，他把從守門人那裡得到的答覆告訴他的主人。

「哦！」鄧格拉司說道，「這位人稱『大人』的先生一定是位親王，只有他的貼身僕人才有資格對他說話。沒關係，既然他有一筆錢存在我那兒，只要他需要錢用，我一定會見到他。」

說完，鄧格拉司又靠回車廂後座，同時大聲向車夫吆喝道：「去眾議院！」聲音大得街道對面都能聽得見。

基督山及時得到了通報，於是透過小樓的百葉窗，他用一架高級觀劇望遠鏡觀察男爵的一舉一動，他的認真程度，與鄧格拉司先生研究房子、花園和制服的態度不相上下。

「肯定地說，」他用鄙夷的口吻說道，同時把望遠鏡的鏡筒收回到象牙套筒裡，「這個傢伙確實很醜，前額扁平得像是赤鏈蛇；頭顱圓得像是兀鷹；鼻子又尖又勾，像是荒鷲；這一副尊容為什麼沒讓大家避之唯恐不及呢？」

「阿里！」他大聲喊道，同時在銅鈴上敲了一下。阿里應聲而至。「去叫伯都西奧。」他說道。

幾乎在同時，伯都西奧走了進來。

「大人派人來找我嗎？」管家問道。

「是的，先生，」伯爵說道，「你看見剛才停在我家門口的那幾匹馬嗎？」

「當然，大人，真是駿馬。」

「怎麼搞的？」基督山皺起眉頭說，「我要你給我買巴黎最好的馬，可是巴黎還有另外兩匹馬像我的一樣漂亮，而那兩匹馬卻不在我的馬廄裡？」

看到主人面露不悅，聽到他嚴厲的責備，阿里不由得垂下了頭。

「這不是你的錯，好阿里，」伯爵用阿拉伯語說道，或許不會有人相信這樣的溫柔語氣會出自伯爵的口中，「你不熟悉英國馬嘛。」

阿里的臉上又顯露出欣慰的神色。

「伯爵先生，」伯都西奧說道，「您對我說到的那幾匹馬是不出售的。」

基督山聳聳肩膀。

「你要明白，管家先生，只要肯出價錢，什麼都能買到。」

「鄧格拉司先生是花了一萬六千法郎買下的，伯爵先生。」

「好極了！給他三萬二，他是銀行家，一個銀行家絕不會錯過任何讓自己的本錢翻一番的機會的。」

「伯爵先生說話當真？」伯都西奧問道。

基督山看著管家，對他竟然敢於向他提出這麼一個問題感到驚訝。

「今晚，」他說道，「我要回訪，我希望那兩匹馬套上新輓具，架在我的馬車上。」

伯都西奧邊鞠躬邊退出，他走到門口，又站住了。

「大人打算幾點鐘外出訪客呢？」他問道。

「五點。」基督山說道。

「請大人原諒我的無禮，現在已經是兩點鐘了。」管家壯著膽子說道。

「我知道。」基督山簡單地答了一句。

接著，他轉身面對阿里。

「把所有的馬都牽出來讓夫人過目，」他說道，「讓她選擇一副她認為最合適的鞍轡，如果她願意同我共進午餐，叫她派人來對我說一聲，如果她願意，就在她那兒用餐。去吧，下去時把貼身僕人給我叫來。」

阿里剛出去，貼身侍僕就走進來了。

培浦斯汀鞠了一躬。

「你為我效力已經一年了，這一年足以讓我對你做出正確的評價，我對你非常滿意。現在我想知道，你對我是否滿意。」

「啊！伯爵先生！」培浦斯汀急忙說道。

「請聽我把話說完，」伯爵接著說道，「你在這兒服務每年的薪俸可以達到一千五百法郎——就是說相當於一個驍勇善戰的軍官，每天冒死才掙到的薪金。你的飲食，即使那些工作比你辛苦十倍的商店職員和普通官吏，也會羨慕不已。你身為僕人，卻也有一些別的僕人來照料你的服裝和日常用品。

而且，除了這一千五百法郎的工資以外，你在代我置辦衣物方面，一年中還另外又賺了我一千五百法郎。」

「噢！大人！」

「我並不是在訴苦，培浦斯汀先生，這是合情合理的，但我希望到此為止。你在別的地方絕不會找到這樣的職位，遇上這樣的好運。我從不打罵僕人，我從不發脾氣，我總能原諒他們的過錯——但絕不疏忽或忘記。我的命令通常言簡意賅，我寧願重複兩次，甚至三次，也不願看到我的命令被錯誤地執行。我有足夠的錢可以探聽到我想知道的一切，而且我預先告訴你，我非常好奇。所以，假如我發現你在背後對我評頭論足，對我的行為指手畫腳，或監視我的一舉一動，你就得馬上離開我的家。我對僕人的警告從來只有一次。你已經受到警告了，去吧。」

培浦斯汀鞠了一躬，走了幾步想退出去。

「對了，」伯爵繼續說道，「我忘了告訴你了，每年，我都給每個僕人存一筆錢，那些我不得不開除的人當然是得不到這筆錢的，他們所應得的那一份就留給那些始終跟我的僕人，到我死的時候才分。你已經在我手下幹了一年了，你已經開始有了財產，繼續增加這筆財產吧。」

這場簡短的談話是當著阿里的面說的，阿里無動於衷，因為他聽不懂一句法國話，但研究過法國僕人心理的人應該能理解，這些話對培浦斯汀先生會發生多大的作用。

「我保證，我會努力在各方面使大人滿意，」他說道，「而且，我要以阿里為榜樣。」

「啊！完全不必，」伯爵像大理石似的冷冰冰地說道，「阿里有許多缺點，同他的優點混雜在一起。所以，不要學他的榜樣，因為阿里是一個例外。他沒有工錢，他不是一個僕人，他是我的奴隸，我的狗。要是他辦事不稱職，我不會趕他走，而是殺掉他。」

培浦斯汀把雙眼睜得大大的。

「你不相信嗎？」基督山問道。

他用阿拉伯語把剛才用法語對培浦斯汀說的那番話對阿里重述了一遍。

那黑奴聽了他主人的話，用微笑表示同意，然後單膝跪下，尊敬地吻伯爵的手。

培浦斯汀先生剛才所受的教訓經這一幕的證實使他驚愕不已。

伯爵示意培浦斯汀出去，並示意阿里跟著自己。這兩個人走進伯爵的書房，在那兒交談了很久。

到了五點鐘，伯爵在銅鈴上敲了三下。一下叫阿里，兩下叫培浦斯汀，三下叫伯都西奧。

管家走進來。

「我的馬呢！」基督山說道。

「馬已套在車子上了，大人，」伯都西奧答道，「我要陪伴伯爵先生去嗎？」

「不用，有車夫、培浦斯汀和阿里就夠了。」

伯爵走下樓，看見上午他所欣賞的，原本套在鄧格拉司馬車上的那幾匹馬已經套在自己的馬車上了。

從馬的旁邊經過，他向牠們瞥了一眼。

「這些馬確實很漂亮，」他說道，「你把馬買到手，事情辦得不錯，只是稍遲了點兒。」

「大人，」伯都西奧說道，「我好不容易弄到手，可花了不少錢呢。」

「駿馬不會因此而遜色吧？」伯爵聳了聳肩問道。

「只要大人滿意，」伯都西奧說道，「那就好。大人去哪兒？」

「安頓大馬路鄧格拉司男爵府。」這場談話是在台階上面進行的，伯都西奧邁開一步準備走下一級台階。

「請等等，先生，」基督山叫住他說道，「我還有一件事叫你去辦，伯都西奧先生，」他說，「我很想在海邊購置一塊地，例如在諾曼第，或在勒阿弗爾和布洛涅之間，這一帶就很好。你瞧，我給了你一個很寬的範圍。你挑選的地方務必要有一個小港、小溪或小灣，我的小型護衛艦能駛進去，並停泊在那裡。它吃水只有十五尺。它必須時刻準備著，不管白天還是黑夜，隨便幾點，我一發信號，就得立刻出航。依據我告訴你的條件，去打聽打聽這樣的地方，假如有適宜的地點，去看一看，要是它合格，就立刻用你的名義把它買下來。我想，護衛艦大概開往費康了，是不是？」

「我們離開馬賽的當天晚上，我看見它出海的。」

「那艘遊艇呢？」

「遊艇在馬地苟斯待命。」

「好！你要跟那兩個指揮帆船的船老大保持聯繫，使他們保持警覺性。」

「那麼那艘汽船呢？」

「就是在夏龍的那艘？」

「是的。」

「同兩隻帆船一樣待命。」

「遵命。」

「買下那塊地之後，你就在從北向南的路上每隔三十里設一個驛站。」

「大人可以完全放心，這件事我一定辦好。」

伯爵做了一個滿意的手勢，走下台階，跳進馬車，兩匹駿馬一路小跑，一直駛到銀行家府邸的大門口。

鄧格拉司正在主持修建鐵路的常務會議。這時，僕人通報基督山伯爵來訪，此時，會議已接近尾聲了。

他一聽到伯爵的名字，就站了起來。

「先生們，」他向他的同事們說道，其中有幾位是上議院或下議院很有影響力的議員，「請你們務必原諒我中途離席，但是，你們猜是怎麼一回事？羅馬的湯姆生•弗倫奇銀行給我介紹了一位叫基督山伯爵的人，在我的銀行裡為他開一個無限支取的戶頭。我和外國銀行的業務來往雖廣，但像這樣荒唐的事情倒還是第一次遇見，說實話，你們一定理解，我對此事產生了極大的好奇心，而且到現在還保持著。我今天早晨親自去拜訪那位所謂的伯爵。假如他真是一個伯爵，他就不會那樣富有。伯爵先生不會客，你們說這是什麼意思？就是皇親國戚，或是絕色美女，有誰會像基督山老爺這樣狂妄自大的呢？此外，他的房子坐落在香榭麗舍大街，我覺得倒很氣派。而且，我聽說，還是他自己的產業。但一個無限透支戶頭，」鄧格拉司帶著他那種邪惡的微笑繼續說，「倒實在使接受它的銀行家非常為難。因此我急於要見我們的客戶一面。我擔心這是一場騙局。但他們卻不知道他們的對手是誰，誰笑到最後，誰才笑得最得意呢。」

一番虛張聲勢之後，他離開他的客人，走進一間以金白兩色為主色調的客廳裡。這間客廳在安頓大馬路很有名氣。

他特地吩咐把來客引進那間房間，用這裡的富麗堂皇壓一壓來客的氣勢。

他發覺伯爵正在那兒欣賞幾幅臨摹阿爾巴納[3]和法陀爾[4]的複製品，這幾幅畫和那毫無品味的鍍金天

3. 十六世紀義大利畫家。
4. 同時期義大利畫家。

花板極不諧調，那是別人當做真跡賣給銀行家的。

伯爵聽到鄧格拉司進來的聲音就轉過身來。

鄧格拉司略微點了點頭，示意伯爵坐在一張蒙著白緞繡金椅套的扶手椅裡。

伯爵坐下。

「我真的有幸與基督山先生說話嗎？」

「我呢，」伯爵答道，「也能有此榮幸與眾議院議員、榮譽勳位獲得者鄧格拉司男爵先生說話嗎？」

基督山把男爵名片上的所有頭銜都背了出來。

伯爵話語中的諷刺意味令鄧格拉司大受打擊，他不由得咬緊了嘴唇。

「請原諒，先生，」他說道，「剛才沒有準確說出您告知我的頭銜。不過，您也知道，現在統治我們的是一個平民政府，而我，是人民利益的代表。」

「因此，」基督山答道，「您一面仍習慣於讓別人稱呼您為男爵，您卻不再習慣於稱呼別人伯爵了。」

「啊！我不太在乎這些，先生，」鄧格拉司裝作滿不在乎地說道，「他們給了我男爵的封號，又授予我榮譽勳位，這些只是因為我為政府盡了微薄之力而已，可是……」

「可是您放棄了您的頭銜，如同蒙特馬倫賽和拉法葉特[5]做的那樣是嗎？這兩位絕對值得仿效，先生。」

「不完全是這樣，」鄧格拉司尷尬地接口答道，「對僕人來說，您明白……」

「是啊，對僕人您自稱『老爺』；對新聞記者，您是『先生』；對您的憲政民主黨員，您是『公

---

5.十八至十九世紀間法國資產階級革命時代的革命家，原為侯爵，因贊成民主政治，自動放棄頭銜。

民』。在君主立憲政府下，這種區別備受推崇。我完全懂得。」

鄧格拉司緊咬著嘴唇。他看出，在這方面，他無法與基督山抗衡；於是，他試圖回到他得心應手的戰場上來。

「伯爵先生，」他欠身說道，「我收到羅馬湯姆生‧弗倫奇銀行的一份通知書。」

「我很高興，男爵先生。請允許我像您的僕人那樣稱呼您，雖然這種習慣很難讓人接受，在那些不再新封、卻還有男爵出現的國家就有這種壞習慣。我說過，我非常榮幸，我無須再作自我介紹了，因為那樣總是使人頗為尷尬的。您剛才說，您收到一份通知書了？」

「是的，」鄧格拉司說道，「不瞞您說，我還不完全明白其中的意思。」

「哦！」

「於是我曾特意去拜訪您，請您作些解釋。」

「請提吧，先生，我願意為您解惑。」

「這份通知書，」鄧格拉司說道，「我想，我帶在身上（他在口袋裡尋找），是的，在這裡。這份通知書要我的銀行向基督山伯爵先生開一個無限透支的戶頭。」

「嗨！男爵先生，這樣簡單的詞彙您難道發現了難以理解的地方嗎？」

「沒有，先生，不過，無限這兩個字……」

「什麼！這兩個字不是法文嗎……您應該明白，這是英國人和德國人合開的銀行發出的信。」

「哦，寫得不錯，先生，從文字的角度看，這封信毫無瑕疵。但是，在會計方面就不同了。」

「依您的意思，羅馬湯姆生‧弗倫奇銀行不值得信賴嗎，男爵先生？」基督山儘量裝出坦誠的樣子問道，「真見鬼！這太令人掃興，因為我有幾筆資金放在這家銀行。」

「啊！信譽卓著，」鄧格拉司帶著幾乎嘲諷的微笑答道，「不過從財務的角度上說，『無限』兩個字的意義非常含混不清……」

「其意義就是沒有限制，不是嗎？」基督山說道。

「一點兒也不錯，先生，正是我想說的意思。然而，凡是含混不清的東西總令人心生疑惑，而先哲說，『**可疑之事必隱藏禍端！**』」

「這就表明，」基督山接口說道，「不管湯姆生・弗倫奇銀行幹出什麼樣的蠢事，而鄧格拉司男爵閣下卻絕不會蠢到步其後塵的。」

「這是什麼意思，伯爵先生？」

「毫無疑問，事實如此，這就是說羅馬湯姆生・弗倫奇銀行兩位先生的業務可以是無限的，但鄧格拉司先生的業務卻是有限的。不錯，您的確像您剛才所引證的那位先哲一樣睿智。」

「先生，」銀行家傲慢地說道，「還沒有人過問我的金庫呢。」

「這麼說來，」基督山冷冷地答道，「似乎我要開個頭了。」

「憑什麼權力？」

「憑您要我作解釋的權力，先生，這樣的要求似乎就表明了您在舉棋不定呢……」

鄧格拉司咬緊嘴唇，這是他第二個回合敗於此人的手下了，而且這一次是在自己的陣地上失敗的。鄧格拉司的彬彬有禮只不過是裝出來的，他無法掩飾自己的嘲諷態度，而且幾乎到了失禮的程度，完全是在惺惺作態。

相反，基督山卻溫文爾雅地微笑著，而且如果他願意，還可以表現出坦誠的神情，這使他占盡優勢。

「總之，先生，」鄧格拉司沉默了片刻之後說道，「我想請您親自確定打算在我的銀行裡提款的數目，以便我儘量去理解無限的含義。」

「不過，先生，」基督山決定，在討論中寸土不讓，接著說道，「如果我要求在您的銀行裡無限支取，就因為我自己也不能確定我需要用多少錢。」

銀行家以為終於輪到自己占上風了，便躺倒在他的安樂椅上，露出粗俗而倨傲的笑容。

「啊！先生，」他說道，「不必擔心我們能否滿足您的期望，您可以放心，鄧格拉司銀行的資金雖然是有限的，但保證能滿足您最大的需求，即使您提出要一百萬……」

「我沒聽清，請再說一遍？」基督山問道。

「我說一百萬。」鄧格拉司傻乎乎地重複道。

「我拿一百萬能有什麼用呢？」伯爵說道，「仁慈的上帝啊！先生，假如我只需要一百萬，我就不會為了這樣一筆小數大費周張地開一個戶頭了。一百萬？在我的皮夾裡或是旅行用品盒裡總有一百萬隨時備用的啊。」

說著，基督山從他放名片的記事本裡抽出兩張面值為五十萬法郎的國庫券，是憑券兌付的。

對鄧格拉司這樣的人來說，刺激一下是不夠的，必須當頭一棒將他徹底壓倒。這一次產生了效果：銀行家立刻感到身子不穩、頭暈目眩，他睜著驚恐的雙眼望著基督山，瞳孔因受驚而張得大大的。

「瞧，您就向我承認吧，」基督山說道，「您對湯姆生•弗倫奇銀行就是不夠信任。我的上帝啊！這很簡單，我早就料想到了。雖說我對此項業務是個外行，但我還是採取了防範措施。這兒還有兩封信，是和寫給您的那封一樣的——一封是維也納阿斯丹•愛斯克裡斯銀行給羅斯希爾德男爵的，另外一封是倫敦巴林銀行給拉費德[6]先生的。您只要說一句話，先生，我就不再麻煩您，去找這兩家銀行中的一家。」

戰鬥已結束，鄧格拉司徹底敗下陣來。伯爵伸手將那兩封信遞給他，他戰戰兢兢，哆哆嗦嗦地打開維也納和倫敦出具的通知書，仔細地辨認上面簽名的真偽。如果銀行家不是因為受到刺激而變得有些精神失常的話，那麼他現在的行為就可以看作是對基督山伯爵的侮辱了。

「啊！先生，這三個簽名就價值好幾百萬哪，」鄧格拉司說著站了起來，以表達他對面前這位財神的敬意，「我們三家銀行的無限貸款委託書！請原諒，伯爵先生，我雖不再懷疑，卻感到非常震驚。」

「啊！像你們這樣的一家大銀行可不該如此大驚小怪，」基督山彬彬有禮地說道，「這樣，您能給我提款了，是嗎？」

「請說吧，伯爵先生，我悉聽吩咐。」

「好吧！」基督山接著說道，「既然我們已經相互瞭解，因為我們確實相互瞭解了，是嗎？」

鄧格拉司點頭表示同意。

「您不再懷疑了嗎？」基督山繼續問道。

「啊！伯爵先生！」銀行家大聲說道，「我從來沒有懷疑過。」

「沒有，您只想證實一下就是了。好啦，」伯爵又說道，「既然我們已相互瞭解，既然您已不再懷疑，假如您願意的話，就為第一年定個總數吧，譬如說六百萬。」

「六百萬，行！」被嚇壞了的鄧格拉司激動地說道。

6. 十八至十九世紀間法國金融家。

「如果我需要更多的錢，」基督山不動聲色地說道，「我們再追加。不過我在法國只打算待一年，在這一年內，我想不會超過這個數目……總之，看情況再說吧……不過首先，請在明天給我送五十萬法郎來，中午之前我不會出門，如果我不在家，我會把收據交給我的管家。」

「錢在明天上午十點送到貴府，伯爵先生，」鄧格拉司答道，「您要金幣、現鈔還是銀幣？」

「請給一半金幣，一半現鈔吧。」

說完，伯爵站了起來。

「我應該向您坦白一件事，伯爵先生，」鄧格拉司又說道，「我原以為對歐洲的所有大戶都已瞭若指掌了，然而，看來您的資金十分雄厚，我承認，我完全沒有聽說過您的名字。您是最近才擁有這樣的財富嗎？」

「不是的，先生，」基督山答道，「相反，我的財富有久遠的歷史。這是一筆家族財富，一直不許動用，這樣，長年累積的利息使財富增加到了原來的三倍。遺贈人確定的年代只過去了幾年，因此我也只享用了才幾年。您對此一無所知是很自然的事，不過，您以後就會瞭解得更清楚了。」

當伯爵說到最後這句話的時候，臉上露出了那種曾使弗蘭士・伊辟楠感到畏懼的陰冷的微笑。

「如果您有這個興趣和願望的話，先生，」鄧格拉司繼續說道，「您可以憑您的財富在法國首都展示雄厚的財力，很快就會使我們這些可憐的小富翁望詩興歎。不過，您似乎對藝術很有研究，因為我進來的時候，看到您對我的畫那樣專注地欣賞。既然您有這種嗜好，一定收藏了很多珍品，我們這種可憐的小富翁是無法相比的。請允許我給您介紹我的畫廊，裡面都是一些大師的真跡，因為我不喜歡現代的東西。」

「您說得對，先生，因為一般說來，現代作品都有一個重大的缺陷，就是時間太短，還不能成為古董。」

「我以後能給您看幾尊杜華爾遜[7]、巴陀羅尼[8]和卡諾伐[9]的雕塑嗎？他們都是外國的藝術家。您也看出來了，我不欣賞法國藝術家。」

「您有權對他們做出評判，先生，他們是您的同胞嘛。」

「等以後我們更熟悉的時候，再去看吧。而今天，如果您允許，我只想把您介紹給鄧格拉司男爵夫人，請原諒我的性急，伯爵先生。不過，像您這樣的大人物能光臨寒舍就是我們的榮幸了。」

基督山鞠了一躬，表示他接受銀行家對他的敬意。

鄧格拉司拉了拉鈴，一個穿著華麗制服的僕人走了進來。

「男爵夫人在房裡嗎？」鄧格拉司問道。

「是的，男爵先生。」僕人答道。

「單獨一個人？」

「不，夫人有客人。」

「在外人面前介紹您不會太冒昧吧，伯爵先生？您不想隱姓埋名吧？」

「不想，男爵先生，」基督山微笑著說道，「我自認為沒有這個權力。」

「誰在夫人身邊？狄佈雷先生？」鄧格拉司故作和藹地問道，基督山不禁暗自好笑，他早已瞭解銀行家公開的家庭秘密了。

7. 十九世紀前後丹麥雕刻家。
8. 十九世紀義大利雕刻家。
9. 十八至十九世紀間義大利雕刻家。

「是狄佈雷先生，男爵先生。」僕人答道。
鄧格拉司點了一下頭。
接著，他又轉向基督山。
「呂西安・狄佈雷先生，」他說道，「是我家的老朋友，他是內政部長的私人秘書。至於我的太太，下嫁給我真是委屈了她，因為她出生於法國歷史最悠久的家庭。她的娘家姓薩爾維歐，她的前夫是陸軍上校奈剛尼男爵。」
「我還沒有榮幸認識鄧格拉司夫人；不過我已經見過呂西安・狄佈雷先生了。」
「咦！」鄧格拉司說道，「在哪兒？」
「在馬瑟夫先生府上。」
「啊！您認識年輕的子爵？」鄧格拉司問道。
「我們在羅馬的狂歡節期間待在一起。」
「哦！對了，」鄧格拉司說道，「我好像聽人說過他在廢墟中遇到強盜、小偷這樣的離奇事，後來又奇蹟般地逃出來了！究竟是怎麼一回事我也忘記了，但我知道他從義大利回來以後，把那件事一五一十地講給我的太太和女兒聽。」
「男爵夫人恭候兩位先生。」僕人返身回來說道。
「我走在前面為您引路。」鄧格拉司欠身說道。
「請吧，我跟著您。」基督山說道。

# chapter 47

# 灰斑馬

男爵帶著伯爵穿過一套套房間。這房子裝飾得頗為華麗，卻在華麗中透著俗氣，擺脫不了富豪炫富的低俗品味，最後他們終於到了鄧格拉司夫人的會客室——那是一間八角形的小房間，門窗上掛著粉紅色薄綾和白色印度麻紗。漆金的扶手椅，樣式和布料古色古香，門上畫著布歇派的放牧場景，門的兩旁每邊都釘著一張圓形的粉筆圖案畫，和房間裡的陳設相得益彰，使這個小房間成為這座大宅中唯一有點兒品味的屋子。

這座住宅的建築師是當時最負盛名的人物，但這間房間的佈置卻完全沒有按照他和鄧格拉司先生的計畫來佈置。男爵夫人和呂西安・狄佈雷完全按照自己的意願佈置這個房間。但鄧格拉司先生卻不喜歡他太太鍾愛的這間起居室，因為他非常傾心於督政府[10]的尚古之風，最瞧不起這種樸質高雅的佈置，可是，這個地方卻不許他擅自闖入，他想進來，非得陪著一位比他自己更受歡迎的客人來才行。所以實際上並不是鄧格拉司介紹客人，倒是客人介紹了他。而且男爵夫人對他的態度是冷淡還是熱情

10. 法國資產階級革命時代，皇室傾覆，根據一七九五年憲法成立立法團，組成督政府，在一七九五至一七九九年內，共有三居督政府執政，稱為督政府時代。

完全取決於她對來客的喜惡。

鄧格拉司夫人雖然年已三十六歲，但仍風韻猶存。她坐在鋼琴前面，那架鋼琴也算是細木鑲嵌工藝的小小傑作，而呂西安・狄佈雷則坐在縫紉桌前，翻閱一本畫冊。

其實在伯爵到來之前，呂西安已經利用這短暫的時間把有關伯爵的一些事情講給男爵夫人聽了。讀者已經知道了，在阿爾培家的早宴上，基督山伯爵給客人們留下了強烈的印象。狄佈雷雖然是一個不易受影響的人，然而伯爵留下的印象在他腦海裡卻揮之不去，就是依據這樣的印象，他給男爵夫人講過了有關伯爵的情況。鄧格拉司夫人以前聽了馬瑟夫的細述，已經興趣盎然，現在又聽了呂西安新的補充，更是好奇到了極點。所以說，安排了彈鋼琴和看相冊的場面只是耍點兒社交場上的小伎倆而已，借此可以掩蓋他們自己早有的防備。所以，男爵夫人帶著微笑迎接鄧格拉司先生，對她來說，這樣的姿態也是不常有的。至於伯爵，他用鞠躬致意回應男爵夫人優雅的屈膝禮。

呂西安已經與伯爵相識，所以二人只是相互點頭致意，而他對鄧格拉司也只是隨意地打了個招呼。

「男爵夫人，」鄧格拉司說道，「請允許我向您介紹基督山伯爵先生，他是由我在羅馬的同行極為熱情地介紹給我的。對他，我只要說一句，馬上就會使他得到巴黎所有貴婦的青睞。我要告訴大家，他來巴黎想住一年，並為此做了六百萬的預算，這就意味著他將舉行一系列的舞會、宴請和宵夜活動，我希望，伯爵先生別忘了邀請我們，就如我們在舉辦小小的宴會時，也不會把他忘了一樣。」

雖說這一番介紹恭維得不很得體，但通常來說，一個人來到巴黎一年之內竟然要揮霍掉一個王侯的家產，無論如何是令人震驚的，因此鄧格拉司夫人禁不住對伯爵看了一眼，目光中不乏某種興趣。

「您是什麼時候到巴黎的，先生……」男爵夫人問道。

「昨天上午，夫人。」

「聽人對我說，按照您的習慣，您是從地球的盡頭來的吧？」

「這次不過是從卡迪斯來的，夫人。」

「您第一次來訪問我們的城市，選的時間卻不太合適。夏天的巴黎讓人討厭！沒有了舞會、宴會、慶祝宴。沒有了義大利歌劇，因為他們的人民在倫敦，法國歌劇團到處都有，就是巴黎沒有。至於法蘭西戲院，您知道，根本沒有好的劇團。我們現在唯一的消遣，只是瑪律斯跑馬場和薩陀萊跑馬場的幾次賽馬。您也參加賽馬嗎，伯爵先生？」

「我嘛，夫人，」基督山說道，「如果我有幸找到一個人，能把法國人的習慣教給我的話，我將會參加你們所參與的一切活動。」

「您愛馬嗎，伯爵先生？」

「我生命的一部分是在東方度過的，夫人，而您知道，東方人在世上只看重兩樣東西：寶馬和美人。」

「啊！伯爵先生，」男爵夫人說道，「您本該把美人放在前面，那才會討太太們的歡心。」

「您瞧，夫人，剛才我希望有一位教師來指導我適應法國的習俗，我想得不錯吧。」

這時，鄧格拉司男爵夫人的心腹侍女走進來，走到她女主人身邊，在她耳畔說了幾句話。

鄧格拉司夫人臉色陡變。

「不可能！」她說道。

「這是千真萬確的，夫人。」侍女答道。

鄧格拉司夫人把臉轉向她的丈夫。

「是真的嗎，先生？」

「什麼，夫人？」鄧格拉司問道，明顯不安起來。

「這個女僕對我說的……」

「她向您說什麼來著？」

「她對我說，正當我的車夫要把我的馬套在車上時，他卻在馬廄裡找不到我的馬，這是怎麼回事，我想請教一下您？」

「夫人，」鄧格拉司說道，「請聽我說。」

「啊！我洗耳恭聽，先生。因為我非常想知道您會作何解釋。我要讓這兩位先生評評理，我要把事情原原本本地告訴他們。先生們，」男爵夫人繼續說道，「鄧格拉司男爵先生在馬廄裡有十匹馬。在這十匹馬中，有兩匹是屬於我的，可以算是全巴黎屈指可數的駿馬。您看見過牠們的，狄佈雷先生，就是那兩匹有白色斑點的灰色馬！維爾福夫人明天要借我的馬車去布洛涅森林，而我也答應她了。正當我答應把馬車借給她用的時候，這兩匹馬卻不翼而飛了！鄧格拉司先生也許能在這筆生意上賺上幾千法郎，於是他就把兩匹馬賣掉了。哦！投機商竟然是這樣卑鄙無恥的一種人啊，我的上帝！」

「夫人，」鄧格拉司答道，「這些馬太暴烈了，牠們剛剛滿四歲，牠們使我替您膽戰心驚。」

「呃！先生，」男爵夫人說道，「您很清楚，我雇用巴黎最好的車夫只有一個月，您該不會把他同那兩匹馬一起賣了吧？」

「親愛的，我答應給您買一對同樣的馬，甚至更漂亮，如果有的話，但必須是性情溫和而馴服的馬，不會再讓我這樣提心吊膽了。」

男爵夫人帶著極度輕蔑的神色聳了聳肩。

鄧格拉司假裝沒有看見這個本不該出現在夫婦間的動作，轉過臉面向基督山。

「說實話，伯爵閣下，我很遺憾沒有早些知道您預備要到巴黎來久住，伯爵先生，您要購置各種必需品嗎？」他說道。

「是的。」伯爵說道。

「我本該將這兩匹馬讓給您的，請想一想，我等於奉送一樣賣掉。但是，我已經說過，我急於賣掉牠們。牠們給像您這樣的一個年輕人用才合適。」

「先生，」伯爵說道，「我感謝您。今天上午我也買到兩匹相當漂亮的馬，而且很便宜。瞧，就停在那，狄佈雷先生，我想，您愛好馬，一定懂得如何鑒賞是嗎？」

趁狄佈雷向窗口走去的當兒，鄧格拉司走向他的妻子。

「您考慮一下吧，夫人，」他輕聲對她說道，「我在外人面前不便告訴您賣掉那兩匹馬的理由，」他低聲說，「但今天早晨有人出極高的價錢來向我買。我不知道是哪來的瘋子，希望自己快點傾家蕩產，今天上午派他的管家來找我，結果，這筆交易使我淨賺了一萬六千法郎。來，您消消氣，您可以分到四千法郎，這筆錢任您支配，而歐琴妮可以分到兩千。」

鄧格拉司夫人目光凌厲地瞥了丈夫一眼。

「啊！我的上帝！」狄佈雷嚷道。

「什麼事？」男爵夫人問道。

「我沒有搞錯，那是您的馬，您的馬，現在套在伯爵的馬車上了。」

「我那兩匹灰斑馬！」鄧格拉司夫人大聲說道。

說著，她衝向窗口。

「確實是這兩匹馬。」她說道。

鄧格拉司完全呆住了。

「有這可能嗎？」基督山喊道，假裝出很驚訝的樣子，而且裝得非常投入。

「真是令人難以置信！」銀行家喃喃自語道。

男爵夫人向狄佈雷耳語了兩句，他走近基督山。

「男爵夫人讓我來問您，她的丈夫把馬向您賣了多少錢。」

「我不太清楚，」伯爵說道，「我的管家想讓我驚喜一場……我想大概是三萬法郎吧。」

狄佈雷走去把答覆轉告男爵夫人。

鄧格拉司臉色煞白，尷尬萬分。伯爵裝出一副憐憫的神情。

「嗨，」基督山對他說道，「女人就是這樣不知感恩哪！您的體貼一點兒都沒有打動男爵夫人，您的好意她完全不接受。可是您能怎麼辦呢，女人往往就是這樣任性，寧願去冒險，也不顧忌自己的安危。據我看來，我親愛的男爵，最省心的辦法就是讓她們隨心所欲，如果一旦發生了什麼不幸的事，她們碰得頭破血流，至少，她們沒法怨旁人而只能怪自己啦。」

鄧格拉司一言不發，他預料一場大戰已經不可避免了。男爵夫人的眉頭緊鎖，像是奧林匹斯山上的眾神之王，預示著一場暴風的來臨。狄佈雷看到陰雲籠罩，不願目睹鄧格拉司夫人在盛怒之下對她丈夫大發雷霆的場面，藉口有事走了；基督山不想久留，怕破壞他所希望獲得的效果，就鞠了一躬告別了，讓鄧格拉司獨自去受他妻子的怒罵。

「好啊！」基督山走出來時心裡想道，「一切按我希望的方向發展。這對夫婦的安寧就掌握在我手中，我要一下子就爭取到這對夫婦的心。多麼幸福啊！不過，」他又接著想道，「在這次會面中，他們沒有把我介紹給歐琴妮・鄧格拉司小姐呢，我倒是非常樂意認識她。嗯，」他露出那特有的微笑又想道，「我們都在巴黎，將來有的是時間，以後再說吧！」

想到這裡，伯爵登上馬車，回家去了。

兩個小時之後，鄧格拉司夫人收到基督山伯爵的一封十分得體的信，伯爵在信中寫道，他不願剛踏入巴黎社交界就讓一位美麗的夫人傷心，他請求她收回這兩匹馬。

兩匹馬被送了回來，還佩戴著她在早上見過的那副輓具，但在馬頭上所戴的每一朵薔薇形的雕飾中央，都已按伯爵吩咐鑲上了一粒鑽石。

鄧格拉司也收到一封信。

伯爵請他接受一位百萬富翁心血來潮送上的禮物。並請求他原諒自己以東方式的禮儀把馬送還給他。

當天晚上，基督山在阿里的陪同下，前往阿都爾。

次日，將近午後三點鐘光景，阿里聽見鈴聲響了一下，走進伯爵的書房。

「阿里，」伯爵對他說道，「你常常對我說你拋套索的本領非常高超？」

阿里示意是這樣，驕傲地挺起身。

「好！你用馬索能套上一頭牛嗎？」

阿里點點頭。

「套一頭虎呢？」

阿里做出了同樣的表示。

「一頭獅子呢？」

阿里做出了個拋繩索的動作，再模仿動物被勒緊喉嚨時的吼叫。

「好！我明白了，」基督山說道，「你獵到過一頭獅子？」

阿里驕傲地點了點頭。

「那麼你能套住在狂奔中的兩匹烈性馬嗎？」

阿里笑了。

「很好！聽著，」基督山說道，「待一會兒，有一輛馬車要經過這裡，是由兩匹灰斑馬拉著的，就是我昨天買下的那兩匹。你必須在我的門前截住這輛馬車，冒死也要擋住它。」

阿里下樓走到街上，在家門前的路面上畫出一條線。而後他又回到屋裡，向伯爵指指那條線，伯爵剛才一直在觀察他。

伯爵輕輕地拍了拍他的肩膀，這是他感謝阿里的特有方式。接著，阿里走過去坐在房子與街道轉角處的一塊界石上抽起他的長筒旱煙來，而基督山則回到房中不再操心這件事了。

然而，將近五點鐘光景，也就是伯爵等候的那輛馬車到來的時刻，從一些幾乎難以覺察的微小跡象上，可以看出伯爵顯得有點兒焦躁不安。他在臨街的一個房間裡踱來踱去，不時側耳傾聽，又不時地走近窗口。從窗口望出去，他看見阿里在悠閒地抽著旱煙，這表明他把全部心思都放在這上面。

突然間，遠處傳來滾滾的車輪聲，並以雷霆之勢迅速逼近，剎那間一輛馬車出現在視野中，馬兒在狂奔，野性復發，發狂地向前衝，好像魔鬼在後面鞭打牠們似的，那嚇壞了的車夫竭力想控制住牠們，卻徒勞無功。

車裡坐著一個年輕女人和一個年約七八歲的孩子。極度的恐懼，使他們喪失了喊叫的力氣，兩人緊緊地摟在一起，像是決定至死都不分開似的。只要在車輪碰上一塊石頭，或者被樹絆住，咔嚓作響的馬車就會完全粉碎。馬車在街中央飛奔，引來路人陣陣驚呼。

於是阿里放下他的長筒煙，從他的口袋裡抽出套索，巧妙地一甩，就把左邊那匹馬的兩隻前腿套住了，馬車巨大的衝力，拖著他向前走了幾步，在這短短的瞬間，那條巧妙地投出去的套索已逐漸收緊，終於把那匹狂怒的馬的兩腳完全拴住，使牠跌倒在地上，這匹馬跌到轅杆上，砸斷了轅杆，拖住了站著的那匹馬，使牠無法動彈。車夫抓住機會立刻跳下馬車，但阿里已敏捷地抓住第二匹馬的鼻孔，用他的鐵腕死命地抓住，馬兒發出痛苦的嘶鳴，渾身顫抖著癱倒在牠的同伴旁邊。

這整個過程就發生在子彈射中靶心的瞬間。

接著，出事地點旁邊的那座房子裡衝出一個人，後面跟著幾個僕役。當車夫打開車門的時候，他便從車廂裡抱出少婦，少婦一手抓住靠墊，一手把昏過去的兒子緊抱在胸前。基督山把他倆抱到客廳裡，放在一張長沙發上。

「別再害怕了，夫人，」他說道，「你們得救了。」

少婦神志清醒過來，她把兒子托給他看，目光中帶著哀求，使人看了為之動容。

孩子一直昏迷不醒。

「是的，夫人，我理解您驚慌的原因，」伯爵一面注視著孩子一面說道，「不過，放心吧，他不會有事，只是受了驚嚇才這個樣子，一會兒就會好的。」

「哦！先生，」母親大聲說道，「您這樣說不是為了安慰我吧？您瞧，他臉色有多蒼白啊！我的兒子！我的孩子！我的愛德華！回答媽媽的話呀？啊！先生！快派人找醫生去吧。誰能救活我的兒子，我把我的財產都給他！」

基督山舉手示意，讓淚流滿面的母親平靜下來。他打開一只小盒子，從裡面取出一個波希米亞產的鑲金小瓶，裡面盛著像血紅色的液體，然後倒了一滴在孩子的嘴唇上。

孩子雖然臉色依舊蒼白，卻立即睜開了雙眼。母親看見這情景，高興得幾乎暈過去。

「我在哪兒啊？」她大聲說道，「是誰使我在經歷了如此殘酷的考驗之後，還能得到這樣的幸福呢？」

「夫人，」基督山答道，「能把您從危險中解救出來是我的榮幸，您就在寒舍。」

「啊！該詛咒的好奇心！」夫人說道，「全巴黎的人都在談論鄧格拉司夫人的那兩匹駿馬，我一時衝動，竟然想試一試，真是太蠢了。」

「什麼？」伯爵裝出很驚訝的神色大聲說道，「這兩匹馬是男爵夫人的？」

「是的，先生，您認識她嗎？」

「鄧格拉司夫人？我有幸認識她了。看到您能安然脫險，我真是格外地高興。因為說起來，您這次遇險還得歸罪於我。我在昨天向男爵買下了這兩匹馬，但男爵夫人很後悔賣掉了馬，於是我又在昨天還給了她，作為我的禮物，請她收下。」

「這麼說來，您就是基督山伯爵了？昨天，靄敏對我講了很多關於您的事。」

「是的，夫人。」伯爵說道。

「我嘛，先生，我是愛蘿綺絲・維爾福夫人。」

伯爵鞠躬致意，好像以前從未聽說過對方說出的名字。

「啊！維爾福先生將會對您感謝不盡！」愛蘿綺絲接著說道，「因為您救了我們母子兩人的命，他欠您的情啊，您把他的妻子和兒子還給他了。可以肯定地說，如果沒有您英勇的僕人出手相救，這可愛的孩子和我，我們將必死無疑了。」

「天哪！夫人！想到您剛才經歷的危險，我現在還有點兒膽寒。」

「哦！我希望您允許我重謝這位善良勇敢的人。」

「夫人，」基督山答道，「別寵壞阿里了，我求您了，不管是誇獎他，還是獎賞他，我不願意他養成這個習慣。阿里是我的奴隸，他救了你們的命，就是為我效勞，而且這是他的職責。」

「可是他是冒著生命危險啊。」維爾福夫人說道，伯爵說話時那種主人的威嚴氣派令她心生敬畏。

「以前我救過這個人的命，夫人，」基督山答道，「因此，他的生命是屬於我的。」

維爾福夫人不出聲了，也許她在琢磨，為什麼這個人在與她初次見面時就給她留下了如此深刻的印象。

在這沉默的一刻，基督山帶著溫柔的目光仔仔細細地觀察著那蜷縮在她懷裡的孩子。孩子長得瘦小小，臉蛋白皙。頭髮烏黑濃密，而且又硬又直，很難捲曲，有一大綹頭髮從他那突出的前額，直垂到他的肩頭，罩住他的臉龐，使他那充滿狡黠奸詐透著凶殘本性的眼睛更加機靈活躍。他的嘴巴很大，嘴唇極薄，還沒有完全恢復紅潤。孩子的臉上，帶著老練而詭譎多變的性格特徵，所以這個八歲孩子的相貌已經顯得至少像十二歲了。他的第一個動作是猛地一推，掙出他母親的懷抱，衝向伯爵的那只小箱子，然後，他沒得到任何人的許可，就開始把藥瓶的塞子一個個地拔出來，就像那些已被寵壞的任性孩子早已習慣了一切不受約束的任意妄為。

「別碰這些東西，我的小朋友，」伯爵趕緊說道，「這種液體只要幾滴就能構成危險，不僅不能喝，連聞都不行。」

維爾福夫人臉色陡變，擋住她兒子的胳膊，把他拉向自己的身邊，不過，她自己也迅速朝小盒子瞥了一眼，這一眼雖然短暫，卻意味深長，這一切當然沒有逃過伯爵的慧眼。

這時，阿里走了進來。

維爾福夫人面露懼色，把孩子摟得更緊了。

「愛德華，」她說道，「你看見這個善良的僕人了吧，他剛才可勇敢了，因為他剛才冒死攔了我們那兩匹發瘋的馬，使我們不至於和車子一起撞得粉身碎骨。好好謝謝他吧，因為沒有他，也許此刻我倆都沒命了。」

孩子撅起嘴唇，輕蔑地轉過頭去。

「他長得太醜了。」他說道。

伯爵看到這種情形別有深意地微微一笑，當他想到這樣的一個小孩子也可以幫助他實現計畫的時候，不由得心滿意足。至於維爾福夫人，她不輕不重地斥責了她的兒子，但誰看了都知道一定不會發生效力的。

「你瞧，」伯爵用阿拉伯語對阿里說道，「這位夫人請她的兒子謝謝你救了他倆的命，而孩子回答說你太醜了。」

阿里把他那顆聰明的腦袋轉向孩子，毫無表情地看了他一眼，可是他的鼻孔卻輕輕地抖動著，基督山完全明白這句話使阿拉伯人的心靈備受打擊。

「先生，」維爾福夫人邊起立告辭邊問道，「這座別墅是您平時的寓所嗎？」

「不，夫人，」伯爵答道，「這是我買下的一處臨時住宅，我平時住在香榭麗舍大街三十號。我看您已經恢復了，您想動身了嗎？我剛吩咐把這兩匹馬套在我的馬車上，阿里，這個長得很醜的僕人，」他對孩子微笑著說道，「還將有幸把你們送回家，你們的車夫要留下來修車。這個工作是必不可少的，修好之後，我的馬會直接把敞篷四輪馬車送回鄧格拉司的府上。」

「可是，」維爾福夫人說道，「我再也不敢用原來這兩匹馬來拉車了。」

「啊！您待會兒就會看見的，夫人，」基督山說道，「在阿里手裡，這兩匹馬會變得像羔羊一樣溫順的。」

阿里的確證明了這一點。他走近那兩匹費了很大的勁兒才被人扶起來的馬，他手裡拿著一小塊沾滿香醋的海綿，用它去擦嘴冒泡沫、渾身是汗的兩匹馬的鼻孔和嘴。牠們幾乎立刻就呼哧呼哧地喘起氣來，並且渾身連續顫抖了幾秒鐘。

剛才的事故吸引了一群旁觀者，不管周圍的人群多麼嘈雜，阿里都默默地有條不紊地把那兩匹馴服了的馬套到伯爵的四輪輕馬車上，接著登上車座，把轠繩收攏，「囉！」地喊了一聲。使旁觀者極其驚奇的是：他們剛才雖目睹這兩匹馬曾發瘋似的一路狂奔而來而且似乎難以馴服，但現在阿里卻得用他的鞭子狠狠地抽打幾下牠們才肯邁步。這兩匹原本出眾的灰斑馬現在卻變得行動遲緩，呆頭呆腦，了無生氣。牠們步履艱難，以致維爾福夫人花了兩個鐘頭才回到聖・奧諾路她的家裡。

她回到家，待家裡人的激動情緒平復下來之後，她立刻寫了下面這封信給鄧格拉司夫人：

親愛的靄敏：

剛剛，我和兒子經歷了九死一生的危險，危難之時那位基督山伯爵出手相救，我們才奇蹟般地倖免於難；昨天我們還在談論他，今天卻意想不到地和他見面了。我記得當您對他大加讚譽的時候，我還在無情地嘲笑您的言過忠實，但今天我卻感到您對他的熱情洋溢的描述還不足以概述這位奇人的優點。我一定盡力把我這次的奇遇原原本本地告訴您。您必須知道，我親愛的朋友，當我駕著您的馬到達蘭拉夫街的時候，突然牠好像發了瘋一樣，向前衝去，我和我那可憐的愛德華眼看著就要撞在路邊的樹上或者是村子的界石上，血肉橫飛，當時我已經絕望了，忽然一個相貌古怪的人——是一個阿拉伯人或努比亞人，總之，是哪一國的一個黑人——在伯爵的一個手勢之下（他原是伯爵的僕人），冒著被碾碎的危險，攔住了狂奔的馬，而他能保住性命，也可以稱得上是個奇蹟了。那時，伯爵奔過來，把我和愛德華抱到他的家中，巧施醫術迅速地救活了我那可憐的愛德華（他已嚇得失去知覺了）。當我們的精神已完全恢復的時候，他用自己的馬車送我們回家。您的馬車明天送到府上。我恐怕你得有好幾天不能用你的馬了，牠們似乎已體力透支了，好像牠們不能接受自己被人征服的事實。但伯爵托我向您保證，只要讓牠們休息兩三天，在那期間，多給牠們吃點兒大麥，便能讓牠們恢復如初——那就是說像昨天一樣的可怕。

再見！今天這次驅車出遊我無法向您表示謝意了，但我想，若把這次事故歸罪於您，那就是忘恩負義了，而正是因為馬的狂奔，使我有幸與基督山伯爵結識，我覺得這位顯赫的人物，除了他富可敵國以外，實在是一個帶著玄機，等待解開的謎，我打算不惜一切代價好好研究這個謎，哪怕我要駕著您的馬車再出遊一次。

愛德華在這次出事的時候表現得非常勇敢。他昏迷過去，但在這之前沒有驚恐，事後，也不曾掉一滴眼淚。您肯定會說，母愛使我蒙蔽了雙眼，但在那個這樣脆弱，這樣嬌嫩的可憐的小身體裡，確有一個鋼鐵般堅強的靈魂。

凡蘭蒂一直掛念著您那可愛的歐琴妮，托我多多向她致意，祝她和您安好！

永遠真誠的

——愛蘿綺絲·維爾福

又——務請設法使我在您的家裡會一會基督山伯爵。我必須再見他一次。我剛說服維爾福先生同意去拜訪他一次，希望他會回訪。

當晚，阿都爾發生的那件意外事故成了眾人談話的主題。阿爾培對他的母親講了，夏多·勒諾在賽馬俱樂部講了，狄佈雷在大臣的客廳裡講了。波香親自在他報紙《花邊新聞》欄目用二十行字稱讚伯爵，使這位高尚的外國人在所有貴婦心目中變成了大英雄。

許多人都到維爾福夫人的府上留下名片，希望能在適當的時候再去拜訪，以便親耳聽到她這次奇遇的每一個細節。

至於維爾福先生呢，正如愛蘿綺絲所說，他穿上了黑色禮服，戴上一副白手套，帶上穿著最漂亮的僕從，登上華麗的四輪馬車，當天傍晚就來到香榭麗舍大街三十號了。

chapter 48

# 思想意識

假如基督山伯爵在巴黎的上流社會生活過很長時間的話，他便會充分瞭解維爾福先生這次登門拜訪的舉動有多麼重要。

不論掌權的是老王或新王，不論執政的是立憲派、自由派或是保守派，維爾福先生在朝廷裡的地位總是毫不動搖，對他的才幹，大家交口稱譽，正如那些在政治上從未受過打擊的人被我們稱為奇才一樣，許多人恨他，但也有許多人熱心地擁護他，可是從來沒有一個人真正喜歡他。他在司法界位高權重，而且以從不結黨營私的名聲維持著這種地位。他的沙龍在他年輕的妻子和前妻留下的年約十八歲的女兒共同操持之下成為是巴黎風格嚴謹的沙龍之一，小心地維持著對於傳統習俗的尊崇，遵守著嚴格的禮儀，對政府條例的絕對服從，對各種理論和理論家的極端蔑視，對理想主義的深惡痛絕——這些就是維爾福先生炫耀的家庭生活和社交生活的特質因素。

維爾福先生不僅是個法官，而且幾乎是個外交家。他談到舊朝時總是帶著恭敬有禮的態度，他與前朝的關係是他得到當今宮廷器重的原因，他知道的事情太多了，所以不僅當朝的人總是遷就他，有時甚至還要找他諮詢。要是人們能除掉維爾福先生的話，情形或許就不會如此的了，但就像反抗君主的封建主一樣，他住在一個無法攻陷的堡壘裡。這個堡壘就是他當檢察官這個職位。他極其巧妙地利用了這個職位帶來的種種優勢，暫時脫離崗位只是為了競選議員，並通過規避反對派的立場來維持中立態度。

一般而言，維爾福很少外出訪客或回訪，這些都由他的妻子代勞。這是社交界所默認的事情，大家都認為他身為法官，重任在身，諸事煩冗。而其實這只是傲慢的算計，貴族的本性，總之，他運用了「只要自以為你了不起，旁人也就會以為你了不起」那句格言，這句話在我們的社會可比希臘人的那句「認識你自己吧」管用百倍，那句希臘格言已被「認識旁人」這種更省力但更有功利的手段代替了。

維爾福先生對他的朋友是強有力的保護者，對他的仇敵，他是一個沉默無聲卻不可小視的對手，在那些兩者都不是的人，他是一尊法律的化身。傲慢的神態，冷酷的外表，目光中透著冷漠和犀利——這個人巧妙地安然度過了接踵而來的四次革命，一步步地夯實了自己的基礎。

維爾福先生一向被稱為是法國最穩重和最勤勉的人。他每年在家中舉辦一次舞會，但在舞會上僅露面一刻鐘而已，換句話說，比國王在宮中舉辦的舞會上露面的時間還要少三刻鐘，他從來都不會出現在劇院、音樂會或是任何公共場合，有時，他也打幾副惠斯特牌（一種撲克牌的遊戲），但那只是偶爾為之。這時，還要仔細為他挑選與他地位相當的牌友，這些人不外乎是某位大使、某位主教、某位親王、某位部門總管，最後，還有某位孀居的公爵夫人。

剛剛停在基督山府上大門口的那輛馬車的主人就是這個人。

正當伯爵傾身在一張大桌子上，在一張地圖上尋找從聖彼德堡到中國的路線時，貼身侍僕稟報維爾福先生到。

檢察官用他進入法庭時莊嚴而適度的步伐走了進來。這個人還像讀者以前在馬賽見到的那個代理檢察官，說得更準確些，是原來那個人的完美繼續。歲月使他的體貌與他的思想協調統一，但它在改變他的過程中卻毫未使他走樣。他從修長變成了羸弱，從蒼白變成了蠟黃；原本凹進去的眼睛更加深陷了；鼻子上的那一副金邊眼鏡，似乎已成了臉上不可缺少的一部分。除了綬帶那一點紅色以外，他從頭到腳都是黑色。這一身打扮與喪服唯一不同的地方，就是穿在紐孔上的那一條幾乎難以覺察的紅絲帶，好像用畫筆勾出的一條血絲。

基督山雖極有自制能力，但他在向法官致意的同時，也不禁帶著明顯的好奇心端詳著他。法官因為本性多疑，尤其對社會上的奇聞有懷疑態度，此時，他在想那個高貴的外國人——人們已經這樣稱呼基督山了——究竟是一個來開發新領域的實業投機商、一個違反放逐令的不法之徒，還是一位來自聖地的親王，或是《一千零一夜》裡的蘇丹。

「先生，」那種刺耳的聲調是法官在演說時裝出來的，於是在平日交談時，也不能或者說也不願再改變語調了，因此維爾福也是用這種聲調說話的，「先生，昨天您幫了我的妻子和兒子的大忙，對你表達謝意我責無旁貸。所以，現在我就是來盡這樣的義務，向您表達我衷心的感謝。」

法官在說這幾句話時，目光嚴厲，平日的狂妄絲毫未減。剛才的那句話，他是用一個首席檢察官的語氣和音調來說的，脖頸和肩膀僵硬緊繃，難怪奉承他的人都說他是法律的化身。

「先生，」伯爵也冷冰冰地回敬道，「我非常高興能有機會為一個母親保全了她的兒子——因為常言道，世間最神聖的感情就是母愛，而我的好運，閣下，使您須履行一種義務，雖然履行這個義務無疑是我最大的光榮——因為我知道，維爾福先生所賜予我的這種光榮不是他人可以輕易獲得的，但是，這種光榮不論是多麼的可貴，對我來說仍然無法和我內心的滿足相提並論。」

維爾福早先沒料到伯爵會說出這番話。不禁大吃一驚，就像一個士兵感到他身穿的甲冑被人猛擊了一下那樣哆嗦起來。在那張桀驁不馴的臉上，可以看到他的嘴唇微微牽動一下，表明從此刻起，他不再把基督山伯爵看成是一個文明的紳士了。

他向四周掃了一眼，想找出一樣東西轉換話題，因為剛才的話題已被摔得粉碎。

他看見了走進來時基督山在查找的地圖，於是便接著說道：

「您在研究地理嗎，先生？這是一門很豐富的學問，尤其對您，據說，您去過很多地方，地圖上印出來的地方您都去過。」

「是的，先生，」伯爵答道，「我很想從哲學的角度把人類當做一個整體來進行一番研究，而您每天卻對例外現象作這種研究。我相信，從整體來推論部分比從部分來求解整體要容易得多。代數學上的一條公理，告訴我們應該從已知數來推論未知數，而不是從未知數來求已知數，哦，請坐吧，先生，請。」

說著，基督山用手向檢察官指了指一張安樂椅，後者不得不往前走幾步，而他自己則順勢坐在原來的那張安樂椅上，就是檢察官進來時，他坐著的那張椅子上。這樣一來，伯爵側身對著來客，背對著窗口，胳膊支在地圖上。此刻，這張地圖成了他們的話題，這場談話也如在馬瑟夫和在鄧格拉司府上的談話一樣，雖然背景不同，但在人物和故事情節上卻如出一轍。

「啊！您自稱為哲學家，」維爾福沉默了一會兒，如同一個競技者遇到一個強有力的對手，在養精蓄銳一樣，「哦，先生，說句當真的話：假如我也像您這樣悠閒的話，我會找一件不那麼乏味的事去做。」

「說得對，先生，」基督山接口說道，「如果用巨型顯微鏡來研究人的話，人實在只是一條奇醜無比的毛毛蟲。您說我是一無所事的，真的，現在我也來問一句，您呢？您認為您是有事做的嗎？說得更明白一些，您以為只有自己所做的事才算是正經事嗎？」

維爾福第二次被這位古怪的對手狠狠地打擊了一下，更為驚異了。法官好久沒有聽到這樣有力的奇談怪論了，或者更確切地說，他平生第一次聽到這樣的話。

檢察官立即集中思想考慮該如何作答。

「先生，」他說道，「您是一位異鄉人，我想剛才您也說過，您曾在東方諸國住過很長時間，因此，您不知道，在這些野蠻的地方，人類以非常草率的方式實現他的正義，而在我們的國家，正義則通過謹慎的法律手段來實現。」

「正好相反，先生，您說得不對，我非常瞭解您所說的一切，因為我非常關注各國的法律。我曾拿各國的刑事法來和自然法比較。而我必須說，閣下，我常常發覺原始民族的法律——就是報復法——最符合上帝的意志。」

「假如這個法則被大家接受了，先生，」檢察官說道，「那就大大簡化了我們的法典。就像您剛才所說的那樣，我們法官突然就會變得無所事事。」

「也許總有一天會實現的，」基督山說道，「您知道，人類的發明是從複雜到簡單，而簡單永遠是完美的。」

「請等等，先生，」法官說道，「目前，我們的法典仍在廣泛應用，它是從茹立克族[11]的風俗、羅馬法律和法蘭克族[12]的慣例中，這些相互矛盾抵觸的條例總結出來的——而那種種知識，您不得不承認，掌握所有這些知識必須要經過長期不懈的努力，而且還必須要有超群的記憶力來保存它們。」

11. 法國民族的一支。
12. 法國民族的一支。

「我同意這個看法，先生。不過，您只是掌握了法國的法典，而我不僅知道這部法典，還知道世界各國的法典。我對英國的、土耳其的、日本的、印度的法律與法國的法律同樣熟悉。因此，正如我剛才所說，相對而言（您知道，一切都是相對的，先生），跟我已經完成的相比較，您所做的真是少之又少，而跟我所知的相比較，您要學的卻很多很多。」

「您是出於什麼目的來學這一切的呢？」

維爾福驚奇地接著問道。

基督山笑了。「嗯，先生，」他說道，「我看您雖然享有智者的美譽，但您卻抱著社會上普遍的、勢利的、庸俗的態度來看待周圍的一切，卻始終超不出人的範圍——人類觀察事物時所可能採取的最局促、最狹隘的一種觀點。」

「請解釋一下，先生，」維爾福說道，他顯得越來越驚訝了，「您的意思……我不太明白。」

「我是說，先生，由於眼光只放在各國的社會機構上，您只會看到機器的運作，卻看不到使它運作起來的那位偉大的工程師，我是說，在您所面對的和您周圍的人中，只是那些由部長或國王簽發了委任狀的大小官吏。而您並沒有看到在這些官吏、大臣和國王之上，還有上帝賦予他使命，派他完成任務，而不只是承擔虛名的人，這些人您用膚淺的眼光是無法看到的，這就是人類的弱點，是因為他們的器官衰弱和先天的不足造成的。在多比亞斯[13]的眼中，那個恢復他視力的天使只是一個普通的年輕人，各國把那個奉天命來摧毀他們的阿提拉看作是一個普通的征服者與其他征服者沒有差別，只有在顯示了上天賦予他們的使命之後，他們才被人承認。前者不得不說：『我是主的天使。』而後者說：

13. 基督教《經外書》中的人物。

『我是上帝的懲惡使。』這樣，他們兩人的神性才能顯現。」

「這麼說來，」維爾福說道，他越發感到驚奇了，以為和自己說話的是一個狂熱的信徒或是一個瘋子，「您自認為是上述奇人當中的一個嗎？」

「為什麼不是呢？」基督山冷冷地說道。

「對不起，先生，」維爾福驚愕地說，「請您原諒，我在登門拜訪時，並沒有想到我拜訪的是一位知識和見解都遠遠超出常人的人，而不幸的是我們這些人卻受到了文明的毒害，在我們的國家，像您這樣一位擁有巨大財富的紳士——至少，大家是這樣說，請您注意，我並不是查問您，只是複述旁人所說的話而已——如此富有的特權階層，竟會把時間浪費在社會空論或哲學幻想上那是極其少見的，因為社會空論或哲學幻想最適宜於去慰藉那些人。」

「呃！先生，」伯爵接著說道，「您已經身居要位，難道您從來沒有遇到過一些例外嗎？您也一定獨具慧眼，但您從來沒有利用這種目光，一眼看透您面前的是哪一種人嗎？一個法官除了盡職盡責地執行法律，除了變通地解釋他業務上的詭計以外，難道不該做一枚可以探測心臟的鋼針，一塊可以測驗靈魂純度的試金石嗎？」

「先生，」維爾福說道，「說真的，您駁得我無言以對，我從未聽到有任何人發表過您這樣的高論。」

「那是因為您始終囿於普通情況，您從來不敢振翅飛到上帝安置那些不可見的特殊人物的領域，那是絕非凡夫俗子所能達到的高度。」

「您認為，先生，這個境界真實存在，而且那些特殊的不可見的人物，與我們真的混雜在一起嗎？」

「為什麼不呢？空氣是我們賴以生存的東西，但您呼吸時，看得見它嗎？」

「這麼說來，我們看不見您所說的這些人了？」

「可以看見，只要上帝允許他們變成實體，您就看得到他們，您就能摸得到他們，同他們接觸，與他們說話，他們還會應答您。」

「啊！」維爾福笑著說道，「如果真有這樣的人要與我接觸，我承認我希望預先得到通知。」

「您已經如願以償了，先生，因為您剛才已經得到通知，現在我再告訴您。」

「這麼說，您本人就是？」

「我就是這種特殊的人。是的，先生，我相信到現在為止，沒有人處在跟我相同的位置上，國王的領土都會受到限制，或受限於山川河流，或受限於截然不同的風俗習慣，或受限於不相通的語言。而我的王國則像世界一樣無邊無垠——因為我不是義大利人也不是法國人，不是印度人也不是美國人，也不是西班牙人，這世界就是我的家。沒有哪一個國家可以說它看到我的降生，唯有上帝才知道哪一個地方可以見證我與世長辭。

「我能適應各種風俗習慣，會各種語言，您以為我是一個法國人，是嗎？因為我能像您一樣說地道流利的法語。可是，阿里——我的黑奴，相信我是阿拉伯人；伯都西奧——我的管家，把我當做羅馬人；海蒂——我的奴隸，以為我是希臘人。因此您明白，我沒有國籍，不尋求任何政府的保護，不承認誰是我的兄弟，因此，那些阻止強者前進的顧慮或者那些麻痹弱者的障礙，都不能阻止或麻痹我。

「我只有三位敵人——我不願意說其中兩位是勝利者，因為只要我堅持不懈，它們也會向我低頭——他們就是時間和空間。第三個敵人，這是最可怕的，它就是會帶我離開人世的死亡。只有這個對手才能阻止我的行動，阻礙我實現預定的目標，其餘的一切盡在我的計畫之內。世人稱之為運氣的東西——破產、變遷、環境——我都已預料到了，假如某些厄運突然降臨到我身上，我也不會受到打擊。除非死亡來襲，否則我是永遠不會受到影響的，所以我敢對您說出這些您聞所未聞的事情，這些事情您即使從國王的口裡也聽不到的——因為國王需要您，其他的人怕您。在我們這樣一個組織機構荒唐可笑的社會裡，人人都免不了要對自己說：『有朝一日或許我要跟檢察官打交道吧？』」

「而您本人，先生，您也會說這句話的。因為眼下您住在法國後，您就自然地受到法國法律的約束了。」

「這我知道，先生，」基督山答道，「不過當我要到某一個國家去時，我就會開始以一切我可以利用的手段研究那些我可能有所需求或是必須提防的人，以確保像他們本人一樣瞭解他們，甚至比他們本人對自己的瞭解更加深入。基於這種想法，就是國王的檢察官，不管他是誰，我只要與他打交道，他的處境就肯定會比我來得尷尬。」

「這也就是說，」維爾福吞吞吐吐地接口說道，「由於人性是軟弱的，按您的說法，任何人都犯過錯誤了？」

「犯過錯誤或者罪行。」基督山隨意地答道。

「如您剛才所說，您不承認任何人是您的兄弟，」維爾福說道，聲音有些失控，「那麼在所有的人之中，只有您一個人才是完美無缺的啦？」

「不，並非完美，」伯爵答道，「而是難以捉摸，如此而已。假如這次談話使您不高興的話，我們還是到此為止吧，先生。您的法律沒有威脅到我，正如我的雙重視覺沒有威脅到您一樣。」

「沒有，沒有，先生！」維爾福趕緊說道，他非常擔心自己暴露出弱點，「絕不！您這一番傑出的、幾乎是崇高的談論把我提高到常人的水準之上，我們不再是閒聊，而是在嚴肅的討論。然而，您知道，有許多在巴黎大學有一席之地的神學家，或是在辯論之中的哲學家，有時也會說出殘酷的真理。就算我們在談論社會神學和宗教哲學吧，我還是要對您說幾句話，這句話不管多麼無禮，我的兄弟，您有自負之嫌了。您在眾人之上，可是，在您上面還有上帝呢』。」

「上帝在所有的人之上，先生，」基督山答道，他的語調是如此深沉，維爾福不禁哆嗦了一下，「我對人類傲然以待，就像蛇一樣，蛇隨時準備挺身而起，攻擊那些從牠身邊經過卻並沒有踩到牠們的人。不過，在上帝面前我不會自負，因為上帝把一無所有的我變成了現在強大的我。」

「這麼說來，伯爵先生，我敬佩您，」維爾福說道，在此之前他只稱這個外國人為先生，這場奇特的對話進行到現在，他第一次使用了貴族頭銜來稱呼對方，「是的，我對您說，假如您真的強大，真的優於常人，真的神聖——或是真的深不可測，您認為神聖和深不可測沒有區別，這一點的確說得很對——那麼，儘管保持您的驕傲吧，閣下，不同尋常之人就應該是這樣的。但您也有某些野心吧？」

「我有一種野心，先生。」

「是什麼？」

「如同任何人在一生中都會遇見一次的那樣，我也曾被撒旦帶到世界最高的山頂上，在那兒，他便把全世界指點給我，並且像他以前對基督說過的那樣對我說：『萬民之子，你怎麼樣才會敬仰我呢？』我想了許久，因為長久以來確實有一種野心盤踞在我的心中，吞噬著我的心靈。接著，我回答他道，『聽著，我一直聽人提到救世主，可是我從沒看見過，也未見過任何跟它相似的東西，這就使我相信他根本就不存在。我願意成為救世主，因為我知道世界上最美、最偉大和最崇高的東西，就是懲惡揚善。』但是撒旦低下頭，歎了一口氣說道：『你錯了，救世主的確存在。不過你沒有見到他就是了，因為他是上帝之子，像上帝一樣憑常人的眼光是看不見的。你沒有看見有誰與他相像，因為他行事無形，來去無影。我所能為你做的一切，就是讓你成為上帝的一個使者。』交易完成了，我可能將失去我的靈魂，但沒關係，」基督山緊接著說道，「要是再來一次交易，我還是作此選擇。」

維爾福望著基督山，驚訝之極。

「伯爵先生，」他說道，「您有什麼親戚嗎？」

「沒有，先生，我孑然一身。」

「那真不幸啊！」

「為什麼？」基督山問道。

「因為如果那樣您可能要面對一場有傷自尊心的情景了。您只懼怕死亡，您是這樣說的嗎？」

「我並沒有說我懼怕死亡，我說只有死亡才能阻止我。」

「衰老呢？」

「我沒有衰老就大功告成了。」

「發瘋呢？」

「我差一點兒變瘋，您知道有句格言，叫『一事不重罰』吧，這是一句犯罪學中常常引用的名言，因此您一定深有感觸。」

「先生，」維爾福接著說道，「除了死亡、衰老或是發瘋之外，還有其他事要懼怕的，譬如說，中風，如同一道閃電將您擊中，卻並不毀滅您，然而事後，卻改變了一切。這始終是您，但您又不再是您了。您的外貌一點兒都沒有改變，但您已不是以前的您了：您以前像是吃過靈芝草的羚羊，這時卻是一塊毫無生氣的木頭，像是那受了酷刑的卡立班。這種病，是在人的舌頭上發作，正如我所告訴您的，這確實叫中風。伯爵先生，如有一天您有意會見一位能理解您的對手，並且熱切地反駁您，請您下次到我家裡繼續這次談話吧，我會給您介紹我的父親諾梯埃・維爾福先生，他是法國大革命時期最狂熱的雅各賓派分子之一，換句話說，他曾是為最強有力的社會組織效勞的最英勇無畏的人。他或許不像您一樣見過世界上所有的王國，但曾幫助推翻過最強大的王朝之一。他如同您一樣，自以為不是上帝而是最高存在的使者之一；不是上帝的使者，而是命運的使者。嗨！先生，在大腦腦葉上破裂的一根血管把這一切都摧毀了，不是在一天、一小時之內，而是在一秒鐘之內。

「頭天晚上，諾梯埃先生，這位前雅各賓派分子，前參議院議員，前燒炭黨人，還對斷頭台、大炮和匕首付之一笑；諾梯埃先生，他把革命當兒戲；諾梯埃先生，在他看來法國只是一塊大棋盤，只要國王被將死，棋盤上的小卒、城堡、騎士和王后都該消失。總之，以往是那麼可怕的諾梯埃先生，到了第二天，竟成了可憐的諾梯埃先生，動彈不了的老頭兒，只能聽憑家中最弱小的人，也就是他的孫女凡蘭蒂任意擺佈。總之他只是一具不能言語的、僵硬的屍體，毫無痛感地活著，只是讓時間悄然無聲地慢慢腐蝕他的全部機體罷了。」

「天哪！先生，」基督山說道，「這種場景我曾經見過，也曾經設想過，所以不足為奇。我略通醫術，像我的同行一樣，不止一次在活人或是死人身上尋找靈魂，我的肉眼看不見靈魂，我的心靈卻能感到它的存在。從蘇格拉底[14]、聖奧古斯坦[15]、高爾[16]以來，成百個作家在詩歌或散文中描寫過您所作的那種對照，可是，我能明白，面對父親的痛苦，一個兒子的頭腦會發生巨大的變化。先生，既然您邀請我去府上，而我又不希望失禮，所以我一定會親眼看看這幅可怕的情景，我想這件事一定使您的府上烏雲密佈吧。」

14. 西元前五世紀古希臘哲學家、塞內加西元一世紀時的西班牙學者。
15. 西元五世紀前後英國主教。
16. 十八世紀德國名醫。

「假如上帝沒有給予我足夠補償的話，本來無疑會這樣。老人一步步在走向墳墓，兩個孩子步入了生命之途：一個是凡蘭蒂，她是我第一次婚姻，與聖米蘭小姐所生下的女兒；另一個是愛德華，我的兒子，您救了他的命。」

「您從這個補償上得到什麼結論，先生？」基督山問道。

「我的結論是，先生，」維爾福答道，「家父曾被激情所惑，犯過某種過失，這些過失雖逃脫了人類正義的懲罰，卻無法躲避上帝的處罰，而上帝要懲罰的只是一個人，因此也只使他一個人遭受打擊了。」

基督山嘴角上帶著微笑，卻從心底發出一聲咆哮，假如維爾福能聽得見，一定會被嚇得魂飛魄散。

「再見，先生，」法官接著說道，他早已站起身來，站著說話，「我告辭了，並且帶走了對您的敬意。當您進一步瞭解我之後，我希望回憶起這次談話會使您愉快，因為我絕不是一個易動感情的人。再說，維爾福夫人已經成為您永久的朋友了。」

伯爵躬身致意，將他送到書房門口。維爾福由兩個僕人引路，走到馬車前，僕人看見他們主人的一個手勢，趕緊給他打開車門。

檢察官的馬車消失了。

「行啦，」基督山說，從壓抑已久的胸膛裡發出了一陣笑聲，「行啦。這帖毒藥夠厲害的啦，現在，我的心裡充滿了毒汁，得去找解毒藥了。」

於是敲了一下銅鈴。

「我上樓去夫人的房間，」他對阿里說道，「半個小時後備好車！」

# chapter 49 海蒂

讀者記得，基督山伯爵在新住宅的新相識——或者不如說是舊相識——他們是誰，就是瑪西米蘭、裘莉和艾曼紐。

因為想到他就要去作一次愉快的訪問，想到將要度過的幸福時刻，一道天堂的光芒射進他剛才有意陷入的地獄，所以從維爾福走出他的視線時起，伯爵臉上就煥發出一種最迷人的寧靜神態。阿里聽到鈴聲的召喚，趕快跑來，看到他的臉映出如此少見的愉悅之聲，就又躡手躡腳，屏息靜氣地退了出去，像是擔心自己驚擾了那圍在主人身旁的美好念頭似的。

中午到了，伯爵留下一個小時，要上樓到海蒂的房裡。彷彿他那早已破碎的心靈無法接受這突如其來的歡樂一樣。就像其他人在強烈的情感到來之前也需要有所準備一樣。

那幾個房間一律是東方式的佈置——地板上鋪著土耳其產的最貴重的地毯，牆壁上掛著花色美麗和質地優良的織錦絲緞，每個房間裡，有一圈寬大的轉角沙發，放著靠墊，供人隨意擺放。

海蒂手下有四個女佣人——三個法國人和一個希臘人。那三個法國女人老是待在一間小小的候見室裡，只要聽到小金鈴一響，就立刻進去侍候，聽候那個講希臘語的女奴吩咐，希臘女奴略懂法語，足以向另外三個侍女轉達她女主人的命令，基督山吩咐過那三個法國侍女，要像對待王后那樣，遵從海蒂的命令。

那年輕女子這時正在她的內室裡——那是一間專供女子休息的圓形房間，燈光透過玫瑰色的玻璃，從天花板上照射下來，此時她正斜靠在帶銀點兒的藍綢椅墊上，頭枕著身後的椅背，一隻手托著頭，另外那一隻優美的手臂則扶著一支含在嘴裡的長筒煙。這支長筒煙極其名貴，煙管是珊瑚做的，她的口中含過安息香溶液，所以當她柔和的呼氣再把煙霧吐出來時，空氣中瀰漫著那口中殘留的芳香。

東方人對她的姿態早已司空見慣，但在一個法國女人眼中，卻未免顯得風騷了一點兒。

她穿著伊皮魯斯[17]女子的服裝，那種繡著紅花的白緞子褲，顯露出兩隻孩童般的腳，要不是這兩隻腳在玩弄那一對嵌金鑲珠的小拖鞋，或許竟會被人看成是用大理石雕成的呢；她上身穿著一件藍白條紋，袖口寬大，銀線紐孔，珍珠紐扣的上衣；短衫外面套一件背心，前面有一處心形的缺口，露出那象牙般的脖子和胸脯的上部，胸脯下方用三粒鑽石紐扣鎖住。背心和褲子的接合處被一條五彩的腰帶完全遮了起來，那色彩鮮豔的華麗絲穗，一定會讓巴黎的美人豔羨不已。

她頭上戴著的小帽繡著金邊鑲著珠寶，帽尖自然地下垂，在黑裡透藍的烏髮中插著一朵鮮紅的玫瑰，耀眼奪目。

那臉蛋的美純粹是專屬於希臘人的，一對又大又黑的水汪汪的眼睛，鼻樑挺直，唇如珊瑚，齒如珍珠。

17. 伊皮魯斯是古希臘的一個地方。

再說，青春如綻放的鮮花、這美人的身上散發著青春的芬芳，年約二十的海蒂，正值青春最盛的年華。

基督山叫來了希臘侍女，吩咐她去問她的女主人願不願意接見他。

海蒂並不作答，只是示意侍女撩起門前的掛毯，透過方形的門可以看到一個臥躺著的少女，恰如油畫般迷人。基督山走上前去。

海蒂用拿著煙筒的那隻手支起身體，她一面向伯爵伸出手去，一面用微笑歡迎他。

「為什麼？」她以斯巴達和雅典少女的清脆語言說道，「您怎麼會詢問您是否可以進我的房間？難道您不再是我的主人，我不再是您的奴隸了嗎？」

基督山也笑了。「海蒂，」他說道，「您知道……」

「為什麼您不像以往那樣對我以『你』相稱呢？」年輕的希臘女子打斷他的話說道，「難道我犯了什麼錯誤嗎？這樣的話，必須懲罰我，而不應用『您』稱呼我。」

「海蒂，」伯爵接著說道，「你知道，我們是在法國，因此你自由了。」

「自由什麼？」少女問道。

「自由地離開我。」

「離開您！……我為什麼要離開您？」

「我怎麼知道？但我們現在快要混到社交界去了——去見見世面。」

「我不想見任何人。」

「在這個繁華的都市裡，你可不能老是隱居著，你感到有人討你喜歡，別以為我會這樣自私自利，不明事理，竟會……」

「我從沒有見過比您更漂亮的人，我一生只愛過我的父親和您兩個男人。」

「可憐的孩子，」基督山說道，「這是因為你幾乎只跟你的父親和我說過話。」

「那就得了！我何必要跟其他人說話呢？我的父親稱我為他的心肝兒，你呢，您稱我為您的孩子，而你們兩人都稱呼我為你們的孩子。」

「你還記得你的父親嗎，海蒂？」

少女笑了。

「他在這裡和這裡，」她說著把手放在她的眼睛和心上。

「我呢，我在哪兒？」基督山微笑著問道。

「您嘛，」她說道，「您無處不在。」

基督山拿起海蒂的手，欲吻上去，然而天真的孩子抽回了手，把自己的額頭湊了上去。

「現在，海蒂，」他對她說，「你知道，你已經絕對自由了，你是女主人，是女王，你可以自由的決定保持或是廢棄你故國的習俗。你願意留下就留下，想走就走，永遠有一輛套著馬的馬車守候著你，阿里和梅多到處都陪著你，並聽候你的吩咐。不過，我還有一個要求。」

「說吧。」

「保守你出身的秘密，對你的過去隻字不提，在任何情況下別說出你那大名鼎鼎的父親和可憐的母親的名字。」

「我已經對您說過了，大人，我不會見任何人。」

「聽著，海蒂，也許這種純東方式的隱居生活在巴黎是行不通的，你得繼續學會適應我們北方國家的生活習慣，如同你在羅馬、佛羅倫斯、米蘭和馬德里做的那樣，不論你將來繼續生活在這裡，還是回到東方，這都會使你受用不盡的。」

少女向基督山抬起她那雙淚汪汪的大眼睛，答道：「還不如說『還是將來我們回到東方去』，您是想這麼說，是嗎，大人？」

「是的，我的女兒，」基督山說道，「你很明白，我堅絕不會離開你的，正如不會是樹要離開花一樣，而相反是花要離開樹的。」

「我永遠也不離開您，大人，」海蒂說道，「因為我確信，沒有您我無法繼續活下去。」

「可憐的孩子！再過十年，我就老了，而再過十年，你還年輕哪。」

「我的父親鬚髮全白，我依舊愛他，我的父親六十歲，而我覺得他遠甚於對所有那些我在他的朝廷裡所看到的活潑漂亮的青年。」

「可是，告訴我，你認為你會適應這裡的生活嗎？」

「我能看見您嗎？」

「每天都能。」

「那好！你有必要問我嗎，大人？」

「你也許會悶。」

「不會的，大人，因為每天早上我會期盼你的到來。晚上，我可以回想您和我在一起時的情形，況且，我獨自一人的時候，會在心頭體會記憶中的往事——我又看到了廣大的平原和遙遠的地平線，以及地平線上的賓特斯山和奧林匹斯山。此外，我心中有三種永遠不會使人煩悶的感情，那就是：悲傷、愛和感激。」

「你是伊皮魯斯的優秀兒女，海蒂，你既親切又富有詩意，看得出，你是降生在你的國家裡的女神家族[18]的後裔。放心吧，我的女兒，我一定小心照料你，不讓你的青春受摧殘，不讓它在陰森孤獨中虛度過去，把我當做父親來愛，而我把你當做孩子來愛。」

「您錯了，大人，我對我父親的愛與對你的愛是完全不同的。我對你的愛是另一種性質的，我的父親死了，而我沒有死，而你，假如你不在人間，我也無法生活下去了。」

伯爵帶著無限溫存的微笑向少女伸出手去，她像往常那樣把雙唇貼在他的手上。

這樣，伯爵已經準備要見見摩賴爾一家，他出門時低吟著品達羅斯[19]的詩句：

青春是朵花，愛情是果實……看到果實慢慢成熟，然後採摘的收穫者多麼幸福。

遵照伯爵的命令，馬車已經備妥。基督山登上車，馬車一如往常，疾馳而去。

18. 指希臘神話裡的神。
19. 希臘著名抒情詩人。

chapter 50

# 摩賴爾一家

幾分鐘後，伯爵的馬車就停在了密斯雷路七號門前。

這是一幢白色的房子，令人賞心悅目，前面是一個庭院，中央的兩個小花壇裡開滿豔麗的花朵。

伯爵一眼認出來開門的是年老的柯克萊斯。讀者很難忘記他，他僅有一隻眼睛，九年來，這隻眼睛的視力已大大下降了，因此柯克萊斯並沒有認出伯爵來。

馬車駛到房子門口去的時候，一定得轉一個彎，才能避開從假山石的池子裡噴射而出的小水柱——這一個點綴引起了全區人的嫉妒，人們別有用心地將這幢房子稱為「小凡爾賽宮」。

當然了，水池裡遊弋著一群金魚。

整幢房子三層樓構成，地下是廚房和地窖，上面還有閣樓。夫妻倆連同附屬建築買下來，包括一個寬敞的工廠、花園底部和中間的兩座小樓，艾曼紐一眼就看出這是一筆有利的投機生意。他們自己佔用了正房和花園的一半，另一半花園和工廠，連花園底上的兩座樓房一起租了出去，中間築了一道牆隔開，所以他住下來花費不多，卻住得非常舒適，像聖•日爾曼村裡一位最講究的主人一樣，擁有獨立的一幢大廈。

餐廳裡擺放橡木的傢俱，客廳則用桃色心木做護牆板，並且蒙上藍色絲絨的壁衣，寢室裡是香緣木和綠緞。艾曼紐為自己安排了一間書房，但他從不讀書，裘莉有一間音樂室，但她從不玩樂器。第三層全部屬於瑪西米蘭，這一層樓上的房間安排與他妹妹的一樣，只是餐廳變成了一間彈子房，他常帶朋友來打球。

當伯爵的馬車停在大門口時，他正抽著雪茄，在花園的入口處親自看僕人洗刷他的馬。

正如上述柯克萊斯打開了門，而培浦斯汀一個箭步從座位上跳下來，問艾曼紐先生夫婦和瑪西米蘭．摩賴爾先生是否願意接見基督山伯爵。

「基督山伯爵！」摩賴爾大聲說道，趕緊扔掉雪茄，跑上去迎接客人，「我們當然要見他！啊！謝謝，多謝了，伯爵先生，您還沒忘記您的許諾啊。」

年輕軍官極為熱情地緊握著伯爵的手，伯爵絕不會誤解他這種坦率的表示。伯爵看得很清楚，對方早已在焦急地等著他，並希望殷勤地接待他了。

「來，來，」瑪西米蘭說道，「請跟我來，像您這樣一個人物是不該交給僕人來引導的。我的妹妹在花園裡，她正在摘除枯萎的玫瑰花，我的妹夫在看兩份報紙：《新聞報》和《議論報》，離他的妻子不超過五六步遠，因為不管赫伯特夫人在哪裡，在她周圍四碼之內必定可以看見艾曼紐先生，而且如同巴黎綜合工科學校的學生所說的『反之亦然』。」

一個二十到二十五歲之間的少婦聽見腳步聲抬起頭來，她身穿一件絲質便服，正在極為專心地為一株深褐色的玫瑰摘除敗葉殘花。

這個女子便是小裘莉，湯姆生．弗倫奇公司的代理人所預言已經應驗，她已成為艾曼紐．赫伯特夫人了。

她看見一個陌生人走來，驚呼了一聲。瑪西米蘭禁不住笑了。

「不必慌張，妹妹，」他說道，「雖然伯爵先生兩三天前才來到巴黎，但他已經知道一個靠利息收入的女人是什麼樣子，假如他不知道，你可以示範讓他看嘛。」

「啊！先生，」裘莉說，「把您這樣帶進來，我哥哥真是太胡鬧了，他一點兒都不知道顧憐他可憐的妹妹……庇尼龍……庇尼龍……」

一個老頭正在盂加拉玫瑰花花壇裡翻地，聽到喊聲把鐵鏟往地上一插，走上前來。他手中拿著鴨舌帽，努力地掩蓋暫時塞在腮邊的一塊嚼煙。他那一頭厚髮中已雜有幾縷銀絲，而他那黝黑的皮膚、果敢而靈活的眼神表明了他以前曾是一個經過赤道烈日暴曬和暴風雨吹打而皮膚變得又黑又粗糙的老水手。

「我想您是在叫我，裘莉小姐，」他說道，「我來了。」

庇尼龍一直稱呼他老東家的女兒為「裘莉小姐」，始終不習慣改口稱她為「赫伯特夫人」。

「庇尼龍，」裘莉說道，「請去告訴艾曼紐先生，說是有貴客來訪，瑪西米蘭先生會將先生帶到客廳。」

然後，她轉身面向基督山，說道：「請允許我失陪一下。」

她也不等伯爵的同意，便繞到花叢後面，走上一條側徑回屋裡去了。

「啊呀！親愛的摩賴爾先生，」基督山說道，「我不安地發現我給您家引發了一片混亂。」

「看哪，看哪，」瑪西米蘭笑著說道，「您看見她的丈夫正在那裡脫便裝換禮服嗎？啊！請您相信，這是因為在密斯雷路大家知道有您這麼一個人，報紙上報導過您。」

「先生，看來您有一個幸福的家庭啊。」伯爵說，他這是在回答自己心中的疑問。

「啊！是的，我向您發誓，伯爵先生，這是理所當然。他們具備了幸福的一切條件，他們年輕，性格開朗，互敬互愛，他們每年有兩萬五千利弗爾的收入，手邊有巨大的財產，以為自己富有得像羅斯希爾德那樣。」

「兩萬五千利弗爾的年金實在不算多，」基督山說，語調柔聲細氣，這個聲音如同一個慈父的話音直鑽進瑪西米蘭的心扉，「不過他們不會就此滿足，我們這兩位年輕人也會成為百萬富翁的。您的妹夫是律師……還是醫生……」

「他是商人，伯爵先生，他繼承了我那可憐的父親的公司。摩賴爾先生去世的時候遺留下五十萬法郎，我和妹妹每人一半，因為他就我們兩個孩子。妹妹結婚時，妹夫那正直高尚的品格，一流的才智和清清白白的名譽，就是他全部的財產，他不像他太太還有遺產可用。但他希望他的未來並不比妻子差，他埋頭苦幹用了六年時間，就積攢了二十五萬法郎。噢，伯爵閣下，說真話，看著這些才能高超肯定會飛黃騰達的青年人辛辛苦苦在一起工作，絲毫不願改變父親公司的習慣，花了六年的時間才完成了那些新派人物在兩三年內就可以完成的成績，多麼令人感動呀！馬賽人們到現在還稱讚他們，他們這樣勇往直前，克勤克儉，是受之無愧的。最後，有一天，裘莉剛剛結完賬，艾曼紐過來對她說：

「『裘莉，這是柯克萊斯交給我的最後一捆一百法郎的鈔票，我們計畫要賺的二十五萬法郎已經實現了。我們將來要靠這一點兒錢生活，你能滿意嗎？聽著，如果我們的公司每年要做一百萬生意，我們可以從中取得四萬法郎的收益。如果我們願意，我們也可在一個小時之內能以三十萬法郎把生意轉讓出去，如果我們願意。因為我接到狄勞耐先生的一封信，信上說他願意出三十萬法郎收購這家公司的商譽，同他的公司聯名合併起來，你看該怎麼辦吧？』

「親愛的『艾曼紐，』我的妹妹回答，『摩賴爾公司只能由摩賴爾家的人來經營。難道父親的名譽就值三十萬法郎嗎？』

「『我也是這樣想，』艾曼紐答道，『但我要跟你商量一下。』

「『我的想法是這樣：帳目都已經清，期票也都付清了，這半個月的賬可以結算一下，就此封賬，我們就這樣辦吧。』說完就辦了。一刻鐘後，一個商人來要保兩條船的險。這筆生意可以有一萬五千法郎的賺頭。

「『先生，』艾曼紐說，『麻煩您直接和狄勞耐先生談吧。我們已經停止經營了。』

「『什麼時候的事啊？』那商人吃了一驚。回答是，『一刻鐘以前。』」

「就是這樣，閣下，」瑪西米蘭繼續說，「我的妹妹和妹夫才每年只有兩萬五千利弗爾的收入。」

瑪西米蘭講這個故事的時候，伯爵的心越來越激動，他剛才講完，艾曼紐就進來了，他戴上一頂帽子，穿好上裝。他恭敬地鞠躬，深諳來者的身分，然後他領基督山在小花園裡兜了一個圈子，再帶往屋子那邊。

客廳裡放著一隻日本出產的大瓷花瓶，裡面滿是鮮花，使客廳裡充滿了花香。裘莉在門口恭迎伯爵，她服飾得體，髮式優雅（這件大事她是在十分鐘以內完成的）。附近的一間鳥舍裡傳來鳥的歌聲，金雀花和粉紅色洋槐的枝幹伸到藍色絲絨的窗簾旁邊。溫暖幽靜的居所無不透露著寧靜祥和的氣息，從鳥的宛轉歌聲到女主人的微笑。

伯爵也受到這種幸福氣氛的感染。他開始客套幾句以後，就默默不語，若有所思，完全忘記大家正等著他的談話。

他發覺自己的沉默失禮了，馬上把自己從這種沉思狀態中擺脫出來。

「夫人，」他終於開口，「希望您原諒我如此激動，你們覺得奇怪是因為你們習慣了這兒所有的幸福，但對於我來說，從沒見過一個人臉上寫滿幸福，因而我沉浸在望著您和您的丈夫之中。」

「我們真的是非常幸福，先生，」裘莉回答道，「但我們也經歷過不幸，很少有人像我們以如此昂貴的代價買到幸福。」

伯爵的臉上露出了驚訝的神色。

「哦！就如夏多・勒諾那天對您說過的，這一切都是整整一部家史，」瑪西米蘭接著說道，「您一定經歷過人生百態，對這種家庭變遷可能毫不感興趣，但我們的確有過極悲痛的遭遇，雖然這種遭遇僅限於小花圃之內……」

「那麼上帝是否如同他為大家做的那樣，也對你們的痛苦帶來了慰藉呢？」基督山問道。

「是的，伯爵先生。」裘莉說道，「確實是這樣。上帝對我們做了他對自己的選民所做的事：他派了一位天使到我們家來了。」

伯爵的雙頰泛出紅暈，他輕咳一聲，一面將手帕捂住嘴巴，以掩飾他的激動。

「那些出生於高貴、富有的家庭，事事都能如願辦到的人是不懂得幸福的生活意味著什麼的，」艾曼紐說道，「同樣，那些不知道什麼是晴天，終日在咆哮的海洋上抓住幾塊木板，生命在岌岌可危中度過的人，才能理解。」

基督山站起來，他一言不發。因為他此刻如果說話，他那顫抖的聲音會暴露出他內心的激動的，他開始在客廳裡踱來踱去。

「我們這樣誇大其詞讓您見笑了吧，伯爵先生，」瑪西米蘭說道，他注視著伯爵的動作。

「不，不，」基督山答道，他的臉色轉為蒼白，一隻手壓住狂跳的心臟，而用另一隻手向年輕人指著一隻水晶玻璃的球形罩子，下面有一只緞子錢袋珍貴地放在一塊黑絲絨墊子上，「我只是在想，這只錢袋是做什麼用的，它的一端似乎放著一張紙，另一端有一顆十分漂亮的鑽石。」

瑪西米蘭神情嚴肅，回答說：

「這件東西，伯爵先生，實在是我們最珍貴的傳家寶了。」

「這顆鑽石確實十分漂亮。」基督山說道。

「啊！我的哥哥並不是指它的價值，雖說這顆鑽石價值十萬法郎，伯爵先生。他只是想告訴您，這只錢袋裡面的東西是我們剛才向您提到的那位天使留下的珍貴紀念品。」

「這正是我不明白，但又不該隨便打聽的問題，夫人，」基督山欠身答道，「請原諒，我不是有意失禮的。」

「您說您失禮？啊！恰恰相反，伯爵先生，您讓我們有機會攤開來談這個話題，我們是多麼高興啊。要是我們想隱諱這只錢袋所代表的非凡意義，我們就不會把它放在顯眼的地方。噢，我們願意向所有人講述！那樣，憑著那個一直不知是誰的恩人的一下顫動，使我們得以發現他的存在。」

「啊！說的是！」基督山壓低了聲音說道。

「先生，」瑪西米蘭掀開水晶玻璃罩，虔誠地在絲質錢袋上吻了吻說道，「觸碰過這只錢袋的人，曾使我的父親免於一死，使我們不致破產，使我們的名字不致蒙羞受辱——依靠他無比的仁慈，我們這些本來註定窮困潦倒、以淚洗面的可憐孩子，今天卻可以聽人讚歎我們的幸福。這封信，（瑪西米蘭一面說，一面從錢袋裡抽出一封信來遞給伯爵）就是他在家父決心自殺的那天寫來的，這粒鑽石是那位慷慨的無名恩人送給我的妹妹做嫁妝的。」

基督山打開那封信，帶著難以言表的幸福神情看了一遍。這封信是寫給（我們的讀者知道）裘莉的，署名是「水手辛巴德」。

「您說不知道此人的姓名？這麼說來，那個幫你們忙的人你們一直不知道是誰了？」

「是的，先生，我們一直沒有運氣能握一握他的手。然而我們一直請求上帝賜予我們這個恩惠，」瑪西米蘭接著說道，「總之，這次奇遇自始至終似乎都有一種神秘的力量在指引方向，我們自始至終都無法看清，一切都像受到一隻像魔術師那樣看不見的、強有力的手所掌控。」

「啊！」裘莉說道，「我仍然還希望，有朝一日能吻到那隻拿過錢袋的手，像我現在吻這隻他所觸過的錢袋一樣。四年以前，你剛才在花園裡見的庇尼龍，他從前是個水手，他從舵工變成園丁，當他在里雅斯特的時候，他在碼頭上看到一個英國人正要上一艘遊艇，而他認出他就是在一八二九年六月五日來拜訪家父，九月五日寫這封信給我的那個人。他肯定那是同一個人，但是他不敢上去跟他講話。」

「一個英國人？」

基督山思索著說，他對裘莉的每一瞥都感到不安，

「您是說一個英國人嗎？」

「是的，」瑪西米蘭接著說道，「一個英國人，他是以羅馬的湯姆生・佛倫奇銀行的代理人身分到我們家來的。因此那天您在馬瑟夫家裡提到，湯姆生先生和佛倫奇先生這兩家銀行跟您有銀錢往來時，我哆嗦起來。我以上天的名義發誓，先生，就如我們已說過的，那事發生在一八二九年。您認識那個英國人嗎？」

「可是您不是也對我說過，湯姆生・佛倫奇銀行始終否認幫了你們這個忙嗎？」

「是的。」

「這麼說來，這個英國人說不定很感激您的父親為他做過好事，他本人忘卻了，而那英國人卻感恩在心，用這個藉口幫一個忙呢？」

「一切都可以設想的，先生，在那樣的情況下，甚至都可以設想那是一個奇蹟。」
「他叫什麼名字呢？」基督山問道。
「他沒有留下自己名字，」袞莉一面十分留神地凝視著伯爵，一面回答道，「只有在信下面的簽名：水手辛巴德。」
「顯然這不是一個真名，而是一個化名。」
袞莉更加專注地望著他，試圖抓住和搜尋他說話嗓音。於是他便繼續說道：
「告訴我，他的身高是不是和我差不多，或許更高大一些，更瘦削一些，脖子上綁一個大領結——密扣緊帶，手裡老是拿著一支鉛筆的？」
「啊！那麼您認識他囉？」袞莉大聲說，雙眼閃現出興奮的光芒。
「不，」基督山答道，「我僅僅是猜測。我認識一個名叫威瑪勳爵的人，他是這樣廣做善事的。」
「而且不願別人認出他來！」
「這是一個怪人，他不相信人會感恩。」
「哦！」袞莉帶著優美的聲調，緊握雙手大聲說道，「這個不幸的人究竟相信什麼呢！」
「至少在我認識他的那個年頭兒他什麼都不信，」基督山說道，袞莉發自內心的呼喚打動了他，「但從那以後，也許他得到某些證明，表明感恩是存在的。」
「那麼您認識這位威瑪勳爵嗎？先生？」艾曼紐問道。
「啊！假如您認識他，先生，」袞莉大聲說道，「請告訴我，您能把我們領到他那裡，把我們介紹給他，能告訴我們他在哪裡嗎？嗨，瑪西米蘭，嗨，艾曼紐，一旦我們找到他，他一定會相信心靈的記憶是長存的！」

基督山感到兩顆淚珠在他眼裡滾動，他又在客廳裡邁了幾步。

「看在老天爺的面子上！先生，」瑪西米蘭說道，「假如您知道此人的一些情況，請把情況通知我們。」

「天哪！」基督山壓抑住激動的聲調說道，「假如您的恩人真是威瑪勳爵的話，我很擔心你們見不到他了。兩三年前我在巴勒莫與他分手後，他就出發到世界上最富有傳奇色彩的那些國家去了，因此我很懷疑他會回來。」

「啊！先生，您多麼無情啊！」裘莉驚恐地大聲說道。

眼淚湧上少婦的眼眶。

「夫人，」基督山目光炯炯地看著裘莉臉頰上滾動的兩顆清澈的淚珠，神色莊重地說，「要是威瑪勳爵看到了我眼前的情景，會對人心抱有希望，因為您拋灑的熱淚使他相信人類善良。」

說著，他向裘莉伸出手去，後者被伯爵的目光和聲調所感動，也把手伸給他。

「不過這位威瑪勳爵，」她說，還想抓住最後一線希望，「他總有一個祖國、一個家庭和一些親人吧，總之，總有人知道他吧？我們難道不能……」

「哦！別再苦苦思索啦，夫人，」伯爵說道，「不要把美好的希望建立在我脫口而出的這句話上。不，也許威瑪勳爵不是您要找的那個人。他曾是我的朋友，我瞭解他所有的秘密，他會將這件事告訴我的。」

「他什麼也沒對您說過嗎？」裘莉大聲問道。

「什麼也沒說。」

「他從沒說過一句暗示您的話……」

「從來沒有。」

「但您剛才卻一下想到是他。」

「啊！您知道……在這樣的情況下，我是隨便猜猜的。」

「妹妹，妹妹，」瑪西米蘭前來為伯爵解圍了，他說道，「先生言之有理，你回憶一下我們的好父親常常對我們說的話吧，給予我們幸福的不是一個英國人。」

基督山打了一個寒戰。

「令尊曾對您說……摩賴爾先生……」他急切地接著問道。

「先生，我父親認為是一個神蹟。他相信那位恩人是從墳墓裡爬起來救我們的。噢，這一個迷信，說來傷心，而雖然我自己並不相信，但也絕不想除掉他高尚的心靈中的這一信念。他常常把這件事翻來覆去地讀然後思索，嘴裡念著一位好朋友的名字——那個逝去朋友的名字時，他是多麼懷念啊！在彌留之際，當那永恆之境一步步接近的時候，他的頭腦似乎受了神光的啟發，至今只是懷疑的想法變成了確信，他最後的遺言是：『瑪西米蘭，那是愛德蒙・鄧蒂斯！』」

伯爵的臉越來越蒼白，他聽到這句話時，白得可怕。他所有的血都湧到了心間，他說不出話來。他掏出懷錶，彷彿是忘了時間，他拿起帽子，向赫伯特夫人急促而又尷尬地說了句恭維話，又握了握艾曼紐和瑪西米蘭的手。

「夫人，」他說道，「請允許我還能再來拜訪你們。我喜歡您這幢房子，我十分感謝您的款待，因為多年來，這還是我第一次這麼克制不了我的感情。」

說著他大步流星地走出門去。

「這位基督山伯爵真是個怪人。」艾曼紐說道。

「是的，」瑪西米蘭說道，「但我相信他有不凡的心靈，我相信他喜歡我們。」

「我嘛！」裘莉說道，「他的聲音一直鑽進我的心坎裡，有兩三次我覺得我不是第一次聽到他的聲音。」

chapter 51

# 巴雷穆斯和狄絲琵

在巴黎的聖奧諾路區裡各種風格的高大建築鱗次櫛比，爭相競鬥著高雅和華麗。大約在這個富人區的中間地區，佇立著最富麗堂皇的一座公館，伸展著一個寬敞的花園，園裡遍栽栗子樹，樹枝挺拔俯視著那像城堡似的又高又結實的圍牆。每年春天，栗花紛紛飄墜一片粉紅與雪白，於是，在那路易十四時代築成的鐵門兩旁方柱頂上的大石花盆裡，就依偎著這些嬌柔的花瓣。

鐵門入口看上去高貴壯麗，它旁邊石盆裡的牽牛花搖曳多姿，可是卻不能挽留業主的眷顧，（那已是許多年以前的事了），這個入口已被廢棄不用。大廈的正門開在聖奧諾路上，前面有一個種滿花草的庭園，後面就是關閉在這扇鐵門裡的花園。從前，鐵門通向一個秀麗的果園，面積約有一畝左右，附屬於產業之內，但投機鬼卻在他人的意料之外在這個果園的盡頭畫了一條線——即在果園盡頭開出一條街，甚至在還沒有完工以前就已經被取了名，寫在一塊褐色的鐵牌上面。果園的主人又想使這條街道和那條稱為聖‧奧諾路的巴黎大動脈連接起來，這樣就可以把果園當做可以建築房屋的沿街地皮出賣。

可是，搞投機事業，人的謀算不如錢的力量。雖然有了名字可這條街道卻不告而終，被人遺忘了。所以這片果園的買主付錢買下後，卻賣不出他想要的價格，於是他等待價格上漲，等待有朝一日彌補他因投資和資金閒置而造成的虧損，於是一邊等著，一邊暫且把這塊地以每年五百法郎的價格出租給種菜人。

實際上，他的投資每年只收回了千分之五的租金，在這個年頭，這點利息不算是好價錢，因為在當時，以百分之五十的年息放債的人為數不少，仍然感到獲利太可憐呢。

總而言之，就如我們剛才說到的，這扇通果園的鐵門已封閉了起來，任其生銹腐蝕，鐵銹侵蝕著鉸鏈。同時，為了不讓骯髒的菜農用庸俗不堪的目光去玷污貴族庭院的內部，鐵門上又釘了六尺高的木板。木板釘得並不十分密，好事者從板縫裡仍舊可以偷看到園內的景色，但這座房子屬於嚴謹、整飭之家，絲毫不用擔心冒失的窺探。

在這個果園裡，以前曾一度種植過最高貴精美的果蔬，現在卻只稀稀落落地種植著一些苜蓿花，表明人們仍然將這裡看做廢棄的地方。它有一扇矮矮的小門可以從這裡通向計畫中的街道，開門進來，便是這塊籬笆圍住的荒地，雖然它長在荒廢，可在一星期以前，業主卻從它身上得回了千分之五的老本，而以前它是一個錢都不賺的。

大廈的領地，卻一片欣欣向榮枝繁葉茂的景象。栗子樹高大挺拔卻一點不妨礙其他花草生長蔓延。有一個角落，樹葉濃密，陽光勉強透射進來，這兒有一條大石凳和各色各樣農家風味的坐具散落在周圍，表示這個隱秘的去處是一個聚會的地點，或者是百步之外那座大廈某個主人喜愛的僻靜處所，從繁密的綠葉叢中望出去，略能看到一點兒內景。總之，選擇這個神秘的地點來做居處是極有道理的，既可用即使盛夏最酷熱的日子也曬不到陽光和永遠有陰涼來解釋，也可用鳥鳴和遠離房屋街道，也就是遠離事務煩囂來說明。

最近巴黎的居民正享受著最溫暖的日子。這天傍晚時分，石凳上依然可見隨隨便便地拋著的一本書、一頂陽傘、一塊細麻布手帕和一隻繡花籃子，手帕剛剛開始刺繡。有一個青年女郎站在不遠處的鐵門旁邊，眼睛附在隔板上，竭力往裡看，她的態度極其熱切，眼睛一眨都不眨，這可以證明她對於這件事是多麼的關切。

恰好這時，果園通街道的那扇門無聲地打開了，一個年輕男子，高大強壯，身上穿著一套普通的灰色工人裝，戴著一頂絲絨的鴨舌帽，但他仔細梳理的黑頭髮和鬍鬚跟這套平民式的打扮不太協調。他把門打開以後，迅速地向環顧四周，確定沒有人看到他，走進來，在身後關上，疾步朝鐵門走來。

少女看見了她正在等著的年輕男子，但發現他穿著這身衣服，就嚇了一跳，向後退去。

但青年男子用情人才有的目光，穿過門的縫隙，已經看見了少女那身飄動的白裙和長長的藍色腰帶。他衝向隔板，對著一個縫隙說：

「別害怕，凡蘭蒂，是我。」

少女向他走去。

「啊！先生，」她說道，「你今天為什麼來得這樣晚呢？您知道就要到吃飯的時間了，我隨機應變，尋找藉口，才得以擺脫窺視我的後母，我的侍女也老是在注視我的舉動，我的一舉一動，她都要去報告，我得費好大的勁兒才能擺脫她們。還有，我的弟弟也老是纏著我和他做伴，要擺脫他可也不容易，我只好藉口要靜靜地完成一件急於完工的刺繡才能到這兒來的。你先說說為什麼遲到，然後再告訴我你為什麼要穿這樣古怪的一套衣服，我幾乎認不得你了。」

「親愛的凡蘭蒂，」年輕人說道，「我對你的愛使我不敢對您表白，可是我每一次看到您，我想告訴您：『我崇拜你。』這樣，當我看不到你時，即使我回想自己的話，心裡也是甜蜜的。我感謝您對我說這責備的話，它們非常可愛，因為，由此知道，你在等待我，知道你在想念我。您想知道我遲到的原因和化裝的理由，我這就告訴您，而希望你能寬恕我。我已經選定一個職業啦。」

「一個職業……您這是什麼意思？瑪西米蘭？難道我們的境遇很順利，使您還有這份心思開這個玩笑嗎？」

「哦！」年輕人說道，「上帝不讓我拿我生命的寄託來開玩笑！讓我詳細地解釋給你聽，凡蘭蒂，我對於量地皮和爬牆壁實在有點兒厭倦了，想起那天傍晚你告訴我，您的父親總有一天會把我當做小偷來判刑，所以我很擔心，因為那會把法國全體陸軍的名譽都玷污了的。同時，要是旁人看到一位駐阿爾及利亞的騎兵上尉老是在這既無城堡需要圍攻又無要塞須得保衛的地點蹓躂，那會引起什麼猜測呀——我是多麼擔心這種可能性出現，於是我打扮成菜農，穿上這種身分的服裝。」

「嗯，真是異想天開！」

「相反，我認為這是我平生所作的最聰明的事，因為這樣我們就可以萬無一失啦。」

「哦，請您解釋一下。」

「很簡單，我找到了房主，他同舊房客的租約已經期滿，於是我租到了手，而我現在就是這一大片苜蓿花的主人了。想想看，凡蘭蒂！沒什麼能阻擋我在乾草堆中間蓋一個小屋，今後生活在離您不到二十步遠的地方。你想我多快樂！我簡直歡喜得話都說不出來啦。您想，凡蘭蒂，這是用錢能買的到的嗎？不可能的，是不是？嘿，像這樣幸福，這樣愉快，這樣高興的事，我本來願用我十年的生命來做交換的，你猜我花了多少錢——五百法郎一年，還是按季付款的！因此，您看，今後就可以不必擔心了。我現在是在我自己的土地上了，我可以將梯子靠在牆頭上向外觀看，我也可以向您傾訴我對您的愛情而不必怕被人帶到警察局裡去——當然囉，除非，您覺得一個穿工人裝和戴鴨舌帽的窮苦工人向您傾訴愛情是有損於您的尊嚴。」

凡蘭蒂又驚又喜地叫了一聲。「天哪！瑪西米蘭，」她突然又悲傷地說道，好似飄來一片嫉妒的烏雲陡地遮沒了照亮她心間的陽光似的，「眼下，我們的自由超過了限度，我們的幸福將會使我們去冒險。我們會濫用我們的安全，因而我們的安全最終又會毀了我們。」

「您怎麼會這樣說，親愛的凡蘭蒂？從我們最初相識的那值得慶幸的一刻起，我的思想和生命就隸屬於您，而您，我相信，對於我的人格有足夠的信心，當您對我說，隱約的本能使您確信在經歷巨大的危險時，我就忠心耿耿地為您效勞，不向您要求別的回報，只要能對您有用，我就感到很幸福了。有許多人願意為您犧牲他們的生命，但您只對我另眼相看，而我何時令您感到遺憾哪怕是一句話或一個眼神？您告訴我，我親愛的凡蘭蒂，說您已經和伊辟楠先生訂婚，您的父親決定要結下這門婚事，而且他的意志是不容申辯的，因為維爾福先生一旦下了決心，是從來不會改變的。那麼，我內心只能，等待一切來臨，不是按照我的意願，不是按照您的意願，而是按事態、按上天、按上帝的意願來臨。而在這其間，您愛我，您憐憫我，並且坦白地告訴了我。我感謝您那句甜蜜的話，我只要求你時時重複那句話——因為它能使我忘卻一切。」

「啊，瑪西米蘭，這句話給了您勇氣，而使我既感到快樂，又感到傷心，我常常問自己，究竟是哪一種感情對我更好些。是我後母的嚴厲管束和她對自己孩子的盲目偏愛給我造成的悲哀呢，還是我在和您相會的時候，充滿了危險的幸福？」

「危險！」瑪西米蘭大聲說道，「您怎麼能用這樣殘酷和這樣不公平的兩個字呢，您見到過一個比我更忠實，順從的人嗎？您答應我可以找時間和您談話，凡蘭蒂，但不允許我跟蹤您，我服從了。而自從我想到辦法走進這個園地以來，我隔了這重門和您談話，雖和您接近卻看不到您，請告訴我，我請求過隔著鐵門去觸摸您的裙裾嗎？我跨出過一步翻越這堵高牆嗎？像我這樣年輕，這樣強壯，這堵牆只是微不足道的障礙物。對您這種含蓄的態度我從無怨言，從不奢望，從來沒表示過一種願望。我像一個古代的騎士那樣信守著我的諾言。來，至少承認了這幾點吧，不要讓我認為您不講公道。」

「您說得不錯，」凡蘭蒂邊說邊把一個纖細的手指從兩塊木板縫中伸過去，瑪西米蘭把嘴唇貼了上去，「您說得不錯，您是一個可敬的朋友，但是說到底，您這樣做只是聽從自己內心的呼喚，我親愛的瑪西米蘭，因為您知道得很清楚，假如您表示出一些相反的意思，我們之間就一切都完了。您答應過我，待我如同妹妹，除了您以外，我在這個世界上再沒有別的朋友，我的父親把我置之度外，我的後母只是迫害我、虐待我，只剩下那位不能動彈、不能說話、身體冷冰冰的老人是我的安慰，他那乾癟的手已不再能來緊握我的手，只有他的眼睛可以同我交流，他的心無疑以剩下的餘熱為我跳動。噢，我的命好苦呀，凡是那些比我強的人，不是把我當做犧牲品，就是把我當做敵人，而我唯一的朋友和援助者只是一具活屍！真的，瑪西米蘭，我真痛苦極了，您有理由為了我而愛我，而不是為了您自己而愛我。」

「凡蘭蒂，」年輕人深為感動地說道，「我的愛並不只給予您一個人，因為我也愛我的妹妹和妹夫。可是那是一種溫和而平靜的愛，與我對您的感情是截然不同的。我一想起您就心潮起伏，心都要跳出來，但我莊嚴地答應您，我會克制這一切熱情，克制這種緊張沸騰的感情，直到您自己需要我用那種熱情來為您效勞或幫助您的時候。我聽說，弗蘭士先生在一年之內還不會回國，在那期間，有多少機緣能夠幫助我們，有多少事能助我們一臂之力啊。所以，我們不要放棄希望——希望是我們的安慰。凡蘭蒂，您責備我自私，您至今為止對我怎麼樣呢？——活像是一尊美麗而冷淡的愛神像。對於那種忠誠、那種服從、那種自制，您能給予我什麼呢？不能。你有沒有賜給我什麼？極少。您告訴我弗蘭士・伊辟楠先生是您的未婚夫，一想到您有朝一日要屬於他我就憂愁煩悶。告訴我，凡蘭蒂，您的心裡難道再沒有別的念頭了嗎？什麼！我答應為您赴湯蹈火，我將心靈奉獻給您，甚至我心房的每一次最輕微的跳動都是為了您。而當我這樣整個兒屬於您的時候，我悄聲對您說，如果我失去您，我就會死去，而您想到屬於另一個人的時候卻不驚慌！噢，凡蘭蒂，凡蘭蒂呀！假如我是您，假如我知道我自己被人摯愛著，像我愛您一樣，我就會無數次將手伸過這些鐵條，對可憐的瑪西米蘭說：『我是您的了，瑪西米蘭，今生來世，都只是您的了！』」

凡蘭蒂默不作聲，然而年輕人卻聽見她在歎息，在哭泣。

瑪西米蘭迅速作出反應。

「哦！」他大聲嚷道，「凡蘭蒂！凡蘭蒂！假如在我的話中有什麼地方刺傷了您的話，請您忘掉它們吧。」

「不，」她說道，「您說得對，您也看到了，我是一個悲慘的人過著悲慘的生活。在家裡受盡委屈，幾乎就像是一個陌路人——我的父親對我幾乎就像是一個陌路人——我的心碎了，自從我十歲那年以來，每一天，每一小時，每一分鐘，我的意志無不被欺壓我的親人們的鋼鐵意志所摧毀。誰都不知道我所受的痛苦，而除了您以外，我也不曾對旁人講過。外表上，在大家眼裡，我一切都好，他們對我非常親熱。但實際上，每一個人都是我的仇敵。一般人都說：『噢，像維爾福先生這樣個性嚴厲的人，原指望他像某些父親那樣濫施溫情到女兒身上，但她總算是幸福的了，竟能找到像維爾福夫人這樣一位繼母。』社交界是搞錯了，我的父親拋棄我很無所謂，我的後母憎恨我，尤其因為總是用微笑來掩飾，所以恨得更加厲害。」

「恨您！您，凡蘭蒂！怎麼可能有人恨您呢？」

「天哪！我的朋友，」凡蘭蒂說道，「我明白，她對我的仇恨是出於天生的本能。她鍾愛她的兒子，我的弟弟愛德華。」

「那又怎麼樣？」

「怎麼樣？我們所談的任何事都跟金錢牽扯在一起，我覺得有點兒奇怪，但是，我的朋友，我以為她對我的憎恨就是由此而來的。她沒有財產，而我已經擁有我母親名下的遺產，而且我的財產將來還要增加一倍，因為聖米蘭先生和聖米蘭夫人的財富將來有一天也會傳給我。嗯，我想她是嫉妒了。噢，我的上帝！假如我把那筆財產分一半給她，我就可以使我自己在維爾福先生家裡的地位像任何一個女兒在她父親的家裡一樣，那我一定立刻會這樣做！」

「可憐的凡蘭蒂！」

「是的，我感覺自己像受到禁錮一樣，同時，我又這樣清晰地意識到我自己的軟弱，我甚至不敢去掙斷那捆綁住我的束縛，深恐我會因此陷入更加孤獨無助的境地。況且：我的父親不是這樣一個人：違反了他的命令可以輕易地逃過去。他強烈地反對我，他也會強烈地反對您，甚至反對國王——因為他過去的歷史是無可指責的，而他的地位幾乎無懈可擊，因此他堅如磐石。噢，瑪西米蘭，我向您保證，假如我不作掙扎，那是因為在那場掙扎裡，我擔心我在這場鬥爭中灰飛煙滅。」

「可是，歸根結底，凡蘭蒂，」瑪西米蘭接著說道，「為什麼你如此沮喪，把前途看得如此暗淡呢？」

「啊！我的朋友，因為我是根據過去看將來的。」

「不過您再想一想，嚴格地說，如果從貴族門第來看，我們不是門當戶對的，但我有許多理由覺得我和您結合並不能完全說是高攀。法國的貴族早已不再高高在上了，君主國的家庭已和帝國的家庭聯姻，古老的貴族已和新潮的貴族階層通婚。我在陸軍中的前途很有希望，我的財產雖然有限，但能獨立支配，我的父親在我們的故鄉很受尊崇，被看作有史以來最正直的商人之一。我說『我們的』故鄉，凡蘭蒂，因為你誕生的地點離馬賽並不遠。」

「不要對我提起馬賽這個名字吧，我求求你，瑪西米蘭，這個名字使我想起了我的好媽媽，大家都很懷念這個天使，對我，對所有那些認識她的人來說，她真是死得太早啦。她在這個世界上照顧她孩子的時間實在短暫，我希望，她在天國的永恆羈留中也能照料她的女兒。啊，要是她還活著的話，我們就什麼都不必擔心啦，瑪西米蘭，因為我可以把我們的愛情坦白地告訴她，她便會保護我們的。」

「天哪！凡蘭蒂，」瑪西米蘭接著說道，「假如她活著，我大概就沒有機會認識您了，因為如您所說，假如她還活著，您就會非常幸福，而幸福的凡蘭蒂會對我不屑一顧。」

「啊！我的朋友，」凡蘭蒂大聲說道，「這回是您不公正了……不過，請對我說……」

「您要我對您說什麼呢？」瑪西米蘭看見凡蘭蒂遲遲不開口，接口問道。

「請告訴我，」少女繼續說道，「從前在馬賽的時候，您的父親和我的父親曾有過不愉快的事情嗎？」

「據我所知沒有，」瑪西米蘭答道，「或許是您的父親狂熱地擁戴波旁王朝，而我的父親卻效忠皇帝。我想，他們之間也就有過這點兒意見分歧。但是您為什麼要提出這個問題來呢，凡蘭蒂？」

「我來告訴您，」少女接著說道，「因為您應當知道一切情況。但我必須從報上公開發表任命您為榮譽團軍官的那一天講起。那天我們都坐在我祖父諾梯埃先生的房間裡，另外還有鄧格拉司先生，您記得鄧格拉司先生嗎？不記得了嗎，瑪西米蘭？他的兩匹馬前天差點兒使我後母和我的小弟弟送命。旁人都忙著在那兒討論鄧格拉司小姐的婚事，我在高聲讀報給我的祖父聽，但當我讀到關於您的那一段的時候，雖然那天早晨我沒做過別的事情，只是把那一段消息翻來覆去地讀給我自己聽（我已經看過了，因為前一天早上，您已經對我宣佈了這個好消息），我還是感到這樣快樂，但想到當著這麼許多人的面前把您——我的愛人的名字念出來，我又覺得這樣慌張，我真的很想把那一段跳過去，可是又怕我的沉默會引起旁人的懷疑，因此，我鼓足了全部勇氣，念了出來。」

「親愛的瑪西米蘭！」

「嗯！一聽見您的名字，我的父親轉過身來看著我。我敏感地覺得（瞧，我有多傻）在場的人聽到這個名字都像遭到雷劈似的大吃一驚，我覺得看到我的父親，甚至（我相信，這是一個幻覺），甚至鄧格拉司先生也為之戰慄了一下。

「『摩賴爾，』我父親說道，『請等一等（他皺起了眉頭）！是不是馬賽的那個摩賴爾家裡的人？他屬於一八一五年給我們帶來那麼多痛苦的、狂熱的拿破崙黨人。』

「『是的，』鄧格拉司答道，『我甚至相信就是那個老船主的兒子。』」

「當真！」瑪西米蘭說道，「您的父親如何回答的，快說，凡蘭蒂？」

「啊！太可怕了，我不敢複述。」

「說出來嘛，」瑪西米蘭微笑著說道。

「『啊，』我的父親還是皺著眉頭說，『他們的皇帝如此對待所有的狂熱分子，他把他們稱作『炮灰』，這兩個字準確極了。我很高興看到現政府極力實施這個有益的原則。守住阿爾及利亞也是為了這個目的，即使代價很高，我也要向政府道賀。』」

「實際上這是相當粗暴的政策，」瑪西米蘭說道，「可是，親愛的朋友，請不需為維爾福先生說的這一番話感到不自在。在這一點上，我那正直的父親絕不向你父親讓步。他常常說：『皇帝做了那麼多的好事，為什麼他不讓法官和律師組成一個軍團，並且也把他們送到前線上去呢？』您瞧，親愛的朋友，就表達的優雅和思想的溫和而言，兩派是不相上下的。那麼鄧格拉司先生，他對檢察官的這番議論有什麼看法呢？」

「他笑了，那種狡黠的笑是他的標誌，我感到咄咄逼人。過了一會兒，他們站起身來走了。於是我看到，我的祖父異常激動。我必須告訴您，瑪西米蘭，只有我一個人能夠辨察出那個可憐的風癱老人的情緒。我懷疑當著他的面所談的這一番話（因為大家不再留意他，可憐的祖父）已在他的腦子裡造成了一種強烈的印象，因為別人說了他的皇帝的壞話，而據說，他是皇帝的狂熱信徒。」

「他確是帝國煊赫一時的人物，」瑪西米蘭說道，「他曾是參議員，不管您知道不知道，凡蘭蒂，在復辟時期由波拿巴分子組織的所有的陰謀活動中，幾乎都有他的份兒。」

「是的，我有時聽人私下說起過這件事，我對這些都感到挺新鮮的：拿破崙黨人的祖父，保王黨人的父親。唉，有什麼辦法呢……於是我向他轉過身子，他對報紙看了看。

「『您想說什麼，爺爺？』我對他說道，『您高興嗎？』

「他點頭稱是。

「『您是對我父親的話感到高興嗎？』我問道。

「他示意：不是的。

「『對鄧格拉司先生說的話高興嗎？』

「他示意：也不是的。

「『那麼是對摩賴爾先生（我不敢說出蒙可希姆雷恩）被任命為榮譽軍團軍官一事高興嗎？』

「他示意：是的。

「您能想到的，瑪西米蘭？他對您被任命為榮譽軍團軍官一事表示滿意，然而他還不認識您呢。興許是他在犯傻，因為據說他又返回了孩童時代。但是我卻因他有這樣的表態而更加愛他了。」

「真是不可思議，」瑪西米蘭想道，「您的父親憎恨我，而您的祖父卻相反……黨派的恨和愛真是古怪的東西！」

「噓！」凡蘭蒂突然說道，「快躲起來，走吧，有人來了！」

瑪西米蘭跑去拿鏟子，毫不可惜地挖起苜蓿地來。

「小姐！小姐！」樹叢後面有人大聲喊叫道，「維爾福夫人到處在找您，她請您去。客廳裡有客人來訪。」

「有客人！」凡蘭蒂激動地說道，「來客是誰呢？」

「據說是一位顯赫的爵爺，一位親王，是基督山伯爵先生。」

「我就去！」凡蘭蒂大聲應答道。

每次凡蘭蒂與瑪西米蘭幽會結束時，都以「我就去」作為告別語，這一回，「基督山」這個名字使鐵門那邊的男子不寒而慄。

「哦！」瑪西米蘭若有所思地倚在鐵鏟上，「基督山伯爵怎麼會認識維爾福先生呢？」

# chapter 52 毒藥學

來客果真是基督山伯爵，他是對檢察官先生進行回訪。不用說，全家人聽到這個名字都十分激動。當僕人通報伯爵駕到時，維爾福夫人正在客廳裡。她立即把她的兒子叫來，讓孩子再次感謝伯爵。兩天以來，愛德華不斷聽見別人說起這個偉大的人物如何如何，於是便急急忙忙地跑來了。不是出於順從母親，也不僅是為了感謝伯爵，而是出於好奇，還有就是來露一手，說幾句刻薄話，可以讓母親說他：「哦，可惡的孩子！但請原諒他，他腦子多靈活啊！」

寒暄過後，伯爵就詢問起維爾福先生來了。

「我的丈夫到國務總理府上赴宴去了，」少婦回答道，「他剛剛走，我相信，他錯過見您的機會一定會很遺憾。」

在伯爵來到之前已有兩位客人在客廳裡，現在他們貪婪地盯著他看，在禮貌和好奇心許可的時間過去之後，起身告辭了。

「對了，你的姐姐凡蘭蒂在幹什麼？」維爾福夫人對愛德華說道，「派人去叫她，讓我把她介紹給伯爵先生。」

「您還有一個女兒，夫人？」伯爵問道，「她大概還是個孩子吧？」

「她是維爾福先生的女兒，」少婦答道，「是前妻生的，一個高挑美麗的女孩。」

「但有抑鬱症。」小愛德華插嘴說，他正在拔一隻漂亮的大鸚鵡尾巴上的羽毛，想拿來做他帽子上的羽飾，鸚鵡在牠那鍍金的棲架上痛得呱呱亂叫。

維爾福夫人只是說道：

「別鬧了，愛德華！」

「這個小冒失鬼幾乎說對了，他現在是鸚鵡學舌重複我無數次說過的話，我們雖然儘量想方設法使維爾福小姐高興，可她天性憂鬱，沉默寡言，這常常會損害她的美貌。唉，怎麼還不來。愛德華，去看看怎麼回事。」

「因為僕人不知道去哪兒找她。」

「他們到哪兒去找她了？」

「到諾梯埃爺爺那裡去找的。」

「您認為她不在那裡嗎？」

「不，不，不，不，她才不在那裡。」愛德華像哼小調似的答道。

「那麼她在哪兒呢？你知道就快點兒說出來。」

「她在院子裡的一棵大栗樹下面。」壞孩子接著說道，他也不顧他母親的叫喊，拿活蒼蠅去餵鸚鵡，牠看起來非常愛吃這種野味。

維爾福夫人伸手去拉鈴，讓侍女到凡蘭蒂可能在的地方去找她。但就在這當兒，凡蘭蒂走了進來。她果真顯得很憂鬱，仔細觀察她，甚至能看出她的眼睛裡尚有些許淚痕。

我們敘述得過於匆忙，只是提到凡蘭蒂，還沒有仔細介紹過她：她是一個十九歲的少女，身材很高，姿容溫雅，有光亮的褐色頭髮，深藍色的眼睛，舉止慵倦，繼承了她母親的特點顯得優雅高貴。她那潔白纖細的手指，她那珠圓玉潤的頸項，她那時紅時白的臉頰，使人一見，乍看之下，讓人以為她是漂亮的英國女孩，人們富有詩意地把她們的舉止比作顧影自憐的天鵝。

她走進房來，看到她後母的旁邊坐著這位聞名已久的客人，就大方地向他行了一個禮，並未垂下眼睛，那種嫵媚的舉止越發吸引伯爵的注意。

他起身答禮。

「維爾福小姐，我的繼女。」維爾福夫人一面靠在沙發上，一面用手指著凡蘭蒂向基督山說道。

「這位是基督山伯爵先生，中國的國王，安南的皇帝。」小調皮鬼說道，向姐姐投去狡黠的一瞥。

這一回，維爾福夫人臉色刷地變白了，差點要對這個名叫愛德華的家庭搗蛋鬼發脾氣了。然而伯爵卻恰恰相反，他面露微笑，露出很歡喜的樣子看著孩子，這使他的母親滿心喜悅，熱情洋溢。

「可是，夫人，」基督山輪番看著維爾福夫人和凡蘭蒂，接著話題又說道，「我是不是已經有幸在哪兒看見過你們了呢，您和小姐？剛才我已經想到這一點。小姐進來時，我一看見她，混亂的記憶裡似乎又閃亮了一下，請原諒我使用這個字眼。」

「不大可能吧，先生。維爾福小姐不怎麼愛交際，我們也很少出門。」少婦說道。

「那麼，我並不是在社交場合上見過小姐的，您也一樣，夫人，這個可愛的淘氣鬼也一樣。再說，我對巴黎的社交界還相當陌生，因為我相信有幸已經告訴過您了，我來巴黎才幾天。不，請允許我再想想……」

伯爵把手放在前額上，彷彿在努力思考。

「不，那是在戶外……是在……我不知道……但我覺得這段往事跟一個豔陽高照的日子和某個宗教節日密不可分……小姐手上拿著花，這個孩子在花園裡尾隨著一隻孔雀在跑，而您，夫人，您在一個綠蔭蔽日的葡萄架下面……請幫幫忙吧，夫人。難道我向您敘述的情況沒有使您想起什麼嗎？」

「真的記不得，」維爾福夫人答道，「不過，先生，我覺得要是我在哪裡遇見過您，我一定無法忘記。」

「伯爵先生也許在義大利看見過我們。」凡蘭蒂怯生生地說道。

「確實是在義大利……有可能的，」基督山說道，「您到過義大利嗎，小姐？」

「兩年前，夫人和我，我們去過那裡。醫生擔心我肺部不好，吩咐讓我呼吸那不勒斯的新鮮空氣。我們到過博洛涅、比魯沙和羅馬。」

「啊！不錯，小姐，」基督山大聲說道，彷彿她這個簡單的提示已經喚起他全部記憶，「是在比魯沙，聖體瞻禮那天，就在波士蒂旅館的花園裡，我們碰巧相遇。您、小姐、您的兒子和我，我記得有幸見過你們。」

「我完全記得比魯沙，先生，還有波士蒂旅館，以及您對我說起的那個節日，」維爾福夫人說道，「可是我想來想去，我很慚愧記憶力這麼差，我記不得有幸見過您。」

「真奇怪，我也沒有想起來。」凡蘭蒂說，朝基督山抬起漂亮的眼睛。

「啊！我，我還記得。」愛德華說道。

「我來幫助您回憶一下，夫人，」伯爵接著說道，「那天天氣炎熱得像火燒一樣。你們在等馬車，由於盛大的節日，馬車來不了。小姐走到花園的盡頭裡，您的兒子追逐鳥兒，一時不見了蹤影。」

「我追到鳥了，媽媽，你知道，」愛德華說道，「我在鳥尾巴上拔下三根毛。」

「您呢，夫人，您待在葡萄藤綠廊下。您不記得了嗎，您坐在一張石凳上，如我剛才說的，當維爾福小姐和您的兒子不在時，您不記得跟一個人聊了很久嗎？」

「是的，一點兒也不錯，」少婦漲紅了臉說道，「我記起來了，我確是與一位穿一件長風衣的男子交談過……我想他是一個醫生。」

「對極了，夫人。這個人就是我。當時我在這家旅館已經住了半個月，治癒了我的貼身男僕的發燒和旅館主人的黃疸病，因此大家都誤以為我是一位醫術高明的醫生。我們交談了好一陣子，夫人，什麼都談，談到了比魯傑諾[20]、拉斐爾[21]、各地的風俗習慣，和那著名的『托弗娜毒水[22]』，我似乎記得您還說，有人告訴您，比魯沙有人保存著那種毒水的秘方。」

「啊！不錯，」維爾福夫人顯露出不定的神色忙說道，「我想起來了。」

「我記不得您當時的語言了，夫人，」伯爵非常平靜地接著說道，「可是我清楚地記得，您也同別人一樣當我是位醫生，因此您還向我詢問維爾福小姐的健康狀況。」

「可是，先生，您的確算是位醫生啊，」維爾福夫人說道，「因為您治很多人的病。」

「關於這一點我想借莫里哀和博馬舍[23]的話可以用來回答您，他們說：『正因為我不是醫生，我並沒有治好病人，而是我的病人不治而癒。』我只能對您說，我對於藥物學和各種自然科學有著極大的興趣，常出於興趣深刻地研究過，僅此而已，您明白嗎？」

20. 十六世紀前後義大利畫家。
21. 十六世紀義大利畫家。
22. 十七世紀時，義大利婦人托弗娜謀害邦地古斯國王的藥水，相傳無色、無味、無臭。
23. 十九世紀法國劇作家。

這時，鐘敲六點整。

「已經六點鐘了，」維爾福夫人說道，她顯得十分急躁，「凡蘭蒂，你去看一看，你的祖父是否要吃飯？」

凡蘭蒂起身，向伯爵欠身致意，然而一句話沒說就走出客廳。

「哦！我的上帝，夫人，這是因為我在這裡您才打發維爾福小姐走的嗎？」當凡蘭蒂出去後，伯爵說道。

「完全不是的，」少婦急忙說道，「現在是我們日常給諾梯埃先生送飯的時候，他吃得很少，只是為了維持他那種悲愁的生活而已。您知道，先生，我公公的身體狀況有多糟糕嗎？」

「知道，夫人，我聽維爾福先生提到過，我記得他是癱瘓了吧。」

「天哪！是的，這位可憐的老人完全不能行動了。在這架身體機器中，只有心靈還具有活力，但也像即將熄滅的燈一樣，黯淡而搖曳不定。嗨，先生，請原諒我盡跟您談論我們家裡的不幸，您剛才說到哪兒了，您是一個出色的化學家，是這樣嗎？」

「哦！我不是這樣說的，夫人，」伯爵面帶微笑答道，「而且剛好相反，我決定我生命的大半時光要在東方度過，因此我必須研究藥物學，因為我想以米沙里旦司國王為榜樣。」

「米沙里旦司，君臨邦圖斯，」那個小冒失鬼說道，一面從一本華麗的畫冊上剪下人像，「那個人每天早晨吃早餐的時候要吃一杯烈性毒藥。」

「愛德華！不聽話的孩子！」維爾福夫人從孩子的手中奪下慘遭破壞的畫冊大聲說道，「你真讓人受不了，你攪得我們暈頭轉向。你走吧，到你的諾梯埃爺爺那裡去找你的姐姐去吧。」

「給我畫冊……」愛德華說道。

「怎麼，要畫冊？」

「是的，我要畫冊……」

「你為什麼要把畫撕下來呢？」

「因為我覺得好玩。」

「走開！去吧！」

「你不把畫冊給我，我就是不走。」孩子嚷嚷道，按照不屈服的老習慣，半躺在一張大扶手椅上。

「給你，讓我們安靜些。」維爾福夫人說道。

說著，她把畫冊交給愛德華，他在母親的陪同下走向門口。

伯爵用目光追隨著維爾福夫人。

「我要知道她是否在他身後關門。」他喃喃自語道。

維爾福夫人極為細心地在孩子身後把門關上，伯爵假裝沒有注意到。

接著，少婦左顧右盼，走回去坐在她那張橢圓形的雙人沙發上。

「請允許我向您指出一點，夫人，」伯爵帶著我們熟悉的溫和神色說道，「您對這個可愛的小調皮非常嚴厲。」

「就該這樣，先生。」維爾福夫人回答語氣中充滿做母親的堅定。

「愛德華先生剛才說到國王米沙里旦司的話，是尼頗士說的，」伯爵說道，「您沒讓他背誦，而他的背誦說明他的教師在他身上相當用心，您的兒子很早熟。」

「伯爵先生，」母親受到這番巧妙的恭維後回答道，「事實上他思路敏捷，他想學什麼一學就會。他只有一個缺點，那就是太任性了。嗨，至於他剛才說的話，伯爵先生，您是否認為米沙里旦司真的採用過這種預防措施，而這種預防措施確實行之有效呢？」

「我非常相信那種方法。夫人，讓我告訴您，我曾經用過這種措施也小心防備過，以免自己在那不勒斯、巴勒莫和士麥那被人毒死，也就是說，在那三個地方如果我不預先防備的話，很可能我的命早就搭在那裡了。」

「這麼說您用這個辦法獲得成功了？」

「獲得成功。」

「是的，一點兒不錯，我記得您在比魯沙已經對我提過類似的事情。」

「是嗎？」伯爵說道，他的驚訝神態裝得非常出色，「我可記不得了。」

「那時我問您，毒藥對於南方人和北方人是不是起同樣的作用，而您回答我說，北方人的脾氣冷淡怠惰，南方人的性格熱烈活潑，他們對於毒藥的感受性是不一樣的。」

「是這樣的，」基督山說道，「我看見俄國人毫無不適地吞吃某些植物，之後也沒有什麼不適；但倘使一個那不勒斯人或是一個阿拉伯人吃下去就必死無疑了。」

「這麼說來，這種方式對我們比對東方人效果更明顯？一個常年生活在多霧和多雨地帶的人，比之熱帶人來說，更容易漸漸吸收這種毒汁嗎？」

「可以肯定，當然啦。只有習慣了一種毒藥，才能預防這種毒藥。」

「對，我明白。譬如拿您來說吧，您怎麼才能習慣呢，或者更確切地說，您是怎樣已經適應的呢？」

「這很容易。假定您事先知道別人會用哪種毒藥來害您……例如，假定這種毒藥是……從番木鼈鹼裡提取的吧……」

「我想，番木鼈鹼是從安古斯都拉樹皮裡提取出來的。」維爾福夫人說道。

「十分正確，夫人，」基督山回答道，「不過我想我沒有什麼可以告訴您的了。請接受我的祝賀吧，女人掌握這樣的知識是罕見的。」

「哦！我承認，」維爾福夫人說道，「神秘學像詩歌一樣需要有想像力的頭腦，又像代數方程那樣需要計算。不過，請繼續說下去吧，我求您了，您對我說的話，使我覺得興味盎然。」

「好吧。」基督山接著說道，「譬如說吧，假定這種毒汁是從番木鼈鹼裡提取的。第一天，您服了一匙，第二天兩匙，依此類推。嗯，十天之後，您可以服一厘克了。然後您每天再加上一匙，二十天過後，您就能服用三厘克了，也就是說，您可以安全無虞地忍受的劑量，對於未曾採取同您一樣小心措施的人來說，這已經非常危險了。最後，一個月過後，您要是和人同飲一隻水瓶裡的水，您結束那個人的生命，而您自己雖然也同時飲了這種水，但除了微微覺得有點兒不舒服以外，絕不會覺察到這瓶水裡混有任何毒質。」

「您知道還有其他解毒劑嗎？」

「我不知道。」

「我經常翻看米沙里旦司的這段歷史，」維爾福夫人沉思著說道，「我覺得他的故事近於荒唐。」

「不，夫人，這跟史書與大多歷史敘述相反，但的確是事實。但是，夫人，您對我說的話，您向我提出的問題，一定不會隨口說說的，因為兩年以前您曾問過我同樣的問題，而且還說，您剛才說米沙里旦司的歷史已在您的腦子裡思慮了極長的時間。」

「的確如此，先生，我年輕的時候最喜愛兩門學科，就是植物學與礦物學。後來我知道，草藥的使用往往可以解釋一個民族的全部歷史，以及東方人的整個一生，正如不同的花朵代表他們不同的情感一樣。這時，我就後悔生來不是一個男人，不能成為弗賴米爾[24]、芳丹拿[25]，或卡巴尼斯那樣的人。」

「夫人，」基督山接著說道，「東方人絕不像米沙里旦司那樣，只會用毒藥來做預防措施，他們也把它當做匕首用。科學在他們的手裡不但是一件防禦武器，而常常是一種進攻的武器。前者用來進攻他們肉體上的一切痛苦，後者用來對付敵人。有了鴉片、顛茄、番木鼈、蛇木根、櫻桂皮，他們可以使清醒的頭腦陷入昏睡之中。你們這裡稱為善良女人的那些埃及、土耳其、希臘的女人，她們沒有一個不知道如何在藥物學上使一個醫生嚇得目瞪口呆或在心理學上驚倒一位懺悔師。」

「一點兒不錯！」維爾福夫人說道，她聽了這番議論，眼睛裡閃出奇異的光。

「呃！我的上帝！是的，夫人，」基督山繼續說道，「一種植物能產生愛情，同一種植物也能致人死亡。一種草藥能讓天堂為您打開大門，同種草藥也會把您帶入地獄，在東方，這神秘的情節不斷上演！人的肉體和精神千差萬別，愛好和脾氣也各不相同。我還可以更進一步說，那些化學家還有本領把藥物和病症根據他的所愛或是他想復仇的願望加以適當地配合。」

「但是，閣下，」那位太太說，「您曾在那些東方社會裡生活過一個時期，這些社會是否也像這些美麗國家的故事那樣神奇莫測呢？照這樣講，在那兒人們可以輕易除掉數人，這可實在是蓋倫特[26]先生時代的巴格達和巴斯拉了。[27]為了統治著那些社會，他們也有我們法國所謂政府這一類的東西，在他來說就是回教的教主和祭師，他們不但可以饒恕一個毒人犯，而且要是他犯罪的技術很巧妙的話，還要

24. 十四世紀法國煉金術士。
25. 十八世紀義大利生理學家。
26. 《一千零一夜》的法文本譯者。
27. 阿拉伯國家的國王叫蘇丹，大臣叫維齊。

讓他當首相，遇到這樣的情形，他們還要把全部故事用金字寫下來，藉以消磨他們閒散無聊的時間。」

「不是的，夫人，這類荒唐事即便在東方也不復存在了。那兒也有員警、法官、檢察長和地方官，只不過有他們自己的名利和制服。他們盡可能地以最適宜的方式處理他們的犯人，比如絞刑、殺頭和刺刑，但有些犯人卻能採用狡猾的手段設法逃過法律的制裁，以巧妙的手段來實現他們的可惡構想。

「在我們這裡，一個傻瓜要是心裡有了仇恨的種子，想除掉一個仇人或是一個親人，他就逕自跑到雜貨店或藥房裡，藉口老鼠吵得他無法睡覺，要買五六克砒霜，他會報出一個假名，然而假名比真名還要更暴露自己，假如他真是一個狡猾的傢伙，他就會分開到五六家不同的藥房或雜貨店裡去買，因此，當追蹤探索的時候，就更容易了五六倍。

「然後，他得到特效藥之後，就會給他的仇敵、他的親人服下一點兒砒霜，其分量之重，就是古代的巨象或恐龍吃了也會五臟崩裂，就這樣毫無意義地使他的戰利品哀號呻吟，使全街區都受到驚動。然後他們就去找一位醫生，醫生剖開死者的身體，從腸胃裡把砒霜刮出來裝在一隻匙羹裡。第二天，所有的報紙都會登載同樣的敘述，講出被害人和兇手的姓名。當天傍晚，雜貨商或藥商就來說：『是我將砒霜賣給了這位先生。』他們絕不會錯認，一下就認出那個犯罪的顧客。於是犯罪的傻瓜被抓住了，關進牢裡，經過審問、對質、挨罵、宣判，然後在麻繩或鋼刀上了卻殘生。假如她是一個相當有地位的女人，就判處她終身監禁。你們北方人以為這樣就是懂得藥物學了，夫人。然而應當承認，德律的技巧更聰明些。」

「有什麼辦法呢，先生，」少婦笑著說道，「這些人只是盡己所能。並不是所有的人都掌握梅迪契或布琪亞的秘方的啊。」

「現在，」伯爵聳聳肩說道，「您想聽聽所有這些蠢事是怎麼樣造成的嗎？這是因為在你們的劇院裡，我是根據從我所看過的幾個劇作這樣的判斷，觀眾總是看到劇中人吞下瓶子裡的東西，或者咬破一隻戒指的底盤，然後一聲不吭的倒地而死。五分鐘以後，幕落了下來，觀眾也就散了。他們不知道以後的事情如何。既看不到披肩帶的員警分局局長，也看不到下士和他手下的四個士兵，於是，許多愚人就信以為真，認為這件事就如此而已。但請走出法國，到阿萊普或開羅，或是只要到那不勒斯或羅馬，您就會看到街上走過腰杆兒挺直、臉色紅潤鮮紅的人，可是，假如阿斯魔狄思在您身邊的話，他就會說：『那個人在三星期以前被下了毒，一個月之內就得死了。』」

「這麼說來，」維爾福夫人說道，「他們找到了那著名的托弗娜毒水的秘方了。別人告訴我這秘密已經失傳了。」

「呃，我的上帝啊！夫人，人類有哪一樣東西是永遠失傳了的？高超的技術是能移動的，它游走於世界各地。會換上新的名字，如此而已，普通人無法認出它們，但結果總是一樣的。毒藥對不同的器官起不同的作用，這一種毒藥對胃起了作用，另一種對腦子起了作用，還有一種對腸子起了作用。例如，某一種毒藥可以使人咳嗽，咳嗽能使肺部發炎，或引起在醫學上的其他疾病。那種病，本來絕不會致命，前提是不讓那些天真的醫生用那些藥物去治療表面的病症。這些醫生一般說都是非常蹩腳的教學家，他們隨心所欲地用藥，要麼治癒，要麼治死。病人的不治而死看來合情合理，司法機關束手無策，這種事情是我認識的一位可怕的藥物學家告訴我的，就是那可敬的阿特爾蒙長老，他住在西西里，曾深入研究過各民族這種不同的現象。」

「這很可怕，但又很令人著迷，」少婦說道，她一動不動，凝神屏氣地聽著，「我承認，我以前一直認為這些故事都是中世紀的人編造出來的。」

「是的，毫無疑問，但在我們現在這個時代的人加以利用並進步發展。假如各種鼓勵的方式不能使社會日趨完美，那麼時間、獎勵、勳章、十字章和蒙松獎章還有什麼用呢？可是，人只有像上帝一樣善於創造和毀滅，才能變得十全十美，現在人類只知道如何去破壞，而這只是全部路程的一半而已。」

「所以說，」維爾福夫人總是不忘她的話題，接著說道，「近代的戲劇和傳奇小說上是把故事完全弄錯了，凡是布琪亞、梅迪契法國國王亨利二世的王后、羅傑里斯，以及後來德鄰克男爵以毒害人的兇犯，一七七七年在巴黎處死所用的毒藥——」

「這些毒藥都可以稱得上是藝術品，夫人，而不是其他什麼東西，」伯爵說道，「您認為真正的學者會平庸地向某個人請教嗎？絕不會的。**科學是有怪癖、幻想，喜歡跳躍、奔騰和試驗力量的**，如果可以這樣說的話。譬如，我們舉個例子來說，那位出色的阿特爾蒙長老，就是我剛才對您談起的那一位，他在這方面就作過一些神奇的實驗。」

「當真！」

「是的，我對您講一件就足以讓您震驚。他有一個極好的花園，種滿了蔬菜、花草和果樹。在這些蔬菜之中，他選擇了最普通的一種，譬如一棵椰菜。他用一種含有適量砒霜的蒸餾水澆灌這棵椰菜，一連澆了三天，到第三天，那椰菜開始得病、發黃，那時，他把它割下來。不知情的人認為它成熟了，因為它保留了好看的外表。只有阿特爾蒙長老知道它已中毒。他拿了那棵椰菜到養兔子的房間裡——阿特爾蒙長老不僅栽種蔬菜、花果，也捕捉飼養兔子、貓和豚鼠，好，阿特爾蒙長老捉了一隻兔子，讓這隻兔子吃了一片椰菜葉，那隻兔子死了。對這件事，哪一位檢察官會對此費心呢？哪一位檢察官曾為了兔子、貓或豚鼠的被殺而控告一位生物學家呢？沒有。所以，那隻兔子死了，而司法機關不會為此而不安。

「這隻兔子死了以後，阿特爾蒙長老讓廚娘開膛拿出內臟，拋在垃圾堆裡，這堆垃圾上有一隻母雞，牠啄食了這些內臟，於是也生起病來，第二天就死了。當牠做垂死掙扎時，有一隻兀鷹飛過（阿特爾蒙所住的那個地方兀鷹是很多的），這隻鳥衝下來抓住死雞，把牠帶到一塊岩石上，就在那兒把牠的獵物吃了。吃過這隻母雞之後，兀鷹就一直不舒服，三天以後，當牠正在雲端裡高飛的時候，突然覺得劇烈的暈眩，牠掉落下來，重重落在您的池塘裡。誰都知道，那些梭子魚、鰻魚和鯉魚吃東西是很貪婪的，牠們就一擁而上把那隻兀鷹大嚼了一頓。這些梭子魚、鰻魚和鯉魚已第四輪中毒，哦，假設第二天在您的餐桌上端上梭子魚、鰻魚和鯉魚，那麼您的客人就會第五輪中毒，在八天或十天以後，會內臟疼痛，心臟發病，幽門膿腫，最後死去。醫生剖開屍體，說：

「『這個人死於肝臟潰爛或傷寒致死的！』」

「所有這些情況按照您所說的次序發生，」維爾福夫人說道，「可是，隨便出現一個意外就會破壞這些因果關係的。假如兀鷹沒有及時飛過，或者掉在魚塘百米開外的地方呢。」

「啊！藝術就妙在這裡呀：要成為東方的一位偉大化學家，必須能運籌帷幄，那就能達到目的。」

維爾福夫人陷入了深思，認真聽著。

「可是，」她說道，「砒霜是不可消除的，不論用什麼方法吸收它，總會在人的體內找到，只要達到致人死命的分量。」

「對啊！」基督山大聲說道，「對啊！這正是我向好心的阿特爾蒙提出的問題。」

「他略微思考便露出微笑，說了一句西西里諺語回答我，我想這也是一句法國諺語：

「『我的孩子，**世界不是在一天之內造成的，而是要用七天**。星期天你再來吧。』

「下一個星期天到了，我又去了。這回，他不再用砒霜澆灌椰菜了，而是用含有馬錢子鹼的鹽溶液，就是學名為番木鼈鹼精的那種東西。現在，那椰菜在表面上看不出任何病態，所以兔子一點兒也不挑剔，可是五分鐘以後，那隻兔子死了。雞啄食兔子，第二天也死了，我們來當兀鷹，把母雞帶走，開膛破肚，而這一次，一切特殊的病症都不見了，只有一些普通的病症。任何器官都沒有特殊的形跡——神經系統興奮，如此而已，也許有腦充血的痕跡，最多如此。那隻雞不是被毒死的，牠是中風死的。雞中風我相信是一種很稀奇的病，但在人身上是非常普遍的，這人人都知道。」

維爾福夫人彷彿越來越出神了。

「幸虧，這種物質只能由化學家配製，」她說道，「否則，人類中的一半人可以毒殺另一半人了。」

「是由化學家或是由對化學感興趣的人配製的。」基督山漫不經心地應答道。

「不過，」維爾福夫人說，她在自我掙扎，竭力擺脫心中的念頭，「無論犯罪的手段有多高明，罪行總是罪行。即使他能逃脫司法機關的調查，它終究逃不過上帝的眼睛。在意識方面，東方人比我們強，他們謹慎地取消了地獄，這就是不同。」

「呃！夫人，像您這樣心靈純潔的人，一定會發生這種疑慮，但這種疑慮很容易向堅強的理智屈服。人類思想上惡劣的一面始終概括在盧梭的這句怪論之中，他說：『一萬五千里外伸一伸手指尖，滿大人就被殺死了。』人的一生就是在這樣的夢想中消磨的，老是想著這種事情，他的智力就在這些夢想中乾涸了。您找不到多少人會殘忍地將一把小刀刺進一個同類的心臟，或是為了要終結他的生命，配製我們剛才提到的大量砒霜。這種事情的確是超出常規之外的——是由於怪癖或愚蠢。要做這樣的事情，人的血溫一定會高到三十六度，脈搏至少要到九十，心緒也超出普通限度。但假如，像我們在語言學上所下的工夫一樣，把那兩個字換成字面比較溫和的同義語，您只是簡單消滅一個人，您不是犯下卑鄙的謀殺罪，您只不過要擺脫前進道路上妨礙您的人，不必用暴力，不必心驚肉跳，不會產生痛苦，使犧牲者大受折磨，假如不流血，沒有呻吟，沒有痙攣般地掙扎，總之，沒有那種行極刑的可怕瞬間，於是您逃脫了人類法律的打擊，因為法律只對你說：『不要擾亂社會！』這種事情，在東方諸國就是這樣的，那兒的人天性莊重冷靜，在相當重要的場合，對時間長短並不在意。」

「那麼良心呢，一個人的良心怎麼過得去？」維爾福夫人憋住氣，聲音激動地說道。

「對，」基督山說道，「對啊，幸而還有良心，否則人就太不幸啦。要是沒有它的話，我們將痛苦到什麼地步呀！凡是在竭盡所能行動之後，總是良心來救了我們，它供給我們一千個自我安慰的理由，只有我們自己才能判斷這種理由是否充分。但是，不論這些理由對於讓人安然入睡能產生多妙的作用，到了法庭面前卻很少能有令人信服的分量。譬如說，理查三世在害死愛德華四世的兩個孩子以後，他的良心絕妙地拯救予他。是的，他可以說：『這兩個孩子是一個殘忍嗜殺的國王的後代，他們一定承襲了他們父親的惡習，這一點，只有我能夠從他們幼年的習性上覺察出來，——我要促進英國人民的幸福，這兩個孩子的惡習妨礙我締造英國人的幸福，因為他們無疑會傷害英國人民。』馬克白夫人也是這樣得到良心的幫助的，不管莎士比亞如何說，她絕不是為她的丈夫，而是給她兒子設法弄到一個王位。啊，母愛是一項大美德，一個強烈的動機——這樣的強烈，它使人原諒許多事情。所以在鄧肯死後，馬克白夫人失掉了良心的慰藉，就萬分痛苦了。」

伯爵以他特有的貌似天真，實含諷刺的口吻把這些可怕的格言和恐怖的悖理娓娓道來。維爾福夫人貪婪地聽著，心領神會。

沉默了片刻之後，她說道：

「您知道，伯爵先生，您是一個非常可怕的辯論家，而且總是觀察這個世界悲慘、陰暗的一面！

那麼，您是否通過蒸餾器和坩堝觀看人類，才這樣評價的呢？因為您講得很對，您是個偉大的化學家，您給我孩子用的藥劑，使他如此之快地清醒過來……」

「哦！不要相信這種藥水，夫人，」基督山說道，「一滴這樣的藥劑足以使您那奄奄一息的孩子恢復生命，可是三滴就可能使血液沖進他的肺部，加劇他的心跳。六滴就足以中斷他的呼吸，引起比他昏迷嚴重得多的暈厥。十滴就會斷送他了。您看見了，夫人，他冒冒失失去拿這些瓶子時，我是如何著急地把他擋開的嗎？」

「那麼這是一種劇毒藥劑囉？」

「啊！上帝啊，不是的。首先，我們必須承認，『毒藥』這個字眼兒是不存在的，因為我們認為最猛烈的毒藥，在醫學上原是做藥用的，只要能按照它的用法，它就是一種有益的良藥。」

「那麼真有這樣一種藥物的？」

「這是我的朋友、那位高明的阿特爾蒙長老精心配製的，他教會我如何使用。」

「啊！」維爾福夫人說道，「那一定是抗痙攣的良藥吧？」

「非常有效，夫人，您已經親眼看到，」伯爵答道，「我經常使用它，當然啦，必須能小心。」他笑著補充道。

「這我相信，」維爾福夫人以同樣的聲調答道，「至於我，我特別敏感，很容易昏厥，我生怕有一天會窒息而死，真需要有一位阿特爾蒙那樣的醫生，替我創造一些自由呼吸的方法，讓我安心。在此之前，既然這玩意兒在法國難以找到，而您的長老可能也不會為了我到法國來一趟，我還是繼續服用布朗什先生開出的鎮靜劑吧。薄荷精和霍夫曼藥水對我的作用很大。瞧，這幾片藥是我定製的，用雙倍劑量服用。」

基督山把少婦遞上來的一只玳瑁盒子打開，聞了聞片劑的氣味，他雖然不是專業醫生，卻能估量藥物成分。

「這藥丸很精緻，」他說道，「但必須吞服，對已昏倒過去的人來說卻無法做到。我更喜歡我那種特效藥。」

「啊，當然啦，我也是。我已經親眼看見了這種藥的效力，所以我更喜愛這一種了。但這無疑是一種秘密，我請您給我一點兒，不會太冒昧吧？」

「可是我，夫人，」基督山起身說道，「我殷勤有禮，願意把它奉獻給您。」

「啊！先生。」

「不過，請您時時記住一件事，就是少量是良藥，大量是毒藥。就如您所看見的，一滴能喚醒知覺，五六滴就會使服用者必死無疑，尤其滴在酒杯中，絲毫不改變酒味無人能察覺，卻更加厲害。嗨，就此打住吧，夫人，我幾乎有好為人師之嫌啦。」

六點半鐘剛剛敲過，僕人通報維爾福夫人的一位女友到，她是來與女主人共進晚餐的。

「如果我已經有幸見過您三四回，伯爵先生，而不是只第二次見到您，」維爾福夫人說道，「如果我有幸成為您的朋友，而不僅僅有幸受恩於您，我就會堅持留您吃飯了，而且也許不會第一次開口就遭到回絕的。」

「我感恩不盡，夫人，」基督山答道，「可我本人也已有約在先，不能食言。我已答應帶我的一個朋友、一位希臘公主去看戲，她還沒去過大歌劇院，想讓我帶她去見識見識。」

「去吧，先生，可是別忘了我的藥方。」

「怎麼會呢，夫人！要忘掉那件事，我就必須先忘掉我在您身邊度過的那場談話的時間，完全不會這樣。」

基督山行了禮，走了出去。

維爾福夫人仍在出神地想著。

「真是一個怪人，」她說道，「在我看來，他本人怕是就叫阿特爾蒙。」

基督山呢，結果已經大大超過他的預料。

「好啊！」他邊走邊說道，「這是一塊肥沃的土地，我相信把種子撒在上面是肯定會開花結果的。」

次日，他信守諾言，把維爾福夫人所要的藥方送去了。

# chapter 53 魔鬼羅貝爾

到歌劇院看戲是個絕妙的理由，因為碰巧那天晚上的皇家戲院的演出比平時更富於號召力。李凡塞久病初癒[28]重上舞台，扮演伯脫蘭一角，而且像往常一樣，流行的大師的作品吸引了巴黎最光彩奪目的社交界。

馬瑟夫如同大多數有錢的紈袴子弟那樣，在正廳包有單人座位，另外他在相熟的十大包廂中都找到的位子，還不算他有權進入名人的包廂裡。

夏多．勒諾在正廳也有一個座位，就在他的旁邊。

波香作為新聞記者，是戲院之王，他到處都可以有座位的。

那天晚上，呂西安．狄佈雷可以用部長的包廂，可是他把這個包廂提供給了馬瑟夫伯爵，後者因美茜蒂絲不去，又把包廂送給了鄧格拉司，並讓人轉告他，自己大約在晚上要去拜會男爵夫人和她的女兒，如果夫人和小姐肯接受他提供的包廂的話。兩位女士是絕對不會拒絕的，因為世界上再沒有任

28. 十九世紀法國著名歌劇演員。

何人會像一位百萬富翁那樣強烈希望得到一個不花錢的包廂的。

至於鄧格拉司，他早已聲稱，他的政治原則和反對派議員的身分使他不能去佔有敵對派議員的包廂。因此，男爵夫人寫信叫呂西安來接她，因為她不便單獨與歐琴妮去劇院。事實也是如此，假如這兩個女人沒有同伴去看戲，會引發輿論的評價。而如果鄧格拉司小姐與她的母親和母親的情人去觀劇的話，人們就無話可說了：必須入鄉隨俗嘛。

帷幕升起的時候，如同往常一樣，大廳幾乎空無一人。演出開始後，觀眾才走進戲院，仍然是巴黎上流社會的習慣。因此，當第一場演出時，到場的觀眾並不是在看戲或者是聽戲，而是在相互觀察，而且除了關門、開門聲和談話聲之外什麼也聽不見。

「瞧！」阿爾培看見第一排的側面包廂的門開啟時，突然說道，「瞧！G伯爵夫人來了！」

「G伯爵夫人是誰？」夏多・勒諾問道。

「噢，伯爵！這句話問得太不可原諒了，你居然問G伯爵夫人是誰？」

「啊，不錯，」夏多・勒諾說道，「我想到了，就是那位迷人的威尼斯女人？」

「一點兒也不錯。」

這時，G伯爵夫人瞧見阿爾培，同他相互致意，微微一笑。

「看來您認識她嗎？」夏多・勒諾問道。

「是的，」阿爾培說道，「在羅馬是弗蘭士把我介紹給她的。」

「您肯在巴黎為我也同樣效勞一次嗎？」

「榮幸之意。」

「噓！」觀眾表示不滿了。

兩位年輕人繼續交談，毫不顧及正廳後排觀眾想聽音樂的願望。

「她去過練兵場看賽馬。」夏多・勒諾說道。

「今天？」

「是的。」

「什麼！居然還有賽馬。您賭賽馬了嗎？」

「哦！只是消遣，五十個路易。」

「哪一匹贏了？」

「諾鐵路斯，我把寶押在這匹馬上。」

「在第三場賽馬？」

「是的。賽馬俱樂部設了一個獎，獎品是一只金杯。居然發生意想不到的怪事。」

「什麼事啊？」

「噓！」觀眾又叫喊起來。

「什麼事？」阿爾培又追問了一句。

「獲獎的是大家一無所知的一匹馬和一個騎手。」

「怎麼回事？」

「誰都沒有注意到參加賽馬的一匹名叫范巴的馬和一個名叫賈布的騎師。只見一匹出色的栗色馬和一個拳頭大小的騎手突然走了出來。他們至少塞了二十磅重的鉛丸到那個小騎師的口袋裡才使他夠重，但雖然如此，他還是超出了和他競賽的阿里爾和巴柏，至少整整地超出了三個馬身。」

「你們還沒有打聽出這匹馬和那個騎師歸誰所有嗎？」

「沒有。」

「您說的這匹馬叫……」

「范巴。」

「這麼說，」阿爾培說道，「我消息比你的靈通，我知道他的東家是誰。」

「安靜些！」後排觀眾第三次叫喊起來。

這次，抗議提得是夠強烈，兩個年輕人終於發現觀眾是衝著他們喊的。他們回過頭，想在觀眾中找出領頭喊叫的那位，看是誰敢來對沒禮的行為負責。然而沒有人迎接這種挑戰，於是他們又把臉轉向了舞台。

這時，部長的包廂門開了，鄧格拉司夫人、她的女兒和呂西安・狄佈雷在各自的座位上坐下。

「啊！啊！」夏多・勒諾說道，「您的幾個熟人到齊了，子爵。真見鬼！您往另一邊張望什麼呀？人家在找您哩。」

阿爾培轉過臉來，他的眼睛果真與鄧格拉司男爵夫人的眼睛相遇了，她用扇子向他致意。至於歐琴妮小姐，她黑色大眼睛的秋波很少會給正廳前座，甚至難得對舞台上望一望。

「說真的，親愛的，」夏多・勒諾說道，「我一點不明白，除了門第不等以外，當然我絕不相信您看中這一點，我是說，除了不門當戶對以外，我實在不理解您對鄧格拉司小姐有什麼不滿意之處，說實話，她真是個美人兒哩。」

「相當漂亮，確實。」阿爾培說道，「可是，我得向您承認，比起美貌，我倒更喜歡溫柔些、甜美些，準確地說女性化一些的東西。」

「您太年輕了，」夏多・勒諾說道，他以三十歲男子的資格，對馬瑟夫擺出一副父輩的架勢說道，「年輕人從來不會滿足的。怎麼啦，親愛的！父母給您找來了一個按狩獵女神狄安娜的模特兒塑造的未婚妻，您竟然還不滿意！」

「嗯，說得對，我倒喜歡五穀女神或畜牧女神的那種風度。這個狩獵的女神總是待在山精抒懷旁邊，我可有點兒心慌，深恐有一天她會使我落得個蚌殼精的命運。」

的確，只要向鄧格拉司小姐看上一眼，就可以發現馬瑟夫所說的那種特徵。她確實很漂亮，但是，正如阿爾培所說的，她是一種意志力十分強大的美人。她的頭髮像烏鴉一般黑，但在天生的捲曲中顯露出某種不聽從手的梳理的倔強。她的眼睛和她的頭髮同色，睫毛很濃密，上面有兩條彎彎的眉毛，但她的眉毛有一個大缺點，就是幾乎老是習慣地蹙皺著，在浮現出堅不可摧的表情時尤其明顯，更令人驚訝的是在一個女人的目光中怎麼會看到這種理智的神情。她的鼻子正好做雕刻家塑朱諾像時的模特兒，她的嘴巴裡露出一口珍珠似的雪白的牙齒，嘴巴的缺點是太大了一些，而且，過分豔紅的胭脂與臉色的蒼白恰成對照。使這個幾乎像男人的臉（就是馬瑟夫覺得極不合他口味的臉）上更增添男性氣味的，是一顆比一般雀斑大得多的黑痣，正巧長在她的嘴角上，補全了這副面孔堅定不移的個性。

再說，歐琴妮小姐身體上其餘的部分和上述描述的頭顱緊密結合，正如夏多・勒諾所說的，她的確會使你想到狩獵女神，只是她的美更富於剛毅之氣和更近於男性美罷了。

如果在她的教育方面提出指責的話，就會和一個苛刻的鑒賞家在她的美貌上所能找到的不是一樣——就是那些學識像是屬於男性的。她能說兩三國語言，畫畫揮灑自如，又會寫詩作曲。她公開宣稱要終生獻身於音樂那種藝術，正在跟她在寄宿學校的同學共同研究這門藝術，這位同學雖沒有錢，卻具備各種條件可以成為——她確信她可以成為——一個出色的歌唱家。據說，有個傑出的作曲家對她懷有近乎慈父般的關心，他鼓勵她勤勉地學習，希望她可以憑她的嗓子致富。

這個有才能的少女名叫羅茜・亞密萊。由於她將來或許會上舞台，所以鄧格拉司小姐雖然仍收留她在家，卻不便和她一同在公共場所露面。雖然羅茜在那位銀行家的家裡享受不到一個朋友的獨立地位，但她的地位比一個普通的家庭女教師要優越。

鄧格拉司夫人剛進包廂不久，帷幕就落下了，幕間休息時間很長，可以在休息室散步，或者拜訪其他觀眾，所以正廳前座的觀眾幾乎走光了。

馬瑟夫和夏多・勒諾首先走出去。鄧格拉司夫人一時之間心想，阿爾培這樣匆匆忙忙，其動機是為了前來向她倆問候的，於是便附在女兒的耳朵上，告知她這次來訪，但後者只是笑著搖搖頭。與此同時，彷彿為了證明歐琴妮的否認確實是有根有據似的，馬瑟夫出現在第一排側面的包廂裡了。這個包廂就是G伯爵夫人的包廂。

「啊！是您哪，旅行家先生，」那女人像個老朋友那樣，極為熱情地向他伸出手去，「您認出我來，並優先來看我，真是太好了。」

「請相信，夫人，」阿爾培答道，「如果我事先知道您來到巴黎，並知道您的地址的話，我絕不會等得這麼久的。哦，請允許我向您介紹我的朋友夏多・勒諾男爵先生，是眼下在法國僅有的幾家貴族之一，還是他剛剛告訴我的，您也觀看了瑪斯廣場的賽馬了。」

夏多・勒諾躬身致意。

「啊！您也去看過賽馬了嗎，先生？」伯爵夫人立即問道。

「是的，夫人。」

「哦！」G夫人又急於問道，「那麼您能告訴我，贏得賽馬俱樂部獎盃的那匹馬的主人是誰嗎？」

「我也不知道，夫人，」夏多‧勒諾說道，「我剛才也問過阿爾培。」

「您急於想知道嗎，伯爵夫人？」阿爾培問道。

「知道什麼啊？」

「馬的主人是誰呀？」

「非常迫切。你們想想……難道您碰巧知道是誰了，子爵？」

「夫人，您剛才要講什麼事？因為您說『你們想想』來著。」

「嗨！你們想想，這匹可愛的栗色馬，這個漂亮的穿粉紅上衣的小個兒騎手，乍一看，就引起我非常強烈的好奇心，我都禁不住要熱忱地祈禱他們能得勝，好像是我有一半家產押在他們身上似的，當我看到這一對達到終點，超過其他對手的三個馬身時，我真是欣喜異常，為他們鼓掌歡呼了。回家的時候，我在樓梯上遇到那個穿粉紅短衫的騎師，想想看，那時我多麼驚奇呵！我以為那匹得勝的馬主人一定碰巧和我住在一家旅館裡。但不！我一走進我的客廳，看到的第一樣東西就是來歷不明的那匹馬和那個騎手獲得的金獎盃，杯子裡有一張小紙條，上面寫著這個字，『G——伯爵夫人惠存，羅思文勳爵敬贈。』」

「真的是這麼回事。」馬瑟夫說道。

「什麼！是這麼回事，您這是什麼意思啊？」

「我想說，他就是羅思文勳爵本人。」

「哪個羅思文勳爵？」

「我們那位羅思文勳爵，吸血鬼，愛根狄諾戲院的那個吸血鬼。」

「真的嗎！」伯爵夫人大聲說道，「那麼他在這裡嗎？」

「完全正確。」

「您已經見過他了?您到他家去過了嗎?」

「那是我的摯友,夏多・勒諾先生本人也有幸結識過他。」

「但您憑什麼相信是他得勝了呢?」

「他的那匹名叫范巴的馬。」

「嗯,那又怎麼樣呢?」

「嗨,難道您記不起那個派人抓走我的大名鼎鼎的強盜的名字了嗎?」

「啊!不錯。」

「伯爵從他手裡把我奇蹟般地救了出來?」

「完全記得。」

「他就叫范巴。您瞧,就是他。」

「那麼他為什麼要把那只獎盃送給我呢?」

「首先,伯爵夫人,因為我對他多次提到過您,您也必定能料想到;其次,因為他很樂意能找到一位女同胞,而且很高興這個女同胞這麼關心他。」

「我希望您從沒有和他談過我們議論他的那些傻話吧!」

「抱歉,我不能發誓沒有講過。他以羅思文勳爵的名義向您贈送獎盃,這說明……」

「這太可怕了,他一定恨死我了。」

「他採用的方式是敵視的行為嗎?」

「不是的,我保證。」

「那麼說，他在巴黎了？」

「是的。」

「他引起什麼轟動了嗎？」

「哦，」阿爾培說道，「大家對他議論了整整一個星期，然後又把注意力轉向英國女王的加冕典禮和瑪律斯小姐的鑽石失竊案，現在大家只關心這件事。」

「親愛的，」夏多・勒諾說道，「顯然，伯爵是您的朋友，您也把他當朋友對待。請別相信阿爾培對您說的一番話。伯爵夫人，現在巴黎還是基督山伯爵的舞台。他先是送給鄧格拉司夫人兩匹馬，一共價值三萬法郎。後來，他又救了維爾福夫人一命。再後來，據說他在賽馬總會組織的賽馬中獲了勝。不管馬瑟夫怎麼說，相反，我卻堅持認為，此刻大家還在關心著那位伯爵。如果他繼續做出乖戾的行為，在一個月之內，他仍將是大家關注的目標。看起來這只是他一貫的生活方式。」

「有可能吧，」馬瑟夫說道，「不過請先告訴我，究竟是誰租到了俄國大使的那個包廂？」

「是哪個包廂啊？」伯爵夫人問道。

「第一排兩根立柱中間的那個，我覺得包廂完全改裝一新了。」

「果然是，」夏多・勒諾說道，「在第一幕演出時有人在裡面嗎？」

「在哪兒？」

「在這個包廂裡啊。」

「沒有，」伯爵夫人說道，「我沒看見有什麼人。這麼說來，」她回到最初的話題上來，「您認為贏得獎盃的是您那位基督山伯爵了？」

「我確信無疑。」

「那麼是誰把這只獎盃送給我？」

「毫無疑問是他。」

「可我不認識他啊，」伯爵夫人說道，「我非常希望能把獎盃還給他。」

「啊！千萬別這麼做。他只會送您另一只杯子，並且是用整塊藍寶石或是用整塊紅寶石雕鏤成的。他的行為方式是這樣的。有什麼辦法呢，他就是這樣的人啊。」

這時，鈴聲響起，表示第二幕就要開始了。阿爾培起身想回到自己的座位上。

「我還能再見到您嗎？」伯爵夫人問道。

「如果您允許的話，在幕間休息時，我再來詢問您我在巴黎還能為您做些什麼。」

「先生們，」伯爵夫人說道，「每個週末晚上，我在黎伏萊街二十二號招待朋友。我這就算是正式邀請你們了。」

兩位年輕人鞠躬，走出包廂。

他倆走進正廳時，突然看見正廳後排所有的觀眾都站起來了，盯住大廳的同一個地方。他倆的目光也隨觀眾望去，停留在以前俄國大使所有的包廂裡。一個三十五到四十歲，身穿黑色禮服的男子，剛與一位身著東方服飾的女子走了進去。這個女子有傾國傾城之貌，她那身富麗堂皇的打扮把所有人的目光都吸引到了她的身上了。

「哦！」阿爾培說道，「是基督山與他的希臘美女。」

不錯，來者就是伯爵和海蒂。

頃刻間，年輕女郎不僅成了正廳聽眾，而且成了整個劇院注意的對象。貴婦們把頭伸出包廂想一睹她戴著的那一串串流光溢彩的鑽石。

第二幕就在一片嗡嗡的絮叨聲中結束了，這表明聽眾在議論剛剛引發轟動之事。沒有人再想著要求大家保持安靜了。這個女人是這樣的年輕、美麗、光彩奪目，無疑是人們所能見到的最吸引人的景物了。

在這時，鄧格拉司夫人做了一個手勢，向阿爾培明確表示，男爵夫人想在下一幕幕間休息時見到他來訪。

當別人明白地向他表示要見他時，馬瑟夫出於修養和禮貌的要求，是不願意讓人久等的。因此第二幕一結束，他就趕緊上樓到側面的一個包廂裡去了。

他向兩位女士行了禮，又把手伸向狄佈雷。

男爵夫人以迷人的微笑迎接他，而歐琴妮則保持著往常的冷漠神色。

「天哪，親愛的，」狄佈雷說道，「您看到的是一個走入絕境的人，他要求你幫忙。這位夫人問了一連串有關基督山伯爵的問題，真把我壓得透不過氣來了。她以為我知道他的出身、來歷和身世……天哪，我又不是卡利奧斯特羅。為了擺脫困窘，我只能說：『去問馬瑟夫吧，他對他的基督山瞭若指掌呢。』於是她就向您打招呼了。」

「真是不可想像呀，」男爵夫人說道，「一個人可以支配五十萬秘密基金，我居然對此所知不多。」

「夫人，」呂西安說道，「我請您相信，假如我真的可以支配五十萬法郎，我也會把它用到較有益的地方，而不會自找麻煩地打聽基督山伯爵的種種細節。他在我的眼裡並沒有出乎異常的價值，只是比印度王公加倍富有罷了。不過，還是讓我的朋友馬瑟夫說話吧，您和他打交道吧，這件事情跟我可不相干啦。」

「即便是一位印度王公，肯定也不會送我一對價值三萬法郎的馬，外加耳朵上四顆鑽石，每顆值五千法郎啊。」

「哦，送鑽石嘛，」馬瑟夫笑著說道，「我想那是他的癖好。我想他像波亭金那樣，兜裡總是裝著鑽石，沿路拋撒，像大拇指撒石子那樣。」

「他大概找到什麼鑽石礦了吧，」鄧格拉司夫人說道，「你知道他在男爵的銀行裡開了一個無限透支的戶頭嗎？」

「我不知道，」阿爾培答道，「但很有可能。」

「您知道他對鄧格拉司聲稱，他計畫在巴黎停留一年，花掉六百萬嗎？」

「這是隱姓埋名的波斯國王的排場了。」

「這個年輕女子，呂西安先生，」歐琴妮說道，「您注意到她的美貌了嗎？」

「說真的，小姐，在女性之中，我只承認您才配得上美人的稱謂。」

呂西安把觀劇望遠鏡湊近眼睛。

「非常迷人。」他說道。

「這個女人，馬瑟夫先生也知道她是誰嗎？」

「小姐，」對這一個提得幾乎直截了當的問題，阿爾培答道，「我所知不多，如同我們所關注的這個神秘人物的情況一樣。據我所知，她是個希臘人。」

「從她的服裝一眼便可看出來了，您告訴我的盡是全場的人像我們一樣都已知道的事。」

「我為自己當了一個無知的嚮導而感到十分遺憾，」阿爾培說道，「但我應當向您坦白，我所知道的也僅限於此了。我還知道她是一位音樂家，因為有一天我在伯爵家吃早飯時，聽見了單弦提琴美妙的聲音，一定是她在演奏。」

「那麼，您的伯爵也在家宴請客人了？」鄧格拉司夫人問道。

「我向您起誓，宴席闊綽至極。」

「我得勸說鄧格拉司邀請他吃頓飯，並請他參加舞會，以便他回請我們。」

「什麼，您要到他府上去嗎？」狄佈雷笑著問道。

「為什麼不呢？與我的丈夫同去。」

「他可是個神秘的單身漢啊。」

「您明明看見不是這麼回事啊。」輪到男爵夫人笑著說，一面指著希臘美人。

「他親口告訴過我們，這個女人是個奴隸，您記得嗎，馬瑟夫，在您家裡吃早飯的那次？」

「親愛的呂西安，」男爵夫人說道，「不如說她像個公主，您得承認吧？」

「而且是《一千零一夜》裡的公主。」

「不一定非得是《一千零一夜》裡的公主。但構成公主身分的是什麼東西，親愛的？不就是鑽石嘛，而現在她全身掛滿了鑽石。」

「我覺得她似乎掛得太多了，」歐琴妮說道，「要不然她會更美麗，那時我們也可以看到她那秀麗細膩的喉脖、頸脖和手腕了。」

「哦！真是藝術家。聽著，」鄧格拉司夫人說道，「你產生藝術激情了嗎？」

「所有美的我都喜歡啊。」歐琴妮說道。

「那麼您對伯爵有什麼看法？」狄佈雷說道，「我覺得他也不遜色。」

「伯爵？」歐琴妮說道，彷彿她根本沒有想到注意他似的，「伯爵嘛，他很蒼白。」

「說得對，」馬瑟夫說道，「我們要尋找的就是蒼白掩蓋下的秘密。您知道，G伯爵夫人說他像個吸血鬼。」

「她回來了嗎，G伯爵夫人？」男爵夫人問道。

「就在側面的包廂裡，」歐琴妮說道，「幾乎坐在我們的正對面，母親。這個女人有一頭漂亮的金色頭髮，就是她。」

「哦！是的，」鄧格拉司夫人說道，「您不知道現在您該幹什麼嗎，馬瑟夫？」

「請吩咐吧，夫人。」

「您該去拜望一下基督山伯爵，把他帶到我們這裡來。」

「為什麼呢？」歐琴妮問道。

「為了我們可以與他說話呀。您不想見他嗎？」

「一點兒不想。」

「古怪的孩子！」男爵夫人輕聲說道。

「哦！」馬瑟夫說道，「也許他會自己來的。瞧，他看見您了，夫人，他在向您致意呢。」

男爵夫人向伯爵還禮，還送他一個迷人的微笑。

「行啦，」馬瑟夫說道，「我豁出去了。我這就去，去看看有沒有什麼機會與他搭上話。」

「直接去他的包廂，這非常簡單。」

「可沒人給我作介紹呀。」

「介紹給誰啊？」

「希臘美人。」

「您不是說她是一個奴隸嗎？」

「是的，但您認為她是一位公主……不，我希望當他看見我出去時，他也會走出來。」

「有可能的，去吧！」

「我就去。」

馬瑟夫躬身致意，走出包廂。果然，正當他走到伯爵那間包廂的門口時，門開了，伯爵向站在走廊上的阿里說了幾句阿拉伯語，然後伯爵拉住馬瑟夫的手臂。

阿里重新關上了門，在門前站定。過道裡，在努比亞人旁邊圍了一群人。

「說真的，」基督山說道，「你們的巴黎真是一個古怪的城市，而你們巴黎人也真是特殊的人，簡直可以說他們從來沒見過一個努比亞人。你瞧瞧圍在可憐的阿里身邊的那些人吧，阿里都不知道這算什麼意思。嗨，我可以給您擔保一件事，假如一個巴黎人去突尼斯、君士坦丁堡、巴格達或是開羅，沒有人會圍觀他。」

「這是因為你們東方人有理智的頭腦，他們只看一些值得他們去看的東西。不過請您相信我，阿里擁有觀眾只是因為他是屬於您的，而眼下，您可是個新聞人物啊。」

「真的嗎！我怎麼會得到這份殊榮呢？」

「還用說，是您自己造成的啊。您贈送別人價值一千路易的兩匹馬；您還救了檢察官家中兩個人的性命；您以布拉克少校的名義讓純種馬和個子小得像南美洲狨猴似的騎師去參加比賽，您最終奪得金獎盃，卻又把它們送給了漂亮的女人。」

「哪個鬼傢伙告訴您這些蠢事？」

「第一件是鄧格拉司夫人說的，她正翹首以待在她的包廂見到您。或者不如說，還有其他人也想在那兒見到您呢。第二件是波香的報上說的。第三件是我自己的想像力。假如您想隱姓埋名的話，那麼為什麼您把您的馬命名為范巴呢？」

「啊！倒也是！」伯爵說，「我真是粗心大意啊。可是請你告訴我，難道伯爵從不上劇院嗎？我用目光搜索他，就是找不到。」

「他今晚會來的。」

「在哪兒啊？」

「我想他在男爵夫人的包廂裡。」

「與她在一起的那個美人兒是她的女兒嗎？」

「是的。」

「我要向您表示祝賀。」

馬瑟夫笑了笑。

「我們改天再詳談這個，」他說道，「您覺得樂曲如何？」

「什麼樂曲啊？」

「您剛才聽的啊。」

「哦，既然作曲者是一個人，而又像已故的德奧琪納所說的那樣，唱歌的是兩隻腳、沒有羽毛的鳥，這樣說來音樂是非常美妙的。」

「哦，我親愛的伯爵，您說這句話倒像是您可以隨意聽到天上的第七交響曲的了。」

「您說對了一部分，只要我想聽到美妙的音樂，那是凡人的耳朵聽不到的音樂，我就去睡覺。」

「哦！您在這裡挺好嘛。睡吧，親愛的伯爵。睡吧，歌劇院就是為此而設的。」

「不行，說真的，你們的樂隊太嘈雜了。我如果要睡得安穩，像我對您說的那樣，必須安靜，我的心境也要平靜，然後吃一點兒藥劑……」

「啊！服用那著名的印度大麻嗎？」

「正是如此，子爵，假如你想聽音樂，那就來同我共進晚餐。」

「不過上次去府上吃早飯時，我已經聽過了。」馬瑟夫說道。

「在羅馬嗎？」

「是的。」

「啊！這是海蒂在演奏單弦提琴。是的，流落他鄉的可憐女孩有時給我彈奏她家鄉的音樂，藉以消愁解悶兒。」

馬瑟夫不想再追問下去，伯爵一時也沉默不語了。

此時，鈴聲又響起來了。

「對不起，我要失陪了。」伯爵邊說邊向他的包廂走去。

「怎麼啦？」

「請代表吸血鬼向G伯爵夫人致意請安。」

「向男爵夫人說什麼呢？」

「請轉告她，假如她允許的話，今晚我會有幸去向她致意。」

第三幕開始了。在第三幕演出期間，馬瑟夫伯爵如同他許諾的那樣，來到了鄧格拉司夫人身邊。

馬瑟夫伯爵可不是能在正廳裡引起轟動的那一類人，因此沒有人注意到他的蒞臨，除了他落座的那幾個包廂裡的人以外。

然而基督山卻在一直看著他，一絲笑容掠過了基督山的嘴唇。

至於海蒂呢，只要帷幕升起，她就目不轉睛地盯著舞台。海蒂天性純潔，高雅優美的東西對這美人有強大的吸引力。

第三幕結束了。諾白麗、裘莉和黎羅絲三位小姐足尖舞像往常一樣再次上演，羅勃脫當然要向格里那達王子挑釁，最後，讀者知道的這位威武的國王繞場一周，一面用手挽住他的女兒，充分表演出了他那天鵝絨的長袍和披風在疾馳時飄飄欲仙的姿態。表演結束後，幕又落了下來，觀眾們又全體湧向休息室和前廳。

伯爵走出自己的包廂，很快就來到鄧格拉司男爵夫人的包廂裡。

男爵夫人又驚又喜。

「啊！您能來真是太好了，伯爵先生！」她大聲說道，「說實話，雖然我已經寫信向您表示過謝意，但我急切地希望口頭上再向您表示衷心的謝意啊。」

「哦！夫人，」伯爵說，「區區小事，何足掛齒？我早就把它忘掉啦。」

「對於我是萬萬不能忘記的，伯爵先生，而且第二天，您又把我的好朋友維爾福夫人救出來了，我的那兩匹馬差點給她帶來災難。」

「在這件事上，夫人，我仍然不值得您感謝。那是我的努比亞人阿里的造化，能為維爾福夫人幫一個大忙。」

「也是這個阿里把我兒子從羅馬強盜手中救出來的嗎？」馬瑟夫伯爵問道。

「不是的。伯爵先生，」基督山握著將軍伸過來的手說道，「不是的。那一次，是我本人為您效勞了。不過您已經謝過我了，我也心領了，說實話，您仍然口口聲聲感謝的話，我就不敢當了。男爵夫人，請開恩把我介紹給令愛吧，我求求您了。」

「哦！您並不是陌生人，至少您的大名已經如雷貫耳了，因為兩天以來，我們一直在談論您。歐琴妮，」男爵夫人向她的女兒轉過臉去繼續說道，「認識一下基督山伯爵先生。」

伯爵欠身致意，鄧格拉司小姐微微點了一下頭。

「您帶來了一個非凡的小姐，伯爵先生，」歐琴妮說道，「她是您的女兒嗎？」

「不是的，小姐，」基督山說道，對問得這樣開門見山和泰然自若感到非常驚訝，「她是一個可憐的希臘女孩兒，目前在我的保護下生活。」

「她叫什麼名字呢？」

「海蒂。」基督山答道。

「她是希臘人！」馬瑟夫伯爵喃喃說道。

「是的，伯爵，」鄧格拉司夫人說道，「告訴我，您在阿里·鐵貝林的手下光榮地服務過，您見過像我們眼前這麼令人炫目的服裝嗎？」

「啊！」基督山說道，「您在亞尼納希臘伊皮魯斯的首府，服役過吧，伯爵先生？」

「我曾擔任總督軍隊的教官，」馬瑟夫答道，「我擁有的一點點產業，實不相瞞，都是來自那個著名的阿爾巴尼亞的統帥的慷慨贈與。」

「請看哪！」鄧格拉司夫人驚呼道。

「看哪兒啊？」馬瑟夫結結巴巴地說。

「那裡！」基督山說道。

說著，他用胳膊攬住伯爵，拉他一起把頭探出包廂。

這時，海蒂在用目光搜尋伯爵，恰巧看見臉色蒼白的頭探出包廂，而在他旁邊正是馬瑟夫先生的臉。

那女郎看到這種情形，驚慌失措，就像是看到了墨杜薩[29]的臉一樣。她向前探出身體，彷彿要死死盯住這兩個人，然後有氣無力地喊了一聲，靠回到她的座位裡。但卻被離她最近的人和阿里聽到了，他立刻打開包廂門來瞭解原由。

「看哪，」歐琴妮說道，「在您保護下的少女發生什麼事了，伯爵先生？好像她覺得不舒服了。」

「看來確實如此，」伯爵說道，「但請你別害怕，小姐。海蒂容易神經過分敏感，因此對一些氣味無法忍受。她對某種香味反感足以使她暈倒。不過，」伯爵從口袋裡掏出一個小瓶子補充說道，「我對於這種病有一樣十分有效的良藥。」

說完，他同時向男爵夫人和她的女兒鞠了一躬，與伯爵和狄佈雷最後握了一次手，走出了鄧格拉司夫人的包廂。

當他回到自己的包廂裡時，海蒂的臉色慘白。他剛剛露面，她就抓住他的手。

基督山發現少女的雙手濕漉漉，又冷冰冰。

「您與誰在交談呢，大人？」少女問道。

「哦！」基督山答道，「與馬瑟夫伯爵。他曾在你那著名的父親麾下服過役，並靠他的慷慨而發家致富的。」

「啊！無恥之徒！」海蒂大聲說道，「就是他把我父親出賣給土耳其人的。這筆財富是他背叛的代價。難道您不知道這件事嗎，我親愛的大人？」

29. 希臘神話中的蛇髮妖怪，她的臉會使見到的人化為石頭。

「關於這段歷史，我在伊庇魯斯曾聽人提起過，」基督山說，「但我不知道其中的詳情。來吧，我的女兒，你來告訴我吧，我相信應該是很有趣的。」

「哦！是的，走吧，走吧。如果我再在這個人的對面待下去，我就會死去的。」

說著，海蒂迅速站起來，裹上她那件鑲著珍珠和珊瑚的白色開司米斗篷，在帷幕升起之際匆匆走出去了。

「瞧，這個人的行動就是與眾不同！」G伯爵夫人向回到她身邊的阿爾培說道，「他聽《惡棍羅貝爾》的第三幕時還聚精會神的，第四幕即將開始時，他卻又走了。」

chapter 54

# 債券的漲跌

這次會面幾天之後，阿爾培・馬瑟夫到基督山伯爵在香榭麗舍大街上的寓所去拜訪他。伯爵的家像宮殿一樣氣派非凡，伯爵富比王侯，即便是臨時住宅，也裝修得富麗堂皇。

此次前來是為了替鄧格拉司夫人再次向伯爵表示感謝的，早先鄧格拉司夫人已寫信給伯爵道謝過一次，署名為：鄧格拉司男爵夫人，閨名鷵敏・薩爾維歐。

阿爾培與呂西安・狄佈雷一同前來，他在朋友的客套話之外又加幾句恭維話，顯得恭敬有禮，但伯爵憑著他敏銳的目光，不難看出這些話的內涵。

他覺得呂西安是在雙重好奇心的驅動下來見自己的，其中一半來自安頓大馬路。其原因是，鄧格拉司夫人無法理解伯爵是怎麼一個人，竟能把價值三萬法郎的馬匹隨便送人，看歌劇時身邊的希臘女奴竟佩戴價值百萬法郎的鑽石，像這樣的人，他的生活是什麼樣子，是她急於想知道的，但她又不方便親自拜訪，一探究竟，所以派了她一貫信賴的耳目來觀察一番，替她來探查伯爵家中的狀況。

伯爵彷彿一點兒沒懷疑到呂西安的來訪與男爵夫人的好奇心之間有什麼聯繫。

「您與鄧格拉司男爵一直保持交往是嗎？」他向阿爾培・馬瑟夫問道。

「哦，是的，伯爵先生。正如我跟您說過的那樣。」

「事情不會有變化嗎？」

「絕不改變，」呂西安說道，「這件事已經定下來啦。」

呂西安無疑認為他的這句話是夠使他擺脫接下來的不談了，因此說完後，他就戴上單眼鏡，嘴裡咬著金頭手杖的頂端，在房間裡環視四周，仔細察看紋章和圖畫。

「啊！」基督山說道，「聽您這麼說之前，我還真沒想到這件事如此進展迅速。」

「嗯，事情順利，不用人操心，它們卻能自行解決。等到我們再想到的時候，很驚訝事情已經辦妥了。家父和鄧格拉司先生當年一同在西班牙服役——家父在軍隊裡，鄧格拉司先生在軍糧處。大革命使家父破產，而鄧格拉司先生在那以前根本沒有什麼祖傳產業，他們倆都是在那兒打下基礎，逐漸起家的，我的父親在政治和軍隊中的累積產業，這是出色的，而鄧格拉司先生闖出的是政治和金融的產業，同樣是傑出的。」

「是的，確實如此，」基督山說道，「我想起來了，在我拜訪他時，鄧格拉司先生對我說起過這段往事。嗯，」他瞥了呂西安一眼，後者在翻閱一本畫冊，繼續說道，「她很美嗎，歐琴妮小姐？因為我記得她名叫歐琴妮的。」

「非常漂亮，可以說非常美，」阿爾培答道，「不過我欣賞不了這樣的美貌，我真是個不識抬舉的人啊！」

「瞧您說的，好像您已經是她的丈夫似的！」

「哦！」阿爾培輕喚了一聲，向四周望了望，也想看看呂西安在幹什麼。

「您知道嗎，」基督山壓低了聲音說道，「您看起來好像對這門親事並不起勁兒！」

「對我來說，鄧格拉司小姐太富有了，」馬瑟夫說道，「這使我惶惶不安。」

「噫！」基督山說道，「多麼出色的理由，但您不也很有錢嗎？」

「家父大約有五萬利弗爾的年金，我結婚時也許能給我一萬或一萬兩千。」

「確實不多，」伯爵說道，「尤其是在巴黎，但並不是錢決定一切，一個名門姓氏和一個顯赫的社會地位，也是同樣重要的好東西。您的名譽無可挑剔，您的地位是也很高貴，而馬瑟夫伯爵又是一個軍人，軍官之子和一個文官的家庭聯姻實是一件很可喜的事——不計較利益是使貴族佩劍重現光華的最美的陽光。據我看，我認為和鄧格拉司小姐結合是最合適的了，她可以使您富有，而您使她身分高貴。」

阿爾培搖搖頭，心事重重。

「情況並不如此簡單。」他說道。

「我承認，我難以理解你為什麼不喜歡一位又有錢又漂亮的小姐。」基督山接口說道。

「啊！我的上帝啊！」馬瑟夫說道，「這種厭惡不是來自我一個人。」

「那麼還有什麼呢？因為您對我說，您的父親願意結這門親事。」

「是出於家母的緣故，家母的眼光審慎而且可靠。哎，她對這門婚事不怎麼熱心。但我不知道為什她反對鄧格拉司一家。」

「哦！」伯爵用一種有點兒勉強的口氣說道，「那是可以理解的。馬瑟夫伯爵夫人才貌出眾，出身貴族，敏感纖細，同粗俗的平民之家結親並不十分滿意，這是很自然的啊。」

「我確實不知道是否是這個原因，」阿爾培說道，「但我所知道的，就是我覺得如果這門親事成為既成事實的話，會使她深感不幸。六個星期前，他們本來要聚一聚商談具體事宜的。但我得了厲害的頭疼病……」

「真的嗎？」伯爵面帶微笑問道。

「啊！當然是真的，也許是急壞了吧……以至於約會推遲兩個月。您明白，沒什麼可著急的，我還不到二十一歲，而歐琴妮才十七歲。不過到下個星期，兩個月的期限就滿了，事情非辦不可。親愛的伯爵，您簡直不能想像，我有多為難啊……啊！您自由自在，該有多麼幸福啊！」

「喔！那麼您就自由好啦，誰妨礙您了，我倒要問問您了？」

「哦！假如我不娶鄧格拉司小姐的話，會令家父失望的。」

「那就娶她唄！」伯爵聳聳肩說道。

「嗯，」馬瑟夫說道，「然而對家母來說，就不只是失望，而是痛苦了。」

「那麼就不娶她。」伯爵說道。

「再看吧，我試試看，您會給我出個主意，對嗎？假如您有可能，您就幫我從這種左右為難的困境中擺脫出來吧。哦！我想，為了不使我的好媽媽痛苦，我恐怕不能顧及伯爵的感受了。」

基督山轉過身子，他似乎有些激動。

「啊！」他對狄佈雷說道，後者正坐在客廳裡端的一張安樂椅上，右手拿著一支鉛筆，左手拿著一個記事本，「您在幹什麼呢，是在臨摹普森的畫嗎？」

「我嗎？」他平靜地說道，「啊，不！我對繪畫很不喜歡，所以不會臨摹！不，我正在做一件與畫畫截然相反的事情——我在計算。」

「計算？」

「是的，我在計算，這與您間接有點兒關係，子爵，這件事和您有間接的關係——我是在算鄧格拉司銀行在最近海地公債漲價上賺了多少錢，三天之內，它從二〇六漲到四〇九，而那位審慎的銀行家大部分是在二〇六的時候扒進的。他大約賺了三十萬利弗爾了。」

「這還不是最好的，」馬瑟夫說道，「今年，他在西班牙證券上不是賺了一百萬嗎？」

「聽著，親愛的，」呂西安說道，「基督山伯爵先生在這裡，他會像義大利人一樣對你說：

若問何所求，發財與成仙。

「當他們對我講這種事的時候，我總是只聳聳肩，無話可說……」

「可是您剛才說到了海地公債？」基督山問道。

「啊！海地公債，那是另一碼事了。這是法國投機活動中的一種紙牌戲『愛卡代』。他們或許會喜歡打『撲克』，玩『惠斯特』，熱衷於『波士頓』，一旦厭倦這一切，他們總還會回來玩『愛卡代』——那是百玩不厭的。鄧格拉司先生昨天在四〇六的時候拋出，撈三十萬法郎進了腰包。如果他等到今天，價錢就會跌到二〇五，他非但賺不到三十萬法郎，而且還會蝕掉兩萬或兩萬五。」

「公債怎麼會從四〇九回跌至二〇五呢？」基督山問道，「我請您原諒，我對交易所的伎倆一無所知。」

「消息連連，但各不相同。」阿爾培笑著說道。

「啊！見鬼！」伯爵說道，「鄧格拉司先生在一天之內就做成了一筆輸贏達三十萬法郎的交易！

啊唷！他是個大富翁了？」

「其實並不是他本人！」呂西安趕緊說道，「是鄧格拉司夫人。她真可謂是膽大包天。」

「可您是很理智的人，呂西安，您明白資訊變幻莫測並不可靠，因為您掌握底細，您總該勸阻她才好呀。」馬瑟夫微笑著說道。

「她的丈夫都做不到，我又怎能辦到呢？」呂西安問道，「您是瞭解這位男爵夫人的脾氣的，誰也左右不了她，她一意孤行。」

「哦！假如我處在您的位子上就好了！」阿爾培說道。

「您會怎麼樣呢？」

「我會糾正她這個毛病的，就算是給她未來女婿幫忙。」

「此話怎講？」

「嗨！這還不容易。我會給她一個教訓的。」

「一個教訓？」

「是的，您的大臣機要秘書的職位讓你在資訊方面成了權威。你只要一張口，那些證券掮客就會以最快速度把您的話記下來。假如您讓她一次又一次地接連輸掉十萬法郎，就會使她變得謹慎點。」

「我還是不明白。」呂西安嘟嘟噥噥地說道。

「我的話明白無誤了，」年輕人毫不做作地天真地說道，「挑一個上午告訴她一個不為人知的消息，或是一個只有您一個人知道的急報，譬如說，昨天有人看到亨利四世在蓋勃拉里家裡——那是會使公債漲價的。她會在交易所孤注一擲，而第二天，當波香在他的報紙上宣佈，『消息靈通人士稱國王前天駕臨蓋勃拉里府純屬謠言。本報可確證陛下並未離開新橋』的時候，她當然會蝕本啦。」

呂西安勉強笑了笑。基督山儘管表面上漠不關心，實際上他們的交談一句話也沒漏下，他銳利的目光甚至在部長秘書的窘困中看出了一個秘密。

雖然阿爾培對呂西安的窘態毫無察覺，但正是因為窘困，呂西安縮短了他的拜訪。他顯然感到很不舒服。伯爵送他走時，輕聲對他說了幾句話，他答道：「我很樂意，伯爵先生，我接受了。」

伯爵回到年輕的馬瑟夫身邊。

「認真想想，」他對年輕人說道，「像您剛才那樣，當著狄佈雷先生的面議論您的岳母不大合適吧？」

「聽著，伯爵，」馬瑟夫說道，「我求求您了，別提前用『岳母』這個稱呼好嗎？」

「實話實說，伯爵夫人真的對這門婚事如此反感嗎？」

「正因為此，男爵夫人很少上我們家來，而我想，家母在她有生以來去鄧格拉司夫人家也還不到兩次。」

「這麼說來，我就斗膽開誠佈公地對您進一言了，」伯爵說道，「我的錢匯到鄧格拉司先生的銀行裡，而維爾福先生為感謝我偶爾有幸幫過他一次忙而對我禮敬有加。我猜想，會有一連串的宴請和晚會。現在，為了表示並不期望他們請我，或者是為了得到搶先一步的榮耀，我想請鄧格拉司先生夫婦和維爾福先生夫婦到我的阿都爾鄉村別墅去吃飯。假如我同時邀請您和令尊令堂，會不會顯得是一次促成婚事的約會呢？至少馬瑟夫夫人會這樣看，尤其是假如鄧格拉司男爵賞臉帶她的女兒同來的話。那樣，您的母親會恨我，我絕不想這樣，正巧相反——這一點，請得便隨時向她提及——我想在她的腦子裡留有好印象。」

「當然啦，伯爵，」馬瑟夫說道，「我很感謝您對我直言不諱，我接受您的安排把我們家排除在外。您說您希望讓家母對您保持完好的印象，可您在她腦子裡印象好極了。」

「您這麼認為嗎？」基督山很感興趣地問道。

「哦！我有把握。那天您離開我們之後，我們談論您足足有一個小時。哦，但我還是回到剛才的話題。嗯！假如家母知道您的細心周到的話，這一點我會鼓起勇氣對她說的，我相信她會對您感激不盡的。當然啦，至於我父親，他會惱火的。」

伯爵笑了起來。

「就這樣吧！」他對馬瑟夫說道，「我想，惱怒的恐怕不只令尊一個人吧，鄧格拉司先生夫婦也會把我看作一個行為不會規矩的人。他們知道我和您很有交情——的確，您是我在巴黎相識最久的人之一。但他們在我家裡卻看不到您，當然會問我為什麼沒有邀請您。您必須給自己設法弄一個事先另有約會的藉口，至少表面看起來是真的，然後您寫封信通知我。您知道，跟銀行家打交道，沒有書面證件是不會有效的。」

「我有更好的辦法，伯爵先生，」阿爾培說道，「家母想到海邊去呼吸新鮮空氣。您要哪天請客啊？」

「這個星期六。」

「今天是星期二。可以，我們明晚動身，後天上午我們就到特雷波爾了。您知道嘛，伯爵先生，您真是個可愛的人，能把人人安排得當。」

「我嘛！說真的，您對我過譽了。我希望您心情愉快，如此而已。」

「您什麼時候發出請柬呢？」

「就在今天。」

「好吧！我現在就到鄧格拉司先生家去，告訴他，我母親和我，我們明天離開巴黎。我也沒見過您。因此，我對您請客一事一無所知。」

「您簡直瘋了！狄佈雷先生剛在我這裡看見過您。」

「那麼，我見到您，而且非正式地邀請過您，您卻立即回答我說，您不能來做客了，因為你們要到特雷波爾去。」

「啊，這倒是真的。」

「那麼，一言為定了。可是您呢，您在明天之前能來見見家母嗎？」

「明天之前有困難。再說，你們出發前要忙著做一些準備，我來也不合適。」

「哦！您還是多賞點兒光吧。剛才您只是一個富有魅力的人，您還要做一個可敬可佩的人。」

「我該做什麼才能獲得這樣的盛譽呢？」

「您該做什麼嗎？」

「請說吧。」

「今天您像空氣一樣的自由，那就請到我家去吃頓飯吧：您、家母和我，沒有其他人。您以前只是大致見過家母，這一回，您可以近距離觀察她了。您會發現她是一個非常了不起的女人，只有一件事頗讓人遺憾，那就是再也找不到比她年輕二十歲、其他方面同她一模一樣的女人了。我向您起誓，假如讓我找到很快，便會有一位馬瑟夫子爵夫人了。至於家父，您是看不到他的，今晚他有事，要去內政大臣那裡赴宴。請來吧，我們一起談談我們的旅遊計畫。您周遊了世界，可以對我們說說您的奇遇趣聞，比如講那位希臘美女的身世，那天晚上她跟您一起上歌劇院，您說她是您的奴隸，可您把她侍候得像一位公主似的。我們還可以用義大利語和西班牙語交談。嗨，接受吧，家母會感謝您的。」

「感激之至，」伯爵說道，「您的邀請再親切不過了，可是我非常遺憾不能接受。我並不如您想的那樣自由，相反，我必須去赴一個很重要的約會。」

「啊！您可要小心。關於請客，您剛才還教我怎樣擺脫一件令人反感的約請，所以我得有一個證據。感謝上帝不是鄧格拉司先生那樣是個銀行家，然而，我應該預先告訴您，我也許比他還多疑。」

「我馬上就向您證明。」伯爵說道。

他敲了敲鈴。

「噫！」馬瑟夫說道，「這已經不是第一次了，您拒絕與家母一起用餐，這是在故意迴避呀，伯爵。」

基督山哆嗦了一下。

「哦！您一定會相信我的，」他說道，「我的證人到了。」

培浦斯汀走進來，站定在門口，等候吩咐。

「我事先並不知道您要來訪是嗎？」

「天曉得！您是一個非同尋常的人，這我可不能擔保。」

「那麼我至少猜不出您會邀請我去吃飯吧。」

「啊！至少這一點，有可能吧。」

「那好！聽著，培浦斯汀……今天上午，今天早上我把你叫到辦公室來，我對你說什麼來著？」

「五點鐘一過，便叫人關上伯爵先生的大門。」

「還有呢？」

「哦！伯爵先生……」阿爾培說道。

「不，不，我絕對需要消除您強加給我的『神秘』的聲名，親愛的子爵。始終扮演曼弗雷德的角色實在是太困難了。我希望我的生活為人瞭解。還有呢……說下去，培浦斯汀。」

「然後您吩咐我只接待巴陀羅米奧・卡凡爾康得少校父子。」

「您聽見了吧，巴陀羅米奧・卡凡爾康得少校先生是義大利最古老的一個貴族世家的後裔。但丁曾不辭辛苦給他樹碑立傳……您也許不記得了，在《地獄》的第十章裡述及到的。他的兒子是一個可愛的年輕人，與您的年齡相仿，也是子爵，與您享有同樣的爵位，而且帶著他父親的百萬家財進入巴黎社交界。少校今晚要把他的兒子安德里，就如義大利所說的那位繼承人帶來。他把兒子託付給我。如果他有點兒才幹，我會扶植他。您也會幫助我的，是嗎？」

「毫無疑問！這麼說來，這位卡凡爾康得少校是您的老相識啦？」阿爾培問道。

「絕不是，這是一個高貴的紳士，非常謙恭有禮，平易近人，在義大利像他這樣身為古老家族的後裔的人很多。我也許是在佛羅倫斯、要麼就在博洛尼亞、或者盧卡都見過他。他預先告訴我他要來了。在旅途上認識的朋友往往都是如此：只要你偶爾與他們友好相處過，他們就在任何地方要求你表示友誼，其實文明人與任何人融洽相處幾個小時，總是有他私下的打算的！這個善良的卡凡爾康得少校要再次來遊歷巴黎，以往在帝國時代，他到莫斯科去受凍的途中，只是匆匆路過巴黎。我將設盛宴款待他，他給我留下他的兒子。我答應照料他的兒子。我會讓他隨心所欲地玩玩，我們就算了結啦。」

「太好了！」阿爾培說道，「我看得出您是一位不可多得的良師益友。那麼再見吧，星期天我們就會回來。哦，對了！我得到弗蘭士的消息了。」

「噢！真的嗎！」基督山說道，「他始終喜歡待在義大利嗎？」

「我想是的，但他很想念您。他說您是羅馬的太陽，沒有您，羅馬的天都是陰沉沉的。我甚至懷疑他以後是否會說出，沒有您，那兒老是在下雨呢。」

「那麼他對我的看法有所改變了，我指的是您的朋友弗蘭士？」

「恰恰相反，他堅持認為您是個特別神奇的人，所以他才會如此想念您。」

「可愛的年輕人！」基督山說道，「我第一次看見他的那天晚上，他正在找地方用晚餐，而且很樂意接受我的邀請，我就對他產生好感了。我想他是伊辟楠將軍的兒子吧？」

「是這樣的。」

「就是在一八一五年慘遭殺害的那位將軍嗎？」

「是被擁護拿破崙的人暗殺的。」

「不錯！說真的，我喜歡他！他有成家的打算嗎？」

「有的，他大概會娶維爾福小姐為妻。」

「當真？」

「就如我要娶鄧格拉司小姐一樣真實。」阿爾培笑著說道。

「您面帶微笑……」

「是的。」

「為什麼要笑呢？」

「我笑是因為我似乎看到，就像鄧格拉司小姐和我之間那樣，那一方面對婚事也十分起勁兒。不過，說實在的，親愛的伯爵，我們議論女人就如女人議論男人一樣，都是不可原諒的啊！」

阿爾培站了起來。

「您這就走了？」

「您怎麼這樣問！我耽擱了您兩個小時，而您卻彬彬有禮地問我是否就走！說真的，伯爵，您是世界上最注重禮節的人了。還有您的僕人，他們多麼訓練有素啊！特別是培浦斯汀先生！我從來沒有這樣的一個僕人。我的僕人似乎都以法國舞台上的下人為榜樣，正因為他們一般只有一兩句話要說，因此總是站在樓梯欄杆邊上說完了事。嗨，如果您要解雇培浦斯汀先生的話，我請您優先讓給我。」

「就這麼說定了，子爵。」

「我還沒說完呢，請等一下，請問候那個謹慎小心的盧卡人、卡凡爾康得家族的卡凡爾康得爵爺。假如他湊巧也想為其公子操辦婚事的話，請您為他找一位至少從他母系來說是富有而高貴的，而從他父系來看是位男爵小姐的女子。我會助您一臂之力。」

「哦！哦！」基督山答道，「說真的，您真的會這樣做嗎？」

「是的。」

「嗯，什麼事都不能說得太絕對啊。」

「啊！伯爵，」馬瑟夫大聲說道，「假如多虧了您，我還能做哪怕十年的單身漢，您也算幫了我一個大忙了，我要更加喜歡你百倍。」

「一切都有可能。」基督山莊重地說。

他送走阿爾培以後，繼而回到自己房間，在銅鈴上敲了三下。

伯都西奧出現了。

「伯都西奧先生，」他說道，「您知道的，星期六我要在阿都爾別墅請客。」

伯都西奧微微顫抖了一下。

「是的，先生。」他說道。

「我需要您，」伯爵繼續說道，「把一切都準備好。那座別墅相當漂亮，或者至少可以佈置得非常漂亮的。」

「只有把一切改頭換面才能達到這個要求啊，伯爵先生，因為壁衣帷幔都已經陳舊了。」

「那麼就都換了吧，但除了一個地方，就是掛紅色錦緞帷幔的那間臥室，您一定要讓它保持原樣。」

伯都西奧欠了欠身子。

「花園您也別去動。但院子您可以隨意安排，我倒希望您能把它徹底改變得一點兒都認不得。」

「我將盡我所能令伯爵先生滿意，假如伯爵先生願意告訴我這次宴請的意圖的話，我會更清楚如何去把握的。」

「說真的，親愛的伯都西奧先生，」伯爵說道，「自從您來巴黎之後，我覺得您遠離家鄉，心性變化了，難道您對我不瞭解了嗎？」

「大人最後能告訴我宴請誰了嗎？」

「我自己還不知道哩，況且您也不需要知道這些。哪一等人當然請哪一等人吃飯啊。」

伯都西奧躬身致意，退了出去。

chapter 55

# 卡凡爾康得少校

基督山藉口有盧卡的少校來訪以謝絕阿爾培請客吃飯一事，伯爵也罷，培浦斯汀也罷，都沒有扯謊。

七點鐘剛過，伯都西奧先生按照主人吩咐，在兩個小時前已動身前往阿都爾，這時，一輛出租馬車就停在伯爵府邸大門口了。讓乘客在門口下車以後，馬車一溜煙走了。從馬車上下來的那個人是一位年約五十二歲的男子，身穿的外套是那種在歐洲流行了很久的綠底繡黑青蛙樣式。一條寬大的藍呢長褲，一雙還很乾淨的皮靴，但擦得並不太亮，而且鞋跟略微太厚了一點兒，戴鹿皮手套，一頂略似憲兵常戴的帽子，一條黑白條紋的領結，要不是主人特意打的漂亮的結扣它看上去真像一副枷鎖。這位精心打扮的人物按響香榭麗舍大街三十號門上的門鈴，問基督山伯爵閣下是不是住在這兒，得到門房肯定的答覆以後，他走了進來，在身後掩上門，開始登上踏級。

這個人的腦袋棱角分明、頭髮花白，髭鬚濃密灰白。等候在大廳裡的培浦斯汀一下子就認出這正是他期待的客人，因為他事先已得到來客容貌的清晰描述。所以，這個聰明的僕人聽到通報後，基督山就得到了他來到的消息。

僕人把陌生人引入一間樸素高雅的客廳裡，伯爵正在那兒等他，含笑向他迎去。

「啊！親愛的先生，」他說道，「非常歡迎。我等您多時了。」

「真的嗎，」盧卡人說道，「大人真的是在等我嗎？」

「是的，我得到通知，您今晚七點鐘到達。」

「您知道我要來？這麼說有人已經預先通報給您了？」

「一點兒也不錯。」

「啊！太好啦！我承認，我還擔心他們會忘記這個手續了呢。」

「什麼手續啊？」

「忘了通知您我要來。」

「哦！他們沒有忘記！」

「您不會搞錯嗎？」

「我確信。」

「大人在今天七點鐘約見的真是我嗎？」

「確實是您。不過讓我們證實一下。」

「哦！假如您確實在等我，」盧卡人說道，「那就不必了。」

「恰恰相反，非常有必要！」基督山說道。

盧卡人顯得微微有些不安。

「嗨，」基督山說道，「您是巴陀羅米奧・卡凡爾康得侯爵先生吧？」

「正是巴陀羅米奧・卡凡爾康得。」

盧卡人面露喜色，重複了一遍，「就是我。」

「前少校，曾在奧地利服役？」

「我曾是少校嗎？」老軍人膽怯地問道。

「是的，」基督山說道，「是少校。您在義大利得到的軍階，相當於法國的少校。」

「好啊，」盧卡人說道，「我求之不得啦，您知道……」

「再說，您不是自己要到這裡來的吧？」基督山接著說道。

「哦！這是肯定的。」

「別人要你來的吧。」

「是的。」

「是那位德高望重的布沙尼神甫吧？」

「是的！」少校高興地大聲說道。

「您隨身帶了一封信？」

「在這裡呢。」

「沒錯！您一清二楚。把信拿出來吧。」

說著，基督山拿起信，打開，念了起來。

少校睜大驚奇的眼睛望著伯爵，然後又好奇地將目光移向室內的每件陳設上，最後又回到了這些東西的主人的身上。

「是的……是那位親愛的神甫，『卡凡爾康得少校是一位可尊敬的盧卡貴族，佛羅倫斯的卡凡爾康得家族的後裔，』」基督山邊看邊說道，「『每年有五十萬收入。』」

基督山從信紙上抬起頭，表示敬意。

「五十萬，」他說道，「啊呀！親愛的卡凡爾康得先生。」

「有五十萬嗎？」盧卡人問道。

「寫得清清楚楚。應該是這樣的，布沙尼神甫深諳歐洲豪門巨富的家產。」

「那就五十萬吧，」盧卡人說道，「不過，我以名譽擔保，我沒有想到有那麼多。」

「因為您有個偷竊主人的管家。有什麼辦法呢，親愛的卡凡爾康得先生，這是避免不了的事。」

「擦亮了我的眼睛，」盧卡人一本正經地說道，「我要把那個壞傢伙攆走。」

基督山繼續念道：「『他只有一件不如意的事。』」

「哦！我的上帝，是的！只有一件事。」盧卡人歎了一口氣說道。

「『就是愛子的失蹤。』」

「一個愛子！」

「『他小時候要麼被他高貴家族的仇人，要麼被波希米亞人拐走了。』」

「在他五歲那年，先生，」盧卡人向上天抬起雙眼，深深地歎了一口氣說道。

「可憐的父親！」基督山說道。

伯爵繼續念道：「『但我給了他希望，使他精神振奮，伯爵先生。我對他說，十五年來，他徒勞尋找的兒子，您能夠設法幫他找到。』」

盧卡人帶著難以描述的不安表情凝視著基督山。

「我可以辦到。」基督山說。

少校把身子挺得筆直。

「啊！啊！」他說道，「那麼這封信從頭至尾都是真的了嗎？」

「您還有懷疑嗎，親愛的巴陀羅米奧先生？」

「不，一點兒也不懷疑！怎麼可能！一個像布沙尼神甫那樣莊重、這樣謹言慎行的人，是不會開這種玩笑的。可您還沒念完呢，閣下。」

「嗯，不錯，」基督山說道，「還有附言。」

「是的，」盧卡人重複道，「有……附言。」

「『為了省去卡凡爾康得少校去銀行提款的煩惱，我給了他一張兩千法郎的現金期票來做他的旅資，並讓他向您支取您之前欠我的四萬八千法郎錢款。』」

少校帶著明顯不安的神色聽著這段附言。

「當然可以！」伯爵僅僅說了一句。

「他說『可以』，」盧卡人喃喃自語道，「這麼說……先生……」他又接著說道。

「這麼說什麼……」基督山問道。

「附言也這樣……」

「什麼！附言怎麼了……」

「也與信的正文一樣，為您所接受了？」

「當然。布沙尼神甫和我之間經常有賬務往來。我不知道我是否剛好欠他四萬八千利弗爾，但我們之間誰也不在乎幾張鈔票。哦！那麼您把這個附言看得非常重囉，親愛的卡凡爾康得先生？」

「不瞞您說，」盧卡人答道，「我對布沙尼神甫的簽名充分信任，我沒有另外帶錢。因此如果這筆錢沒有著落的話，我在巴黎就要陷入窘境了。」

「難道像您這麼一個人物也會為難嗎？」基督山答道，「別開玩笑！」

「啊！當然了，人生地疏。」盧卡人說道。

「可別人認識您哪。」

「是的，別人認識我，所以……」

「說下去，親愛的卡凡爾康得先生。」

「所以您會交給我四萬八千利弗爾的，是嗎？」

「只要您提出要求。」

少校滾動著兩隻驚奇的大眼珠。

「請坐下，」基督山說道，「說實在的，我真不知道自己是怎麼了……我已經讓您站了一刻鐘了。」

「請別在意。」

少校拉過一把安樂椅，坐下。

「現在，」伯爵說道，「您要喝點兒什麼，一杯塞雷斯白葡萄酒、波爾多葡萄酒，還是阿利康特葡萄酒？」

「既然盛情難卻，就喝阿利康特葡萄酒吧，那是我特別愛喝的酒。」

「我有幾瓶上好的阿利康特。來塊餅乾，好嗎？」

「承蒙您盛情，外加幾塊餅乾也好。」

基督山敲了敲鈴，培浦斯汀走進來。

伯爵向他走去。

「怎麼樣？」他輕聲問道。

「小夥子在那裡。」貼身男僕以同樣低的聲調答道。

「好，你讓他進了哪個房間嗎？」

「按照大人的吩咐，在藍色客廳裡。」

「很好。去把阿利康特葡萄酒和餅乾拿來吧。」

培浦斯汀退了出去。

「說真的，」盧卡人說道，「這樣打擾您，我很不好意思。」

「哪兒的話！」基督山說道。

培浦斯汀帶著酒杯、葡萄酒和餅乾走進來。

伯爵斟滿一杯酒，而在另一隻杯子裡倒了幾滴，瓶子裡裝的是紅寶石般的液體。酒瓶上纏滿蛛網，還有其他種種比一個人臉上的皺紋更確切的標記可證明這確是陳年好酒。

少校準確地拿起他那一杯酒和一塊餅乾。

伯爵命令培浦斯汀把盤子放在他的賓客近旁，後者開始用嘴抿了一口阿利康特酒，做了一個滿意的鬼臉，輕輕地把餅乾在酒裡蘸了蘸。

「這麼說，先生，」基督山說道，「您生活在盧卡，您很富有，又是貴族，您享有社會的尊重，具備了一個幸福的人的一切條件。」

「一切，閣下。」少校一口吞下餅乾說。

「而在您的幸福之中只有一件憾事了？」

「只有一件。」盧卡人又說道。

「就是重新找到您的孩子？」

「啊！」少校拿起第二塊餅乾說道，「這確是我美中不足的地方。」

盧卡人抬起眼睛，努力地歎了口氣。

「眼下，說說看，親愛的卡凡爾康得先生，」基督山說道，「您萬分思念的孩子是怎麼回事？因為有人對我說，您一直是獨身的。」

「別人一直這樣認為，先生，」少校說道，「我本人……」

「是啊，」基督山接著說道，「而您還有意證實那種傳說。我想，您想遮人耳目，掩蓋年輕時的失足？」

少校的神色恢復了，一副肅然自若和正人君子的神態，同時低垂他的眼睛，要麼想約束自己，要麼想發揮想像力；他時時向伯爵偷看一眼，但伯爵的嘴巴上一直保持友善好奇的微笑。

「是的，先生，」他說道，「我本想向外人隱瞞這個過失的。」

「這不是您的錯，」基督山說道，「因為男人一般並不在乎這類事情。」

「哦！不是的，確實不是我的錯。」少校搖搖頭，微笑著說道。

「而是因為那位的母親吧。」伯爵說道。

「對，因為他的母親！」盧卡人拿起第三塊餅乾大聲說道，「是他可憐母親的錯！」

「盡情喝吧，親愛的卡凡爾康得先生，」基督山邊說邊給盧卡人斟了第二杯阿利康特酒，「您激動得有些喘不過氣來啦。」

「為了他那可憐的母親！」盧卡人輕聲說道，一面試圖運用他的意志力，作用於淚腺，試圖在眼角擠出一顆虛假的眼淚來。

「我想，她的家族屬於義大利第一批最古老的貴族世家，是嗎？」

「費沙爾的貴族之家，伯爵先生，費沙爾家族的女貴族！」

「她叫什麼名字呢？」

「您想知道她的名字嗎？」

「哦！我的上帝！」基督山說道，「您不用說，我也知道。」

「伯爵先生真是無所不知啊！」盧卡人鞠躬說。

「奧麗伐・高塞奈黎是嗎？」

「奧麗伐・高塞奈黎。」

「侯爵小姐？」

「是侯爵小姐。」

「儘管她家裡反對，最後還是娶她為妻了。」

「上帝啊！是的，我最後走了這一步。」

「那麼，」基督山接著問道，「您把合法的各種文件都帶來了嗎？」

「什麼文件？」盧卡人問道。

「比如您與奧麗伐・高塞奈黎的結婚證，孩子的出生證明什麼的。」

「孩子的出生證明？」

「您的兒子，安德里・卡凡爾康得的出生證明，他不是叫安德里嗎？」

「我想是的。」盧卡人說道。

「什麼！您只是想啊？」

「嗨！我不敢確認哪，因為他丟失了那麼多年。」

「不錯，」基督山說道，「總之，您帶有這些文件嗎？」

「伯爵先生，我不無遺憾地對您說，由於沒有通知要攜帶這些文件，因此疏忽了，沒帶在身上。」

「啊！糟糕！」基督山說道。

「這些文件必不可少嗎？」

「必不可少啊。」

盧卡人搔了搔前額。

「啊！」他說道，「必不可少。」

「毫無疑問啊！假如在此地有人對您結婚的有效性和您孩子的合法性提出疑問該怎麼辦呢？」

「說得對，」盧卡人說道，「有人會懷疑的。」

「對這個小夥子來說，相當麻煩。」

「這可事關重大啊。」

「他就會錯過一門風風光光的親事。」

「那就太遺憾了！」

「您要明白，在法國，那是馬虎不得的。要是在義大利，跑去找一名神甫，對他說：『我們彼此相愛，讓我們結合吧。』也就行了。但在法國，眼下時興非宗教結婚，想非宗教結婚，必須具有證明身分的文件。」

「這可倒了大楣了，我沒帶來這些文件啊。」

「幸好我有。」基督山說道。

「您？」

「是的。」

「您有這些文件？」

「我有。」

「啊！太好了，」盧卡人說道，由於他看到此行的目的會因缺少文件而落空，並還擔心這個疏忽會在他支取四萬八千利弗爾時遇到某種困難。「啊！好嘛，太幸運了！嗯，」他接著說道，「這真是一件幸事，因為我萬萬沒有料到。」

「當然！我相信是這樣，誰也不會料事如神的。幸虧布沙尼神甫已經替您想到了。」

「看見了吧，這位神甫的心地多好！」

「這是一個仔細周到的人。」

「他是一個很值得敬佩的人，」盧卡人說道，「他已經把文件送交給您了嗎？」

「這就是。」

盧卡人緊合雙手以示欽佩。

「您是在凱鐵尼山聖．保羅教堂裡和奧麗伐．高塞奈黎結婚的，這就是教士的證明。」

「是的，一點不錯。」少校驚奇地看著文件。

「這是安德里．卡凡爾康得的受洗證明，由德．薩拉韋扎本堂神甫簽發的。」

「一切都符合手續。」少校說道。

「那麼，拿好這些文件，我留著也沒用，您交給您的兒子，讓他妥為保存。」

「我想也是……假如他遺失了……」

「如果丟失了，怎麼辦？」基督山問道。

「嗯！」盧卡人緊接著說道，「只得讓那邊再寫一份，再要得到一套文件時間可長了。」

「確實，會相當麻煩的。」基督山說道。

「幾乎是不可能的了。」盧卡人答道。

「您明白這些文件的價值，我就放心了。」

「也就是說，我把它們看成是無價之寶。」

「現在，」基督山說道，「至於那個小夥子的母親呢？」

「年輕人的母親……」少校不安地重複道。

「說說那位高塞奈黎侯爵小姐好嗎？」

「我的上帝，」盧卡人說道，他覺得困難似乎又冒了出來，「難道還需要她出來作證嗎？」

「不是的，先生，」基督山又說道，「何況，她不是已經……」

「是的，是的，」少校說道，「她已經……」

「辭世了？」

「天啊！是的。」盧卡人急切地說道。

「我知道這個情況，」基督山接著說道，「她去世大概已有十個年頭了。」

「對她的去世我仍然傷心不已呢，先生。」少校說道，他從口袋裡掏出一塊方格手帕先擦左眼，又擦右眼。

「有什麼辦法呢，」基督山說道，「人總是要死的。現在您要懂得，我親愛的卡凡爾康得先生，在法國用不著讓人知道，您跟兒子分離了十五年。吉卜賽人拐小孩兒這種故事在世界的這一部分並不流行，不會有人相信。您曾送他到某一省的某一個大學裡去讀書，現在您希望他在巴黎社交界來完成他的教育。正因為他，您離開了維亞雷焦，自從您的太太去世以後，您一向就住在那兒。這樣說就夠了。」

「您相信？」

「當然啦。」

「這很好。」

「假如有人知道你們分離的事情……」

「哦！對了，我怎說好呢？」

「就說府上有一個不忠的家庭教師，被您的宿敵收買……」

「被高塞奈黎家族方面嗎？」

「當然啦……他拐走了這個孩子，讓您斷子絕孫。」

「對，他是獨子嘛。」

「行啦！既然一切都安排停當，您的記憶又恢復了，再也忘不了了吧。您無疑已經猜出，我有意安排好讓您出乎意料吧？」

「是好事嗎？」盧卡人問道。

「啊！」基督山說道，「我看得出，身為人父，他的眼睛和心靈都是不會輕易被騙過的。」

「噢！」少校輕喚了一聲。

「有人已經向您透露過了吧，或者也許說，您已經猜到他就在這裡了。」

「誰在這裡啊？」

「您的孩子，您的兒子，您的安德里。」

「我早猜到了，」盧卡人鎮定自若地說，「這麼說他就在這裡了？」

「就在這裡，」基督山說道，「剛才我的貼身男僕走進來時，通報我他到了。」

「啊！太好啦！啊！太好啦！」少校說道，他每驚歎一聲都要在他的直領長禮服的肋形胸飾上抓一把。

「親愛的先生，」基督山說道，「我非常理解您現在的心情是萬分激動，您需要一點兒時間恢復過來。我也該讓年輕人在這次朝思暮想的會面前，做做準備，因為我猜想，他的急不可待也不下於您。」

「我也這麼認為。」卡凡爾康得說道。

「好吧！過一刻鐘我們來找您。」

「您親自把他帶來嗎？您竟然對我這樣好，要親自把他引見給我嗎？」

「不，我絕不想影響父子相認。你們單獨相見吧。但請放心。即使血親的關係不起作用，您也不會弄錯的。他將從這扇門進來。這是一個金髮的漂亮小夥子，膚色很白——或許太白了一點兒——待人很體貼的，但您一會兒就可以看到他了，還是由您自己來判斷吧。」

「哦，對了，」少校說道，「您知道我身上只帶了好心的布沙尼神甫交給我的兩千法郎，都用在路上了……」

「您需要錢用……說得很對，親愛的卡凡爾康得先生。拿著吧，您點一點，我先付您八張現鈔。」

少校的眼睛裡發出明亮的光輝。

「我現在還欠您四萬法郎。」基督山說道。

「大人要一張收條嗎？」少校問，一邊將鈔票塞進長禮服的下面口袋裡。

「有什麼用呢？」伯爵問道。

「以便您對布沙尼神甫有個交代啊。」

「也罷。您以後在支取四萬法郎時，就給我一張總的收條好啦。誠實可信的人之間，用不著這麼過分擔心。」

「啊，是的，沒錯，」少校說道，「君子之交嘛。」

「最後一句話，侯爵。」

「請說。」

「您允許我提一個小小的忠告吧？」

「哪裡的話！請說。」

「那麼我勸您別再穿這種樣式的衣服了。」

「倒也是！」少校說，帶著一點兒得意看看自己的衣服。

「是啊，這件上裝在維亞勒佐還能穿穿，可是在巴黎，不管這種服裝多麼精緻，但早已過時啦。」

「真遺憾啊。」盧卡人說道。

「哦！假如您捨不得，那就在離開巴黎時再穿上好了。」

「可是我以後穿什麼呢？」

「您可以在您的箱子裡找一件來穿啊。」

「什麼，在我的箱子裡！我只有一個旅行箱。」

「您隨身大概是沒帶什麼。何苦自找麻煩呢？再說，一個老軍人總是喜歡輕裝上路的。」

「這就是為什麼……」

「您是一個仔細的人，您早先已把您的箱子寄出來了。這幾隻箱子昨天已運到黎塞留街上的王子飯店。您也已經在那裡預訂了房間。」

「在箱子裡就能找到合適的衣服嗎？」

「我猜想您已特地讓您的貼身男僕把您所需要的東西都放進去了，做客穿的衣服和軍裝。碰到大場合，您就穿軍服，這樣體面些。還有，別忘了戴十字勳章，法國人雖然加以嘲笑，但總是戴在身上。」

「很好，很好，很好！」少校說，他心醉神迷，越來越忘乎所以了。

「現在，」基督山說道，「您的心情已經穩定下來了，不會過於激動了，請準備與您的兒子安德里重逢吧，親愛的卡凡爾康得先生。」

盧卡人沉醉在狂喜中，基督山向他優雅地一鞠躬，在門簾後面消失了。

# chapter 56

# 安德里·卡凡爾康得

基督山伯爵走進培浦斯汀稱作藍色客廳的隔壁房間，一個青年已經在裡面了，他儀表瀟灑穿著得體。半小時前，乘坐一輛出租輕便馬車來到伯爵府邸的門前，培浦斯汀從那白皙的皮膚認出他來，一點也不困難，他的主人事先已經對他描述過了。

伯爵走進客廳時，年輕人正隨意地斜靠在長沙發裡，手中的金頭手杖有一下無一下地敲打著自己的皮靴。

看到伯爵進來，他倏地站起來。

「閣下就是基督山伯爵嗎？」他問。

「是的，先生，」伯爵回答說，「我想，我正榮幸地和安德里·卡凡爾康得先生說話吧？」

「在下正是安德里·卡凡爾康得子爵。」

年輕人重複一遍，同時極其瀟灑地躬身施禮。

「您隨身帶有一封給我的介紹信吧？」基督山問。

「我沒跟您提起這事兒，是因為我覺得那上面的署名挺奇怪的。」

「水手辛巴德，對不對？」

「對。可我除了《一千零一夜》裡的那個水手辛巴德，從來不知道有什麼別的辛巴德……」

「哦！簽署這封信的正是他的一個後裔，也是我的一位朋友。一個古怪得讓人無法理解的英國人，真名叫威瑪勳爵。」

「噢！這下子我就全明白了，」安德里說，「這樣就說得通了。這位英國人就是我在……噢，對……伯爵先生，我悉聽您的吩咐。」

「如果您願意對我說實話的話，」伯爵微笑著說，「我希望您能賞臉把您的身世和您的家庭情況講給我聽聽。」

「遵命，伯爵先生，」年輕人回答，口若懸河地講下去，可以看出他的記憶力不錯，「您已經知道了，是安德里・卡凡爾康得子爵，巴陀羅米奧・卡凡爾康得少校唯一的兒子——我們是佛羅倫斯的名門望族，家族的名字曾銘刻在佛羅倫斯的金書上。我們的家庭雖然還很富有（因為家父的收入達五十萬），卻曾屢遭不幸，我在五歲的時候就被一個忘恩負義的家庭教師拐走，所以十五年來一直未曾見過我的親生父親。自從我懂事以後，我能自由和自主了，我就不斷地在找他，卻毫無結果。最後，我接到您朋友的這封信，說家父在巴黎，建議我親自向您來探聽他的消息。」

「說真的，先生，您對我說的這番話十分有趣，」伯爵邊說邊帶著一種陰沉的滿意神情，注視著年輕人神色自若的臉，這張臉完美而邪惡，「您聽從我朋友辛巴德的勸告，而且對他的囑咐完全照辦，這麼做是非常對的。因為您的父親確實就在這兒，而且正在找您。」

伯爵自從進了客廳，目光一刻不停地盯住年輕人；他很欣賞這個年輕人目光的鎮定和聲音的沉著。不過，當小安德里聽到「您的父親確實就在這兒，而且正在找您」這麼句再自然不過的話時，他跳了起來，大聲說道：

「我的父親！我的父親在這兒嗎？」

「當然，」基督山回答說，「令尊大人，巴陀羅米奧・卡凡爾康得少校正在這裡。」

年輕人臉色散佈的驚恐表情轉瞬即逝。

「哦！對，可不是嘛，」他說，「巴陀羅米奧・卡凡爾康得少校。那麼，伯爵先生，您是說我那親愛的父親，他就在這兒了？」

「是這樣，先生。我還可以告訴您，我剛從他身邊來到這裡。他對我講起了他失去兒子的不幸經過我聽後為之動怒，那種痛苦、恐懼和期望就跟這裡寫的一樣催人淚下。終於有一天，他收到一封信，說拐走他兒子的人現在願意將兒子歸還給他，並告訴了他兒子在什麼地方，但要得到一大筆錢做贖金。什麼也不能阻擋救子心切的父親，派人送那筆贖金到皮埃蒙特的邊境上，還附上一張到義大利的護照。您那時是在法國南部吧，是吧？」

「是的，先生，」安德里局促不安地回答說，「我當時是在那裡。」

「在尼斯正有一輛馬車在等待您，是嗎？」

「正是這樣，先生。它載著我從尼斯到熱那亞，從熱那亞到都靈，從都靈到尚貝里，從尚貝里到波伏森湖，又從波伏森湖到巴黎。」

「妙極了！他一直盼著能在路上遇見您呢，因為他走的也是這條道。您的路線就是這樣劃定的。」

「不過，」安德里說，「即使我親愛的父親在路上遇見我，我很難相信他會認出我來。我們失散多年，我的模樣已經有了些改變。」

「哦！血緣能起作用啊。」基督山說。

「噢！對，說得對，」年輕人接話說，「我沒有想到血源的作用。」

「現在，」基督山說，「卡凡爾康得侯爵只有一件事還放心不下，你們失散之後您都做過什麼。那些害您的人怎樣對待您，他們是否虐待您並無視您的身分。最後，您忍受的精神痛苦是否留下了影響，因為這種痛苦比肉體疼痛有害百倍，他希望知道您優越善良的本性是否因為缺乏教育而削弱。總之，您自己認為今後在社會上能不能負擔起與您身分相稱的地位。」

「先生，」年輕人暈頭轉向，囁嚅著說，「我希望不至於有什麼謠傳……」

「就我自己來說，我最早是從那位慈善家兼朋友威瑪勳爵那裡聽說您的大名的。我知道他發現您的時候，您正處於麻煩當中，但詳細情形我卻不知道，因為我並沒有問，我不好打聽。您的不幸引起了他的同情，所以我猜您那時的情形一定很糟糕。他曾對我說，他想恢復和您重新找回失去的社會地位，一定要找到您的父親，他尋找了，並且看來已經找到了，因為您父親現在已在這兒了。最後，敝友通知我您快要來了，同時給了我關於您前途的一些指點，情況就是這樣。我很明白敝友威瑪的言行令人不解，但他為人很誠懇，而且富如金礦，所以他有足夠的財富來實施自己的奇思怪想，我答應按他的指點行事。先生，我現在站在贊助人的地位覺得有責任要問您一個問題，請您千萬不要介意。以您即將擁有的財產和名分，您就要成為一位顯赫的人物，我很想知道，您遇到的不幸，雖然不以您的意志為轉移，因此毫不減少我對您的敬意——我很想知道，他們有沒有採取過某種措施會使您對於您快要踏入的那個社會茫然無知？」

「先生，」年輕人回答說，在伯爵說話的這段時間裡，他逐漸鎮定下來，「關於這一點，您盡可以放心。那個劫走我的人一定是在最初就計畫有朝一日將讓我的父親贖回我，他已經這樣做了，而為了使他能獲得最高的贖金，最好的辦法，就是讓我保全我的社會身分和天資；假如可能的話，甚至還要提高它。正像小亞細亞的奴隸主常常培養他們的奴隸成為文法教師、醫生和哲學家，以便可以在羅馬市場上賣得較高的價錢，那個拐子待我也正是如此，所以我倒受了極好的教育。」

基督山滿意地微笑了一下，看來，他對安德里•卡凡爾康得先生的期望比他的實際能力要低。

「而且，」那青年人繼續說，「如果在我身上有某種教育的缺陷，或對於既定的禮儀有何違誤之處，但念及那隨我與生俱來而且伴隨著我整個幼年時代的不幸，人們會寬宏大量，加以原諒的。」

「好吧，」基督山顯得很隨便地說，「隨您的意願吧，子爵，因為您的行動當然由您自己做主。但相反，說實話，我絕對不會向任何人提到您的遭遇。您的傳奇經歷簡直可以寫成一本書了。世上的人只喜歡寫在紙上的傳奇故事，卻不能理解生活中的現實，哪怕是發生在您這樣身分高貴的人的身上。是我不得不冒昧向您指出這個困難，子爵閣下，不論您對誰講起您這篇動人的身世，則您的話還沒有講完，在社會上流傳就會完全走樣。人們不會相信您是一個被拐走而又被尋獲的孩子，他們會認為您是一個像夜裡長出來的香蕈那樣的暴發戶。您或許會引起一點兒小小的好奇心，但不是人人都喜歡成為談論的中心和評論的對象的，這或許會給您造成麻煩。」

「我同意您的說法，伯爵先生，」年輕人說，在基督山目光的重視之下，他的臉不由自主地變得蒼白起來，「這確實是嚴重的不利之處啊。」

「哦！也不必把情況看得過於嚴重，」基督山說，「因為人們為了不犯錯會經常做出愚蠢的行為。對您來說，最可取的是一個簡單的行動計畫。既然這個計畫是符合您的利益的，像您這樣一位聰明人實施這個計畫就更容易了。必須拿出證據，並且認識一些可敬的朋友，您得靠這些來澄清您過去的生活可能留下的所有疑點。」

安德里再也無法保持鎮定了。

「我本來是可以為您作保，當您的擔保人的，」基督山說，「但我這個人即使對於朋友也抱有懷疑態度，並也希望任何人不要完全信賴我，所以，要是背離了這條規則，我就等於是外行在演戲了，會有被喝倒彩的危險，這是有害無益的。」

「可是，伯爵先生，」安德里壯著膽子說，「看在威瑪勳爵介紹我來見您的份兒上……」

「是的，當然嘍，」基督山說，「不過威瑪勳爵還曾經告訴過我，親愛的安德里先生，您的青年時代幾經波折。哦！」伯爵瞧見安德里做了個動作，就接著往下說，「我並不要求您向我解釋，而且，正是為了不讓您需要依靠別人，才到盧卡去請令尊來的。您馬上就可以見到他了。他有一些生硬和故作姿態，而且因為穿制服的關係，他的儀表並不令人十分滿意，但要知道他在奧地利服役了十八年，一切都可以得到原諒了。我們對奧地利人不能要求太高。總之，這是一個很稱職的父親，我向您保證。」

「啊，先生，聽您這麼一說，我就放心多了。我離開他這麼久了，已經記不清他是什麼模樣了。」

「還有，您知道，一宗很大的家產也能使許多事情迎刃而解的。」

「我的父親真的很富有嗎，先生？」

「對，一個腰纏萬貫的大富翁……年金有五十萬利弗爾。」

「那麼，」年輕人急不可耐地發問，「我的境況會……很愜意啦？」

「愜意之極，我親愛的先生。在您逗留巴黎期間，他每年會給你五萬利弗爾的花銷。」

「照這樣的話，我會永遠地待在巴黎了。」

「哎！情況多變，誰能打包票呢，我親愛的先生？謀事在人，成事在天啊……」

安德里歎了口氣。

「不過，」他說，「如果我在巴黎，呃……形勢也不迫使我離開，那麼您剛才所說的這筆錢，我肯定能拿得到嗎？」

「哦！當然可以。」

「是從家父那兒得來嗎？」安德里焦急地問。

「是的，但要由威瑪勳爵確認支出。他已經按令尊的意思，在鄧格拉司先生的銀行裡開了一個每月支取五千法郎的戶頭，這家銀行是巴黎最有信譽的銀行之一。」

「家父打算在巴黎長住嗎？」安德里不無擔憂地問。

「不，只住幾天，」基督山回答說，「他要務纏身只能離開兩三個星期。」

「哦！我親愛的父親！」安德里說，顯然因為父親很快離開而高興。

「因此，」基督山說，裝作理解錯了這句話的聲調，說道，「因此我一分鐘也不想再耽擱你們的會面了。您已經準備好去擁抱這位可敬的卡凡爾康得先生了嗎？」

「我希望，您不懷疑這一點吧？」

「那好！就請到客廳去吧，我親愛的朋友，您會見到您父親正在那兒等您。」

安德里向伯爵深深地鞠了一躬，朝隔壁的客廳走去。

伯爵的目光一直跟隨他，直到他消失，然後用手按下一個機關，這個機關外表看來像一幅畫，一按之後，鏡框滑開一部分，露出一條設置巧妙的縫隙，由此可以看到那間現在由卡凡爾康得和安德里所佔據的客廳裡的一切情形。

安德里隨手把門帶上，朝著少校走上前去，少校一聽到腳步聲臨近，已經站了起來。

「哦，親愛的爸爸，」安德里大聲地說，好讓伯爵隔著關緊的房門也能聽到，「真的是您嗎？」

「你好，我親愛的兒子。」少校莊重地說。

「咱倆分離了這麼些年，」安德里說，不停地朝門那邊望去，「現在又重逢了，這多麼叫人高興啊！」

「確實，我們骨肉分離了這麼多年了。」

「您不想擁抱我一下嗎，先生？」安德里說。

「如果你願意，我的孩子。」少校說。

兩人就像在法蘭西喜劇院的舞台上正在熱情相擁的演員那樣擁抱在一起。

「我們終於團圓了！」安德里說。

「是的，又團聚了。」少校說。

「不再分離？」

「這可不行。我想，親愛的孩子，現在你已經把法國當做第二故鄉了吧？」

「確實如此，」年輕人說，「離開巴黎我會覺得絕望的。」

「可我，你得明白，我不在離開盧卡人以外的地方生活。所以我得儘快趕回義大利去。」

「可是，我最親愛的爸爸，您在動身以前，千萬要把文件交給我，有了那些文件，我就可以證明自己的身分了。」

「毫無疑問，這正是我此行的目的，為了把這些文件交給你，這樣，我們就用不著重新互相尋找，那會要了我的老命的。」

「那些文件在哪兒啊？」

「就在這兒。」

安德里急不可待地把父親的結婚證書和他自己的受洗證明一把奪過來——他急忙打開，帶著一個好兒子自然而然具有的渴望心情——迅速而熟練地把兩份文件都看了一遍。帶著極大的興趣，眼神一掃而過。

看完以後，難以形容的喜悅神情使他容光煥發，臉上的笑容讓人琢磨不透。

「嘿！」他用純正的托斯卡納話說道，「這麼說，在義大利已經沒有苦役船的刑罰囉……」

少校挺直了身子。

「什麼？這是什麼意思？」他說。

「偽造這樣的文件，是要受罰的。在法國，我最親愛的父親，有這一半咱倆就得上土倫去呼吸五年新鮮空氣啦。」

「我不懂你的意思？」那盧卡人極力維持自己的威嚴。

「我親愛的卡凡爾康得先生，」安德里捏緊少校的手臂說，「人家給了你多少錢，讓你來當我的父親？」

少校想開口說話。

「噓！」安德里壓低嗓門兒說，「為了取得您的信任，我要告訴您。人家給我每年五萬法郎，讓我來當你的兒子。所以您該明白，我是不會否認您是我父親的。」

少校惴惴不安地向四周看了看。

「嘿！放心吧，這裡沒別人，」安德里說，「而且我們在講義大利話。」

「嗯，我嘛，」盧卡人開口說，「他們給我五萬法郎，一次付清。」

「卡凡爾康得先生，」安德里說，「童話故事您信不信？」

「從前不信，現在我沒辦法不相信。」

「這麼說您是有些證據的嘍？」

少校從貼身的錢袋裡掏出一把金幣：

「你看，明白無誤了吧？」

「那麼，你認為我可以相信人家對我的許諾了？」

「我相信這許諾。」

「這位伯爵他一定會遵守約定嗎？」

「絕不會食言，不過你也明白，要達到這個目的，必須扮演我們的角色。」

「怎麼演啊？……」

「我演慈祥的父親。」

「我演恭順的兒子。」

「既然他們要我當你的後代……」

「你說的他們是誰？」

「我當然一無所知，反正是寫信給你的人唄，你沒收到過一封信嗎？」

「收到了。」

「誰寫來的啊？」

「一個叫什麼布沙尼的神甫。」

「你不認識他？」

「從沒見過。」

「信裡說些什麼啊？」

「你不會出賣我吧？」

「我會守口如瓶，咱倆的利害關係是一致的嘛。」

「那你就拿去看吧。」

少校把一封信遞給年輕人。

安德里壓低聲音念道：

你很窮，等待你的是更加不幸的晚年生活。你願不願意發財，或者至少獨立生活呢？立刻動身到巴黎去，向香榭麗舍大街三十號的基督山伯爵那裡去要求見你的兒子，他是您和高塞奈黎侯爵小姐的結晶品，五歲的時候被人拐走。

他的名字叫安德里・卡凡爾康得。

為了使你不會懷疑寫這封信的人的善意，先附奉兩千四百托斯卡納利弗爾的支票一張，請到佛羅倫斯高齊銀行去兌現；並附奉致基督山伯爵的介紹信一封，信內述明我准你向他提用四萬八千法郎。

請在五月二十六日晚上七點鐘去拜訪伯爵。

——布沙尼神甫

「就是它。」

「怎麼！就是它？你這是什麼意思啊？」少校問。

「我也收到信了。」

「你？」

「對，我。」

「布沙尼神甫寫的嗎？」

「不是。」

「那麼是誰啊？」

「是個英國人，一個叫什麼威瑪的勳爵，自稱是水手辛巴德。」

「您也不認識他，就像我不認識布沙尼神甫一樣嗎？」

「恰恰相反，我可比你知道得更多。」

「你見過他嗎？」

「對，見過一面。」

「在哪兒啊？」

「啊！這個我可不能告訴你，要不你就知道得跟我一樣多了，這不好。」

「這封信裡說些什麼呢？」

「你去看吧。」

你很貧窮，你的前途只能是悲慘的。你願不願意做一個有地位的人，想不想擁有財富和幸福？

「天哪！」年輕人左右搖擺著身子說，「居然還提出這樣的問題？」

在尼斯，你會看到一輛套好馬的驛車在等待著你。你將經都靈、尚貝里、波伏森湖最終到達巴黎。在五月二十六日晚上七點鐘到香榭麗榭大道去找基督山伯爵，告訴他你要見你的父親。

你是卡凡爾康得侯爵和奧麗伐・高塞奈黎侯爵小姐的兒子。伯爵交給你的文件將會加以證實，並允許你用那個姓在巴黎社交界露面。

至於你的身分，每年五萬利弗的收入使你能夠跟這種地位相配。

附奉五千利弗的支票一張，可到尼斯費里亞銀行去兌現，並附致基督山伯爵的介紹信一封，我委託他滿足你的要求。

——水手辛巴德

「嘿！」少校說，「太好啦！」

「可不是嗎？」

「你已經見到伯爵了？」

「我剛才和他見過面。」

「他沒有提出任何異議吧？」

「完全沒有。」

「你弄明白這是怎麼一回事了嗎？」

「說實話，我真的一頭霧水。」

「其中必定有個上當的主兒吧。」

「肯定不會是你，我嗎？」

「當然不會。」

「嗯，那麼……」

「反正跟咱們沒關係，對嗎？」

「就是，我正想說這話呢。咱們幹到底，又要小心行事。」

「沒錯，你會看到我是個好搭檔的。」

「我完全相信，我親愛的爸爸。」

「承蒙誇獎，我親愛的孩子。」

基督山趕在這個時候回到客廳。聽見他的腳步聲，兩人都往對方的身上撲去。伯爵進門時正好瞧見兩人抱在一起。

「好啊！侯爵先生，」基督山說，「看來您是稱心如意地找回兒子啦？」

「哦！伯爵先生，我高興得喘不過氣來了。」

「那麼您呢，年輕人？」

「哦！伯爵先生，我幸福得無法呼吸了。」

「幸福的父親啊！幸福的孩子啊！」伯爵說。

「只有一件事讓我難過，」少校說，「這就是我必須離開巴黎。」

「噢！親愛的卡凡爾康得先生，」基督山說，「我希望能給我機會，把你們父子介紹給幾位朋友之後，您再動身可以嗎。」

「我聽候伯爵先生的吩咐。」少校說。

「現在，來，年輕人，有話直說吧。」

「向誰呢？」

「當然是向令尊閣下啦，說說您的經濟情況吧。」

「喲！」安德里說，「您說中了我的心病了。」

「您聽見了嗎，少校？」基督山問。

「聽見了。」

「那好，您能聽得懂其中的意思嗎？」

「完全明白。」

「這個可愛的孩子說，他需要錢。」

「您看我該怎麼辦呢？」

「那還用說，就給他唄！」

「我嗎？」

「對，您。」

基督山走到他們兩個人中間。

「拿著！」他把一疊鈔票塞在安德里手中說。

「這是什麼啊？」

「您父親給您的答覆。」

「我父親給的？」

「對呀。您剛才不是還說缺錢花嗎？」

「是的。那怎麼樣呢？」

「受他的委託我把這個交給您。」

「從我的收入裡扣除嗎？」

「不，給你的安置費。」

「哦！親愛的爸爸！」

「別出聲，」基督山說，「您看得出來，他不想讓我告訴您這錢是他給的。」

「我感激這種體貼。」安德里說著，把這些鈔票塞進了長褲的錢袋裡。

「很好，」基督山說，「現在你們可以走了！」

「我們什麼時候能有幸再見到伯爵先生呢？」卡凡爾康得問。

「哦！對，」安德里也問，「什麼時候我們能再有這份榮幸呢？」

「如果你們願意，在星期六……哦……對……就星期六吧。那天晚上我在芳丹街二十八號的阿都爾別墅舉辦宴會，我邀請的人裡面，有你們的銀行家鄧格拉司先生，我要把你們介紹給他，他得先認識你們兩位，才能同意你們去提款啊。」

「要穿禮服嗎？」少校輕聲問道。

「穿禮服：制服，十字勳章，短膝套褲。」

「那我呢？」安德里問。

「噢，很簡單，黑褲子，漆皮鞋，白背心，一件黑色或藍色的上裝，一個大領結。您可以到勃林或維羅尼克那兒去訂做衣服。如果您不知道他們的地址，培浦斯汀可以告訴您。穿著方面越自然得體，效果就越好，因為您是一個有錢人。假如您要買馬，可以到德維都那兒去買，如果你們要買四輪敞篷馬車，可以去找倍鐵斯蒂。」

「我們幾點鐘到府上呢？」年輕人問。

「就在六點半吧。」

「好，我們會準時到的，」少校說，敬了個軍禮。

然後，卡凡爾康得父子向伯爵鞠躬告辭而去。

伯爵走到窗前，瞧著他倆手挽手地穿過庭院。

「一對活寶！」他說，「這兩個大渾蛋，可惜不是真的父子！」

接著，他陰鬱地沉思了片刻，說道：

「去摩賴爾家吧，我覺得厭惡比仇恨更讓人噁心。」

# chapter 57 苜蓿地

請讀者跟隨我返回那片跟德・維爾福先生的住宅相鄰的小園地，在栗色樹掩映的鐵門後面，在那裡可以找到幾位讀者相識的人。

今天是瑪西米蘭先到。他把一隻眼睛湊在鐵門的縫隙上，等候著花園深處樹叢中將要出現的那個人影，以及緞鞋踩在小徑的細沙上發出的窸窣聲。

盼了很久的窸窣聲終於傳來了，不是一個黑影，而是兩個黑影走過來。鄧格拉司夫人和歐琴妮小姐的來訪，耽擱了凡蘭蒂的時間，她完全沒想到她倆會待得這麼久。於是，為了不錯過約會時間，凡蘭蒂向鄧格拉司小姐提議到花園裡去散散步，想借此讓瑪西米蘭看到，表明遲到不是她的錯，無疑他已經等得心急火燎了。

年輕人憑著戀人所特有的敏銳直覺，立刻明白了這一情況，他的心情安靜許多。況且，凡蘭蒂雖說沒辦法讓他聽見她說話的聲音，但她有意在瑪西米蘭視線所及的範圍裡來回踱步，每當她走一個來回，便向鐵門的另一邊投去一個她的女伴無法察覺的目光，年輕人看到了，猶如在對他說：

「耐心些，朋友，你也看見了，這並不是我的錯。」

瑪西米蘭確實在耐心等待，就在腦子裡比較這兩位少女來消磨時間——一個膚色白皙，有一對水汪汪的、溫柔的眼睛，溫雅地微微彎著身體，像一棵垂楊柳；另外一個膚色淺黑，目光高傲，腰身像楊樹一樣挺直。不用說，在那青年人的眼裡，凡蘭蒂必然勝出一籌。

散了半小時步以後，兩位少女離開了。瑪西米蘭明白，鄧格拉司夫人的來訪這就算結束了。

果然，不久，凡蘭蒂又走了出來，這回是她獨自一人來了。她生怕有人會不經意地看到她返回，所以她走得很慢，且是神態很自然地先把每叢樹葉細細地打量一遍，向每一條小徑的深處張望，並且在一條長凳上坐了一會兒。

確保沒有人發現後，她才朝鐵門奔去。

「您好，凡蘭蒂。」一個聲音說。

「您好，瑪西米蘭。我讓您等久了，可您也看見這原因了吧？」

「是的，我認出是鄧格拉司小姐。我可不知道您和這位小姐這麼親近。」

「誰告訴您，我們關係親密，瑪西米蘭？」

「誰也沒說，可我覺得你倆手挽手的樣子，相互交談的樣子，讓我認為，你們是寄宿學校的兩個女友在說悄悄話呢。」

「我們是在說悄悄話，」凡蘭蒂說，「她告訴我說她討厭跟馬瑟夫先生的婚事，而我呢，我坦白告訴她，我把嫁給伊辟楠先生看做不幸。」

「親愛的凡蘭蒂！」

「這就是為什麼你，我的朋友，」少女接著往下說，「會看到我和歐琴妮像是在互吐心曲了。這是因為，談起我無法去愛的那個男人，我便想到我愛著的心上人。」

「啊，您如此完美，凡蘭蒂！你身上有一樣東西是鄧格拉司小姐永遠不會有的！就是那種無法形容的嬌柔，這種柔媚對於一個女人來說，正如香氣對於花朵和美味對於果子一樣，因為對於花朵來說，美麗不是一切，而對於果實來說，好看也不是一切。」

「這是您的愛情在左右您的看法，瑪西米蘭。」

「不是的，凡蘭蒂，我向您發誓。噢，剛才我望著你倆的時候，我以名譽起誓，我雖然對鄧格拉司小姐的美貌給予了公正的評價，但我不能想像哪一個男人會愛上她。」

「這是因為，正如您自己說的，瑪西米蘭，我在那兒的緣故，正是我在場使您變得不公允。」

「不是的……不過請告訴我……有個純粹出於好奇的問題，是打我對鄧格拉司小姐的某些想法裡冒出來的。」

「噢，即使我不知道是什麼想法，一定是非常不公正的。當你們來批評我們這些可憐的女子的時候，我們是不用想得到寬容的。」

「可是你們之間相互評論起來有點過於公正的。」

「假如我們嚴厲，那是因為我們只處於激動的情緒之中。但回到您的問題上來吧。」

「鄧格拉司小姐是不是因為愛上了別人，才怕跟馬瑟夫先生結婚呢？」

「瑪西米蘭，我對您說過，我不是歐琴妮的密友。」

「唉，我的上帝！」摩賴爾說，「年輕女孩們即使彼此不是十分親密的朋友，也是可以相互說心裡話的。你就承認自己問過她這個問題吧。啊！我瞧見你笑了。」

「如果這樣，瑪西米蘭，咱們中間有沒有這道鐵門也就一樣了。」

「噢，她對您是怎麼說的啊？」

「她對我說，她從沒有愛過任何人，」凡蘭蒂說，「說她害怕結婚，說她最大的樂趣是過自由自在、無拘無束的生活。她甚至盼望她的父親破產，好讓她當個藝術家，就像她的朋友羅茜・亞密萊小姐一樣。」

「啊！您看到了吧！」

「怎麼！這能證明什麼嗎？」凡蘭蒂問。

「沒什麼。」瑪西米蘭微笑著回答。

「可是，」凡蘭蒂說，「您在笑什麼？」

「嘿！」瑪西米蘭說，「這不是，您也在笑了，凡蘭蒂。」

「您是想要我走開嗎？」

「哦！不，不是的！還是回到您身上吧。」

「喲！可不是，咱們最多只能再待十分鐘了。」

「我的上帝！」瑪西米蘭沮喪地大聲說。

「是的，瑪西米蘭，您說得對，」凡蘭蒂用一種抑鬱的口吻說，「我只能做您可憐的朋友。可憐的瑪西米蘭，你生來應該享受幸福，但您在過一種什麼樣的生活啊！我常常在痛責自己，請相信我。」

「哦，那有什麼關係呢，凡蘭蒂？一切都是我自己願意的。只要我覺得這種永恆的等待已得到補償：看到您兩分鐘，聽到您口中說出的兩句話。而且我也深信：上蒼既然造了兩顆像我們這樣和諧的心，還幾乎奇蹟似的把這兩顆心聯合了起來，它不會最後又把我們分開的。」

「好吧，謝謝您，瑪西米蘭，就請您為我倆抱著希望吧，這樣就給了我一半的幸福。」

「到底出了什麼事，凡蘭蒂，為什麼要這麼匆忙地離開我呢？」

「我不知道。維爾福夫人派人來請我去，據僕人說，我的一部分財產取決於這件事。他們要我的財產儘管拿去好了，我什麼也不缺，只想過平靜的日子。即便我一無所有，你還是會照樣愛我吧，是不是，瑪西米蘭？」

「噢，我是永遠愛你的。我只要我的凡蘭蒂在我的身邊，讓我能確實感到再沒有人可以把她從我手裡搶走，她富有還是貧窮我都不在乎。但您不怕這次談話或許和您的婚事有關嗎？」

「我想不是。」

「現在，您聽我說，凡蘭蒂，您不必害怕，因為只要我活著，就絕不會再愛第二個人的。」

「您以為這樣對我說能使我放心嗎，瑪西米蘭？」

「對不起！您說得對，我真是沒有頭腦。嗯！我想告訴您的是，那天我遇見了馬瑟夫先生。」

「那又怎麼樣呢？」

「弗蘭士先生是他的朋友，這你知道吧？」

「是的，那又怎麼樣啊？」

「嗯！他收到弗蘭士的一封信，信裡說弗蘭士即將回國。」

凡蘭蒂臉色蒼白，用手撐在鐵門上。

「哦！我的上帝！」她說，「要是真的怎麼辦！可是，不，這個消息不會由維爾福夫人來告訴我的。」

「為什麼啊？」

「因為……我一無所知……可是我覺得維爾福夫人，雖說從沒公開表示過反對，可是她對這門親事並不怎麼擔心。」

「是嗎！凡蘭蒂，那我真要對維爾福夫人感激涕零了。」

「哦！先別忙著感激，瑪西米蘭。」凡蘭蒂苦笑著說。

「哎，她既然對這門婚事沒有好感，她會傾聽別的提議，讓婚事告吹。」

「別想得那麼美，瑪西米蘭。維爾福夫人不喜歡的不是男方，而是結婚這件事。」

「什麼？反對結婚！要是她這麼討厭結婚，為什麼她自己結婚呢？」

「你沒明白我的意思，瑪西米蘭。大約在一年以前，我曾談起要去修道院隱居，維爾福夫人雖然說了許多她認為出於責任非說不可的話，她還是暗自心喜地接受我的提議。她也說服父親同意我的提議，只是為了我那可憐的祖父，我才終於放棄了那個計畫。您不能想像可憐的老人的眼神，如果這是一句不該說的話，但願上帝饒恕我，他在這個世界上只愛我一個人，而也只被我一個人所愛。他知道我的決定以後，我永遠忘不了他那種責備的眼光，他那僵硬的臉頰上的極端絕望的眼淚。但他不能責備，也不能歎息。啊，瑪西米蘭，我為我的想法而十分惋惜，我是在他的腳邊，喊道：『對不起，對不起，我親愛的爺爺，不論他們怎樣對待我，我是永遠不離開您的了。』我說完以後，他默默地充滿感激地望向天空。啊，瑪西米蘭，我或許還得受許多苦，但我爺爺的目光已經事先補償了我要忍受的一切！」

「可愛的凡蘭蒂，您是一個安琪兒。我真的不知道像我這樣一個在沙漠裡東征西剿，以砍殺阿拉伯人為業的人——除非上帝真的認為他們是該死的異教徒——我不知道我憑什麼能得到您的垂青，蒙他把您託付給我。但告訴我，您保持獨身對維爾福夫人能有什麼好處呢？」

「您剛才沒聽我說，我很富有，太富有了，瑪西米蘭？我從我的母親那裡可以繼承五萬利弗爾左右的收入。我的外祖父和外祖母——聖米蘭侯爵夫婦大約會給我留下數目相同的一筆財產，而諾梯埃先生顯然也要立我做他的繼承人。我的弟弟愛德華從他母親名下得不到任何財產，所以和我一比，他就窮得多了。嗯，維爾福夫人把那個孩子疼愛得像一塊心頭肉，假如我做了修女，我的全部財產就落到我的父親手裡——他可以繼承侯爵夫婦和我的財產——再由他轉到他兒子的手裡。」

「哦！這個年輕貌美的女人如此貪婪，真是不可思議啊！」

「可您得想到，這不是為了她自己，瑪西米蘭，而是為了她的兒子，你把它當做缺點來指責，從母愛的角度看倒幾乎是一種美德呢。」

「不過，哎，凡蘭蒂，」摩賴爾說，「您把財產分一部分給她兒子可以嗎？」

「我怎麼能提這樣的建議呢，」凡蘭蒂說，「那個女人的嘴上不停地掛著不求私利？」

「凡蘭蒂，我一直是把我們的愛當做一樣神聖的東西。如同一切神聖的東西那樣，我用敬奉的帷幕把它遮起來，封閉在我的心中，沒有哪一個人知道它的存在，甚至我的妹妹也不知道。我沒有告訴世上任何一個人。凡蘭蒂，您允許我將我的愛情告訴一個朋友嗎？」

凡蘭蒂打了個哆嗦。

「告訴一位朋友？」她說，「哦！上帝啊！瑪西米蘭，您的想法令我害怕！一位朋友？這個朋友是誰？」

「聽著，凡蘭蒂。您是否曾經對某個人產生一種不可抗拒的信任感和好感？第一次看到這個人，可是您會以為早就認識他。您會在心裡追問究竟以前是在什麼時候和什麼地方和他相識的，由於想不起時間和地點，您便認為這是在前世，而這種感覺像是一種舊事重憶。」

「我有過。」

「那好！我第一次見到這位奇人的時候，就產生了這種從未有過的感覺。」

「奇人？」

「對。」

「您早就認識他？」

「只有八九天而已。」

「您竟把一個才認識了八九天的人稱作你的朋友？啊，瑪西米蘭，我還以為你把朋友這個詞看得相當可貴呢。」

「您的理由是對的，凡蘭蒂。但不論您怎麼說，什麼也不能使我改變這種本能的情感。我相信我未來的一切幸福一定和這個人有關係——有時他深邃的目光好像洞察未來，而他那有力的手似乎在幫助那一切正在逐步實現。」

「這麼說他是個先知了？」凡蘭蒂莞爾一笑說。

「確實如此，」瑪西米蘭說，「我不禁常常以為他在預言……尤其是好事情。」

「哦！」凡蘭蒂愁眉苦臉地說，「請讓我見見這個人吧，瑪西米蘭，那樣他就可以告訴我，我能不能在未來得到足夠的愛，來補償我所受到的所有這些痛苦呢？」

「可憐的女孩！但您已經認識他！」

「我見過嗎？」

「對。就是救過您繼母和她兒子性命的那個人。」

「基督山伯爵嗎？」

「就是他。」

「哦！」凡蘭蒂喊道，「他不可能是我的朋友，他是我後母的好朋友啊。」

「伯爵是你繼母的朋友？凡蘭蒂，我的直覺告訴我不是這麼回事；我確信是您錯了。」

「不，我的確沒有弄錯，因為我可以向您保證，現在不是愛德華在家裡為所欲為了，而是伯爵：維爾福夫人希望與他往來，認為他掌握著人類所有的知識，您知道。我的父親欽佩他，為他的人生觀而傾倒不已。愛德華崇拜他，他雖然不敢正視伯爵那雙理智的眼睛，但一看到伯爵來，他就會跑上去迎接他，掰開他的手，在那一雙手裡，他一定可以找到一樣有趣的禮物；可以說基督山先生不是來到我父親家裡，也不是來到維爾福家裡；他是在自己的家裡，他完全掌控了這裡的一切。」

「既然這樣，我親愛的凡蘭蒂，您本該感到或者不久會感覺到他出現的效果。他在義大利遇到阿爾培・馬瑟夫，把他從強盜的手裡救了出來。他去見鄧格拉司夫人，他送了她一件高貴的禮物。你的後母和她的兒子經過他的門前，他的黑奴救了他們的性命。毫無疑問這個人可以控制人和事物。我從來沒有見過有誰能把樸實無華和寬容大度集於一身。他的笑是這樣的甜蜜，當他向我微笑的時候，我不相信他的笑對別人竟能是苦的。啊，凡蘭蒂，告訴我，他也對您這樣微笑嗎？假如有的話，您就會得到幸福。」

「我！」凡蘭蒂說，「他甚至沒正眼看過我，或者不如說，我偶爾經過，他有意把目光從我身上移開。啊，他並不寬宏大量，他也沒有您所說的那種超凡的慧眼，您肯定設想錯了。假如他是寬宏大量的話，看到我在這個家孤獨憂愁，他就會利用他的勢力來為我造福。再假如，像您所說的，既然他扮演太陽的角色，他就會用一縷賦予生命的光線來溫暖我的心。您說他愛你，瑪西米蘭，您怎麼知道的？人們對於像您這樣一個掛著一把長指揮刀、蓄著一撮威猛的小鬍子的軍官總是尊敬的，但他們認為可以不用大驚小怕，砸扁一個飲泣的可憐女孩。」

「哦！凡蘭蒂！我敢說您一定是想錯了。」

「如果他不是這樣，假如他對我用什麼手段的話——那就是說，他想以這種或者那種方式在我家裡發號施令——他就會，即使一次也好，賜給我那種您極口頌揚的微笑。但不，他看見我可憐巴巴，明白我對他一無是處，所以他一點兒都不注意我。誰知道呢？或許為了要討好維爾福夫人和我的父親，或許他會在自己的能力範圍之內迫害我。他不應該這樣瞧不起我，這是不公道的，毫無理由的。您對我說起過他。啊，原諒我，」凡蘭蒂說，她注意到了她的話在瑪西米蘭臉上所產生的影響，「我錯了，關於這個人，我對您說的話其實並沒有放在心上。我不否認他有您所說的那種力量，只不過沒有施加在我身上，但從我這方面說來，與其說那種力量能產生好處，還不如說它能產生禍害更正確些。」

「好了，凡蘭蒂，」摩賴爾歎了口氣說，「咱們別再說這事啦，我什麼都不會告訴他的。」

「唉！我的朋友，」凡蘭蒂說，「我知道，我傷了您的心了。哦！但願有一天我能握緊您的手請求你的原諒！說到底，我但願被您說服。告訴我，這位基督山伯爵到底為您做過些什麼事情？」

「不瞞您說，您問我伯爵為我做了什麼事使我非常尷尬，凡蘭蒂，因為我說不出伯爵曾給我任何明顯的好處。可是，正如我已經告訴過您的，我對他的感情完全是出於本能，我無法說清愛的來源。太陽給了我什麼好處沒有？沒有，它給我溫暖，憑著它的光，我可以看見您——只是如此而已。再譬如，這種或者那種香氣給了我什麼？沒有，它的香味使我的嗅覺感到很舒適——當有人問我為什麼讚美它的時候，我說不出所以然。我對他的友情正如他對我的一樣奇怪，無法言表，一個隱秘的聲音告訴我，這種意料不到的、相互的友誼不是偶然的。他最簡單的舉動和他最秘密的思想，都找到了跟我的舉動和思想關聯的東西，您或許要笑我，但我告訴你，自從我認識了這個人，我就有了一個荒唐的念頭，我遇到的一切好事都來自他。您會說，我沒有這種保護也已活了三十年了，是嗎？讓我來舉一個例。他請我在星期六到他那兒去吃飯，從我們的關係來看，這是很自然的事情。好，我後來又打聽到什麼消息？這次請客，您的母親和維爾福先生都要來。我將在那兒會見到他們。誰知道將來這次會面會有什麼結果？這種事情表面上極其簡單，但我呢，我從中看到一些令我驚訝的東西，我從中吸取了一種奇特的信心。我對我自己說，這位奇人表面上雖然是為了大家，但實際上是故意為我安排的，讓我會一會維爾福先生夫婦的。我也承認，有時候我甚至想從他的眼睛裡去探測他究竟是否已猜透了我們的秘密戀愛。」

「我的好朋友，」凡蘭蒂說，「如果我老是聽到您像這樣沒頭沒尾地講話，我真要為你的理智擔憂，把你看做一個幻想家了。什麼！您從這次見面中除了巧合，還看出別的東西嗎？請稍微想一想。我的父親是從不出門的，他幾次想辭絕這次邀請，前後幾乎近十次。維爾福夫人則不然，她非常想去那個不同尋常的富翁家裡看看，花了很大的氣力才說服我的父親陪她去。不，不！請相信我，瑪西米蘭，除了您和我那比殭屍稍微好一點的祖父以外，我在這個世界上再沒有可求助的人了。沒有別人可以尋找支持，而只有我可憐的母親，一個幽靈！」

「我想您是有道理的，凡蘭蒂，邏輯上您是對的，」瑪西米蘭說，「你柔和的聲音對我總是這樣強有力，今天卻沒能說服我。」

「你也沒能說服我呀，」凡蘭蒂說，「我得說，要是你舉不出別的例子……」

「例子倒還是有一個，」瑪西米蘭猶豫不定地說，「不過說真的，凡蘭蒂，我自己也覺得，這比第一個還荒唐。」

「那就不要說了。」凡蘭蒂笑著說。

「可是，」摩賴爾接著說，「它對我卻有著決定性的意義，因為我對有些突如其來的想法和感覺是挺相信的。在服役的十年當中，有時就靠這種內心閃光而保全了生命，這種內心閃光指點你向前一步或退後一步，讓致命的槍子兒擦身而過。」

「親愛的瑪西米蘭，您成功地避開子彈應該歸功於我的祈禱？你在那邊的時候，我的祈禱都是為了您，為了您我向上帝和在天堂的母親不停地祈禱。」

「是的，您的祈禱在我認識您之後保護了我，」摩賴爾微笑著說，「可是在我有幸認識您之前呢，凡蘭蒂？」

「得了，既然您什麼都不想歸功於我的話，那就還是來說說那個連您自己都覺得離譜的例子吧。」

「好！透過板縫往我這邊看，那邊的樹旁，瞧我騎到這兒來的那匹新買的馬。」

「呦！多漂亮的馬兒！」凡蘭蒂喊道，「為什麼您不把牠拉到鐵門旁？那樣我就可以跟牠說話了，牠會聽懂的。」

「您也瞧見了吧，這是一匹價格昂貴的牲畜，」瑪西米蘭說，「嗯，您知道我不是很有閒錢的人，而且我在支出方面十分的理智。噢，我在馬販子那裡看到這匹矯健的米狄亞，這是我給牠取的名字。我問要什麼價錢，他們說要四千五百法郎。您明白，我只能讓自己只飽眼福而已。但我承認我走開的時候心情很沉重，因為那匹馬很親熱地望著我，用頭輕輕蹭我，在我胯下極其優雅而迷人地做著半旋轉。當天晚上，幾個朋友來拜訪我——夏多・勒諾先生、狄佈雷先生，還有五六個您連名字都不知道的紳士。有人提議打撲克。我是從來不賭博的，因為我既沒有多餘的錢可輸，也不會窮到想去贏別人的錢來用。但這是在我的家裡，您知道，我無法可想，只得派人去找紙牌，我就是這樣做的。

「正當他們在桌子前面坐下來的時候，基督山先生到了。他也坐下來，大家玩牌，結果是我贏了。我只向您承認這一點，我竟贏了五千法郎。我們到午夜才分手。我壓不住心頭的歡喜，所以我跳上一輛輕便馬車，疾駛到馬販子那兒。我內心狂跳，興奮不安地拉門鈴。來開門的那個人一定把我當做了一個瘋子，因為一開門，我就闖到馬廄裡。米狄亞正站在馬槽前面在那兒吃草，我抓起一隻馬鞍，親自裝到馬背上，再套上馬轡，牠聽話地任我擺佈，當我把四千五百法郎放到馬販子手裡時，他還沒明白是怎麼一回事，我策馬奔向香榭麗舍大街，要在那兒跑一次夜馬以了我的心願。當我騎過伯爵門前的時候，我看見伯爵窗戶上的燈光，我彷彿瞥見他的身影躲在窗簾後面。哦，凡蘭蒂，我堅決地相信他知道我想得到這匹馬，他是故意輸錢給我去買牠的。」

「我親愛的瑪西米蘭，」凡蘭蒂說，「您真是太愛幻想了……您對我的愛恐怕不會持久……一個這樣富於詩意想像的人，絕不會聽任生活的擺佈，甘於在我們這樣單調乏味的激情中變得憔悴的……哎呀，我的上帝！他們在喊我了……您聽見了嗎？」

「哦！凡蘭蒂，」瑪西米蘭說，「把您的小手指頭……從這個小眼兒裡伸出來，讓我親一親吧。」

「瑪西米蘭，我們說過，咱倆彼此就只是兩個聲音、兩個影子的嗎！」

「那就隨便您吧，凡蘭蒂。」

「如果我按照您的願望去做，您會很快活嗎？」

「哦！會的。」

凡蘭蒂踏上一條長凳，不是把小手指伸向洞眼裡，而是把整隻手從鐵門上方伸了過來。

瑪西米蘭驚叫一聲，也縱身跳上牆角的石塊，抓住這隻珍貴的小手，把火熱的嘴唇緊貼在上面。但小手旋即從他手中滑落下來，年輕人聽見了凡蘭蒂匆匆逃去的腳步聲，說不定她是讓自己剛剛體驗到的情感給嚇著了！

chapter 58

# 諾梯埃．維爾福先生

鄧格拉司夫人和她女兒離去以後，我們剛剛描寫的那場花園談話正在進行的同時，檢察官的宅邸裡發生了下面這樁事。

維爾福先生走進他父親的居室，維爾福夫人緊隨其後。至於凡蘭蒂，我們是知道她在哪兒的。他們兩位向老人躬身問好，讓幹了二十五年之久的老僕巴羅斯退出去，然後在老人兩旁坐了下來。

諾梯埃先生坐在一輛可以推動的輪椅上。每天早晨，有人把他抱上這輛輪椅，讓人推著在房子裡活動，晚上再把他抱下來。他對面是一面鏡子，鏡子照出整個房間。這樣儘管他身體僵直，不能動彈，也能從這面鏡子裡看清進出屋子的每一個人和周圍發生的每一件事。諾梯埃先生像屍體一樣紋絲不動，用充滿智慧和生命力的眼睛望著兒子和兒媳。他們在老人面前表現出異常恭敬的態度無異於告訴他，他們是為一件他還沒預料到的重大事情來見他的。

生命聖火只剩下視覺和聽覺這兩朵火花還在跳動，而且，僅憑其中的一種感官，他就可以表達出冰冷的軀殼生氣的內心活動。而反映內心活動的目光酷似遠方的一點兒燈光，它告訴荒原上迷路的旅人，在這片靜寂和黑暗中還有人醒著。

老諾梯埃的白髮，一直垂到肩頭，在濃濃的黑睫毛下面的那雙黑眼睛，是他唯一可以活動的器官，集中了一切活動、一切靈巧、一切力量、一切智慧，而這些從前都散佈在他的身體內和頭腦裡。自然，他的手臂已不能動彈，嗓子已無法發出聲音，身體已喪失了活力，但是這雙眼睛彌補了一切：他用眼睛來發號施令；他用眼睛表示感謝；這是一具有活的眼睛的屍體。沒有什麼比這張大理石般的面孔讓人畏懼，有時它會迸射出憤怒的火花，有時它會流露出喜悅的光芒，在這些時候，這張臉真讓人看著非常吃驚。

只有三個人能懂得那可憐的癱瘓老人的這種語言：維爾福、凡蘭蒂和剛才提到的那個老僕人。但維爾福極少來看父親，只有非來不可的時候才來，而且即使見了面，維爾福也並不想理解父親，讓父親高興。所以老人的全部快樂就都寄託在孫女的身上。凡蘭蒂呢，憑著她的熱忱、愛心和耐性，也已經學會了從目光裡瞭解諾梯埃的全部思想。對於這無聲的、其他不可理解的語言，她用各種聲調、各種表情、全部情感來回答，因此在這位少女和老人之間，依然能進行暢談。他的身體雖然不能動彈，並且幾乎又將重新化為塵土了，然而他依然是個知識淵博、思想敏銳的人。他的心靈雖然失去了指揮能力，但仍然保持著強大的意志力。

所以，凡蘭蒂不僅解決了讀懂老人思想的難題，而且又能讓老人明白她自己的想法。由於有了這種熱忱，凡是生活中的日常事務，她幾乎每次都能準確地猜出這顆依舊充滿活力的心的願望，或者這具半麻木的屍體的需要。

而我們前面提過的老僕人巴羅斯，他已經和主人相處了二十五年之久，他瞭解主人的一切習慣，所以幾乎用不著諾梯埃來吩咐他去做這做那。

維爾福要跟他的父親進行一場古怪的談話，無須別人的幫助也完全懂得老人的語彙，他卻很少利用它們，那是由於厭煩和漠視。於是，他讓凡蘭蒂下樓去花園，又支開巴羅斯，自己坐在父親的右邊，而維爾福夫人則坐在左邊。

「先生，」他說，「我們沒有讓凡蘭蒂回來，而且我支開了巴羅斯，請您不要對此感到驚訝，因為我們要談的內容不能在一位少女或一個僕人面前進行。維爾福夫人和我想要報告您一個好消息。」

聽著這段開場白，諾梯埃的臉上始終毫無表情，而維爾福的眼光卻彷彿想穿透老人的心底。

「這個消息，」檢察官用一種冰冷而堅決的口氣繼續說，「我們，維爾福夫人和我，相信您聽了一定會感到非常高興的。」

老人的眼睛仍然毫無表情，他在聽著，僅此而已。

「閣下，」維爾福往下說，「我們要給凡蘭蒂辦婚事了。」

聽到這個消息，老人的臉冷漠麻木，好像蠟鑄的一般。

「三個月之內就要舉行婚禮。」維爾福繼續說。

老人的眼睛一如既往地不動。

維爾福夫人這會兒開口了，她接著說：

「我們認為這個消息會使您關切的，先生。何況凡蘭蒂似乎向來又那麼讓您疼愛。您只需知道那位年輕人的名字就會知道。這對凡蘭蒂是一門再體面不過的婚事啦，對方與凡蘭蒂最門當戶對的，他的家產豐厚，姓氏高貴，人品才情都能保證她將來會過得很幸福，而他的名字您想必也是聽說過的。他就是伊辟楠男爵，弗蘭士・伊辟楠先生。」

維爾福在他妻子講話的過程中一直全神貫注地盯著老人。當維爾福夫人說到弗蘭士這個名字時，諾梯埃的眼睛——他的兒子清晰地看出，開始顫動起來，眼瞼也在擴張，如同雙唇拚命想張開說話似的顫抖起來，雙眼射出一道光芒。

檢察官知道他父親和弗蘭士的父親之間有一段政治仇恨，理解這道閃光和這份激動，但他只當沒看見，接著妻子的話說下去：

「先生，您也知道，凡蘭蒂快十九歲了，所以凡蘭蒂的婚事勢在必行。然而，我們沒有忘記來向您報告，我們事先已經得知：由於我們或許會妨礙這對年輕夫婦，而您不會因為凡蘭蒂對您非常依戀，而在您這方面，看來也對她抱有同樣的感情。這樣您就可以不必破壞生活習慣，而且會有兩個孩子而不是一個孩子照顧您。」

諾梯埃眼睛中的閃光變得很嚇人。

無疑，在老人的心靈裡經歷了可怕的事；顯而易見，痛苦和憤怒的喊叫已經升到了他的喉嚨口，卻爆發不出來，這使他透不過氣，他的臉變成了紫紅色，嘴唇也發青了。

維爾福平靜地走過去打開窗，一邊說道：「這兒真熱，諾梯埃先生會覺得難受的。」

然後他又回到原來的地方，但沒坐下。

「這樁婚事，」維爾福夫人接著說，「伊辟楠先生和他全家都覺得挺滿意。而且，他的家庭只有一個叔叔和一個嬸嬸了。他母親在他出生的時候就死了，他父親是一八一五年遭人暗殺的——當時這孩子才兩歲。因此他可以自己做決定。」

「那是樁神秘的暗殺事件，」維爾福說，「兇手一直沒能被查出來，雖說不斷有人涉嫌，嫌疑對象也不止一個。」

諾梯埃做了極大地努力，居然讓嘴唇張成一個微笑的樣子。

「然而，」維爾福繼續說，「真正的兇手，那些知道自己犯過罪的人，他們生前面臨人間法律的審判，死後要面對上帝的懲罰，想必他們會很樂於處在我們現在的地位，把一個孩子嫁給弗蘭士・伊辟楠先生，以消除人們的懷疑。」

諾梯埃神色鎮定下來，很難想像身體垮掉的人竟然有這樣的意志力。

「是的，我都懂。」他用目光回答維爾福。在這道目光中，同時有著強烈的藐視和洞察其內心的激憤。

維爾福呢，他在這目光中看出了包含的深意，但他只是輕輕地聳了聳肩膀作答。然後他示意妻子站起身來。

「現在，先生，」維爾福夫人說，「請允許我們就此告辭了。您要愛德華來問候您嗎？」

事先有過約定，老人閉一下眼睛表示同意。連眨幾下眼睛表示拒絕，舉眼望天表示有願望要說。

如果他想要凡蘭蒂來，就閉一下右眼。

如果他想要巴羅斯來，就閉一下左眼。

聽到維爾福夫人的建議，他一個勁兒地眨眼睛。

維爾福夫人得到的答案明確無疑，因此咬緊嘴唇。

「那麼我讓凡蘭蒂到您這兒來？」她說。

老人熱切地閉上眼睛表示好。

維爾福夫婦鞠了躬，退出房間，吩咐僕人去喚凡蘭蒂來，她事先已得到通知，當天諾梯埃先生有事要讓她特別去一次的。

維爾福夫婦剛走不久，還激動得滿臉緋紅的凡蘭蒂便走進老人房裡。她才瞧了一眼，就明白祖父正在受著痛苦地煎熬，有許多事情要對她講。

「哦！爺爺，」她喊道，「出什麼事啦？他們使您生氣了，是嗎，您心裡很惱火？」

「對。」他閉一閉眼睛表示認可。

「是誰讓您生氣？父親？不對。您是在生維爾福夫人的氣？也不對。生我的氣？」

老人表示說對的。

「生我的氣？」凡蘭蒂驚訝地又問了一遍。

老人重又做了那個表示。

「我做錯了什麼嗎？親愛的爺爺？」凡蘭蒂喊道。

沒有回答，她繼續問：

「白天我沒來看您。是不是有人對您說過我的什麼事啦？」

「對。」老人的目光急切地說。

「讓我想想。我的上帝，我向您起誓，爺爺……啊！……維爾福先生和夫人剛離開這兒，是嗎？」

「對。」

「是他們說了什麼話惹您生氣了嗎？他們說了什麼呢？您願意我去問問他們，再來向您來表示歉意嗎？」

「不，不。」那目光說。

「哦！您叫我心驚肉跳。他們會說些什麼呢，我的上帝！」

於是她思索起來。

「哦！我知道了，」她壓低聲音，靠到老人身邊說，「或許他們提到我的婚事了吧？」

「是的。」那憤怒的目光回答。

「我明白了。您是怪我不告訴您。哦！您要知道，這是因為他們吩咐我對您要保守秘密。再說他們原來也不準備告訴我，可以說我是不知趣地發現了這個秘密的。我一直沒告訴您就為的這個緣故。請原諒我吧，諾梯埃爺爺。」

那又變得凝滯無神的目光彷彿在回答說：「讓我難過的不僅是您的沉默。」

「還有什麼呢？」少女問道，「難道您認為我會丟下您，爺爺，認為我結婚以後就會忘記您了？」

「不是的。」老人說。

「那麼他們對您說了伊辟楠先生同意咱們住在一起？」

「是的。」

「可您為什麼生氣呢？」

老人的眼睛流露出無限痛苦的表情。

「對，我明白了，」凡蘭蒂說，「因為您愛我。」

老人表示是的。

「您怕我會不幸福？」

「對。」

「您不喜歡弗蘭士先生？」

那雙眼睛重複了三四遍：

「不喜歡，不喜歡，不喜歡。」

「這麼說您是非常傷心囉，爺爺？」

「是的。」

「嗯！您聽我說，」凡蘭蒂說，跪在諾梯埃面前，伸出雙臂摟住他的脖子說，「我也是非常悲哀，因為我，我也不愛弗蘭士・伊辟楠先生。」

一絲快樂的閃光掠過老人的眼睛。

「我要進修道院的那會兒，您還記得嗎，您對我有多生氣啊？」

一滴眼淚濡濕老人乾癟的眼皮。

「嗯！」凡蘭蒂繼續說，「我就是為了逃避這門可恨的婚事，才決定進修道院的。」

諾梯埃的呼吸也變得急促起來。

「那麼，這門婚事使您非常煩惱囉，爺爺？啊，我的上帝，要是您能夠幫助我，要是咱倆能夠破壞他們的計畫，那就好了！可是您沒有力量去跟他們鬥，雖然您的腦子活躍，意志還是這麼堅強，可是要去跟他們鬥，您像我一樣弱小，甚至比我更弱。唉！您健康強壯時，是我強有力的保護人。可是今天您所能做的，只是同情我，和我分享我的喜悅和悲傷。這是上帝忘記從我身邊奪走的最後一點兒幸福了。」

聽了這番話，諾梯埃的眼睛裡閃現出一種狡黠的、意味深長的表情，少女相信自己從中看到了這兩句話：

「不對，我還能幫你做許多事呢。」

「您還能幫我嗎，親愛的爺爺？」凡蘭蒂把老人的表情解釋出來。

「對。」

諾梯埃抬眼望天。這是他和凡蘭蒂約定的信號，表示他需要一樣東西。

「您想要什麼呢，親愛的爺爺？讓我想想。」

凡蘭蒂一邊思忖，一邊大聲地隨想隨說，可她不管說什麼，老人都不斷做出否定的回答：

「好吧，」她說，「用特殊的方法吧，我可太笨了！」

說著她就依次往下背字母表裡的字母，她用微笑來詢問癱瘓老人的眼睛。背到N時，諾梯埃表示對了。

「啊！」凡蘭蒂說，「您要的這件東西，是字母N開頭的。那咱們是得跟N打交道了？好，咱們來瞧瞧，我們從N想辦法？Na，Ne，Ni，NO。」

「對，對，對。」老人說。

「啊！是NO打頭的？」

「對。」

凡蘭蒂去找來一本詞典，放在諾梯埃面前的一張斜面書桌上。她翻開詞典，看到老人的目光專注地盯在書頁上，她的手指從上到下迅速掠過條目。

自從諾梯埃的身體落到這種地步的六年以來，這種練習使她很容易就能明白老人的想法，她往往很快就能猜出老人的意思。即便老人自己能夠翻詞典，恐怕也未必能比她更快翻到那答案。

當凡蘭蒂的手指移到「Notary（公證人）」時，諾梯埃示意停住。

「公證人？」她說，「您是想要個公證人，爺爺？」

老人表示說他的確是想要個公證人。

「那要派人去叫公證人嘍？」凡蘭蒂問。

「對。」癱瘓的老人說。

「我父親大概知道他的名字吧？」

「對。」

「您希望馬上見到您的公證人嗎？」

「對。」

「那麼馬上派人給您叫來，親愛的爺爺。您想要的就是這個嗎？」

「對。」

凡蘭蒂奔過去拉鈴，隨後吩咐進來的僕人去請維爾福先生或夫人到祖父房裡來。

「這下您滿意了？」凡蘭蒂問，「是的……我相信如此。嘿！這可很不容易猜呀，是不是啊？」

少女對著祖父笑起來，就像對待一個孩子那樣。

維爾福先生由巴羅斯領著走了進來。

「您要做什麼，先生？」他向癱瘓的老人問道。

「先生，」凡蘭蒂說，「祖父要一個公證人。」

聽到這個古怪的、始料不及的要求，維爾福先生向癱瘓的老人望去，兩人交換了一下目光。

「是的。」老人堅決地說，這說明，在凡蘭蒂和那位老僕——他現在也知道了主人的意思——的幫助下，他已做好了鬥爭到底的準備。

「您想見公證人？」維爾福又問一句。

「對。」

「要來做什麼呢？」

諾梯埃沒有回答。

「您要公證人又有什麼用呢？」維爾福問。

癱瘓病人的目光一動不動，也就是不作回答，這等於是說：「我堅持要這樣做。」

「想給我們來個惡作劇嗎？」維爾福說，「這值得嗎？」

「可是，」巴羅斯說，他準備以老僕慣有的耿耿忠心來堅持，「如果先生要個公證人，看來他確實需要見。所以，我這就去請公證人了。」

巴羅斯眼裡只有諾梯埃這一個主人，不能容忍主人的意願被反對。

「對，我要一個公證人。」老人閉上眼睛表示說，這副滿不在乎的神情像是在說：「看誰想拒絕我的願望。」

「既然您堅持要請一位公證人，先生，我們會去請的。但我要向他表示歉意，請他多多包涵，因為那個場面一定會很可笑的。」

「沒關係，」巴羅斯說，「我這就去。」

說完，這個老僕人得意揚揚地出門而去。

# chapter 59 遺囑

巴羅斯轉身走出房間，諾梯埃注視著凡蘭蒂，目光中充滿狡黠的關切，其中的含義是非常豐富的。少女讀懂得了其中的意思，維爾福也明白了，因為他的臉色陰沉，雙眉緊鎖。

他坐下來，待在癱瘓病人的房裡，等候公證人的到來。

諾梯埃極其冷漠地看著他的動作，但老人用眉梢告訴凡蘭蒂，沒有必要擔心，並且要她也留下。

過了三刻鐘，老僕人帶著公證人回來了。

「先生，」維爾福在互相問好過後就說，「是諾梯埃・維爾福先生請您來的，就是這位先生。他全身癱瘓，四肢不能動彈，也發不出聲音，現在只有我們這幾個人，也要費很大的勁兒，才能勉強懂得他的一些意思。」

諾梯埃用目光向凡蘭蒂示意，看上去十分嚴肅和威嚴，以致凡蘭蒂立即應聲說：「我，先生，我完全懂得爺爺想說的話。」

「沒錯，」巴羅斯接上去說，「全明白，不會有絲毫差錯，就像我在路上告訴過您的那樣。」

「請允許我說一句，先生，還有您，小姐，」公證人向維爾福和凡蘭蒂說，「對於這個案件，我作為公務人員不能輕率地接手，否則要承擔危險的責任。確保公證有效的第一個必需的條件，就是公證人須完全相信他已忠實地解釋了委託人的意志。現在，我不能確信不能說話的委託人是贊成還是反對，由於他缺乏講話能力，不能清楚地向我證明他所喜或所惡的目標，所以我的職務便徒有虛名，即使做了也是無用的。」

公證人正準備告辭。一絲不易覺察的得意笑容，浮現在檢察官的嘴唇上。而諾梯埃則帶著痛苦失望的表情望著凡蘭蒂，於是少女走上前來攔住了公證人。

「先生，」她說，「我和祖父交流的方式是很容易掌握的，我在幾分鐘裡就可以教會您，而且跟我理解的一樣清楚。先生，您可以告訴我嗎，要怎麼樣才能使您完全放心呢？」

「為了使公正有效，小姐。」公證人回答說，

「我必須能夠確認委託人究竟是表示同意還是反對。委託人可以處在病中，但要立遺囑，他的頭腦必須是清醒的。」

「噢！先生，從這兩個動作您可以確信我爺爺此刻具有健全的理解力。諾梯埃先生因為無法說話和行動，就用閉一下眼睛表示想說是的，而用連眨幾下眼睛表示想說不是。現在您已經掌握了這種語言，可以和諾梯埃先生交談了，請試試吧。」

老人的眼眶濕潤了，他向凡蘭蒂投去一道溫柔和感激的目光，連公證人也看明白了。

「您已經聽見，而且，懂得您孫女說的話了嗎，先生？」公證人問。

諾梯埃輕輕閉上眼睛，過了一小會兒才睜開來。

「她說的話您都同意嗎？也就是說，按照她指出的兩個動作，您能讓人理解您的想法嗎？」

「對。」老人說。

「是您要我來這兒的嗎？」

「對。」

「為了立遺囑？」

「對。」

「您是否願意看見我沒有完成您的心願就離開這兒呢？」

癱瘓的老人很快地眨了幾下眼睛。

「嗯！先生，現在您也懂得這種語言了吧，」少女說，「您問心無愧了吧？」

但公證人還沒回答，維爾福就把他拉到了一邊。

「先生，」他說，「您相信諾梯埃・維爾福先生在身體上承受那樣厲害的折磨，居然精神上會沒有留下絲毫損傷嗎？」

「我所擔心的倒不是這一點，先生，」公證人回答說，「我在考慮，怎麼樣才能猜出他的想法，以便讓他回答。」

「這麼說，您明白這是不可能辦到的啦？」維爾福說。

凡蘭蒂和老人聽見了這段對話。諾梯埃用專注、堅定的目光，鼓勵凡蘭蒂挺身去反駁。

「先生，」她說，「這一點您不用擔心。無論這有多難，不管您覺得要猜到我爺爺的想法是如何困難，我都會有辦法，您對此不必存半點兒疑慮的。六年來我一直待在諾梯埃先生身邊，現在，就讓他自己來告訴您吧，這六年間他是否有過一個想法，是由於無法讓我弄懂而埋在心裡的呢？」

「沒有。」老人眨眼示意。

「那我們就試試看吧，」公證人說，「您同意由這位小姐做您的解說人嗎？」

癱瘓的老人做了個肯定的表示。

「好，那麼，先生，您要我做什麼，您希望立什麼文件？」

凡蘭蒂把字母表從頭背下來，一直背到字母T。

聽到這個字母，諾梯埃有說服力的目光止住了她。

「先生需要的第一個字母是T，」公證人說，「這是很明白的。」

「請等一下，」凡蘭蒂說著，又轉過臉去朝著祖父：「Ta—Te」

老人在聽到第二個音節，便讓她停下。

於是凡蘭蒂搬來詞典，在公證人聚精會神的目光注視下，她翻著書頁。

「Testament（遺囑）。」她的手指在諾梯埃目光的示意下停在這個詞上。

「遺囑！」公證人叫出聲來，「這是顯而易見的，先生是要立遺囑。」

「對。」諾梯埃接連重複了幾遍。

「難以想像啊，先生，您說是不是啊？」公證人對驚呆的維爾福說。

「是的，」他說，「不過遺囑本身就更奇特了，因為，說到底，我不能想像如果不是我女兒直接參與，遺囑的條款如何一字一句表達出來。然而，對這份遺囑而言，凡蘭蒂由於有著過於密切的利害關係，恐怕是不適宜當諾梯埃•維爾福先生的解釋人，來詮釋這位先生含混不清的意願的。」

「不，不！」癱瘓的老人說。

「怎麼！」維爾福先生說，「凡蘭蒂跟您的遺囑毫無關係？」

「不是。」諾梯埃表示說。

「先生，」公證人說，他對這件事已經很感興趣，並決定在社交界廣泛傳播這一奇聞，「一小時前我以為不可能的事情，現在看起來變得再簡單也沒有了。這份遺囑很簡單，將是一份密封遺囑，這就是說，只要宣讀時有七位證人在場，並由立遺囑人表示認可，再由公證人當他們面封口，就符合法律規定，得到法律批准。它當然要比立兩張普通的遺囑更費時一些。立遺囑必須通過某些格式，但那些格式總是千篇一律的。至於細節，大部分可以由立遺囑的人的事業狀態本身提供，關於這方面，您以前曾親自管理過，無疑還可以向我們提供充分的資料。另外，為了使文件無懈可擊，我們當使它具有最大可能的正確性，我的一個同事會幫助我，而且一反慣例，將參與筆錄。這樣做您滿意了嗎，先生？」公證人最後對老人說。

「是的。」諾梯埃回答說，旁人能懂得他的意思確實使他欣喜異常。

「他到底要幹什麼呢？」維爾福思忖，以他的身分，是不便過問的，但他又實在猜不透他父親到底有些什麼打算。

於是他回過身來，按照第一位公證人的要求，再派人去請另外一位公證人，可是巴羅斯早就聽得很明白，並且猜到了主人的心思，所以已經出發了。

於是檢察官就差人去通知妻子上樓來。

過了一刻鐘，人就都到齊了，大家聚集在癱瘓老人的屋子裡，另一位公證人也出現了。

兩位司法人員簡短地交換了一下意見，他們給諾梯埃朗讀並不具體的、普通的遺囑格式，接著，為了考查一下老人的智力，第一位公證人轉過身來對他說：「先生，立遺囑總有個受惠者。」

「對。」諾梯埃說。

「您對自己財產的總數有沒有一個確切的數字呢？」

「有的。」

「我給您說出幾個數目，逐漸增加。當我報到您認為自己擁有的財產數時，請示意我停下。」

「好。」

這番對話，自有一種很莊嚴的意味。況且，精神對肉體的搏鬥也許從未像今天這樣地明顯。這種場景即使說不上驚心動魄（我倒是願意這麼說），至少也是相當稀奇的。

所有人都圍在老人身邊。另一位公證人坐在一張桌子前準備記錄，第一位公證人站在老人面前提問。

「您的財產超過三十萬法郎，是不是？」他問。

諾梯埃表示說是的。

「您有四十萬法郎嗎？」公證人問。

諾梯埃沒有表示。

「五十萬？」

仍然一動不動。

「六十萬？七十萬？八十萬？九十萬？」

諾梯埃表示說對的。

「您是有九十萬法郎嗎？」

「對。」

「是不動產嗎？」公證人問。

諾梯埃表示說不是。

「存入公債？」

諾梯埃表示說是的。

「這些公債就在您手上嗎？」

老人朝巴羅斯看了一眼，得到吩咐老僕出去，過了一會兒，回來時老僕手裡捧著一隻小箱子。

「您允許我們打開這只小箱子嗎？」公證人問。

諾梯埃表示說可以。

箱子打開了，找到了九十萬法郎的公債券。

第一位公證人取出這疊債券，一張一張地遞給他的同僚。總數正好跟諾梯埃所說的完全相符。

「一點兒不錯，」第一位公證人說，「顯然他的智力是健全的。」

隨後，他轉過臉來對著癱瘓的老人。

「這麼說，」他對老人說，「您擁有九十萬法郎的本金，根據投資的方式，每年大約可以得到四萬利弗爾的利息。」

「對。」諾梯埃說。

「您打算把這筆財產留給誰呢？」

「噢！」維爾福夫人說，「這是沒有任何疑問的。諾梯埃先生唯一疼愛的就是他的孫女凡蘭蒂·維爾福小姐。六年來一直是她在照顧他，她用持續不斷地照料取得她爺爺的愛——或者幾乎可以說是感激之情。所以，她的孝心得到這樣的報償是很公平的。」

諾梯埃的眼睛炯炯發亮，彷彿表示他沒有被維爾福夫人的虛情假意所欺騙。

「那麼您是要把這九十萬法郎給凡蘭蒂·維爾福小姐囉？」公證人問，心想這一點基本可以記錄在案了，但他堅持要得到諾梯埃的同意，而且要讓這個奇特場面的每位目擊者都見到老人的認可。

凡蘭蒂後退了一步，垂下眼睛啜泣起來。老人用深情的目光朝她望了片刻，然後轉眼向著公證人，意味深長地眨了幾下眼睛。

「不是？」公證人說，「怎麼，您不想讓凡蘭蒂・維爾福小姐當您的遺產繼承人嗎？」

諾梯埃表示不是。

「您沒弄錯嗎？」公證人驚訝地喊道，「您說不是？」

「對的！」諾梯埃重複說，「對的！」

凡蘭蒂抬起頭來。她完全驚呆了。這倒不是由於她失去了繼承權，而是她不明白自己做了什麼使老人有如此的決定。

但是，諾梯埃用一種溫柔的目光注視著她，她感受到了其中的無限深情，不由得喊道：

「哦！爺爺，我現在知道了，您只是剝奪了我繼承您的財產，但您始終把您的愛留給我，是這樣嗎？」

「哦！是的，當然是這樣。」癱瘓老人的眼睛說道，它們閉上時的那種表情，凡蘭蒂是不會看錯的。

「謝謝！謝謝！」少女喃喃地說。

這一決定卻在維爾福夫人心頭產生意想不到的希望，她走到老人跟前。

「那您是要把財產留給孫子愛德華・維爾福嗎，親愛的諾梯埃先生？」做母親的問道。

癱瘓的老人的眼睛一個勁兒地眨動，他幾乎表達的是仇恨。

「不是，」公證人說，「那麼，是給您這位在場的兒子嗎？」

「不！」老人回答。

兩位公證人驚訝地相對而視，維爾福夫婦只覺得面紅耳赤，前者是由於羞愧，後者是由於氣憤。

「可是，我們究竟怎麼得罪您啦，爺爺，」凡蘭蒂說，「您真的不愛我們了嗎？」

老人的目光迅速地掃過兒子、兒媳的臉，然後帶著無限的溫情停留在凡蘭蒂臉上。

「那麼，」她說，「既然您愛我，爺爺，噢，請將您眼下所做的事同這種愛結合起來。您是瞭解我的，您知道我從沒想要過您的財產。況且，據說我母親的遺產會使我很富有，幾乎過於富有。您就解釋一下吧。」

諾梯埃急切的目光盯在凡蘭蒂的手上。

「我的手？」她說。

「對。」諾梯埃說。

「她的手！」在場的人都喊道。

「哎，先生們，你們也都看到，一切都白費心思，我可憐的父親神志已經不清楚了！」維爾福說。

「噢！」凡蘭蒂突然喊道，「我明白了！您指的是我的婚事，對不對，爺爺？」

「對，對，對。」癱瘓的老人重複表示了三次，每次眼皮抬起，便射出一道閃光。

「您是為這樁婚事責怪我們，對不對？」

「對。」

「這簡直是荒唐！」維爾福說。

「恕我不敢苟同，先生，」公證人說，「我看正相反，這一切都很合乎邏輯，我看到了清晰連貫的思想。」

「您不願意我嫁給弗蘭士・伊辟楠先生嗎？」

「對，我不願意。」老人的目光在說。

「那麼您不把財產遺贈給您的孫女，」公證人說，「是因為她違反您的意願結婚啦？」

「對。」諾梯埃回答。

「這就是說，如果取消這門婚事，她就可以成為您的財產繼承人了？」

「對。」

剎那間，老人的四周一片寂靜。

兩位公證人低聲商量，凡蘭蒂雙手合在胸前，掛著感激的微笑望著祖父。維爾福咬著自己的嘴唇。維爾福夫人抑制不住心頭的喜悅，抑制不住地笑容滿面。

「但是，」終於維爾福先生首先打破了沉寂，開口說，「我覺得我是這樁門當戶對的婚姻的唯一評判者。我是唯一有權處理我女兒婚事的人，我願意讓她嫁給弗蘭士・伊辟楠先生，她一定得嫁給他。」

凡蘭蒂哭得像個淚人似的，倒在扶手椅旁。

「先生，」公證人對著老人說，「一旦凡蘭蒂小姐嫁給弗蘭士先生，您打算如何處置您的財產呢？」

老人不回答。

「您打算要處理吧？」

「對。」諾梯埃說。

「留給某個家庭成員嗎？」

「不。」

「那麼給窮人？」

「對。」

「可是，」公證人說，「您知道法律是不允許您完全剝奪您兒子的繼承權的？」

「對。」

「您只能支配法律准許您挪用的那部分。」

諾梯埃又不回答。

「您還是要捐贈全部財產嗎？」

「對。」

「可是在您去世以後，有人會對這份遺囑提出異議嗎？」

「不會。」

「我父親很瞭解我，先生，」維爾福先生說，「他知道他的意願對我來說是不可違背的。況且他明白，處在我的地位，我不會跟窮人打官司。」

諾梯埃的目光顯得非常得意。

「您打算怎麼辦？」公證人問維爾福。

「沒有，先生，我父親的腦子裡已經做出決定，我知道我的父親不會改變決心。我無話可說。這九十萬法郎脫離這個家庭，去充實救濟院，但我不會向老人的任性讓步。我會根據我的良心行事。」

說完，維爾福就和妻子一起告退，聽任父親稱心如意地去按照自己的心意立遺囑。

當天就辦完了立遺囑的全部手續，找來證人，經老人認可後，當眾把遺囑裝進信封封妥，交給家庭律師狄思康先生保管。

# chapter 60 電報

維爾福夫婦回到家裡，得知前來拜訪的基督山伯爵已在客廳等候他們。維爾福夫人情緒過於激動，不便馬上見客，就回臥室去休息。檢察官先生比較能自制，徑直朝客廳走去。

但不管他如何能偽裝自己，善於保持笑容，他總不能完全消除他額頭上的陰雲，所以當伯爵笑容可掬地向他迎上來的時候，看到了這種陰沉的、若有所思的表情。

「喲！我的天！」寒暄過後，基督山說道，「您這是怎麼啦，維爾福先生？我來時，您在起草非常重要的起訴書嗎？」

維爾福勉強擠出一點兒笑容。

「不是，伯爵先生，」他說，「在這個案子裡，我是唯一的失敗者。敗訴的是我，是厄運、固執和愚蠢對我提出了公訴。」

「您這是什麼意思啊？」基督山帶著假裝得很巧妙的關切神情說，「您真的遇到什麼不幸的事情了嗎？」

「哦！伯爵先生，」維爾福苦笑著說，「這事不值得再提了。區區小事，不過損失了一筆錢。」

「對，」基督山回答說，「損失一點兒錢，對像您這樣一位家境殷實、明智豁達的人來說，算不了什麼！」

維爾福說，「讓我感到惱火的倒不是損失錢的問題。雖然九十萬法郎值得遺憾一番，不過讓我更惱火的還是這種陰錯陽差的命運、機遇、劫難，我都不知道該把這種力量叫作什麼了。它使我的希望破滅，前途受阻，或許還會毀掉我女兒的前程，這些都是由於一個老小孩的任性造成的。」

「哎！我的上帝啊！怎麼回事啊？」伯爵喊道，「您是說九十萬法郎嗎？正如您說的，這麼一大筆數目多豁達的人都會遺憾的。是誰讓您這麼不幸呢？」

「是家父，我對您說起過他吧。」

「諾梯埃先生！真的嗎！但您對我說過，他完全癱了，所有的機能都不行了。」

「是的，他的身體不行了，不能動彈，也說不出話來，可是他還有思想，還有意願，還有他的影響，正如您所知的那樣。我剛離開他五分鐘，這會兒他正授意兩位公證人寫遺囑呢。」

「但要做到這一點，他不是一定得說話嗎？」

「他更厲害，能讓人理解他的意思。」

「那怎麼可能呢？」

「用眼睛啊，他的眼睛依舊還生氣十足。這不，您看，殺傷力十足。」

「親愛的，」維爾福夫人這會兒剛好走進來，她邊走邊說，「或許您這是誇大其詞了吧？」

「夫人……」伯爵欠身致意。

維爾福夫人優雅地微笑著還禮。

「維爾福先生說的究竟是怎麼回事呢？」基督山問，「怎麼會有這種不可理喻的倒楣事呢？……」

「不可理喻，太對了！」檢察官聳了聳肩說，「老人的任性！」

「有什麼辦法能讓他回心轉意嗎？」

「有呀，」維爾福夫人說，我的丈夫能使對凡蘭蒂不利的這份遺囑變成對她有利。

伯爵聽出來這對夫婦開始在轉彎抹角地說話，便裝著沒注意他們的談話，正專心致志地看著愛德華，淘氣地往鳥籠裡的水杯倒墨水。

「親愛的，」維爾福回答妻子說，「你知道，我一向不習慣在家裡擺出一副一家之主的架勢，我也從來不相信我可以決定天命。但在我的家裡，我的意志必須受到尊重，但我決不允許由於一個老人的愚蠢和一個孩子的任性打破我醞釀多年的計畫。伊辟楠男爵是我的朋友，這你也知道，我們兩家的聯姻是再合適不過的了。」

「你說，」維爾福夫人說，「凡蘭蒂會不會是跟他事先串通好的呢？……可不是嗎……她一直反對這樁婚事。如果說我們剛才的所見所聞都是他們已經商量好了的，我也不會感到奇怪的。」

「夫人，」維爾福說，「請相信我，誰也不會就這麼輕易放棄一筆九十萬法郎的財產的。」

「她會的。否則的話她不會想遁世修行的，先生，一年前她就下決心要進修道院呢。」

「沒事，」維爾福說，「我說了，這樁婚事一定得辦，夫人！」

「不顧您父親的意志？」維爾福夫人說，她挑選了另一個進攻點，「那事情可嚴重啦！」

假裝沒有在聽的基督山，沒有漏掉談話的一個字。

「夫人，」維爾福接著說，「我可以說我對父親向來是很敬重的，一方面是因為他是我父親，另一方面是敬重他的道德高尚。父親的名義在兩種意義上是神聖的——他是我們生命的締造者，同時又是一位我們應該服從的主人，因此應該受到尊重。但現在，由於這個老人出於對其父親仇恨的回憶，還怒於兒子身上，在這種狀況之下，我有理由懷疑一個老人的智力，讓我的行動去遷就他的任性，那就未免太可笑了。我對諾梯埃先生將依舊保持同樣的敬意。我將毫無怨言地承受他在經濟上給以我的懲罰。但我的意志不可更改，世人將會判斷對錯。所以，我要把女兒嫁給弗蘭士・伊辟楠男爵，因為我認為這樁婚事是合適的、體面的，因為，總之，我想把女兒嫁給誰就嫁給誰。」

「怎麼！」伯爵說，剛才檢察官常常在用目光期求他的贊許，「怎麼！諾梯埃先生剝奪了凡蘭蒂小姐的繼承權，您是說，就是因為她要嫁給弗蘭士・伊辟楠男爵先生？」

「是的，我的上帝！是這樣，先生，就是這個原因。」維爾福聳聳肩膀說。

「至少表面上的理由是這樣的。」維爾福夫人說。

「實際上就是這個原因，夫人。請相信我，我瞭解我父親的為人。」

「這太不可思議了！」少婦回答說，「我倒想問一下，伊辟楠先生哪一方面不如別人？不討諾梯埃先生的喜歡呢？」

「說起來，」伯爵說，「我也認識弗蘭士・伊辟楠先生，他的父親不就是那位查理十世冊封的伊辟楠男爵・奎斯奈爾將軍嗎？」

「正是他！」維爾福說。

「哦！我覺得弗蘭士是一個可愛的年輕人。」

「所以說這只不過是個藉口，我敢肯定是這樣，」維爾福夫人說，「老人們總是偏向他們喜歡的人，諾梯埃先生就是不想讓他的孫女結婚罷了。」

「不過，」基督山說，「這種仇恨是有其背後原因的吧。」

「哎！我的上帝！誰知道呢？」

「或許是某種政治對立吧？」

「事實上，家父和伊辟楠先生的父親確實經歷過動盪不安的年代，但我是那個年代末出生的。」維爾福說。

「你的父親不是拿破崙黨人嗎？」基督山問，「我記得您好像對我提起過。」

「家父是一個十足的雅各賓派，」維爾福說得激動起來，不自覺地越出了謹慎的界限，「拿破崙披在他肩頭的參議員長袍只把老人喬裝打扮了一下，實際上他絲毫沒變。家父參加了密謀，倒不是為了支持皇帝，而是反對波旁王室。因為家父有這種特點[30]——他從來不作任何無法實現的烏托邦式的計畫，而是為可能實現的東西奮鬥，他用山嶽黨那種可怕的原則來使這些可能性得以實現，山嶽黨人幹起事來可從來不縮頭縮尾的。」

「嘿！」基督山說，「您瞧，就是嘛，諾梯埃先生和伊辟楠先生是在政治上交的手。奎斯奈爾將軍雖說曾在拿破崙手下幹過，但內心深處還是保皇黨，有天晚上，他被帶去參加一次拿破崙黨的聚會，他們原以為他也是自己人，後來發覺不對，就把他暗殺了。」

維爾福用幾近驚恐的樣子望著伯爵。

「怎麼？我說得不對嗎？」基督山說。

「沒錯，先生，」維爾福夫人說，「是這樣，一點兒不錯。維爾福先生想通過兩個冤家對頭的兒女聯婚消除舊賬。」

「真是個既崇高又仁慈的想法！」基督山說，「人人都該為它喝彩叫好哪。說真的，見到凡蘭

30. 法國資產階級革命時代的激進共和黨。

蒂・維爾福小姐變成弗蘭士・伊辟楠夫人，真叫人高興。」

維爾福打了個寒戰。他望著基督山，彷彿想看清楚說這句話的人的真實意圖。但是伯爵的唇邊始終掛著那習慣性的笑容，儘管檢察官的目光犀利，這次他仍然只看到表面。

「所以，」維爾福說，「雖然對凡蘭蒂來說，失去祖父的財產是很不幸的事情，但我認為，伊辟楠先生是不會因為損失些錢就怕了。當他看到我會不惜一切代價遵守諾言時，就會更加尊重我而不是金錢。另外他也知道，凡蘭蒂還擁有她母親的大筆遺產，很大可能還會繼承她外祖父母聖米蘭先生和夫人的遺產，因為他倆也是把凡蘭蒂當做掌上明珠，非常疼愛的。」

「他們也值得別人疼愛和照顧，就像凡蘭蒂對待諾梯埃先生的那樣，」維爾福夫人說，「再說，他們不出一個月就要到巴黎來，凡蘭蒂在蒙受了這場羞辱以後，就用不著像現在那樣活埋在諾梯埃先生身邊了。」

伯爵聽了這一篇自私心受傷和野心失敗的話，感到很滿意。

「我覺得，」他說，「我說這話先要請您原諒——在我看來，凡蘭蒂小姐由於想跟一位讓她爺爺討厭的人的兒子結婚而被剝奪了繼承權，那麼對我們親愛的愛德華也沒有理由這樣責備啊。」

「可不是嗎，先生？」維爾福夫人以一種無法形容的語調說，「是不是不公平，太不公平了？可憐的愛德華，他同凡蘭蒂一樣，也是諾梯埃先生的孫子，可是凡蘭蒂要是不嫁給弗蘭士先生，諾梯埃先生就會把全部財產都留給她。即便凡蘭蒂真的得不到祖父的那份遺產，她名下的財產也還是比愛德華多三倍哪。」

伯爵只聽未言。

「好了，」維爾福說，「好了，伯爵先生，請原諒，我家的不幸讓你見笑了。是的，不錯，我的財產會給慈善機構，家父要毫無理由地褫奪我的法定繼承權。但我呢，我會像一個通情達理的人，像一個有良心的人那樣處理這件事。我答應過伊辟楠先生這筆款子的利息歸他，我會說到做到的，哪怕我節衣縮食也要辦到。」

「不過，」維爾福夫人的心思還在繞著那個唯一的念頭打轉，所以她又把話頭扯回到這上面來了，「也許，我們可以把這樁不幸的消息告訴給伊辟楠先生，讓他自己提出悔婚。」

「哦，那就糟糕透了！」維爾福喊道。

「太糟了？」基督山說。

「當然囉，」維爾福把口氣放得緩和了些，「婚事破裂，即便是出於經濟方面的原因，也總是有損於一位少女的名聲的。再說，我想平息的往日謠言又會甚囂塵上——不，這種事情是不行的。假如伊辟楠先生是一個正人君子，他要得到維爾福小姐的心只會比以前更堅決——否則，他只是貪財逐利，但他不是那樣的人。」

「我也和維爾福先生有同感，」基督山注視著維爾福夫人說，「如果我算得上他的朋友，可以給他忠告，我去鼓勵他，因為我聽說伊辟楠先生正在回來的路上。至少我聽說是要完婚，因此這門婚事不會解約，我最終會參加這個遊戲，維爾福先生的名譽一定會大震。」

檢察官喜形於色地站起身來，而他妻子的臉色卻有些變白了。

「嗯，」維爾福說，「這是我求之不得的，對於像您這樣一位顧問的意見，我實在不勝感激。」說著他朝基督山伸出手去，「好吧，希望大家把今天發生的事當做不曾發生過。我們的計畫絲毫沒有改變。」

「閣下，」伯爵說，「雖說這世道不公，但他會感激您的決定的。您的朋友們也會為你驕傲的，即使伊辟楠先生娶了沒有嫁妝的凡蘭蒂小姐——這當然是不可能的——他也會為自己從此踏進這樣一個家庭而高興，為了信守諾言和履行職責，不惜作出巨大犧牲。」

說完這幾句話，伯爵就起身準備告辭。

「您這就要走了嗎，伯爵先生？」維爾福夫人說。

「我不得不告辭。夫人，我今天來只是想提醒一下我們星期六的約會。」

「您怕我們會忘記嗎？」

「您太賞臉了，夫人。可是維爾福先生總是公務在身，有時候還是緊急的公事……」

「我丈夫答應了要去的，先生，」維爾福夫人說，「您剛才也看到了。即使他要失去一切，他也會守約，何況這還是有百得而無所失的事呢。」

「哦，」維爾福問，「您是在香榭麗舍大街的府邸請客嗎？」

「不是，」基督山說，「是在鄉下，正因為此，你們守約就更加可貴了。」

「在鄉下？」

「對。」

「在哪兒啊？離巴黎近嗎？」

「沒多遠，離城門半小時路，在阿都爾。」

「阿都爾！」維爾福喊道，「噢！對的，夫人告訴過我您在阿都爾有房子，因為她就是在府上門前被救的。在阿都爾的哪一部分？」

「芳丹街！」

「芳丹街！」維爾福聲音發哽地說：「幾號？」

「二十八號。」

「怎麼？」維爾福喊道，「是你買了聖米蘭先生的別墅嗎？」

「聖米蘭先生？」基督山問，「原來這別墅是聖米蘭先生的呀？」

「是的，」維爾福夫人接口說，「您相信一件事嗎，伯爵先生？」

「什麼事啊？」

「您覺得這幢別墅挺漂亮的，是嗎？」

「美極了。」

「好！我的丈夫卻從來不想住在裡面。」

「噢！」基督山說，「說實話，先生，我真不明白您怎麼會有這種偏見啊。」

「我是不喜歡阿都爾那個地方，先生。」檢察官回答，一面儘量控制住自己。

「但我希望您不會因為有這種成見而不肯賞光，」基督山不安地說，「要真是那樣可太讓我傷心了。」

「不，伯爵先生……我希望……我保證會盡力赴約的。」維爾福結結巴巴地說。

「哦！」基督山回答說，「我不接受推辭。星期六，六點整，我恭候您的大駕。要是您不來，我可就要以為，以為什麼呢？噢，我就想這座二十多年沒有人住的房子有一件陰慘慘的、血淋淋的傳說。」

「我去，伯爵先生，我會去的。」維爾福趕緊說。

「謝謝您，」基督山說，「現在您得允許我告辭了。」

「噯，您剛才說您另外還有事，伯爵先生，」維爾福夫人說，「要不是後來給岔開去了，您本來就是要告訴我們要去辦什麼事的。」

「說實話，夫人，」基督山說，「我自己也簡直不知道我究竟敢不敢把我所要去的那個地方說出口。」

「喲，說出來吧。」

「我這個遊手好閒的人，有樣東西常常使我沉思好幾個小時，我要去看看。」

「什麼東西？」

「電報站。這下可好，我的秘密全給捅出來了。」

「電報站！」維爾福夫人重複說。

「呵，我的上帝，對，我常常在路的盡頭的小丘上看到它。在陽光下，它那黑色的支杆向四面八方延伸，像極了大昆蟲的爪子。老實告訴你們，我每一次注視它的時候，都不免要發生種種感觸，我心裡不禁想到：這些古怪訊號能準確地劃破長空，將坐在桌前這個人的意思傳送到三百法里以外同樣坐在桌前另一個人那裡，僅僅通過強大無比的意志力，於是我就想到天神、地靈、鬼仙——總之，想到種種玄妙的力量——直到我自己對於這種想入非非的念頭也高聲大笑起來。我從來不想對這些有黑色長腳爪的大昆蟲作較近的觀察，因為我深恐在它們的石頭翅膀下看到些一本正經的、書呆子氣的、滿腦子學問、詭計和妖術的小人精。但有一天，有人告訴我說，每一所電報房裡的工作人員只是一些年俸只有一千二百法郎的可憐蟲，他們不會像天文學家似的研究天象，也不會像一個漁翁似的凝視水波，不會像腦袋空空的人那樣觀望風景，他們觀察這隻白肚黑爪的蟲子，離他四五里遠的發報器。所以我就產生了好奇心，要就近看看這只活蛹，去觀察它怎麼從它的繭殼底下扯動這一條絲或那一條絲來和其他的蛹聯絡。」

「所以您要去那兒一次？」

「是的，我要去那兒。」

「去哪座電報站呢？去內政部的，還是天文台的？」

「噢！都不是。我在那些地方會碰到一些人，要是到那些地方去，就會有人強迫我來懂得它，由不得我，給我解釋他們並不瞭解的秘密。不，真的！我希望把我那個關於昆蟲的幻想完完整整地保存著。我已經消除了對人的幻想，這就足夠了。所以我不去參觀內政部或天文台的電報局。我要找的，是曠野上的一個站房，在那裡有個對業務很在行的老實人。」

「您真是位奇人。」維爾福說。

「您建議我研究哪條通信線呢？」

「現在最忙的線路唄。」

「噢！您是說西班牙的線路嗎？」

「對。您要不要封部長的介紹信，好讓他們解釋給您聽……」

「完全用不著，」基督山說，「相反，我已對您說過，我什麼也不想瞭解。一旦我懂得了它，我腦海中『電報』這兩個字就不再存在，它將只是一種自甲地到乙地的秘密信號通信法，而我卻很想保全對於那隻黑腳爪大昆蟲的全部崇敬。」

「那您去吧。因為再過兩小時天就黑了，您將什麼也看不到。」

「糟糕！您讓我心慌意亂了。哪座急報站最近呢？」

「您是說去巴榮納的路上嗎？」

「是的，是去巴榮納的那條路。」

「大概是夏蒂榮的那座。」

「夏蒂榮的那座再過去呢？」

「我想是蒙得雷塔的那座了。」

「多謝啦，再見！星期六我再對兩位報告我的感受。」

走到大門口時，伯爵跟兩個公證人相遇。他們剛辦妥取消凡蘭蒂的遺產繼承權的手續，正要離去。他倆自認為辦成了一件勢必使他們揚名的事。

# chapter 61 驅鼠辦法

基督山伯爵從恩弗城門出來，踏上去奧爾良的大路是在第二天的早晨，而不是之前打算的當天晚上。經過黎納斯村的時候，他並沒有在細高並伸著四根細柱的電報站塔樓前面停下來，卻徑直來到蒙得雷塔。蒙得雷塔，眾所周知，就在蒙得雷平原的最高點上。

伯爵在山腳下下車，順著一條十八寸寬的彎曲小路，一路蜿蜒向上至山頂。他發現一道籬笆阻住去路，籬笆上掛著綠色的果實和紅色、白色的花朵。

基督山沿籬笆尋找門，很快就發現了一扇小小的木門，鉸鏈是柳木做的，用一條繩子和一枚釘子做的搭扣。伯爵很快就掌握了要領，門就開了。

於是，一座二十尺長、十二尺寬的小花園展現在伯爵眼前。一面以籬笆為界，中間挖出一扇所謂門的巧妙機關，另一頭就是那座古塔樓，塔身攀附著常春藤，還點綴著桂竹香和紫羅蘭。

看到塔樓滿布皺紋、綴滿鮮花，倒像是一位等候她的孫女來向她拜壽的老太太，然而，假如像古諺所說牆壁也有耳朵的話，她簡直會對著這耳朵講述好多慘劇。

一條紅色的石子鋪就的小徑貫穿花園，小徑兩旁夾著生長了多年的茂密黃楊樹，樹葉的色彩會令我們當代的德拉克絡斯賞心悅目。這條小徑呈「八」字形，在一個只有二十尺長的花園裡，彎曲盤旋成六十尺長的走道。萬花女神弗洛雪林要是看到了這塊小小的園地，一定會滿面含笑，覺得在這裡受到了前所未有的、純潔無邪的崇敬。

在組成花壇的二十株玫瑰中，確實沒有哪一片葉子留有蒼蠅的痕跡，更看不見一隻繁生在潮濕的土壤上專門毀壞植物的綠色昆蟲。可是這並不是說花園裡的土地不潮濕。泥土黑得像煙煤一樣，不透光的樹葉足以說明這一點；而且，要是天然的濕度不夠的話，還可以立刻用人工的方法來彌補，往花園一角凹下去的地方，有只裝滿腐水的水桶。水桶邊上住著一隻青蛙和一隻癩蛤蟆，青蛙和癩蛤蟆是天生不合，牠們當然永遠站在這只浴盆的兩端。

再說，小徑寸草不生，花壇沒有腐根。這位園丁雖然還未露面，但他經營這片小園地的苦心已是非常明顯，一個細心的主婦也不會這樣小心給瓷盆架的天竺葵、仙人掌和杜鵑花清理和剪枝。

基督山把門關上，把繩子扣回到鐵釘上，然後站定了向四周看了一眼。

「看起來，」他對自己說，「電報員常年有幾個園丁，不然自己就是個熱心的園藝家。」

正在這時，他碰到了一樣東西，它蹲在一輛裝滿樹葉的獨輪車後面：這東西本來是佝僂著的，被他一踩就直起身來，發出一聲驚訝的叫聲。基督山這才看清了面前站著的竟然是一個五十歲左右的男人，他在撿葡萄葉上的草莓。

地上鋪著十二張葡萄葉，草莓的顆數也差不多有這些。

老頭兒站起來的時候，差點把草莓、葉子和盆子掉了。

「您在摘草莓嗎，先生？」基督山笑吟吟地說。

「對不起，先生，」那人用手扶了扶帽子說，「我不在樓上，不錯，但我剛剛下樓。」

「希望我沒打擾您摘草莓，我的朋友，」伯爵說，「如果還要採摘，您就繼續吧。」

「還有十顆，」那人說，「這兒是十一顆，我一共有二十一顆，比去年多了五顆。不過這也沒什麼可奇怪的，今年春天很熱，而草莓呢，您知道，先生，就需要天氣暖和。所以，去年總共才十六顆，可今年我已經摘了十一顆了，十二、十三、十四、十五、十六、十七、十八。咦！我的上帝！少了三顆，昨天它們還在那兒，先生，我確定，昨天還在那，沒錯兒，我數過的。一定是西蒙大娘的兒子偷走的，今天早上我看到他在這兒蹓躂，嘿！這個小鬼，偷到花園裡來了！他不知道後果是什麼！」

「確實，」基督山說，「這事情是挺嚴重，但是您也得理解年輕人嘴饞才犯錯的。」

「那倒是，」花園的主人說，「不過仍然令人非常不快。哦，再一次向您表示歉意，先生。我或許讓一個上司等了很久了吧？」

說著他膽怯地瞟了一眼伯爵的藍色上裝。

「請儘管放心，我的朋友，」伯爵臉帶笑容地說，他可以隨意把自己的笑容變得陰森恐怖或是和藹可親。「這次則表現出和藹，「我並不是來巡視的長官，只是一個被好奇心引來的普通遊人，看到浪費您的時間，我甚至開始自責這次拜訪了。」

「啊！我的時間值不了幾個錢，」那人帶著悲哀的微笑說，「不過這是屬於政府的時間，我也不該浪費，但我剛接到訊號，告訴我可以休息一小時（他瞥了一眼日晷儀，在蒙得雷塔的這個園子裡什麼都有，連日晷儀也有），這不，您瞧，我還有十分鐘的時間。再說我的草莓都熟了，再過一天……您相信嗎？先生，睡鼠就會把它們通通吃掉。」

「噢，不，我想不會的，」基督山一本正經地回答，「睡鼠是個壞鄰居，先生，因為咱們不會像羅馬人把睡鼠做成蜜餞來吃。」

「呵！難道羅馬人吃這玩意兒！」那位園丁說，「他們真吃睡鼠嗎？」

「我是在彼特尼烏斯的書上看到的。」伯爵說。

「真的嗎？儘管有句俗話叫，像睡鼠一樣肥，但也不見得好吃吧。也怪不得牠們肥，白天一直睡覺，到晚上才醒過來，通夜地吃。聽我說！去年我結了四顆杏子，被睡鼠咬壞了一顆。一顆油桃，只有一顆——嗯，先生，睡鼠從牆壁的另一側啃掉半顆，一顆非常好的油桃，我從來沒有吃到比它更好的了。」

「您吃過油桃？」基督山問。

「當然是剩下的那半顆，不說您也明白。真好吃，先生。啊，那些先生從來不會挑壞東西吃，就跟西蒙大媽家那小子一樣，他不會挑選最差的草莓！不過您放心，」園藝家繼續說道，「今年它們可沒門兒，到果子快熟的時候，哪怕我要通宵看守，我也不讓這種事發生。」

基督山見多識廣。**每一個人的心裡都有一樣熱愛的事物，正如每一種果子裡都有一種毛蟲一樣，**電報員對園藝情有獨鍾。伯爵開始摘擋葡萄受光的葉子，因此博得了那位園藝家的歡心。

「先生是來看發電報的嗎？」他問。

「是的，先生，如果不違規的話。」

「哦！沒有這個禁令，」電報員說，「再說看看也不會有什麼危險，因為沒有人知道，也不可能知道我們所說的話。」

「據說，」伯爵說，「你們重複的這些訊號，有時連你們自己也不懂。」

「當然，先生，我最喜歡這點。」電報員樂呵呵地說。

「您為什麼喜歡這點呢？」

「因為這樣我就不用擔責任了。我呢，就是一架機器，僅此而已，只要我完成工作，別人便不過多要求我。」

「喲！」基督山暗自思忖說，「難道我碰上個沒有野心的人啦？見鬼！可能有倒楣的危險。」

「先生，」那人瞥了一眼日晷儀說，「十分鐘快完了，我要返回崗位，您願意跟我一起上樓嗎？」

「願意奉陪。」

說著，基督山走進分成三層的塔樓。最底下的一層存放園藝器具，如鏟子、水壺、釘耙，都掛在牆上：這是全部陳設。

第二層是普通房間，或者不如說是這個公務員晚上睡覺的地方；房間裡有幾樣少得可憐的傢俱——一張床，一張桌子，兩把椅子，一隻陶瓷水壺；還有一些曬乾的草本植物，從天花板垂掛而下，伯爵認得那是乾胡豆，老實人把果實留在豆莢裡，上面貼著標籤，貼得非常小心謹慎，好像他曾在植物研究所裡工作過。

「學會發報需要很長時間嗎，先生？」基督山問。

「不用太長時間，只是工作單調，令人厭煩。」

「年薪有多少呢？」

「一千法郎，先生。」

「好少啊。」

「是的，但您看到了，有住的地方。」

基督山又瞧了一眼房間。

兩人走上三樓。這兒就是電報房。基督山輪流查看兩隻鐵把手，電報員就是靠它們來發報的。

「很有意思，」他說，「不過，時間久了，您大概也會厭煩吧。」

「是的，一開始，看它們看得我脖子痠疼；但過了一年，我倒也習慣了，而且我們也有消遣和放假的時候。」

「休息的時候？」

「對。」

「什麼時候呢？」

「有霧的日子唄。」

「噢！可不是嘛。」

「這就是我的節假日。每逢這種日子，我就整天待在院子裡播種、整枝、剪接、除蟲，反正閑不著。」

「您在這兒工作有多久了？」

「十年，外加五年的臨時雇員，十五年。」

「那您今年……」

「五十五歲啦。」

「您需要幹多久才能有退休金呢？」

「噢！先生，得幹滿二十五年。」

「退休金有多少啊？」

「一百埃居。」

「可憐的人啊！」基督山喃喃地說。

「您在說什麼，先生？」那人問。

「我說這很有意思。」

「什麼有意思？」

「您給我看的一切……那麼，您絕對不懂訊號嗎？」

「一點兒不懂。」

「您沒有想過要弄懂嗎？」

「根本不想，何必要弄懂呢？」

「不過，也有幾個訊號是專門發給您的吧？」

「毫無疑問。」

「這些訊號您總懂得吧？」

「總是重複的訊號。」

「什麼意思呢？」

「『無新消息』、『可休息一小時』或是『明天』。」

「很簡單，」伯爵說，「可您瞧啊，對面電報站的通訊員是不是在發訊號啦？」

「呵呵！沒錯。謝謝您啦，先生。」

「他對您說些什麼啊？您明白嗎？」

「對，他問我有沒有準備好。」

「您回答他嗎？」

「我只要發一個訊號，就能既告訴右邊那座電報站我已經做好準備，同時又通知左邊那座電報站也做好準備。」

「這很巧妙！」伯爵說。

「您瞧著吧，」那人驕傲地說，「再過五分鐘他就要發報了。」

「那麼我還有五分鐘，」基督山心想，「超過了我需要的時間，親愛的先生，」他說，「請允許我向您提個問題吧。」

「請問吧。」

「您喜歡園藝嗎？」

「喜歡極了。」

「如果您不是只有二十尺長的土地，而是一座占地兩畝的大花園，您想必會很高興吧？」

「先生，我會把它變成一處人間樂園。」

「您靠這一千法郎，日子過得挺清苦吧？」

「相當艱難，但能維持生活。」

「對，但您的花園小得可憐啊。」

「哎！不錯，花園不大。」

「不但不大，而且還有那麼多的睡鼠到處亂啃亂咬。」

「簡直是在禍害我。」

「請告訴我，假如您右邊那位同事發報的當口，您不巧調轉了頭，那會怎麼樣呢？」

「那樣的話我就看不到他的訊號了。」

「那會發生什麼事呢？」

「我就沒法轉達他的訊號了。」

「還有呢？」

「由於我自己的疏忽，而沒能重複這些訊號，我是要被罰款的。」

「要罰多少呢？」

「一百法郎。」

「年俸的十分之一，真夠受的！」

「唉！」那人說。

「您發生過這種情況嗎？」基督山問。

「有過那麼一次，先生。當時我正在嫁接一棵玫瑰樹。」

「好，那麼，如果您竟敢改變訊號，或者轉換另一個訊號呢，又會怎麼樣呢？」

「呵，那就不同了，我會被革職的，並且失去退休金。」

「那三百法郎嗎？」

「對，那一百埃居，先生。所以您該明白我是不會幹那種事的。」

「就算給您十五年的薪水也不做？瞧，這可是值得好好想想啊？」

「一下子到手一萬五千法郎嗎？」

「對。」

「先生，您讓我心慌極了。」

「沒有的事兒！」

「先生，您這是在誘惑我嗎？」

「正是！一萬五千法郎，您明白嗎？」

「先生，讓我看看右側的聯絡人！」

「不，別去看他，來看看這兒吧。」

「這是什麼啊？」

「怎麼！您難道不認識這些小紙片嗎？」

「鈔票！」

「一點不錯，一共十五張。」

「是給誰的啊？」

「只要您願意，就是您的。」

「給我！」公務員喊道，差點氣都喘不過來了。

「哦！是的！你的！屬於你的。」

「先生，右邊那位同事這會兒在發報呢。」

「讓他去發吧。」

「先生，您讓我分心了，我會被罰款。」

「那才不過是一百法郎。您瞧，您可以得到我的一萬五千法郎作為賠償。」

「先生，右邊那同事不耐煩啦。他在重新發報了。」

「別管他，拿著錢。」

說著伯爵把那疊錢放在電報員手裡。

「聽著，」他說，「還不只這些：光靠這一萬五千法郎，您還是不能過好日子的。」

「我還可以保留我的職位。」

「不，這差使要丟了，因為您要發的訊號，跟您那同事的訊號完全是兩碼事。」

「哦！先生，您打算要我做什麼？」

「開個小小的玩笑而已。」

「先生，除非您逼我……」

「我想我會使你那麼做。」

說著，基督山從衣袋裡掏出另外一疊錢。

「這兒還有一萬法郎，」他說，「加上您口袋裡一萬五千法郎，一共是兩萬五千法郎。您用五千法郎可以買一幢漂亮的小別墅和兩畝地，剩下的兩萬法郎，每年還能讓您拿到一千法郎的利息。」

「兩畝地的大花園嗎？」

「還有一千法郎的年金。」

「我的天啊！我的天啊！」

「來，拿著吧！」說著基督山把這一萬法郎硬塞到電報員的手裡。

「我該做什麼？」

「小事一樁。」

「究竟是要我做什麼？」

「請把這些訊號發出去。」

說完，基督山從口袋裡掏出一張紙，上面有三組訊號，還用數字標明了發送的順序。

「您看，花不了你多長時間。」

「是啊，可是……」

「這樣的話，您的油桃就有了，其他所有東西也都有了。」

一語中的。那人激動得滿臉通紅，黃豆般的汗珠順著臉頰往下淌，依次發出伯爵給他的三組訊號，也不顧右邊那個電報員看得目瞪口呆，那個電報員不明白發生了什麼變化，心想這位園藝家一定是瘋了。

而左邊的那個電報員，卻認真地重複著這些訊號，它們最終到達內政部。

「現在您可發財了。」基督山說。

「是啊，」公務員回答說，「可代價也真大啊！」

「您聽我說，朋友，」基督山說，「我不希望您有內疚，所以請您相信我，我發誓，您不但沒有損害任何人，還為大家做了件好事。」

那人望著鈔票，又撫摸了一陣，數了一遍；他的臉色發白，又轉紅。末了，他衝向臥室，喝了一杯水，但還沒有跑到水壺那個地方，就暈倒在他的乾豆枝堆裡了。

五分鐘後，電報專訊送到了內政部，狄佈雷叫人把他的雙座四輪轎式馬車套上，直奔鄧格拉司府邸而來。

「您丈夫手上還有西班牙公債券嗎？」他問男爵夫人。

「有啊！他有六百萬呢。」

「那讓他趕快脫手，無論什麼價錢。」

「為什麼呀？」

「因為卡羅斯已經從布日逃出來，回到西班牙了。」

「您是怎麼知道的啊？」

「這還用問嗎？」狄佈雷聳聳肩膀說，「我消息靈通。」

男爵夫人沒等他重複，立刻奔到丈夫那兒。他於是趕到經紀人那裡，吩咐不惜任何代價把公債券悉數拋出。

人們看到鄧格拉司先生賣掉公債，市面上的西班牙公債立即行情猛跌。鄧格拉司在這中間損失了五十萬法郎，但他畢竟把全部公債券都脫手了。

晚上，人們在《資訊報》上讀道：

電報局訊：被監禁於布日之國王卡羅斯已逃脫，業已越加塔洛尼亞邊境回西班牙。巴賽隆納人民群起擁戴。

整晚關於鄧格拉司的先見之明，眾說紛紜，因為他賣掉了公債，人們還談論這位公債投機老手的運氣——他在這次打擊中只損失了五十萬。

那些沒有把手裡的公債券拋出或者吃進了鄧格拉司的公債券的人，覺得自己已經破產，整夜無法安眠。

第二天早晨，人們在《警世報》上讀道：

《消息報》昨日宣佈卡羅斯逃脫，巴賽隆納叛變，此項消息毫無任何根據。

國王卡羅斯並未離開布日，半島安然無恙。

此項錯誤，係霧中電報信號誤傳所致。

西班牙公債上漲了，比下跌數還多出一個百分點。

這樣一進一出，損失的和錯過賺到的，鄧格拉司損失了一百萬。

「好！」基督山對摩賴爾說，當交易所這場以鄧格拉司為犧牲品的行情突變的消息傳來時，摩賴爾正在自己家裡和基督山在一起，「我用兩萬五千法郎得到了一個發現，我原以為要為此付出十萬的。」

「您發現什麼了？」瑪西米蘭問。

「我剛發現了園藝師是怎麼處理偷吃桃子的睡鼠的。」

# chapter 62

# 鬼魂

阿都爾這幢別墅的外表，一眼看上去並不怎麼富麗堂皇，無法讓人想到這就是那位富有傳奇色彩的基督山伯爵的宅邸。但這種樸實無華是出於主人的意圖，他確實吩咐過，外表一點兒都不改變。但宅內卻奢華無比。確實，大門剛一打開，景觀就完全變樣了。

在陳設的鑒賞力和計畫執行的速度方面，伯都西奧先生都比以往做得好。據說安頓公爵在一夜之間把整條大馬路上的樹木全部砍掉，因此惹惱了路易十四；伯都西奧先生則在三天之內把一座完全光禿禿的前庭種滿了白楊和枝椏縱橫的大楓樹，房子的前前後後；都濃蔭庇掩；房子前面，不再是雜草半遮的石子路而是一片草坪伸展開來，這條草坪路還是那天早晨鋪成的，草上的水珠還在閃閃發光。

這一切都是按伯爵的吩咐安排的；他親自畫了一個圖樣給伯都西奧，標明每一棵樹的地點以及那條代替石子路的草坪的長短寬窄。

如此改觀的房子變得認不出本來面目了，連伯都西奧也斷言，房子掩映在綠樹叢中，連他都不認識了。

這位管家本來也要把花園修整一番，可伯爵明令禁止改動花園，所以伯都西奧只好把他的氣力用到其他方面，把客廳裡、樓梯上和壁爐架上都堆滿了花。

這表明管家的極其靈活和主人的學問淵博，一個服務到家，另一個指揮得當：這座閒置了二十年的房子，在前一天晚上還是如此淒冷陰沉，充滿了年深日久形成的暗淡乏味的氣息，一夜間，它就變得生氣勃勃，散發出屋主人所喜愛的芳香，充滿了合他心意的光線。還有，伯爵來到的時候，書籍和武器放在他觸手可及的地方；他的眼光可以停留在他心愛的圖畫上；客廳裡搖尾乞憐的狗；小鳥用悅耳的歌聲都令他高興。於是，這座從長眠中醒過來的房子，就像樹林裡睡美人的宮殿似的頓時活躍起來，充滿歌聲，鮮花盛開，**如同我們不得不離開多年來喜愛的房子的時候，會把我們靈魂的一部分遺留在那裡的房子一樣**。

僕人們在這美麗的院子裡高興地來來去去；有些是廚房裡的，他們飄然滑下前一天才修好的樓梯，像是在這座房子裡已住了一世似的；有些是車房裡的，車庫裡的馬車都編上號，依次擺放，似乎都放上五十年了，在馬廄裡，馬夫在對馬講話，他們的態度比許多僕人對待他們的主人還要恭敬得多，而馬則用嘶鳴來回答。

書櫃放在兩個支撐物之上，擺在靠牆的兩側，大約有兩千冊書。一邊完全是近代的傳奇小說，甚至前一天出版的新書也可以在這一排金色和紅色封面所組成的莊嚴的行列中找到。

在房子的另一邊，與圖書室相呼應的是溫室，裡面擺滿奇花異卉，在日本的大瓷缸裡爭妍鬥豔；在這間色香奇妙的花房中央，有一張彈子台，彈球還在絨布上，顯然剛才有人玩過。

只有一個房間，能幹的伯都西奧保持原樣沒動。這個房間位於二樓的左角上，前面有一座寬大的樓梯，也可以從後面暗梯上下，僕人們經過這個房間都不免產生好奇心，而伯都西奧則心生恐懼。

五點整，伯爵帶著阿里來到阿都爾的別墅。伯都西奧焦急不安地迎候主人的到來。他希望得到誇獎，又擔心伯爵皺眉頭。

基督山下車走進庭院裡，在整幢房裡和花園裡轉了一圈，一路上默不作聲，沒有任何贊許或不快的表示。

只有當走進正對著那個緊閉房間的臥室時，他才伸出手指著一個巴西香木小櫃的抽屜說了句話，他第一次巡視房子時就已經注意到這個小櫃子了。

「這兒原來放放手套還差不多。」他說。

「可不是，大人，」伯都西奧高興地回答說，「請打開看看，裡面放著手套呢。」

在其他各種傢俱裡，伯爵也都找到了他想找到的東西——香水瓶啦，雪茄啦，精緻的小玩意兒啦。

「很好！」他說。

於是伯都西奧先生心花怒放地退了出去，這個人對他周圍的一切都有巨大的、強有力和顯著的影響力啊。

六點整，大門外傳來一陣馬蹄聲。咱們的北非軍團騎兵上尉騎著那匹米狄亞到了。

基督山嘴角掛著笑容，在台階上迎候他。

「第一個到的是我，我早就知道了！」摩賴爾大聲地對他說，「我特意先到，趕在別人前面單獨跟您待一會兒。裘莉和艾曼紐有好多話要我告訴您。嘿！您知道嗎，您這兒可真是太美了！請告訴我，伯爵，您的手下人會照料好我的馬嗎？」

「放心吧，親愛的瑪西米蘭，他們很在行。」

「得先用草束給牠擦擦身子。您知道牠跑得有多快嘛！簡直像風一樣！」

「那當然，我完全相信，一匹值五千法郎的好馬啊！」基督山用父親對兒子說話的聲調說。

「您後悔花那些錢了嗎？」摩賴爾問，嘴角掛著坦然的微笑。

「我嗎！上帝不會讓我後悔的！」伯爵回答說，「不。我只後悔馬還不夠好！」

「牠棒極了，親愛的伯爵，夏多・勒諾先生是法蘭西最內行的人，還有狄佈雷先生，他騎的是部裡的阿拉伯名馬，他倆剛才在我後面拚命追我，還隔開一段距離呢。這您也看見啦，他們後面還緊跟著鄧格拉司男爵夫人的馬車，這兩匹馬跑起來一小時足足有六法里路。」

「這麼說，他們隨後就到了？」基督山問。

「瞧呀，他們來了。」

這時，兩匹直喘氣的坐騎和一輛直冒熱氣的雙座四輪轎式馬車來到鐵門前。馬車一直趕到階沿前面才停住，後面跟著兩位馬夫。

狄佈雷的腳一點地，就站在了車門前面。男爵夫人扶著他伸過來的手下了車，她下車時向他做了一個除了基督山以外，誰也覺察不到的手勢。

真的，什麼都逃不過伯爵的眼睛。他看到同樣難以覺察的一張小小的白紙片晃了一下，從鄧格拉司夫人手中塞到內政部秘書的手裡，塞得極其嫺熟，證明這個動作是常常發生的。

那位銀行家在妻子後面下車，臉色極其蒼白。好像他不是從他的馬車裡出來，而是從他的墳墓裡出來似的。

鄧格拉司夫人以迅速的、探尋的眼光環顧四周——只有基督山一個人能理解這一個眼光的意義，在這一瞥中，院子、列柱、房子的正面都一覽無遺；然後，為了壓制住心中輕微的激動，不讓臉色轉白，以免被人識破，她一邊上台階，一邊對摩賴爾說：

「先生，假如您是我的朋友，我就會問您，您的馬是否肯出賣？」

摩賴爾為難地笑了笑，他轉向基督山，彷彿請他解圍。

伯爵明白了摩賴爾的意思。

「哦！夫人，」他說，「幹嗎您不向我提出這個要求呢？」

「對您，先生，」男爵夫人說，「人們無權提出要求，因為我們事先就知道您是有求必應的。所以我就向摩賴爾先生提了。」

「非常遺憾，」伯爵說，「摩賴爾先生由於以名譽作過擔保，要保住這匹馬，這一點我可以作證。」

「怎麼回事啊？」

「他打賭半年內馴服米狄亞。現在您明白了，男爵夫人，要是他在打賭規定的期限內賣掉這匹馬，他不僅輸了，而且別人也會說他沒有膽量。對一位北非軍團的騎兵上尉，是絕對無法容忍這種流言蜚語的，哪怕他是為了滿足一位漂亮女人的要求。而在我看來，這實在是這世界上的一樁最神聖的事情了。」

「您瞧，夫人……」摩賴爾說著，感激地向基督山微微一笑。

「再說，」鄧格拉司說，笨拙的笑容掩飾不了他語氣的粗魯，「我看您的馬也已經夠多了。」

鄧格拉司夫人的習慣是受到這樣的攻擊時很少不還口，然而，使身邊的幾位年輕人更為驚異的是，這回她裝作沒聽見似的，什麼話也沒說。

基督山看到她保持沉默，一反常態地隱忍，只是微微一笑，同時，指給她看兩隻碩大無比的瓷瓶，瓷瓶上攀爬著粗大、茁壯的海洋植物，顯然不是人工加上去的。

男爵夫人不禁大為驚歎。

「哦！這裡面都種得下杜伊勒里宮整棵的七葉樹呢！」她說，「怎麼能燒製出這麼大的東西呢？」

「喔！夫人，」基督山說，「不該問我們這些製造小雕像和磨砂花紋玻璃的人。這是古代的作品，是大地和海洋精靈的傑作。」

「究竟是怎麼回事，是哪個時代呀？」

「我也說不上來；我只是聽說，中國有一個皇帝造了一座窯，在這座窯裡燒出十二隻這樣的瓷瓶。有兩隻耐不住火力破裂了，其餘十隻拿來沉到兩百丈深的海底裡，海知道人們對她的要求，便將藤條擲到瓷瓶上，用珊瑚環繞它們，用貝殼來黏附它們，這十隻瓷瓶在那幾乎深不可測的海底躺了兩百年——這個想做實驗的皇帝在一場革命中死去了，只剩下一些文件可以證明瓷瓶的製造以及把它們沉入海底這回事。過了兩百年，人們找到了這份記錄，才想到收回瓷瓶。他們特地派人乘著機器潛入那個沉瓶的海灣底裡去尋覓，但十隻瓷缸只剩下三隻，其餘的都已被海浪衝破了。我很喜歡這些瓷瓶，我有時想像在瓶底會有奇形怪狀、恐怖神秘的妖怪，就像潛水夫才能看到的妖怪那樣，它們驚訝地睜大了冷漠無光的眼睛，此外還有無數小魚曾睡在那裡面以逃避仇敵的追捕。」

這時，鄧格拉司因為對奇聞趣事不感興趣，兀自站在一邊，心不在焉地從一棵漂亮的柑橘樹上扯下花兒來，一瓣一瓣地直到都扯光了。然後他又去對付一株仙人掌，但這仙人掌可不像柑橘樹那麼好欺侮，所以他的手被狠狠地刺了一下。

於是他哆嗦起來，揉揉眼睛，彷彿剛從夢中醒來似的。

「先生，」基督山笑容可掬地說，「我不敢向您推薦我的畫，因為您有許多珍品，但這兒有幾幅還值得看一下，兩幅是荷比馬的，一幅是保羅•保特的，一幅是米里斯的，兩幅是琪拉特的，一幅是拉斐爾的，一幅是范代克的，一幅是朱巴蘭的，還有兩三幅是穆裡羅斯的。」

「瞧！」狄佈雷說，「我認得出這是一幅荷比馬的畫。」

「噢！是嗎！」

「對，有人拿來過，是想賣給博物館的。」

「我相信，博物館裡沒有這幅畫吧？」基督山大膽地說。

「沒有，博物館拒絕購買。」

「那是為什麼呢？」夏多・勒諾問。

「您真是的，因為政府沒有錢呀。」

「哦！對不起！」夏多・勒諾說，「我天天聽說政府缺錢，都聽了八年啦，還不能習慣。」

「您慢慢會明白的。」狄佈雷說。

「我不相信。」夏多・勒諾回答說。

「巴陀羅米奧・卡凡爾康得少校和安德里・卡凡爾康得子爵到！」培浦斯汀大聲通報。

一條剛從裁縫手裡拿來的黑緞領巾，梳理過的鬍子，灰白的髭鬚，一對金魚眼，一套掛著三個勳章和五個十字章的少校制服——的確是一個老軍人的派頭——這就是巴陀羅米奧・卡凡爾康得，讀者認識的這位溫柔的父親就是這樣出現的。

緊靠在他旁邊，穿了一身嶄新的衣服的，滿面含笑的，是我們也認識的那位孝子，安德里・卡凡爾康得子爵。三位年輕人正在一起聊天。兩位新客一進來，他們的目光從父親身上移到兒子身上，自然在後者那裡停留的時間更長，開始議論起他來了。

「卡凡爾康得！」狄佈雷說。

「喲，好響亮的名字！」摩賴爾說。

「對，」夏多・勒諾說，「沒錯，這些義大利人名字很是好聽，但衣服穿得糟糕。」

「您太挑剔啦，夏多•勒諾，」狄佈雷說，「這些衣服來自高級裁縫之手，而且是新的。」

「這正是我要指責的。這位先生看上去像是這輩子第一次穿上這麼好的衣服。」

「那兩位先生是誰啊？」鄧格拉司問基督山伯爵。

「您聽說過的，卡凡爾康得。」

「我只是知道了個姓氏而已。」

「噢！對了，你不瞭解我們的義大利貴族。說到卡凡爾康得，就等於說親王的宗族。」

「他們很有錢嗎？」銀行家問。

「多得令人吃驚。」

「他們來幹什麼啊？」

「想把那用不完的財富揮霍掉唄。他們還要在您那兒立個戶頭，這是依據前天他們來看我時告訴我的話推測的。今天我實在是為了您才請他倆來的呢。一會兒我就把他倆介紹給您。」

「但我覺得他們講一口純正的法國話。」鄧格拉司說。

「那個兒子是在法國南部的大學接受的教育，我記得好像是馬賽或是那附近的什麼地方。您會發現他熱情洋溢。」

「對什麼熱情？」男爵夫人問。

「對法國女人，夫人。他打定主意要在巴黎娶位妻子。」

「真是個絕好的主意！」鄧格拉司聳聳肩膀說。

鄧格拉司夫人瞟了丈夫一眼，那種神情換了別的時候會預示著一場風暴。可是今天，她又一次忍住了沒作聲。

「男爵今天看上去有心事，」基督山對鄧格拉司夫人說，「難道碰巧要讓他當部長嗎？」

「沒這回事。我認為他多半在交易所投機折了本，可又不知道衝誰發火的緣故。」

「維爾福先生和夫人到！」培浦斯汀大聲通報。兩人應聲而至，走了進來。維爾福先生雖說極力自制著，但明顯地很激動。基督山跟他握手時，感到手在發抖。

「確實只有女人擅長掩飾。」基督山在心裡說，一邊瞟了一眼鄧格拉司夫人，那位夫人向檢察官微笑致意，又擁抱他的夫人。

寒暄過後，伯爵瞧見伯都西奧悄悄走進跟這個大客廳毗連的小廳，在這以前，他一直在配膳室那邊忙碌著。

伯爵向伯都西奧走去。

「有什麼事，伯都西奧先生？」伯爵問他。

「大人還沒告訴我客人有多少。」

「噢！這倒也是。」

「有多少客人？」

「您自己數吧。」

「人都到齊了嗎，大人？」

「齊了。」

伯都西奧透過半掩的門瞥了一眼。

基督山的目光盯住他的臉。

「哦！我的上帝！」他喊了起來。

「怎麼啦？」伯爵問。

「那女人……那女人……」

「哪個女人啊？」

「穿白裙子，珠光寶氣……金頭髮的……」

「是鄧格拉司夫人嗎？」

「我不知道她叫什麼。可就是她，先生，就是她！」

「她是誰？」

「花園裡的那個女人！那個懷孕的女人！那個邊散步邊等待的女人……」

伯都西奧張著嘴呆住不動了，他臉色慘白，頭髮直立。

「她在等誰啊？」

伯都西奧沒有回答，只是用手指著維爾福，恰如馬克白指著班柯的那種手勢。

「呵……呵……」他終於囁嚅著說，「您瞧見了嗎？」

「看見什麼？誰啊？」

「他！」

「他！……是維爾福檢察官先生嗎？當然，我瞧見他了。」

「我沒把他殺死嗎？」

「嘿！我瞧您一定是瘋了，我的伯都西奧老弟。」伯爵說。

「那麼他是沒死啦？」

「沒死！他沒死，這您看得挺清楚的。您沒有像你的同鄉通常所做的那樣，一刀刺進第六根和第七根肋骨之間，你一定刺得太高或太低了，而這些吃法律飯的人，生命力很強——但或許你告訴我的那些話根本不是事實，只是您做的一個夢，您頭腦中的一個幻覺。你滿懷著復仇的念頭去睡覺，那些念頭重重地壓住你的胸口——你做了一場噩夢，僅此而已。來，平靜一下吧，算算看：維爾福先生夫婦，兩個。鄧格拉司先生夫婦，四個。夏多・勒諾先生、狄佈雷先生、摩賴爾先生，七個。巴陀羅米奧・卡凡爾康得少校，八位。」

「八位！」伯都西奧應聲說。

「等一等！等一等！您別急著走開，見鬼！有一位客人您忘記數啦。您往左邊來一點……喏……安德里・卡凡爾康得先生，那位穿黑衣服的年輕人，他望著穆里洛的《聖母像》，轉過身來了。」

這一回，要不是基督山及時用目光止住他，伯都西奧差點叫出聲來。

「貝尼台多！」他喃喃地說，「天意啊！」

「六點半了，伯都西奧先生，」伯爵嚴厲地說，「我吩咐過這時候要開宴，您知道我是不喜歡久等的。」

說著，基督山回到客廳，他的客人們在等待他，伯都西奧則扶著牆壁好不容易才回到了餐廳裡。

五分鐘後，餐廳的兩扇門打開了，伯都西奧出現在門口，就像瓦泰爾貢德公爵的管家（一次，公爵在尚蒂伊宴請路易十四，他因為未能將鮮海魚及時送上，感到羞愧而鼓足最後的勇氣在尚蒂伊拔劍自刎）那樣，鼓足最後一點勇氣說道：「伯爵先生，宴席已經備好。」

基督山將胳膊伸給維爾福夫人。

「維爾福先生，」他說，「請您帶鄧格拉司男爵夫人入席好嗎？」

維爾福從命，大家走向餐廳。

# chapter 63 晚宴

客人們一走進餐廳，就有相同的感覺，到底是種什麼神奇力量。把他們都帶到這座別墅裡來了。不過，儘管他們感到驚奇，有幾位甚至頗為不安，但他們還是不願離開。

從最近結交的古怪而與人隔絕的伯爵，他的眾所周知、多得數不過來的財產，男人們似乎應該對他有所警惕，女人們似乎也覺得不宜走進一座沒有女主人招待的房子，可是，男男女女都超越了謹慎和禮儀，好奇心不可抗拒地戰勝了一切。

至於卡凡爾康得和他的兒子——前者古板，後者輕浮，他們也難免會顯示出對在此人府上聚會的關注，他們對主人的意圖一無所知，對於其他人，他們還是第一次看到。

當鄧格拉司夫人瞧見維爾福先生應基督山之請，走到她的跟前伸臂給她時，不由得身子一顫；而男爵夫人的手臂挽住維爾福先生的手臂時，維爾福先生也感到在金絲鏡後面的眼神變得不安起來。

他倆的神情舉止都被伯爵看在眼裡，這兩人剛一接觸的表現使這個旁觀者對兩人更有興趣了。

維爾福先生的左邊是鄧格拉司夫人，右邊是摩賴爾。

伯爵坐在維爾福夫人和鄧格拉司中間。

其餘的座位上，狄佈雷坐在老卡凡爾康得和小卡凡爾康得中間，夏多・勒諾坐在維爾福夫人和摩賴爾中間。

晚宴極為豐盛。基督山打算完全顛覆巴黎人心理，與其說他要餵飽他客人的胃口，倒還不如說他想餵飽他們的好奇心更來得確切。他擺出來的是一桌東方酒席，只不過這種東方色彩只有在阿拉伯神話故事裡才有的。

中國碟子和日本瓷盤裡滿堆著全球各地的四季鮮果。大銀盆裡裝著碩大無比的魚；羽毛閃閃發光的珍禽，平放在銀盆裡的稀奇古怪的魚，外加各種各類的美酒，愛琴海出產的，小亞細亞出產的，好望角出產的，都裝在奇形怪狀的瓶子裡閃著光，看到這些瓶子似乎還能增加酒的醇香——這一切，像阿辟古斯招待賓客時一樣，一起羅列在這些巴黎人的面前。他們知道：宴請十個人花一千路易是可能的，但那就得像喀麗奧柏德拉那樣吃珍珠或像梅迪契那樣喝金水才行。

基督山看到了眾人的驚愕神情，驀地笑了起來，用調侃的語氣大聲說：

「先生們，你們也承認這點吧，當人有了相當程度的財產以後，奢侈就變成了必需。正如這些太太所承認的，讚美的話達到一定的程度，理想才會有實際價值。現在，從這一種立場上來推測，什麼東西才能稱為奇妙呢？就是我們無法瞭解的東西。什麼東西才是我們真正想要的呢？就是我們無法獲得的東西。嗯，看到我不能理解的東西，獲得無法獲得的東西，這就是我生活的目標。我用兩種工具來達到我的希望——我的意志和我的金錢。比如，我跟你們一樣堅韌不拔去追求一種怪想，譬如您，鄧格拉司先生，希望建築一條新的鐵路線；您，維爾福先生，希望判一個犯人死刑；您，狄佈雷先生，希望平定一個王國；您，夏多・勒諾先生，希望取悅一個女人；而您，摩賴爾，希望馴服一匹沒有哪一個人能騎的馬。譬如說，請看這兩條魚——這一條生長在聖・彼得堡一百五十里以外的地方，那一條生長在那不勒斯十五里以內的地方。現在它們並排放在桌上，各位不也覺得挺有趣嗎？」

「這兩條是什麼魚呢？」鄧格拉司問。

「夏多・勒諾先生在俄國住過，他會對您說出其中一條的名字，」基督山回答說，「卡凡爾康得少校先生是義大利人，他可以告訴您那另一條魚的名稱。」

「這條魚，」夏多・勒諾說，「我想是叫小蝶鮫。」

「好極了。」

「而那條魚，」卡凡爾康得說，「如果我沒搞錯，是藍鰻吧。」

「一點不錯。現在，鄧格拉司先生，請您問問這兩位先生哪兒能捕到這兩種魚吧。」

「噢，」夏多・勒諾說，「小蝶鮫只有在伏爾加河裡才能捕到。」

「呵，」卡凡爾康得說，「我看只有富莎樂湖裡才會有這麼肥的藍鰻。」

「嗯！正是這樣，一條是從伏爾加河撈到的，另一條來自富莎樂湖。」

「真有這事啊！」在座的賓客一起喊出聲來。

「嗯！我的樂趣正在這兒，」基督山說，「我就像尼祿王一樣：我要做的就是『不可能』的事情。對啦，你們也一樣啊，此刻你們的樂趣也在這兒。這兩條魚，其實並不見得有鱸魚和鮭魚那麼好吃，可是待會兒你們一定會覺得鮮美無比，因為在你們的頭腦中，認為不可能得到這種魚，現在卻居然吃到了。」

「怎麼樣才能把這兩條魚運到巴黎呢？」

「哦！再簡單不過了。這兩條魚分別裝在兩隻大木桶裡，一隻放滿蘆竹和河裡的水草，另一隻放滿燈心草和湖裡的浮萍，然後裝上一輛特製的貨車。魚就這樣活著，小蝶鮫可以活十二天，藍鰻呢，八天。當我的廚子抓住這兩條魚的時候，牠們還活著，廚子把一條用牛奶悶死、一條用紅酒醉死。您怕是不相信吧，鄧格拉司先生？」

「我不能不有點懷疑。」鄧格拉司回答，露出呆板的微笑。

「培浦斯汀！」基督山說，「將另一條小蝶鮫和另一條藍鰻搬過來，您知道的，就是另外裝桶運來的，還活著的那兩條。」

鄧格拉司驚訝地圓睜雙眼，其餘的賓客都拍起手來。

四個僕人抬著兩隻浮著萍藻水草的木桶進來了，每只裡面都有一條好像燒好放在桌子上那樣的魚在遊弋。

「可幹嗎要每樣兩條呢？」鄧格拉司問。

「因為可能死掉一條。」伯爵輕描淡寫地回答說。

「您真是位神奇的人物，」鄧格拉司說，「哲學家再怎麼說也是枉然，有錢真是妙不可言。」

「有思想尤其好。」鄧格拉司夫人說。

「哦！請別這樣誇我，夫人。這種事在羅馬人是很普通的。據普林尼的書上說，奴隸頭上頂著活魚接力跑，從奧斯蒂亞跑到羅馬，那種魚他們稱為『墨露斯』，而從他的描寫上來判斷，大概就是吃活的鯛魚是一種奢侈。看著鯛魚死是一件很有趣的事情——因為牠臨死的時候，在送進廚房以後，牠會變三四次顏色，如同突然消失的彩虹，變幻出，稜鏡下的各種色彩，然後被送到廚房。假如牠活著的時候沒有人看到，死後就不會那麼了不起了。」

「說得對，」狄佈雷說，「但是從奧斯蒂亞到羅馬只有七八里路呀。」

「噢！一點不錯，」基督山說，「如果我們不勝過魯古碌斯，那麼一千八百年以後的我們還有什麼面子呢？」

兩個卡凡爾康得都把眼睛睜得大大的，但他倆還算懂事，一句話也沒說。

「這一切都非常有意思，」夏多・勒諾說，「不過我最欣賞的，是下人執行您命令的速度。伯爵先生，您這幢別墅不是五六天前才買下的嗎？」

「對，最多如此。」基督山說。

「那好！我可以肯定地說，一星期來這兒完全變了個樣。如果我沒有搞錯，它另外還應該有一處進口，前庭空無一物，只有一條石子路，而今天，院子鋪上綠茸茸的草坪，兩旁的樹木看來像是已長了一百年似的。」

「有什麼法子呢？我很喜歡綠草和樹蔭啊！」基督山說。

「對啦，」維爾福夫人說，「從前大門是對著街的。上次我奇蹟般地脫險的那會兒，我記得是您把我從街上接進別墅的。」

「噢，夫人，」基督山說，「可打那以後，我更喜歡入口能讓我透過鐵門看到布洛涅森林。」

「才四天工夫啊，」摩賴爾說，「真是奇蹟！」

「可不是，」夏多・勒諾說，「把一座舊房子裝修一新，這是神奇的事。因為這幢別墅原先已經非常破舊，甚至非常荒涼了。我記得聖米蘭先生兩三年前要賣掉它時，我母親曾讓我來看過。」

「聖米蘭先生？」維爾福夫人說，「這麼說您買下這座別墅以前，它是屬於聖米蘭先生的囉？」

「好像是吧。」基督山回答說。

「怎麼，好像是吧！您難道不知道您買誰的別墅嗎？」

「真的不知道，是我的管家在處理這件事。」

「這座別墅至少已經有十年沒住過人了，」夏多・勒諾說，「看到百葉窗緊閉，門緊閉，雜草叢生，好不淒淒慘慘。真的，假如這座房子的業主不是檢察官的岳父，人家或許會以為這裡曾發生過一件可怕的罪案哩。」

維爾福一直沒有碰過一下面前斟著的那三四杯美酒，這會兒他隨手拿起一杯，一飲而盡。

在夏多・勒諾說話以後，基督山沉默了一會，其他人也未作聲。

「說來也奇怪，」他說，「男爵先生，我第一次走進這座別墅時，也有這樣的念頭。我覺得這地方淒冷嚇人，如果不是我的管家為我辦妥了這件事，我決不會買下它。大概這傢伙是收了中間人的好處費了。」

「很有可能，」維爾福期期艾艾地說，竭力露出微笑，「不過請相信我跟這樁行賄案並無牽連。聖米蘭先生想把這座屬於他外孫女嫁妝的房子賣掉，是因為這座別墅老這麼空著沒人照料，說不定再過三四年就會倒塌的。」

這回是摩賴爾的臉色變白了。

「尤其是有一個房間，」基督山繼續說，「啊！我的天！它表面看去很是普通，同別的房間沒有什麼兩樣，掛著紅緞的窗帷，可是，不知為了什麼，我覺得那個房間很有趣。」

「怎麼回事？」狄佈雷問，「為什麼說有趣呢？」

「難道誰能把本能感覺解釋清楚嗎？」基督山說，「難道不是在某種地方好像自然而然就能呼吸到憂傷的氣息嗎？為什麼？我們講不出來。只是有一種連貫性的回憶或一個念頭把你帶回到另外一個時代，另外一些地方，或許那多半和我們當時當地的情景並無關係。總之，這個房間令我不由地想到甘奇侯爵夫人[31]或德絲狄摩娜[32]的房間。等等！既然我們已經吃完了，還是由我來領你們去看看吧，看過以後我們到花園去喝咖啡，飯後欣賞。」

基督山做了個邀請的手勢，維爾福夫人站起身來，基督山自己也站起來，大家學著他們的樣子。

維爾福和鄧格拉司夫人像被釘在座位上似的待了一小會兒。兩人用冰冷無聲的目光探詢地對望了一眼。

「您聽到了嗎？」鄧格拉司夫人說。

「我們得去。」維爾福邊說邊起身，同時遞過手臂讓她挽著。

在各自好奇心的支配下，其他人分散各處參觀——因為大家認為這次參觀並不是僅限於一個房間，還可以看看這所破房子的其餘地方，看看基督山是如何把這一處破敗的房子變成華麗的宮殿。所有的人都從幾扇打開的門口出去了。基督山等著那落後的兩位客人，當他倆也從他身邊走出去的時候，他就微笑著跟在後面。如果客人們能夠理解他的微笑，這笑容一定抵不過要去參觀的那個房間將給他們的驚嚇。

客人們一個又一個參觀房間，大多數房間都是東方風格的陳設佈置，椅墊和靠背長椅取代了床，煙斗和陳列的武器就是所有陳設。客廳裡滿是先前繪畫大家的珍品傑作；女賓室懸掛著中國的帷幔，色彩奇幻，花紋爛漫，質地精美名貴。最後，他們終於來到那個著名的房間。

這個房間毫無特別之處，只是雖然夕陽漸落，這個房間還是沒有點燈，而且，這個房間也不像其他房間已經重新裝飾，它仍舊保持舊式的風格。

31. 十七世紀法國貴族，被其丈夫的兩個兄弟所謀殺。
32. 莎士比亞悲劇《奧賽羅》裡女主人公，被她的丈夫奧賽羅掐死。

這兩個因素足夠使這個房間氣氛陰鬱。

「噢！」維爾福夫人喊道，「這裡真是可怕。」

鄧格拉司夫人也盡力說了一兩句話，但是誰也沒聽見她說的是什麼。

大家都仔細觀察了這個房間，得出了一致意見就是這個房間的確給人不祥的凶險感覺。

「不是這樣嗎？」基督山說，「看看這張笨重的大床掛著暗沉血紅的幔帳，再看看那兩幅因受潮而褪色的粉筆人像，他們慘白的嘴唇和直瞪的眼睛不是像在說：『我們都看見了嗎？』」

維爾福臉色鐵青，鄧格拉司夫人倒在壁爐邊的一把長椅子上。

「哦！」維爾福夫人笑著說，「你真是大膽，竟敢坐在這張椅子上，這張椅子也許發生過罪案呢！」

鄧格拉司夫人猛然站起身來。

「噢，」基督山說，「事情還沒完呢。」

「還有什麼事情？」狄佈雷問，他沒有放過鄧格拉司夫人激動的表現。

「哎！還有什麼事呢？」鄧格拉司問，「因為到目前為止，我還沒有看到任何特別的東西。您說呢，卡凡爾康得先生？」

「噢！」他說，「我們在比薩有烏哥里諾塔，在弗拉拉有達沙囚房，在里米尼有弗蘭茜絲卡和保羅的房間。」

「是啊，但是你們沒有這種小樓梯，」基督山說著，打開一扇遮蔽在帷幔後面的小門，「請各位都來瞧瞧，再說說你們的想法。」

「這螺旋形的梯子倒真是挺嚇人的！」夏多・勒諾笑呵呵地說。

狄佈雷說，「我不知道是否奇奧斯酒使人憂鬱傷感，不過這會兒我確實覺得這整座屋子都黑暗陰沉。」

至於摩賴爾，打從聽到提起凡蘭蒂的嫁妝之後，他一直愁眉苦臉，默不作聲。

「你們設想一下，」基督山說，「一個像是奧賽羅或德・岡日神甫那樣的人物，在一個昏暗風雨交加的夜晚，一步步沿樓梯走下來，還抱著一樣可怕的東西，想瞞過所有人把它隱藏起來，希望即使不能瞞過上帝的眼睛，至少也要躲過所有人的目光？」

鄧格拉司夫人半暈倒在維爾福的臂彎裡，而維爾福也得把背靠在牆上，才能勉強支撐住自己。

「哦！我的上帝！夫人，」狄佈雷喊道，「您怎麼啦？您面色多麼蒼白！」

「她還能怎麼呢！」維爾福夫人說，「事情很簡單，不就是因為基督山先生對我們說那些恐怖的故事，他毫無疑問想把我們嚇死。」

「就是，」維爾福說，「說真的，伯爵，您嚇著這些太太啦。」

「您怎麼啦？」狄佈雷低聲問鄧格拉司夫人。

「沒事，沒事，」她強打起精神說，「我要透口氣，沒有什麼事。」

「您要去花園？」狄佈雷說著，一邊向暗梯走去。

「不，」她說，「不，我還是留在這兒好。」

「說真的，夫人，」基督山說，「您嚇壞了嗎？」

「不要緊的，先生，」鄧格拉司夫人說，「您竟能把想像出的事說得跟真的一樣。」

「噢！我的上帝，對，」基督山笑吟吟地說，「所有這一切都是想像出來的。為什麼不把這個房間想像成一位聖潔的母親的房間呢？這張掛著紅色幔帳的床，就是咯娜女神來過的地方，而那邊神秘莫測的樓梯，是醫生、奶媽或孩子的父親抱走睡著的孩子的通道，以免打擾產婦恢復體力。」

伯爵描繪的這幅寧馨的場景，並沒能讓鄧格拉司夫人安下神來，她發出一聲呻吟，徹底暈厥過去了。

「鄧格拉司夫人不舒服，」維爾福結結巴巴地說，「要不還是把她送上馬車吧。」

「噢！我的上帝！」基督山說，「我忘了帶嗅瓶來了！」

「我這兒有。」維爾福夫人說。

她把一隻裝著紅色液體的小瓶子遞給基督山，就是伯爵上次給愛德華試過的非常靈驗的那種液體。

「啊……」基督山接過維爾福夫人手裡的瓶子。

「是的，」她喃喃地說，「我照您說的試過了。」

「成功了嗎？」

「我想是的。」

鄧格拉司夫人已經給抬進了隔壁的房間。基督山往她嘴唇上滴了極小的一滴紅色液體，她就醒了過來。

「哦！」大聲說，「多可怕的夢啊！」

維爾福用力地捏她的手腕，讓她知道她這不是在做夢。

大家尋找鄧格拉司先生，他卻對於充滿詩意的想法不感興趣，所以早就下樓到花園裡，去跟老卡凡爾康得先生談論從里窩那到佛羅倫斯修建一條鐵路的計畫了。

基督山好像很是失望。他挽住鄧格拉司夫人的胳膊，領她來到花園，在那兒可以看見鄧格拉司先生正坐在卡凡爾康得父子倆中間喝著咖啡。

「說真的，夫人，」基督山對她說，「我把您嚇壞了嗎？」

「沒有，先生，但您知道，事物對人的影響，跟我們所處的心境是有關的。」

維爾福好不容易地勉強笑了一笑。

「所以您得明白，」他說，「只需一個想法，一種假設就足夠了。」

「嗯！」基督山說，「信不信由您，可我確信在那個房間裡真的發生過一樁謀殺案的。」

「您可得當心，」維爾福夫人說，「檢察官就在這裡。」

「啊呀，」基督山回答說，「既然事情是這樣，我就趁機報案吧。」

「報案？」維爾福說。

「是的，而且是當著證人的面。」

「這一切都有趣極了，」狄佛雷說，「要是這裡真的發生過罪案，我們可要調查一番。」

「這裡確曾發生過罪案，這邊請諸位，來呀維爾福先生，要報案就要在有權威的當局面前進行。」

基督山拉起維爾福的手臂，同時他緊握鄧格拉司夫人的胳膊，就這麼拖著檢察官一直來到了陰影最濃的那棵梧桐樹下面。

其餘的賓客也跟了過來。

「停下，」基督山說，「就是這裡，就在這個地點（說著在地面上跺了跺腳），想使這些老樹重新恢復生機，我找人把土挖出來，加入新土。呃，找來的人在挖掘過程中，發現了一個木箱，更準確地說是木箱的金屬配件，在其中有一具新生嬰兒的骨骸，我想，這不是幻境吧？」

基督山感覺得到鄧格拉司夫人的手臂變得僵硬起來，而維爾福的手腕抖個不停。

「新生嬰兒？」狄佛雷說，「事態嚴重啊！」

「嗯！」夏多・勒諾說，「我剛才是沒說錯吧，像人一樣，房屋也有靈魂，有面孔，它們的外觀反映出內在的因素。這座房子陰沉灰暗是因為它良心不安，它之所以良心不安是因為它暗藏了一樁罪案。」

「哦！誰說這是一樁罪案？」維爾福說，他還想作最後的掙扎。

「怎麼！一個嬰兒活埋在花園裡，還不是罪案？」基督山大聲說，「那您把這叫作什麼呢，檢察官先生？」

「誰說嬰兒是被活埋的？」

「如果是死嬰，為什麼要埋在這裡呢？這花園從沒做過墓地呀。」

「殺害嬰兒在法國要判什麼罪啊？」卡凡爾康得少校坦率地問道。

「哦！我的上帝！要殺頭的。」鄧格拉司回答說。

「啊！殺頭。」卡凡爾康得說。

「我想是的……我說得不對嗎？維爾福先生？」基督山問。

「對的，伯爵先生。」檢察官回答說，那聲音根本不是人聲。

基督山看到自己安排的這幕場景，已經使那兩個人再也承受不住了，他不想搞得太過分。

「還有咖啡呢，先生們，」他說，「我們好像忘了喝咖啡了。」

說著，他把客人們帶到草坪中央的一張桌子旁邊。

「說真的，伯爵先生，」鄧格拉司夫人說，「我居然這麼經不住事，說起來也怪難為情的，但這類恐怖故事使我心驚肉跳，我想坐下來休息了。」

她跌坐在椅子上。

基督山對她躬身作答，然後走到維爾福夫人旁邊。

「我想鄧格拉司夫人還需要用一下您的嗅瓶。」他說。

維爾福夫人還沒來得及走到她女友身邊，檢察官已經湊在鄧格拉司夫人的耳畔說：

「我得和您談一次。」

「什麼時候啊？」

「明天。」

「在哪兒呢？」

「如果方便的話就在檢察院的辦公室……到檢察院吧，那兒最安全。」

「我會去的。」

這時，維爾福夫人過來了。

「謝謝您，我親愛的朋友，」鄧格拉司夫人說著，擠出一個笑容，「不礙事兒，我覺得好多了。」

# chapter 64 乞丐

夜色漸濃。維爾福夫人表示要回巴黎市區，這正是鄧格拉司夫人想說又不敢說的，儘管她明顯感到不適。

對於妻子的要求，維爾福立馬告辭。他請鄧格拉司夫人坐他的馬車回去，以便他妻子照顧她。至於鄧格拉司先生，他跟卡凡爾康得先生談興正濃，絲毫沒有注意到周圍發生的一切。

剛才基督山跟維爾福夫人借嗅瓶的時候，注意到維爾福先生湊近鄧格拉司夫人，就明白了二人之間的關係，猜到了他對她說些什麼內容，他把聲音壓得很低，幾乎連鄧格拉司夫人也難聽清。

他不反對客人的安排，於是摩賴爾、狄佈雷和夏多・勒諾騎馬回城，兩位夫人坐維爾福先生的雙篷馬車，鄧格拉司與老卡凡爾康得交談甚歡，就邀他坐自己的馬車同回巴黎。

至於安德里・卡凡爾康得，發現他那輛雙輪輕便馬車就在門口等他呢。他的馬夫，從各方面看來都像極了英式諷刺畫上的人物，正踮著腳尖拉住一匹鐵灰色的高頭大馬。

安德里是個聰明人，在宴會上話不多，在這些有錢有勢的大人物面前，他自然擔心說錯話，當他在這些賓客中看到還有一位國家的檢察官時，吃驚地瞪大了眼睛。

後來鄧格拉司先生纏住了他，當他瞥見脖子挺直的老少校和他有點膽怯的兒子，看到基督山對這兩位殷勤備至的態度，以為自己一定是碰上了一位帶兒子到巴黎社交界來增添些閱歷的大富豪。

於是他帶著無法形容的殷勤態度欣賞著戴在少校小指上的、光閃閃的大鑽石；至於少校，本來他就是一個謹慎的人，唯恐他的鈔票會遭遇什麼意外，所以立刻換成了值錢的東西。晚餐以後，鄧格拉司借談生意為藉口，順便問及他們父子的生活狀況。他們父子倆事先已經知道，一個的四萬八千法郎要有人支付，另一個的五萬利佛爾，戶頭都要開在鄧格拉司的銀行裡，他們對這位銀行家的感激只怕表示得不夠，所以即使叫他們和他的僕人握手，也十分願意。

有件事，格外使鄧格拉司對卡凡爾康得刮目相看。

卡凡爾康得因為恪守賀拉斯的格言——「切勿大驚小怪」，所以我們看到，他在席間只是說了在哪個湖裡可以捉到最肥的藍鰻，略微顯露了一下自己的博識，然後他就一言不發地吃著那份魚。這種珍饈佳餚對這位顯赫的卡凡爾康得家族成員來說想必是家常便飯，少校在盧卡可能常吃瑞士運去的鱒魚，從布列塔尼運去的龍蝦，其方法正像伯爵的藍鰻從富莎樂湖運來，小蝶鮫從伏爾加河運來一樣。所以，他以非常明顯的親切態度聽取卡凡爾康得的這句話：

「明天，先生，我希望到府上拜訪，談一些業務上的事情。」

「先生，」鄧格拉司回答說，「我將很高興迎接您。」

接著，他向卡凡爾康得建議，如果少校先生捨得跟兒子分開一會兒的話，可以把他帶到王子飯店。

卡凡爾康得回答說，他的兒子早已習慣於獨立生活，他有自己的馬和車子。而且他們不是一起來的，他們分開走，看不出有什麼麻煩。

於是少校坐上了鄧格拉司的轎式馬車，銀行家坐在少校的身邊，心裡對少校有條不紊的經濟頭腦越來越佩服。要知道，他每年給兒子五萬法郎的花銷，就等於擁有五六十萬利弗爾的財產。

至於安德里，他為了耍耍威風，開始訓斥自己的車夫，原因是年輕的車夫沒有將雙輪馬車駛到台階前接他，而是停在別墅的大門口，讓他要走三十步路才坐得上車子。

年輕僕人一邊用左手抓緊不耐煩地踏著腳的轅馬的嚼環，一邊用右手把韁繩遞給安德里，安德里接過韁繩，輕捷地把一隻擦得鋥亮的皮靴踩在馬車的踏腳板上。

這時，一隻手按住了他的肩頭。安德里轉過臉來，心想大概是鄧格拉司或者基督山有什麼話忘了跟他說，要趕在他離去前告訴他。

但他看到的不是這兩個人，而是一張陌生人的面孔，皮膚因日曬而黝黑，滿臉鬍鬚，一雙眼睛如紅寶石般熠熠生輝，嘴角上翹滿是微笑，露出一排潔白整齊、鋒利似豺如狼的牙齒。

滿頭灰白色的頭髮上纏著一塊紅格手帕，身上披著一些破爛齷齪的衣服，身材消瘦，但骨骼粗大，像是一具骷髏，走起路來會喀咔喀咔地響似的，按在肩上的手是安德里最先看到的部分，他覺得那隻手十分巨大。年輕人不知是因為借著馬車提燈的燈光認出了這張臉，還是被對方可怕的外表嚇到了，他渾身一顫，立即後退。

「你要幹什麼？」他問。

「對不起！我的朋友，」那人把手舉到紅頭巾上說，「或許我打擾您了，可我有話跟你談談哪。」

「晚上還討什麼飯呀！」年輕車夫說著做了個手勢，要替主人趕走這討厭的人。

「我可不是乞丐，可愛的人。」陌生人訕笑著對僕人說，他的笑如此可怕，車夫躲開了，「我只要跟你的主人說兩句話，約莫半個月前他差我去辦事來著。」

「喂，」輪到安德里勉強保持冷靜說，不讓車夫看出他的驚慌，「你想怎樣趕快說吧。」

「我要……我要……」包紅手帕的人低聲說，「您最好讓我節省點體力，別再讓我步行返回巴黎。我又睏又乏，再說又沒像你這樣美美地吃過一頓，我幾乎支撐不住啦。」

安德里聽到這樣古怪而親密的要求，禁不住一陣戰慄。

「喂，」他對那人說，「你到底要怎麼樣呢？」

「呃！我要你請我坐著你的漂亮馬車，送我回去。」

安德里的臉色慘白，一言不發。

「哦！我的上帝，對，」包紅頭帕的人把手插進衣袋，用挑釁的眼光看著年輕人，「這就是我頭腦中的主意，你懂嗎，貝尼台多？」

這個名字顯然對年輕人有所觸動，因此他走過去對車夫說：

「我確實曾經差這個人去辦過點事，他要跟我彙報一下。你步行到城門吧，然後雇輛馬車先回去，要不你會回去太晚的。」

那僕人滿腹狐疑地走了。

「至少讓我到一個隱蔽的地方您再說。」安德里說。

「哦！要說這個嘛，我這就送你去個好地方。」包紅頭帕的人說。

說著他牽住轅馬的嚼環，將雙輪輕便馬車帶到一個地方，在這裡的確沒人能看到安德里對他表現的順服。

「哦！我呀，」他對安德里說，「可不是為擺威風才坐這漂亮車子的。不，我只是太疲憊了，再說，也還有那麼點事兒得跟你談談。」

「喂，你上車來吧！」年輕人說。

可惜這不是在白天，因為乞丐大模大樣坐在繡花墊子上，就坐在那年輕高雅的車主身邊，這倒是難得一見的場景。

安德里讓他的同伴默默無聲地將馬車趕到村子的最後一座房子那兒，而那人呢，笑嘻嘻地沉默著，彷彿坐在這麼漂亮的一輛馬車裡兜風，讓他感到很高興似的。

剛走過阿都爾村裡的最後一幢房子，安德里就四下觀望，確定沒人能看見或聽見了，就停住馬車，抱起雙臂對著包紅頭帕的人說：

「嘿！你幹嗎要來攪得我不得安寧呢？」

「可你，我的孩子，為什麼你要騙我呢？」

「我怎麼騙你啦？」

「怎麼騙我？虧你還問？咱倆在瓦爾湖分手那會兒，你對我說你要經皮埃蒙特到托斯卡納去，其實根本不是那回事，你來到巴黎了。」

「那又礙你什麼事了？」

「沒礙我什麼事。正相反，這樣一來我倒希望對我的目的有幫助呢。」

「嘿嘿！」安德里說，「這麼說你是在打我的主意囉。」

「瞧你！怎麼這麼說話。」

「你打錯主意了，卡德羅斯師傅，我先警告你。」

「哎！我的上帝！你不要發火呀，小朋友，你應該知道倒楣是什麼，都怪運氣不好，我們才會相互猜忌。我原以為你是在皮埃蒙特或托斯卡納當嚮導混飯吃的，我打心眼裡為你冤屈，就像為我的孩子喊冤一樣。你知道，我總是把你叫做我的孩子的。」

「說下去，說下去。」

「別心急！壞脾氣！」

「我是耐著性子呢。來，把話講完吧。」

「突然我看見你從城門經過，坐著一個年輕車夫架著的一輛雙輪輕便馬車，而你呢，穿著簇新的好衣服。你一定已發現一個礦了，不然就是做了一個證券經紀人了。」

「所以，正像你自己說的那樣，你嫉妒啦？」

「不，我很高興，太高興了，高興得真想對你表示一下祝賀，孩子！可我沒件像模像樣的衣服，所以我小心謹慎，不想連累你。」

「還小心謹慎呢！」安德里說，「你可是當著我的車夫的面來跟我說話。」

「唉！我能怎麼辦呢，我的孩子！我什麼時候能逮住你，就什麼時候跟你說話唄。你有一匹快馬，一輛輕便馬車，當然就滑得像條黃鱔啦。要是我今晚上碰不著你，我就有危險碰不上你了。」

「你這不也看見啦，我沒躲起來呀。」

「你很幸運，真希望我也不用躲躲藏藏。但事實上，我在東躲西藏哪。更何況我還怕你不認我呢。可你還是認我了，」卡德羅斯邪惡地笑著補充說，「你還很客氣呢。」

「喂，」安德里說，「你想要怎麼樣？」

「你對我可不親熱啊，這可不好啊，貝尼台多，我的老夥計。小心，逼急了，我會給你找麻煩的。」

這恫嚇讓年輕人把火氣按捺了下去，他努力抑制情緒。

他放開轡繩讓轅馬碎步小跑起來。

「你對一個，就像你剛才說的，一個老夥計這麼幹，卡德羅斯，」他說，「也很不好。你是馬賽人，我是……」

「敢情你現在知道自己是哪兒人啦？」

「不，我在科西嘉長大。你年老而固執，我年輕而任性。對於我們倆這樣的人，威脅是不管用的，應該心平氣和的解決問題。我好運連連，你厄運不斷，這怎麼能怪我呢？」

「你真的交好運了嗎？車夫不是租來的嗎？雙輪輕便馬車不是租來的嗎？你身上這套衣服也不是借來的嗎？好哇，太棒了！」卡德羅斯說，眼睛裡閃爍著貪婪的光芒。

「哦！你到這裡來跟我說這些之前，你就已經知道我的境況了，」安德里說，他的情緒越來越激動了，「如果我頭上纏著一塊你那樣的手帕，肩上披件髒兮兮的衣服，腳上穿雙破鞋子，你就不會來認我了。」

「你錯怪我了，孩子。這你就不對啦。總而言之，我現在已經找到你，什麼都不能再阻止我穿得像別人一樣整齊了，因為，我知道你的心腸是很好的。假如你有兩件衣服，就會給我一件。而我，我曾經在你饑餓難耐的時候，把我自己的湯和豆子分給你呢。」

「那是真的。」安德里說。

「那時候你的胃口多大呀！現在你的胃口還這麼好嗎？」

「可不是！」安德里笑呵呵地說。

「你剛剛是從一位親王家出來吧，你怎麼會去那裡與親王共進晚餐呢？」

「那可不是親王，他只是個伯爵。」

「伯爵？挺有錢吧，啊？」

「對，不過你最好別去自找麻煩。這位先生看上去可不是好惹的。」

「哦！我的上帝！你放心吧！沒人想要對你的伯爵怎麼樣，伯爵是你一個人的了。不過，」卡德羅斯的嘴邊又浮上了剛才那種令人厭惡的笑容，「你必須付出點代價。」

「好吧，你想要什麼？」

「我想要是每個月有一百法郎……」

「怎麼樣？」

「我的日子就……」

「一百法郎嗎？」

「你知道，會很拮据的，但是，要有……」

「有多少呢？」

「有一百五十法郎，我就很快活了。」

「這是兩百。」安德里說。

說著他往卡德羅斯手裡放了十個金路易。

「好啊。」卡德羅斯說。

「每個月的一號你來找我的管家，照樣拿這麼多。」

「得！你這又在小看人了！」

「怎麼會呢？」

「我只想跟你來往，你卻讓我跟你的那些僕人打交道。」

「那麼好吧，按你說的，你來找我，只要我拿到我的那筆錢，也就少不了你那份。」

「好，好！我看我是沒看錯人啊，你真是個好人，像你這樣的人交了好運，真是老天有眼。來，給我講講你是怎麼交上好運的吧。」

「你幹嗎要知道這個呢？」卡凡爾康得問。

「怎麼！你還是信不過我！」

「不是。事實是我找到我爸爸了。」

「什麼？真的是你爸爸？」

「當然！只要他給我錢……」

「你就尊敬他相信他。這沒錯。你爸爸叫什麼名字呢？」

「卡凡爾康得少校。」

「他對你滿意嗎？」

「到現在為止看上去還挺滿意。」

「誰替你找到了這個爸爸？」

「基督山伯爵。」

「你剛才就是去的他家？」

「對。」

「喂，既然他盡跟有錢人打交道，你就去說說，盡力把我作為叔祖安插在他那裡。」

「好吧，我會跟他說起你的。可你眼下打算做什麼行當呢？」

「我？」

「對，你。」

「你真太好了，還替我操心。」卡德羅斯說。

「我想，既然你對我這麼感興趣，」安德里說，「現在輪到我來問你幾個問題了。」

「說得有道理……我要找幢像樣的房子租個房間，穿一身體面的衣服，每天刮鬍子，再到咖啡館去看看報紙。晚上，我會頭上戴著折疊式高頂大禮帽，去戲院看戲，我要看上去像個退休的麵包鋪老闆。這是我夢寐以求的。」

「行，很好！要是你想實現這個計畫，就得安安穩穩，事情就非常完美了。」

「你是這樣認為的嗎？布蘇亞先生？你呢？你要成為什麼呢——一個法國貴族嗎？」

「嗯！」安德里說，「誰知道呢？」

「卡凡爾康得少校先生說不定已經是個貴族了……可是遺憾得很，世襲制廢除了。」

「別談論政治了，卡德羅斯……你想要的都有了，我們也明白了彼此的心意了，現在從車上跳下去，別讓我再看見你了。」

「不行，親愛的朋友！」

「怎麼不行呢？」

「你倒是想想看哪，孩子，我頭上裹著一塊紅頭帕，腳上連雙鞋都沒有，也沒有任何證件，卻有十個拿破崙金幣，還不說原來就剩下一些，加在一塊兒就有兩百法郎哪。到了城門我肯定會被抓起來！到那時候我要辯白，就只能告訴他們這十個拿破崙金幣是你給我的。警方就要進行詢問瞭解，他們就會知道我未經許可私自離開工作，那麼我會被送回到地中海岸邊。那麼我只能又變成一〇六號，跟我夢想中的麵包商生活說再見了。不，不，我的孩子，我更願意體面地留在首都。」

安德里皺緊眉頭。正如他自我炫耀的那樣，卡凡爾康得先生被推定的兒子是一個很難對付的人。他停了一會兒，朝四下裡很快地掃了一眼，之後，他的手彷彿無意地伸進了背心口袋，在裡面摸到了一把小手槍的扳機扣。

在這期間，卡德羅斯的目光一刻也沒有離開過同伴，也暗自把手放到背後，抽出一把長長的西班牙匕首，這把匕首他是隨時帶在身邊以防萬一的。

正如我們所見，這兩個朋友相互瞭解，彼此很相配。安德里像沒事人似的把手從口袋裡縮回來，舉到紅棕色的唇髭上摩挲了一陣。

「我親愛的卡德羅斯，」他說，「你將會過得多麼快活呀？」

「我會盡力的！」卡德羅斯一邊回話，一邊把刀插進刀鞘。

「行啊，嘿，咱們進城去吧。但你怎麼樣通過城門而不被人發現呢？依我看，你這身打扮坐車比步行更危險。」

「別急，」卡德羅斯說，「看我的。」

他拿起那件大翻領外套，披在自己身上，那是車夫下車時留下來的，接著他摘下安德里的帽子戴在自己頭上，最後，他擺出一副僕人的樣子，毫不在意主人自己駕車前行。

「我呢，」安德里說，「我就光著腦袋？」

「嘩的一下！」卡德羅斯說，「大風把你的帽子給吹掉了嘛。」

「那麼走吧，」安德里說，「別說了。」

「誰讓你等著呢？」卡德羅斯說，「可不是我啊？」

「噓！」卡凡爾康得說。

他們毫無意外地通過了城門。

到第一個岔路口，安德里停住馬，卡德羅斯跳下車去。

「哎！」安德里說，「僕人的外套，還有我的帽子！」
「噢！」卡德羅斯說，「你不希望我感冒吧？」
「那我呢？」
「你還年輕，可我呀，已經開始老了。再見，貝尼台多！」
他進了小巷，頓時沒了蹤影。
「唉！」安德里長歎一聲，「在這世上誰也沒法完全快樂的呀！」

chapter 65

# 夫婦爭吵

在路易十五廣場，三個年輕人彼此分開各自前行——這就是說，摩賴爾走林蔭大道，夏多・勒諾過大革命橋，而狄佈雷沿河堤往前，分別策馬而去。

摩賴爾和夏多・勒諾，多半像是回家敘天倫之樂了，就像辭藻華麗的演講詞和黎希留戲院經典劇本裡的用詞中說的那樣；但狄佈雷卻不是如此。他走到羅浮宮的邊門，就往左拐，快馬加鞭穿越卡羅莎爾廣場，穿過錄克街，折入密可德里路，抵達鄧格拉司先生家門前，維爾福先生的雙篷四輪馬車也同時趕到。這時，這輛馬車把維爾福夫婦倆送到聖奧諾雷區的家裡，然後繼續送男爵夫人回家，馬車才剛巧到達這裡。

狄佈雷是府上的常客，所以逕自策馬先進庭院，把韁繩甩給一個僕人，然後回到馬車跟前去接鄧格拉司夫人，他把手臂伸給她，引領她向室內走去。

大門一關上，就只剩男爵夫人和狄佈雷在庭院裡了。

「你是怎麼啦，靄敏？」狄佈雷說，「為什麼伯爵講的故事，或者說無稽之談，對你的影響如此的強烈？」

「因為今兒晚上我本來就心神不寧，我的朋友。」男爵夫人回答說。

「不，靄敏，」狄佈雷說，「你這話我可不信。正相反，剛到伯爵府上的那會兒，你精神好極了。不錯，鄧格拉司先生是不大令人高興。不過我知道你不很在意他的壞脾氣。一定是有人冒犯了你。我絕不會允許別人來對你放肆無禮的。」

「你想錯了，呂西安，我向你保證，」鄧格拉司夫人說，「我告訴您的是實情，至於他的壞脾氣你也看見了，我覺得那不值一提。」

顯然，鄧格拉司夫人正處於一種神經質的煩躁不安的心境中，這種心境是女人們自己也無法解釋清楚的。或者是，正如狄佈雷猜想的那樣，她在精神上受到了某種震動，但她不願意把它告訴任何人。作為一個男人他知道那種煩躁的心境是女人與生俱來的，因此他不再詢問，卻等待一個更適當的機會，或是再問她，或者讓她自動透露。

男爵夫人在她的臥室門前遇到了科爾奈麗小姐，科爾奈麗小姐是男爵夫人的心腹侍女。

「我的女兒在幹什麼？」鄧格拉司夫人問道。

「她練了一晚上琴，」侍女回答說，「後來上床休息了。」

「可是我好像聽見她正在彈鋼琴。」

「那是羅茜・亞密萊小姐，鄧格拉司小姐已經休息了，可她還在彈琴。」

「好，」鄧格拉司夫人說，「你來幫我脫衣服。」

三人都進了臥室。狄佈雷側身靠在一張寬敞的長沙發上，鄧格拉司夫人帶著科爾奈麗小姐走進盥洗室。

「我親愛的呂西安先生，」鄧格拉司夫人隔著門簾說，「您總是抱怨歐琴妮，一句話都不肯跟您說？」

「夫人，」呂西安說，一邊撫弄著男爵夫人的小狗，小狗知道他是這家的朋友，願意讓他撫摸，「說這話的可不止我一個人，我記得馬瑟夫先生有一天就向您抱怨過，說他從未婚妻嘴裡簡直引不出一句話來。」

「這倒是真的，」鄧格拉司夫人說，「但我相信，總有一天一切會改變，您會看到歐琴妮走進你的辦公室。」

「走進我的辦公室，我的嗎？」

「至少是部長的辦公室。」

「來做什麼呢？」

「求您到歌劇院弄一份聘書！說真的，我從沒見到有誰對音樂會這麼癡迷的。對於一個上流社會的小姐來說，真是荒唐可笑！」

狄佈雷微微一笑。

「嗯！」他說，「那就讓她來吧，只要您和男爵同意，我們就會給她辦妥這份聘約，儘管相比付給像她這樣身分的天才薪水，我們很窮。」

「行了，科爾奈麗，」鄧格拉司夫人說，「這兒沒你的事了。」

科爾奈麗走了出去，過了片刻，鄧格拉司夫人穿著一件迷人的寬鬆長裙出來了，走過去坐在呂西安旁邊。

然後，她若有所思地撫摸起西班牙小狗來。

呂西安默默看了她一陣。

「哎，靄敏，」他開口說，「你明白地告訴我：有什麼事在叫你煩心，對嗎？」

「沒什麼事啊。」男爵夫人回答說。

因為她喘不過氣，靄敏站起來，走向一面鏡子：「我今晚的樣子很嚇人吧。」

狄佈雷笑吟吟地立起身來，剛想反駁男爵夫人的觀點，但正在這時，房門突然開了。

鄧格拉司先生出現在房門口，狄佈雷又坐了下來。

聽見開門的聲音，鄧格拉司夫人轉過身去，看到是她丈夫，吃了一驚，她並沒有去掩飾這種驚訝。

「晚上好，夫人，」銀行家說，「晚上好，狄佈雷先生。」

也許男爵夫人覺得男爵這次意外的到來是想彌補他白天所說的那些刻薄的話。她做出莊重嚴肅的神情，轉身面向呂西安，不理丈夫的問好。

「那就請給我讀點什麼吧，狄佈雷先生。」她說。

狄佈雷起初對鄧格拉司的進來略微有些不安，但看到男爵夫人這麼鎮定，他恢復過來，拿起一本書，書的中間夾著一把螺鈿嵌金的裁紙刀。

「請原諒我，」銀行家說，「時間這麼晚了您會累著自己的，男爵夫人。已經十一點了，狄佈雷先生又住得挺遠。」

狄佈雷頓時一驚，倒不是因為鄧格拉司的口氣居然這麼鎮靜和彬彬有禮。透過這種鎮靜和彬彬有禮，他感受到了一種堅定的決心，男爵今晚就是要違背他妻子的心意。

男爵夫人也吃了一驚，並且看了她丈夫一眼，表明了她的這種驚奇，要不是她丈夫目不轉睛地在看報紙上的公債收盤價格，這道目光想必是會讓他有所反應的。

其結果是這倨傲的目光並沒有達成它預期的願望。

「呂西安先生，」男爵夫人說，「請相信我，我一點都不想睡。今天晚上我有一千件事情要告訴您，您一定要聽我講一個通宵，哪怕累得睡著。」

「我聽您的，夫人。」呂西安淡淡地回答說。

「親愛的狄佈雷先生，」這回是銀行家開口了，「我勸您今天晚上別跟自己過不去，去聽鄧格拉司夫人的無稽之談，因為您明天再聽也不遲啊。而今天晚上她得歸我，我要留給自己，如果您允許，我要用來跟我的妻子談談要事。」

這一打擊真是又準又狠，呂西安和男爵夫人都有些不知所措了。他們用目光彼此探詢，似乎要求得到對方的保護，以抵禦這個攻擊。但是一家之主的不可抗拒的權威得勝了，丈夫更有力量。

「請千萬別以為我是在趕您走，親愛的狄佈雷先生，」鄧格拉司繼續說，「不，絕對不是的。發生了一件意外使我不得不在今晚與男爵夫人面談一次。這種事在我是極其難得的，所以我想您不至於會因此生我的氣吧。」

狄佈雷低聲說了些什麼，鞠了一躬走了出去，卻撞在門邊上，就像《阿達麗》裡的拿當一樣。

「真見鬼，」帶上房門以後，他對自己說，「我們總是覺得這些丈夫滑稽可笑，但他們佔據我們的上風是多麼容易啊！」

呂西安走後，鄧格拉司就坐在狄佈雷剛才坐的那張長沙發上，合上那本書，擺出一副嚇人的專橫傲慢的態度，繼續逗弄小狗。但那個畜生因為對他並不如對狄佈雷那麼歡喜，所以想咬他，他便拎起狗脖子上的皮，扔到了房間另一頭的長椅上。

在被拎起的過程中那隻狗嗥叫了一聲，但一落在長椅上，牠就蜷縮到椅墊後面，被這種從來沒有碰到過的待遇嚇呆了，默不作聲，一動不動。

「您知道嗎，先生，」男爵夫人泰然自若地說，「您大有進步。往常您只不過是粗魯，今天晚上您可是粗暴了。」

「這是因為我今晚的心情比平時糟透了。」鄧格拉司回答說。

靄敏鄙夷不屑地望著銀行家。往日裡，這樣的目光會激怒倨傲的鄧格拉司，但今晚他顯得幾乎沒有注意到似的。

「您脾氣壞與我有什麼關係啊？」男爵夫人說，她丈夫的冷漠無情使她惱火，「難道這事跟我有什麼關係嗎？把您的壞心情鎖在家中的錢箱子裡吧，或者，既然您的職員拿你的薪水，您還是朝他們發火去吧。」

「不，」鄧格拉司回答說，「你的建議不正確，恕我不能聽從。我的錢箱是我的金河，我想，就像德穆蒂埃先生所說的，我不願意阻擋河水流動，擾亂它的平靜。我的職員都是替我掙家當的忠實君子，如果按他們賺到的去評價他們，我支付給他們的錢遠遠低於他們應得的報酬，所以我不會對他們生氣。我所生氣的，是那些吃我的飯、騎我的馬、又敗壞我家當的人。」

「什麼人是敗壞你家當的人？我請你解釋得明白些，先生。」

「哦！你儘管放心，我不是在跟你打啞謎，我很快就會讓您明白我的意思，」鄧格拉司說，「敗壞我家當的人就是在一個鐘頭裡虧掉我七十萬法郎的人。」

「你說這話是什麼意思，我不明白，先生。」男爵夫人說，盡力地掩飾自己激動的聲音和臉上的紅暈。

「正相反，您十分明白我的意思，」鄧格拉司說，「不過，如果您硬要說不明白，那我可以告訴您，我剛在西班牙公債上損失了近七十萬法郎。」

「咦！這就怪了，」男爵夫人冷笑一聲說，「您要讓我為這筆損失負責嗎？」

「難道不是嗎？」

「您損失七十萬法郎，怎麼會是我的錯呢？」

「無論如何這不是我的過錯。」

「我可早就把話給您說清楚了，先生，」男爵夫人尖刻地說，「我告訴您別再跟我談起錢的問題，這種語言在我父母家裡和前夫家都沒有聽過。」

「這我當然相信囉，」鄧格拉司說，「他們倆家全都一文不名。」

「我有更好的理由完全不懂銀行術語，這些行話從早到晚吵得我耳目不寧。那種叮叮噹噹、把洋錢數了又數的聲音我很憎恨，我知道只有一種聲音比那個更討厭，那就是你講話的聲音。」

「說真的，」鄧格拉司說，「這可就太奇怪啦！我還以為您最關心我的業務了呢！」

「我！你怎麼會有這麼愚蠢的想法？」

「就是您。」

「咦！這就奇怪了！」

「毫無疑問。」

「我倒要請教請教這是怎麼回事。」

「啊，這簡單！就是今年二月，您是第一個向我提到海地公債的人。你做夢看到一艘船駛進阿弗爾港。這艘船帶來一個消息，說我們認為會賠本的一種公債快要還本了。我知道你的夢是多麼明察，因此我暗地叫人買下盡可能找到的海地公債券，因此賺到四十萬法郎，其中的十萬是誠實無欺地付給你的。您隨便怎麼花，不關我的事。

「三月裡，出現鐵路承築權的問題。有三家公司提出承築請求，作出同樣的保證。您跟我說，你的本能——雖然你裝作對於投機事業一無所知，正相反，我相信在某些方面您的本能十分發達——嗯，你告訴我說，出於本能你相信那項承築權當授給叫作南方公司的那一家。」

「我立即買入這家公司三分之二的股票，正如你所預見的優先權確實給了這家公司。那種股票的價格突然漲了三倍，我賺到了一百萬，在那一百萬裡，付了二十五萬法郎給你做私房錢。這二十五萬法郎你是怎麼花掉的？」

「您到底想說什麼，先生？」男爵夫人喊道，憤怒和焦躁使她渾身發抖。

「有點耐心，夫人，我就要說到正題了。」

「謝天謝地！」

「四月間，你到部長家赴宴。大家說起西班牙，您聽到一場相關的秘密談話，關係到驅逐卡羅斯先生。我買了一些西班牙公債。驅逐事件果真發生了。正值查理五世重登寶座的那天，我賺進了六十萬法郎。在這六十萬法郎之中，你拿了五萬埃居。這筆錢是屬於您的，你可以隨意處置，我並不過問，今年您收入五十萬利弗爾，也是真真切切的。」

「嗯，後來呢，先生？」

「啊！對，後來呢！再後來，事情就被您弄壞了。」

「瞧您說話轉彎抹角的……實際上……」

「這表達了我的想法……我必須這樣說……嗯，三天以後，就是下文，三天以後，你和狄佈雷先生談論政治問題，您想像從他的話裡您聽出卡羅斯先生已經回到西班牙去了。於是我賣掉公債。消息傳出，市場頓時發生恐慌，我不是賣而是奉送。第二天才發現那消息是假的，可這個假消息已經讓我賠掉了七十萬法郎！」

「那又怎麼樣？」

「怎麼樣！既然我賺進時分您四分之一，那麼我虧本時您也負擔我四分之一的損失，七十萬法郎的四分之一是十七萬五千法郎。」

「您的話太荒唐了，我還不明白您幹嗎要把狄佈雷先生的名字攪和到這樁事情裡去。」

「因為您要是拿不出我所要的這十七萬五千法郎，您就得向您的朋友們去借，而狄佈雷先生就是您的朋友之一。」

「不知羞恥！」男爵夫人喊道。

「哦！請不要手舞足蹈，不要大喊大叫，不要演文明戲，夫人，否則您就要逼我對您說：我在這樁事裡看到的，是狄佈雷先生在這兒笑嘻嘻地接受你今年數給他的那五十萬利弗爾，心想他終於找到了最精明的賭徒也無法發現的方法——贏的時候不必出本錢，輸了又不必拿錢出去。」

男爵夫人怒火中燒。

「卑鄙小人！」她說，「您敢說您不清楚您今天為什麼指責我嗎？」

「我並沒有說我知道，也沒有說我不知道，我只對您說一件事：四年來，您不再是我的妻子，我也不再是您的丈夫，請看看我的表現，您會看到它始終如一。就在關係決裂後不久，您說想跟那位剛在義大利劇院走紅的男中音學聲樂，而我也想跟那位載譽倫敦的女舞星學跳舞。為了您和我，我付出了大約十萬法郎。我一句話也沒說過，因為我們必須保持家裡太平。十萬法郎，換來你我精通跳舞和聲樂，也很划得來啊。不過，您很快就厭倦了唱歌，又想跟一位著名的大臣秘書學外交了。我就讓您去學。您知道：您從自己的首飾箱裡掏錢去付學費，與我毫不相干？但是現在，我發現您還是在用我的錢，您的學徒費可能要我每月付出七十萬法郎。夠啦！夫人，到此為止吧，因為不能這樣長此下去。如果這位外交官……免費授課，那我對他還是可以容忍的，要麼他別再踏進我的家門。您聽明白了嗎，夫人？」

「哦！您這樣太過分了，先生！」靄敏大聲哽咽地說，「您超過了無恥的限度。」

「不過，」鄧格拉司說，「我發現您也沒好到哪裡去。」

「你這是侮辱！」

「您說得對：讓我們先把這些事實擺在一邊，冷靜地分析一下。我從來沒有干涉過你的事，除非是為了你的好，請您也這樣做，您說您與我的金庫毫無關係，是的。你自己的錢箱怎樣處理悉聽尊便，但不要充實或挖空我的金庫。而且，我怎麼知道這不是一種政治詭計，不是部長出於對我反對派的立場的憤恨，以及對我獲得大家同情的忌妒，而勾結了狄佈雷先生來想使我破產呢？」

「真有可能！」

「無疑是這樣，誰見過這種事……一份假電報，從沒聽說過有這種事，真是難以置信。兩份電報的資訊截然相反！……說實話，這是對著我來的！」

「先生，」男爵夫人口氣軟了下來，「我想您似乎還不知道，那個職員被辭退了，他們還提到要把他告上法庭，拘捕令也已經發了，但沒等搜捕的人到，他就先逃走了，這就證明他要麼是瘋了，要麼就是有罪。整件事是一個錯誤。」

「對，這次錯誤讓那些傻瓜大笑，讓部長一宿沒睡好覺，讓部長秘書塗黑紙張，但使我損失了七十萬法郎。」

「可是，先生，」靄敏突然說，「假如照您的說法，所有這一切都是狄佈雷先生造成的，那您為什麼不去直接跟狄佈雷先生說，卻跑來對我說這些話呢？為什麼您在應該指責一個男人的時候，卻來找一個女人算帳呢？」

「難道我認得什麼狄佈雷先生嗎？」鄧格拉司說，「我想希望跟他結識嗎？我想知道他會出主意嗎？我想聽從這個主意嗎？我要投機嗎？不，這一切都是您幹的，不是我。」

「可我想，既然這個主意曾使你獲利……」

鄧格拉司聳聳肩膀。

「說實話，由於操縱過兩三次陰謀，而沒有在整個巴黎傳揚開來，就自詡為天才，這種女人就是蠢東西！」他喊道。「你可知道，就算你越軌的行為瞞過了你的丈夫，那僅僅是這把戲的初級而已，因為做丈夫的是不願意去看的，你只是無謂的模仿你上流社會中大部分女人的行為罷了。我卻不同——我看得到。在過去的十六年，我一直在看著。或許您隱瞞過我一種想法，任何一個步驟、一個行動、一個過失從沒逃過我的眼睛，您卻自以為是，堅信你騙過了我。結果怎麼樣？多虧我假裝糊塗，凡是你的朋友，從維爾福到狄佈雷，沒有一個不在我面前發抖，沒有哪一個不把我當做一家之主——我唯一一個與您有關的願望，事實上，沒有一個談到我時敢於說出今天我親口對您說的、關於他們的話。我可以允許您使人覺得我可恨，但我要阻止您使人覺得我可笑，尤其最重要的，我堅決不同意您讓我破產！」

直到維爾福的名字說出口以前，男爵夫人還能挺得住。但一聽到這個名字，她便臉色煞白，像一隻彈簧似的猛然站起身來，雙手前伸，彷彿要驅走一個鬼怪似的。她向著丈夫走了兩三步，彷彿要從他那裡掏出秘密的底細，因為在她看來，她丈夫有可能是還不完全知道這個老底，但也有可能是出於老謀深算，還不願意全部洩露出來。

「維爾福先生！您這是什麼意思！您究竟想說什麼！」

「我是想說，夫人，您的前夫奈剛尼先生，因為他既不是一位哲學家又不是一位銀行家，或許他又兩者兼備，在他看到從一位檢察官那裡撈不到什麼，在離家九個月之後發現您有六個月的身孕，就憂憤交集地死了。我很殘忍——我不但許可這種事情，而且我引以為豪，這是我在商業上成功的理由之一。他為什麼不殺死你而殺死他自己呢？因為他沒有金錢讓他挽救。但我的生命交給了我的金錢。狄佈雷先生使我損失了七十萬法郎，讓他對那筆損失也分擔一份，那麼我們繼續做生意。假如不，就讓他欠我十七萬五千利弗爾而破產，而且像所有宣告破產的人一樣——不要再露面。唉，我的天！我承認，當他的消息正確的時候，他是一個很可愛的人，但當他的消息不正確的時候，則世界上比他好的人，要找五十個也有。」

鄧格拉司夫人站在那裡一動不動。她作出最大的努力來應付這最後的攻擊，但力不從心地倒在了扶手椅上，眼前浮起維爾福的形象，想到了晚宴的情景，想到這古怪的一連串倒楣事，這個好端端的家接連遭到打擊，把她的家的舒適安寧擾亂成令人惱怒的爭吵。儘管她竭力裝出要昏倒的模樣，但鄧格拉司連看也不看她一眼。他打開臥室的門，不再多說一句話。結果當鄧格拉司夫人從半昏迷狀態恢復過來時，不禁覺得自己像是做了一場噩夢。

chapter 66

# 婚姻計畫

第二天，到了平時狄佈雷照例要在去辦公室的路上順道來拜訪一下鄧格拉司夫人的時間，他的雙座四輪馬車沒有出現在院子裡。

約莫中午十二點半左右，鄧格拉司夫人吩咐備車出門。

鄧格拉司在窗簾後面，窺視著他等待的這次外出。他吩咐僕人，鄧格拉司夫人一回家就來告訴他。但直到兩點，她還沒回來。

兩點鐘，他吩咐套馬，驅車前往下議院，報了名發言要反對預算。

從正午到兩點這段時間裡，鄧格拉司留在書房裡拆看信件，心情越來越愁悶，他不停地計算著數字，他也接待了一些客人的來訪，其中包括卡凡爾康得少校在內。這位少校依然是一身藍制服，身板挺直，非常準時，他在前一天約定的時間登門，跟銀行家談妥了有關事宜。

鄧格拉司在議會辯論會上情緒非常激動，比以往任何時候都言語尖刻地反對內閣。出了下議院，他登上馬車吩咐直駛香榭麗舍大街三十號。

基督山伯爵在家。但他有客人，所以讓人請鄧格拉司先生在客廳裡稍等片刻。

銀行家正在前廳等候，門開了，一個神甫打扮的人走進門去，看上去他跟伯爵非常熟悉，所以沒有像他鄧格拉司這樣等在外面，他向銀行家稍一躬身，走進房間，便消失不見了。

過了一會兒，神甫剛才進去的那扇門重又打開，基督山走了出來。

「對不起，」他說，「親愛的男爵，我的一個好友布沙尼神甫，就是剛才您見到的那位，剛來到巴黎。我們有很久沒見面了，所以我不忍心馬上就丟下他。希望這個理由能讓您原諒我讓您等這麼久。」

「別這麼說，」鄧格拉司說，「是我的錯。是我來得不湊巧，我這就告辭了。」

「請不要走！快請坐吧。哦，天哪！您這是怎麼啦？您看上去憂心忡忡。說實話，我見您這模樣真的嚇了一跳。一位愁眉苦臉的金融家，就像天空中劃過的一顆彗星，預示著世上要有大災難了。」

「親愛的先生，」鄧格拉司說，「這些天來我運氣很壞，老是聽到壞消息。」

「啊！我的上帝！」基督山說，「您在交易所裡又栽了跟頭嗎？」

「不，那樁事我已經不覺得有什麼了，至少這幾天是這樣。這次牽涉到得里雅斯特的一家銀行倒閉的問題。」

「是嗎？您說的不會就是賈可布・曼弗里的那家銀行吧？」

「正是這樣。您想想，我和這位先生每年的業務往來達到八九十萬法郎，我都不記得跟他合作多少年了。從來沒有出過差錯，從來沒有拖延日期。像個王公大人一樣爽快付款……這次我預先墊支了一百萬給他，到頭來這個見鬼的賈可布・曼弗里卻延期付錢了！」

「真的嗎？」

「這種倒楣事簡直是聞所未聞啊。我向他支取六萬利弗爾，結果錢沒拿到，支票也被退了回來。另外我手裡還有一張他署的、本月底由他在巴黎的來往客戶支付的四十萬法郎的匯票。今天是三十號，我派人去取錢，嘿！好傢伙，那個代理人跑得連影子都不見了。再加上西班牙公債，我這個月底可過得真夠慘的。」

「西班牙那件事當真使您損失一筆錢嗎？」

「可不是，一下子損失七十萬法郎，就這麼回事。」

「怎麼會出現這種錯誤呢——像您這樣的一隻老狐狸？」

「唉！這是我妻子的錯。她夢見了卡羅斯逃回西班牙。而她是很相信夢裡的事的。按她的說法，這是一種磁性感應。她說她夢見的事就一定會發生。我也信了她的話，就同意她去投機。她有首飾箱和經紀人，她去投機，輸了錢。沒錯，那不是我的錢，而是她自己的錢。可不管怎麼說，您明白，當妻子的錢包少了七十萬法郎，丈夫總是有所察覺的。怎麼？難道這件事您沒聽說嗎？它早就鬧得滿城風雨了嘛。」

「是的，我也聽人說起過，但是我不瞭解詳情。而且，沒人比我更不瞭解交易所的事情了。」

「那您從來不投機嗎？」

「我！我怎麼會去投機呢？我管理自己的收入都已經焦頭爛額了。所以除管家之外，我還不得不雇了兩個人，一個跑腿，一個管賬。至於西班牙那件事，我想男爵夫人不是完全根據夢境，知道卡羅斯回國的吧！報上好像也提到過這事啊？」

「這麼說，您是相信報紙的啦？」

「我嗎，堅決不信報紙，我只是想像《消息報》是個例外，它刊登的消息都是電報傳送的可靠消息。」

「嘿，這就是難以解釋的地方，」鄧格拉司說，「卡羅斯逃回西班牙恰恰是電報傳送的消息。」

「這麼一來，」基督山說，「這個月您損失了將近一百七十萬法郎了？」

「不是將近，不多不少就是這個數。」

「見鬼！」基督山用同情的口吻說，「對於一個三等富翁來說，這可是一個很大的打擊啊。」

「三等！」鄧格拉司低聲下氣地說，「您這是什麼意思？」

「是這樣，」基督山繼續說，「我把富翁們分成三個等級：一等、二等和三等。凡是手頭有寶藏，在法國、奧地利和英國這種國家裡擁有礦產、田地、不動產，而且這種寶藏和財產的總數為一個億左右的，我稱之為一等富翁。凡是擁有大工廠、聯合企業、擔任總督、管轄公國，年收入達一百五十萬法郎，總資產在五千萬左右的，我稱之為二等富翁。最後，凡是資產分散在各種企業上的小股東，要取決於別人意志或偶然機會來賺錢，受不住銀行倒閉的影響，經不起時局急變的打擊——總之，設法盡可能投機，或需要受自然規律中大魚吃小魚定律的支配，全部虛實資本在一千五百萬左右的，我稱之為三等富翁。您的地位大概如此吧？不是嗎！」

「真該死，是的！」鄧格拉司回答說。

「再這樣繼續六個月，」基督山平靜地繼續說，「其結果是三等富翁就要垂死掙扎了。」

「哦！」鄧格拉司臉色蒼白地說，「這您說得也太快了點兒吧！」

「那我們就假定會有七個月吧，」基督山用同樣的口吻往下說，「告訴我，您是否想過這一點，一百七十萬的七倍差不多是一千二百萬……沒有？嗯！您也有道理，要是這樣想，您就再也不敢投資了，資金之於金融家如同皮膚之於文明人。我們還穿著多少有點奢華的衣服，那就是我們的信用。但人死時只剩一張皮。同樣，當您從交易所裡退出來的時候，您也只剩下那份去掉虛頭的真本錢了，那頂多不過是五六百萬吧。因為三等富翁實際只擁有表面財產的三分之一或四分之一，這就像行駛中的火車頭，全都是因為有煙霧籠罩著，看上去才多少顯得有些龐大。那麼！在構成您的真正資產的五或六百萬中，您已經損失了差不多兩百萬，而且您的資產總數和信用也都相應地受了損害。這就是說，按我剛才的比喻，就是說您的皮膚由於開始放血而被割開，再重複三四次，就會帶來死亡。嘿嘿！當心啊，親愛的鄧格拉司先生。您需要錢嗎？要不要我借給您一些？」

「您真是個蹩腳的計算家！」鄧格拉司大聲說，極力為自己辯解並掩飾自己的沮喪，裝出一副樂觀的樣子，「我還是有錢入帳的，我其他投機活動還是成功的。傷口流出去的血，也可以靠營養補回來嘛。雖然我在西班牙吃了敗仗，在的里雅斯特也損兵折將，但我的印度海軍截獲了幾艘大商船，我的墨西哥先遣隊發現了礦藏。」

「好啊，好啊！不過，傷口總是還在，再有一筆損失，傷口就又會復發的呢。」

「不會！因為我總是十拿九穩才做生意。」鄧格拉司拿出江湖騙子中吹噓自己本事的勁頭往下說，「只有三個政府垮台才能打倒我。」

「嗯！這樣的事也不是沒有過。」

「必須是發生饑荒。」

「請記住七年大熟七年災荒的那個故事。」

「或者，像法老時代那樣大海乾枯。而且即使遇到那樣的不測之變，還可以把船隻改成車輛。」

「這樣就太好了，祝賀您親愛的鄧格拉司先生，」基督山說，「我想我是弄錯了，您要列入二等富翁。」

「我想我有希望獲得這個榮譽，」鄧格拉司說，露出他那種刻板的笑容，這種笑容使基督山想到那些糟糕的畫家抹在廢墟上方的那種慘澹的月亮，「不過，既然我們在談論做生意，」鄧格拉司說，他很高興能有機會改變一下話題，「請告訴我，我能為卡凡爾康得先生做什麼。」

「太棒了，給他錢就是了。如果他在您的銀行裡開了一個戶頭，而您又認為那票據可靠的話。」

「太好了！今天早上他親自拿來一張憑票即付的四萬法郎的支票，由布沙尼神甫簽署，還有您的背書。您瞧，我當場就點了四十張鈔票給他。」

基督山點了點頭表示認可。

「另外，」鄧格拉司繼續說，「他給他兒子在我銀行裡開了個戶頭。」

「我可以問問他給他兒子多少錢用呢？」

「每個月五千法郎。」

「一年六萬法郎。真給我料到了，」基督山聳聳肩膀說，「這個卡凡爾康得太吝嗇了。靠每個月五千法郎，一個年輕人可怎麼過呀？」

「但是您也知道，假如這年輕人想多要幾千法郎的話……」

「可別透支給他，他老頭會堅決不認帳的。您不瞭解阿爾卑斯山南邊的百萬富翁，他們都是些徹頭徹尾的吝嗇鬼。是誰替他開設的付款戶頭？」

「哦！是福濟銀行，佛羅倫斯最好的銀行之一。」

「我不是說您會吃倒賬，我絕無此意。不過您要按信用證上的條款辦事。」

「這麼說，您不放心這個卡凡爾康得？」

「我？只要他簽個字，我會給他六百萬。老卡凡爾康得的家業，是我剛才跟您說過的二等產業，親愛的鄧格拉司先生。」

「他這樣有錢，卻不愛出風頭！我怎麼也不會想到他遠不止是一個少校。」

「您這已經是在恭維他了。正如您說的，他不注意儀表。我第一次見到他時，他給我的印象不過是個佩戴著兩塊肩章的落魄老中尉。但所有的義大利人都是這個樣，當他們沒有像東方聖人那樣大放光彩的時候，就酷似年老的猶太人。」

「他的兒子要好一些。」鄧格拉司說。

「對，他或許還有些靦腆。不過總的來說，我看他穿戴體面，我倒有些不安。」

「這是為什麼呢？」

「因為，據說您在我家裡見到他的那次，他是剛踏入上流社會。他以前跟一個很嚴厲的家庭教師一起出門旅行過，但從沒來過巴黎。」

「所有這些義大利貴族都習慣在同一階層之間通婚，是嗎？」鄧格拉司像是不經意地問道，「他們喜歡門當戶對的婚姻。」

「的確，通常他們都是這樣的。但卡凡爾康得是個怪人，他的行為特立獨行，我抑制不住要想他把兒子帶到法國來，是要讓他在這兒結門親事。」

「您相信是這樣嗎？」

「我確信如此。」

「您聽人提起過他的財產嗎？」

「聽到的不多，只是有些人說他有幾百萬，也有些人說他身無分文。」

「依您看呢？」

「我不應對您施力影響，這畢竟是我個人的看法。」

「那麼依您看……」

「依我看，所有這些年老的城市最高行政官，所有這些古代的雇傭兵隊長——因為卡凡爾康得曾統領過大軍，坐鎮幾省地方——我的意見是，他們的百萬家財都埋藏在秘密角落裡，只告訴長子這個秘密，並一代代傳給他們的長子，從他們枯黃乾癟的外貌就會知道，只要你一直盯著看就會發現。」

「對極了，」鄧格拉司說，「還有一個證據就是誰也沒見過他們有一丁點兒地產。」

「至少是非常的少，我知道卡凡爾康得只有盧卡的那座大廈。」

「哦！他有座大廈！」鄧格拉司笑出了聲，「那已經挺不錯啦。」

「對，不僅如此，他把大廈租給了財政部長，而自己住在一間小房子裡。哦！我對您說過了，我相信這是個吝嗇的老頭。」

「行啦，行啦，您別再替他吹噓了。」

「聽著，我不太瞭解他。我想，至今只見過他三次。關於他的一切，都是布沙尼神甫和他自己告訴我的。今天上午他對我談起關於他兒子的計畫，還說卡凡爾康得不願意讓他的財產再沉睡在義大利了，那是一個死地方，他想找一個地方，要麼在法國，要麼在英國，使他的幾百萬生息。但請記得，雖然我極其信任布沙尼神甫，可是我擔保不了什麼。」

「沒關係。謝謝您給我推薦的顧客，在我的登記冊上，寫上這個名字是非常光彩的事，我跟我的出納主任解釋過卡凡爾康得家族的背景，他也深以為榮。對了，下面提一下簡單的問題，當這種人給兒子娶親時，會給兒子財產嗎？」

「噢，那得看情形而定。我認識一位義大利親王，富得像一座金礦似的，是托斯卡納最高貴的家族之一。要是他的兒子娶親符合他的意願，他給了他們幾百萬，要是兒子們的婚姻他不滿意，就只給他們三十個埃居一個月。要是安德里按照他父親的意願完婚，他或許會給他一百萬、兩百萬，或是三百萬。假設新娘是銀行家的女兒，他就可以在他親家翁的銀行裡投資得點好處。再假設，那個未來媳婦不中他的意。少校會拿起鑰匙，把他的銀箱牢牢地鎖上，於是安德里先生就只有像巴黎紈綺子弟一樣，靠弄紙牌和擲骰子來過活了。」

「這個小夥子會找位巴伐利亞或者秘魯的公主，他既想要地位又想要財富。」

「不，阿爾卑斯山那邊的這些名門望族往往娶上平民女子，他們就像朱庇特[33]，他們喜歡跟凡人通婚。哦！您難道想跟安德里攀親，親愛的鄧格拉司先生，因為您向我提出了那麼多問題？」

「說實話，」鄧格拉司說，「我看這筆生意挺不錯，而我本身就是個生意人。」

「我猜想不是拿鄧格拉司小姐做生意吧？您總不想讓阿爾培在可憐的安德里脖子上割一刀吧。」

「阿爾培！」鄧格拉司聳了聳肩膀說，「啊！是的，他不會在意這件事的。」

「可我聽說他跟令愛訂婚了。」

「是這麼回事，馬瑟夫先生和我，我倆曾經談起過這樁婚事。不過馬瑟夫夫人和阿爾培……」

「您不是對我說他們不般配吧？」

「是的！我看鄧格拉司小姐配馬瑟夫先生是不在話下的！」

「鄧格拉司小姐的嫁妝的確可觀，這我毫不懷疑，尤其是假如電報不再出什麼岔子的話。」

「哦！不要光談嫁妝，對了，順便問一句……」

「什麼？」

「為什麼沒邀請馬瑟夫一家赴宴？」

33. 羅馬神話中的神，也就是希臘神話中的最高天神宙斯。

「我邀請了他們，可是他說他要陪馬瑟夫夫人到第厄普去旅遊，因為人家建議馬瑟夫夫人到海濱去呼吸點新鮮空氣。」

「是的，是的，」鄧格拉司放聲大笑，「海邊空氣對她會有好處。」

「為什麼？」

「因為她年輕時就是呼吸的那種空氣啊。」

基督山沒有去在意這不懷好意的評價。

「但是不管怎麼說，」伯爵說，「即使阿爾培沒有鄧格拉司小姐富有，您總不能否認他出身名門吧。」

「算是吧，可我也挺喜歡自己的門第呀。」鄧格拉司說。

「那是自然，您的姓深孚眾望，而且加上貴族頭銜，增添了光彩。但是以您這樣的聰明人，您不會不知道，按照某些根深蒂固、難以克服的偏見，人們都認為一個有五世紀淵源的家族，比起一個才有二十年歷史的貴族來，門第還是要高得多的。」

「正因為此，」鄧格拉司說著，竭力露出譏諷的微笑，「我才寧可要安德里・卡凡爾康得先生，而不要阿爾培・馬瑟夫先生。」

「可我認為，」基督山說，「馬瑟夫家族是不會比卡凡爾康得家族遜色的。」

「馬瑟夫家族！……等一下，親愛的伯爵，」鄧格拉司說，「您是一個文明高雅的人，對嗎？」

「我想是的吧。」

「還有，您也懂紋章學吧？」

「略微懂一點兒。」

「那好！看看我的紋章的色彩，它要比馬瑟夫的紋章更有價值吧？」

「這話怎麼說？」

「因為，我雖然不是世襲的男爵，但我至少是姓鄧格拉司。」

「那又如何？」

「他卻不姓馬瑟夫。」

「怎麼會，他不姓馬瑟夫？」

「連一點邊兒也沾不上。」

「繼續說！」

「我這男爵是冊封的，所以我是個男爵，他是自封的伯爵，所以他根本就不是伯爵。」

「這不可能。」

「請聽我說，親愛的伯爵，」鄧格拉司繼續說，「馬瑟夫先生是我的朋友，或者說是三十年的老相識吧。我呢，您知道，我非常重視我的身分，但我從沒忘記我的出身。」

「這表明了一種極其謙遜，或者說極其自豪的態度。」基督山說。

「嗯！當我是個小雇員的時候，馬瑟夫還只是個漁夫。」

「那時候他叫什麼名字？」

「弗南。」

「只有弗南這個名字？」

「弗南・蒙台哥。」

「您確定沒錯？」

「這還用說！我從他那買過不少魚，我記得他。」

「那麼，您為什麼還要把女兒嫁到他家去呢？」

「因為，弗南和鄧格拉司兩人都是暴發戶，兩人都封了爵，都發了財，骨子裡大家是差不多。除了某些方面，有人提到他，但從來提不到我。」

「提到他什麼？」

「哦，沒什麼。」

「啊！是的，我明白啦。您的話使我想起了弗南・蒙台哥的名字。我在希臘時聽人說起過這個名字。」

「是跟阿里總督那件事有關的嗎？」

「不錯。」

「這始終是個謎，」鄧格拉司說，「我承認我寧願不惜代價，只要能揭開這個謎。」

「假如你真想知道，這並不是什麼難事。」

「怎麼會呢？」

「您在希臘大概有往來的銀行吧？」

「那當然！」

「跟亞尼納呢？」

「到處都有……」

「那麼，給您在亞尼納的往來銀行寫信，請他告訴您，一個名叫弗南的法國人在阿里・鐵貝林遇難的事件中扮演過什麼角色。」

「說得對！」鄧格拉司大聲說，急忙站起身來，「我這就寫信！」

「寫吧。」

「我馬上寫。」

「要是您得到什麼不名譽的消息……」

「我會告訴您。」

「非常感謝。」

鄧格拉司衝出房間，一溜煙就跑到了馬車跟前。

# chapter 67 檢察官的辦公室

我們暫且不理會坐車急駛而去的銀行家，來追蹤鄧格拉司夫人的出行。

前面說過，十二點半的時候，鄧格拉司夫人要了馬車，出門去了。她的車穿過聖・日爾曼路折入瑪柴林街，停在新橋上。

在奈夫巷口下車，穿過那條小巷。她身上的裝束非常簡單，像是一個上午出門的風雅女子身分。她在琪尼茄路搭乘一輛出租馬車，驅車到哈萊路。

一坐上馬車，她就從袋裡掏出一塊極厚的黑面紗，兜在寬邊草帽上。然後她重新戴上帽子，從一面小鏡子裡高興地看到，別人只能看到她白皙的皮膚和閃閃發光的眼珠。

出租馬車越過奈夫大道，從道芬廣場來到哈萊路上。她付了錢，車門打開了，鄧格拉司夫人就匆匆下車，輕盈地走上台階，隨即來到法院的休息室。

法院裡上午事務繁忙，人們更是勞碌奔波。沒人注意女人，所以鄧格拉司夫人越過大廳的時候，不比等候律師的另外十個女人更受人注意。

許多人擠在維爾福先生的候見室裡。但鄧格拉司夫人連姓名都無須通報。她一出現，一個傳達員便站起身，朝她走來，問她是不是檢察官先生事先約見的，得到她肯定的答覆後，就領她從一條秘密通道來到維爾福先生的辦公室。

檢察官坐在扶手椅裡，背對著門寫東西。他聽見房門打開，傳達員說「請進，夫人」和房門隨後關上的聲音，卻動也不動。但他一感到傳達員的腳步聲遠去，直至消失，便趕緊回過身，跑去鎖上門，拉好窗簾，仔細地檢查辦公室的每個角落。

待他確信不會被人看到和聽到，放下心來的時候，便說道：

「謝謝，夫人，謝謝您準時前來。」

說著他拉過一把扶手椅給鄧格拉司夫人，她馬上坐下了，因為她的心怦怦直跳，她感到快要窒息了。

「嗯，」檢察官說，也坐了下來，讓扶手椅轉了半圈，這樣他跟鄧格拉司夫人就是面對面了，他說，「夫人，我很久沒有這樣榮幸地跟您單獨交談了。不過我很抱歉，今天我倆見面，將要進行的是一場痛苦的談話。」

「可是，先生，您看，儘管這次交談對我肯定要比對您更加艱難，您一招呼，我還是來了。」

維爾福苦笑了一下。

「這麼說，」他說道，他的神情不像是在對鄧格拉司夫人說話，而像是在回答自己的想法，「確實如此，我們的種種舉動都在我們的人生道上留下了它們的痕跡——有的憂傷無光，有的快樂！確實，我們在人生道上的每一個腳步都像在一片沙上爬行的昆蟲一樣——都留下了痕跡！唉！對許多人來說，這些痕跡是眼淚流成的。」

「先生，」鄧格拉司夫人說，「您想必理解我此刻的心情，對吧？請您寬恕我，多少罪犯經過這個房間都瑟縮發抖，羞愧難當，現在輪到我滿含羞愧，渾身打顫地坐在這張椅子上了……哦！我需要喚起我全部的理智，才能不把自己看作一個罪孽深重的人，不把您看作一個咄咄逼人的法官。」

維爾福搖頭歎息。

「而我，」他說，「我卻在告訴自己，我此刻不是在法官的審判席上，而是在被告席上。」

「您？」鄧格拉司夫人驚愕地說。

「對，我。」

「我想，在您這方面，先生，您對自己太嚴刻了，把情形誇大了，」鄧格拉司夫人說，她的雙眼瞬間閃過光芒，「您剛才講到那種道路，都是狂熱的男男女女留下的。當我們沉溺在熱情裡的時候，除了快樂以外，總會感覺到些微懊悔，但您——你們男人，社會人士從來不會責怪你們，愈多受誹謗愈能抬高你們的身分——您為什麼要為那種事情擔憂呢？」

「夫人，」維爾福說，「您明白，我不是偽君子，或至少我從不毫無理由地自己欺騙。如果我神色凝重，那是因為許多不幸使它變得陰沉沉，假如說我的心堅硬如鐵，那是為了要經得住所受的打擊。「我在年輕的時候並不是這樣的。在訂婚的那一晚，當我們大家圍坐在馬賽高碌路侯爵府的桌子旁邊的時候，我並不是這樣的。但後來，我身上和我周圍的一切都大為變樣，我已習慣了勇於面對困難，已習慣於在鬥爭中摧毀那些有意或無意、自動或被動來擋在我路上的人，我的生命衰竭了。我們渴望的東西要從別人那裡得到，或者要從別人那裡奪過來，所以往往也受到他們的強烈阻撓。因此，人類的過錯，在未犯之前，總覺得自己有很正當的理由，是必需的，於是，在一時的興奮、迷亂或恐懼之下，過錯鑄成了，而在犯了過錯以後，我們才看到它本來是可以避免或逃避的。原先盲目得很，看不到本來能夠運用的好方法，如今在您看來既容易又簡單，於是我們就說：『我為什麼要這樣做而不那樣做呢？』女人卻正巧相反，女人很少受後悔的痛苦——因為決定很少來自你們那方面，你們的不幸通常總是旁人加到你們身上來的，而你們的過失幾乎總是旁人的罪。」

「但無論如何，先生，這一點您總該同意吧，」鄧格拉司夫人回答說，「如果我犯下過錯，儘管這個過錯是我個人的事，昨天晚上我也已經受到一次嚴厲的懲罰了。」

「可憐的女人！」維爾福握緊她的手說，「對您這麼纖弱的女子來說，這確實是太嚴厲了，因為您兩次差點被擊倒，但是……」

「怎麼？」

「嗯！我必須對您說……請鼓起您的全部勇氣來吧，夫人，因為您這條路還沒有走完。」

「我的上帝！」鄧格拉司夫人驚恐地喊道，「到底還有什麼事呢？」

「您只看到過去，夫人，誠然，那是很淒慘的。那麼，請設想更加陰慘慘的未來，一個……真正令人感到恐怖……說不定是慘不忍睹……的未來！」

男爵夫人瞭解維爾福一向沉著鎮定，他如此激動令她非常恐懼，張開嘴巴想喊，但這喊聲到了喉嚨口又停止了。

「這可怕的回憶，是怎麼重新給喚醒的呢？」維爾福大聲說，「它怎麼會從沉睡的墳墓深處和我們的內心深處像幽靈一樣冒出來，嚇白我們的臉頰，羞紅我們的額頭的呢？」

「唉！」露敏說，「只是碰巧罷了！」

「碰巧？」維爾福說，「不，不，夫人，絕沒有碰巧這回事！」

「噢，有的。造成這一切難道不是巧合嗎？不錯，這是天意。難道基督山伯爵不是碰巧買了那座房子？難道他不是碰巧去挖掘園地？後來，這個不幸的孩子難道不是碰巧埋在樹下嗎——我那可憐的無辜的孩子，我甚至吻都沒有機會吻過他，我為他流了那麼多的眼淚！啊，當伯爵說起他在花叢底下掘到我那寶貝的殘骸的時候，我的心已經跟著他去了。」

「喔！夫人，這就是我要告訴你的可怕的事情，」維爾福嗓音暗啞地說，「不，在花叢下面並沒有找到骸骨。不，孩子沒有掩埋。不，我們不該哭泣，我們不該呻吟。我們應該發抖！」

「您這麼說是什麼意思？」鄧格拉司夫人大聲說，不停地戰慄。

「我的意思是：基督山伯爵在樹叢底下掘土的時候，既沒有找到嬰兒的遺骨，也沒有找到箱子的金屬配件，因為樹叢下沒有，根本就沒有。」

「這什麼都沒有！」鄧格拉司夫人重複說，兩隻眼睛驚恐地睜得大大的盯著檢察官的臉，「真的什麼都沒有！」她又重複了一遍，彷彿要用自己的話音和聲調來抓住行將離她而去的思緒似的。

「沒有！」維爾福低下頭去，用手遮住臉，「沒有！根本什麼也沒有……」

「難道說您沒有將可憐的孩子埋在那兒的嗎，先生？那為什麼要騙我呢？您有什麼目的，說呀，您說呀！」

「孩子是埋在那兒的。不過請您聽我說，夫人，您就會可憐我。這二十年來我獨自一人承擔著所有痛苦，從沒有請您分擔過半分，但我現在不得不講了。」

「我的上帝！您說得多嚇人啊！可是沒關係，說吧，我聽著呢。」

「那個令人痛苦的夜晚，您奄奄一息地躺在床上，就是掛著紅緞窗幔的那個房間。而我，懷著幾乎跟您一樣焦渴的心情，等待著您分娩。孩子生下來了交到我手裡時一動不動，沒有呼吸，沒有哭聲——我們以為他死了。」

鄧格拉司夫人猛地動了一下，像是要從椅子上跳起來似的。

但維爾福握緊雙手的動作止住了她，好像懇求她注意聽下去。

「我們以為他死了，」他重複說，「我用一隻箱子代替棺材，將孩子放到裡面，我下樓到花園裡，在樹下挖了一個洞，匆匆把孩子放進去。我剛把土填上，那個科西嘉人的手臂便向我伸過來了，我似乎看到一條黑影跳起來，亮光一閃。我感到痛，我想喊叫，但一股冰一般的寒戰穿過我的血管，扼住了我的喉嚨，我昏死了過去，覺得自己已經被殺死了。當我醒過來以後，半死不活地爬到樓梯底下，您自己雖然極度虛弱，還是迎著我走來。

「我永遠忘不了您那種崇高的勇氣。面對這樣可怕的禍事，我們只好沉默不語。在奶媽攙扶下，您振作精神鼓足勇氣回到家裡。我假設由於跟人決鬥受了傷。雖然我們本來也不抱希望我們可以這樣保守住秘密，但我們的秘密卻終於保住了。我被帶到凡爾賽，和死神鬥爭了三個月。我終於保住了性命，醫生吩咐到南方休養。四個人跟著我從巴黎到夏龍，每天只走十八里路。維爾福夫人一路坐馬車跟隨擔架。到了夏龍以後，我就乘船從索恩河轉入羅納河，漂流而下，直到阿爾，我又被放到擔架上，繼續向馬賽前進。六個月過去了，我的傷才好轉，我始終聽不到您的消息，我也不敢向別人打聽您。當我回到巴黎的時候，我打聽到，您作為奈剛尼先生的遺孀，已經嫁給鄧格拉司先生了。

「我恢復知覺後，我的心裡所想的始終只有一樣東西——就是那個孩子的屍體，每一天夜裡，我都會夢見孩子的屍體從地底爬出來，在墳上翱翔，不斷用目光和手勢威脅我。我一回到巴黎，就立刻去打聽。自從我們離開以後，裡面就沒有人住，但它不久前剛租出去，租期是九年。我找到那個租戶，我騙他說我不希望我岳父母的房子歸屬他人手裡。我主動提出賠償，讓租戶廢除租約。他們要六千法郎。哪怕要一萬我也願意給，我是帶著錢去的。當場讓他簽署解除租約，一拿到解約文書，我就馬上疾馳到阿都爾。自從我離開以後，還沒有人進去過。

「下午五點鐘，我走進那個掛紅色窗簾的房間，等待黑夜的降臨。

痛苦。

「在這裡，在這一刻，在這一年裡無時無刻不在折磨著我的巨大痛苦都重回心頭，而且令我加倍

「那個科西嘉人，他曾宣稱要向我為親人復仇，他曾從尼姆跟蹤我到巴黎，那個科西嘉人躲在花園裡向我襲擊，曾看到我掘那個墳，曾看到我埋那個孩子，他可能終於瞭解到您的情況——不，他或許甚至在那時候已經知道了。他總有一天會威脅你，為了保守這個秘密而勒索您。當他發現我沒有被他一刀刺死的時候，這難道不是他最方便的報復方法嗎？當下最重要的事是儘快銷毀一切痕跡——我應該毀滅一切物質上的形跡，在我的頭腦裡，對於這一切所留下的記憶，已經是太真實了。

「我就是為了這個原因才要廢止那租約；我就是為了這個原因而來；我就是為了這個原因才在房間裡等待。

「夜幕降臨，但一直等到夜晚黑漆。在那個房間裡我沒有點燈。當風吹動門窗的時候，我似乎看到有人偷偷藏在帷幔後面。我似乎不斷聽到您在我身後的床上呻吟，我不敢回頭去看。我的心在靜寂中撲撲直跳，我想我的傷口即將裂開。終於，周圍的一切聲音都逐漸沉寂下來。我知道時間到了，不用再害怕什麼，沒有人會看到我，沒有人會聽到我，於是我就決定下樓到花園裡去。

「聽著，靄敏！我相信我的勇氣一同別人，但當我從上裝的胸袋裡摸出那把開樓梯門的小鑰匙——我們以前對那把小鑰匙曾這樣珍視，您還曾想把它套在金環上。當我打開那扇門，看到蒼白的月亮把一長條白光泄到那座像鬼怪似的螺旋形樓梯上的時候，我靠到牆上，幾乎害怕得大喊起來。我以為自己要喪失理智了。

「最後，我終於控制住自己。我一級一級地走下樓梯，但我膝蓋還是無法抑制地不停地抖動。我不得不抓住欄杆，要是我稍一鬆手，就會摔下去。

「我下樓來到門口，在門外的牆邊倚著一把鐵鏟，我拿起來走向樹叢，我手裡還提著一盞暗黃的燈，走到草坪中央時，我把燈點亮，燈光昏暗，但我繼續向前走去。

「那時正值十一月末。花園裡樹葉凋零，只剩下乾枯的樹枝，伸出瘦削的長臂，石子路上的枯葉在我的腳下索索作響。

「我滿心恐懼，當我走近樹叢的時候，我從口袋裡掏出一把手槍，上好子彈。我好像覺得時時在樹枝叢中看到那個科西嘉人的影子。

「我提著遮光燈籠去檢查樹叢，樹叢空蕩蕩。我四處看看，只有我一個人，四周寂靜無聲。貓頭鷹突然淒厲地啼叫著，像是在召喚黑夜裡的鬼魂，除了它的哀訴以外，再沒有別的聲音來擾亂夜的靜寂。

「我把燈籠掛到一條樹枝上，這就是一年前我挖墳墓的地方。

「夏天的時候，草已長得十分茂密，可是到了秋天，也沒有人去割除它。但那一塊草稀疏的地方吸引起了我的注意。這顯然就是我以前挖掘的地方。我開始工作起來。

「我期待了一年多的時刻終於到來了。」

「我用力地工作，抱著急切的希望，使勁地一鏟一鏟掘下去，期待著鐵鏟要碰到什麼東西！可是沒有，我什麼都沒有找到，我所掘的洞是以前那個的兩倍大。我想可能是自己記錯了地點。我轉回身來，望著樹叢，竭力認出給我留下印象的地方。一陣尖利的冷風呼嘯著穿過無葉的樹枝，可是汗珠卻從我的額頭上滾下來。我記起，正當我踩實泥土，封好墓坑時，我挨到了一匕首。我一面踏，一面扶著一棵假烏木樹。我的身後有一塊供散步時休息用的假山石。因為我的手剛離開假烏木樹，落下時感到了這塊石頭的冰涼。我看到右面是那棵樹，身後仍舊是那塊石頭。我站到以前那個地位，故意倒下去試一試。站起來，繼續挖土，擴大那個洞，可是我依舊什麼都沒有找到，什麼都沒有——那只箱子不見了！」

「那只箱子不見了？」鄧格拉司夫人喃喃地說，嚇得連氣都吐不出來了。

「千萬不要認為我只做了這一次努力，」維爾福說，「不。我挖遍了整個樹叢。我想，一定是那個兇手看到了箱子，以為裡面裝的是金銀財寶，想占為己有，就打算挖出箱子跑了；發現錯了以後，就另外又挖了個坑把它埋了；但我挖來挖去，還是什麼都沒有。忽然一個想法在我的頭腦中閃現，他一定不可能這樣謹慎行事，也許他乾脆把箱子往哪個角落裡一扔就算完事了。為了確定最後這個假設，我必須等待天明才能仔細搜索，我上樓回到房間等待。」

「哦！我的上帝！」

「當天亮的時候，我又走下樓梯去。我去察看那個樹叢。希望能找到一些在昨夜黑暗裡忽略的痕跡。我挖了二十多平方尺大的面積，挖下去兩尺多深。一個工人一天都無法完成的勞動量，我在一小時內完成了。但是什麼也沒有，根本沒有！

「於是我假設那只箱子被拋在某個角落裡，便開始去搜尋。它大概會在通向出口小門的路上，但這一次探索與昨晚一樣一無所獲，我心裡揪緊，又回到樹叢，雖然樹叢已不再給我任何希望。」

「哦！」鄧格拉司夫人喊道，「這已足以把您給逼瘋了。」

「我也希望如此，」維爾福說，「可是我沒有那麼幸運。我恢復體力以後，又思索起來：我問自己，那人為什麼要把屍體帶走呢？」

「您不是說過，」鄧格拉司夫人說，「那是為了把它當做證據嗎？」

「哎！不，夫人，不可能是這樣的。屍體不可能保存一年。他必須把它呈交給法官並提出證詞，然而這一切都沒有發生。」

「嗯！那麼又怎麼樣呢……」靄敏囁嚅著說。

「那麼，事情對我倆就要更可怕，更致命，更悲慘了！孩子或許還活著，而那個刺客救活了他。」

鄧格拉司夫人發出一聲可怕的喊叫，抓緊維爾福的雙手說道：

「我的孩子還活著！您把我還活著的孩子給埋了，先生？您沒有確定我的孩子已經死了，就把他埋了！哦！……」

鄧格拉司夫人立起身來，站在檢察官面前，她用纖細的雙手捏住他的手腕，咄咄逼人。

「我不知道！我只是這樣假定而已，本來我也可以不這麼說的。」維爾福兩眼呆瞪瞪地睜著，凝視的目光表明這個強有力的人物幾乎達到絕望和瘋狂的邊緣。

「哦！我的孩子，我那可憐的孩子！」男爵夫人喊道。她重又倒在了椅子上，用手帕捂住嘴嗚咽地抽泣著。

維爾福努力恢復了神志。他明白要改變即將遭受的這場母性風暴，必須儘快地讓鄧格拉司夫人也能明白到自己感受的這種恐懼。

「您得明白，假如事情果真如此，」他站起身來，而且走近男爵夫人，用更低的聲音對她說，「我們就完啦！那個孩子還活著，而且有那個人知道他活著，那個人手裡就掌握著我們的秘密。而既然那個孩子已經不在花園裡了，基督山卻對我們談起一個被掩埋的孩子，那麼是他掌握著這個秘密。」

「上帝啊，公正的上帝，有冤必報的上帝啊！」鄧格拉司夫人喃喃地說。

維爾福厲聲回應。

「可是那個孩子，那個孩子在哪兒呢，先生？」執著的母親又問。

「我曾經無數次尋找他！」維爾福緊握雙手回答。「有多少次我在漫長的失眠之夜呼喊他！您不知道我如何渴望自己能富比王侯，以便從一百萬人裡去買到一百萬個秘密在他們的秘密中找到我的秘密！終於，有一天，當我第一百次拿起那把鏟子的時候，我又再三自問，究竟那個科西嘉人把那個孩子怎麼樣了。一個孩子會妨礙一個逃亡者，或許他覺察到他還活著，就把他拋到河裡去了。」

「哦！不會的！」鄧格拉司夫人喊道，「他要殺您是為了報仇，但不會無動於衷地溺死一個嬰兒！」

「也許，」維爾福說，「他把孩子送進了孤兒院。」

「哦！對，對！」男爵夫人喊道，「我的孩子是在那兒！先生！」

「我趕忙來到孤兒院，瞭解到那天夜裡，也就是九月二十日夜裡，有人送來一個孩子，孩子裹在一張對半撕開的麻紗餐巾裡送去的，這半條西部餐巾上面有半個男爵的紋章和一個『靄』字。」

「對了，對了！」鄧格拉司夫人喊道，「我的餐巾上都有這種印記。奈剛尼先生是男爵，而我的名字叫靄敏。感謝上帝！我的孩子還活著！」

「對，他沒有死！」

「您也這麼說！您這樣說不怕我樂死啊，先生！他在哪兒？我的孩子在哪兒？」

維爾福聳聳肩膀。

「我哪裡知道哇？」他說，「假如我知道的話，我還會一步一步地推理，就像劇作家或小說家所做的那樣嗎？唉，不，我不知道。大概六個月以後，一個女人憑著另外那半張餐巾來要求把他領回去。這個女人所講的情形一點都不錯，孩子便讓她領走了。」

「那您就該打聽那個女人啊，應該去找到她呀。」

「您知道我是怎麼過問的嗎，夫人？我假借調查一件罪案，發動了所有最機警的密探和幹員去搜索她。一直追蹤她到夏龍，在夏龍就失去了蹤跡。」

「沒有找到她？」

「是的，沒有。永遠沒有。」

鄧格拉司夫人在聽這番敘述的時候，隨著情境的變換時而歎息，時而流淚，時而驚呼。

「就是這樣？」她問，「您就做到這些？」

「哦！不，」維爾福說，「我從來沒有停止搜索和探問。可是，這兩三年來，我有點放鬆了。但現在我當更堅忍勇猛地來重新調查。您看吧，我會成功的──因為現在驅迫我的不再是良心，而是恐懼了。」

「可是，」鄧格拉司夫人接著說，「基督山伯爵是全然不會知道的啊。否則，我看，他決不會像他所表現的那樣，跟我們結識。」

「喔！人心的歹毒是深不可測的，」維爾福說，「因為人的惡超過了上帝的善。當他對我們說話時，您注意到這個人的目光了嗎？」

「沒有。」

「那您總該仔細地觀察過他的舉止吧？」

「確定無疑，他只是有些古怪。只有一件事我感到挺驚訝的，就是他宴請我們的佳餚美味，他連動都沒動，他只是吃另外一個盤子裡的東西。」

「對，對！」維爾福說，「我也注意到了這一點。假如我當時就像現在一樣知道這些情況，我也會碰都不碰的，我簡直以為他想毒死我們。」

「可是事情明擺著，您想錯了。」

「當然是的。可是請相信我吧，這人一定有別的計畫。因此我想跟您見面，因此我要跟您談一次，因此要提醒您防範每個人，尤其是要防範他，告訴我，」維爾福兩眼直盯住男爵夫人的臉，神情更加專注地逼視著她問，「您沒有對任何人提起我們的關係嗎？」

「絕對沒有，從來沒有。」

「您得明白我的意思，」維爾福動情地說，「我說的任何人，請原諒我的固執，是世界上任何人，懂嗎？」

「是的，是的，我完全明白您的意思，」男爵夫人漲紅著臉說，「從來沒有！我發誓。」

「您沒有經常在晚上寫下白天發生的事情吧？您寫不寫日記呢？」

「不寫！唉！我的生活毫無價值，我只希望能把它忘了。」

「您不說夢話吧？」

「我睡著了便像個孩子，您不記得了嗎？」

男爵夫人臉上升起一陣紅暈，維爾福的臉色卻發白了。

「是這樣。」他低聲說，聲音剛能聽見。

「怎麼樣？」男爵夫人問。

「嗯！我知道我該怎麼辦了，」維爾福接著說，「八天之內我便會知道這位基督山先生是何許人，他從哪兒來，要往哪兒去，為什麼他要對我們說他在花園裡掘到孩子的屍體。」

維爾福說這些話時的口氣，如果伯爵聽到了，是會渾身哆嗦的。

然後，維爾福吻了一下男爵夫人不太情願地伸給他的那隻手，尊敬地把她送到門口。

鄧格拉司夫人乘上另一輛出租馬車，到新橋巷口下車，然後穿過小巷找到等候自己的馬車和車夫，車夫等候她時，在座位上安然睡著了。

# chapter 68 夏日舞會

就在當天，就在鄧格拉司夫人跟檢察官先生在他的辦公室做那次長談的時候，一輛敞篷旅行馬車駛進海爾達路，穿過二十七號宅邸的大門，停在院子裡。

過不久，車門打開，馬瑟夫夫人扶著兒子的手臂下了車。

阿爾培將母親送回房，就吩咐備水洗澡和套車，貼身男僕剛伺候他打扮停當，駕車駛向香榭麗舍林蔭大道基督山伯爵的府邸。

伯爵帶著慣常的笑容迎接他。奇怪的是，看來誰也不能在這個人的心裡和腦子裡使關係更深入發展一步。凡是想和他結為所謂「摯交」的人，會遇到一個無法通過的障礙。

馬瑟夫本來是張開雙臂向他跑去的，但一接近了他，儘管他的臉上帶著友好的笑容，還是垂下手臂，至多只敢向他伸出手去。

基督山呢，仍根據自己的習慣，只在對方的手上輕輕碰了一下，並不握緊。

「嗯！我來啦，」馬瑟夫說，「親愛的伯爵。」

「歡迎、歡迎。」

「我已回來一個小時了。」

「從第厄普來的嗎？」

「從特雷波爾。」

「噢，是。」

「我最先來拜訪您。」

「您真是太好了。」基督山用一種完全無所謂的口吻說。

「嗯！怎麼樣，有什麼消息嗎？」

「消息！您來問我這個外國人？」

「我問有什麼消息，意思是說您有沒有為我辦了什麼事？」

「您委託過我辦事嗎？」基督山做出不安的樣子問道。

「行啦，行啦，」阿爾培說，「別裝漠不關心了。據說感應能穿越距離。瞧！我在第厄普就感受到了電流的感應，您要是沒為我做什麼事，那至少也是曾經想到過我吧。」

「這倒有可能，」基督山說，「我確實想到過您。但我發出的磁性感應電流，不瞞您說，是獨立於我的意志的。」

「真的嗎？那請快告訴我是怎麼回事吧。」

「這很簡單，鄧格拉司先生到我家赴宴了。」

「這我知道，家母和我就是為躲開他才出去的。」

「但他跟安德里•卡凡爾康得先生共進了晚餐。」

「您的那位義大利王子？」

「別誇張。安德里先生只自稱子爵。」

「您說他是自稱？」

「是的，他自稱。」

「那麼他並不是子爵嗎？」

「哎！這我怎麼知道？他自稱子爵，我就稱他子爵，人家也這麼稱他；他這不就是子爵啦？」

「您真是怪人，好吧！那又怎麼樣呢？」

「什麼怎麼樣啊？」

「鄧格拉司不是來吃飯了嗎？」

「是的。」

「還有您的安德里・卡凡爾康得子爵？」

「還有安德里・卡凡爾康得子爵，他的父親侯爵先生，鄧格拉司夫人，維爾福先生和夫人，都是些可愛的人兒，還有狄佈雷先生，瑪西米蘭・摩賴爾，還有誰來著……讓我想想……噢！夏多・勒諾先生。」

「提到我了嗎？」

「絕對沒有。」

「那算了。」

「此話怎講呢？我還以為，如果大家都把您給忘了，這樣做不正合您心意嗎？」

「親愛的伯爵，要是大家嘴上都不提到我，心裡卻老想著我，那麼我就大失所望了。」

「那有什麼關係，只要這些想著您的人中間沒有鄧格拉司小姐不就行了？啊，不錯！她可以在家惦記著。」

「噢！要說這個呀，絕對不可能，我敢這麼肯定。如果她想到我，那麼准定跟我想到她的情況一樣。」

「絕妙的心靈感應！」伯爵說，「這麼說你們倆相互憎恨啦？」

「您聽我說，」馬瑟夫說，「如果鄧格拉司小姐心存憐憫，不想我為她犧牲，並且以拒絕與我結婚作為獎勵，那對我就十分合適了。一句話，鄧格拉司小姐可以做一個可愛的情婦，但做太太，糟透了！」

「這麼說，」基督山笑著說，「您對您的未婚妻就是這樣的看法嗎？」

「是的，有點不謹慎，不錯，但至少是正確的。可是這個夢是無法實現的，因為鄧格拉司小姐一定會成為我的太太——就是說讓她跟我生活在一起，在我身邊思索，在我身邊唱歌，在離我十步內吟詩奏樂，而且這要延續我一生——我想起來就怕。我們可以拋棄一個情婦，但一位太太，天老爺！那又是一回事了。那是永久的——不論她在身邊或在遠處，總是永久的東西。永遠地守著鄧格拉司小姐，哪怕遠遠守著，都是很可怕的。」

「您這人可真挑剔，子爵。」

「對，因為我希望能實現一件不可能的事。」

「什麼事？」

「為自己找到一個伴侶，就像家父以家母為終身伴侶那樣。」

基督山臉色發白了，他望著阿爾培，手裡卻擺弄著幾支精緻的手槍，把槍簧扣得連連作響。

「那麼，令尊是個幸福的人嗎？」他說。

「您知道在我心裡永遠的分量，伯爵先生：一個天使，您看到了她風姿依舊，為人風趣，心地善良。換作別的兒子陪他的母親到的黎港去住四天，他就會覺得枯燥、厭煩，可是我陪了她四天，卻比陪伴瑪琵仙后[34]或狄達妮亞仙后[35]更滿意、更寧靜、更富於詩意。」

「這種完美真是可望而不可即了。您讓所有聽到您介紹的人心甘情願的一輩子單身了。」

「可不是，」馬瑟夫接著說，「要知道世界上有十全十美的女子，所以我才並不急於想娶鄧格拉司小姐。您一定注意過我們出於自私的想法，把屬於我們的東西想像得無比燦爛嗎？在珠寶店的櫥窗裡閃閃發光的鑽石，當它到了我們自己手裡的時候，光彩就更燦爛了，如果事情明顯不過，您必須承認，還有色澤更純粹的鑽石，而您只能永遠戴一顆不算最好的鑽石，您知不知道那會發生多大的痛苦？」

「真愛攀比啊！」伯爵喃喃地說。

「所以，假如歐琴妮小姐發覺我是個無足輕重的小子，我這不到幾十萬法郎的家當跟她的百萬家財也是不能相提並論，可我很知足。」

基督山微笑了一下。

「我還想到過另一個計畫，」阿爾培繼續說，「弗蘭士喜歡稀奇古怪的東西。我想使他愛上鄧格拉司小姐，但雖然寫了四封最富於誘惑力的信，他總是一成不變地回答：『我很古怪，不錯，但我的古怪還不至於要食言。』」

「難道這就是我所謂的真誠友誼囉。將自己只願做情婦的女人推給朋友。」

阿爾培笑了笑。

---

34. 民間傳說中的仙女，莎士比亞戲劇《羅密歐與茱麗葉》中有詳細描寫。
35. 莎士比亞戲劇《仲夏夜之夢》中人物。

「順便說一句，」他繼續說，「這位親愛的弗蘭士就要回巴黎了，不過這跟您沒多大關係，因為我覺得您並不喜歡他，是嗎？」

「我！」基督山說，「哎！我親愛的子爵，您如何知道我不喜歡弗蘭士先生呢？所有的人我都喜歡。」

「那我也包括在這『所有的人裡面』囉……謝謝。」

「喔！千萬不要誤會，」基督山說，「我是按上帝要我們像基督那樣愛我們的鄰居的方式去愛別人的，但我也有少數幾個極其痛恨的人。我們還是回頭來談弗蘭士・伊辟楠先生吧。您說他就要回來了？」

「對，維爾福先生叫他趕快回來的，這位先生看來也急著要把凡蘭蒂小姐嫁出去，就像鄧格拉司先生急著要把歐琴妮小姐嫁出去一樣。一旦女兒大了做父親的壓力也就大了。我看哪，他們想必急得血壓升高，脈搏跳到每分鐘九十次，直至擺脫了她們。」

「可是，人家伊辟楠先生就不像您。他受這份罪並沒有怨言啊。」

「還不止如此，他是相當認真的，他戴著白色綬帶，把對方當做自己的家人。而且，他對維爾福先生夫婦非常尊敬。」

「他倆是值得這麼尊敬的，是嗎？」

「我想是的。維爾福先生在人們心裡真是一個嚴厲而執法如山的人。」

「好極了，」基督山說，「現在總算有一個人，您對他不像對可憐的鄧格拉司先生那樣無情了。」

「或許這是由於我要被迫娶他女兒的原因吧。」阿爾培說著哈哈大笑起來。

「說真的，我親愛的先生，」基督山說，「您這麼自負可真叫人受不了。」

「自負？」

「是的，您相當自負。來支雪茄吧。」

「好的。可我怎麼自負啦？」

「因為您在這裡為自己找藉口，要抗拒同鄧格拉司小姐結婚。哎！我的上帝！這事兒您就聽其自然吧，說不定首先提出解除婚約的並不是您呢。」

「什麼！」阿爾培睜大雙眼說。

「想必人家，子爵先生，他們不會硬按著您的頭，強迫您結婚。來！說正經的，」基督山說著換了種語調，「您真的想毀約嗎？」

「我願意為這送出十萬法郎。」

「那麼，您高興吧。鄧格拉司先生準備出兩倍價錢來達到同樣的目的。」

「此話當真，我真的交了這種好運？」阿爾培說，他這樣說時禁不住額頭上掠過一道難以察覺的陰影，「可是，親愛的伯爵，鄧格拉司先生總是有他的理由吧。」

「啊！您終於顯露出驕傲和自私心了。好極了，我又是一個，他無情地用斧頭去劈別人的自尊心，而別人哪怕是用一根針去戳破他的自尊心時，他卻大喊大叫。」

「不是的！可我覺得鄧格拉司先生……」

「應該喜歡您，是嗎？嗯！鄧格拉司先生趣味低劣，這事已經定了，他更喜歡的是另一位……」

「誰？」

「我也不知道。您得細細觀察、細細研究，別放過任何蛛絲馬跡，這會對您有好處的。」

「好，我明白，聽我說，家母……不！不是家母，我說錯了，家父想舉行一次夏季舞會。」

「在這個時候開舞會？」

「夏季舞會現在挺時興的。」

「就算不時興，只要伯爵夫人願意，就會流行起來的。」

「不錯。您知道，這是純粹的跳舞會——凡是七月裡留在巴黎的人，這些道地的巴黎人。您願意負責邀請兩位卡凡爾康得先生嗎？」

「舞會定在哪天舉行？」

「星期六。」

「老卡凡爾康得先生那時就離開了。」

「可小卡凡爾康得先生還在。您能邀請小卡凡爾康得先生一起來嗎？」

「聽著，子爵，我並不瞭解他。」

「您跟他不熟？」

「對。三四天前我第一次見到他，我不能為他做擔保。」

「可您自己不是請他吃飯了嗎？」

「那又是另一回事了。他是一位好心的神甫介紹給我的，可神甫或許自己就上了當。您最好直接去邀請他，別對我說，是我把他介紹給您的。要不然，改天他娶了鄧格拉司小姐，您會指責我耍手段，要來跟我決鬥了。況且我不知道我是否會參加。」

「參加什麼？」

「您的舞會唄。」

「為什麼您不去呢？」

「首先，是由於您還沒有向我發出邀請。」

「我就是專程來邀請您的。」

「哦！您真太好了。不過我也可能脫不開身。」

「只要我對您說出一件事，您會排除一切障礙賞光，為我們作出犧牲的。」

「說說看吧。」

「家母懇請您去。」

「馬瑟夫夫人？」基督山不禁一顫。

「是的！伯爵，」阿爾培說，「我告訴過您，馬瑟夫夫人有話是從不瞞我的。如果您沒有感覺到我剛才對您談起的感應神經在自己身上顫抖，這是因為您完全缺乏這些神經，因為那四天裡我們除了談您，簡直就沒談別的事情。」

「你們談論我？我真有些受寵若驚了。」

「您聽著，您有著獨特的地位，您的這種地位使您獲得這個優先權。」

「哦！我在您母親眼裡也是一個問題？說實話，我還以為以她的理智明達，是不會這麼喜歡幻想的呢！」

「親愛的伯爵，對所有的人、不論是我母親還是別的人，您都是個問題，沒人能猜透，您依舊還是一個謎，所以您盡可放心。家母老是問，您怎麼這樣年輕。我相信，G伯爵夫人雖然把您比作羅思文勳爵，而家母卻把您看做卡略斯特洛[36]或聖日爾曼伯爵[37]。您一有機會就可以證實她的見解，這對您會

36. 十八世紀義大利著名騙子，後被判終身監禁。
37. 十八世紀法國冒險家，為法王路易十五從事各種政治陰謀活動。

很容易，您有前者的點金石和後者的智慧。」

「多謝您的提醒，」伯爵微笑著說，「我一定做好準備來應付大家的猜測。」

「星期六您來嗎？」

「當然，既然是馬瑟夫夫人請我。」

「很榮幸。」

「鄧格拉司先生會去嗎？」

「喔！他們一家三口都在受邀之列，是家父去請的。我們也盡力邀請那位高貴的維爾福先生，但我們對此並不抱很大希望。」

「俗話說得好，『永遠不要失去希望』。」

「您跳舞嗎，親愛的伯爵？」

「我嗎？」

「對，您。您跳舞有什麼大不了的呢？」

「啊！沒錯，要是我還不到四十……不，我不跳舞，不過我喜歡看人跳舞。那麼馬瑟夫夫人呢，她跳舞嗎？」

「也從來不跳，你們倒是可以聊天，她很希望跟您談談！」

「真的？」

「我用名譽擔保！我還可以告訴您，我母親沒對其他男人表現出如此的好奇心。」

阿爾培拿好帽子，起身告辭。伯爵一直把他送到門口。

「有件事我要責備自己。」走到台階前，伯爵拉住他說。

「為什麼呢？」

「我很冒昧，我真不該和您講起鄧格拉司先生。」

「正好相反，您一定要對我多多提起他，常常提到他，總是提到他，而且用同樣的方式。」

「好！這我就放心了。順便問一下，伊辟楠先生還有幾天到啊？」

「最多五六天。」

「那他什麼時候結婚啊？」

「等聖米蘭先生夫婦一到就會結婚。」

「他回到巴黎後，請把他帶來。儘管您說我不會喜歡他，我還是要告訴您，我倒很高興見到他。」

「好的，您的吩咐會得到執行的，閣下。」

「再見！」

「星期六見，說定了吧？」

「當然！一言為定。」

伯爵目送阿爾培離去，一面揮手向他致意。等阿爾培乘上了敞篷馬車，基督山轉過身來，發現伯都西奧站在他背後。

「怎麼樣啊？」他問。

「她上法院去了一次。」管家回答說。

「在那兒待了多久呢？」

「一個半鐘頭。」

「她已回到家裡？」

「直接回的家。」

「好吧！親愛的伯都西奧先生，」伯爵說，「我現在給您出個主意，就是到諾曼第去看看，是否找得到我對您說過的那一小塊土地。」

伯都西奧鞠躬退下，因為他接到的這項命令恰中他的心意，所以他連夜就出發了。

# chapter 69 調查

維爾福先生為了對鄧格拉司夫人信守諾言，而且尤其為了自己，著手偵查基督山伯爵先生是怎麼會知道阿都爾別墅的那段往事的。

他當天就寫信給一位名叫波維勒的先生，此人以前當過監獄長，並跟高一級的保安局有聯繫。對維爾福先生想要瞭解的情況，這位波維勒先生請求給他兩天時間，以便獲得準確的有關消息。

兩天過後，維爾福先生收到如下的呈函：

基督山伯爵有兩個密友，一個是威瑪勳爵，是一個有錢的外國人，有時能在巴黎見到這位爵士，眼下爵士正在巴黎；另一個是布沙尼神甫，是一個在東方廣行善事、頗得該地人士稱譽的西西里教士。

維爾福先生回信吩咐，關於這兩個外國人要立即打聽到最準確的消息。第二天晚上此事即已辦妥，他收到如下的報告：

神甫抵巴黎已達一月，住在聖・蘇爾菲斯教堂後面的一座小房子裡，那座房子是租的，只有上下兩層，一共四個房間，樓上兩個，樓下兩個，只有他一個房客。

樓下的兩個房間一間是餐廳，有桌子一張，椅子數把，胡桃木碗櫃一隻；另一個是客廳，護壁板漆成白色，沒有裝飾、地毯和掛鐘。神甫顯然只限於購置絕對必需的用具。

神甫很喜歡樓上的那個起坐間，這個起坐室陳設著神學典籍和羊皮書。這一個月來，他常常埋頭在書堆裡，說到這個起居室實際上還不如說它是個書齋。

那個男僕從門上的小窗觀察來客，假如來者的面孔他不認識或不喜歡，就回答說神甫不在巴黎，許多人知道神甫常常出遊，有時長期在外，會滿足於這樣的答覆。

而且，不論是否在家，不論在巴黎或開羅，他總是施捨，而小窗就用作施捨的傳遞窗口，僕人以他主人的名義不斷分發。

書齋旁邊另外那個房間是寢室。全部傢俱只有一張沒有帳子的床、四把圈椅和一隻鋪黃色天鵝絨厚墊的睡榻。

至於威瑪勳爵，他住在聖・喬琪街。他是一個英國遊歷家，這些英國人在旅行中會揮霍掉他們的家產。他的房子和傢俱都是租的，白天只在那裡逗留幾個鐘頭，極少在那裡過夜。他的怪癖是絕對不想講法語，但所寫的法文卻極其純正。

檢察官先生收到這份重要情報之後的一天，就有個人驅車來到費洛街轉角處下車，走去敲一扇漆成橄欖綠色的門，要見布沙尼神甫。

「不在家，神甫先生一早就出門了。」聽差回答說。

「這個答覆不能應付我，」來人說，「因為對於派我前來的那個人，是沒人會說自己不在家的。請通知布沙尼神甫……」

「我已經跟您說了，他不在家。」聽差仍這麼回答。

「那麼等他回來的時候，請把這張名片和這封密信交給他。今晚八點，神甫會在家嗎？」

「喔，毫無疑問，先生。但如果神甫先生在工作，那也就只能當做他出門了一樣。」

「今晚我會在八點再來。」來人說。

說完他就走了。

果然，在約好的時間，這個人還是坐著同一輛馬車來到，但這一回馬車並不是停在費洛街的轉角上，而是停在綠門的跟前。他一敲門，門就開了，他走進屋去。

看到僕人對他恭恭敬敬，他看出那封信已發揮了作用。

「神甫先生在家嗎？」他問。

「在家，他正在書房恭候您。」聽差回答說。

來客走過一座陡峭的樓梯，一個大燈罩將燈光聚集在桌面上，而房間的其他地方則處於黑暗中，他在桌子前面看到神甫，看出神甫穿著一件和尚長袍，頭上戴著中世紀學者所用的那種頭巾。

「幸會，我想我是在和布沙尼先生說話吧？」來人問道。

「是的，先生。」神甫回答說，「您想必就是前監獄長波維勒先生以員警總監先生名義派來的人吧。」

「正是，先生。」

「在巴黎保安局任職的一個密探？」

「是的，先生，」來客略微猶豫了一下回答說，臉也略微有些紅了。

神甫扶了扶那副大眼鏡，眼鏡不僅遮住了他的眼睛，而且連顴骨也遮住了，他重又坐下，並示意來人也就座。

「我洗耳恭聽，先生。」神甫帶著很明顯的義大利口音說。

「我所負有的使命，先生，」來客說，他斟酌每一個字，彷彿難以吐出，「無論是對執行這項使命的人，還是對這項使命的被執行人，都是機密的。」

神甫欠了欠身。

「是的，」陌生人接著說，「您正直的大名，神甫先生，總監早就景仰，他作為行政人員，希望到您這兒來打聽一點有關公共安全的消息。我正是以公共安全的名義被派到您這裡來到的。希望友誼的聯繫或人情上的考慮不會使您掩飾事實的真相。」

「先生，只要您迫切希望知道的事絲毫不致引起我良心的不安。我是個教士，先生，比如說人們在向我懺悔時所講出來的秘密，那就必須留待我去到上帝的法庭解決，而不是由我去和人類的法庭解決。」

「噢！您放心吧，神甫先生，」陌生人說，「我們無論如何會讓您問心無愧。」

聽他說這話時，神甫把靠近自己那邊的燈罩壓低了一些，翹起反方向的燈罩，完全照亮生客的面孔，而他自己仍留在暗處。

「對不起，神甫先生，」員警總監的使者說，「這燈光有些太刺眼了。」

神甫把綠燈罩壓低一些。

「現在，先生，我洗耳恭聽，說吧。」

「我這就說到正題了。您認識基督山伯爵先生嗎？」

「我猜您想說柴康先生吧？」

「柴康……這麼說他不叫基督山了！」

「基督山是一個地名，或者不如說是島名，而不是姓。」

「呃，那好吧，咱們別咬文嚼字，既然基督山先生和柴康先生是同一個人……」

「肯定是同一個人。」

「那咱們就談談柴康先生吧。」

「好的。」

「我剛才問您是不是認識他。」

「我跟他有密切交往。」

「他到底是什麼人呢？」

「他是馬爾他一個富有的船主的兒子。」

「對，這我知道，大家都這麼說。但您明白，警方不會接受『人人說』這樣的消息。」

「可是，」神甫帶著親切的笑容說，「當『人人說』的有的就是事實的時候，誰都必須相信——別人得相信，就是警方也不能例外啊。」

「您對自己的話信心十足嗎？」

「什麼！您這麼問是什麼意思啊！」

「請您注意，先生，我毫不懷疑您的誠實。我只是問您：是不是有足夠的信心？」

「您聽著，我認識他的父親老柴康先生。」

「哦！哦！」

「是的，我在孩提時有著不多十次跟他的兒子在造船廠裡玩耍。」

「那麼這個伯爵頭銜是哪兒來的呢？」

「您知道，這是允許花錢買的。」

「在義大利嗎？」

「哪都可以。」

「那麼大家常說的所謂家資龐大……」

「哦！要說這個嘛，」神甫回答說，「用不可斗量更為恰到好處。」

「您既然跟他很熟，那麼您認為他有多少財產呢？」

「噢！他每年的收益大概有十五萬到二十萬利弗爾。」

「啊！這還在情理之中，」來人說，「有人說有三四百萬！」

「每年二十萬利弗爾收益，先生，本金就是四百萬囉。」

「可他們說是三四百萬收益哪！」

「哦！這是難以置信的。」

「您知道他那個基督山島嗎？」

「當然知道。凡是從巴勒莫、那不勒斯或羅馬經海道回法國的人，沒有不知道的，因為要從這個島旁經過，能親眼目睹。」

「按有些人的說法，那是個很有趣的地方呢。」

「實際上那是一塊大岩石。」

「那麼伯爵為什麼要買下一座岩礁呢？」

「就為要當伯爵唄。在義大利，誰要成為伯爵，他就必須擁有伯爵領地。」

「您想必聽說過柴康先生年輕時的冒險經歷吧。」

「那位父親的？」

「不，他的兒子的歷險。」

「啊！他這時期的情況我就不大清楚了，因為那段時間我一直沒見到這位朋友。」

「他去打過仗嗎？」

「我想他當過軍人。」

「在什麼軍種啊？」

「海軍。」

「哦，您是他的懺悔神甫嗎？」

「不是，先生，我認為他是一個路德教徒。」

「什麼，路德教徒嗎？」

「我是這樣想的，但我沒肯定。況且，我相信在法國早就有信仰自由吧？」

「這是當然，正是如此，對於他的信仰我們並不十分關切，我們關注他的行動。以員警總監的名義，我請求您把您所知道的關於他的一切都告訴我。」

「大家認為他是一個極其友好的人。我們的教皇封他為基督騎士，這是只有親王才能獲得的恩惠。可是由於他對東方的基督教發展功勞顯著，他還有五六種尊貴的勳章，都是東方諸國國王報答他的紀念品。」

「這些勳章他戴不戴啊？」

「不戴，但他引以為榮。他說過，他喜歡的是給人類造福者所贈送的褒獎，而不是給人類毀滅者所贈送的犒賞。」

「這個人是個教友派教徒嗎？」

「沒錯，他是教友派教徒，不過他不戴那種大帽子，也不穿栗色修士服。」

「他有朋友嗎？」

「有，只要認識他的人都是他的朋友。」

「他究竟有仇敵嗎？」

「只有一個。」

「那人是誰呀？」

「威瑪勳爵。」

「他住在哪兒啊？」

「現在正在巴黎。」

「他能協助我的調查嗎？」

「他能給您一些寶貴的情況。柴康在印度的那會兒，他也在那兒。」

「您知道他的住址嗎？」

「就在安頓大馬路那一帶，但我不知道街名和門牌號。」

「您和這個英國人關係不好嗎？」

「我喜歡柴康，他卻仇恨柴康。因此我們關係冷淡。」

「神甫先生，您確信基督山伯爵在這次到巴黎來之前，從沒來過法國？」

「沒有，先生，他以前從沒來過這裡，因為六個月前他寫信給我，詢問一些他需要瞭解的情況。因為我不知道自己什麼時候回巴黎，就把他轉托給了卡凡爾康得先生。」

「是安德里？」

「不。是他的父親巴陀羅米奧。」

「很好，先生。現在我只有一件事要問您了，我以名譽、人格和宗教信仰的名義，要求您直截了當地回答我的問題。」

「請說吧，先生。」

「您知道基督山伯爵出於什麼目的買下阿都爾的別墅嗎？」

「當然知道，因為他告訴過我。」

「出於什麼目的呢，先生？」

「他想辦一所精神病院，像庇沙尼男爵在巴勒莫所辦的那所一樣。您知道那所精神病院嗎？」

「是的，先生，聞名遐邇。」

「那是件意義非凡的創舉。」

說完這句話，神甫就向陌生人躬了躬身子，讓對方明白，他想恢復中斷的工作。

來人大概是懂了神甫的意思，不然就是覺得問題提完了，總之，他站起身來。

神甫送他到門口。

「您為家人施捨從不吝惜錢財，」來人說，「雖然人家都說您很有錢，我冒昧贈送給您某些東西，請您轉給窮人。不知您是否願意接收這份捐獻?」

「謝謝，先生，我在一件事情上從不願意別人幫忙，就是我所做的善事由我出資。」

「但是……」

「這個決定是不可改變的。先生，盡力去找，總能找到。唉!有錢人走的路上，也有窮人擦肩而過啊!」

神甫打開門，又鞠了一躬，陌生人還了禮，走了出去。

馬車載著他直駛維爾福先生府邸。

一小時過後，馬車重又出發。這一回是駛向聖•喬琪街。馬車在五號門前停住。這裡是威瑪勳爵的住處。

那陌生人事先寫過信約見威瑪勳爵，爵士定在十點鐘見面。所以，當他在九點五十分到達時，僕人回答說威瑪勳爵還沒有回來，但他向來是嚴格守時和一絲不苟的，十點整一定會回來的。

來人等在客廳裡。客廳裡的佈置像其他一切連傢俱出租的客廳一樣。沒有什麼引人注意的地方。一隻壁爐，壁爐架上擺放著兩隻新式的瓷花瓶;一隻時鐘有一個張弓的小愛神;一面兩邊都刻花的鏡子——一邊刻的是《荷馬盲行圖》，另一邊是《貝利賽行乞圖》;灰暗色調的牆紙;傢俱上蒙著黑底紅花的裝飾布:這就是威瑪勳爵的客廳。

房間裡點著幾盞燈，每盞都有毛玻璃的燈罩，所以光線十分微弱，似乎特意照顧到員警總監的密使容易疲勞的眼睛。

經過十分鐘的等待以後，時鐘敲響十點了，敲到第五下，門開了，威瑪勳爵出現在客廳門口。

他的個子比中等身材略高，留著稀疏的褐色髭鬚，膚色很白，淺黃色的頭髮已經漸白。他的穿著帶有英國人的怪癖愛好——就是：一件一八一一年式的高領藍色上裝，上面釘著鍍金的紐扣；一件白色喀什米爾短絨呢背心和一條短了三寸的紫花布長褲，但有吊帶夾住，所以倒也不會滑到膝頭上去。

他進門的第一句話是用英語說的：

「您知道，先生，我是不說法語的。」

「我已聽說您不喜歡說我國的語言了。」員警總監先生的使者回答說。

「但您可以講法語，」威瑪勳爵接著說，「因為，雖然我自己不說，但我完全能聽懂。」

「對我來說，」來人也換成說英語了，「我講英語也相當流利，可以用這種語言交談，您別感到不方便，先生。」

「哈喲！」威瑪勳爵的這種聲調，是只有道地的大不列顛子民才用得來的。

員警總監的使者將介紹信遞給威瑪勳爵。威瑪勳爵帶著英國人慣有的冷淡態度把它看了一遍，隨後，他說：

「我明白，完全明白。」

於是，來人開始提問題。

那些問題和問布沙尼神甫的相差無幾。但由於威瑪勳爵的身分是伯爵的對頭，所以他的答案毫無保留，回答範圍要廣得多。他描寫基督山青年時代的生活，講到後者在二十歲的時候投入印度一個小王國的軍隊裡和英國人作戰；他，威瑪在那裡第一次遇到基督山，他們彼此攻打，在一次戰鬥中，柴康成了俘虜，被押解到英國並關在一艘囚犯船裡，但他找機會游泳逃走了。於是開始遊歷、決鬥和愛情的不斷的生活。希臘發生內亂，他加入希臘軍隊。正是在那次服役期間，他在塞薩利山上發現了一個銀礦，但他守口如瓶，不向任何人透露。納瓦里諾戰役以後，希臘政府控制了局面，他向國王奧圖要求那個區域的開礦權，開礦的優先權就給了他，他就此成為巨富。據威瑪勳爵的意見，他每年的收入達一兩百萬之多，不過，一旦礦藏枯竭，這筆財產也會突然耗盡。

「那麼，」來人問，「您是否知道他來法國有什麼目的嗎？」

「他有意進行鐵路投機生意，」威瑪勳爵說，「此外，因為他是個老練的藥物學家和同樣出色的物理學家，他發明了一種新的電報技術，他力圖推廣這項技術。」

「他每年的花銷大約有多少？」員警總監先生的使者問。

「哦！至多不超過五六十萬法郎吧，」威瑪勳爵說，「他是個守財奴。」

英國佬的話裡充滿仇恨，可又找不到他的缺點，就只能指責他吝嗇。

「關於他的阿都爾別墅您是否瞭解什麼情況？」

「當然知道。」

「嗯！您知道些什麼呢？」

「您是問他出於什麼目的買下這幢別墅嗎？」

「是的。」

「伯爵可是個投機家，遲早會把自己的家產都賠進他那烏托邦式的實驗裡。他認為在他所買的那座房子附近有一股溫泉，同巴尼里斯、羅春和卡德斯的溫泉媲美。他想把他的房子改成德國人所說的那種『寄宿療養院』。他已經把整個花園徹底挖掘過兩三遍，就想找到溫泉的源泉，但至今沒有成功，不久您會看到他將買下這房子附近所有的住宅。我討厭他，我希望他的鐵路、他的電氣急報、他的尋覓溫泉會弄得他傾家蕩產，我注視著他的所作所為，以便能幸災樂禍。」

「您為什麼跟他不合呢？」來人問。

「我恨他，」威瑪回答說，「他在英國時，曾經勾引過我一位朋友的夫人。」

「既然您恨他，為什麼不想辦法出出氣呢？」

「我已經和伯爵決鬥過三次，」英國佬說，「第一次用手槍；第二次用長劍；第三次用重劍。」

「那麼決鬥的結果如何啊？」

「第一次，他打斷了我的胳臂；第二次，他刺傷了我的胸部；第三次，造成我這個傷口。」說著英國佬翻下遮到耳朵的襯衫高領，露出一道鮮紅的新疤痕。這看上去是一個新傷。

「所以我把他看作死敵，」英國佬接著說，「他早晚會死在我的手裡的。」

「不過據我看，」員警總監的使者說，「您還沒有找到殺死他的辦法。」

「哈喲！」英國佬說，「我天天都在練習打靶，而且格里塞隔天就來這兒一次。」

來客所關心的問題都問完了，而且，看來英國人也不知道更多了。員警總監的使者站起身來告退，向威瑪勳爵鞠了一躬，威瑪勳爵用英國人那種僵硬的姿勢規規矩矩地還他一禮。於是他就告退了。

在這以後，當他聽到大門關上的聲音的時候，他回到寢室裡，他丟掉淺黃色的頭髮、暗紅色的鬍鬚、假下巴和傷疤，重新露出基督山伯爵那種烏黑的頭髮和珍珠般的牙齒。

至於回到維爾福先生府邸的那個人，也根本不是員警總監的密使，而是維爾福先生本人。

做過這兩次拜訪以後，檢察官有點放心了，雖然他並沒有打聽到可以放心的消息，但也沒有打聽到令他忐忑不安的消息，自從在阿都爾赴宴以來，他第一次安安穩穩地睡了一夜。

# chapter 70 七月的舞會

馬瑟夫先生在府邸舉行舞會的那個星期六，正趕上最熱的七月天氣。日月流轉，這一天終於來臨。晚上十點鐘，在伯爵府的花園裡，金色的繁星綴滿天空襯托著高大的樹木。風雨積蓄了一整天的力量，雷聲不斷，現在還有一抹輕霧仍在空中。

一樓的客廳裡，樂聲不斷，舞姿翩翩，輝煌的燈光透射出百葉窗。

這會兒，花園裡有十來個僕人正忙乎著，因為府上的主婦看到天氣轉好，就吩咐晚宴設在花園裡。之前主人一直猶豫不決，究竟應該在餐廳裡備席，還是在草坪上的涼篷下設宴。此刻這湛藍湛藍的星空已使草坪上的涼篷占了上風。

花園裡掛滿了彩色的燈籠，這是按照義大利的風俗佈置的，席面上佈滿了蠟燭和鮮花，像各國的習慣那樣，人人都能理解這種餐桌上的奢華，在各種各樣的奢華中，很難遇到這種最罕見的多方面的奢華。

馬瑟夫伯爵夫人最後吩咐過僕人，便走進客廳。這時正巧來了許多賓客，伯爵夫人的熱情好客比伯爵的高貴地位更吸引客人——因為由於美茜蒂絲的風格高雅，你一定可以在她的宴會上找到一些值得敘述，或甚至在需要的時候值得模仿的佈置方法。

鄧格拉司夫人正有些拿不定主意，要不要去參加馬瑟夫夫人府上的舞會，因為上文敘述的幾件事使她深感不安。恰巧這天早上她的馬車跟維爾福的馬車在路上不期而遇。維爾福對她做個手勢。等兩輛馬車挨近並駛時，透過車門，檢察官問：

「馬瑟夫夫人家的舞會您去不去？」

「我不想去，」鄧格拉司夫人回答說，「我身子很不舒服。」

「您錯了，」維爾福意味深長地看了她一眼說，「您應該在那兒露面，這非常重要。」

「噢！您這麼認為嗎？」男爵夫人問。

「是的，我這麼認為。」

「這樣來說，我還是去吧。」

說完，兩輛馬車就分道而駛了。所以，鄧格拉司夫人這會兒也來了。她不但人長得很美，而且首飾光彩照人。她進門時美茜蒂絲也從另一扇門走進客廳。

伯爵夫人當即讓阿爾培去迎接鄧格拉司夫人。阿爾培迎上前去，對男爵夫人的衣著打扮說了幾句得體的恭維話，挽住她的手臂，把她帶到他選中的座位上去。

阿爾培向四下裡望望。

「您在找我的女兒嗎？」男爵夫人笑吟吟地問。

「說真的，」阿爾培說，「您怎麼忍心不把她一起帶來呢？」

「別著急，她遇見維爾福小姐，就攙著她走在後面了。瞧，她倆穿著白色長裙，這就來了，一個人捧束山茶花，一個人捧束勿忘我草。哎，怎麼……」

「這回您要找什麼呢？」阿爾培笑吟吟地問。

「今晚基督山伯爵會不會來呀？」

「您是第十七個！」阿爾培說。

「您說什麼？」

「我是想說大家都關心這個問題，」子爵笑著說，「您是第十七個問這同一問題的人。伯爵一切很順利……我可真得祝賀他……」

「對所有人您都是這樣回答的嗎？」

「哦！真是，我還沒回答您呢。請放心，夫人，我們享有特權，這位大紅人一定會來。」

「昨晚您去歌劇院了嗎？」

「沒去。」

「他去了。」

「啊！真的嗎？這個怪人又做了什麼奇怪的事嗎？」

「當然了？昨天演的是《瘸腿魔鬼》[38]，伊麗莎跳舞的時候，那位希臘公主看得出了神。那一場卡秋茄舞跳完以後，他把一隻珍貴的戒指綁在一束花球上，拋給那個可愛的舞星，她在第三幕再次出場，手指上戴著那只戒指，向他表示敬意。對，那位希臘公主呢，她也來嗎？」

「不，她不會來了，因為她在伯爵府上的地位還不大明確。」

「好了，讓我待在這吧，您得去迎接維爾福夫人了，」男爵夫人說，「我瞧她正急著要跟您說

38. 十八世紀前後法國作家勒薩日的作品，這裡可能指根據原作改編的舞劇。

話呢。」

阿爾培對鄧格拉司夫人鞠了一躬，然後就向維爾福夫人走去，而她沒等他走近，就開口像要說什麼。

「我敢打賭，」阿爾培止住她說，「我猜得到您要對我說什麼。」

「喲！是嗎！」維爾福夫人說。

「要是我猜對了，您肯承認嗎？」

「承認。」

「當真嗎？」

「以名譽擔保！」

「您是要問基督山伯爵是否來了或者能不能來？」

「根本不是。眼下我關心的不是他。我是要問您有沒有收到過弗蘭士先生的信？」

「有啊，昨天就有。」

「他對您說了些什麼？」

「他發信時正起程回來。」

「好。那麼，伯爵呢？」

「伯爵一定會來的，您請放心。」

「您知道他除了基督山另外還有個名字嗎？」

「不，不知道。」

「基督山是一個島名，而他有家族姓氏。」

「這我可從沒聽他說起過。」

「這麼說我消息比你靈通，他叫柴康。」

「這完全有可能。」

「他是馬爾他人。」

「這也有可能。」

「是個船主的兒子。」

「哦！說真的，您本該大聲念出來，這樣您就可以大出風頭了。」

「他在印度當過兵，在塞薩利山開採一座銀礦，他來巴黎是想在阿都爾辦個溫泉療養院。」

「嗯！好極了，」馬瑟夫說，「這真是新聞！您允許我重複給別人聽嗎？」

「可以，但別一下子都捅出去。一件一件地，不要說出消息來源是我。」

「為什麼呢？」

「因為這可以說是一樁偶然發現的秘密。」

「誰發現的？」

「是警方。」

「那您這是……」

「是昨晚在總監家聽說的。您也猜想得到，巴黎人看到這不同尋常的奢華，印象強烈，所以警務部去調查了一下。」

「好啊！就差把伯爵當流浪漢給抓起來了，理由是他太富有了。」

「可不是，假如關於他的情況調查不是對他有利，這種事情確定無疑。」

「可憐的伯爵，他料到要經歷危險嗎？」

「我想不知道吧。」

「那麼，咱們得做做好事通知他一下。他一到我便這樣做。」

正在這時，一位眼睛明亮、頭髮烏黑、髭鬚光潤的英俊年輕人走上前來，莊重有禮地向維爾福夫人鞠了一躬。阿爾培朝他伸出手去。

「夫人，」阿爾培說，「我榮幸地向您介紹瑪西米蘭．摩賴爾先生，北非軍團騎兵上尉，我們優秀的、尤其是英勇無畏的軍官之一。」

「我在阿都爾的基督山先生府上已經有幸見到過這位先生了。」維爾福夫人說完，一面帶著明顯的冷淡轉過臉去。

這句答話，尤其是說話的口氣，削弱了可憐的摩賴爾的熱心。但他得到了一種補償。當他轉過身，看到一張美麗的白面孔出現在門口，表面上毫無表情的眼睛正盯著他，一束勿忘草慢慢升上她的嘴唇。

這種的姿勢摩賴爾十分明白，他的眼睛裡也含著同樣的表情，也將手帕湊在嘴上。於是，倆人像兩尊活的石像，心兒卻撲通直跳，彼此隔開在大廳兩端，一時忘掉了他們自己，或者準確點說，忘掉一切。

他倆這樣出神忘情地佇立凝望，即使持續再長些時間，也不會引起任何人的注意——因為基督山伯爵剛進客廳。

上文已經說過，要麼出於人為的威望，要麼出於油然而生的威望，伯爵在他露面的地方都很引人注意。那並不是因為他的著裝，他的上裝簡單樸素，在裁剪方面確實無可挑剔；也不是因為那件純白的背心；也不是因為那條襯托出一雙漂亮的腳的褲子——如果這些並不令人注目，那是他那無光澤的膚色，波浪起伏的黑髮，平靜而純潔的臉容；那一對這樣烏黑的抑鬱的眼睛，那一張輪廓清楚、易於表現高度輕蔑的嘴巴——無疑是引起大家注視的東西。

一定有比他更漂亮的人，可顯然不會有人比他更「意味深長」，假如可以用「意味深長」這個詞來形容表情的話。伯爵身上的每一件東西似乎都有其意義，因此他養成不做無所謂思索的習慣，所以一些無關緊要的動作，也會在他的臉上表現出無比的精明和剛強。

可是，巴黎社會是這樣的好奇，如果這一切裡面沒有以巨大財產鍍上金光的神秘故事，這一切或許還是不能贏得注意的。

在大家好奇的注視之下，伯爵肅然自若地一直往前走，跟大家交換點頭致意，同時向馬瑟夫夫人走去，馬瑟夫夫人站在擺著鮮花的壁爐跟前，從及鬧相對的鏡子裡看見了伯爵，正準備來接待他了。她轉過身來，在他向她鞠躬的同時，朝他矜持地笑了一笑。

她一定是以為伯爵會先跟她說話。而伯爵則以為她將先對他開口，結果兩人都沒開口，也許都覺得說些平庸的話未免對彼此都不合適。於是，基督山在鞠躬以後，走向阿爾培，他伸出手向基督山走來。

「您見過我母親了？」阿爾培問。

「我剛剛很榮幸地同她打過招呼了，」伯爵說，「但還沒見到令尊啊。」

「瞧！他正跟那一群名流雅士談論政治呢。」

「是嗎，」基督山說，「我瞧見的那幾位先生居然都是社會名流？您不說，我還真沒想到！他們是哪類名流？您知道，名流的種類可多著呢。」

「那邊，第一位，是一位學者——就是那個個子很高、看上去很瘦的人；他在羅馬的近郊發現一種蜥蜴，那種蜥蜴的脊椎骨比普通的多一節，他回來後將這個發現提交給法蘭西研究院。那件事情辯論了很長時間，但乾癟的高個老頭胸有成竹。我可以向您保證，那節脊椎骨在學術界著實轟動了一番，而那位先生，他本來只是榮譽軍團的一個騎士，就此晉升為軍官，還得了一枚一級十字勳章。」

「妙極了！」基督山說，「我覺得這枚十字勳章頒發得非常合理，要是他再多找到一節脊椎骨，就該給枚三級榮譽勳章囉？」

「大概是吧！」馬瑟夫說。

「另外那一位別出心裁地穿上綠絲線刺繡的藍衣服，不同尋常的人，會是誰呢？」

「穿這身衣服可不是他的念頭：那是法蘭西共和國的想法。您知道，共和國政府崇尚藝術，委託大畫家大衛[39]給法蘭西科學院院士設計一種制服。」

「哦！真的，」基督山說，「這麼說，那位先生是一位院士囉？」

「他一星期前剛加入這學者名流的行列。」

「他的貢獻，或者說他的專長是哪一方面呢？」

「他的專長？我相信，他能用小針戳進兔子的腦袋，能讓母雞吃茜草，還能用細絲挑出狗的脊髓。」

「他就是因為這些而當的院士嗎？」

「他就是院士。」

「法蘭西科學院跟這又有什麼關係呢？」

39. 大衛（一八七四至一八二五），法國著名畫家，同情法國大革命。

「我這就告訴您，原因是……」

「必定是他的這些實驗大大推動了科學的發展吧？」

「不是，而是因為他的文筆非常好。」

「這些話，」基督山說，「要讓那些給他戳過腦袋的兔子，那些骨頭給他染成紅顏色的母雞，還有那些讓他挑過脊髓的狗聽到了，牠們一定會很傷心的。」

阿爾培朗聲大笑起來。

「那一位呢？」伯爵問。

「哪一位？」

「喏，第三位。」

「噢！穿淡藍色衣服的那位？」

「對。」

「他是伯爵的同僚，他在不久之前曾強烈抵制讓貴族院議員穿制服的議案，原本他是一個自由主義派報紙的死對頭，但因為他在制服問題上反對朝廷的意思，使他與自由黨報紙握手言和。據說就要任命他當大使哪。」

「他有什麼資格進入貴族院呢？」

「他創作了兩三部喜歌劇，持有《世紀報》四五股的股份，為部長當選捧過五六次場。」

「說得好！子爵，」基督山笑著說，「您真是位可愛的講解員。現在請您幫個忙行嗎？」

「當然，什麼事？」

「請別把這幾位先生介紹給我，如果他們提出要結識我，您要提前告訴我一聲。」

這時，伯爵覺著有人把手按在他的胳膊上。他轉過臉，看見是鄧格拉司。

「噢！是您哪，男爵！」他說。

「您怎麼稱呼我男爵呢？」鄧格拉司說，「您知道我並不把頭銜當回事兒。這跟您不同吧，子爵。您很看重，是不是？」

「那當然，」阿爾培回答說，「因為我如果不是子爵，就一無所有了。可您呢，您丟掉了男爵頭銜，仍然是個百萬富翁。」

「我覺得那才是七月王朝裡最棒的頭銜。」鄧格拉司接口說。

「太不幸了，」基督山說，「百萬富翁可不像男爵、法國貴族或科學院院士那樣，可以終身保持，譬如說，法蘭克福的百萬富翁，法波銀行的大股東法郎克和波爾曼，可不久已宣告破產。」

「這是真的嗎？」鄧格拉司問道，他的臉色變白了。

「絕對沒錯，我今晚剛收到一份郵件，得知這個消息。我也有一百萬存在他們的銀行裡。不過我事先就聽到過風聲，大約一個月前要回了那筆款子。」

「啊！我的上帝！」鄧格拉司說，「他們開過一張匯票讓我兌付二十萬法郎。」

「那麼，我得提醒您。他們的簽字只值百分之五。」

「是啊，可已經太晚了，」鄧格拉司說，「我支付了他們簽字的單據。」

「得！」基督山說，「這一下又損失二十萬法郎，加上……」

「噓！」鄧格拉司說，「別談論這件事……」他又湊近基督山說，「更加不能當著小卡凡爾康得先生的面說，」銀行家添上說，說這句話時，他微笑著轉向年輕人那邊。

馬瑟夫撂下伯爵去跟他母親說話。鄧格拉司也撂下伯爵去跟小卡凡爾康得打招呼。基督山此刻是單獨一人。

室內悶熱異常。

僕人們托著擺滿水果和冰鎮飲料的盤子，來往穿梭於大廳之中。

基督山用手帕擦拭臉上的汗水。但當僕人把托盤送到他跟前時，他往後退了一步，表示不想喝點東西涼快一下。

馬瑟夫夫人注視著基督山的一舉一動。她看到托盤端過去時，他一下也不碰，甚至還注意到了他往後退的那個動作。

「阿爾培，」她說，「您注意到了嗎？」

「什麼，母親？」

「伯爵總是不肯來馬瑟夫先生家赴宴。」

「是的，可是他在我那兒用過早餐，他正是通過這次早餐進入了社交界。」

「你的家並不是馬瑟夫伯爵的家，」美茜蒂絲喃喃地說，「他來這兒以後，我一直在觀察他。」

「嗯？」

「他什麼東西也不吃。」

「伯爵的飲食是很節制的。」

美茜蒂絲淒然一笑。

「您到他跟前去，」她說，「等下一次托盤送來時，您堅持讓他吃點東西。」

「為什麼呢，母親？」

「就照我說的去做吧，阿爾培。」美茜蒂絲說。

阿爾培吻了一下母親的手，走到伯爵身邊。

又一個托盤擺滿了東西端過來。她瞧見阿爾培在伯爵身邊一個勁勸他，甚至端起一杯冰鎮飲料要遞給他，但他執意不肯要。

阿爾培回到母親身邊，伯爵夫人臉色發白了。

「嗯，」她說，「您看見了，他拒絕了。」

「是的。可這有什麼讓您感到難過的呢？」

「您得知道，阿爾培，女人的心是很奇怪的，我看到伯爵在我的家裡吃些東西我會很高興的，即使一粒石榴也好。再說，或許他不適應法國人的習慣，或許這裡他沒有喜歡吃的東西。」

「噢，沒這事！我在義大利見過他什麼都吃，大概他今晚不舒服。」

「還有，」伯爵夫人接著說，「他也是常年生活在熱帶地區，說不定不像別人那麼怕熱。」

「我不這樣想，因為他剛剛抱怨悶死了。他還問，既然窗都打開了，為什麼不把百葉窗也打開呢。」

「可不是，」美茜蒂絲說，「有個方法能讓我瞭解到他這樣節食是不是故意的。」

說著她走出了大廳。

過一會兒，百葉窗全打開了，透過那些垂下素馨花和女萎草的窗口，看到整個花園被提燈照得通明雪亮，晚餐設在帳篷底下。跳舞的男男女女，玩牌和聊天的賓客，發出快樂的喊聲，人人的肺都愉快地呼吸著湧進來的新鮮空氣。

在這同時，美茜蒂絲進來了，她的臉色更加蒼白了，帶著她在某些場合表現出來的那種鎮定的表情。她徑直朝那群以她丈夫為核心的先生們走去。

「伯爵先生，別把這幾位先生困在這裡，」她說，「我想，他們就算不想玩牌，總也會覺得到花園裡去透透空氣，要比悶在大廳裡強些吧。」

「哎！夫人，」一個非常風流，在一八〇九年高唱《咱們去敘利亞》的老將軍說，「我們不願意單獨去花園哪。」

「好，」美茜蒂絲說，「那麼我來帶個頭。」

說著她轉過身來對著基督山。

「伯爵先生，」她說，「請賞光讓我挽住您的手臂好嗎？」

這樣簡單的一句話，卻使得伯爵幾乎踉蹌了一下，他半晌望著美茜蒂絲。這半晌其實像閃電掠過那麼快，但伯爵夫人卻似乎覺得有一世紀之久。在這一瞥裡，基督山投進了多少想法啊。

他把他的手臂遞給伯爵夫人。她挽起他的手臂，或者不如說她用小手輕輕挽著，於是他們一同走下那兩旁列著躑躅花和山茶花的台階。

在他們的後面，一個二十人左右的人群高聲歡呼著從另外一扇小門裡衝進花園。

chapter 71

# 麵包和鹽

在男伴的陪同下，馬瑟夫夫人走到綠葉覆蓋的走廊，兩旁栽滿椴木，小路一直通到溫室。

「大廳裡太熱了，是嗎，伯爵先生？」她說。

「是的，夫人。您吩咐人打開門和百葉窗，真是太周到了。」

說著，伯爵瞥見美茜蒂絲的手在顫抖。

「可是您，穿著薄長裙，脖子上也只圍著條紗巾，也許您覺得有點兒冷了呢。」他說。

「您知道我在帶您去哪兒嗎？」伯爵夫人問，迴避了基督山的問題。

「我不知道，夫人，」基督山回答說，「可您知道我並沒有抗拒。」

「到這裡去，您看，就在這條小路的那一頭。」

伯爵看了美茜蒂絲一眼，像是要問她什麼。但她一言不發，繼續走著，於是基督山也就不開口了。

兩人到了溫室。四周的果樹上結滿鮮美的果子。從七月初起，在這始終調好的溫度下，而不是在巴黎常常見不到的陽光下，便已經成熟了。

伯爵夫人放開基督山的胳膊，走過去摘下一串麝香葡萄。

「瞧，伯爵先生，」她苦笑著說，幾乎可以看到她的眼角冒出淚花，「瞧，我知道法國的葡萄沒法跟你們西西里和賽普勒斯的葡萄相比，您對北方可憐的陽光不會太苛刻的。」

伯爵鞠了一躬，往後退下一步。

「您拒絕嗎？」美茜蒂絲聲音發顫地說。

「夫人，」基督山回答說，「我請您原諒，但我從來不吃麝香葡萄。」

美茜蒂絲歎口氣，手裡的葡萄落到了地上。一顆好看的桃子掛在旁邊貼牆的果樹上，它們跟葡萄一樣都是靠人工調節的室溫成熟的。美茜蒂絲湊近這些毛茸茸的桃子，摘下一隻來。

「那麼嘗嘗這顆桃子吧！」她說。

但伯爵做了個同樣的拒絕的表示。

「哦！還是拒絕！」她帶著痛苦萬分的口氣說，可以感到這口氣把嗚咽強壓下去，「我真是太不幸了。」

接著是一陣長時間的沉默。那顆桃子，也跟那串葡萄一樣，滾落到了沙土上。

「伯爵先生，」美茜蒂絲終於又說，同時用哀求的目光望著基督山，「阿拉伯有一種動人的風俗，在同一個屋頂下面分享過麵包和鹽的人們，就會成為永久的朋友。」

「我瞭解這個風俗，夫人，」伯爵回答說，「但我們這是在法國，而不是在阿拉伯。而在法國，既沒有永恆的友誼，也沒有分享鹽和麵包的風俗。」

「可是無論如何，」伯爵夫人雙手近乎痙攣地抓緊伯爵的手臂，兩眼直盯住他的眼睛，激動地說道，「我們是朋友，對嗎？」

血液漲滿了伯爵的心臟，他的臉變得跟死人一樣白，然後血液從心臟湧向咽喉，把他的兩頰染得通紅；他的眼睛水汪汪的，像是突然暈眩的人一樣。

「我們當然是朋友，夫人，」他說，「再說，我們有什麼理由不做朋友呢？」

這語氣遠非馬瑟夫夫人所期待的，所以她轉過身去深深地歎了口氣，那聲音就像是呻吟。

「謝謝您。」她說。

說完，她就往前走去。倆人在花園裡走了一圈，沉默不語。

「先生，」十分鐘後，伯爵夫人突然開口說，「您當真見多識廣，周遊各國，歷盡磨難嗎？」

「是的，夫人，我受過很大的苦。」基督山回答。

「現在您幸福嗎？」

「大概是吧，」伯爵回答說，「因為沒人聽到我悲歎的聲音。」

「您現在的幸福使您的心靈變得舒暢些了嗎？」

「我現在的幸福相等於過去的苦難。」伯爵說。

「您沒結婚嗎？」伯爵夫人問。

「我，結婚？」基督山打了個哆嗦，喊道，「誰會對您談起這件事呢？」

「沒人跟我說過。可是有人好幾次看見您帶著一位美貌的少女去歌劇院。」

「那是我在君士坦丁堡買的一個女奴，夫人，她是王族的女兒，我把她看成我的女兒，因為我在世上已經沒有親人了。」

「這樣您獨自一個人生活嗎？」

「孤身一人。」

「沒有姐妹……孩子……父親……」

「沒有。」

「沒有什麼東西您怎麼能這樣活著，生命中沒有任何依戀？」

「這不是我的錯，夫人。在馬爾他，我曾經愛過一位少女。當我快要和她結婚的時候，戰爭把我帶走了，像旋風一樣把我捲走遠離她。我以為她很愛我，能夠等待我，即使我死了，也能忠實地守著我的墳墓。但當我回來的時候，她已經結婚了。凡是過了二十歲的男子，這種事是常有的。或許我的心比旁人更軟弱，比處在我同樣地位的那些人更痛苦——如此而已。」

伯爵夫人停住腳步，彷彿要停下喘口氣似的。

「是啊，」她說，「這愛情就永遠留在您的心裡了……人一生只愛一次……您再見過這個女人嗎？」

「再也沒見過。」

「再也沒見過？」

「我從來沒有返回她所在的地方。」

「馬爾他？」

「是的，馬爾他。」

「那麼現在她在馬爾他？」

「我想是吧。」

「您原諒她使您傷心斷腸嗎？」

「對她，是的。」

「就只對她。那麼，您一直仇恨那些使你們分開的人嗎？」

伯爵夫人面對面地站在基督山跟前。她手裡還留有一小串散發著香味的葡萄。

「吃吧。」她說。

「我向來不吃麝香葡萄，夫人。」基督山回答說，彷彿他們之間沒有談過這個話題似的。

伯爵夫人以一種絕望的姿勢把葡萄扔進最近的樹叢。

「還是那麼堅持！」她喃喃地說。

基督山仍是那副無動於衷的樣子，好像埋怨不是對著他而來的。

這時，阿爾培跑了過來。

「噢！母親，」他說，「出了不幸的事啦！」

「怎麼？出了什麼事？」伯爵夫人直起身來問道，似乎她從夢中回到了現實，「你是說不幸的事？大概確實出事了。」

「維爾福先生來了。」

「嗯？」

「他來找他的夫人和女兒。」

「為什麼？」

「聖米蘭侯爵夫人剛到巴黎。她帶來了一個壞消息，說聖米蘭先生離開馬賽後，在第一次換驛車時就突然去世了。維爾福夫人正在興頭上，既不明白也不相信出了這個不幸。可是凡蘭蒂小姐剛聽父親提了個頭，雖然他說得非常委婉，就全都猜到了。這一擊像雷霆一樣落在她身上，她暈倒在地。」

「聖米蘭先生是維爾福小姐的什麼人？」伯爵問。

「是她的外祖父。他是來催外孫女和弗蘭士結婚的。」

「噢！是真心！」

「這下沒人催弗蘭士了。聖米蘭先生為什麼不也是鄧格拉司小姐的外公呢？」

「阿爾培！阿爾培！」馬瑟夫夫人帶著柔和的嗔怪口吻說，「你在說些什麼呀？噢！伯爵先生，他對您非常尊敬，請您告訴他，他不該這麼說！」

她往前走上幾步。

基督山用非常奇怪的眼光望著她，他的表情既若有所思，又充滿愛意，以致她又倒退回去。然後，她攙住他的手，同時拿起兒子的手，將這隻手跟她兒子的手合在一起。

「我們是朋友，對嗎？」她說。

「喔！當您的朋友，夫人，我可不敢奢望，」伯爵說，「但無論如何，我是您恭順的僕人。」

伯爵夫人帶著一種無法形容的痛楚的神情走開了。但她還沒走上十步，伯爵就瞧見她把手帕捂在了眼睛上。

「我母親和您，你們意見不合嗎？」阿爾培驚愕地問。

「正相反，」伯爵回答說，「她剛才不是在說我們是朋友嗎？」

他們回到客廳。凡蘭蒂和維爾福先生夫婦剛離開那兒。

不用說，摩賴爾也跟在他們後面走了。

chapter 72

# 聖米蘭夫人

在維爾福先生府上，確實剛發生了令人悲傷痛心的一幕。

兩位女士去參加舞會以前，維爾福夫人曾再三勸丈夫陪她們一起去，但他執意不肯。等她倆走了以後，檢察官就按平時的習慣，關在自己的書房裡，面前有一摞令人望而生畏的卷宗，可是平日裡這些文件幾乎還填不飽他那強盛的工作欲。

今天，這些卷宗卻只是擺擺樣子而已。維爾福把自己關在書房裡不是為了工作，而是為了思考問題。關上門，吩咐沒有重要的事，不能來打擾他，他就坐在扶手椅裡，開始細細地思索這一星期來累得他神魂不安、始終痛苦地在他的頭腦裡縈回不已的那些事情。

於是，他並沒有去碰堆在面前的卷宗，而是打開寫字台的抽屜，按了一個按鈕，取出一卷個人記事的紙張，這是些寶貴的手稿，他用只有他個人才知道的數字分門別類，裡面所載的是人名和記錄，都是他在政治途徑上、金錢事務上、法庭上以及他那些神秘的戀愛事件上的敵人。

這些人的數量目前已經非常驚人了，他開始有點擔心起來，所有這些名字，不管多麼強大和嚇人，卻多少次使他露出微笑，像是一個旅客在到達山頂以後，回頭俯視腳下那些他曾驚險萬狀地爬上來的嵯峨的峰巒、可怕的岩崖以及幾乎無法通過的狹徑。

他在他的記憶裡把所有這些名字默誦了一遍，又複看一遍，仔細研究，深入思索，搖了搖頭。

「不，」他喃喃地說，「這些仇人當中，誰也不會這麼耐著性子，辛辛苦苦地等待到今天，然後再用這個秘密壓垮我。有時候，正如哈姆雷特說的，『**埋得最深的秘密，也會從地底下漏出風聲，又像磷火在空中發狂地飄來盪去。但這些轉瞬即逝的火苗是引人走向迷途的亮光**』。這段往事，也許是那個科西嘉人講給哪個教士聽了，然後那個教士又把它傳揚出去了。基督山先生可能聽到了，為了探個究竟……」

「可他為什麼要探個究竟呢？」維爾福思索片刻過後，這麼問自己說，「這個馬爾他船主之子，塞薩利銀礦的開採人，原名為柴康的基督山伯爵，現在是初次來訪問巴黎——他為了什麼目的要查究這樣一件悲慘、神秘和無用的事實呢？在布沙尼神甫和威瑪勳爵，即一個朋友和一個仇人給我提供的、互不一致的情況之中，據我看來，有一點是可以明確地斷定的——就是不論在哪一個時期，不論在哪一件事情上，不論在哪一種環境裡，伯爵和我從來不曾有過任何關聯。」

維爾福的這番自語，連他自己也很難信服。對他來說，最可怕的不是已經事情顯露出來，因為他可以否認，甚至可以辯駁。突然顯現在牆上的那幾個血字，並沒怎麼使他感到不安；真正使他感到不安的，是要知道寫這些字是出自誰之手。

他竭力抑制自己的恐懼，開始幻想起來。他通常幻想他的政治前途，這是他野心的夢想的主題，但今天他沒有去想那方面的事情，他擔心喚醒沉睡多年的仇敵而只為自己構想一個限於天倫之樂的前途。正在這時，庭院裡傳來一陣轔轔的車輪聲。隨後他聽見樓梯上響起一個上了年紀的人的腳步聲，接著就是痛哭聲和哀歎聲！這就像僕人們想表示他們對主人的悲傷不勝關切時常會做的那樣。

他趕緊拔開書房的門閂。剛過一會兒，一個老婦人不等通報，就闖了進來，手裡拿著帽子，不等通報就進了房門。她的白髮下面露出發黃的前額，眼角刻滿歲月留下的深深皺紋，眼睛因哭腫眼皮而幾乎隱沒不見。

「喔！先生，」她說，「唉！先生，多大的不幸啊！我，我也會傷心而死的！喔！是的，真是這樣，我一定會傷心而死的！」

她跌坐在離門口最近的扶手椅中，號啕大哭起來。

僕人們都站在門口，不敢進去，諾梯埃的老僕人在主人的屋裡聽見喧鬧聲也奔下樓來了，此刻他站在別的僕人後面，而大家都望著她。維爾福站起身，向岳母奔過去，那正是他的岳母。

「哎！上帝啊！夫人，」他問，「出了什麼事？您為什麼這麼傷心呢？聖米蘭先生不是陪您一起來嗎？」

「聖米蘭先生死了。」侯爵老夫人脫口說出這句話時，臉上沒有一點表情，她看來已近乎麻木了。

維爾福倒退一步，兩手擊掌。

「死了……」他訥訥地說，「死了……這麼突然？」

「一星期前，」聖米蘭夫人繼續往下說，「吃完午飯我們一起上車。聖米蘭先生感到不怎麼舒服已經幾天了。但是，想到又可以看到我們親愛的凡蘭蒂，他就鼓起勇氣，他顧不得難受，照計畫動身。當我們離開馬賽十八里路，吃了一些他常服的金錠丹以後，他就沉沉睡去。我覺得有點蹊蹺，但我猶豫不定是否叫醒他，我好像覺得他的臉色轉紅，他太陽穴上的血管跳得比平常凶。但是，天色逐漸變黑，我什麼也看不清，便讓他睡下去。突然間，他發出一聲含糊不清的痛苦的喊聲，像是一個人在夢中受到了痛苦似的，他的頭猛然往後一倒。我呼叫他的貼身男僕，讓車夫把車停下，我大喊聖米蘭先生，我用我的嗅鹽給他聞，但一切都晚了，他死了，我守在他的屍體旁，來到埃克斯。」

維爾福驚愕萬分，嘴巴張得老大。

「您叫醫生了吧？」

「馬上去叫，但我已對您說過，已經太晚了。」

「是的。不過他至少可以確診可憐的侯爵死於什麼病吧？」

「上帝啊！是的，先生，他對我說了，看來是一種突發性中風。」

「那您怎麼辦呢？」

「聖米蘭先生曾經說過，如果他死在巴黎以外的地方，他希望他的遺體運到家族墓穴。我看著遺體裝進一口鉛棺以後，自己就先回巴黎了，棺材過幾天就到。」

「哦！上帝啊，可憐的母親！」維爾福說，「經受了這樣的打擊，又這樣大年紀，還得操這份心！」

「上帝給了我力量，支持我經過了這一切！而且，換做是親愛的侯爵他也一定會做我為他所做的事。是的，自從我離開他以後，我似乎已經失掉知覺了。我已無法哭泣，據說在我的歲數，確實再沒有眼淚了。可是，我以為當一個人遭到災難的時候，我們是應該有力量哭的。凡蘭蒂在哪兒，閣下？我是為她而來的，我希望見見凡蘭蒂。」

維爾福心想，要是回答凡蘭蒂去參加舞會了，那未免太殘酷了。所以他告訴侯爵夫人說，她的外孫女兒跟繼母一起出去了，會馬上派人去通知凡蘭蒂的。

「馬上去找，先生，馬上去找，我求您啦！」老夫人說。

維爾福攙住聖米蘭夫人的胳臂，把她扶進內室。

「您休息一下吧，媽媽。」他說。

聽到這句話，侯爵夫人抬起頭來。看著維爾福她便想起了無限懷念的女兒，她覺得她的女兒還活在凡蘭蒂的身上，媽媽這個名稱使她深有感觸，頓時老淚縱橫，跪倒在一張圈椅前面，把她那白髮蒼蒼的頭埋在椅子裡。

維爾福把她交給女傭去照顧，而老巴羅斯則驚惶地跑去報告他的主人去了——因為最使老年人恐懼的事情，莫過於死神暫時放鬆對他們的警戒，而去打擊另外一個老年人。聖米蘭夫人始終跪著，內心默默做著祈禱，維爾福叫人備好馬車，親自到馬瑟夫夫人那裡去接他的妻子和女兒。當他在舞廳門口出現的時候，臉色慘白，凡蘭蒂向他奔過來，大聲說：

「哦！父親！出了什麼不幸的事嗎？」

「您外婆剛到，凡蘭蒂。」維爾福先生說。

「外公呢？」少女渾身哆嗦地問。

維爾福先生沒有回答，只是把手伸向他的女兒。

這手臂伸得正及時。凡蘭蒂一陣頭暈目眩，搖搖晃晃。維爾福夫人趕緊扶住她，幫著丈夫把她一路攙進馬車，邊走還邊說：

「真是怪事！誰料得到有這種事呢？哦！真是怪事啊！」

不幸的一家子就這麼走了，卻給餘下的人籠罩了哀傷與愁悶。

凡蘭蒂走進家門，看見巴羅斯正在樓梯腳下等著她。

「諾梯埃先生今晚想見您。」他低聲說。

「請告訴他，我從我親愛的外婆那裡出來就去見他。」凡蘭蒂說。

少女憑著自己那顆體貼入微的心，知道此刻最需要她的是聖米蘭夫人。

凡蘭蒂見到外婆躺在床上。在這一場傷心的會見裡，無聲地撫摸，心兒痛苦地起伏，斷斷續續地歎息，滔滔的熱淚，就是經過的一切。維爾福夫人依靠在她丈夫的臂膀上，外表充滿敬意，至少是對那個可憐的寡婦。

過了一會兒，她俯身湊在丈夫耳邊說：

「如果您允許，我看我最好還是別待在這兒，因為看到我會使您的岳母更難受。」

聖米蘭夫人也聽見了。

「好的，好的，」她溫柔地在凡蘭蒂耳邊說，「讓她走開，但你留下，你留下。」

維爾福夫人走了，只剩凡蘭蒂獨自留在外婆床邊，因為檢察官被這個始料不及的死訊弄得很難受，也跟妻子一起出去了。

諾梯埃聽到了樓下的喧嘩聲，正如上述，他派老僕來探聽情況。

巴羅斯這會兒驚惶地跑上樓來。一見巴羅斯回來，他的生機勃勃、尤其這樣機智的眼睛便在向他詢問著。

「唉！先生，」巴羅斯說，「出大事了：聖米蘭夫人剛到，她丈夫死了。」

聖米蘭先生和諾梯埃之間從來沒有深交。然而我們知道，一位老人的離去總會給另一個老人帶來很大的影響。

諾梯埃的腦袋無力地垂到了胸前，顯然心裡很難過，就像一個經受巨大打擊或正在思考問題的人，然後，他閉上一隻眼睛。

「凡蘭蒂小姐？」巴羅斯問。

諾梯埃表示是的。

「她去參加舞會了，先生您是知道的，因為她穿著盛裝來向您告別的。」

諾梯埃又閉了一下左眼。

「噢，您想見她？」

老人表示這正是他的心意。

「一定有人到馬瑟夫夫人府上去找她了，等她一回來就讓她上樓到您這兒來，這樣好嗎？」

「好的。」癱瘓的老人回答說。

於是，巴羅斯下樓去等凡蘭蒂回來。而且，我們前面已經說過，一見她回來就把她祖父的意思轉告給了她。

正因為凡蘭蒂知道祖父的意思，所以她離開聖米蘭夫人以後就上樓去見諾梯埃。侯爵夫人不管怎麼激動，終於過於疲勞，陷入焦躁不安的睡眠當中。

僕人把一張小桌子移近到她身邊，桌上有一隻杯子盛著她平時愛喝的飲料，這種橘子汁是她常喝的飲料。

於是，我們上面說了，少女離開老侯爵夫人床邊，上樓進了諾梯埃的房間。

凡蘭蒂上前吻了老人一下，老人愛憐地望著她，她清楚地看到老人的眼中滿是淚水，她以為老人早就沒有眼淚了。那位老先生依舊帶著同樣的表情凝視著她。

「是的，是的，」凡蘭蒂說，「您是說我還有一個好爺爺，是嗎？」

老人表示他想用目光說的正是這句話。

「是啊，幸好我還有您，」凡蘭蒂接著說，「否則，我會怎麼樣呢，上帝啊？」

這時已是凌晨一點鐘。巴羅斯自己很疲倦了，他覺得，經過這樣傷心的一晚，大家都該休息了。老人也不忍心說看到孫女兒對他來說就是休息。他讓凡蘭蒂退下，悲慟和疲乏確實使她看來飽受煎熬。

第二天早上，凡蘭蒂走進外祖母的房間，見她仍躺在床上。燒非但沒有退，相反，老侯爵夫人的眼睛裡閃爍著陰鬱的火花，似乎精神上正在受著一種強烈刺激的折磨。

「哦！我的上帝啊！外婆，您是不是覺得更不舒服了？」凡蘭蒂看到這種焦躁不安的症狀，大聲說。

「沒什麼，孩子，」聖米蘭夫人說，「但我在焦急地等待你來，我要你差人去把你父親叫來。」

「我父親？」凡蘭蒂不安地問道。

「對，我有話要對他說。」

凡蘭蒂絲毫不敢違背外婆的願望，連她也不清楚外婆找父親說什麼事情。於是稍過片刻，維爾福就進屋來了。

「先生，」聖米蘭夫人開門見山地說，彷彿是怕自己的時間不夠用似的，「您的信裡提起正在考慮孩子的婚事？」

「是的，夫人，」維爾福回答說，「不只是計畫，而且一切都安排妥當了。」

「您的女婿是弗蘭士・伊辟楠先生？」

「是的，夫人。」

「他是奎斯奈爾的兒子嗎？奎斯奈爾將軍是我們的人，就是那位在逆賊從厄爾巴島逃回來的前幾天被人暗殺的奎斯奈爾將軍？」

「正是。」

「跟一個雅各賓派的孫女聯姻，他不反對嗎？」

「我們的國內紛爭已經平息，母親，」維爾福說，「奎斯奈爾先生在他父親被殺的時候，差不多還是個孩子。他對諾梯埃先生所知甚少，將來跟他見面時，即使並不愉快，至少是無所謂的。」

「兩家門地相當嗎？」

「各方面都很般配。」

「那位年輕人呢……」

「大家都對他贊許有佳。」

「舉止談吐呢？」

「他是我所認識的最優秀的青年人之一。」

這段對話進行的過程中，凡蘭蒂始終沒作聲。

「嗯！先生，」聖米蘭夫人考慮了幾秒鐘以後說，「我希望您儘快辦這件事，我也將不久於人世。」

「您，夫人！」「您，外婆！」維爾福先生和凡蘭蒂同時喊道。

「我知道我在說什麼，」老侯爵夫人接著說，「所以您得抓緊，由於她失去了母親，至少要有外婆在婚禮上為她祝福。在我那可憐的麗妮這方面，她就剩我這一個親人了，您早已忘掉了麗妮，先生。」

「哎！夫人，」維爾福說，「可您別忘了，我不得不給這沒娘的孩子找個母親呀。」

「一個繼母絕不是一個母親，先生！但這不是我們所要談的，還是談談凡蘭蒂吧。讓我們不要打擾死去的人吧。」

所有這些話都是一口氣說下來的，語氣異常急促，她的話很像囈語。

「婚事會按您的意願來辦，夫人，」維爾福說，「尤其當您的心願跟我的完全一致時。等伊辟楠先生來到巴黎……」

「外婆，」凡蘭蒂說，「應當考慮到禮制——新近發生那件喪事。您難道願意我在這樣不吉利的時候結婚嗎？」

「孩子，」她外婆厲聲打斷她說，「別提出這些世俗的藉口，這只是軟弱無能的人無法牢固地創建他們的未來，我們不要去聽信它。我也是在我母親的靈床前面結婚的，而我那件事情並沒有減少我的快樂。」

「可是仍然會想到喪事的！夫人。」維爾福接口說。

「可是！老是可是……我告訴您，我就要離開人世了，您明白嗎？好，在臨死前，我要看到我的外孫女婿，我要囑咐他讓我的外孫女兒幸福，我想在他的眼睛裡看到他是否願意聽我的話。反正我一定得認識他，」老侯爵夫人帶著一種怕人的表情繼續往下說，「一旦將來他沒有做到他該做的事，如果他胡作非為，我就可以從墳墓裡出來找他。」

「夫人，」維爾福說，「您得撇開這些過於激動的念頭，這都接近瘋狂了，死人一旦躺進墳墓裡，就躺在那兒，永遠爬不起來。」

「哦，是啊，是啊。外婆，您冷靜些！」凡蘭蒂說。

「可我要對您說，先生，我絕不會。昨天晚上我睡得很不好。我夢見我的靈魂彷彿在我的軀體上翱翔。我的眼睛，雖然我想睜開，卻還是不由自主地閉攏來，我知道，您一定不會相信，我閉著眼睛竟也能看到東西，在你現在所站的那個地方，在通到維爾福夫人梳妝室去的那個門角落裡——我看到一個白色的東西悄無聲息地走了出來。」

凡蘭蒂不由得驚叫一聲。

「您這是發燒的緣故，您的精神激動不安，夫人。」維爾福說。

「隨便你怎麼想，但我知道我所說的是事實。我看到一個白色的東西。彷彿上帝擔心我拒絕相信自己感官的體驗，又讓我聽玻璃杯被移動的聲音——就是還在桌上的那一隻。」

「哦！外婆，這是一個夢。」

「那不是做夢。因為我還伸手去拉過鈴，那幽靈看到我伸手拉鈴就走了。女僕拿著一盞燈進來。幽靈只有在那些應該看見它們的人面前才會顯形的，那是我丈夫的亡靈啊。嗯！如果我丈夫的靈魂來召喚我，為什麼我的靈魂不會來保護我的外孫女呢？依我看，這關係似乎更直接啊。」

「哦！夫人，」維爾福說，深深地被打動了，「快別去想這些傷心的事啦。今後您跟我們生活在一起，日子還長著呢，您一定會獲得幸福、受到愛戴、受到尊敬，我們會讓您忘記……」

「不！不！不！」老侯爵夫人說，「伊辟楠先生什麼時候到？」

「我們隨時都在恭候他。」

「那好。等他一到，就來告訴我。一定要快。還有，給我去請位公證人來，我要核實一下我們的全部財產是否都轉到凡蘭蒂名下。」

「哦！外婆，」凡蘭蒂把嘴唇貼在外婆滾燙的前額上，喃喃地說，「您這是想讓我折福嗎？上帝啊！您在發燒。我們要找的不是公證人，而是醫生！」

「醫生？」老侯爵夫人聳聳肩膀說，「我沒有病，就是口渴。」

「您需要喝點什麼嗎？」

「跟平時一樣，你知道的，喝橘子汁。我的杯子就在那桌上，遞給我，凡蘭蒂。」

凡蘭蒂將杯子倒滿橘子汁，在她拿起杯子遞給外婆時心裡有點害怕，因為她想那就是幽靈碰過的杯子。

老侯爵夫人接過杯子一飲而盡。

然後又躺在枕頭上轉過頭，反覆地說：

「公證人！公證人！」

維爾福先生走了出去。凡蘭蒂坐在外祖母床邊。這可憐的孩子看上去自己也需要她給外婆去請的那位醫生診斷一下。她的雙頰緋紅，呼吸短促而困難，她的脈搏就像發燒一樣撲撲跳。

這是因為可憐的少女正在想，當瑪西米蘭得知聖米蘭夫人非但不是他的盟友，由於不瞭解他，所作所為宛若她是他的敵人的時候，他會有多麼絕望。

凡蘭蒂不止一次想把事情對外祖母和盤托出，而且要是瑪西米蘭・摩賴爾是叫阿爾培・馬瑟夫或夏多・勒諾的話，她早就毫不猶豫地這樣做了。可是摩賴爾是平民出身，凡蘭蒂知道高傲的聖米蘭侯爵夫人瞧不起平民出身的人。每當她要把自己秘密告訴外祖母時，一想到她說出來也是枉然，便又傷心地把它抑制了下去——而且一旦父親和繼母知道了這秘密，事情就全完了。兩個小時就這樣過去了。聖米蘭夫人睡得很不安穩，始終顯得情緒很激動。這時，僕人進來通報公證人到了。

雖然通報的聲音壓得很低，但是聖米蘭夫人還是抬起了頭。

「是公證人嗎？」她喊道，「讓他進來，讓他進來！」

公證人已經站在門口，他走了進來。

「您先出去吧，凡蘭蒂，」聖米蘭夫人說，「讓我單獨和這位先生談談。」

「可是，外婆……」

「去吧，去吧。」

少女在外婆額頭上吻了一下，擦去眼角的淚水離開了。

在門口她看到維爾福的那個貼身男僕，男僕告訴她說醫生正等在客廳裡。

凡蘭蒂快步走下樓去。醫生是這家的朋友，同時也是當時的有時之士。他很喜愛凡蘭蒂，當年他是看著她降臨到這個人世的。他的女兒跟維爾福小姐年齡相仿，但是出生時母親不巧染上肺病去世了，因此他終生都在不斷地為自己的女兒擔心。

「哦！」凡蘭蒂說，「親愛的阿夫里尼先生，我們這樣急切地等待著您。不過請先告訴我，梅蒂蘭和安妥妮蒂都好嗎？」

梅蒂蘭是阿夫里尼先生的女兒，安妥妮蒂是他的侄女。

阿夫里尼先生勉強地笑著。

「安妥妮蒂很好，」他說，「梅蒂蘭也還可以。不過，是您派人找我的嗎，親愛的孩子？該不是你父親或維爾福夫人病了吧！至於我們，儘管我們做醫生的無法讓別人不要緊張激動，但是我想您還是需要我提醒您千萬別思考太多，除此以外，您自己不需要我的說明了嗎？」

凡蘭蒂面色通紅。阿夫里尼先生的推測技術已經到了出神入化的程度，因為他是一位主張治病先治心的醫生。

「不，」她說，「是為了我可憐的外婆。我們遭遇的不幸，想必您已經知道了？」

「我一無所知。」阿夫里尼先生說。

「唉！」凡蘭蒂強忍住抽噎說，「我外公剛剛去世了。」

「聖米蘭先生？」

「是的。」

「突然死的？」

「突發性中風。」

「是中風？」醫生重複說。

「是的。我可憐的外婆一直在想，她從來沒有離開過丈夫，現在外公一死，她就總幻想他在叫她，她要同他相會。哦！阿夫里尼先生，您給可憐的外婆想點辦法吧！」

「她在哪兒？」

「跟公證人一起在臥室裡說話呢。」

「諾梯埃先生還好吧？」

「還是老樣子，頭腦非常清楚，但仍然不能動，不能說話。」

「而且仍然那麼愛你，是嗎，親愛的孩子？」

「是的，」凡蘭蒂歎了口氣說，「他非常愛我。」

「誰能不愛您呢？」

凡蘭蒂淒然一笑。

「您外婆情況怎麼樣？」

「一種不正常的精神激動，睡眠時候也煩躁不安。今天早晨她在睡夢中幻想她的靈魂脫離身體，在她的頭頂上盤旋，看著正在睡覺的身體。她還幻想到她看見一個鬼走進房間裡來，聽到幽靈觸摸她的杯子發出的聲音。」

「這就真的很奇怪了，」醫生說，「我以前不知道聖米蘭夫人有這種幻覺症。」

「我也是第一次看這種症狀，」凡蘭蒂說，「今天早上她狀況非常嚇人，我以為她瘋了。我父親，您是瞭解我父親向來很鎮靜持重的，阿夫里尼先生，我父親看起來也印象深刻！」

「咱們去看看吧，」阿夫里尼說，「你告訴我的這些情況，我覺得確實很奇怪。」

公證人下樓來了。僕人叫來凡蘭蒂，她外祖母現在獨自一人在屋裡。

「請您自己上樓吧！」她對醫生說。

「你呢？」

「哦！我不敢上去，她不許我讓人去請您。還有，正如您說的，我情緒激動，很興奮，不太舒服，我想到花園裡去走走，清醒一下頭腦。」

醫生握了握凡蘭蒂的手，上樓到她外祖母的屋裡去了。與此同時，少女也走下了台階。

凡蘭蒂最喜歡在花園的哪個部分散步，是不必說的了。通常在環繞屋子的花圃轉悠了兩三圈以後，採摘一朵玫瑰花插在胸前或髮鬢上，然後折入那條通到後門去的幽暗的走道。

這一回，凡蘭蒂還是照常在花圃裡走了兩三個來回，但沒摘花。雖然她還沒有穿喪服，可是她內心的哀痛禁止她做這種樸素的裝飾。然後她走向那條小徑。正走著，忽然聽到好像有個聲音在喚她的名字。她驚訝地站住。

這會兒，那聲音更清晰地傳到了她的耳際，她聽出那是瑪西米蘭的聲音。

# chapter 73 諾言

那正是瑪西米蘭・摩賴爾。

他從昨天起就被苦惱困擾著。憑藉有情人的敏感的心，他預感到侯爵去世和聖米蘭夫人到來，在維爾福先生的家裡將要發生一些事，牽涉到他對凡蘭蒂的愛情。

正像我們就會看到的那樣，他的預感的情況變成現實了。使他臉色蒼白、渾身戰慄地來到栗子樹下鐵門前的，不僅僅是一種憂慮。

可是凡蘭蒂並不知道摩賴爾在等著她，平時他不是在這個時候來的，這完全是巧合，也可以說是種心意相通。一看到她來到花園，摩賴爾就喊她。於是她朝鐵門跑來。

「你在這時候來啦？」她說。

「是啊，可憐的朋友，」摩賴爾回答說，「我帶來了壞消息，我肯定也會聽到壞消息的。」

「這座房子裡有喪事，」凡蘭蒂說，「說吧，瑪西米蘭。雖然，我內心已經裝滿了悲傷。」

「親愛的凡蘭蒂，」摩賴爾說，他竭力壓制自己激動的情緒，使語氣顯得平穩些，「請聽我說，因為我要告訴您的話是莊嚴的。他們到底打算什麼時候為您辦婚事？」

「聽我告訴您，」凡蘭蒂說，「我什麼也不想向您隱瞞，瑪西米蘭。今天早上他們提起了我的婚事，我本來完全指望我外婆。可誰知道她不但非常贊成這樁婚事，而且希望伊辟楠先生一回來就趕快完成，要在他到巴黎的第二天就簽訂婚約。」

年輕人從胸膛吁出一聲痛苦的歎息，悲哀地久久凝望著他的愛人。

「唉！」他低聲說，「聽自己所愛的女人平靜地說出這樣的話來，真太可怕了，這就等於說：『你大限已至，幾小時之內就要執行。』但是也沒有別的辦法，我不會提出反對。嗯，既然如你所說的，一切只等伊辟楠先生一到就可以了結，既然您在他回來的第二天就屬於他——也就是說你明天就要和伊辟楠先生訂婚。因為今天早晨他已經到巴黎了。」

凡蘭蒂失聲驚叫。

「一個小時前我在基督山伯爵家裡，」摩賴爾說，「我們閒聊，他提起您家裡的不幸，我談到您的痛苦，這時，我們聽到院子裡傳來馬車走動的聲音。聽著，之前我從來不相信預感，但這次我不得不信。聽到車輪的聲音，我一陣哆嗦；接著傳來有人上樓梯的聲音，騎士的腳步聲使得我心驚肉跳，但也不會比我聽到的腳步聲更使人膽戰心驚。房門終於開了，阿爾培首先進來，我開始以為自己弄錯了，隨後進來一個年輕人，伯爵大聲喊：『啊，弗蘭士．伊辟楠先生！』我想集中身上所有的力氣和勇氣支撐住，我的臉充滿笑容，雖然我或許臉色慘白，或許全身發抖。五分鐘後我告辭了，期間他們所說的我一句也沒聽見，我沮喪之極。」

「可憐的瑪西米蘭！」凡蘭蒂喃喃地說。

「現在我在這兒，凡蘭蒂。哦，請你就像回答一個生與死都將由你的回答來決定的男子那樣，來回答我的問題吧。你究竟打算怎麼辦？」

凡蘭蒂低下頭去，她悲痛至極。

「你聽我說，」摩賴爾說，「我們走到這一步，您不應該是第一次才考慮到。情況嚴重，現在已經，到了最後關頭。我認為現在還不是悲傷難過的時候，那只能留給那些甘心忍受的人。世界上的確有這種人，而他們選擇聽天由命，上帝會在他們死後補償他們。然而，凡是與命運抗爭的人，決不浪費寶貴時間，他對命運的打擊奮起反抗。你做好準備了嗎？告訴我，凡蘭蒂，因為我就是為了問這件事情而來的。」

凡蘭蒂不寒而慄，睜大驚恐的眼睛望著摩賴爾。跟父親、外祖母，跟全家去對著幹，這念頭她連想也沒想過。

「你在對我說什麼呀，瑪西米蘭？」凡蘭蒂問，「你說要反抗？哦！那不就是褻瀆神靈嘛。怎麼！我要反抗父親的命令，反抗我臨危的外婆的心願！這不可能！」

摩賴爾悸動了一下。

「您高尚的心靈會瞭解我的，您只得保持沉默，親愛的瑪西米蘭。不，不！我需要集中我的全部力量來和我自己奮鬥，像你所說的那樣飲乾我的眼淚。至於讓我父親難過，擾亂我臨危的外婆的心願——絕不！」

「你說得有道理。」摩賴爾平靜地說。

「你怎能這樣對我說話，我的上帝！」凡蘭蒂傷心地喊道。

「我就像一個愛慕你的男人那樣對你說話，小姐。」瑪西米蘭說。

「小姐！」凡蘭蒂喊道，「小姐！哦！自私的傢伙！他看到我絕望了，卻裝著不理解我。」

「你錯了，正相反，我十分理解你。你不想使維爾福先生生氣，你不想違抗侯爵夫人的意願；還有，明天你就要在婚約上簽字，把自己交給你的丈夫了。」

「哦，上帝啊，不然我又能做什麼？」

「這你別來問我，小姐，我的自私會使我變得很盲目的。」摩賴爾回答說，他沉著的聲音和攥緊的拳頭表明他的惱怒在加劇。

「假如我願意聽你的，摩賴爾，那麼你建議我怎麼做？哦，你回答呀。別光說一句『你錯了』，你得給我出個主意呀。」

「你說這句話是當真的嗎，凡蘭蒂，我應該給你出個主意嗎？你說呀。」

「當然是真的，親愛的瑪西米蘭。因為，假如那是個好主意，我就要照它去做，你知道我對你的愛是矢志不渝的。」

「凡蘭蒂，」摩賴爾說著，把一塊已鬆動的木板拉掉，「把你的手伸給我，表示你原諒了我的發火吧。你知道，因為我氣昏了頭了，這一個鐘頭裡，種種失去理智的念頭走馬燈似的在我的腦子裡打轉。喔！如果您拒絕我的主意……」

「嗯……到底是什麼主意呢？」少女抬眼望天，發出一聲長歎。

「我一無牽掛，」摩賴爾說，「我有錢維持我們的生活。我會發誓使您成為我合法的妻子，然後親吻您前額。」

「你的話使我發抖。」少女說。

「跟我走吧，」摩賴爾繼續說，「我先把你帶到我妹妹家裡去。她是個好女人，配得上做你的妹妹，我們最好先到外省去避一下風頭，我們的朋友會戰勝您家的固執態度，到那時，再一起回巴黎來。如果你不願意，我們就坐船去阿爾及爾，去英國，或者去美洲。」

凡蘭蒂搖搖頭。

「我就料到你是這個主意，瑪西米蘭，」她說，「這是個發瘋的主意，如果我不是用這句話馬上阻止您，我就比您更瘋狂，所以我要對你說：不行，瑪西米蘭，不行。」

「難道你真的就聽天由命，任憑命運捉弄，甚至不想抗拒一下？」摩賴爾神情黯然地說。

「是的，即使我因此死去！」

「好吧！凡蘭蒂，」瑪西米蘭說，「我要再次對你說，你是正確的。確實，我是個瘋子，你冷靜的議論向我證明即便是最聰明的頭腦，也會有盲目的時候。所以我還得謝謝你，你是不受熱情的影響而在進行思考的。那好吧：這事就這麼定了。明天你將無可挽回地許配給弗蘭士・伊辟楠先生。是你自己的意願你們聯結在一起的，並不是作為一幕喜劇結尾的、人們稱作簽訂婚約的那場戲劇性儀式。」

「你再一次使我大失所望，瑪西米蘭！」凡蘭蒂說，「你又在用小刀剜我的傷口了！你說，如果你妹妹聽從了你給我的這種主意，你會怎麼樣呢，你說呀？」

「小姐，」摩賴爾苦笑著說，「我是自私自利的，您已經這樣說過的了。既然自私，我不去想旁人處在我的地位會怎麼做，而是考慮我打算做什麼。我們相識一年了。從我初次看見您的那天起，我就把我一切快樂的希望都寄託在一種可能性上，希望我或許可能贏得您的愛情。

「那一天終於到來了，你對我說，你愛我。自從這一天起，我的希望就集中在擁有您的那種願望上——那是我的生命。現在，我什麼都不想了。我只是說，好運已經逆轉。我以為可以贏得天堂，但我輸了。這在一個賭徒是平凡的日常事故，他不但可以把他所有的東西輸掉，而且也會把他本來沒有的東西也輸掉。」

摩賴爾說這番話時顯得非常平靜。

凡蘭蒂用探詢的目光望了他一眼，盡力掩飾自己內心中煩亂思緒。

「那麼你到底打算做什麼呢？」凡蘭蒂問。

「我要向你道別，小姐，上帝是聽得見我的話，也看得見我心裡到底是怎麼想的。請上帝作證，證明我真心希望你能生活得很平靜、很幸福、很充實，腦子裡沒有地方來回憶我。」

「哦！」凡蘭蒂喃喃地說。

「永別了，讓我瘋狂的愛，永別了！」摩賴爾躬身說道。

「你到哪裡去？」少女喊道，把一隻手從鐵門裡伸出去，抓住瑪西米蘭的衣服。她根據自己內心激動的情緒，知道情人的這種平靜不會是真實的，「你去哪兒？」

「我不會再給您家增加新的麻煩，我要給所有忠誠專一的男子作一個榜樣，讓他們知道當處於我這樣境地的時候，應該怎樣做。」

「在你離開我以前，請告訴我，您要做什麼，瑪西米蘭？」

年輕人淒然一笑。

「哦！你說呀，說呀！」凡蘭蒂說，「我求你啦！」

「你的決心改變了嗎，凡蘭蒂？」

「我的決心是無法改變的，可憐的人哪，這你是知道的呀！」少女喊道。

「那麼，再見，凡蘭蒂！」

凡蘭蒂用令人想像不到的力氣搖動鐵柵，但眼看摩賴爾一步步在走開去，她就從鐵門裡伸出雙手，合在一起拚命擰著。

「你要去幹什麼？請告訴我！」她喊道，「你去哪兒啊？」

「噢！請放心，」瑪西米蘭說，在離鐵門三步遠的地方停住腳步，「我自己的不幸，我並不想叫旁人來負責。換了別人會嚇唬你說，他要去找弗蘭士先生，向他挑釁，和他決鬥，我不會這麼愚蠢。弗蘭士先生跟這件事有什麼關係呢？今天上午他剛剛見到我，他已經忘掉我是誰了。當你們兩家準備聯姻的時候，他甚至還不知道有我這個人存在。因此我決不糾纏弗蘭士先生，我可以答應您，懲罰不會落到他的身上。」

「你懲罰誰呢？我嗎？」

「你，凡蘭蒂？哦！上帝是不容許我這麼做的！女人是不容侵犯的，被人愛的女人是神聖的。」

「那麼怨恨您自己，可憐的人，怨恨您自己？」

「罪責只是在我身上，不是嗎？」摩賴爾說。

「瑪西米蘭，」凡蘭蒂說，「瑪西米蘭，你過來，我求你過來！」

瑪西米蘭帶著溫柔的笑容走近來，要不是他的臉色這麼蒼白，別人還會以為他就跟平時一樣呢。

「聽我說，親愛的，我心愛的凡蘭蒂，」他用他那悅耳的低音說道，「像我們這樣的人，我們不愧於社會，無愧於家人，也無愧於上帝的人，可以真誠相見，坦露胸懷。我從來不是一個羅曼蒂克的人，我不是悲劇的主角。我既不模仿曼弗雷特，也不模仿安東尼。我雖然沒有信誓旦旦，海誓山盟，但我把我自己的生命融合到你身上。你要離開我，你這樣做是對的——我再說一遍，你是對的。但畢竟我失去了你，我的生命完結了。你一離開我，凡蘭蒂，在世界上就只剩下我孤零零的一個了。

「我的妹妹在她丈夫身邊生活美滿，她的丈夫只不過是我的妹夫——就是說，是一個和我只有社會關係的人。因此世界上沒有人需要我這變得毫無用處的生命。我想這樣安排：我會等到你正式結婚，因為在這之前我還可以見到你，因為弗蘭士先生在這之前可能會死掉，而不能娶你。也許你們向聖壇走過去的時候，會落下一個霹靂來把他打得粉碎。對於死囚來說，一切都有可能，只要關係到拯救他的生命，奇蹟也能納入可能的範圍。所以，我要等到那最後的一刻，當我的苦難已經確定，無可挽回，毫無希望的時候，我會給我的妹夫寫一封坦露心跡的信，另外寫一封給員警總監，把我的打算通知他們，然後，在一個樹林的拐角上，在一個深谷的懸崖邊，在一條河的堤岸旁，我會打碎腦袋自盡，我是法國有史以來最正直的人之子，言而有信。」

一陣痙攣的顫抖，傳遍凡蘭蒂的全身。她的雙手鬆開捏住的鐵柵，兩臂垂在了身旁，兩顆大大的淚珠沿著臉頰滾了下來。

年輕人站在她面前臉色陰沉，神態堅決。

「哦！你就可憐可憐我，」她說，「就說你是會活下去的，好嗎？」

「不，我以名譽擔保，」瑪西米蘭說，「可是這跟你又有什麼相干呢？你會盡自己的責任，你會問心無愧。」

凡蘭蒂跪倒在地，手緊緊按在心頭，她覺得自己的心碎了。

「瑪西米蘭，」她說，「瑪西米蘭，我的朋友，我在人間的兄長，我在天上真正的丈夫，我求求你，就像我一樣忍辱負重地活下去吧。或許有一天我們能相聚。」

「永別了，凡蘭蒂！」摩賴爾又說。

「上帝啊！」凡蘭蒂說，神情莊嚴地將雙手舉向天空，「您也知道，我已竭盡所能想做一個孝順的女兒——我曾祈求、懇請、哀告，他不理我的祈求、我的哀懇或我的眼淚。算了，」她抹掉眼淚，恢復堅決的神態，繼續說，「好吧！我不願悔恨地死去，而寧願羞愧地死去。你可以活下去了，瑪西米蘭，我不會屬於任何人，我只屬於你。在幾點鐘？什麼時候？是不是馬上就走？你說吧，命令吧，我已經準備好了。」

摩賴爾本來已經又往後走了幾步，於是又返回，他高興得臉色發白，心頭充滿喜悅，把雙手隔著鐵門伸給凡蘭蒂。

「凡蘭蒂，」他說，「親愛的朋友，你是不必這樣說的——還是讓我去死吧。如果你愛我的程度像我愛你那樣，為什麼要用暴力來得到你呢？你是僅僅出於仁慈才要我活下去，是嗎？如果是那樣，我寧願去死。」

「是啊，」凡蘭蒂低聲說，「假如他不關心我，這個世界上還有誰關心我呢？是誰安慰我的痛苦不安？是他。我這顆出血的心能在誰的懷裡得到安息呢？他，他，永遠是他！那麼，這次是你說的對，瑪西米蘭，我願意跟你走，離開這個家，離開這兒的一切。喔，我真是個忘恩負義的人啊！」凡蘭蒂嗚咽著喊道，「離開一切！……甚至離開我的好爺爺，我把他忘了！」

「不！」瑪西米蘭說，「你不必離開他。你說過，諾梯埃先生看來是對我抱有好感的。那麼，在我們走之前，你把一切都告訴他。你要當著上帝的面得到他的庇護。我們結婚時，就讓他和我們住在一起。那他，就不再是有一個，而是有兩個孩子了。你告訴過我，他怎樣同你說話，我會很快就學會這種令人感動的信號語言的，真的，凡蘭蒂。啊，我向你保證，等待著我們的將不是絕望，而是我向你許諾過的幸福！」

「哦！你瞧，瑪西米蘭，看看我多麼信任你！我幾乎相信你所說的話，可是這都是喪失理智的語言，我的父親會因此咒罵我。他非常固執——他絕不會寬恕我。現在且聽我說，瑪西米蘭，如果我運用手腕，通過哀求，由於意外事件，誰知道呢——總之，不論是什麼原因，只要我家推遲這件婚事，你願不願等待？」

「喔，我起誓，你也要對我起誓，永遠不要舉辦這可怕的婚禮，即使把你拉到了法官和神甫面前，你也絕不答應，是嗎？」

「我向你起誓，瑪西米蘭，我憑我在這世上最神聖的東西，憑我母親的名義起誓！」

「那就讓我們等待吧！」摩賴爾說。

「是啊，咱們等待吧，」凡蘭蒂說著，聽到這句話她內心得到了安慰，「世界上還有許許多多事情，可以拯救我們這些不幸的人哪。」

「我信任你，凡蘭蒂，」摩賴爾說，「你所做的事情必定有完滿的方向。不過，要是他們不顧你的懇求，要是你的父親，要是聖米蘭夫人堅持要讓弗蘭士·伊辟楠先生明天就來簽約……」

「那麼你知道我的謊言，摩賴爾。」

「你不去簽約……」

「我來找你，然後一起逃走。可是在這以前，我們不能冒險，摩賴爾。我們不要再見面了。我們沒有給人發現，那是奇蹟，是天意。如果我們被發現了，如果他們知道我們常見面，我們就走投無路了。」

「你說得對，凡蘭蒂。可是我怎麼知道……」

「律師狄斯康先生會告訴你的。」

「是的，我認識他。」

「還有我。我會寫信給你，請相信我。上帝啊！我是跟你一樣討厭這樁婚事的呀，瑪西米蘭！」

「好，好！謝謝，我心愛的凡蘭蒂，」摩賴爾說，「那麼，就這麼說定了。我一知道什麼時候簽約，就會即刻趕來，你翻過這堵牆，對你來說，這很容易。花園的門口會有一輛馬車等著我們，我們一同上車，我帶你去我妹妹家。按你的願望，我們可以躲藏在那裡，也可以有正常的社交生涯。我們要用我們的力量來抵擋壓迫，不會像任人宰割的羔羊一樣，不敢反抗。」

「好吧，」凡蘭蒂說，「我也要對你說，瑪西米蘭，我相信你一定會把事情都做好的。」

「哦！」

「噢！你對你的妻子還滿意嗎？」少女傷心地說。

「我心愛的凡蘭蒂，說一句『是的』無法表達我的情感。」

「那也還得說呀。」

凡蘭蒂這時已經湊近過去，她已經把嘴唇湊到了鐵門上，她的語言與芬芳的呼吸一同落到了摩賴爾的唇上，因為他也已經把嘴貼在了冰冷無情的鐵柵門的另一邊。

「再見，」凡蘭蒂說，從這幸福中掙脫出來，「再見啦！」

「你會給我寫信嗎？」

「會的。」

「謝謝，親愛的妻子！再見啦。」

響起一個純潔的飛吻的響聲，接著，凡蘭蒂從椴樹叢裡跑了回去。

摩賴爾直到聽不見她的裙子擦過綠籬和緞鞋踩在小徑沙地上的窸窸窣窣的聲響以後，才帶著難以形容的微笑舉目仰望天空，感謝上帝讓凡蘭蒂這樣地愛他。隨後，他也走開了。

年輕人回到家裡，他等了整個晚上又等了第二天整個白天，但沒有收到信。

最後，直到第三天上午十點鐘左右，他正要上那位狄斯康律師先生家去的時候，收到了郵局寄來的一張便箋，他認出是凡蘭蒂的字跡，儘管他從來沒有見過她的字。

信上的內容如下：

眼淚、請求、祈禱，都歸無用。昨天，我到聖費里浦教堂去待了兩小時，在那兩小時裡面，我從我靈魂的深處向上帝祈禱。上帝像人一樣無動於衷，簽訂婚約已定在今晚九點鐘舉行。

我只有一項諾言可以遵守，只有一顆心可以給人。摩賴爾，這個誓言是對你起的，那顆心是你的。

那麼，今天晚上，九點一刻，在後門口。

你的未婚妻

凡蘭蒂・維爾福

又——我那可憐的外祖母情況日趨惡化。昨天，她激動的情緒轉變成昏迷；今天，她幾乎近於發瘋。

摩賴爾，你會深深愛我，使我忘記這樣傷心地拋下她吧，是不是？

婚約定於今晚簽署，我想他們沒有告知諾梯埃爺爺的。

雖然看了信，但摩賴爾還想瞭解更多情況。於是他又到狄斯康先生府上去，那位公證人向他證實了婚約將在當晚九時簽訂的消息。

接著，他又來到基督山伯爵府上。瞭解到了更多的情況：弗蘭士來過，告訴了伯爵婚約簽定儀式的事。而維爾福夫人也寫過一封信給伯爵，請他原諒沒有邀請他去參加典禮。聖米蘭先生的去世以及聖米蘭夫人眼下的狀況，給這次聚會籠罩了陰鬱的氣霧，她不願意伯爵受到影響，她只希望他享受快樂。

昨天晚上，弗蘭士已經去見過聖米蘭夫人，她下床相迎後，躺回床上。

可以想像，摩賴爾處在激動不安的狀態中，是逃不過伯爵那樣銳利的目光。所以基督山對他比往常更親熱，的確，他的態度是這樣的慈愛，以致摩賴爾幾乎想把一切都告訴他。但他對凡蘭蒂的承諾使他始終保守秘密。

這一天裡，年輕人又把凡蘭蒂的信翻來覆去地看了二十遍。這是她第一次給他寫信，而且是在什麼情況之下啊，他每讀一遍，他便重申他的誓言，勢必要使她幸福。

的確，能下決心勇往直前的少女，會多麼令人崇拜啊！她為他犧牲了一切，她是多麼值得他的敬愛呀！對她的情人來說，她應該真正成為他的第一位最值得崇拜的對象！她是一位皇后而同時又是一個妻子，不論怎麼感謝她和愛她都是不夠的。

摩賴爾懷著一種難以形容的激動心情，想著凡蘭蒂到來時的情景——凡蘭蒂來時這樣說：

「我來了，瑪西米蘭，帶我走吧！」

他已經把這次出逃的每個細節都安排好了。他把兩個小梯子藏在小園子的苜蓿之中；一輛有篷的輕便馬車等在邊上——瑪西米蘭親自駕車，不帶僕人，不點燈，到第一條街的拐角上，他們才把燈點起來，出於加倍小心，絕對不能落在警方手裡。

摩賴爾幾乎戰慄，他以前只握過她的手，只吻過她的手指尖，他想到當那一刻到來的時候，他就得保護凡蘭蒂從牆頭上下來，他會感到她瑟縮發抖地倒在他的懷裡。

下午的時候，摩賴爾就覺著時間越來越近了，他需要獨自一人待著。他熱血沸騰，朋友們無關輕重的問題，或者只是他們的聲音，都會激怒他。他把自己關在房間裡，竭力想看書；但他的眼睛在每一行文字上移動，什麼也看不懂；他終於扔掉了書，再次坐下來草擬他的計畫圖，把梯子和牆垣的部位再計算一下。

那一刻終於臨近了。

只要是深愛著的人，不可能平靜地度過每一分鐘。摩賴爾不停地折磨他的鐘錶，掛鐘在六點鐘時居然指著八點半。這時他就對自己說，該動身了，簽約時間雖然是在九點鐘，但是凡蘭蒂完全有可能不等這個不會生效的儀式開場就逃出來的呀。

因此，摩賴爾在他的掛鐘指著八點半時從密斯雷路動身，他進入小園內，聖費里浦教堂才剛敲響八點鐘。

馬和輕便馬車是藏在一所小破屋的後面，那是通常摩賴爾等待的地方。

夜色漸濃，花園裡樹影交錯，形成一團團黑影。

這時，摩賴爾從藏身處走到鐵門的缺口跟前，心頭怦怦直跳，他往裡面望。沒有任何人。

教堂的大鐘敲響八點半了。

已等了半個鐘頭，摩賴爾來回踱步，從缺口上望出去的次數也越來越多。花園越來越黑，在一片黑黝黝中，卻看不到白色長裙的身影；在靜寂裡，他沒有聽到腳步聲。

透過樹叢他大略可以看見那幢房子，可是房子死氣沉沉，沒有任何標誌說明這座屋子打開大門，迎接簽訂婚約這樣一件大事。

摩賴爾察看時間，已經是九點三刻。但不久那只他已經聽到敲過兩三遍的大時鐘校正了他的錶的錯誤，那只鐘才敲九點半。

凡蘭蒂說定是在九點，而且她只早不晚，現在已經多等了半個鐘頭了。

這一刻對年輕人來說實在可怕，錶針每動一下就像鉛錘砸在他心上一次。

樹葉的最輕微的沙沙聲，微風的最低的呻吟聲，都會使他精神崩潰，使他的額頭冒出一片冷汗，於是他渾身哆哆嗦嗦，把梯子固定好，不再浪費時間，他先把一隻腳踏在第一級上。

在這希望和恐懼的交替中，在心兒的擴張和收縮中，時鐘敲打十點了。

「哦！」瑪西米蘭恐懼地喃喃自語，「簽訂一次婚約不可能需要這麼長的時間，除非發生了意外，我已經設想過各種可能，計算過全部儀式所需的時間，所以，肯定是出什麼事了。」

於是，他不是激動不安地在鐵門前踱步，就是把發燙的額頭靠在冰冷的鐵上。

難道凡蘭蒂在簽約以後昏過去了嗎？

或是她的逃走計畫被人發覺而受到阻止了嗎？

這個青年只能推測出這兩種解釋——兩種都令人失望。

隨後他的思緒停在了一個念頭上：凡蘭蒂在逃出來時體力不支，暈倒在哪條小徑上了。

「哦，要是這樣怎麼辦，」他大聲說，一面衝上梯子，爬到上面，「我就失去她了，而且那只能怪我！」

給他這個想法的那個魔鬼並沒有離開他，而是一刻不停地在他耳邊提醒，所以一推論使懷疑變成了確信。他的眼睛在竭力穿越越來越濃的黑暗，在黑黝黝的小徑中，似乎辨查到有一樣東西躺在那陰暗的路上。他冒險叫喚了一聲，他似乎聽到風捲回來一聲模糊的呻吟。

最後，十點半的鐘聲也敲響了，無法繼續等待了。什麼事都可能發生。他的太陽穴怦怦直跳，眼睛模糊。他跨上牆頭，跳了下去。他來到維爾福家的家裡，而且是翻牆而入的。他想到了這種舉動可能帶來的後果，但他已經走到無路可退的地步。

他貼著牆腳走了一會，然後越過一條小徑，鑽進一個樹叢裡。從這裡可以看到整幢房子。

那時，摩賴爾確信了一件事情，他透過樹叢用目光探尋時已經懷疑過了：根據喜慶節日的慣例，每一個窗口裡都應該燈燭輝煌，但他所看到的，卻只是一塊灰色的龐然大物。那時，烏雲遮住月光，一切都籠罩在黑暗之中。

一盞燈光時時急速地在樓下的三個窗口間移動。這三個窗口是屬於聖米蘭夫人的房間的。另一盞燈光在紅色帷幔後面一動不動，那是維爾福夫人的寢室。

摩賴爾就知道是這樣的情況。無數次在想像中為了跟隨凡蘭蒂在白天活動，他在頭腦中勾畫出房子的結構圖，所以他雖然沒有看見過，卻也能完全知道。

這種黑暗和靜寂比凡蘭蒂不來更使摩賴爾感到驚恐。

摩賴爾無法忍受內心的掙扎與瘋狂，他一是要見到凡蘭蒂，以便確定他所有的恐懼不是真的。他不顧一切，來到樹叢邊緣，準備儘快穿過毫無遮掩的花壇，一陣風吹過，他聽到遠處傳來人聲。

他的一部分身體已經暴露在外面，一聽到這個聲音，他就退回來，隱藏在樹叢中，一動不動，悶聲不響，躲在黑暗中。

他已經下定決心了，假如來者只是凡蘭蒂一個人，他就在她經過的時候喊住她，假如有人陪著她，至少他能看見她，知道她是否出事；假如來者是客人，他可以抓住他們談話的內容，或許可以借此猜到一點這個目前為止還不可理解的謎。

月亮恰巧從那片遮住它的雲後面露出來，在通向台階的門口，摩賴爾看見維爾福走了出來，還有一個穿黑衣服的紳士。他們走下台階，向樹叢走過來，摩賴爾很快就認出另外那位紳士是阿夫里尼醫生。

看到他們越走越近，他就機械地向後退，直到他發覺樹叢中央的一棵無花果樹擋住了他的去路，於是只好停下。

不久，兩個人的腳步聲安靜下來。

「唉！親愛的醫生啊，」檢察官說，「這是上天在懲罰我的家啊。真死得慘啊！真像是個晴天霹靂！您不用來安慰我。唉！這是在心頭剛劃開的傷口，劃得又這麼深！她死了，她死了！」

一陣冷汗使年輕人的腦門變得冰冷，牙齒打戰在格格地發抖。在維爾福自稱遭天罰的這座宅子裡，究竟是誰死了呢？

「親愛的維爾福先生，」醫生回答說，他的語氣使年輕人更加覺得毛骨悚然了，「恰恰相反，我把您帶到這裡來絕不是為了安慰你。」

「您這是什麼意思？」檢察官惶惶然地問。

「我的意思是，在您遭受的這個不幸的背後，或許還有另一個更大的不幸呢。」

「哦！我的上帝！」維爾福合攏雙手喃喃地說，「您還要告訴我些什麼呢？」

「這裡再沒有別人了，是嗎，我的朋友？」

「哦！沒錯，就咱們倆。可您這是怎麼啦，為什麼要這麼謹慎小心呢？」

「這樣小心是因為我有事情要告您，」醫生說，「咱們坐下說吧。」

維爾福與其說是坐下，不如說是一屁股跌在了長凳上。醫生仍站在他面前，一隻手搭在他的肩上。摩賴爾嚇得身上冰涼，一隻手扶住額頭，另一隻按住他的心，唯恐他倆會聽見自己的心跳聲。

「死了，死了！」心裡的這個聲音，在他的腦子裡打轉。

他似乎覺得自己也要死了。

「您說吧，大夫，我聽著呢，」維爾福說，「您來吧！我已經做好了準備。」

「聖米蘭夫人無疑已經年邁，但她的身體還很強健。」

這十分鐘來，摩賴爾第一回鬆了口氣。

「她是憂傷過度啊，」維爾福說，「是啊，是憂傷，大夫！四十年來，她習慣生活在侯爵身邊……」

「不是死於憂傷，親愛的維爾福，」醫生說，「憂傷是會致命的，儘管這種情況很罕見，但不會在一天之內奪走人的命，在一小時之內，在十分鐘之內奪走一個人的生命。」

維爾福沒有回答。他僅僅抬起頭，愕然地望著醫生。

「她死前您一直在她身邊嗎？」阿夫里尼先生問。

「是的，」檢察官回答說，「您低聲吩咐我不要離開。」

「您有沒有注意到使聖米蘭夫人致命的那種症候？」

「當然。聖米蘭夫人在幾分鐘內症狀出現了三次，每次間隔的時間都很短、情況更嚴重。當您到達的時候，聖米蘭夫人已經氣喘了幾分鐘。於是她開始痙攣，我以為那只是一種神經質的痙攣，但當我看到她從床上蹦起來，她的四肢和脖子似乎已經發僵的時候，我才開始當真驚惶起來。那時，我從您的臉色上知道事情實際上比我所想的更要可怕。發作過去以後，我想看看您的眼神，卻看不到。您抓住她的手——您在摸她的脈搏——而您還沒有轉過頭來，第二次發作又來了。第二次發作比第一次來勢更凶：又出現同樣的神經質動作，嘴巴抽縮，變得發紫。」

「到第三次發作時，她就咽氣了。」

「第一次發作過後，我已經看出是急性痙攣，您也同意了我的意見。」

「是的，那是當著眾人的面，」醫生說，「可現在只有我們兩人了。」

「您要告訴我什麼，我的上帝？」

「我想說，急性痙攣和植物性毒藥中毒的症狀是完全相同的。」

維爾福先生挺身立起，身體僵硬，無言以對，然後他又跌坐在長凳上。

「喔！我的上帝啊！醫生，」他說，「您知道您在跟我說什麼嗎？」

摩賴爾簡直不知道自己是在夢裡還是醒著了。

「您聽我說，」醫生說，「我瞭解我的話的重要性，也瞭解我在對什麼人說話。」

「您把我當成法官還是朋友？」維爾福問。

「對朋友，目前僅僅是對朋友。急性痙攣的症狀和植物性毒藥中毒的症狀實在太相像了。如果我需要對自己的話簽字，我告訴您，我會不確定。所以，我再對您說一遍，我這不是在對法官，而是在對朋友說話。嗯！對朋友我要說：在聖米蘭夫人臨終前的這三刻鐘時間裡，我注視著聖米蘭夫人的痛苦、抽搐和死，我確信，不僅侯爵夫人是毒死的，而且我還能夠舉出——是的，我能夠舉出那種殺死她的毒藥的名稱。」

「先生！先生！」

「您看，什麼症狀都有了——睡覺的時候常發神經質的抽搐，大腦異常興奮，神經中樞麻木。聖米蘭夫人是服了大量的番木鼈或馬錢素，只偶然食用的，也許開錯了藥方。」

維爾福緊緊抓住醫生的手。

「喔！這不可能！」他說，「我一定是在做夢，我的上帝！我一定是在做夢吧！聽到一個像您這樣的人說出這種話來，真是太可怕了！我求求您，親愛的大夫，看在上帝的分上，請告訴我，您可能搞錯了！」

「當然我也會弄錯，可是……」

「可是怎麼樣？……」

「可是，我想不可能。」

「醫生，您就可憐可憐我吧。幾天以來，我遇到那麼多聞所未聞的事，我想我有可能要發瘋了。」

「除我以外，還有別的人給聖米蘭夫人看過病嗎？」

「沒有。」

「有沒有派人到藥房去買未經我許可的藥？」

「沒有。」

「聖米蘭夫人有沒有仇人？」

「我不知道。」

「有誰會由於她的去世而受益嗎？」

「沒有，我的上帝啊！沒有。我女兒是她唯一的遺產繼承人，只有凡蘭蒂……喔！噢，如果我會有這樣的想法，我就要把自己刺死，來懲罰我的心竟讓這樣的念頭存留了片刻。」

「喔！」輪到阿夫里尼先生大聲說，「我的確不是在指控某個人，我只提到了一個意外事件，您明白，提到出了一個錯。但不論是意外或誤會，事實總是擺在那兒，低聲向我的良心訴說著，要我的良心向您高聲說出來：您得查個究竟。」

「調查誰？怎麼查？查什麼？」

「比如說：那位老僕人巴羅斯，會不會拿錯了藥，把給主人準備的藥水拿給了聖米蘭夫人？」

「給我父親服用的藥水？」

「是的。」

「可是，給諾梯埃先生服用的藥水，怎麼會使聖米蘭夫人中毒呢？」

「原因很簡單。要知道，毒藥對於某些疾病是良藥，風癱便是那些疾病之一。近三個月來，要使諾梯埃先生恢復動作和說話的能力以後，我決定嘗試一下最後的一種方法，我已經給他服了三個月的番木鼈。因此，在最後給他開的那服藥劑中，他要吞下六厘克番木鼈精。這種分量，對於諾梯埃先生風癱的身體毫無影響——他也是漸漸服慣的——而六厘克足夠殺死別的人。」

「親愛的大夫，諾梯埃先生的套間，和聖米蘭夫人的套間是不相通的。巴羅斯從來不曾進過我岳母的房間。總之，我要對您說，醫生，雖然我知道您是世界上最高明的醫學泰斗和最光明正大的君子，雖然在任何時候您的話對我都是火炬，就像太陽一樣指引我向前——嗯，醫生，雖然我那樣信任您，可是我還是無法不想起那句格言：『凡人皆有錯。』」

「您聽我說，維爾福，」醫生說，「在我的同行當中，有沒有您對我一樣信賴的人？」

「您為什麼問我這個問題，啊？您想要幹什麼呢？」

「請把他叫來，我會告訴他，我所看到的情況，我所注意到的情況，我們商量商量。然後我們兩人一起進行屍體解剖。」

「你們會找到殘留的毒藥嗎？」

「不，不是殘留的毒藥，我並沒有這樣說——但我們可以確定神經系統的興奮狀態。我們可以發現明顯的、無可爭辯的特徵，我們將對您說：親愛的維爾福，如果事情的發生是出於疏忽，那麼要關照好您的僕人；假如是仇恨造成的，小心您的仇敵。」

「哦！我的上帝！您建議我怎麼做呢，阿夫里尼？」維爾福神情沮喪地回答說，「一旦除了您以外還有別人知道這個秘密，就必須要進行調查。而我的家裡發生驗屍案——不可能的！但是，」檢察官強打起精神，驚恐地望著醫生，「假如您要求驗屍，假如您堅持要驗屍，那就照辦好了。的確，或許我應該搞清楚這件事，我的性格要求我這樣做。但是，醫生，您看我已經愁成這個樣子了——要把那麼多醜事，那麼多傷心事帶進我的家！哦！我的太太和我的女兒真會痛心死的！而我——醫生，您知道，一個人做到我這樣的職位——一個做了二十五年檢察官的人——是不會不結下一些仇敵的。我的仇敵多極了。這件事情一旦傳揚到外面，對他們是一個勝利，他們會幸災樂禍，而我則會羞愧得無地自容。醫生，原諒我這些世俗的念頭！假若您是一位教士，我就不敢那樣告訴您；但您是一個人，您懂得人情。醫生，醫生，您什麼也沒告訴我，是嗎？」

「親愛的維爾福先生，」醫生回答說，「我的首要職責是從人道出發。如果科學辦得到的話，我會救活聖米蘭夫人，但她已經死了——我的責任就落到生者的頭上。讓我們把這個秘密藏在內心深處。假如有人懷疑到這件事情，我答應讓人把我保持沉默看做是我的無知。目前，閣下，您得永遠注意，得仔細注意——因為那種惡事或許不會就此停止。一旦您找到了罪犯，如果您找到了，我就要對您說，您是一位法官，您得盡法官的本分！」

「哦！謝謝，謝謝，大夫！」維爾福大喜過望地說，「您真是我最好的朋友。」

由於他擔心阿夫里尼醫生會收回這一步，他便站起來，把醫生帶到那一邊。

他倆走遠了。

摩賴爾彷彿是要好好鬆口氣似的。將頭伸出矮樹叢，月亮照射著這張如此蒼白的臉，簡直像是一個鬼。

「上帝用了一種明顯而可怕的方式在保護我，」他說，「可是凡蘭蒂，凡蘭蒂！我可憐的朋友，她怎麼受得了這麼多痛苦啊？」

說完，他逐一望向掛接著紅色窗帷的窗戶以及三扇白色窗帷的窗戶。

掛紅色窗帷的窗口幾乎不透露任何光芒，很明顯，維爾福夫人已經熄滅了燈光，只有守夜燈將光芒投射在玻璃上。

然而在房子拐角處的三個窗戶中有一扇還是開著的。一隻擺放在壁爐上的蠟燭向外投射著暗淡的光線，照射出一個身影正走過去依靠在陽台上。

摩賴爾渾身直打哆嗦，他好像聽見了一陣嗚咽的抽泣聲。

可以理解，摩賴爾這顆勇敢，堅強的心靈在眼前人類最強烈的感情——愛情與恐懼——的交攻下變得出現了幻覺。

他躲藏在這裡，即使那就是凡蘭蒂也無法看見他，但他還是相信陽台邊的身影在召喚他。混亂的思想和灼熱的心靈都這樣告訴他。這種雙重的錯誤變成了一種不可抗拒的真實。年輕人在不可理解的熱情衝動下，他從躲藏的地方跳出來，冒著被人發現、嚇壞凡蘭蒂、由於少女不由自主發出喊聲引起驚動的危險，他以最快的速度跨過那片被月光染成像一個白色的大池的花圃，穿過圍繞在房子前面的那排橘子樹，飛快地走上石階，毫不猶豫地推開面前那扇門。

凡蘭蒂沒有看到他，她的目光注視著夜空，正專注於深藍天空上滑過的流雲。流雲的形狀就像一個靈魂升上天去，而在她那詩意而興奮的頭腦裡，她覺得這就是她外祖母的靈魂。

這時摩賴爾穿過前廳，找到樓梯欄杆，台階上鋪著地毯，使他的腳步悄無聲息，而且，他情緒激昂，即使維爾福先生出現，他也不怕。他已經決定假如維爾福先生出現在他面前，他要上去向他承認一切，懇求他原諒並且認可他和他女兒之間的愛。摩賴爾已經瘋了。

很幸運他沒有遇到任何人。

凡蘭蒂曾給他描述過房子內部的情況，他對房子佈局的瞭解這時幫了他的忙。他順利地到達樓梯頂上，轉了一下，而正當他考慮下一步的方向時，他聽到一陣嗚咽聲，向他指明了應走的路線。他轉過身來，有一扇門微微開著，他可以從門縫裡看到燈光的反映和聽到那種悲戚的聲音。他推開門走了進去。

房間的遠端在從頭到腳蓋著的白床單下，一具屍體輪廓清晰。因為摩賴爾碰巧剛剛竊聽到那篇秘密談話，在他看來，屍體變得更加觸目驚心。

凡蘭蒂跪在床邊，她臉埋在安樂椅的椅墊裡，雙手緊緊地叉在頭頂上，渾身發抖，因嗚咽而起伏著。

那扇窗仍然開著，但她已經回到床邊，用能打動最冷漠無情的心的聲調高聲祈禱，她的聲音急促，並時斷時續，不知道在說些什麼。

月光透過百葉窗的縫隙滿是哽咽，將燈光照得慘白，給這個淒涼的場面蒙上一層陰森森的氣氛。

摩賴爾無法接受這種情景，他不是一個堪作表率的敬老尊長的人，也不易受感動，但凡蘭蒂在他的面前扭著雙手受苦哀泣，卻不是他能默默忍受的。他歎了一口氣，輕輕地吐出一個名字，而淹沒在淚水中、在扶手椅的絲絨襯托下像大理石一般的頭顱，科雷喬筆下的馬德萊娜的頭像抬了起來，向他轉過來。

凡蘭蒂發覺他的時候絲毫沒有表示出驚奇的神色。在一顆極度絕望的心裡，不再有其他性質的激動。

摩賴爾向她伸出手給她。凡蘭蒂指一指床單下面的屍體，表示這是她所以不能踐約的唯一的原因，又開始嗚咽起來。

這一刻，房間裡的兩個人都不敢說話。每個人都保持沉默，死神彷彿站在某個角落裡，手指按在嘴唇上，下令不許說話。

最後還是凡蘭蒂先開了口。

「我的朋友，」她說，「你怎麼會在這兒？唉，要是給你打開這屋子的門的不是死神，我是該對你說一聲歡迎的。」

「凡蘭蒂，」摩賴爾合住雙手，聲音發顫地說，「我從八點半起就一直等在那裡，沒有看到您來，我很擔心，所以就翻牆進了花園。這時我聽見有人談到這件不幸的事……」

「誰說話的聲音？」凡蘭蒂問。

摩賴爾渾身一顫——因為醫生和維爾福先生的全部談話又迴響在耳畔，他彷彿看到床單下那直挺挺的手、那僵硬的脖子和那發紫的嘴唇。

「是僕人們在談話，」他說，「聽了他們的談話，這件事情我就全知道了。」

「可是你上這兒來，會把我們都毀了的，我的朋友。」凡蘭蒂說，既不緊張，也不生氣。

「不要怪罪我，」摩賴爾用同樣的語氣回答說，「我馬上離開。」

「不，」凡蘭蒂說，「會有人看見您的，留下吧。」

「可假如有人進來呢？」

少女搖了搖頭。

「不會有人來，」她說，「放心吧，那就是我們的保護神。」

她指了指床單勾勒出的屍體形狀。

「可是伊辟楠先生怎麼樣了？請告訴我吧，我求求你了。」摩賴爾又說道。

「弗蘭士先生來簽約的時候，我親愛的外婆剛咽氣。」

「唉！」摩賴爾懷著一種自私的喜悅情緒說，因為他想到這件喪事會無期限地使凡蘭蒂的婚事拖延下去。

「可是有件事卻使我感到更加痛苦了，」少女繼續說道，好像這種幸災樂禍要馬上受到她的懲罰，「這位又可憐又可愛的外婆，在她臨咽氣的時候還囑咐說要把婚禮儘快辦了，我的上帝！她以為在保護我，其實是在逼迫我。」

「聽！」摩賴爾說。

兩人都緘口不語。

傳來門打開的聲音，走廊的鑲木地板和樓梯的台階上響起了清晰的腳步聲。

「是我父親從書房裡出來了。」凡蘭蒂說。

「是送醫生出去。」摩賴爾加上一句。

「您怎麼知道那是醫生？」凡蘭蒂驚訝地問。

「我猜想是他。」摩賴爾說。

凡蘭蒂望著他。

他們聽到街門關上的聲音；然後維爾福先生又去鎖上花園那道門，回到樓上。

他在前廳裡停了一會兒，好像正在決定是回到自己的房間還是去聖米蘭夫人的房間。摩賴爾趕緊躲在一扇門簾的背後。凡蘭蒂沒有動彈，似乎極度的悲痛已經使她超脫於尋常的恐懼之上了。

維爾福先生回自己的房間去了。

「現在，」凡蘭蒂說，「你既不能從花園那扇門出去，也不能從臨街那扇門出去了。」

摩賴爾吃驚地望著少女。

「現在，」她說，「只有一條路還是安全的，就是從爺爺房裡出去的那條路。」

她立起身子。

「跟我來吧。」她說。

「去哪兒？」瑪西米蘭問。

「去我爺爺的房間。」

「我，去諾梯埃先生的房間？」

「對。」

「你想這樣做嗎，凡蘭蒂？」

「我想過，早就想過了。我在這個世界上只有這個朋友了，我們倆都需要他……來吧。」

「你得當心，凡蘭蒂，」摩賴爾說，遲疑著是否依從少女的吩咐，「你得當心啊。我現在知道我的錯了，我到這裡來是幹了一件蠢事。你頭腦清晰嗎，親愛的朋友？」

「是的。」凡蘭蒂說，「現在這世上只有一件事還讓我感到猶豫，那就是把我可憐的外婆的遺體這麼撇下不管，我應該負責守著她的。」

「凡蘭蒂，」摩賴爾說，「死者本身就是神聖的。」

「對，」少女回答說，「再說時間很短，來吧。」

凡蘭蒂穿過走廊，走下一座通往諾梯埃房間的小樓梯。摩賴爾輕手輕腳地跟在她後面。在房門外的樓梯平台上，他們碰到那位老僕人。

「巴羅斯，」凡蘭蒂說，「關上門，別放任何人進來。」

她先進了門。

諾梯埃仍坐在他的輪椅裡。耳朵在傾聽每一個聲音，老僕已經告訴他發生的事，他正聚精會神地盯著門口；他看到凡蘭蒂，他的眼光頓時煥發起光芒來。

少女的舉止動作透出嚴肅和莊重，他那明亮的眼光裡立刻露出詢問的神氣。

「親愛的爺爺，」她語氣急促地說，「請您聽我說。您知道聖米蘭外婆一小時前去世了，現在，除了您，在這世上再也沒有別的人愛我了。」

無限的溫柔之情在老人眼中閃現。

「所以我的憂傷和希望，都只能向您一個人傾訴了，是不是？」

癱瘓的老人表示說是的。

凡蘭蒂拉住瑪西米蘭的手。

「那麼，」她說，「請您好好地瞧瞧這位先生。」

老人的目光滿是探詢和震驚。

「這位是瑪西米蘭・摩賴爾先生，」她說，「他的父親就是馬賽那位正直的商人，你想必是聽說過的？」

「是的。」老人表示說。

「他們家的名譽是無可指責的，瑪西米蘭正在使之發揚光大。因為他才三十歲，就已經是北非騎兵軍團的上尉軍官，並獲得了四級榮譽勳位。」

老人表示自己記得他。

「那好，爺爺，」凡蘭蒂一面跪在老人面前，用手指著瑪西米蘭說，「我愛他，我只屬於他！要是有人要強迫我嫁給另一個人，我會鬱悶而死或者自盡。」

從癱瘓老人的眼睛裡，可以看出他腦海裡轉動著許多念頭。

「您喜歡瑪西米蘭・摩賴爾先生是嗎，好爺爺？」少女問道。

「是的。」老人表示。

「您也能保護我們，保護您的這兩個孩子，抵抗我父親的意願？」

諾梯埃睿智的目光停在摩賴爾身上，彷彿在對他說：

「這要看情況。」

瑪西米蘭懂了這意思。

「小姐，」他說，「您要在您外婆的房間裡完成一項神聖的義務。你能允許我和諾梯埃先生稍許談一會兒嗎？」

「好的，好的，就是這樣。」老人用目光說。

隨後他又擔心地望著凡蘭蒂。

動人。

「您想說他怎樣才能讓您明白嗎，爺爺？」

「是的。」

「哦！您就放心吧。我們經常說起您，他很清楚我怎樣跟您說話。」

然後，她帶著一個微笑向瑪西米蘭轉過臉去，這個微笑雖然蒙上了憂傷的陰影，卻仍是那麼可愛動人。

「我所知道的事他都知道。」她說。

凡蘭蒂立起身來，移過一張椅子給瑪西米蘭，吩咐巴羅斯別放人進來。然後，她溫柔地吻過祖父，憂鬱地向摩賴爾告別以後，就走了出去。這時，摩賴爾為了向諾梯埃證明凡蘭蒂對他完全信任，而且他知道他們的一切秘密，便拿起辭典、羽毛筆和紙張，通通放在點著燈的桌子上。

「首先，」摩賴爾說，「請允許我告訴您，先生，我是什麼人，我多麼愛凡蘭蒂小姐，以及我關於她的打算。」

「我聽著呢！」諾梯埃表示說。

這幕情景真動人——這個老人表面看起來是個無用的累贅，那一對情人則都年輕、漂亮而強壯，可是，他卻成了他們唯一的保護人、支持者和顧問。

他的面容高貴和威嚴，令摩賴爾十分敬重，年輕人哆哆嗦嗦地敘述起來。

他敘述他如何認識凡蘭蒂，如何對她產生愛情，以及凡蘭蒂如何在她的孤獨和不幸之中接受了他的愛。他告訴老人，他是什麼出身、地位和有多少財產，並且時時探詢那個癱子的眼光，而那個眼光總是回答：

「很好，說下去。」

「現在，」摩賴爾在結束第一部分的陳述時說，「我既然把我的愛情和希望都告訴了您，您還要聽我對您講講我們的計畫嗎？」

「是的。」老人表示說。

「好吧！這就是我們決心要做的事。」

接著他就把一切都對諾梯埃和盤托出：後門口有一輛輕便馬車等在那兒，他打算劫走凡蘭蒂，送到他妹妹那裡，和她結婚，然後以恭敬的態度等待維爾福先生的寬恕。

「不！」諾梯埃先生說。

「不？」摩賴爾說，「我們不該這麼做？」

「是的。」

「所以您不認可這個安排？」

「是的。」

「那好！另外還有一個辦法。」摩賴爾說。

老人探詢的目光問道：「什麼辦法？」

「我去找弗蘭士・伊辟楠先生，」瑪西米蘭繼續說，「我很高興能在維爾福小姐不在的時候對您這麼說，我要使他不得不做一個有風度的人。」

諾梯埃的目光繼續在向他探詢。

「您想知道我要怎麼去做是嗎？」

「是的。」

「是這樣。正如上述，我要找到他，我要把我和凡蘭蒂小姐之間的關係講給他聽。假如他是一個聰明知趣的人，他就會自動放棄未婚妻的婚約，以此表明他的高尚，那麼，他就可以獲得我至死不渝的友誼和敬愛；假如，在我向他證明他在強奪我的妻子，證明凡蘭蒂愛我，不可能愛別人，而他，要麼是利益促使他這樣做，要麼是可笑的自尊心使他堅持到底，竟然還要拒絕，我就要和他決鬥，讓他占種種便宜，然後我就殺死他，不然就讓他殺死我。如果我殺死他，他就娶不了凡蘭蒂，假如我被殺死，我也確信凡蘭蒂一定不會嫁給他。」

諾梯埃帶著一種難以形容的愉悅的眼神，注視著這張高貴而誠摯的臉。上面反映出年輕人表白的各種情感，而且他那漂亮的臉龐上的表情為他的面容增添了不少光彩，猶如給一幅工整而逼真的素描添上了絢麗的色彩一樣。

但是，當摩賴爾說完以後，諾梯埃一連眨了幾下眼睛，讀者知道，這是他說「不」的方式。

「不行？」摩賴爾說，「這麼說，您也像不贊成第一個計畫那樣，不贊成這第二個計畫？」

「是的，我不贊成。」老人表示說。

「那我怎麼辦呢，先生？」摩賴爾問，「聖米蘭夫人的遺言是要求外孫女的婚事不得拖延。我要讓事情這樣了結嗎？」

諾梯埃一動不動。

「對，我明白，」摩賴爾說，「我應該等待。」

「是的。」

「可是拖下去會把我們毀了的，先生，」年輕人說，「凡蘭蒂孤立無援、勢單力薄，他們會像強迫孩子那樣逼她同意。我能夠到這兒來幾乎是一個奇蹟，是為了瞭解發生了什麼事，我奇蹟般地見到了您，在理智上我無法期望這些好運能再次顯現。相信我，辦法是我對您講過的那兩種，請原諒我年輕氣盛，請告訴我您覺得哪一種好。您贊不贊成凡蘭蒂小姐把她自己交託給我？」

「不。」

「那您願意我去找伊辟楠先生嗎？」

「不。」

「我的上帝！我們盼著老天爺給我們幫助，但究竟誰來援助我們呢？」

老人用他的眼睛微笑了一下，彷彿別人對他提到上天，他就習慣微笑。這個老雅各賓黨徒的頭腦裡，老是帶著一點無神論的思想。

「靠運氣嗎？」摩賴爾說。

「不。」

「是您來救助我們嗎？」

「對。」

「靠您？」

「對。」老人重複表示說。

「您明白我問您的話了嗎，先生？請原諒我的這種焦急，因為我的生命就維繫在您的回答上，是您來援救我們，是嗎？」

「是的。」

「您能肯定？」

「是的。」

「您能擔保做到嗎？」

「是的。」

回答的目光是這樣的堅決，不容人懷疑他的意志，即使談不上有這種力量。

「哦！謝謝您，先生，我衷心地感謝您！可是，除非上帝顯示奇蹟，讓您能說話做手勢和活動，否則您這麼被拴在輪椅上，既不能說話也不能活動，您怎麼能反對這門婚事呢？」

一絲微笑使老人的臉變得神采奕奕了，但在一張肌肉不能活動的臉上，眼睛的微笑是很古怪的。

「這麼說，我還是得等待嘍？」年輕人問。

「是的。」

「那麼婚約呢？」

那同樣的笑意又浮現了。

「您想告訴我不會簽訂嗎？」

「是的。」諾梯埃說。

「這麼說，婚約簽不成囉！」摩賴爾喊道，「哦！請原諒，先生！聽到宣佈大喜訊，要允許人懷疑。婚約真的會簽不成嗎？」

「是的。」癱瘓的老人說。

儘管得到了這樣的保證，摩賴爾還是將信將疑。一個癱了的老人做出這種諾言，實在有點奇怪，它不是出於意志力的表現，而可能是機體衰退的結果。瘋人不知道自己情況，承諾辦到他無法實現的事情，這不是很自然嗎？氣力弱小的人常常自誇能舉重擔，膽小的人自誇能打敗巨人，窮人自誇擁有寶庫，最低賤的農民出於自尊心自稱是朱庇特。

不知道諾梯埃究竟是因為懂得那個青年人的疑心呢，還是因為他還尚未十分相信他已順從，總之，他始終堅定地望著他。

「您想要什麼呢，先生？」摩賴爾問，「您要我向您保證什麼事也不做只有等待嗎？」

諾梯埃的目光仍執著地盯住他，好像表示單是諾言還不夠。然後這目光從臉上移到了他的手上。

「您是要我起誓嗎，先生？」瑪西米蘭問。

「是的，」癱瘓的老人以同樣嚴肅的神情表示，「我希望這樣。」

摩賴爾明白，他的誓言對老人具有非常重要的意義。

於是他伸出一隻手。

「我以我的人格向您起誓，」他說，「我向您發誓等待您做出決定，才去找伊辟楠先生交涉。」

「好。」老人的眼睛說。

「現在，先生，」摩賴爾問，「您是希望我告退了嗎？」

「是的。」

「不再去見凡蘭蒂小姐了？」

「是的。」

摩賴爾示意他準備照辦。

「現在，」摩賴爾說，「先生，您允許您的孫女婿擁抱您，像剛才您的孫女所做的那樣嗎？」

諾梯埃眼睛裡的表情，他是不可能誤解的。年輕人在老人的前額上吻了一下，就吻在剛才少女吻過的地方。

隨後他又向老人鞠了一躬，告退出去。

在樓梯平台上，他看到老僕人。這位老僕按照凡蘭蒂剛才的關照，在這兒等摩賴爾。他引著摩賴爾穿過一條彎曲幽暗的甬道，來到一扇通花園的小門跟前。

摩賴爾再穿過綠籬，來到鐵門，轉眼間他已爬上牆頂，再靠他那把梯子的幫助，一會兒就已經到了那片苜蓿田裡，他的輕便馬車依舊在那兒等他。

他鑽進車子裡經歷過如許的激動，他已筋疲力盡，但他心裡的焦急卻已減輕。他在午夜到達密斯雷路，撲到床上，宛若酩酊大醉一樣沉沉入睡。

請續看《基督山恩仇記》下冊

經典新版世界名著：17

# 基督山恩仇記(中)【全新譯校】

作者：〔法〕大仲馬
譯者：赫易 / 王琦
發行人：陳曉林
出版所：風雲時代出版股份有限公司
地址：10576台北市民生東路五段178號7樓之3
電話：(02) 2756-0949
傳真：(02) 2765-3799
執行主編：劉宇青
美術設計：吳宗潔
行銷企劃：林安莉
業務總監：張瑋鳳

初版日期：2021年1月
版權授權：鄭紅峰
ISBN：978-986-352-917-0

風雲書網：http://www.eastbooks.com.tw
官方部落格：http://eastbooks.pixnet.net/blog
Facebook：http://www.facebook.com/h7560949
E-mail：h7560949@ms15.hinet.net
劃撥帳號：12043291
戶名：風雲時代出版股份有限公司

風雲發行所：33373桃園市龜山區公西村2鄰復興街304巷96號
電話：(03) 318-1378
傳真：(03) 318-1378
法律顧問：永然法律事務所 李永然律師
北辰著作權事務所 蕭雄淋律師

行政院新聞局局版台業字第3595號 營利事業統一編號22759935


定價：480元


國家圖書館出版品預行編目資料

基督山恩仇記 / 大仲馬著；赫易, 王琦譯. -- 臺北市：風雲時代出版股份有限公司, 2020.12 冊； 公分
譯自：Le Comte de Monte-Cristo
ISBN 978-986-352-917-0 (中冊：平裝).--

876.57 109017997